JESSICA KNOLL

Ich. bin. so. glücklich.

Liebe Leser:innen,
dieses Buch enthält potenziell triggernde Inhalte.
Deshalb findet ihr auf Seite 416 eine Triggerwarnung.

JESSICA KNOLL

Ich. bin. so. glücklich.

Roman

Ins Deutsche übertragen
von Kristiana Dorn-Ruhl

LYX

LYX in der Bastei Lübbe AG
Dieser Titel ist auch als E-Book erschienen.

Die Bastei Lübbe AG verfolgt eine nachhaltige Buchproduktion. Wir verwenden Papiere aus nachhaltiger Forstwirtschaft und verzichten darauf, Bücher einzeln in Folie zu verpacken. Wir stellen unsere Bücher in Deutschland und Europa (EU) her und arbeiten mit den Druckereien kontinuierlich an einer positiven Ökobilanz.

MIX
Papier | Fördert gute Waldnutzung
FSC® C014496

Vollständige Taschenbuch-Sonderausgabe
der bei INK erschienenen Paperbackausgabe.
Die Originalausgabe erschien 2015 unter dem Titel »Luckiest Girl Alive«
bei Simon&Schuster, Inc. New York, NY, USA.

Textredaktion: Jochen Dilling
Umschlaggestaltung: © Thomas Krämer unter Verwendung
des Original-Filmmotivs von Netflix
Cover Art: © Netflix 2022. Used with permission
Satz: Greiner & Reichel, Köln
Gesetzt aus der Adobe Caslon
Druck und Verarbeitung: GGP Media GmbH, Pößneck
Printed in Germany
ISBN 978-3-7363-2028-4

1 3 5 7 6 4 2

Sie finden uns im Internet unter lyx-verlag.de
Bitte beachten Sie auch: luebbe.de und lesejury.de

Allen TifAni FaNellis dieser Welt.

Ich weiß.

I

Ich betrachtete das Messer in meiner Hand.

»Das ist das Shun. Liegt viel leichter in der Hand als das Wüsthof, nicht wahr?«

Prüfend fuhr ich mit dem Finger über die Schneide. Der Griff war angeblich schweißabweisend, fühlte sich jedoch rasch feucht an in meiner Hand.

»Ich denke, dieses Modell passt besser zu jemandem mit Ihrer Statur.«

Ich sah zu dem Verkäufer hoch und wappnete mich gegen das Wort, das Leute immer benutzen, wenn sie kleine Frauen beschreiben, die lieber als dünn gelten würden.

»Zierlich.« Er lächelte, als hätte er mir ein Kompliment gemacht. Hätte er mir wirklich schmeicheln wollen, hätte er mich schlank, elegant, anmutig genannt.

Eine im Hautton etwas hellere Hand als meine erschien in meinem Blickfeld und wollte nach dem Messer greifen.

»Darf ich?«

Ich blickte zu dem dazugehörigen Mann auf – meinem Verlobten. *Verlobung*. Das Wort machte mich nervös, wenn auch nicht ganz so nervös wie *Hochzeit*. Dieses Wort zwängte mich in ein Korsett, das mir die Luft aus den Lungen trieb und die Kehle zuschnürte. Ich könnte einfach beschließen, nicht loszulassen, und die aus Nickel und Edelstahl geschmiedete Klinge (das

Shun, weil es mir besser gefiel) geräuschlos in seinen Bauch treiben. Der Verkäufer würde vermutlich nur ein würdevolles »Oh!« von sich geben. Schreien würde die Mutter, die hinter ihm stand. Auf dem Arm trug sie ein Baby mit verkrusteter Nase. Man sah ihr förmlich an, dass Langeweile und Drama in ihr eine explosive Mischung bildeten. Sie würde den Reportern, die alsbald den Tatort stürmen würden, in tränenreicher Hysterie die *Attacke* schildern. Ich übergab das Messer, ehe mein Körper, der ohnehin ständig in Alarmbereitschaft war, auf Autopilot umschaltete und mich blind zustechen ließ.

»Ich freue mich riesig«, sagte Luke, als wir in einem Schwall eiskalter Klimaanlageluft aus dem Williams-Sonoma-Kaufhaus auf die 59th Street hinaustraten. »Und du?«

»Diese Rotweingläser sind toll.« Ich verschränkte meine Finger mit seinen, um ihm zu zeigen, dass ich es ernst meinte. Was mich allerdings störte, war das Konzept der »Sets«. Wir würden unweigerlich mit sechs Brottellern, vier Salatschüsseln und acht Esstellern enden, und ich käme nie dazu, sie zu einer richtigen kleinen Porzellanfamilie zu ergänzen. Sie würden auf der Küchentheke einstauben, während Luke immer wieder anbot, sie wegzuräumen, woraufhin ich »Noch nicht« fauchte, bis ich eines Tages, lange nach der Hochzeit, unvermittelt den manischen Drang verspüren würde, mit dem unvollständigen Ensemble in die Stadt zu fahren, bei Williams-Sonoma einzufallen wie Martha Stewart auf Kriegspfad, nur um festzustellen, dass sie das Design »Louvre«, das wir uns vor Jahren ausgesucht hatten, nicht mehr führen.

»Wollen wir Pizza essen gehen?«

Luke drückte lachend meine Hand. »Wo steckst du das nur alles hin?«

Meine Hand verkrampfte sich in seiner. »Wahrscheinlich liegt's an dem vielen Work-out. Ich komme um vor Hunger.«

Mir war noch schlecht von dem turmhoch mit Cornedbeef und Käse belegten Reuben-Sandwich, das ich zu Mittag gegessen hatte.

»Wie wär's mit Patsy's?« Ich tat, als sei ich in diesem Moment erst auf die Idee gekommen. Dabei träumte ich schon lange von einem Stück Pizza von Patsy's, von weißen Käsefäden, die lang und länger wurden, ohne abzureißen, sodass ich sie zwischen die Finger nehmen und abziehen musste und mir auf diese Weise eine Extraportion Mozzarella vom Nachbarstück stibitzen konnte. Seit letztem Donnerstag schwebte dieses Bild vor meinem inneren Auge. Da hatten wir beschlossen, uns am Sonntag endlich um unsere Hochzeitsliste zu kümmern. (»Die Leute fangen an zu fragen, Tif.« – »Ich weiß, Mom, wir machen das schon.« – »Es sind nur noch fünf Monate bis zur Hochzeit!«)

»Ich hab keinen Hunger«, sagte Luke achselzuckend. »Aber wenn du unbedingt möchtest.«

Der allzeit gutmütige Luke.

Hand in Hand überquerten wir die Lexington Avenue und wichen einem Grüppchen Frauen mit starken Beinen in weißen Läufershorts und festem Schuhwerk aus, deren Tüten all die Schätze enthielten, die Victoria's Secret in der Fifth Avenue führte, in Minnesota aber nicht; ebenso eine Truppe von Long-Island-Girls, um deren honigfarbene Waden sich die Riemchen ihrer Gladiatorsandalen rankten wie Lianen um einen Ast. Sie sahen Luke an, dann mich, ohne den geringsten Ausdruck von Zweifel. Ich hatte alles darangesetzt, eine ebenbürtige Rivalin zu werden, eine Carolyn Bessette für John F. Kennedy Junior. Wir bogen links in die 60th Street ein, um uns dann nach rechts zu wenden. Es war noch vor siebzehn Uhr, als wir am Restaurant ankamen. Die Tische waren gedeckt, aber unbesetzt. Die New Yorker Hipster saßen um diese Tageszeit noch beim Brunch. Früher gehörte ich da auch dazu.

»Draußen?«, erkundigte sich die Empfangskellnerin. Als wir

nickten, nahm sie zwei Speisekarten von einem Tisch und bedeutete uns, ihr zu folgen.

»Für mich bitte ein Glas Montepulciano.«

Die junge Frau hob indigniert die Augenbrauen. Mir war klar, was sie dachte – *es ist nicht mein Job, Bestellungen anzunehmen* –, doch ich lächelte sie nur liebenswürdig an. *Bin ich etwa nicht supernett? Ist Ihr Verhalten nicht total albern? Sie sollten sich wirklich was schämen.*

Sie wandte sich an Luke. »Und für Sie?«

»Nur Wasser.«

Als sie sich zum Gehen wandte, sagte er zu mir: »Ich verstehe nicht, wie du bei dieser Hitze Rotwein trinken kannst.«

Ich zuckte die Schultern. »Weißwein passt einfach nicht zu Pizza.«

Weißwein gönnte ich mir nur an Abenden, wenn ich mich leicht und hübsch fühlte. Wenn ich in der Lage war, den Abschnitt »Pasta« auf der Karte zu übergehen. Im *Women's Magazine* hatte ich einmal Tipps dazu gegeben: »Laut einer Studie ist man mit seiner Menüauswahl eher zufrieden, wenn man die Speisekarte sofort nach dem Auswählen zuklappt. Also wählen Sie die gegrillte Seezunge und schließen Sie sofort die Karte, ehe Sie mit den Penne à la Wodka zu flirten beginnen.« LoLo, meine Chefin, hatte das Wort »flirten« unterkringelt und dazugeschrieben: »Sehr witzig.« Ich hasse gegrillte Seezunge.

»Was müssen wir denn noch erledigen?« Luke lehnte sich zurück und verschränkte die Hände am Hinterkopf, als wolle er Sit-ups machen. Er hatte keine Ahnung, dass er mit dieser Frage vermintes Terrain betrat. In meinen braunen Augen gerann Gift, das ich jedoch rasch wegzwinkerte.

»Alles Mögliche.« Ich zählte an den Fingern auf: »Alles, was mit Papier zu tun hat – Einladung, Speisekarte, Programmheft, Tischkarten und so weiter. Ich muss jemanden finden, der mir Haare und Make-up machen kann, und die Brautjungfernkleider aussuchen. Außerdem müssen wir noch mal ins Reisebüro – ich will wirklich nicht nach Dubai. Ich weiß ...« Ich hob die Hände, bevor Luke etwas erwidern konnte. »Wir können nicht die ganze Zeit auf den Malediven verbringen. Man kann nicht endlos am Strand herumliegen, ohne durchzudrehen. Aber könnten wir nicht ein paar Tage in London oder Paris dranhängen?«

Luke nickte mit konzentrierter Miene. Er hatte das ganze Jahr über Sommersprossen, doch Mitte Mai erreichten sie seine Schläfen, wo sie bis Thanksgiving blieben. Es war mein vierter Sommer mit Luke, und jedes Jahr aufs Neue beobachtete ich, wie sich die Goldpünktchen auf seiner Nase durch all die guten, gesunden Freiluftaktivitäten – Laufen, Surfen, Golf, Kiteboarding – vervielfachten wie Krebszellen. Eine Zeit lang hatte er mich mitgeschleppt. Seine Begeisterung für Bewegung und Endorphine war der reinste Terror. Nicht einmal der schlimmste Kater konnte ihn davon abbringen. Früher hatte ich mir meinen Wecker samstags auf 13 Uhr gestellt. Luke fand das süß. »So klein, und so ein Schlafbedürfnis«, sagte er immer, wenn er mich am Nachmittag wachkuschelte. *Klein.* Auch so eine Beschreibung, die ich hasste. Was musste ich denn noch alles tun, um »dünn« genannt zu werden?

Irgendwann bekannte ich Farbe. Es ist gar nicht so, dass ich mehr Schlaf brauche als andere, ich schlafe nur nicht, wenn andere Leute schlafen. Ich kann mir nicht vorstellen, zur gleichen Zeit in Bewusstlosigkeit zu versinken wie alle anderen. Richtigen Schlaf – nicht diese verkniffene Form von Ruhe, an die ich mich während der Woche gewöhnt habe – finde ich nur, wenn die Sonne sich im One World Center spiegelt, sodass ich mich im Bett umdrehen muss, wenn ich Luke höre, wie er in der Küche herumhantiert und Omelettes aus Eiweiß macht, oder wenn die Nachbarn darüber zanken, wer zuletzt den Müll rausgebracht hat. Banaler Alltag, so öde, dass er unmöglich stören kann. Erst dann kann ich richtig schlafen.

»Wir sollten uns vornehmen, jeden Tag eine Sache zu erledigen«, beschloss Luke.

»Luke, ich erledige drei Sachen am Tag.« Da war eine Schärfe in meiner Stimme, die ich mir eigentlich abgewöhnen wollte. Außerdem hatte ich kein Recht dazu, schnippisch zu sein. Ich hätte eigentlich drei Dinge am Tag erledigen müssen, stattdessen saß ich wie gelähmt vor meinem Computer und machte mir Vorwürfe, weil ich nicht drei Dinge am Tag erledigte, wie ich mir vorgenommen hatte. Doch weil das viel anstrengender und zeitintensiver war, als drei verdammte Dinge zu erledigen, hatte ich Anspruch darauf, wütend zu sein.

Mir fiel eine Sache ein, mit der ich tatsächlich gut in der Zeit lag. »Hast du überhaupt eine Ahnung, wie oft ich in dem Laden war, wo unsere Einladungen gedruckt werden?«

Ich hatte die Frau – eine zierlichen Asiatin, deren nervöse Unterwürfigkeit mich zur Weißglut brachte – mit tausend Fragen bombardiert: Würde es billig aussehen, wenn man die Einladungen im Reliefdruck druckt, die Antwortkarten aber nicht? Würde man merken, wenn wir die Adressen auf den Umschlägen von einem Kalligrafen schreiben, die Einladungskarten aber in einem Scriptfont drucken ließen? Ich hatte panische Angst aufzufliegen. Seit sechs Jahren lebte ich nun in New York, und es fühlte sich immer noch an wie ein Studium im Fach »Mühelos reich wirken«, Dissertation zum Thema: »Und das in New York City«. Im ersten Semester hatte ich gelernt, dass die Jack-Rogers-Sandalen, die zu Collegezeiten das Größte waren, mich sofort als beschränkten Kleinstadt-Blaustrumpf verrieten. Ich suchte mir neue Grenzen und warf meine goldenen, silbernen und weißen Flipflops in den Müll. Das Gleiche passierte mit den kleinen Coach-Baguette-Handtaschen (ging gar nicht). Und schließlich kam mir die Erkenntnis, dass Kleinfeld, ein New Yorker Klassiker, den ich immer für glamourös gehalten hatte, nur eine zweitklassige Brautkleiderfabrik war, die von Landeiern und Vorstädtern bevorzugt wurde. Ich entschied mich für eine kleine Boutique in Meatpacking mit behutsam dekorierten Roben von Marchesa, Reem Acra und Carolina Herrera. Und dann diese düsteren, überfüllten Clubs mit ihren fleischigen Türstehern und roten Seilen, in denen zu Tiësto mit den Hüften gepumpt wurde? So verbrachte man seinen Freitagabend nicht, wenn man als New Yorker was auf sich hielt. Nein, man saß in einer ordinären Bar im East Village, bestellte Endiviensalat für sechzehn Dollar und spülte ihn mit Wodka-Soda runter. Dazu trug man billig wirkende Rag&Bone-Booties für 495 Dollar.

Ich hatte sechs Jahre gebraucht, um dorthin zu gelangen, wo ich jetzt stand. Mein Verlobter arbeitete im Finanzwesen, ich war auf Du und Du mit der Inhaberin des Locanda Verde, und ich trug die neueste Chloé-Tasche am Handgelenk (keine Céline, aber immerhin stolzierte ich nicht mit einer monströsen Louis Vuitton durch die Gegend, als wäre sie das achte Weltwunder). Sechs Jahre hatten mir genügt, um dieses Handwerk zu erlernen. Doch eine Hochzeit zu planen ist eine ganz andere Nummer. Man verlobt sich im November, hat einen Monat Zeit, um sich einen Überblick zu verschaffen. Dann stellt man fest, dass das Blue-Hill-Restaurant im Stone Barn Center – wo man eigentlich feiern wollte – renoviert worden ist und der neueste Hit ohnehin ehemalige Bankgebäude sind, die zwanzigtausend Dollar Miete pro Tag kosten. Es bleiben einem zwei Monate Zeit, um Hochzeitsmagazine und Blogs zu studieren, sich mit den schwulen Kollegen vom *Women's Magazine* zu beraten und zu erfahren, dass trägerlose Brautkleider widerwärtiges Mittelmaß sind. Inzwischen waren es noch drei Monate, bis es so weit war, und ich hatte immer noch keinen Fotografen gefunden, der keine Braut mit Schmollmund in seinem Portfolio hatte (schwieriger, als es klingt), keine Brautjungfernkleider, die nicht aussahen wie Brautjungernkleider, und keinen Floristen, der mir außerhalb der Saison Anemonen besorgen konnte, weil Pfingstrosen einfach was für Dilettanten waren. *Eine* falsche Entscheidung, und jeder würde durch das dezente Bräunungsspray hindurch die billige Italo-Tussi erkennen, zu doof, um Salz und Pfeffer zusammen zu reichen. Ich dachte, mit achtundzwanzig müsste ich nicht mehr ständig versuchen, mich zu beweisen, und könnte mich endlich entspannt zurücklehnen. Stattdessen wurde der Kampf mit zunehmendem Alter immer blutiger.

»Du hast mir immer noch keinen Kalligrafen besorgt«, sagte ich, im Stillen nicht unzufrieden, weil ich dadurch mehr Zeit hatte, die scheue Schreibwarenhändlerin zu quälen.

»Ich arbeite dran«, erwiderte Luke seufzend.

»Wir können die Karten nicht rechtzeitig rausschicken, wenn du dich nicht diese Woche darum kümmerst. Ich bitte dich schon seit einem Monat darum.«

»Ich habe viel zu tun!«

»Ach, denkst du, ich nicht?«

Zanken ist so viel scheußlicher als ein erhitzter Streit, bei dem Geschirr fliegt. Danach hat man nämlich Sex auf dem Küchenboden und Abdrücke von Porzellanscherben mit Louvre-Ranken auf dem Rücken. Kein Mann reißt einem die Kleider vom Leib, wenn man ihn anzickt, weil er die Klospülung nicht betätigt hat.

Ich ballte die Fäuste und spreizte dann meine Finger ab, als könnte ich so meine Wut wegschleudern wie Spiderman seine Netzfäden. *Sag's halt.*

»Tut mir leid.« Ich seufzte so erbarmungswürdig wie möglich. »Ich bin einfach erschöpft.«

Eine unsichtbare Hand fuhr über Lukes Gesicht und wischte seinen Unmut weg.

»Warum gehst du nicht zum Arzt? Du solltest dir wirklich Ambien oder so verschreiben lassen.«

Ich nickte, als würde ich den Vorschlag überdenken, doch Schlaftabletten sind nichts anderes als Schwäche in Knopfform.

Was ich wirklich brauchte, waren die ersten beiden Jahre meiner Beziehung, die kurze Schonfrist, als mir, verwoben mit Luke, die Nacht entglitt und ich nicht den Drang verspürte, ihr nachzujagen. Die wenigen Male, die ich aufschreckte, sah ich, dass Luke sogar im Schlaf ein Lächeln im Gesicht trug. Seine Gutmütigkeit wirkte auf mich wie das Insektenspray, das wir im Sommerhaus seiner Eltern in Nantucket benutzten, so stark, dass es die Furcht, diese immerwährende schwelende Vorahnung dämpfte, etwas Schlimmes würde passieren. Doch dann irgendwann – vor etwa acht Monaten, als wir uns verlobten, wenn ich ganz ehrlich bin – kam die Schlaflosigkeit zurück. Ich fing an, Luke wegzustoßen, wenn er mich am Samstagmorgen wecken wollte, um mit mir über die Brooklyn Bridge zu laufen, was wir fast drei Jahre lang jede Woche getan hatten. Luke war kein erbärmlicher verliebter Welpe – er merkte durchaus, was los war, doch erstaunlicherweise band ihn das noch stärker an mich. Als würde er sich vornehmen, mich zurückzugewinnen.

Ich bin keine tapfere Heldin, die so tut, als wisse sie nichts von ihrer stillen Schönheit und ihrem ganz eigenen Charme, doch es gab durchaus eine Zeit, wo ich mich fragte, was Luke eigentlich in mir sah. Ich bin hübsch – nicht ohne dass ich mir Mühe gebe, aber die Voraussetzungen sind gut. Ich bin vier Jahre jünger als Luke, nicht acht, aber immerhin. Außerdem mache ich im Bett gern »seltsame« Sachen. Auch wenn Luke und ich unterschiedliche Definitionen von »seltsam« haben (er: von hinten und an den Haaren ziehen, ich: Elektroschocks an meiner Muschi und Knebel im Mund, um meine Schreie zu dämmen), führen wir nach seinen Maßstäben ein schräges, erfüllendes Liebesleben. Ich erkenne durchaus, was Luke in mir sieht, doch es gibt in der Innenstadt Bars voller Frauen, lauter süße, naturblonde Kates, die für Luke sofort auf alle viere gehen und mit ihrem Pferdeschwanz wedeln würden. *Kate* ist wahrscheinlich in einem roten Klinkerhaus mit weißen Schlagläden aufgewachsen, das auf der

Rückseite keine schäbige Verkleidung hatte wie mein Elternhaus. Allerdings könnte Kate Luke niemals geben, was ich ihm gebe, nämlich den Kick. Ich bin die rostige, bakterienverseuchte Messerschneide, die Lukes ordentlich versäumtes Leben als Star-Quarterback bedroht. Er mag das, die Vorstellung, dass ich ihm gefährlich werden kann. Doch er will nicht wirklich sehen, was ich alles anrichten, was für hässliche Löcher ich reißen kann. Die längste Zeit unserer Beziehung habe ich nur an der Oberfläche gekratzt, ein bisschen mit Druck gespielt. Wie fest kann ich, wie fest muss ich drücken, bis Blut kommt? Ich bin es leid.

Bewusst nachlässig stellte mir die freundliche Empfangskellnerin ein Weinglas vor die Nase. Rote Flüssigkeit schwappte über den Rand und sammelte sich um den Fuß des Glases wie um eine Schusswunde.

»Bitte schön!«, flötete sie und zeigte mir ihr vermutlich gemeinstes Lächeln, das allerdings auf meiner persönlichen Skala noch nicht einmal den Zeiger bewegte.

Und so öffnete sich der Vorhang, und die Scheinwerfer strahlten los: Showtime.

»Oh je!« Ich tippte mir mit dem Finger auf die Schneidezähne. »Ein großes Stück Spinat. Genau hier.«

Die Empfangskellnerin schlug die Hand auf den Mund und lief vom Hals aufwärts tiefrot an.

»Danke«, murmelte sie und entfernte sich.

In der nachlassenden Abendsonne leuchteten Lukes Augen wie zwei blaue Kreise. »Sie hatte doch gar nichts zwischen den Zähnen«, sagte er irritiert.

Bedächtig lehnte ich mich über den Tisch und nahm vorsichtig einen Schluck Wein, um meine weißen Jeans nicht zu gefährden. »Nicht zwischen den Zähnen, aber zwischen den Arschbacken. Andererseits …«

Lukes Gelächter wirkte wie eine stehende Ovation. Beeindruckt schüttelte er den Kopf. »Du kannst ganz schön fies sein, weißt du das?«

»Der Florist wird die Reinigung am nächsten Tag nach Stunden abrechnen. Sie müssen im Vertrag eine Pauschale vereinbaren.«

Montagmorgen. Und natürlich musste ich im Aufzug mit Eleanor Tuckerman, geborene Podalski, fahren, Kollegin beim *Woman's Magazine*, die nicht nur von morgens bis abends von meinem Talent schmarotzt, sondern sich außerdem für alles, was mit Heiraten und Etikette zu tun hat, für eine Koryphäe hält. Eleanor hatte vor einem Jahr geheiratet und sprach von dem Ereignis so getragen und pietätvoll, wie man vielleicht über den Elften September oder Steve Jobs Ableben sprechen würde. Ich nehme an, das wird so bleiben, bis sie geschwängert wird und einem zukünftigen Nationalheiligtum das Leben schenkt.

»Wirklich?« Ich schmückte meine Worte mit einem kleinen Japser des Entsetzens. Eleanor ist Ressortleiterin und damit meine Vorgesetzte und außerdem vier Jahre älter als ich. Es ist wichtig für mich, dass sie mich mag, aber dazu braucht es nicht viel. Frauen wie sie wollen nur, dass man sie aus großen, unschuldigen Bambiaugen anschaut und sie um einen klugen Rat anbettelt.

Eleanor nickte feierlich. »Ich maile Ihnen meinen Vertrag, damit Sie sehen, was Sie tun sollten.« *Und wie viel wir hingeblättert haben.* Das sagte sie nicht, aber genau darum ging es.

»Das wäre unglaublich hilfreich, Eleanor«, schleimte ich und zeigte meine erst kürzlich frisch gebleichten Zähne. Die Aufzugtür öffnete sich und entließ mich mit einem Klingelton nach draußen.

»Guten Morgen, Miss FaNelli.« Clifford zwinkerte mir charmant zu und ließ Eleanor leer ausgehen. Clifford saß seit einundzwanzig Jahren am Empfang des *Women's Magazine* und pflegte aus den unterschiedlichsten und absurdesten Gründen eine tiefe Abneigung gegen die meisten Menschen, die tagtäglich an ihm vorbeigingen. Eleanors Verbrechen besteht einerseits darin, dass sie generell schrecklich ist, aber andererseits ließ sie auch einmal eine Mail herumgehen, in der Teeküche stünden Kekse bereit. Clifford konnte die Telefone nicht allein lassen und bat deshalb Eleanor per E-Mail, ihm einen zu bringen, dazu einen Kaffee, der so viel Milch enthielt, dass er die Farbe von Karamell hatte. Eleanor war zufällig in einer Besprechung, und als sie die E-Mail schließlich las, waren die Kekse längst weg. Sie brachte ihm zumindest seinen geliebten karamellfarbenen Kaffee, doch Clifford rümpfte nur die Nase und hat seither keine fünf Worte mehr mit ihr gesprochen. »Die fette Kuh hat den letzten wahrscheinlich selbst gegessen, statt ihn mir zu bringen«, fauchte er mir gegenüber nach dem »Vorfall«. Eleanor ist so magersüchtig wie sonst niemand, den ich kenne, und wir brachen hinterher förmlich zusammen vor Lachen.

»Morgen, Clifford.« Ich winkte leicht, und mein Verlobungsring glitzerte im fluoreszierenden Licht.

»Dieser *Rock.*« Mit anerkennendem Blick pfiff Clifford auf den Größe-zwei-Lederschlauch, in den ich mich nach der gestrigen Kohlenhydrate-Orgie gezwängt hatte. Das Kompliment war für mich ebenso wie für Eleanor gedacht. Clifford zeigte mit Vergnügen, was für ein Herzblatt er sein konnte, wenn man ihm nicht dumm kam.

»Dankeschön.« Ich hielt Eleanor die Tür auf.

»Scheißtranse«, murmelte sie im Hindurchgehen, gerade so laut, dass Clifford sie noch hören konnte. Dabei blickte sie mich an, um zu sehen, wie ich reagierte. Wenn ich die Bemerkung überging, wäre das ein klares Statement. Wenn ich lachte, Verrat an Clifford.

Ich hob die Hände. »Ach, ich liebe euch beide«, sagte ich laut, um die Lüge möglichst überzeugend klingen zu lassen.

Als die Tür sich geschlossen hatte und Clifford uns nicht mehr hören konnte, informierte ich Eleanor, dass ich auf dem

Weg nach unten sei, um ein Bewerbungsgespräch zu führen, und erkundigte mich, ob ich ihr vom Kiosk einen Snack oder eine Zeitschrift mitbringen solle.

»Einen Müsliriegel und die neue *GQ*, falls sie sie haben.«

An dem Riegel würde Eleanor den ganzen Tag herumknabbern. Eine Nuss am späten Vormittag, zum Mittagessen eine getrocknete Cranberry. Doch sie lächelte mir dankbar zu, und das war genau das, was ich wollte.

Die meisten meiner Kolleginnen würden E-Mails sofort löschen, die mit »Darf ich Sie zum Kaffee einladen?« überschrieben sind und von ehrgeizigen Zweiundzwanzigjährigen kommen, die einerseits hypernervös sind und andererseits ein bedauernswert übersteigertes Selbstbewusstsein haben. Sie sind alle mit Lauren Conrads Reality-Fernsehserie *The Hills* aufgewachsen und denken: *Ich will auch mal bei einer Zeitschrift arbeiten, wenn ich groß bin*. Später sind sie dann enttäuscht, wenn sie feststellen, dass ich nichts mit Mode zu tun habe (»Nicht einmal mit Beauty?«, schmollte eine, die Yves-Saint-Laurent-Tasche ihrer Mutter im Arm wie ein Neugeborenes). Mir macht es Spaß, die Mädchen aufzuziehen. »Das Einzige, was ich in meinem Job umsonst bekomme, sind die Druckfahnen von Büchern, drei Monate vor dem Erscheinungstermin. Was lesen Sie denn im Moment?« Dass ihnen daraufhin die Farbe aus dem Gesicht weicht, ist mir Antwort genug.

Das *Women's Magazine* hat schon immer Seichtes mit Anspruchsvollem verwoben. Gelegentlich blitzt ernsthafter Journalismus durch, hin und wieder werden Buchauszüge halbwegs renommierter Autoren gedruckt oder eine der wenigen weiblichen Topmanagerinnen vorgestellt, die es geschafft hat, die gläserne Decke zu durchbrechen. Behandelt werden außerdem heikle »Frauenthemen«, sprich Familienplanung und Abtreibung, wobei LoLo sich regelmäßig über das Schubladendenken aufregt:

»Männer wollen auch nicht bei jedem Fick ein Kind.« Nichtsdestotrotz sind das nicht die Gründe, warum jeden Monat eine Million Neunzehnjährige die Zeitschrift kaufen. Und es ist wesentlich wahrscheinlicher, dass ich Texte mit Titeln wie »99 Arten, sein Baguette zu schmieren« verfasse, als dass ich Präsidentenberaterin Valerie Jarrett interviewe. Meine Chefin LoLo – eine schicke, wenn auch geschlechtslose Person mit einer bedrohlichen Ausstrahlung, die mir bestens bekommt, weil sie mir das Gefühl gibt, mein Job sei in ständiger Gefahr und somit bedeutsam –, scheint von mir gleichermaßen angewidert und fasziniert.

Am Anfang wurde ich auf das Thema Sex angesetzt, vermutlich wegen meines Äußeren. (Ich kann zwar inzwischen meinen Busen ganz gut verstecken, aber ich scheine irgendwie etwas Ordinäres auszustrahlen.) Dass ich erst einmal dabei blieb, lag daran, dass ich gut darin war. Über Sex zu schreiben ist gar nicht so einfach, und die meisten Redakteurinnen, Abonnentinnen von Intellektuellenblättern wie *The Atlantic*, würden sich dazu gar nicht *herablassen*. Die Damen können gar nicht genug betonen, wie wenig sie über Sex wissen. Als könne man sich nicht gleichzeitig darüber im Klaren sein, wo man seine Klitoris hat, und trotzdem guten Journalismus betreiben. »Was ist BDSM?«, hat mich LoLo einmal gefragt. Obwohl sie die Antwort genau kannte, hat sie vergnügt geschnaubt, als ich ihr den Unterschied zwischen »Dom« und »Sub« erklärte. Doch ich halte mich an ihre Regeln. LoLo weiß genau, dass es nicht an dem Artikel über *Emily's List* und deren Kampagne für Abtreibung liegt, dass die Zeitschrift sich wie warme Semmeln verkauft, und sie braucht die Verkaufszahlen für sich ganz persönlich. Es gehen Gerüchte um, sie wolle den Leiter des *New York Times Magazine* beerben, wenn sein Vertrag ausläuft. »Du bist die Einzige, die Sex witzig und intelligent darstellen kann«, hat sie mir einmal gesagt. »Halte durch. Spätestens in einem Jahr ist es vorbei mit Blowjobs. Versprochen.«

Diese im Scherz dahingesagte Bemerkung war mir ebenso kostbar wie der glitzernde Parasit an meinem Ringfinger. Monatelang dachte ich an nichts anderes. Dann kam Luke mit der Nachricht nach Hause, dass es im Gespräch sei, ihn nach London zu versetzen. Das würde eine bedeutende Erhöhung seines ohnehin schon beachtlichen Bonus nach sich ziehen. Natürlich hätte ich nichts dagegen, irgendwann mal in London zu leben, aber nicht als Anhängsel von Luke.

Er war überrascht, als sich mein Gesicht verfinsterte.

»Du schreibst«, erklärte er. »Das kannst du doch überall tun. Das ist ja das Schöne daran.«

Ich begab mich auf eine Kreisbahn durch die Küche und hob zu meiner Verteidigung an. »Ich will nicht freiberuflich arbeiten, Luke. In einem fremden Land um Aufträge betteln. Ich will eine festangestellte Redakteurin sein.« Ich deutete zu Boden. »Und zwar beim *New York Times Magazine.*« Ich legte meine gekrümmten Finger aneinander, als hielte ich diese Option in Händen, und schüttelte sie.

»Ani.« Luke umfasste meine Handgelenke und senkte meine Arme an meine Hüften. »Du musst dich endlich davon frei machen. Du musst nicht jedem beweisen, dass du mehr kannst als über Sex schreiben. Ich weiß genau, wie das enden wird: Du arbeitest ein Jahr dort, dann hängst du mir in den Ohren, dass du ein Kind willst, und danach hast du gar keine Lust mehr, arbeiten zu gehen. Lass uns doch mal vernünftig sein. Soll ich – sollen *wir* …« – er betonte tatsächlich das Wir – »… wirklich diese Chance vergeben, nur um einer Laune nachzugeben?«

Luke findet, dass meine Pläne nicht recht zur typisch amerikanischen Durchschnitts-Kate passen. Ich weiß das. Ich wollte den Ring und die feierliche Hochzeit mitsamt ausladendem Kleid. Ich habe eine teure Dermatologenpraxis in der Fifth Avenue, wo man mir spritzt, was immer ich will, außerdem schleppe ich Luke regelmäßig zu ABC Carpet & Home, um türkise

Lampen und antike Beni-Ourain-Berberteppiche zu besichtigen. »Würden die in unserem Foyer nicht toll aussehen?«, frage ich jedes Mal, woraufhin Luke nach einem Blick auf das Preisschild einen Herzinfarkt simuliert. Ich glaube, er verlässt sich darauf, dass ich ihm so lange zusetze, bis er sich nicht mehr gegen das Vaterwerden wehrt, genauso wie es bei seinen Freunden und deren Frauen war. Beim Bier wird er sich darüber beklagen – »Jetzt legt sie schon Tabellen für ihren Zyklus an« –, und sie werden mitfühlend vor sich hin brummen. *Kenn ich alles, Kumpel.* Doch tief in ihrem Innern sind sie froh, dass jemand sie gezwungen hat, denn sie wollen es auch, möglichst einen Jungen, aber es gibt zur Not ja noch eine zweite Chance, wenn sie den Erben nicht gleich beim ersten Mal zustande kriegen. Nur, Männer müssen das nie zugeben. Luke rechnet nie im Leben damit, mich erinnern zu müssen, dass meine biologische Uhr tickt.

Das Problem ist, ich werde ihn nicht zwingen. Ich finde Kinder viel zu anstrengend.

Allein die Vorstellung, schwanger zu sein, ein Kind zu *gebären*, versetzt mich in einen Zustand, nicht direkt in Panik, es ist mehr ein Schwindelgefühl, genau wie damals vor etwa vierzehn Jahren, als ich mich plötzlich fühlte, als säße ich auf einem Karussell, das mitten im Schwung abgestellt wird. Es ist, als würde ich nach und nach zum Halt kommen, als würde der Schlag meines Herzens allmählich abebben, während mein Leben seine letzten Runden dreht. All diese Termine, immer wieder Ärzte und Krankenschwestern, die mich betatschen – warum lässt er seine Hand da so lange liegen? Spürt er etwas? Einen Tumor? Vielleicht hört das Drehen ja nie auf. Ich bin ein unerträglicher Hypochonder und kann den geduldigsten Arzt auf die Palme bringen. Ich bin dem Schicksal einmal von der Schippe gesprungen, aber das war nur eine Frage der Zeit, möchte ich ihnen erklären, damit sie verstehen, dass meine Neurose eine reale Ursache hat. Ich habe Luke von dem Schwindelgefühl erzählt und versucht, ihm zu erklären, dass ich besser nie schwanger werde, weil ich mir viel zu viele Sorgen machen würde. Er hat nur gelacht und seine Nase an meinem Nacken gerieben. »Du bist so süß«, hat er geschnurrt. »Dass du dich so um das Baby sorgen würdest.« Ich lächelte nur. Natürlich hatte ich es genau so gemeint.

Mit einem Seufzen drückte ich den Knopf zur Lobby und wartete, bis die Aufzugtür aufglitt. So wie sie nie über Sex schreiben würden, würden sich meine Kolleginnen nie herablassen, solche Anfängerinnen zu empfangen, doch ich finde das überaus unterhaltsam. In neun von zehn Fällen ist sie die Hübscheste ihrer Studentenverbindung, die mit der besten Garderobe und der größten Kollektion von J-Brand-Jeans. Es amüsiert mich immer wieder aufs Neue zu sehen, wie ein Schatten über ihr Gesicht huscht, wenn sie meine Derek-Lam-Hose entdeckt, die locker auf meinen Hüften sitzt, und den nachlässigen Haarknoten in meinem Nacken. Sie wird an ihrem geschmackvollen Empire-Kleid zupfen, das plötzlich matronenhaft wirkt, über ihr übertrieben geglättetes Haar streichen und erkennen, dass sie alles falsch gemacht hat. Vor zehn Jahren noch hätten mir solche Frauen Höllenqualen bereitet, doch heute springe ich morgens freudig aus dem Bett, wenn ich weiß, dass ich an diesem Tag meine Macht über eine von ihnen ausspielen darf.

Die junge Frau, die ich an jenem Morgen treffen würde, war für mich besonders interessant. Spencer Hawkins – ein Name, für den ich morden würde – war Absolventin meiner alten Highschool, der Bradley School, und hatte kürzlich am Trinity College ihren Abschluss gemacht (so wie alle anderen). Sie »bewundere meine Kraft angesichts der Widrigkeiten«. Als wäre ich Rosa Parks oder so was. Aber was soll ich sagen, sie hatte den richtigen Nerv getroffen.

Ich entdeckte sie gleich, nachdem ich aus dem Aufzug getreten war – zerknautsche Lederhose (richtig gut, falls Kunstleder), perfekt abgestimmt mit einer blütenweißen Hemdbluse und scharfen silbernen Highheels, am Arm eine Chanel-Tasche. Wenn nicht ihr Mondgesicht gewesen wäre, hätte ich mich sofort umgedreht und so getan, als würde ich sie nicht kennen. Ich kann nicht gut mit ernsthafter Konkurrenz umgehen.

»Ms FaNelli?«, sagte sie vorsichtig. Mann, ich kann es gar nicht abwarten, eine Harrison zu werden.

»Hallo.« Ich schüttelte ihr so heftig die Hand, dass die Kette an ihrer Handtasche rasselte. »Wir haben zwei Kaffeevarianten zur Auswahl – am Kiosk gibt es Illy, in der Cafeteria Starbucks. Suchen Sie sich was aus.«

»Ich richte mich ganz nach Ihnen.« Kluge Antwort.

»Starbucks kann ich nicht ausstehen.« Ich rümpfte die Nase und machte kehrt. Ihre Absätze klapperten wie wild hinter mir her.

»Guten Morgen, Loretta!«

Am aufrichtigsten bin ich, wenn ich mit der Verkäuferin am Kiosk spreche. Loretta hat am ganzen Körper Narben von schweren Verbrennungen – niemand weiß, woher –, und sie strömt einen starken, säuerlichen Geruch aus. Als sie letztes Jahr anfing, beklagten sich die Leute – so ein enger Raum und dazu noch mit Lebensmitteln. Es sei einfach *unappetitlich*. Sicher sei es ehrenwert von der Firma, sie einzustellen, aber könne sie nicht vielleicht in der Postzentrale im Untergeschoss arbeiten? Ich habe sogar einmal Eleanor einer Kollegin gegenüber jammern gehört. Seit Loretta am Kiosk stand, war der Kaffee stets frisch, die Milchbehälter waren voll – sogar der mit Sojamilch! –, und die neuesten Ausgaben der Zeitschriften waren kunstvoll auf den Regalen ausgestellt. Loretta liest alles, was sie in die Finger bekommt. Sie verzichtet auf eine Klimaanlage und steckt das gesparte Geld in ihre Reisekasse. Einmal hat sie auf ein Model in einem der Magazine gezeigt und zu mir gesagt: »Ich dachte, das wären Sie!« Ihre Kehle muss ebenfalls verbrannt sein, denn ihre Stimme klingt wie ein rostiges Reibeisen. Sie hatte mir das Foto entgegengeschoben. »Ich hab das Model gesehen und dachte: Das ist doch meine *Freundin.*« Das Wort schnürte mir die Kehle zu, und ich konnte kaum die Tränen zurückhalten.

Ich lege Wert darauf, diese jungen Frauen zu Lorettas Kiosk zu führen.

»Sie haben also für die Collegezeitung geschrieben?«

Das Kinn in meine Hand gestützt, fordere ich sie auf, mir mehr von ihrer Enthüllungsstory über das Schulmaskottchen zu erzählen und wie latent schwulenfeindlich das Kostüm sei, während ich längst beschlossen habe, erst einmal abzuwarten, wie sie sich Loretta gegenüber verhalten würde, bevor ich darüber entscheide, wie viel Unterstützung sie verdient.

»Guten Morgen!« Loretta strahlte mich an. Es war elf Uhr vormittags, und am Kiosk war nichts los. Loretta las *Psychologie heute.* Sie senkte das Magazin und offenbarte das rosa-braungraue Patchwork auf ihrem Gesicht. »Dieser Regen«, seufzte sie. »So wenig ich ihn mag, ich hoffe doch, es regnet die ganze Woche, damit wir ein schönes Wochenende bekommen.«

»Oh ja, nicht wahr.«

Loretta redete mit Begeisterung über das Wetter. In ihrem Land, der Dominikanischen Republik, würde auf den Straßen getanzt, wenn es regnete. Aber nicht hier, sagte sie. Hier sei der Regen schmutzig.

»Loretta, das ist Spencer.« Ich deutete auf meinen frischen Fang. Ihre Nase zuckte, das sprach noch nicht unbedingt gegen sie. Es ist kaum möglich, nicht körperlich auf den Gestank der Hölle zu reagieren. Niemand wusste das besser als ich. »Spencer, das ist Loretta.«

Loretta und Spencer tauschten Nettigkeiten aus. Diese jungen Frauen waren immer höflich, etwas anderes kam ihnen gar nicht in den Sinn. Doch manchmal hatte ihr Verhalten etwas Angestrengtes, das mich misstrauisch werden ließ. Manche versuchten nicht einmal zu verbergen, was für widerliche Kühe sie waren, sobald wir wieder unter uns waren. »Oh mein Gott, hat *sie* so gestunken?«, sagte einmal eine zu mir, die Hand vor dem Mund, um ein Lachen zu unterdrücken, und rieb dabei verschwörerisch ihre Schulter an mir, als wären wir Freundinnen, die gerade Stringtangas bei Victoria's Secret geklaut hatten.

»Es gibt Kaffee und Tee, Sie haben die Wahl.« Ich nahm einen Kaffeebecher vom Stapel und ließ einen dunklen Strahl hineinlaufen, während Spencer hinter mir stand und überlegte.

»Der Pfefferminztee ist sehr gut«, schlug Loretta vor.

»Ja?«, erwiderte Spencer.

»Ja«, bestätigte Loretta. »Sehr erfrischend.«

»Wissen Sie« – Spencer schob den Riemen ihrer klassischen Stepphandtasche etwas höher auf ihre Schulter –, »ich trinke normalerweise gar keinen Tee. Aber heute ist es so heiß, dass das richtig verlockend klingt.«

Nun ja. Vielleicht war die ehrenwerte Bradley School inzwischen endlich imstande, ihr hehres Motto auch in die Tat umzusetzen: »Die Bradley School verpflichtet sich zu akademischer Exzellenz und legt Wert darauf, bei allen Schülern Mitgefühl, Kreativität und Respekt zu entwickeln.«

Ich bezahlte unsere Getränke. Spencer wollte übernehmen, doch ich ließ sie nicht. Dabei habe ich diesen wiederkehrenden Albtraum, dass meine Karte abgelehnt wird, dass läppische 5,23 Dollar meine sorgsame Inszenierung platzen lassen: stilsicher, erfolgreich, verlobt – und das alles mit achtundzwanzig. Die American-Express-Rechnungen gingen an Luke, was ich eigenartig fand, wenn auch nicht eigenartig genug, um etwas daran zu ändern. Ich verdiene siebzigtausend Dollar im Jahr. Wenn ich in Kansas City leben würde, wäre ich so was wie Paris Hilton. Und Luke verdient so viel, dass Geld bei uns nie ein Problem sein wird. Und doch ist da immer noch diese tief sitzende Angst vor dem Wort »abgelehnt«, die Erinnerung an meine Mutter, die sich umständlich beim Kassierer entschuldigt, während sie enttäuscht und mit zitternden Händen die Karte zurück in ihre Geldbörse schiebt, zu all den anderen überzogenen Kameraden.

Spencer nahm einen Schluck von ihrem Tee. »Köstlich.«

Loretta strahlte. »Was habe ich Ihnen gesagt?«

Wir suchten uns einen Tisch in der menschenleeren Cafeteria. Regengraues Licht drang durch ein Oberlicht über uns, und mir fiel auf, dass Spencer drei Linien auf ihrer gebräunten Stirn hatte, so fein, dass man sie für Härchen halten konnte.

»Ich bin Ihnen wirklich dankbar, dass Sie sich mit mir treffen wollten«, setzte sie an.

»Selbstverständlich.« Ich trank an meinem Kaffee. »Ich weiß, wie schwer es ist, in dieser Branche einen Fuß in die Tür zu bekommen.«

Spencer nickte heftig. »So schwer. Alle meine Freundinnen sind ins Finanzwesen gegangen. Die hatten schon vor dem Examen jede Menge Jobangebote.« Sie zupfte an ihrem Teebeutelfaden. »Ich bin jetzt seit April auf der Suche, und ich frage mich ernsthaft, ob ich nicht was anderes probieren soll. Einfach nur, damit ich überhaupt Arbeit habe. Das wird allmählich peinlich.« Sie lachte. »Dann könnte ich endlich hierherziehen und nebenbei weitersuchen.« Fragend blickte sie mich an. »Denken Sie, das wäre sinnvoll? Ich fürchte, wenn in meinem Lebenslauf steht, dass ich in einem ganz anderen Gebiet arbeite, stellt mich niemand mehr bei einer Zeitschrift an. Andererseits, wenn ich gar nicht arbeite und zu lange nach einem Job suche, kann ich gar keine Erfahrung vorweisen.« Angesichts dieses hypothetischen Dilemmas seufzte Spencer frustriert. »Was meinen Sie?«

Ich war schockiert, dass sie gar nicht in der Stadt wohnte, in einem Apartment in der 91. Straße, Ecke Erste, bezahlt von Daddy.

»Wo haben Sie Praktikum gemacht?«, fragte ich.

Spencer blickte verlegen an sich herunter. »Gar nicht. Ich meine, schon, aber in einer Literaturagentur. Ich möchte Schriftstellerin werden, das klingt so was von ehrgeizig naiv, genau wie: ›Ich will mal Astronautin werden!‹ Aber ich hatte keine Ahnung, wie ich es anstellen soll. Ein Professor schlug vor, ich solle mich auf der geschäftlichen Seite umsehen, um ein Gespür für das Verlagswesen zu bekommen. Bis dahin war mir gar nicht klar gewesen, dass Zeitschriften – ich liebe Zeitschriften, ich liebe das *Women's Magazine*, meine Mutter hatte es schon, da hab ich als kleines Mädchen immer heimlich reingeschaut.« Die Geschichte ist so platt, dass ich nie weiß, ob ich sie glauben soll. »Jedenfalls war mir nie klar, dass das Zeug ja jemand schreiben muss. Dann fing ich an, mich über das Verlagswesen schlauzumachen, und jetzt weiß ich, das, was Sie tun, ist genau das, was ich auch tun will.«

Als sie fertig war, atmete sie schwer. Ganz schön viel Leidenschaft. Gefiel mir aber. Die meisten wollen nur einen Job, bei dem sie mit Klamotten spielen, Promis treffen und regelmäßig in den Boom-Boom-Room-Nightclub gehen können, weil ihr Name auf der VIP-Liste steht. Solche Dinge waren nette Nebeneffekte dieses Jobs, aber für mich war es immer wichtiger gewesen, »von Ani Fanelli« schwarz auf weiß gedruckt zu sehen oder mein Exemplar mit der Bemerkung »Superwitzig« oder »Mal wieder genau den richtigen Ton getroffen« zurückzubekommen. Diese spezielle Seite hatte ich mit nach Hause genommen, wo Luke sie an den Kühlschrank geheftet hatte, als hätte ich eine Eins auf eine Hausarbeit bekommen.

»Nun, Sie wissen, dass Sie, je höher Sie als Redakteurin aufsteigen, immer weniger schreiben und dafür mehr redigieren.«

Das hatte mir mal eine Redakteurin bei einem Bewerbungsgespräch gesagt, und ich hatte mich schwer darüber ereifert. Wer wollte schon auf das Schreiben verzichten, um stattdessen zu redigieren? Heute, nach sechs Jahren im Verlagswesen, ist mir alles klar. Im *Women's Magazine* gab es nur begrenzt Raum für rechercheintensive, tiefschürfende Themen. Ich hatte auch keine Lust, meinen Leserinnen ständig zu raten, dass sie, wenn sie mit ihrem Freund ein schwieriges Thema besprechen wollten, sich besser neben ihn setzten als ihm gegenüber. »Experten sagen, Männer sind eher aufnahmefähig, wenn sie nicht das Gefühl haben, frontal angegriffen zu werden – im wahrsten Wortsinn.« Trotzdem hatte es was, den Leuten zu sagen, wo man arbeitete, wenn dann ihre Augen anerkennend aufleuchteten. Genau das brauchte ich jetzt.

»Aber ich sehe dauernd Ihren Namen«, sagte Spencer.

»Tja, wenn Sie ihn nicht mehr sehen, wissen Sie, dass ich den Laden übernommen habe.«

Spencer drehte schüchtern ihren Teebecher zwischen den Händen. »Wissen Sie, als ich Ihren Namen zum ersten Mal im Impressum las, war ich nicht sicher, ob das wirklich Sie sind. Aber dann hab ich Sie im Fernsehen in der *Today*-Show gesehen. Und auch wenn Ihr Name ein bisschen anders geschrieben ist und Sie irgendwie ganz anders aussehen – also, nicht dass Sie nicht schon immer hübsch waren ...« Ihre Wangen überzogen sich tiefrot. »Jedenfalls wusste ich sofort, dass Sie es sind.«

Ich erwiderte nichts. Sie würde schon fragen müssen.

»Haben Sie sich wegen der Ereignisse damals für diesen Beruf entschieden?«, wollte sie leise wissen.

Ich lieferte ihr die Story, die ich immer erzähle, wenn jemand diese Frage stellt. »Zum Teil ja. Ein Professor an der Uni gab mir den Rat, Journalistin zu werden. Dann würden mich die Menschen nach meinen Leistungen beurteilen und nicht nach dem, was sie glauben, über mich zu wissen.« An dieser Stelle zucke ich immer mit den Schultern. »Nicht dass sich die Leute überhaupt an meinen Namen erinnern. Als Einziges fällt ihnen auf, dass ich in Bradley war.« Und jetzt die Wahrheit: Mir wurde schon am ersten Tag der Highschool bewusst, dass mit meinem Namen etwas nicht stimmte. Unter all den Chaunceys und Griers, den schlicht eleganten *all-american Kates*, gab es keinen einzigen Namen, der auf einen Vokal endete. »TifAni FaNelli« fiel auf wie der niveaulose Verwandte, der beim Familientreffen an Thanksgiving den ganzen teuren Whiskey austrinkt. Wäre ich nicht zur Bradley School gegangen, wäre mir dieser Gedanke nie gekommen. Andererseits, wäre ich nicht an der Bradley gewesen, sondern in meinem Teil von Pennsylvania geblieben, würde ich jetzt vor einer Grundschule in der Schlange der abholenden Autos in meinem geleasten BMW sitzen und mit meinen Frenchnails auf das Lenkrad trommeln. Bradley war wie eine gewalttätige Pflegemutter, die mich zwar vor dem Waisenhaus gerettet hatte, aber nur damit sie mich für ihre kranken, drogenverseuchten Fantasien missbrauchen konnte. Mit Sicherheit hat der Beamte an der Uni beim Lesen meines Namens auf der Anmeldung die Braue gehoben. Ganz bestimmt ist er daraufhin halb von seinem Stuhl aufgestanden und hat seine Sekretärin gerufen: »Sue, ist das die TifAni FaNelli von …«, um sich dann sofort zu unterbrechen, weil er beim Weiterlesen die Bestätigung fand, dass ich Bradley besucht hatte.

Ich wagte nicht, mein Schicksal herauszufordern und mich an einer der berühmten Elite-Unis zu bewerben, doch viele der zweitplatzierten hätten mich mit Handkuss genommen. Mein Essay, der von rosa Prosa und protzigem Pathos nur so strotzte, rührte die Zulassungsbeamten zu Tränen. Ich hatte alles hineingepackt, was ich über dieses grausame Leben wusste, auch wenn ich erst an dessen Anfang stand, und ich hatte ganz bewusst auf die Tränendrüse gedrückt. Und so kam es, dass ich trotz meines Namens, den ich an meiner Highschool hassen gelernt hatte, auf der Wesleyan University in Middletown, Connecticut, genommen wurde. Dort lernte ich Nell kennen, meine beste Freundin, die schönste weiße Angloamerikanerin, die ich kenne und deren giftiger Stachel alle trifft außer mich. Sie – und nicht irgendein kluger Professor – war diejenige, die mir riet, das Tif- fallen zu lassen und mich fortan Ani zu nennen, ausgesprochen »Aani« und nicht »Ännie«, weil das viel zu hemdsärmelig klinge für jemanden, der so von der Welt angewidert sei wie ich. Meine Namensänderung hatte nichts damit zu tun, dass ich meine Vergangenheit verbergen wollte. Ich wollte nur einfach die Person werden, die mir niemals jemand zugetraut hätte: Ani Harrison.

Spencer rückte ihren Stuhl näher an den Tisch und nutzte den Moment der Nähe.

»Ich hasse es, wenn mich Leute fragen, welche Highschool ich besucht habe.«

Das konnte ich von mir nicht behaupten. Es gab Zeiten, da fand ich es toll zu sagen, von welcher Schule ich kam, weil es eine Chance war zu zeigen, wie weit ich es gebracht hatte. Und so zuckte ich nur die Schultern, ohne die Miene zu verziehen. Sie sollte wissen, dass wir nicht zwangsläufig beste Freundinnen werden mussten, nur weil wir von der gleichen Schule kamen.

»Ich habe kein Problem damit. Es macht mich zu dem, was ich bin.«

Spencer wurde plötzlich bewusst, dass sie mir zu nah getreten war und es anmaßend war anzunehmen, wir könnten uns auf Augenhöhe begegnen. Sie lehnte sich zurück und ließ mir meinen Sicherheitsabstand. »Natürlich. Ich würde wahrscheinlich genauso empfinden, wenn ich Sie wäre.«

»Ich mache bei der Doku mit«, erzählte ich, um zu verdeutlichen, wie wenig ich damit ein Problem hatte.

Spencer nickte bedächtig. »Das wollte ich Sie auch fragen. Klar, dass man Sie dabeihaben will.«

Ich sah auf die TAG Heuer an meinem Handgelenk. Seit Monaten versprach mir Luke eine Cartier. »Ich würde sagen, Sie sollten sich auf jeden Fall für ein Praktikum bewerben, auch wenn es nicht bezahlt ist.«

»Wie soll ich denn die Miete aufbringen?«, wollte Spencer wissen.

Ich betrachtete die Chanel-Tasche, die an ihrer Rückenlehne hing. Auf den zweiten Blick fiel mir auf, dass die Nähte sich lösten. Spencer stammte aus altem Geldadel. Vermögen in Treuhandfonds, guter Name, vernünftig großes Haus in Wayne und keinen Cent übrig für den Bettler in der U-Bahn.

»Kellnern oder in einer Bar arbeiten. Oder pendeln.«

»Aus Philadelphia?«

Das war weniger eine Frage als eine Erinnerung daran, wie weit sie es hätte, als sei ich verrückt, überhaupt diesen Vorschlag zu machen. Ich spürte, wie Unmut in mir prickelte.

»Wir hatten schon Praktikantinnen, die aus Washington gependelt sind.« Ich trank langsam einen Schluck Kaffee und sah sie dann mit zur Seite geneigtem Kopf an. »Das sind doch nur zwei Stunden mit der Bahn, oder?«

»Kann sein.« Spencer sah nicht überzeugt aus. Ihre Reaktion enttäuschte mich. Bis jetzt hatte alles ganz gut ausgesehen.

Als Chance zur Wiedergutmachung hob ich die Hände, um an dem Goldkettchen um meinen Hals zu zupfen. Nicht zu fassen, dass ich das Wichtigste vergessen hatte.

»Sie sind verlobt?« Beim Anblick meines ganzen Stolzes weiteten sich Spencers Augen zu Tellern – dem dicken Smaragd, flankiert von zwei blitzenden Brillanten, auf einem schlichten Platinring. Das Stück hatte Lukes Oma – Verzeihung, seiner Mammy – gehört, und als er ihn mir schenkte, schlug er vor, dass ich ihn umarbeiten lassen könnte. »Der Juwelier meiner Mutter meinte, heutzutage seien Ringe mit rundum Brillanten angesagt. Sieht wohl moderner aus.«

Und genau deshalb wollte ich ihn nicht umarbeiten lassen. Nein, ich wollte ihn so tragen wie dereinst die gute Mammy: verspielt, aber dezent. Mit einer klaren Botschaft: Das hier ist ein Erbstück. Wir haben nicht nur einfach viel Geld. Wir hatten schon immer viel Geld.

Ich streckte meine Finger und betrachtete den Ring, als hätte ich ganz vergessen, dass ich ihn trug. »Ach ja, ich weiß. Ich bin offiziell alt.«

»So einen umwerfenden Ring habe ich noch nie gesehen«, staunte Spencer. »Wann ist denn die Hochzeit?«

»Am 16. Oktober.« Ich strahlte sie an.

Hätte Eleanor diese Komödie mit der errötenden Braut gesehen, hätte sie ihren Kopf geneigt und spöttisch gelächelt. Dann hätte sie mich daran erinnert, dass es im Oktober zwar nicht unbedingt regnen müsse, das Wetter jedoch sehr wohl unbeständig sein könne. Ob ich einen Alternativplan habe, falls es regne? *Sie* habe ja für den Notfall ein Zelt gehabt, und obwohl sie es nicht gebraucht habe, hätte sie allein die Reservierung zehntausend Dollar gekostet. Eleanor hat immer solche Anekdötchen auf Lager.

Ich schob meinen Stuhl zurück. »Ich muss zurück ins Büro.«

Binnen einer halben Sekunde stand Spencer und streckte mir ihre Hand entgegen. »Vielen, vielen Dank, TifAni, ich meine« – sie bedeckte ihren Mund, und durch ihren Körper zitterte ein Geisha-Lächeln – »*Ani*. Entschuldigen Sie bitte.«

Manchmal fühle ich mich wie eine Aufziehpuppe, als müsste ich hinter mich greifen und meinen goldenen Schlüssel drehen, um zu grüßen oder zu lachen oder was auch immer die soziale Konvention gerade erfordert. Für Spencer brachte ich ein knappes Lächeln zustande. Sie würde meinen Namen nicht noch einmal falsch sagen, nicht nach der Ausstrahlung des Dokumentarfilms, wenn die Kamera auf mein schmerzvolles, aufrichtiges Gesicht zoomt und keinen Zweifel daran lässt, wer ich bin und was ich getan habe.

2

Die Sommerferien vor meinem neunten Schuljahr waren erfüllt von Moms Lobhudeleien über den Speckgürtel von Philadelphia, die sogenannte Main Line. Sie meinte, dort sei alles »upperclass« und wenn ich dort zur Highschool ginge, würde ich aus erster Hand erfahren, wie man in diesen Kreisen lebte. Ich hatte den Ausdruck »upperclass« noch nie gehört, konnte mir aber denken, was sie meinte, weil sie den gleichen frivolen Unterton verwendete wie die Verkäuferin bei Bloomingdale's, als sie meiner Mutter einen unerschwinglichen Kaschmirschal aufgeschwatzt hatte: »Sieht richtig *teuer* an Ihnen aus.« »Teuer« war das Zauberwort. Dad war allerdings ganz anderer Ansicht gewesen, als sie ihm das Stück später über die Wange strich.

Ich war bislang auf eine katholische Mädchenschule gegangen, in einer Stadt, die mit dem Main-Line-Adel rein gar nichts zu tun hatte, schon allein deshalb, weil sie rund fünfundzwanzig Kilometer entfernt lag. Nicht dass ich meine Kindheit in einem Slum verbracht hätte. Die Gegend war einfach nur krankhaft bürgerlich und voller aufgedonnerter Hausfrauen, die sich für was Besseres hielten. Damals war ich naiv, ich wusste nicht, dass Geld ein Alter hat und dass alt und abgetragen immer vorzuziehen war. Ich dachte, Reichtum sei ein blitzender roter BMW (geleast) und ein Fünf-Zimmer-Reihenhaus (bis zur Dachrinne verschuldet). Nicht dass wir auch nur annähernd wohlhabend genug gewesen wären, um in einem solchen Wolkenkuckucksheim zu wohnen.

Meine richtige Schulbildung begann am Morgen des 2. September 2001, meinem ersten Tag an der Bradley Highschool in Bryn Mawr, Philadelphia. Dass ich dort, genauer gesagt vor der alten Villa, die den Englisch- und Sprachen-Zweig von Bradley beherbergte, stand und mir die schwitzigen Hände an meiner orangefarbenen Abercrombie-&-Fitch-Cargohose abwischte, hatte ich Marihuana zu verdanken (oder »Hasch«, wenn man so peinlich sein will wie mein Vater). Hätte ich Nein zu Drogen gesagt, wäre ich an diesem Tag ganz normal auf dem Hof der Mount-St.-Theresa-Oberschule aufgelaufen, den kratzigen blauen Kilt zwischen den gebräunten Beinen, die den ganzen Sommer lang in Hawaiianischem Tropenöl mariniert worden waren, und hätte mein mittelmäßiges junges Leben fortgesetzt, das nie mehr geworden wäre als ein Facebook-Klischee, eine Existenz als Abfolge von Fotoalben, die meine Verlobung in Atlantic City dokumentieren, meine Sahnebaiser-Hochzeit und ein kunstvoll drapiertes nacktes Neugeborenes.

Passiert war Folgendes: Meine Freundinnen und ich fanden, zu Beginn der achten Klasse sei es Zeit, einmal Dope zu probieren, und so kletterten wir von Leahs Zimmer aus auf das Dach ihres Hauses und ließen einen durchnässten Joint kreisen. Die Bewusstheit, mit der ich plötzlich alle meine Gliedmaßen spürte – sogar die Fußnägel! –, war so Furcht einflößend, dass ich in Schnappatmung überging und anfing zu weinen.

»Irgendwas stimmt nicht«, brachte ich halb im Scherz unter Keuchen hervor. Leah versuchte, mich zu beruhigen, wurde jedoch bald von einem Lachanfall übermannt.

Schließlich erschien Leahs Mutter, um zu sehen, was los war. Um Mitternacht rief sie meine Mutter an und erklärte in dramatischem Flüsterton: »Die Mädchen sind da in etwas hineingeraten.«

Ich hatte schon seit der fünften Klasse eine Figur wie Marilyn Monroe, und so war allen Eltern sofort klar, dass nur ich hinter unserem Schulmädchen-Drogenring stecken konnte. Bei mir musste man einfach mit Ärger rechnen. Binnen einer Woche rauschte ich in unserem nur vierzig Mädchen umfassenden Jahrgang von ganz oben in der Beliebtheitsskala bis ganz unten. Nicht einmal die Mädchen, die sich die Pommes in die Nase schoben, ehe sie sie aßen, ließen sich herab, mit mir am Mittagstisch zu sitzen.

Die Geschichte sprach sich herum, bis meine Eltern zur Rektorin der Schule einberufen wurden, einem Drachen namens Schwester John, die ihnen ans Herz legte, eine andere Schule für mich zu suchen. Mom brummte den gesamten Heimweg über im Auto vor sich hin und kam schließlich zu dem Schluss, dass sie mich auf eine dieser exklusiven Privatschulen in der Main Line schicken werde. Da hätte ich später bessere Chancen, eine Elite-Uni zu besuchen, was mir wiederum bessere Chancen böte, reich zu heiraten. »Die werden schon sehen«, verkündete sie triumphierend und strangulierte dabei das Lenkrad, als wäre es Schwester Johns Ringernacken.

Ich wartete eine Weile, ehe ich mich zu fragen traute. »Gibt es dort auch Jungs?«

Später in der Woche holte Mom mich vorzeitig von der Schule ab, und wir fuhren die fünfundvierzig Minuten zur Bradley School, der überkonfessionellen privaten Highschool für Jungen und Mädchen mitten im grünen, efeuberankten Main-Line-Bezirk. Der Rektor ließ es sich nicht nehmen, gleich zweimal zu erwähnen, dass J.D. Salingers Frau Anfang des 20. Jahrhunderts die Schule besucht hatte, als Bradley noch ein Mädcheninternat war. Ich beschloss, diese Info im Hinterkopf zu behalten, um sie später in Bewerbungsgesprächen bei potenziellen Arbeitgebern oder Schwiegereltern aus dem Ärmel zu zaubern. »Oh ja, ich habe die Bradley School besucht – wussten Sie übrigens, dass

J.D. Salingers Frau dort war?« Es ist absolut in Ordnung, unerträglich zu sein, wenn man weiß, dass man unerträglich ist. So rechtfertigte ich mich zumindest vor mir selbst.

Nach der Besichtigung musste ich einen Eingangstest machen. In einem düster-strengen Besprechungsraum, der an die Cafeteria angrenzte, sollte ich am Kopfende eines majestätischen Tisches Platz nehmen. Auf der Bronzetafel über dem Türrahmen stand: *Brenner-Baulkin-Saal.* Mir war völlig schleierhaft, wie in dieser englisch-sprechenden Welt jemand Brenner heißen konnte.

Von dem Test weiß ich nicht mehr viel, nur dass ich eine Objektbeschreibung verfassen sollte, bei der das Objekt unbenannt blieb. Ich entschied mich für meine Katze, die von unserer Terrasse gestürzt und als blutiger Fleischklumpen geendet war.

Dass Bradley mit J.D. Salinger protzte, konnte bedeuten, dass man dort auf gequälte Schriftstellerseelen stand, und ich hatte recht. Wenige Wochen später erhielten wir die Zusage, dass ich ein Stipendium bekommen und im Jahrgang 2005 der Bradley School eingeschrieben werden würde.

»Bist du nervös, mein Schatz?«, fragte meine Mutter.

»Nein«, log ich zum Autofenster hinaus. Ich begriff überhaupt nicht, warum sie so ein Aufhebens um die Main Line machte. Für meine vierzehnjährigen Augen sahen die Häuser dort längst nicht so imposant aus wie das rosa Ungetüm, in dem Leah wohnte. Dass guter Geschmack nichts anderes ist als teuer bezahltes Understatement, das musste ich erst noch lernen.

»Du wirst das toll machen.« Mom drückte mein Knie und lächelte, sodass sich die Sonne in ihren feucht geglossten Lippen fing.

Vier Mädchen marschierten in einer Reihe an unserem BMW vorbei, die Rucksäcke mit beiden Gurten fest an ihren schmalen Schultern festgezurrt, mit dicken Pferdeschwänzen, die wippten wie gelber Federschmuck auf einem Spartanerhelm.

»Mom, ich weiß.« Ich verdrehte die Augen, wenn auch mehr für mich als für sie. Es fehlte nicht viel, und ich hätte mich weinend in ihre Arme gestürzt, damit sie mir mit ihren langen spitzen Fingernägeln über die Unterarme fuhr, bis ich Gänsehaut bekam. »Kitzel mich!«, hatte ich immer gebettelt, als ich noch klein war und wir auf der Couch kuschelten.

»Du kommst noch zu spät!« Sie setzte mir einen Kuss auf die Wange, der eine klebrige Spur Lippgloss hinterließ. Dafür erhielt sie ein übellauniges »Tschüss«, in meiner neuen Rolle als Teenager, die ich an jenem Morgen, fünfunddreißig Schritte vom Schultor entfernt, noch probte.

Die erste Stunde fand im Klassenzimmer statt, und schon das fand ich superaufregend, ich doofe Kuh. In meiner alten Schule hatte es weder Klingelzeichen noch Fachlehrer gegeben. Wir waren vierzig Mädchen im ganzen Jahrgang gewesen, die auf zwei Räume aufgeteilt waren. Dort wurde Mathe, Sozialkunde, Naturwissenschaften, Religion und Englisch unterrichtet, und zwar von ein und derselben Lehrerin, und wenn man Glück hatte, war es nicht die Nonne (ich hatte nie Glück). Bei der Vorstellung, dass alle fünfundvierzig Minuten eine Glocke schellte, damit man in einen anderen Raum zu einem anderen Lehrer mit einer neuen Gruppe von Schülern ging, kam ich mir vor, als wäre ich Gaststar in der Serie *California High School.*

Am meisten jedoch freute ich mich an jenem ersten Morgen auf Englisch, besser gesagt Englisch Leistungsstufe, auch so eine Variante, die es in meiner alten Schule gar nicht gegeben hatte. Meine brillante, hundertfünfzig Wort lange Beschreibung des tragischen Ablebens meiner Katze hatte mir einen Platz in dieser Klasse gesichert. Ich konnte es gar nicht erwarten, mit dem hellgrünen Kugelschreiber loszulegen, den ich im Schulladen gekauft hatte. In Mount St. Theresa hatten wir wie Kindergartenkinder mit Bleistift schreiben müssen, in Bradley dagegen war es egal, womit man schrieb. Es war auch egal, ob man überhaupt mitschrieb, solange man seine Noten hielt. Die Farben der Bradley School waren grün und weiß, und so kaufte ich einen Kuli in den Farben der Basketballtrikots, um meine neue Zugehörigkeit zu demonstrieren.

Englisch Leistung war eine kleine Klasse mit nur zwölf Schülern. Statt in Einzelbänken saßen wir an langen Tischen, die zu einem U zusammengeschoben waren. Der Lehrer, Mr Larson, war »kräftig«, wie meine Mutter abschätzig befand, hatte jedoch dank der zehn Kilo Übergewicht ein freundliches, volles Gesicht mit schmalen Augen und einer leicht aufgewölbten Oberlippe, mit der er aussah, als schmunzele er immer noch über einen Witz, den er am Vorabend bei lauwarmen Bud Light von einem Kumpel gehört hatte. Er trug Hemden in blassen Pastellfarben und hatte schlaffes, hellbraunes Haar, mit dem er für uns ganz klar aussah, als wäre er vor Kurzem selbst noch ein Schüler gewesen und wüsste genau, wo es langgeht. Mein vierzehnjähriger Bauch fand das super. Und nicht nur meiner.

Mr Larson unterrichtete oft im Sitzen, die Beine lang von sich gestreckt, häufig mit einer Hand am Hinterkopf. Dann stellte er Fragen wie: »Warum, glaubt ihr, identifiziert sich Holden mit dem Fänger im Roggen?«

An jenem ersten Tag ließ uns Mr Larson im Raum herumgehen, und wir mussten eine coole Sache erzählen, die wir in den Sommerferien gemacht hatten. Ich war ziemlich sicher, dass er sich diese Übung extra für mich ausgedacht hatte. Die meisten anderen Kinder kamen von der Bradley-Mittelschule und hatten den Sommer vermutlich zusammen verbracht, doch was die Neue gemacht hatte, wusste niemand. Musste ja niemand erfahren, dass ich nichts weiter getan hatte, als mich auf der Terrasse zu sonnen und durch das Fenster Seifenopern zu schauen, schwitzend, eine Außenseiterin ohne Freundinnen. Als ich dran war, erzählte ich, ich sei am 23. August beim Pearl-Jam-Konzert gewesen. Das stimmte zwar nicht, war aber nicht ganz gelogen, denn Leahs Mutter hatte Tickets für uns reserviert, allerdings vor dem Drogenfiasko, also bevor sie endgültig den Beweis dafür hatte, dass ich tatsächlich so ein schlechter Umgang war, wie sie schon immer vermutet hatte. Doch zwischen Leah und diesen neuen Kindern lagen Welten, und ich musste hier Eindruck schinden, also log ich, und ich bin froh, dass ich es getan habe. Meine coole Sache erntete mehrfach anerkennendes Nicken und sogar die Bemerkung »cool« von einem Mitschüler.

Nach diesem Spiel wollte Mr Larson über den *Fänger im Roggen* sprechen. Das Buch hatten wir über die Sommerferien lesen sollen. Ich hatte das Buch auf meiner Terrasse binnen zwei Tagen verschlungen und dabei auf jeder Seite feuchte Halbmonde hinterlassen. Meine Mutter fragte mich, was ich von der Geschichte hielte, und als ich sagte, ich fände sie zum Totlachen, neigte sie den Kopf und sagte: »Tif, er hat einen schweren Nervenzusammenbruch.« Diese Enthüllung schockierte mich so sehr, dass ich das Buch gleich noch einmal las, voller Sorge, weil mir dieses entscheidende Element entgangen war. Eine Zeit lang fürchtete ich, doch nicht so eine Leuchte in Literatur zu sein, wie ich immer gedacht hatte, doch dann tröstete ich mich damit, dass in Mount St. Theresa die Literatur zugunsten der Grammatik vernachlässigt worden war (weniger Sex und Sünde), ich also folglich nichts dafür konnte, wenn meine Interpretation nicht ganz präzise war. Ich würde das schon noch lernen.

Der Junge, der am nächsten bei der Tafel saß, ließ ein Stöhnen hören. Er hieß Arthur, und das Coolste, was er diesen Sommer gemacht hatte, war eine Besichtigung der *New York Times*. Nach der Reaktion der Klasse zu urteilen, war das weniger cool als Pearl Jam, aber noch nicht so übel wie eine Vorstellung des *Phantom der Oper* im Kimmel Center. Selbst ich begriff, dass Derartiges nur cool ist, wenn man es am Broadway sieht.

»So gut hat dir die Geschichte also gefallen?«, scherzte Mr Larson, und die Klasse kicherte.

Arthur wog etwa hundertfünfzig Kilo, und sein Gesicht war von Aknepusteln übersät. Seine Haare waren so fettig, dass sie stehen blieben, wenn er mit der Hand hindurchfuhr, ein schmieriger Bogen vom Haaransatz bis zum Oberkopf. »Kann es wirklich sein, dass Holden so wenig selbstkritisch ist? Er bezeichnet alle als Lügner, dabei ist er selbst der größte.«

»Du bringst einen interessanten Aspekt auf«, sagte Mr Larson ermutigend. »Ist Holden ein verlässlicher Erzähler?«

Es klingelte, ehe jemand die Frage beantworten konnte, und während Mr Larson uns auftrug, die ersten beiden Kapitel von *In eisige Höhen* zu lesen, die wir gegen Ende der Woche besprechen würden, stopften alle ihre Bücher und Stifte in ihre Taschen und stürmten in einem klappernden Pulk aus Steve-Madden-Clogs und flaumbedeckten Beinen hinaus. Es war mir unbegreiflich, wie das so schnell gehen konnte. Ich war langsam. Es war das erste Mal, dass mir das auffiel, aber von diesem Moment an wusste ich es für den Rest meines Lebens. Worüber andere gar nicht nachdenken mussten, stellte für mich ein Problem dar.

Als mir auffiel, dass ich mit Mr Larson allein war, glühten meine Wangen unter meinen schwarzen Wimpern, die ich getuscht hatte – auf Anweisung meiner Mutter, aber auch weil ich annahm, die anderen Mädchen würden das ebenfalls tun. Da hatte ich mich allerdings gründlich getäuscht.

»Du bist von St. Theresa zu uns gekommen, stimmt's?« Mr Larson saß über seinen Tisch gebeugt und sah einige Blätter durch.

»*Mount* St. Theresa.« Jetzt war ich so weit, dass ich den Reißverschluss an meiner Tasche zuziehen konnte.

Mr Larson sah von seinem Schreibtisch auf, und der Kniff in seiner Lippe vertiefte sich. »Stimmt. Deine Buchbesprechung war jedenfalls sehr gut. Sehr gründlich.«

Am Abend im Bett würde ich diesen Moment immer wieder durchspielen, bis ich die Zähne zusammenbeißen und meine

Hände zu Fäusten ballen musste, um nicht zu platzen, doch jetzt wollte ich nur so schnell wie möglich weg. Ich wusste nie, was ich in solchen Augenblicken sagen sollte, und wahrscheinlich sah ich aus wie meine irische Tante, wenn sie zu viel Rotwein getrunken hat, mir übers Haar streicht und erklärt, wie sehr sie sich doch immer eine Tochter gewünscht habe.

»Danke.«

Mr Larson lächelte so, dass seine Augen verschwanden. »Freut mich, dich in meiner Klasse zu haben.«

»Äh ja, bis morgen dann.« Ich hob die Hand, um zu grüßen, überlegte es mir dann aber auf halbem Weg anders. Wahrscheinlich sah ich aus, als hätte ich eine Art Tourette-Syndrom. Was das Tourette-Syndrom war, wusste ich, seit ich einmal krank zu Hause geblieben war und die Talkshow von Sally Jessy Raphael im Fernsehen gesehen hatte.

Mr Larson erwiderte die Geste.

Vor dem Klassenzimmer stand ein defekter Tisch. Arthur hatte seine Tasche darauf abgestellt und wühlte darin, sah aber auf, als ich kam.

»Hallo«, sagte er.

»Hallo.«

»Meine Brille«, erklärte er.

»Oh.« Ich schob meine Hände unter meine Rucksackgurte und umklammerte sie.

»Hast du jetzt Mittagspause?«, fragte er.

Ich nickte. Wobei ich vorhatte, in die Bücherei zu gehen. Ich konnte mir nichts Schlimmeres vorstellen als den Moment, nachdem ich mein Essen bezahlt hatte, mich in einem Raum voller unbekannter Gesichter umsah und mich dann irgendwohin setzen musste, wo man mich nicht wollte. Und nach draußen durfte man sein Essen nicht mitnehmen. Am ersten Schultag gab es so viel zu besprechen, da wollte niemand kostbare Tratschzeit verschwenden, nur um sich darum zu kümmern, dass sich die Neue willkommen fühlte. Ich verstand das, ich wäre genauso desinteressiert gewesen. Mir war vollkommen klar, dass mir bald alles vertraut sein würde. Ich würde wissen, dass die mit den roten Locken und den durchscheinenden Adern auf der Stirn den höchsten IQ des Jahrgangs hatte, sich vorzeitig in Harvard bewerben würde und als erste Schülerin des Jahrgangs 2005 genommen werden würde. (Von einundsiebzig Schülern würden es insgesamt neun nach Harvard schaffen; das *Main Line Magazine* hatte Bradley nicht umsonst »herausragende« Vorbereitung auf die Universität bescheinigt.) Ich würde wissen, dass der kleine, stämmige Fußballer mit der muskulösen Brust letzten Sommer im Keller seines besten Freundes von Lindsay »Biz« Hanes einen geblasen bekommen hatte, unter den Augen des besten Freundes. Gesichter und Geschichten würden irgendwann ein Bild für mich ergeben, ebenso wie ich für die anderen eine Identität annehmen würde und es Geschichten darüber geben würde, warum ich neben wem saß und wer auf meine Loyalität zählen konnte. Doch bis es so weit war, bewahrte ich lieber meine Würde, indem ich in der Bücherei schon mal mit meinen Spanisch-Hausaufgaben anfing.

»Ich komme mit«, beschloss Arthur.

Er schlang seinen schweren Rucksack über die Schulter und ging voraus. Beim Weg die Treppe hinunter rieben seine dicken, bleichen Waden aneinander. Ich wusste, wie es war, vom eigenen Körper verraten zu werden – ich war erst vierzehn, sah aber schon aus wie eine Erstsemesterstudentin mit ein paar Pfund Übergewicht. Da ich relativ dünne Arme und Beine hatte und Brüste, die in V-Ausschnitten ziemlich aufreizend aussahen, fanden die ahnungslosen Jungs meines Alters meine Figur perfekt. Auch wenn sich unter der Kleidung ein angeborenes Desaster aus Fett und ein Bauchnabel in Form eines Schlitzauges verbarg, das nicht einmal die Panik vor dem Abschlussballkleid und der damit einhergehende Anfall von Magersucht beheben konnte. In jenem Sommer kamen Tankinis in Mode, und ich war in meinem Leben noch nie so dankbar gewesen für ein Kleidungsstück.

»Bist du auch verknallt in Mr Larson wie alle anderen Mädchen hier?« Arthur schob sich grinsend die Brille, die er endlich gefunden hatte, höher auf seine glänzende Nase.

»Ich hatte bis jetzt Nonnen als Lehrer. Kann man mir das verdenken?«

»Katholisch also«, sagte Arthur feierlich. Von meiner Sorte bekam man hier nicht viele zu sehen. »Von wo?«

»Mount St. Theresa.« Ich überlegte, wie er wohl reagieren würde, wahrscheinlich nicht positiv. Da sein Gesicht ausdruckslos blieb, fügte ich hinzu: »In Malvern.« Malvern galt theoretisch als Beginn der Main Line, wenn auch als der niedrigste Rang, der die hohen Tiere im Inneren des Camps von der rauen Außenwelt abschirmte. Das Fußvolk, das sich in den Außenbezirken herumdrückte, war den meisten alteingesessenen Residenten ein Dorn im Auge – wer in Malvern wohnte, gehörte nicht wirklich dazu.

Arthur verzog das Gesicht. »Malvern? Ganz schön weit. Wohnst du da?«

Damit begannen die jahrelangen Erklärungen. Nein, ich wohne nicht da, sondern in Chester Springs. Noch weiter draußen, beim gemeinen Volk, wo es wunderschöne alte Häuser gab, die sicherlich Anerkennung finden würden. Doch in so einem wohnte ich nicht.

»Wie weit ist das?«, wollte Arthur wissen, nachdem ich meinen Vortrag beendet hatte.

»Etwa eine halbe Stunde von hier.« Es waren fünfundvierzig Minuten, an manchen Tagen auch fünfzig, noch eine Lüge, die ich mir angewöhnte.

Arthur und ich erreichten den Eingang zur Cafeteria, und er bedeutete mir, vorzugehen. »Nach dir.«

Ich wusste noch nicht, vor wem ich Angst haben sollte. Der Raum war voll und strömte eine Energie aus, die man als bedrohlich empfinden konnte, doch ich nahm es nicht wahr. Stattdessen sah ich zu, wie Arthur jemandem winkte, und folgte ihm, als er sagte: »Komm.«

Die Cafeteria befand sich am Übergang zwischen der alten Villa und dem neuen Schulgebäude. Die Holztische waren verblichen dunkelbraun und so abgenutzt, dass stellenweise das Innere herausschaute. Die dunklen Böden mündeten in einen breiten Übergang, der sich zu einem modernen Glasbau öffnete, mit Oberlichtern, glitzerndem Terrazzoboden und deckenhohen Fenstern, die auf den Innenhof hinausblickten, wo die Sechst- bis Achtklässler der benachbarten Mittelschule wie Rinder auf dem Rasen herumstrichen. Die Essensausgabe befand sich in einem U-förmigen Raum, den man von der alten Villa aus betrat und in das neue Atrium verließ, gleich hinter den knöchernen Armen der Magersüchtigen in Reha, die sich an der Salatbar nach Brokkoli und fettfreiem Dressing ausstreckten.

Ich folgte Arthur, der an einem Tisch neben einem alten Kamin stehen blieb. Der Kamin sah aus, als wäre er seit Jahren nicht benutzt worden, doch eine dicke Rußschicht verriet, dass das bei den Vorbesitzern anders gewesen war. Arthur ließ seinen Rucksack auf einen Stuhl fallen. Gegenüber saß ein Mädchen mit großen braunen Augen, die so weit auseinanderlagen, dass sie förmlich an ihren seitlichen Haaransatz grenzten. Ihre Mitschüler nannten sie hinter ihrem Rücken »Haifisch«, doch im Grunde waren ihre Augen das, was sie zu etwas Besonderem machten, das, was ihr Mann später am meisten an ihr lieben würde. Sie trug eine weite Baumwollhose und einen weißen Sommerpullover, der unter ihren großen Brüsten eine zerknitterte Tasche hatte. Neben ihr saß ein Mädchen und stützte das Kinn in die Hände. Ihr langes braunes Haar ergoss sich über ihre Schultern und sammelte sich um ihre Ellbogen auf dem Tisch. Sie war extrem blass. Ich konnte überhaupt nicht fassen, dass sie einen so kurzen Rock trug und ungeniert ihre käseweißen Beine zeigte. Mom hätte mich eher auf eine Sonnenbank gefesselt, als mich so bleich losziehen zu lassen. Ihre Blässe schien ihr jedoch nicht zu schaden. Der Typ neben ihr trug ein Fußballtrikot, das sein gutes Aussehen unterstrich, und seine Hand ruhte auf einem Quadranten ihres Hinterns, den nur ein fester Freund berühren würde.

»Hey«, sagte Arthur. »Das ist TifAni. Sie kommt von einer katholischen Schule. Seid nett zu ihr, sie hat's schwer genug gehabt.«

»Hallo, TifAni!«, sagte Haifisch fröhlich und kratzte mit einem Plastiklöffel die letzten Reste Schoko aus einer leeren Puddingschüssel.

»Hallo.«

Arthur deutete auf Haifisch. »Beth.« Dann das blasse Mädchen. »Sarah.« Dann deren Freund. »Teddy.«

Ein Chor aus Hallos. Ich hob die Hand und sagte auch noch einmal Hallo.

»Komm.« Arthur zupfte mich am Ärmel. Ich hängte meinen Rucksack über eine Stuhllehne und ging zu der Warteschlange, die sich an der Theke gebildet hatte. Als Arthur an der Reihe war, bestellte er ein Riesensandwich mit Roastbeef und Truthahn, drei Sorten Käse, ohne Tomaten, nur Salat und so viel Mayo, dass er bei jedem Bissen ein schmatzendes Geräusch machte. Ich nahm einen Spinatwrap mit Käse, Senf und Tomaten (damals glaubten wir noch, Wraps hätten weniger Kalorien als Brot). Arthur warf zwei Tüten Chips auf sein Tablett, doch mir war aufgefallen, dass die meisten Mädchen hier darauf verzichteten, also verzichtete ich auch. Ich trug meinen Wrap und meinen zuckerfreien Snapple-Tee zur Kasse und wartete, bis ich mit Bezahlen an der Reihe war.

»Schöne Hose.« Auf das Kompliment hin drehte ich mich um. Ein Mädchen, das gleichzeitig extrem merkwürdig und sehr attraktiv war, nickte in Richtung meiner orangefarbenen Cargohose, die ich eigentlich nie wieder anziehen wollte. Das Mädchen hatte leuchtend rotes Haar in so gleichmäßiger Farbe, dass sie unmöglich echt sein konnte, große braune Augen, irgendwie keine Wimpern und einen Hautton, als hätte sie einen Pool im Garten und keinen Ferienjob. Mit ihrer sexy rosa Hemdbluse und dem Schulmädchenkarorock, der garantiert nicht so lang war, wie die Kleidungsvorschrift es verlangte, karikierte sie den androgynen teuren Collegestil, der bei den Bradley-Schülerinnen offenbar vorherrschte, verhielt sich jedoch, als würde sie ansagen, wo es langgeht.

»Danke«, strahlte ich.

»Bist du neu?«, fragte sie mit einer Stimme, die verrucht klang wie in diesen nächtlichen Werbeclips. Ruf. Mich. An.

Auf mein Nicken hin sagte sie: »Ich bin Hilary.«

»Ich bin TifAny.«

»Hey, Hilary!«, dröhnte eine Stimme vom beliebtesten Tisch in der Mitte des Raumes, der mit Jungs besetzt war, Jungs mit Haaren an den Beinen – rau und dunkel wie die meines Vaters – und unterwürfigen Mädchen, die jedes Mal lachten, wenn sie sich gegenseitig mit derben Ausdrücken bewarfen: Pussy, Vollidiot, Lutscher.

»Hey, Dean!«, rief Hilary zurück.

»Bring mir eine Tüte Swedish Fish mit«, verlangte er. Hilary hatte kein Tablett, und ihre Hände waren voll. Sie klemmte sich ihre Diätcola unter das Kinn und eine Tüte Salzbrezeln in ihre Armbeuge.

»Ich mach das!« Ich erreichte die Kasse mit den Fruchtgummitüten vor ihr, nahm eine und bezahlte sie zusammen mit meinem Wrap und meinem Getränk, ohne auf ihre Proteste einzugehen.

»Das werde ich dir nicht vergessen.« Sie krümmte ihren kleinen Finger um die Tüte und brachte es irgendwie zustande, alle ihre Einkäufe mit den Händen zu transportieren.

Ich schloss mich wieder Arthur an, der in der Nähe der Kasse gewartet hatte. Die Begegnung mit Hilary und ihr Interesse an mir hatte mir die Röte ins Gesicht getrieben. Manchmal ist ein befristetes Friedensangebot unter Mädchen viel wertvoller, als wenn dein Schwarm dich fragt, ob du mit ihm ausgehen willst – selbst wenn er längst bekommen hat, was er wollte.

»Aha, du hast also schon eine Hälfte der HOs kennengelernt.«

Ich sah zu dem Tisch hinüber, wo Hilary gerade die Tüte Swedish Fish auf Deans Tablett warf. Die Jungs benutzten also Tabletts. »HOs?«

»HO ist ein Akronym für Hilary und ihre beste Freundin Olivia. Die da …« – er nickte in Richtung eines Mädchens mit braunen Kringellocken, die bewundernd lachte, weil einer der Pelzbeine ein Fort aus leeren Pommesschachteln baute – »… hat sich den Namen ausgedacht. Ich denke nicht, dass die wissen, was Akronym ist.« Arthur seufzte zufrieden über ihr Unwissen. »Was die ganze Sache umso großartiger macht.«

Zwar hatte ich nicht beim ersten Mal verstanden, dass Holden Caulfield einen Nervenzusammenbruch hatte, aber was ein Akronym war, das wusste ich.

»Sind sie denn HOs?« Ich hatte noch nie gehört, dass sich ein Mädchen selbst absichtlich als Schlampe bezeichnete. Mich hatte mal jemand eine geile Tussi genannt, eine durchaus natürliche Assoziation, wenn man mit zwölf schon Brüste wie eine Erwachsene hat, daraufhin kauerte ich eine Stunde lang weinend bei meiner Mutter auf dem Schoß.

»Hätten sie bestimmt gern.« Die Haut um Arthurs glänzende Nase kräuselte sich. »Aber die wüssten gar nicht, was sie mit einem Schwanz anfangen sollten, und wenn er sie mitten ins Gesicht träfe.«

Nach der Mittagspause hatte ich Chemie, eines der Fächer, die ich am wenigsten mochte. Trotzdem freute ich mich darauf, weil beide HOs in meiner Klasse waren. Die Begeisterung legte sich rasch, als die Lehrerin uns auftrug, uns paarweise für ein Experiment zusammenzufinden, das beweisen sollte, dass Chemie cool sein kann. Ich blickte verzweifelt nach rechts, doch mein Sitznachbar hatte sich bereits von mir abgewandt und gab jemandem Zeichen, den er als Partner haben wollte. Auf der linken Seite war es das Gleiche. Glückliche Pärchen schlenderten zum hinteren Ende des Raums, bis sich ein weiterer Nachzügler herausschälte, ein Junge mit hellbraunen Haaren und Augen, die selbst auf die Entfernung als blau zu erkennen waren. Er hob die Brauen und nickte mir zur, die stumme Frage, ob ich seine Partnerin sein wollte. Als ob es eine Alternative gäbe. Ich nickte zurück, und wir gingen zu den Stationen hinter den Tischreihen.

»Prima«, sagte Mrs Chambers, als sie uns, immer noch leicht unsicher, beieinanderstehen sah, »Liam und TifAni, ihr könnt den letzten Tisch am Fenster nehmen.«

»Als könnten wir es uns aussuchen«, murmelte Liam leise, sodass Mrs Chambers es nicht hören konnte. »Danke, dass du nach dem Neuen geschaut hast.«

Ich brauchte eine Sekunde, um zu begreifen, dass er sich selbst zu den »Neuen« zählte.

»Du bist neu hier?« Ich sah ihn an.

Er zuckte mit den Schultern, als fände er das offensichtlich.

»Ich auch!«, flüsterte ich aufgeregt. Ich konnte es kaum fassen, dass ich bei ihm gelandet war. Die Neuen waren vertraglich verpflichtet, nacheinander Ausschau zu halten.

»Ich weiß.« Er hob einen Mundwinkel zu einem leichten Lächeln, und das Nachmittagslicht fing sich in einem Grübchen auf seiner Wange. Das Bild, das er in diesem Moment abgab, hätte aus der *Bravo* stammen können. »Du bist zu hübsch, um als Letzte übrig zu bleiben.«

Ich presste meine Schenkel zusammen, um die aufsteigende Hitzewelle zu bremsen.

Mrs Chambers hob zu einem Vortrag über Laborsicherheit an, der niemanden interessierte, bis sie ausführte, dass wir, wenn wir nicht aufpassten, uns Haare und Augenbrauen absengen könnten. Ich blickte über die Schulter zu ihr, wobei ich bemerkte, dass Hilary mich mit ihren großen Augen, denen die Wimpern fehlten, beobachtete, als hätte sie genau das Schicksal ereilt, vor dem Mrs Chambers uns gerade gewarnt hatte. Ich musste blitzschnell eine Entscheidung treffen – wegsehen und so tun, als hätte ich ihren Blick nicht bemerkt, oder lächeln und einen wortlosen Austausch beginnen, mit dem ich mich bei ihr noch beliebter machen konnte. Der Instinkt, der zu meiner flüchtigen Beliebtheit in Mount St. Theresa geführt hatte, meldete sich, und ich entschied mich für den zweiten Weg.

Zu meinem Entzücken erwiderte Hilary mein Lächeln und stieß Olivia an, um ihr etwas zuzuflüstern. Olivia lächelte ebenfalls und winkte mir zu. »Der ist süß«, gab sie mir mit einem kaum merklichen Nicken Richtung Liam stumm zu verstehen, wobei sich ihre Lippen bei dem Wort »süß« zu einem Kussmund formten. Ich blickte rasch zu ihm, um mich zu vergewissern, dass er es nicht bemerkte, und formte mit den Lippen: »Oh ja.«

Meine Güte, was war ich zufrieden mit mir, als es um 15.23 Uhr zum Schulschluss klingelte. An meinem ersten Tag hatte ich mit dem süßen Neuen geflirtet, meine Ansprüche auf ihn erklärt, was allein unser gemeinsamer Status ermöglichte, und ich hatte mit den HOs angebandelt. Am liebsten hätte ich eine Grußkarte mit Blumendruck an die schreckliche Schwester John geschickt: »Liebe Schwester John, ich komme hervorragend an meiner neuen Schule zurecht. Ich habe schon jemanden gefunden, dem ich meine Jungfräulichkeit schenken will. Ich kann Ihnen nur dankbar sein!«

3

»Fünfundzwanzig, sechsundzwanzig – Kinn hoch! – achtundzwanzig – noch zwei, noch mal alles geben! – neunundzwanzig, dreißig.« Ich ließ meinen Hintern auf die Fersen sinken und streckte die Arme nach vorn aus, in dem Versuch, sie zu verlängern, nachdem ich »meiner Kalorienverbrennung auf die Sprünge geholfen« hatte, ein großzügiges Versprechen, für das ich monatlich 325 Dollar bezahlte. Wahrscheinlich wäre ich auch schlanker und trainierter gewesen, wenn ich nicht sofort etwas hätte essen müssen, sobald ich nach Hause kam. Manchmal war es so schlimm, dass ich die Küche plünderte, ehe ich überhaupt die Jacke auszog.

»Die Gewichte zurück in den Behälter, und dann bitte zum Wadenheben an die Stange.« Dies war der Teil vom Kurs, vor dem ich am meisten Angst hatte – weil ich meine Gewichte aufräumen und dann möglichst schnell und trotzdem anständig zu meinem Lieblingsplatz an der Stange kommen musste, obwohl ich am liebsten alle lahmen Enten mit dem Ellbogen aus dem Weg geräumt hätte. »Ich komme ins Fernsehen, und ich bin nicht wegen meiner Gesundheit hier, ihr blöden Kühe!« Ich begnügte mich mit gelegentlichen Stößen, die ich normalerweise für die »Sänger« reservierte, diese Leute, die aus lauter Lust am Leben die Straße entlangwippten, Stöpsel in den Ohren, einen geradezu abstoßenden Ausdruck von Glückseligkeit im Gesicht, und dazu irgendeinen nervigen Motown-Klassiker schmetterten. Inzwischen war ich recht mutig geworden und schleuderte ihnen im Vorübergehen meine Riesentaschen in die Seite, um mich an ihrem erbosten »Hey!« zu erfreuen. Niemand verdiente es, so glücklich zu sein.

Im Kurs war ich zurückhaltender. Ich hätte nie riskiert, das Bild zu zerstören, das die Trainer von mir hatten, denn ich hatte sorgfältig daran gefeilt, sie zu beeindrucken und für mich einzunehmen: die süße, wenn auch leicht distanzierte junge Frau, die bei den Oberschenkelübungen immer die schwierigste Variante wählte, ganz gleich wie ihre Beine zitterten.

Als ich die Gewichte in die vorgesehenen Behälter gelegt hatte, war mein Lieblingsplatz zum Glück noch frei. Ich schlang mein Handtuch um die Stange, stellte meine Wasserflasche auf den Boden und fing an, auf den Fußballen auf- und abzuwippen, nicht ohne meinen Bauchnabel zum Rückgrat zu saugen und meine Schulterblätter zusammenzuziehen.

Die Trainerin sagte: »Schöne Haltung, Ani.«

Eine Stunde lange stülpte, saugte, drückte, hob und stieß ich. Beim abschließenden Dehnen fühlten sich meine Gliedmaßen an wie die Pad-Thai-Nudeln, die ich für mein Leben gern aß, und ich überlegte, ob ich den Drei-Kilometer-Lauf zurück zu meiner Wohnung ausfallen lassen sollte. Doch als ich aufstand, um meine Matte in das Fach am Ausgang zu legen, blieb ich im Spiegel an dem Speck hängen, der sich in meinem Rücken aus dem Top drückte und überlegte es mir doch wieder anders.

In der Umkleide war eine Frau, die bei allen Bauchmuskelübungen geschummelt hatte. »Sie waren so gut!«, begrüßte sie mich.

»Bitte?« Natürlich hatte ich sie genau verstanden.

»Bei den Bauchmuskeln. Bei der letzten Übung habe ich versucht, meine Beine loszulassen, aber dann konnte ich mich nicht einmal mehr eine Sekunde lang oben halten.«

»Na ja, das ist die Stelle, wo ich es am meisten brauche, deshalb gebe ich mir da die größte Mühe.«

Ich klopfte mir auf den Bauch, der sich gegen meine Stella-McCartney-für-Adidas-Yogahose, Größe XS, wölbte. Seit Beginn meiner Hochzeitsplanung waren meine Fressanfälle wieder so schlimm wie zu Highschoolzeiten. Die letzten paar Jahre hatte ich sie auf sonntags und gelegentlich mittwochs beschränken können. Durch exzessives Fitnesstraining und Selbstbeschränkung an den übrigen Tagen der Woche konnte ich mein Gewicht bei 54,5 Kilo halten (bei eins achtundsiebzig Größe ist das gertenschlank, bei eins sechzig eher stämmig). Mein Ziel für die Hochzeit und, was noch wichtiger war, für den Dokumentarfilm, lautete 48 Kilo. Doch die Aussicht auf das, was ich dafür zu leisten hatte – und zwar bald –, schien meine Fresslust noch zu steigern. Ich kam mir vor wie ein verwirrter Bär, der sich auf eine Hungerphase vorbereitet.

»Auf keinen Fall!«, widersprach die Frau. »Sie sehen toll aus.«

»Danke.« Sie drehte sich von mir weg, um ihren Spind zu öffnen, und mein Blick wanderte über ihre Rückseite. Sie hatte einen langen schmalen Oberkörper, der in breite Hüften und einen großen, flachen Hintern überging. Ich war nicht sicher, was ich schlimmer fand – sich langsam dem Elend zu ergeben, in dem man nur noch Mutti-Jeans trägt, oder beständig dagegen anzukämpfen und Botox und Hunger in Kauf zu nehmen.

Müde trabte ich den West Side Highway entlang nach Hause. Für die etwas mehr als drei Kilometer brauchte ich fünfundzwanzig Minuten, eine erbärmliche Leistung, selbst wenn man einberechnete, dass ich an jeder roten Ampel hielt, um nicht überfahren zu werden.

»Hey, Baby.« Luke machte sich nicht die Mühe, von seinem iPad aufzusehen. Am Anfang unserer Beziehung hatte sich mein Magen immer zusammengezogen, wenn er »Baby« sagte, als wollte mein Körper das Wort festhalten, wie in diesen Automaten, in denen man mit einem Greifarm nach Plüschtieren fischen kann. Ein Wunder, dass es überhaupt je jemand versucht, schließlich ist bekannt, dass die Dinger manipuliert sind. In all den Jahren in Highschool und College hatte ich mir nichts anderes gewünscht, als dass ein breitschultriger Lacrosse-Spieler mich beim Joggen einholt, mir den Arm um die Schulter legt und sagt: »Hey, Baby.«

»Wie war's im Fitnessstudio?«

»Ach ja.« Ich strippte mein verschwitztes Oberteil ab und schüttelte mich unwillkürlich, als meine nassen Haare meinen Nacken berührten, der jetzt nicht mehr von meinem Lululemon-Top geschützt war. Ich ging zum Küchenschrank, fand ein Glas Bio-Erdnussbutter und tauchte einen Löffel hinein.

»Wann bist du noch mal verabredet?«

Ich sah auf die Uhr. »Um eins. Ich muss mich fertig machen.«

Vor dem Duschen genehmigte ich mir einen Löffel Erdnussbutter und ein Glas Wasser. Ich brauchte eine Stunde, um mich in Schale zu werfen, länger, als wenn ich mich für einen Abend mit Luke aufbrezelte. Da waren viele Frauen, für die ich mich anzog. Die Touristinnen auf der Straße (so macht man das), die Verkäuferin, die mir erst die Füße küssen würde, nachdem sie das Miu-Miu-Etikett im abgenähten Leder meiner Handtasche entdeckt hatte. Am wichtigsten jedoch war heute die eine Brautjungfer, zukünftige Medizinerin, die mit dreiundzwanzig erklärt hatte, dass sie, falls sie nicht mit dreißig Kinder habe, ihre Eier einfrieren lassen würde.

»Späte Mutterschaft steht klar mit Autismus in Verbindung.« Sie hatte so fest an ihrem Wodka mit Soda gesaugt, dass eine Blase von der Oberfläche aufgestiegen war. »Diese Frauen, die mit über dreißig Kinder bekommen, sind so was von egoistisch. Wenn es bis dahin nicht geklappt hat, sollen sie halt adoptieren.« Natürlich war sich Monica »Moni« Dalton sicher, dass es bei ihr klappen würde, bevor es zu spät war. Moni hatte seit der letzten

Folge von *Sex and the City* kein industriell verarbeitetes Kohlenhydrat mehr zu sich genommen, und ihr Bauch sah aus wie mit Photoshop bearbeitet.

Nur dass Moni in drei Monaten als Erste von uns neunundzwanzig wurde und keinen Mann neben sich im Bett hatte, der sie mit Geburtstagssex wecken würde. Ihre Panik roch nach Chemie.

Sich für Moni anzuziehen machte am meisten Spaß. Ich freute mich immer, wenn ich sah, wie sie die zarten Knöchelriemchen meiner Sandalen musterte und ihre Augen meinem Smaragd folgten. Sie kaufte bei Barney's ein, doch ihre Rechnungen gingen immer noch an ihre Eltern. Ziemlich uncool, wenn man mal jenseits der fünfundzwanzig angelangt war. In dem Alter gab es nur noch zwei Alternativen: Entweder der Ehemann zahlte oder man selbst. Nur fürs Protokoll, ich zahlte meine Einkaufsrechnungen selbst (alles bis auf Schmuck). Allerdings hätte ich das nicht gekonnt, wenn Luke nicht für alles Übrige aufgekommen wäre.

»Hübsch siehst du aus.« Auf seinem Weg in die Küche küsste mich Luke auf den Hinterkopf.

»Danke.« Ich zupfte an den Ärmeln meines weißen Blazers. Es wollte mir einfach nicht gelingen, sie so hochzukrempeln, wie das in den Mode-Blogs aussah.

»Geht ihr danach noch zusammen brunchen?«

»Ja.« Ich füllte meine Handtasche mit Make-up, Sonnenbrille und dem *New York Magazine* – das ich bewusst halb heraussstehen ließ, damit jeder sah, dass ich das *New York Magazine* las –, außerdem Kaugummi und einem ersten Entwurf der Hochzeitseinladung, die unsere schüchterne Schreibwarenfrau gemacht hatte.

»Übrigens, diese Woche – einer meiner Kunden möchte unbedingt, dass wir mit ihm und seiner Frau essen gehen.«

»Wer?« Ich rollte die Ärmel herunter und versuchte es ein zweites Mal.

»Dieser Andrew. Von Goldman.«

»Vielleicht kennt Nell ihn.« Ich grinste.

»Um Gottes willen.« Luke blies nervös die Backen auf.

Ich lächelte und küsste ihn auf den Mund. Sein Atem roch nach abgestandenem Kaffee. Ich versuchte, mich nicht zu schütteln. Versuchte, mich daran zu erinnern, wie ich ihn zum ersten Mal gesehen hatte: bei einer Party, ich als Erstsemester, alle anderen in Seven Jeans, ich zusammengeschnürt vom Bund meiner Baumwollhose. Luke war ein höheres Semester in Hamilton, doch sein bester Freund aus dem Internat besuchte die Wesleyan University. Sie hatten sich über die Jahre regelmäßig gegenseitig besucht, doch weil ich neu an der Uni war, begegnete ich ihm bei dieser Party zum ersten Mal. Luke stand damals auf Nell, bevor er erkannte, was für eine »Männer mordende Bestie« (O-Ton) sie war. Zum Glück oder auch nicht kam Nell mit Lukes bestem Freund zusammen, es wurde also für ihn nichts daraus. Als ich an jenem Abend nach Hause kam, erfüllt von Lukes beiläufigem »Hallo«, entwarf ich einen Plan. Der Typ, den ich wollte, wollte Nell, also nahm ich Nell unter die Lupe. Ich aß wie sie, das hieß, ich ließ drei Viertel des Essens auf dem Teller liegen (sie nahm haufenweise blaue Pillen, die sie selbst gegen die verlockendsten Kohlehydrate immun machten) und ließ mir in den Thanksgiving-Ferien von Mom Klamotten kaufen, die Nell trug. Von Nell lernte ich, dass ich bislang alles falsch gemacht hatte: Hübsche Mädchen mussten so tun, als würden sie gar nicht versuchen, hübsch zu sein, diesen fatalen Fehler hatte ich in Bradley gemacht. Nell erschien manchmal in einem alten Polohemd ihres Vaters, hässlichen alten Uggs und Jogginghose, ohne Make-up, nur um zu beweisen, dass sie mit ihren Geschlechtsgenossinnen solidarisch war. Hübsche Mädchen mussten außerdem einen selbstzerfleischenden Sinn für Humor haben, auf blühende Pickel im eigenen Gesicht hinweisen und von ihrem schrecklichen Durchfall erzählen, um den anderen Mädchen zu signalisieren, dass sie kein Interesse an der Rolle des Männer verschlingenden Luders hatten. Denn wenn die anderen auch nur die geringste Gefahr spürten, war man erledigt und konnte den Typ vergessen, auf den man es abgesehen hatte. Die geballte Kraft eines knurrenden Rudels von Weibchen ließ selbst den härtesten Steifen erschlaffen.

Am Ende meines ersten Jahres konnte ich die Baumwollhose an- und ausziehen, ohne sie aufzuknöpfen. Ich war immer noch nicht richtig dünn. Nach dem Studium verlor ich noch mal gut vier Kilo, doch die Ansprüche an der Uni waren nicht so streng wie später in New York. Einmal im März, an einem trügerisch warmen Tag, ging ich in einem billigen Tanktop zur Uni. Die heiße Sonne strich mir über den Kopf wie eine segnende Hand, als ich Matt Cody begegnete, einem Eishockeyspieler, der Nell so heftig gebumst hatte, dass sie von seinem Penis eine rote Delle auf ihrem Schenkel hatte, die sich fast eine Woche hielt und in lila, blau und grün leuchtete. Er blieb wie angewurzelt stehen, bewunderte das Licht in meinem Haar und meinen Augen und schnappte nach Luft. »Wow.«

Doch ich musste vorsichtig sein. Die Uni war mein erster Schritt zu meiner Neuerfindung, und ich durfte meinen Ruf nicht vorzeitig ruinieren. Nell meinte, ich ginge schärfer ran als alle, die sie kenne; ich knutschte viel, ließ die Jungs unters Shirt, aber weiter ging ich nie, es sei denn, derjenige war mein fester Freund. Und wie das funktionierte, lernte ich von Nell, die nach einer Methode vorging, die sie Hemingway-Theorie nannte. Hemingway pflegte für seine Romane Schlusspassagen zu schreiben, die er jedoch sofort wieder entfernte. Er war der Meinung, das würde die Geschichte stärker machen, weil seine Leser eine Ahnung von diesem letzten immateriellen Kapitel mitlesen würden. Wenn du also einen Typ magst, argumentierte Nell, musst du sofort einen anderen Typ finden, zum Beispiel den, der dich im Kurs über Moderne Amerikanische Klassik immer anglotzt, der mit den hässlichen Jeans und zu viel Gel im Haar. Du schenkst ihm endlich ein Lächeln, lässt dich ausführen, trinkst verdünnten Whiskey mit ihm auf seinem Wohnheimzimmer, während er klug über Dave Eggers daherredet und im Hintergrund *Phoenix* jault. Lass dich küssen oder auch nicht, und mach das so lange, bis der Typ, den du wirklich willst, Wind davon bekommt – und zwar wörtlich genommen, bis er den Geruch des anderen an dir wahrnimmt. Er wird es an dir riechen, seine Pupillen werden sich weiten wie bei einem Hai, dem Blut in die Nase steigt.

Nach meinem Abschluss lief ich Luke erneut über den Weg, auf einer Party in New York. Der Zeitpunkt hätte nicht günstiger sein können, denn ich hatte gerade einen Freund, dessen Geruch weiß Gott ein Football-Stadion hätte erfüllen können. Er war ein direkter Nachfahre der Pilgerväter von der Mayflower, an dem sich die Geister schieden, doch ich behielt ihn, weil er der Einzige war, der sich nicht scheute, meine Wünsche im Bett zu erfüllen. *Kannst du mich ins Gesicht schlagen?* »Sag mir Bescheid, wenn es nicht fest genug ist«, hatte er geflüstert, ausgeholt und mir eine Ohrfeige verpasst, die meinen Schädel zu spalten drohte, ich sah nur noch blinkendes Neon auf einem sich blähenden schwarzen Tuch, immer und immer wieder, bis ich mit einem grotesken Stöhnen kam. Luke wäre entsetzt gewesen, wenn ich ihn um so etwas gebeten hätte. Ich habe nie herausgefunden, ob dieses pochende Verlangen nach Selbstzerfleischung angeboren oder anerzogen war, doch ich war bereit, es aufzugeben für seinen Nachnamen, für den ich über Leichen gegangen wäre. Als ich schließlich mit meinem Freund »wegen« Luke Schluss machte, empfand ich die plötzliche Freiheit – mit ihm abends essen zu gehen und dann gemeinsam nach Hause zu gehen wie ein richtiges Paar – berauschend. Wir hatten uns von dem Gefühl mitreißen lassen und waren schon nach einem Jahr zusammengezogen. Luke wusste natürlich, dass ich in Wesleyan war, und er fand es immer noch lustig, dass wir uns dort nie begegneten, wenn er zu Besuch kam.

»Modell Emile im Rosenwasser.« Die Verkäuferin zog das Kleid vom Bügel und schwang es um sich herum, wobei sie den Rock hochhielt und den Stoff zwischen Daumen und Zeigefinger rieb. »Sehen Sie, es schimmert leicht.«

Ich sah Nell an. Nell war nach all den Jahren immer noch ein »Hingucker« (O-Ton Mom) und würde nicht heiraten müssen, um sich gut in ihrer Haut zu fühlen wie wir anderen. Sie hatte im Finanzwesen gearbeitet, war eine von zwei Frauen auf dem Börsenparkett gewesen, und die Männer hatten sich die Hälse verdreht, wenn Banker-Barbie vorbeischritt. Auf der Weihnachtsfeier vor zwei Jahren hatte sie einer ihrer bescheuerten Kollegen – natürlich verheiratet und Kinder – hochgehoben und über die Schulter geschwungen, sodass ihr Kleid hochflog und ihren anmutigen Hintern entblößte, um mit ihr durch den Raum zu rennen und unter dem Gejohle der Meute Affenlaute auszustoßen.

»Warum Affenlaute?«, wollte ich wissen.

»War vielleicht seine Vorstellung von Tarzan.« Nells Schultern hoben sich bis zu ihren Ohren. »Keiner von der schlauen Truppe.«

Sie verklagte die Firma auf eine unbenannte Summe, und seither schlief sie jeden Morgen bis neun, ging dann zum Spinning und Yoga und bezahlte jede Brunchrechnung, bevor wir überhaupt eine Chance hatten, einen Blick darauf zu werfen.

Nells Mundwinkel zuckte. »In der Farbe sehe ich aus, als wäre ich nackt.«

»Wir werden Bräunungsspray benutzen«, erinnerte Moni sie. Das Tageslicht beleuchtete einen dicken Pickel auf ihrer Wange, der mit zu kräftigem Concealer abgedeckt war. Dass ich vor ihr heiratete, brachte sie in ernsthafte Nöte.

»Mitternacht ist ein sehr schmeichelnder Ton.« Als die Verkäuferin das Rosenwasserkleid zurück an die Stange hängte, löste sich aus ihrem Ärmel ein Cartier-Love-Armreif. Sie war naturblond und ließ sich vermutlich ein- bis zweimal im Jahr Strähnchen bei Marie Robinson machen.

»Nehmen Leute auch manchmal verschiedene Farben?«, fragte ich.

»Ständig.« Sie zog das Ass aus dem Ärmel. »Georgina Bloomberg war letzte Woche hier für eine Freundin, und die machen genau das.« Sie griff zu einer dritten Variante, einem scheußlichen Auberginetón und fuhr fort: »Das sieht angezogen sehr schick aus. Wie viele Brautjungfern haben Sie noch mal?«

Es waren sieben, die alle in Wesleyan gewesen waren und jetzt in New York lebten, bis auf zwei, die nach Washington gegangen waren. Luke kam auf neun Begleiter, die alle in Hamilton studiert hatten, außer seinem großen Bruder Garret, der an der Duke University in North Carolina magna cum laude abgeschlossen hatte. Auch sie wohnten alle in New York. Luke gegenüber sagte ich einmal, wie traurig ich es fände, dass wir mit unserem Freundeskreis so isoliert wären und gar nicht dazu kämen, die Stadt richtig zu erleben. All die Spinner, die hier herumliefen, die wilden, geheimnisvollen Nächte, die auf uns warteten – wir kamen ohne sie aus, also suchten wir sie auch nicht. Luke meinte darauf nur, es sei erstaunlich, wie ich alles ins Negative verdrehen könnte.

Nell und Moni verschwanden in die Umkleide, um mir zu demonstrieren, wie schick Rosenwasser und Mitternacht zusammen aussahen, und ich wühlte in meiner Tasche nach meinem Handy. Ich hielt es in Kinnhöhe vor mich, um Twitter und Instagram durchzusehen. Die Leiterin unserer Beauty-Redaktion hatte kürzlich einen Fernsehbeitrag für *Today* gemacht, in dem sie vor den wahren Gefahren von Smartphone-Sucht warnte: Pickel in der Handyzone und vorzeitiger Schildkrötenhals, weil man ständig nach unten späht, um unter @SoulCycle zu erfahren, wer auf der Matte wieder den richtigen Kick gefunden und sich die Seele hat reinwaschen lassen.

Spencer hatte mich nach unserem Treffen auf Instagram abonniert. Ich kannte niemanden auf ihren verwischten Fotos, nur mit einem Kommentar konnte ich etwas anfangen. Jemand fragte, ob sie zum Treffen der Freunde der Opfer kommen werde, der in Villanova, Philadelphia, in einem traurigen Pub neben einem Starbucks stattfinden würde. Ich stellte mir vor, wie es wäre, dort aufzutauchen: in schlichtem Kaschmir, meine Glitzerkakerlake am Finger, Luke an meiner Seite, dessen unverfrorenes Selbstbewusstsein irgendwie per Osmose auch mich durchdrang. Der Ort, an dem ich mich so sehr um Akzeptanz bemüht hatte, lag längst unter meiner Würde, ebenso wie all die Loser, die es nie geschafft hatten, die Main Line zu verlassen und wahrscheinlich immer noch in Wohnungen mit *Auslegeware* lebten. Um Gottes willen. Es würde ein Raunen durch die Menge gehen, halb erbost, halb beeindruckt: »Habt ihr gesehen, wer hier ist? Die hat vielleicht Mumm.« Und für jeden würde es etwas anderes bedeuten. Vielleicht wäre sogar der Typ da, der nach all den Jahren immer noch glaubte, ich schuldete ihm einen Fick. Die Veranstaltung würde erst in ein paar Monaten stattfinden. Falls ich bis dahin mein Zielgewicht erreicht hatte, würde ich vielleicht hingehen.

Ich schloss Instagram und öffnete meine E-Mails, als Nell aus der Umkleide kam, Modell Rosenwasser über ihren Picknicktischleib drapiert, im Rücken nichts als Rückgrat und Haut.

»Wow«, sagte Love-Armreif, und nicht nur aus Verkaufsstrategie.

Nell legte ihre kurzen Finger auf ihre Brust, die flach war wie die Pizzas mit der dünnen Kruste, die wir zu Collegezeiten immer zum Frühstück bestellt hatten. Ich musste wegsehen. Nell kaute leidenschaftlich an ihren Fingerspitzen, und die blutunterlaufenen Hautfetzen erinnerten mich zu sehr daran, wie rasch ein Körper zerfallen konnte. »Wenn mal ein Vergewaltiger in deine Wohnung einbricht«, hatte ich mitten in einer Folge von *Law & Order* überlegt, »wie willst du ihm mit diesen Stummeln die Augen auskratzen?«

»Für den Fall sollte ich mir vielleicht eine Waffe zulegen.« Noch ehe sie den Satz zu Ende gesprochen hatte, war Schrecken in ihre blauen Augen getreten, doch zu spät. Die Neuronen in ihrem Hirn hatten gezündet und den Satz herausgeschossen, ehe sie etwas dagegen tun konnte. »Tut mir leid«, fügte sie unbeholfen hinzu.

»Macht doch nichts.« Ich hielt die Fernbedienung hoch und erhöhte die Lautstärke. »Sarkasmus ist immer erlaubt, ›Freunde der Opfer‹ hin oder her.«

»Ani, ich sehe aus, als hätte ich eine Wurstpelle an.« Nell klang, als wollte sie sich beschweren, dabei bewunderte sie im Spiegel ihre glatte Rückseite, wie die Farbe des Kleides nahtlos in ihren Hautton überging, gleich oberhalb ihres Hinterns, der eine ungenannte Summe Geld wert war, sodass man nicht sagen konnte, wo das Kleid endete und Nell begann.

»Willst du wirklich, dass ich neben ihr stehe?«, jammerte Moni und schob den Vorhang der Kabine auf. Moni würde nie aufhören, Nell zu ihrer besten Freundin machen zu wollen. Und ich würde nie aufhören, es ihr in ihr kleines Schmollgesicht zu reiben, dass Nell mich, die Italo-Braut, ihr, der Märchenprinzessin aus Connecticut, vorzog.

»Da kann ich aber keinen BH drunterziehen«, jammerte Moni weiter. Love-Armreif eilte sofort zu ihr – *ein schlaffer Busen würde diesen Verkauf nicht vereiteln, nicht bei ihr!* – und fing an, am Jerseystoff des Kleides herumzuzupfen. »Sehen Sie, man kann es auf verschiedene Arten tragen. Vorteilhaft für jede Figur.« Zum Schluss band sie mit einem offenbar genau dafür vorgesehenen Band Monis Brüste zusammen. Moni hob die Seiten des Kleides an und besah sich im Spiegel. Ihr Busen wogte unter dem dünnen Stoff, als wäre tief darunter eine Unterwasserbombe explodiert.

»Meinst du, die anderen würden darin gut aussehen?«, drängte Moni. Die anderen Mädels hatten heute keine Zeit gehabt und die Entscheidung großzügig Nell und Moni überlassen. Luke hatte drei Jungs an seiner Seite, alle Singles – unter anderem Garret, der Ray-Ban-Sonnenbrillen mit polarisierten Gläsern trug und einem die Hand auf den Rücken legte, wenn er mit einem sprach. Keine würde ihren Platz auf der Hochzeitsfeier riskieren und damit ihre Chance, Garret abzuschleppen, nur weil ihr das Kleid nicht gefiel.

»Ich find's toll«, verkündete Nell. Mehr als diesen halbherzigen Kommentar brauchte es von ihr nicht.

»Es ist schon irgendwie cool«, stimmte Moni zu und musterte sich mit finsterer Miene von allen Seiten.

Ich wandte mich wieder meinem Smartphone zu, diesmal um E-Mails zu checken, und vergaß alles, was ich über Schildkrötenhälse gelesen hatte, als ich auf einen Betreff stieß, der mir den einsamen Löffel Erdnussbutter in meinem vernachlässigten Magen aufrührte: Freunde der Opfer – Terminänderung, stand da, daneben eine rote Flagge.

»Verdammt.« Ich tippte die Meldung an, um die Mail zu öffnen.

»Was?« Nell hielt sich den Saum ihres Kleides ans Knie, um zu sehen, wie es in kurz aussehen würde.

Ich stöhnte. »Die wollen den Dreh auf Anfang September vorverlegen.«

»Wann hätte er denn ursprünglich sein sollen?«

»Ende September.«

»Wo ist das Problem?« Nells Stirn hätte sich in Falten gelegt, wenn sie nicht voller Botox gewesen wäre (»rein prophylaktisch«, wie sie sich rechtfertigte).

»Das Problem ist, dass ich zurzeit fresse wie ein Schwein. Wenn ich bis 4. September so weit sein will, muss ich jetzt auf Nulldiät gehen.«

»Ani.« Die Hände auf ihre 75 Zentimeter Hüften gestützt, sagte Nell: »Hör bitte auf damit. Du bist einfach petite.« Nell würde sich umbringen, wenn sie je so »petite« wäre.

»Du solltest die Dukan-Diät versuchen«, meldete sich Moni. »Meine Schwester hat das vor ihrer Hochzeit gemacht.« Sie schnippte mit den Fingern. »Hat dreieinhalb Kilo in drei Wochen verloren, und dabei hatte sie schon Größe 34.«

»Die gleiche Diät hat auch Kate Middleton gemacht«, erklärte Love-Armreif, und wir ehrten die Herzogin von Cambridge mit einem Moment der Stille. Kate Middleton hatte am Tag ihrer Hochzeit hochgradig verhungert ausgesehen, das verdiente Anerkennung.

»Gehen wir brunchen«, seufzte ich. Nach diesem Gespräch wollte ich am liebsten allein in meiner Küche sein, mitten in der Nacht, mit einem vollen Kühlschrank und viel Zeit, um ihn zu durchstöbern. Ich liebte diese Abende, wenn Luke mit Kunden unterwegs war. Dann besorgte ich mir zwei Plastiktüten voll mit den feinsten Kohlehydraten, die die Bodegas im Umkreis zu bieten hatten, und verschlang sie bis auf den letzten Teigkrümel, um danach alle Indizien in unseren Abfallschacht zu werfen, damit Luke nichts davon mitbekam. Nach der Fressorgie sah ich mir ein paar Stunden lang Pornos an, die Sorte, bei der Männer Frauen anbrüllen, sie sollen wie Hunde bellen, sonst würden sie aufhören, sie zu ficken, kam dabei mehrmals hintereinander und fiel schließlich ins Bett, mit dem Gedanken, dass ich einen Mann, der so etwas mit mir machen würde, sowieso niemals heiraten würde.

Nachdem wir bestellt hatten, stand Moni auf, um zur Toilette zu gehen.

»Was hältst du von den Kleidern?« Nell schüttelte ihr weißblond gesträhntes Haar aus dem Knoten. Der Barmann gaffte herüber.

»Du siehst toll aus in dem Rosenwasserkleid«, sagte ich. »Nur deine Nippel sind ein Problem.«

»Was würden denn da Mr und Mrs Harrison sagen?« Nell legte sich die Hand aufs Herz, eine schockierte viktorianische Lady in einem zu engen Korsett. Meine zukünftigen Schwiegereltern waren ein konstanter Quell der Belustigung für sie, was unter anderem damit zu tun hatte, dass sie ein Sommerhaus in Nantucket besaßen, er Fliege trug und sie einen weißen Bob, den sie mit einem Samtband aus dem Gesicht hielt. Ich hätte es den beiden nicht verübelt, wenn sie ihre nordischen Nasen über mich gerümpft hätten. Doch Mrs Harrison hatte sich immer eine Tochter gewünscht, und ich konnte nach wie vor nicht glauben, dass sie sich mit so etwas wie mir zufriedengab.

»Ich glaube nicht, dass Mrs Harrison ihre eigenen Nippel schon mal gesehen hat«, sagte ich. »Es wäre wahrscheinlich eine lehrreiche Anatomielektion für sie.«

Nell hielt sich ein imaginäres Monokel vor ihr linkes Auge und blinzelte. »Das, meine Liebe, nennt man also Warzenhof?«, sagte sie mit der zittrigen Stimme ältlicher Touristinnen in der U-Bahn. Ihre Darstellung einer alten Dame war klischeehaft, und sie klang nicht im Mindesten wie Mrs Harrison. Ich konnte mir den Gesichtsausdruck meiner zukünftigen Schwiegermama vorstellen, wenn sie uns hören würde, wie wir sie im Cayenne-Pfeffer unserer vierzehn Dollar teuren Bloody Marys rösteten. Sie würde keineswegs wütend werden – Mrs Harrison wurde nicht wütend. Nur ihre dünnen Augenbrauen würden sich kräuseln, und ihre Haut würde knittern, wie es bei Nell nicht mehr möglich war, und ihren leicht geteilten Lippen würde ein gehauchtes »Oh« entweichen.

Sie war so geduldig gewesen, als Mom beim ersten Besuch im Haus der Harrisons Kerzenhalter und andere Gegenstände in den sorgfältig dekorierten Zimmern in die Hand genommen und umgedreht hatte, um ihre Herkunft zu ergründen (»Scully & Scully? Ist das nicht ein Laden in New York?« – »Mom, hör auf damit«). Noch wichtiger aber war, dass die Harrisons sechzig Prozent der Kosten für die Hochzeit trugen. Dreißig Prozent kamen von Luke und mir (also gut, von Luke) und die restlichen zehn Prozent von meinen Eltern, trotz meines Einwands, dass das nicht nötig wäre, und trotz der Tatsache, dass der Scheck nicht gedeckt sein würde, sosehr sie es auch beteuerten. Als Hauptgeldgeber hätten die Harrisons jedes Recht gehabt, meine tolle Hipster-Band abzulehnen und über die Gästeliste zu bestimmen: Sechzigjährige mit Haarbändern statt Achtundzwanzigjährige in scheußlichen Abendkleidern. Doch Mrs Harrison hatte nur ihre unmanikürten Hände gehoben und mir erklärt: »Das ist *deine* Hochzeit, Ani, und du solltest sie nach deinen Vorstellungen planen.« Nachdem die Doku-Filmer Kontakt zu mir aufgenommen hatten, war ich zu ihr gefahren, die Angst wie einen dicken Klumpen in meiner Kehle, als wäre mir eine Amphetamin-Kapsel dort stecken geblieben. Mit einer Stimme, so rau, dass es mir peinlich war, erzählte ich ihr, sie wollten den Vorfall damals in Bradley untersuchen, die Hintergründe beleuchten und die wahre Geschichte erzählen, die vor vierzehn Jahren in der Presse unter die Räder gekommen war. Es wäre schlimmer, so erklärte ich, wenn ich nicht mitmachen wolle, weil sie mich dann darstellen könnten, wie sie wollten, und ich kein Mitspracherecht hätte. »Ani«, hatte sie mich irritiert unterbrochen, »selbstverständlich musst du das machen. Ich denke, das ist ganz wichtig für dich.« Gott, ich bin so scheiße.

Nell bemerkte den Schimmer in meinen Augen und wechselte das Thema. »Dann also Mitternacht? Ich mag Mitternacht.«

»Ich auch.« Ich drehte meine Serviette zu einem Bösewichterschnurrbart mit spitzen harten Enden und bog ihn zu einem fiesen Grinsen.

»Hör auf, dir wegen des vorgezogenen Doku-Drehs den Kopf zu zerbrechen«, sagte Nell. Sie durchschaute mich mit einer geradezu beängstigenden Klarheit, die Luke vollkommen fehlte.

Meine erste Begegnung mit Nell war für mich, als wäre ich auf einem Trödelmarkt auf eine Robert-Mapplethorpe-Fotografie gestoßen – eine völlig unerwartete Entdeckung zwischen lauter wertlosem Krempel. Sie hatte an der Toilettenwand im Butterfields-Trakt des Wohnheims gekauert, das wir später in Butterfinger umtauften, weil die Lacrossespieler, die dort wohnten, sich gern über Mädchen hermachten, wenn deren Beine dank Popov-Wodka nicht mehr richtig mitspielten. Selbst ihr offen stehender Mund und die Zunge, die trocken und weiß gesprenkelt von allerlei frei verkäuflichen Stimulanzien war, konnten nicht davon ablenken, dass sie das Gesicht eines Filmstars hatte.

»Hey«, hatte ich gesagt und die Hand auf ihre sonnenbankgebräunte Schulter gelegt – in einem Alter, wenn man vierundzwanzig für alt hält, legt man sich noch ohne jede Angst vor Folgen auf diese fluoreszierenden Bahren – und schüttelte sie, bis sie die Augen aufschlug. Selbstverständlich waren sie blau wie der Himmel auf den Broschüren, die Wesleyan an zukünftige Studenten verschickte.

»Meine Handtasche«, jammerte Nell noch, als ich sie auf die Beine gezogen, ihr meinen Arm um den knochigen Brustkasten geschlungen und sie in mein Zimmer geschleppt hatte. Auf dem Weg musste ich sie zweimal ins Gebüsch sinken lassen und auf sie springen, weil Officer Stan vom Sicherheitsdienst des Campus mit seinem Golfcart auf der Jagd nach Erstsemestern mit bedenklichem Blutalkoholspiegel unterwegs war.

Als ich am nächsten Morgen aufwachte, sah ich als Erstes Nell, die unter frustriertem Grollen über meinen Boden kroch und unter meinem Futon wühlte.

»Ich habe versucht, deine Tasche zu finden«, verteidigte ich mich.

Mit panischem Gesichtsausdruck erstarrte sie auf allen vieren. »Wer bist du?«

Wir haben ihre Tasche nie gefunden, doch irgendwann wurde mir klar, warum sie keine Sekunde darauf verzichten konnte. Die Flasche mit den Pillen – zum Schlafen, gegen den Hunger, zum Wachbleiben, damit sie die ganze Nacht in der Bücherei lernen kann – klirrt bei jedem Schritt wie eine Babyrassel. Es ist das einzige Thema, das zwischen uns tabu ist.

Nell streckte ihre unansehnliche Hand über den Tisch und schob sie zwischen meine. Als sie leicht drückte, spürte ich das kleine Ding in meiner Handfläche; ihre Haut trug blaue Farbspuren, als sie sie zurückzog. Ich legte die Selbstdisziplin aus der Apotheke auf meine Zunge, nahm einen Schluck von meinem Bloody Mary, schluckte und wartete. Selbst wenn diese Doku nicht dazu beitrug, meinen Mädchennamen reinzuwaschen, selbst wenn mir niemand glaubte, so konnte ich ihnen doch den Wind aus den Segeln nehmen. Nein, ich war nicht widerlich und keine fette, verbitterte Schlampe. Mit dem Überrest der Pille auf meiner Zunge, der schmeckte, wie Geld roch – pudrig, moschusartig –, suggerierte ich mir, dass Rache die einzige Lösung sei.

4

Es war erst meine zweite Woche in Bradley, und schon musste ich meine gesamte Garderobe ersetzen, ausgenommen die orangefarbene Cargohose von Abercrombie & Fitch. Sie war zwar auffällig, doch Hilary hatte sie mit ihrem Lob geadelt. Ich stellte mir vor, wie Hilary in mein Zimmer kam und meine Sachen durchstöberte, alles mittlere Preiskategorie. Zwischen lauter Baumwollhosen würde sie einen orangen Stoff entdecken, der herausragte wie eine von einem Lolli gefärbte Zunge. »Willst du sie haben?«, würde ich sagen. »Sie gehören dir. Nein, im Ernst. Du kannst sie haben!«

Meine Mutter fuhr mit mir zur King-of-Prussia-Mall, und wir kauften für zweihundert Dollar Tweed- und Zopfmustersachen. Dann gingen wir zu Victoria's Secret, wo ich Tanktops mit eingearbeitetem BH in allen Regenbogenfarben auswählte. Mom schlug vor, ich solle sie unter allem tragen, um meinen »Babyspeck« zu vertuschen, der sich hartnäckig um meinen Bauchnabel herum hielt. Letzte Station war Nordstrom, um ein Paar Steve-Madden-Clogs zu besorgen, wie alle Salatbar-Mädels sie trugen. Man hörte sie im Flur immer schon, lange bevor man sie sah, das Klacken und Schmatzen, wenn sich die Sohlen von ihren Fersen lösten und auf den Boden prallten. »Am liebsten würde ich sie ihnen an den Füßen festkleben«, hörte ich einmal einen Lehrer sagen.

Ich bettelte Mom an, den Einkauf mit einem Infinity-Kettchen von Tiffany abzurunden, doch sie meinte, Dad würde sie dafür einen Kopf kürzer machen.

»Vielleicht zu Weihnachten«, scherzte sie. »Wenn du gute Noten nach Hause bringst.«

Die andere große Veränderung betraf meine Haare. Dads Seite der Familie war zu hundert Prozent italienisch, doch meine Mutter hatte irische Einflüsse. Meine Haarfarbe, befand Hilary, würde sogar hellere Blondsträhnen vertragen. Sie nannte mir den Namen ihres Friseursalons, und Mom nahm den nächstmöglichen Termin mit der billigsten Kraft im Laden. Die Adresse befand sich in Bala Cynwyd, Richtung Philadelphia, und somit noch weiter von zu Hause entfernt. Auf dem Weg dorthin verfuhren wir uns gnadenlos und kamen zwanzig Minuten zu spät, was uns die freche Person am Empfang nicht dreimal unter die Nase hätte reiben müssen, wie meine Mutter bemerkte. Ich hatte schon Angst, sie würden uns wieder wegschicken, und versuchte, mich damit zu beruhigen, dass sie sicher gesehen hatten, wie wir aus einem BMW ausgestiegen waren – das musste doch etwas gelten.

Zum Glück nahm uns die billigste Kraft im Laden unsere Verspätung nicht übel und bestrich meinen Kopf gelb, orange und weiß, in dicken Streifen, die alle mindestens zwei Zentimeter vom Ansatz entfernt begannen, sodass ich die erste Auffrischung schon brauchen würde, ehe ich überhaupt aus dem Salon getreten war. Meiner Mutter gefiel das Ergebnis gar nicht, und sie bekam einen peinlichen Wutanfall, für den wir immerhin zwanzig Prozent Ermäßigung wegen des schlechten Services erhielten. Anschließend fuhren wir sofort zum nächsten Drogeriemarkt und besorgten ein hellbraunes Färbemittel für 12,49 Dollar, das zusammen mit den ebenso teuren wie miserablen Strähnen einen herrlichen Goldton ergab, der allerdings bald die Farbe der traurigen Kerzenleuchter meiner Mutter annahm und damit ebenso rasch verblich wie mein Ansehen in der Schule. Ich fand es wirklich bezeichnend, dass mein perfekter Blondton exakt so lange währte wie meine Beliebtheit.

Hilary und Olivia waren zwar immer noch nett zu mir, blieben aber zurückhaltend. Und so hielt ich meinen Kopf gesenkt und redete nur, wenn ich angesprochen wurde, meist auf dem Flur oder auf dem Weg aus dem Klassenzimmer. Ich war noch weit davon entfernt, in der Mittagspause an ihren Tisch eingeladen zu werden, geschweige denn am Wochenende zu ihnen nach Hause, doch ich blieb auf Abstand. Mir war klar, dass dies die Testphase war. Ich hatte Geduld.

Unterdessen leisteten mir Arthur und seine Freunde Gesellschaft, und das fand ich durchaus in Ordnung. Arthur liebte Tratsch und wusste immer als Erster von irgendeinem unfassbaren Vorfall zu berichten, der ihn überhaupt nichts anging – keine Ahnung, wie er das anstellte. Er war der Erste, der brühwarm die Geschichte von Chauncey Gordon erzählte; die unnahbare Elftklässlerin mit dem hämischen Dauergrinsen im Gesicht war auf einer Party so betrunken gewesen, dass sie dem Schülersprecher auf die Hand gepinkelt hatte, als er es ihr mit dem Finger besorgen wollte. Er war auf der Party gewesen, hatte aber von der Geschichte nichts mitbekommen. Teddy hatte die vernarbten roten Wangen, die alle sportlichen blonden Jungs zu haben schienen. Seine Sonnenbräune stammte aus Madrid, wo er ein prestigeträchtiges Tenniscamp für vielversprechende Nachwuchsspieler aus reichem Haus absolviert hatte. In Bradley gab es kein Footballteam, die Schüler schwärmten für Fußball, nicht für Tennis. Trotzdem hatte ich immer das Gefühl, Teddy hätte sich besser positionieren können, vielleicht sogar an den Tisch der Pelzbeine wechseln können, doch er schien mit seinem Platz zufrieden. Arthur, Teddy, Sarah und Haifisch kannten sich seit Jahren, und nicht einmal Arthurs plötzliche, besorgniserregende Gewichtszunahme (»Er war nicht immer so dick«, flüsterte mir

Haifisch einmal zu, als sich Arthur ein zweites Sandwich holen ging) oder der Kranz aus Akne, der sein Gesicht einrahmte, konnten seinen Platz an ihrem Tisch gefährden. Ich fand das irgendwie cool.

Haifisch machte mich für den Rest des Jahres glücklich, als sie mir erklärte, man würde uns vom Sportunterricht befreien, wenn wir einen Nachmittagssport betreiben würden. Keine der Salatbarmädels nahm am Sportunterricht teil. Für mich waren das die neununddreißig Minuten der Woche, die ich am meisten hasste.

»Der Nachteil ist … du musst halt Sport machen«, sagte sie, offenbar in der Annahme, wir seien uns einig, dass jeder Sport sowieso schlimmer sei als der Sportunterricht in der Schule, was meiner Ansicht nach nicht der Fall war.

Obwohl ich in Mount St. Theresa Hockey gespielt hatte, konnte ich mich nicht als sportlich bezeichnen. Andererseits war ich die Einzige, der es nichts ausmachte, regelmäßig tausendsechshundert Meter Mittelstrecke, genannt »die Meile«, zu rennen. Ich wurde zwar nie Erste, doch es schien, als könnte ich rennen, ohne je müde zu werden (meine Mutter meinte, die starke Lunge hätte ich von ihr), und so beschloss ich, mit dem Schulteam Crosslauf zu trainieren. Dass Mr Larson der Trainer war, hatte nichts mit meiner Entscheidung zu tun. Absolut gar nichts.

Ich konnte es gar nicht erwarten, mir den ganzen Babyspeck von den Rippen zu laufen. Mein Flirt mit Liam entwickelte sich allmählich, und es dürfte auf keinen Fall schaden, an der Form zu arbeiten. Liam spielte Lacrosse, doch das wurde nur im Frühjahr angeboten, und so gab es kein Team, dem er sich anschließen konnte. Da auf diese Weise auch kein schweißgetränktes Bonding mit den anderen Jungs möglich war, harrte er mit mir zusammen in einem Wartezustand. Man sah, dass er an seiner alten Schule cool gewesen war und es nur eine Frage der Zeit war, bis er mit den Pelzbeinen am Tisch saß. Die Hyänen strichen längst um ihn herum und nahmen seine Fährte auf, um zu bestimmen, ob er in die Kategorie Kumpel oder Opfer fiel.

Liam und ich besuchten sie gleiche Chemie-Klasse, obwohl er ein Jahr älter war. Er war in den Sommerferien aus Pittsburgh hergezogen. Sein Vater war ein renommierter Schönheitschirurg mit Wangenimplantaten, die ihn aussehen ließen wie einen Cardassianer aus Star Trek (O-Ton: Arthur). Liam hatte in Pittsburgh eine staatliche Schule besucht, was sogar ich faszinierend fand. Nach dem, was ich aufgeschnappt hatte, hatte Bradley seine Zeugnisse nicht in vollem Umfang akzeptiert, weil sie »nicht übertragbar« seien, Behördenjargon für »Igitt, staatliche Schule«. Er hatte an seiner alten Schule bereits mit zwei Mädchen aus der Abschlussklasse geschlafen, was ihn für Mädchen wie die HOs zu einer echten Gefahr machte. Aber gefährlich war gut. Erst vor wenigen Jahren hatten wir alle gesehen, wie Leonardo DiCaprio in *Romeo und Julia* für Claire Danes durch die Hölle ging, und wir alle warteten darauf, dass unser Schwarm Leib und Leben riskierte, um zwischen unsere Schenkel zu gelangen.

Man könnte meinen, dass ich gegen vorehelichen Sex Vorbehalte hatte, weil ich von einer katholischen Schule kam, und so war es auch. Nur glaubte ich nicht daran, dass mich Unzucht in die Feuer der Hölle bringen könnte. Ich hatte selbst erlebt, wie himmelschreiend scheinheilig Nonnen und Priester sein konnten. Wie sie Güte und Duldsamkeit predigten, aber nicht danach handelten. Ich werde nie vergessen, wie Schwester Kelly uns in der zweite Klasse befahl, für den Rest des Tages kein Wort mehr mit Megan McNally zu sprechen, weil sie sich in die Hose gepinkelt hatte. Währenddessen saß Megan in einer Pfütze aus pissgelbem Urin an ihrem Tisch, und heiße Tränen der Demütigung rannen ihr über die glühenden Hängebacken.

Ich kam zu dem Schluss, dass, wenn eine Frau im Habit sich so unterirdisch verhalten konnte und trotzdem fest damit rechnete, in den Himmel zu kommen, Gott wesentlich nachsichtiger sein musste, als man mir glauben machen wollte. Was bedeutete schon ein bisschen Unreinheit von Körper und Geist?

Meine Vorbehalte waren eher technischer Natur – würde es wehtun, würde es peinlich sein, weil ich alles vollblutete? Wie lange würde es dauern, bis es nicht mehr wehtat, sondern schön war, und vor allem: Was wenn ich schwanger würde? Bedenken wegen Geschlechtskrankheiten oder schlechtem Ruf waren für mich eher zweitrangig. Von Arthur wusste ich, dass viele Mädchen in Bradley herumschliefen, doch nur wenige deswegen schlecht angesehen waren. Chancey war das beste Beispiel dafür. Sie hatte zwar dem Schülersprecher auf die Hand gepinkelt, doch sie hatte einen festen Freund und wurde deshalb weniger streng beurteilt. Für mich hieß das, wenn ich mit meinem Freund Sex hatte, wurde ich von den anderen in Ruhe gelassen. Und das war für mich ohnehin das Wichtigste. Ich wollte keinen Sex, um abzugehen (wie das funktionierte, hatte ich schon längst allein herausgefunden). Nein, ich wollte kühle Laken im Rücken spüren und seinen Körper mit meinen Knien umklammern. »Bist du sicher?«, würde er flüstern. Ich würde nicken, mit einem Ausdruck furchtsamer Erwartung im Gesicht, das sich beim ersten Stoß vor Schmerz verzerrte, um ihm zu zeigen, was ich ihm opferte, woraufhin er mich noch mehr begehrte. Einen Orgasmus konnte ich jederzeit haben – unter der Bettdecke, in weniger als einer Minute –, doch der Gedanke, dass ein Kerl mir Schmerzen zufügen wollte, brachte tief in meinem Innern eine Saite zum Schwingen.

In Bradley mussten alle Schüler ein zweistündiges Computerseminar machen. Als Liam den kleinen Computerraum betrat, setzte er sich neben mich, obwohl neben Dean Barton und Peyton Powell, beide aus der elften Jahrgangsstufe und Stars der Fußballmannschaft, auch ein Platz frei war.

Unter der Anleitung der Informatiklehrerin richteten wir zunächst unsere Schul-E-Mail-Adresse ein, ein komplizierter Vorgang. Während ich noch überlegte, welches Passwort ich nehmen sollte – den Namen meiner selbstmörderischen Katze oder »Lithium«, stieß mich Liam an und deutete auf seinen Bildschirm. Ich blinzelte hinüber. »Wie anständig bist du? Hundert Fragen, die zeigen, ob du aufs Kreuz gelegt gehörst, weil du prüde bist, oder ob du mal kürzertreten solltest, weil du eine geile Tussi bist.«

Liam schob seine Maus auf die erste Frage (»Hast du schon mal geknutscht?«), und sah mich fragend an.

Ich verdrehte die Augen. »Bin ich in der vierten Klasse, oder was?«

Liam lachte leise, und ich dachte: *Gut gemacht, Tif.*

Und so ging es weiter, neunundneunzig Mal – Liam zeigte auf eine Frage und sah mich an. Als wir zu der Frage kamen, mit wie vielen Leuten man schon geschlafen habe, ließ Liam den Curser über der Antwort »1 bis 2« schweben. Ich schüttelte den Kopf, er rückte nach rechts zu »3 bis 4«. Ich schüttelte wieder den Kopf, und er rückte grinsend weiter zu »5+«. In gespielter Empörung boxte ich leicht seinen Arm. Deans Kopf schwenkte herum.

»Das müssen wir ändern«, sagte Liam leise, während er den Pfeil ganz nach links weiterschob und klickte, woraufhin in Kaumgummipink das Wort »Jungfrau!« erschien.

Am Ende des Unterrichts schloss Liam rasch die Webpage, doch zuvor blieben Dean und Peyton kurz an unserem Tisch stehen. »Was ist ihr Ergebnis?«, fragte Dean mit einem breiten Grinsen auf seinem hässlichen Gesicht. Dass Peyton als gut aussehend galt, verstand ich – mit seinen weichen blonden Haaren und himmelblauen Augen war er hübscher als jedes Mädchen der Schule. Aber Dean. Okay, er war groß und hatte eine gute Figur, doch mit seinen großen Ohren und dem platten Gesicht, den stumpfen schlammfarbenen Haaren sah er aus wie der mittlere Affe auf dem Bild in unserem Biobuch über die Entwicklung des aufrechten Gangs.

»Schlecht.« Liam lachte. »Ganz schlecht.«

Mich fragte niemand, obwohl ich auch dasaß und es um meinen Test und mein Ergebnis ging. Dennoch durchfuhr mich ein unerklärlicher Kitzel. Der Grad meiner Anständigkeit war interessant, warum auch immer, das bedeutete, dass *ich* interessant war.

Von da an saß Liam mit den Pelzbeinen und Hilary und Olivia beim Essen.

Meine Einladung kam ein paar Wochen später. Es war bereits Ende September, als ein Gewitter den Sportunterricht draußen unmöglich machte und alle Teams in die Sporthalle trieb. Mr Larson besetzte die Treppe von der Umkleide im Keller zur Basketballhalle, die sofort das Fußballteam in Beschlag genommen hatte.

»Zwei Stufen auf einmal«, sagte Mr Larson. Seine prallen Schenkel spreizten sich weit, als er die Übung vormachte. Nachdem er wieder heruntergetrabt war, blies er seine Trillerpfeife, und wir erklommen die Treppe, immer zwei und zwei. Unsere Nackenhaare kringelten sich vor Schweiß.

»Mit beiden Beinen springen.« Mr Larson presste seine Beine zusammen und hüpfte die Stufen hoch wie ein Pogostick. Oben angekommen, drehte er sich zu uns um, als wollte er wissen, ob wir noch Fragen hätten. Als niemand sprach, blies er wieder die Pfeife, die um seinen Hals hing, und rief: »Los!«

Es lag noch eine Treppe vor mir, als ich nach oben blickte. Zusammen mit ein paar weiteren Jungs aus dem Fußballteam standen Dean und Peyton an der Wand und blickten uns drohend entgegen. Bei jedem Sprung schlugen meine riesigen Brüste gegen meine Rippen, und ich keuchte wie eine fette Kuh. Was ich hier tat, sollte niemand sehen, schon gar nicht eine Ansammlung von Schul-Adonissen.

Die Qual schien kein Ende zu nehmen, doch dann hörte ich von unten »Okay, Leute«, und Mr Larson lief die Treppe hoch, an mir vorbei bis zum nächsten Absatz, sodass ich Dean und Peyton nicht mehr sehen konnte. Er sagte etwas zu ihnen, was ich aufgrund des lärmenden Protests meiner Lunge nicht hören konnte. Allerdings hörte ich Deans Reaktion: »Och, Mr Larson.«

»Pat!«, rief Mr Larson dem Fußballcoach der Jungs zu und winkte. »Nimm deine Hunde an die Leine.«

»Barton! Powell!« Pats Stimme dröhnte durch die Halle. »Schiebt eure Hintern hier herüber!«

Ich war jetzt nur noch ein paar Stufen vom Ende der Treppe entfernt und vernahm Deans Worte klar und deutlich. »Da markiert wohl jemand sein Revier.«

Mr Larsons Schulterblätter verspannten sich vor Wut, im nächsten Moment stand er neben Dean und packte ihn so fest am Arm, dass Deans Haut sich um seine Finger verfärbte.

»Hey!«, rief Dean und versuchte, sich zu befreien.

Dann war Pat da und redete auf Mr Larson ein. Der Aufruhr beruhigte sich ebenso schnell, wie er aufgekommen war.

»Was war das?« Ich stolperte über die letzte Stufe und schlug mit dem Kinn auf dem Betonboden auf. »Au«, stöhnte ich.

Mr Larson drehte sich zu mir und sah mich so besorgt an, dass ich schon dachte, ich hätte mich im Fallen blutig geschlagen, ohne es zu bemerken. Ich klopfte meine Beine ab, fand jedoch keine Anzeichen von Verletzung oder Blut.

»Tif, alles okay?« Mr Larson wollte mir die Hand auf die Schulter legen, zog sie dann aber abrupt zurück und kratzte sich stattdessen am Kopf.

Ich wischte mir Schweiß von der Oberlippe. »Mir geht's gut. Warum?«

Mr Larson ließ den Kopf hängen und offenbarte eine Lichtung genau in der Mitte seines dichten Haarschopfes. »Nur so.« Er stemmte die Hände in die Hüften und sah hinüber zu den Fußballern, die um ihren Ball herumtänzelten und über den hochglanzpolierten Holzboden wirbelten. »Mädchen, wir verlegen das Ganze in den Gewichteraum.«

Später erfuhr ich, dass Dean für seine Bemerkung nachsitzen musste. Am nächsten Tag lud mich Hilary ein, mit ihr zu Mittag zu essen. Irgendwie waren diese beiden Ereignisse miteinander verbunden. Ich hatte keine Ahnung, wie, und es war mir auch egal, durfte ich doch endlich meinen rechtmäßigen Platz an ihrem Tisch einnehmen.

Arthur passte meine neue Mittagstischadresse gar nicht.

»Erst fängst du an, Sport zu machen, und dann verschwesterst du dich mit den HOs«, lamentierte er nach dem Englischunterricht. »Und als Nächstes gehst du mit Dean Barton oder was?«

Ich machte ein Würgegeräusch, jedoch mehr für Arthur als für mich. »Nie im Leben. Er ist abartig.«

Arthur kam als Erster oben an der Treppe an, keuchte allerdings dabei. Er stieß die Tür zur Cafeteria mit zwei Händen auf, sodass sie aufschwang und gegen einen Klappstuhl aus Metall schlug. »Also, ich könnte ihm den Schwanz abreißen und ihn damit knebeln.« Die Tür schwang zurück, traf mich an der Schulter und trennte mich für einen Moment von Arthur. Als ich sie wieder aufschob, stand Arthur immer noch da und grinste fies. »Ich hasse eigentlich jeden, weißt du.«

Er ließ den Satz einen Moment lang nachklingen, ehe er weiterging. Ich krümmte mich vor Schmerz, tat aber so, als würde ich nur einen Stuhl vor die Tür schieben, weil Mr Harold, der Geschichtelehrer, regelmäßig mit dem Schloss haderte und »Verdammt noch mal!« dazu zischte, wenn er losließ, weil er dachte, er hätte es repariert, und es dann doch mit provokantem Klatschen zufiel. »Das ist ein Risikofaktor im Brandfall!«, warnte er die Schüler im Umkreis, die ihm ohnehin nicht zuhörten, und klemmte den Stuhl gegen die Tür, um sie aufzuhalten. Als ich aufblickte, sah ich, wie mir Hilary vom anderen Ende des Raums her zuwinkte. »Finny! Finny!« So nannten sie mich jetzt. Entzücken erhellte mein Gesicht, und ich folgte dem Klang meines neuen Spitznamens, ganz der kleine Lemming, zu dem ich immer mehr wurde.

»Um halb zehn hole ich dich ab.«

Meine Mutter schob den Hebel in Parkstellung, und das Auto schaukelte schnaufend vor und zurück. Seit vier Wochen leuchtete das Motorprüflämpchen. Der Mechaniker teilte Mom mit, die Reparatur würde achthundert Dollar kosten, und als sie darauf erwiderte, sie sei schließlich nicht auf den Kopf gefallen, wiederholte er sich einfach nur. »Sie müssen das wirklich richten lassen«, fügte er an, woraufhin Moms Gesichtsfarbe mit dem Auto um die Wette leuchtete.

In meinem ganzen Leben war ich noch nie allein zu einer Schulparty gegangen. Bei der Vorstellung, ohne Freundin an meiner Seite in die Turnhalle zu gehen, vermisste ich Leah so sehr, dass mir fast schlecht wurde. Doch es war erst wenige Stunden her, dass Hilary und Olivia mich in der Mittagspause gefragt hatten, ob ich zum Herbsttanz kommen wolle.

»Ich hatte es nicht vor, aber …« Ich hielt den Atem an, in der Hoffnung, dass mich eine von ihnen in ihr stattliches Heim einladen würde, eine dieser efeuumrankten Villen, wo wir dann so lange Klamotten probieren und verwerfen würden, bis der Boden mit Kleidungsstücken übersät war und die grotesk verdrehten Ärmel und Hosenbeine aussahen wie lauter Kreideumrisse von Leichen an einem Tatort.

»Solltest du aber.« Hilary brachte es fertig, den Satz wie eine Warnung klingen zu lassen. »Bist du fertig, Liv?« Als beide aufstanden, folgte ich auch, obwohl ich meinen Wrap erst zur Hälfte gegessen hatte und längst noch nicht satt war.

Ich konnte zu der Schulparty keinesfalls in den Sachen gehen, die ich trug, aber es war kaum möglich, erst zum Lauftraining zu gehen und dann nach Hause zum Umziehen und rechtzeitig wieder in Bradley zu sein. Als ich Mr Larson erklärte, ich fühle mich nicht gut, sagte er so freundlich, dass ich ihn gar nicht dabei anschauen konnte, ich solle nach Hause gehen und mich hinlegen. Ich wollte ihn nicht anlügen, aber ich fand es auch unfair, dass es außer meiner Mutter niemanden gab, der mir sagen konnte, wie ich in Jeansrock und Tanktop aussah. Ich fand, ich hatte das Recht, alles in meiner Macht Stehende zu tun, um das zu ändern.

»Du siehst sehr hübsch aus, mein Schatz«, sagte meine Mutter, als ich die Hand nicht vom Türöffner nahm. Einen Moment lang wünschte ich, wir könnten einfach wieder fahren und uns bei Chili's eine Quesadilla mit Pilzen und Artischocken teilen. Wir bestellten immer Honigsenfsauce dazu, und die Bedienung sah uns jedes Mal komisch an.

»Ich glaube, ich bin zu früh dran.« Ich bemühte mich, selbstbewusst zu klingen, um Mom zu beweisen, dass ich nicht zögerte, sondern genau wusste, worum es ging.

Mom schüttelte ihre Armbanduhr aus ihrem Ärmelsaum. »Es ist Viertel vor acht. Ich würde sagen, fünfzehn Minuten zu spät ist genau richtig.«

Es wird nur schlimmer, wenn du nicht gehst. Der Türgriff klickte, ehe mir bewusst wurde, dass ich daran gezogen hatte, und ich schob die Tür mit dem dicken Keilabsatz meiner Clogs auf. In der Turnhalle pulsierten Top-Ten-Hits im Stroboskoplicht, das rhythmisch zwischen Pink, Blau und Gelb wechselte. Wenn ich so schnell wie möglich eine Gruppe fand, der ich mich anschließen konnte, würde niemand merken, dass ich allein gekommen war.

Ich entdeckte Haifisch; sie stand mit ein paar Schülerinnen aus der Theatergruppe zusammen im Regenbogenlicht am Rand der Tanzfläche.

»Hey!« Ich bahnte mir einen Weg zu dem Grüppchen.

»TifAny!« Im Dunkel außerhalb der bunten Lichter wirkten ihre Augen raubtierhaft.

»Alles klar?«, rief ich.

Haifisch erging sich zunächst in einer Tirade gegen Paartanz (»Nur eine Ausrede für Rubbelsex«), fügte aber hinzu, dass sie gekommen wäre, weil Arthur vielleicht Dope besorgen könnte. Ich wünschte in dem Moment, meine Augen wären auch an der Seite meines Kopfes wie bei ihr, dann könnte ich die Tanzfläche übersehen, ohne dass sie sofort wusste, dass ich nur mit ihr redete, solange ich unbedingt musste.

»Wie kann man denn das hier nicht mögen?« Ich schwenkte meinen Arm durch den Raum und nutzte die Geste, um die Menge zu analysieren. In den fünf Sekunden, die ich dazu hatte, entdeckte ich weder Hilary noch Olivia noch eines der Pelzbeine.

»Wenn ich aussehen würde wie du, wäre das auch anders.« Ihre Augen ruhten auf dem gefährlich losen Bund meines Jeansrocks. In den dreieinhalb Wochen, die ich mit dem Laufteam trainierte, hatte ich fast drei Kilo verloren, und alle meine Sachen hingen angenehm tief auf meinen Hüften.

»Ich bin immer noch dick genug.« Geschmeichelt verdrehte ich die Augen.

»Na, na, na.« Arthurs Silhouette verstellte mir den Blick auf die Tanzfläche, und das machte mich so wütend, dass ich vergaß, wie sehr mich seine Bemerkung heute Morgen verletzt hatte. »Zeigst du uns gleich, wie man Blues tanzt, sodass der Heilige Geist noch dazwischenpasst?«

»Die tun so was gar nicht, weißt du«, fauchte ich. Zuerst hatte ich Arthurs Begeisterung für Mount St. Theresa und all die scheinheiligen Widersprüche als angenehm empfunden, denn sie lieferten ein Gesprächsthema. Doch jetzt wünschte ich, er würde damit aufhören. Nur, das würde nie passieren. Es klang wie gut gemeintes Necken, war aber in Wahrheit seine Weise, alle daran zu erinnern – einschließlich mich –, wer ich wirklich war und woher ich kam.

»Durftet ihr überhaupt tanzen?« Arthur ließ nicht locker. Im Neonbauch der Turnhalle sah er aus, als würde er Fruchtpunsch schwitzen. Arthur schwitzte immer. »Ist das nicht des Teufels liebster Zeitvertreib?«

Ohne ihn zu beachten, verlagerte ich mein Gewicht nach rechts, um an ihm vorbeizusehen.

»Die HOs kommen nicht«, erklärte Arthur.

Ich schwenkte zurück, als hätte er mich geschlagen. »Woher weißt *du* das denn?«

»Weil nur Loser zu solchen Veranstaltungen kommen.« Arthur grinste überlegen, und die fettige Haut auf seinen dicken Backen schimmerte.

Ich durchsuchte den Raum mit den Augen, um ihn eines Besseren zu belehren. »Teddy ist da.«

»Weil Teddy auf einen Blowjob aus ist.« Ich folgte Arthurs Blick. Teddy und Sarah pressten beim Tanzen ihre Becken aneinander, als hätten sie sie in Hauswirtschaftslehre zusammengeheftet.

Damit Arthur nicht sah, dass ich weinte, machte ich mich mit einem gemurmelten Gruß auf zur Toilette. Er rief mir nach, er habe nur einen Witz gemacht, doch ich ignorierte ihn. Auf dem Weg durch die Halle sprach ich mir die ganze Zeit Mut zu. *Sie kommen noch. Ganz bestimmt.*

Vor dem Treppenabgang zur Umkleide blieb ich wie angewurzelt stehen, als ich sah, wer mir von den Toiletten her entgegenkam.

»Geht's dir wieder besser?« Mr Larson trug Jeans. Ich hatte ihn noch nie in Jeans gesehen. Er sah aus wie ein Kerl in einer Bar. Ein Kerl mit Absichten. Ich stellte ein Bein vor das andere, weil ich fürchtete, dass er mir unter den Rock sehen könnte.

»Ein bisschen.« Ich sprach ganz leise, als wäre ich erkältet, sodass er nur meine Lippenbewegung sehen konnte.

»Komm schon, TifAni.« Mr Larsons Stimme klang so vorwurfsvoll, so typisch Erwachsener, dass sich jede Faser in mir vor Teenagergroll anspannte: Wie kann er es wagen, so mit mir zu reden? »Du weißt doch, dass du nicht das Training schwänzen darfst. Was war los?«

Ich wusste, wenn ich ihn anlügen und erzählen würde, dass ich meine Periode bekommen hätte, würde er mich in Ruhe lassen. Doch bei der Vorstellung, mit Mr Larson über meine Periode zu sprechen, wurde mir übel.

»Es ging mir einfach nicht gut. Aber das ist vorbei. Wirklich.«

»Na dann.« Mr Larsons Lächeln war nicht ehrlich. »Ich freue mich über deine wundersame Spontanheilung.«

»Finny!« Die Stimme hinter mir erlöste mich. Hilarys Rock war so kurz, dass ihre kirschrote Unterwäsche darunter hervorblitzte. Sie zog genau die Sachen an, die ich mir abzugewöhnen versuchte. Doch bei ihr stellte diese Art, sich zu kleiden, eher eine Form von Rebellion dar als Alltagsgewohnheit, was eher für sie sprach als gegen sie.

»Komm!« Mit einem leuchtend pinken Fingernagel winkte sie mich zu sich.

»Wenn ihr Mädchen das Schulgelände verlasst, muss ich eure Eltern informieren.« Mr Larsons Stimme drang aus nächster Nähe zu mir, und als ich mich umdrehte, sah ich ihn eine Stufe unterhalb von mir stehen.

»Mr Larson.« Ich sah ihn aus großen Augen an. »Bitte.«

Für einen kurzen Augenblick hörte man nur den Beat eines nervtötenden Popsongs, dann seufzte Mr Larson und sagte, er habe mich nicht gesehen.

Ein dunkelblauer Lincoln SUV hielt am Straßenrand. Als die Tür aufschwang, wurden drei Reihen Pelzbeine sichtbar, darunter die von Dean und Peyton. Olivia schmiegte sich selig in Liams Schoß. Eifersucht schnürte mir die Brust zu. *Das ist nur, weil das Auto so voll ist.*

Hilary schob sich auf die Bank und schlug sich mit den Händen auf die Schenkel. »Setz dich auf meinen Schoß«, flötete sie. Wir hätten auch nebeneinandergepasst, doch als ich mich auf ihr zurechtrückte, roch ich Gin, und mir war sofort klar, warum sie so anhänglich war.

Ich wandte mich an die Gruppe. »Wohin fahren wir?«

»Zur Lichtung.« Der junge Mann am Steuer begegnete meinem Blick im Rückspiegel. Dave war in der zwölften Klasse und hatte dünne Arme, so haarlos, dass ich als räudige kleine Italienerin ganz neidisch auf ihn war. Hinter seinem Rücken wurde er Der Hammer genannt, weil er nichts weiter war als ein williges Werkzeug; doch er hatte ein Auto, und das zählte in der Highschool.

Die »Lichtung« war ein abgelegenes Grundstück, eingefasst von Hartriegelsträuchern, deren flüchtige Blütezeit noch ein Dreivierteljahr entfernt lag, und voluminösen, wild wuchernden Ahornbäumen, die zusammen ein dichtes Gesträuch bildeten, das nach vorne die Straße und nach hinten die Wohnheime vom Bryn Mawr College abschirmte. Seit Jahren kamen Bradley-Schüler hierher, um sich mit billigem Dosenbier zu besaufen und sich einen blasen zu lassen.

Zu Fuß wären wir schneller gewesen. Durch das Gebüsch hinter den Squashcourts, über die verlassene Einbahnstraße, hätten wir fünf Minuten bis dorthin gebraucht. Stattdessen umkurvte Dave das Gelände der Bradley-Schule und parkte dann an einer befahrenen Straße, mehrere Hundert Meter von unserem Ziel entfernt. Kichernd stiegen wir einer nach dem anderen umständlich aus dem Wagen und versammelten uns am Straßenrand. Dean übernahm die Führung und führte mich den Trampelpfad entlang, obwohl der deutlich zu sehen und ziemlich ausgetreten war. Der Weg mündete in eine kleine Lichtung, an deren gegenüberliegendem Ende ich einen Baumstupf entdeckte. Ich ging darauf zu und klopfte auf die Schnittfläche, um mich zu vergewissern, dass sie nicht nass war, ehe ich mich setzte.

Dean griff in seine Tasche und zog ein Bier heraus. »Ich darf nicht«, sagte ich.

Im Dunkeln war Deans Gesicht nicht zu erkennen, doch seine Silhouette ragte drohend über mir auf. »Du *darfst* nicht?«

»Meine Mutter holt mich in einer Stunde ab«, erklärte ich. »Sie würde es riechen.«

»Schwaches Bild.« Dean öffnete die Dose für sich und setzte sich neben mich. »Meine Eltern sind nächstes Wochenende weg. Ich habe ein paar Leute eingeladen.«

Ein Paar Autoscheinwerfer erleuchteten unseren Unterschlupf gerade so lange, dass Dean mein Lächeln sah. »Cool.«

»Aber erzähl's nicht den HOs«, warnte er.

Ich wollte fragen, warum, doch da kam Peyton auf uns zugeschlendert. »Mann, weißt du eigentlich, dass du auf dem gleichen Platz sitzt, wo dieser Finnerman der kleinen Schwuchtel einen geblasen hat?«

Dean rülpste feucht. »Verpiss dich.«

»Ich mein's ernst. Olivia hat die zwei hier gesehen.« Peyton sprach in eine andere Richtung. »Liv, hast du nicht gesehen, wie Arthur genau hier Ben Hunter einen geblasen hat?«

Ihre Antwort drang durch die Dunkelheit. »Ja, voll übel!«

Ich fuhr mit dem Finger über die glatte Oberfläche des Holzes und überlegte, wie scharf die Kettensäge gewesen sein musste, um so einen Schnitt zu machen. Es gab jede Menge Fragen, die ich stellen wollte, andererseits sollte meine Verbindung zu Arthur nicht bekannt werden. Offenbar war er noch weniger beliebt, als ich dachte. Das hier war eine ernsthafte Anschuldigung.

»Wer ist Ben Hunter?« Ich musste erst einmal Zeit gewinnen, um diese neue Information zu verarbeiten.

Dean und Peyton tauschten ein Lachen, und Dean legte seinen Arm um meine Schulter.

»So eine kleine Schwuchtel. Kam immer hierher. Hat sich seine Feenärmchen aufgeschlitzt.«

Peyton neigte sich vor. Meine Augen hatten sich an die Dunkelheit gewöhnt. Aus der Nähe sah er sogar noch besser aus. »Leider ohne Erfolg.«

»Leider.« Dean versetzte Peyton einen Stoß mit der Hand, sodass er stolperte und sein Bier fallen ließ. Zischend rollte die Dose davon. Peyton fluchte leise und ging ihr nach.

»Was war mit ihm?« Ich hoffte, meine Erschütterung verbergen zu können.

»Ach, Finny.« Dean schüttelte mich so, dass ich mir auf die Zunge biss. »Tut er dir etwa leid?«

Als ich schluckte, schmeckte ich Eisen. »*Nein*. Ich kenne ihn ja gar nicht.«

»Tja, sein Freund ist bestimmt am Boden zerstört.« Dean sog an seinem Bier. »Nimm dich vor dem in Acht. Arthur. Der Typ ist total abgefuckt.« Seine Finger baumelten von meiner Schulter und strichen wie beiläufig über meine Brustwarze. »Vergiss nicht, Freitag« – da wir ein Geheimnis teilten, senkte er seine Stimme –, »und sag nichts zu Hilary und Olivia.«

Ich war dumm genug, um zu tun, was er sagte.

Der Taxifahrer, der mich zu Deans Party fuhr, war ein geduldiger Mann – anders als die, die mich später über den West Side Highway kutschierten, wenn ich morgens zu spät dran war, oder abends, wenn ich bis nach acht arbeitete, damit ich die Fahrtkosten erstattet bekam. In stummer Belustigung sah er mir zu, wie ich einen Zehndollarschein, neun Eindollarscheine, elf Vierteldollarmünzen, sechs Zehn-Cent-Münzen und einen Fünfer in seine Hand zählte: 22,40 Dollar. So viel kostete die Fahrt von der Schule bis zu Deans Haus in Ardmore. So viel kostete mich der Verlust meiner Würde.

Als ich aus dem Taxi stieg, meine schwere Sporttasche über der Schulter, ging hinter den Bäumen die Sonne unter. Ich trug noch meine verschwitzten Laufklamotten, doch Dean hatte gesagt, ich könne bei ihm duschen. Er führte mich ins Haus und zeigte mir das Gästezimmer, dessen Bad ich benutzen sollte; vor lauter Panik, jemand könnte hereinplatzen und sehen, wie mein Körper wirklich aussah, duschte ich in Rekordzeit.

Ich fuhr mit der Bürste durch mein neues blondes Haar und zielte ein paar Minuten lang mit einem Fön darauf. Es sollte noch Jahre dauern, bis ich wusste, wie ich mit meinen Haaren umgehen musste. Sie waren dick und lockig, hätten aber sofort auf eine Rundbürste und ein Glätteisen reagiert, nur wusste ich noch nicht, dass ich diese Utensilien brauchte. Zum Glück trug man zu Beginn des neuen Jahrtausends das Haar locker hochgesteckt, und so drehte ich es nur zu einem feuchten Knoten und tupfte mein Gesicht mit Clinique-Concealer ab. Noch ein bisschen Wimperntusche, und fertig. Ich hatte meine Mutter angebettelt, mir Geld für neue Unterwäsche zu geben, speziell für diese Gelegenheit. Zu dem Zweck hatte ich meine alten Unterhosen mit der Schere bearbeitet; meiner Mutter erzählte ich, sie würden durch das Laufen an den Nähten aufgehen. In der Wäscheabteilung von Nordstrom kaufte ich drei Minislips aus Seide mit Leopardenmuster. Als ich sie zu Hause anprobierte, stellte ich fest, dass sie bis über meinen Bauchnabel reichten – regelrecht wie Miederhosen –, doch ich fackelte nicht lange und rollte sie einfach bis zu den Hüften hinunter. Stoff und Muster schienen mir sexy genug. Was gibt es Traurigeres, als wenn Heranwachsende Sex haben, bevor sie überhaupt wissen, was Sex ist.

»Hey!« Dean hielt mir die Hand zum Abklatschen entgegen,

als ich in die Küche kam. Peyton und ein paar andere Typen, alle aus dem Fußballteam, standen um die Granitplatte der Kücheninsel und schnippten Vierteldollarmünzen in Pappbecher voller Bier. Ich war das einzige Mädchen im Raum.

»Finny, dein Auftritt.« Dean küsste seine Münze. »Du bist mein Glücksbringer.«

Peyton flüsterte seinem Nachbarn etwas zu, und beide lachten. Ich wusste, es betraf mich. Wahrscheinlich irgendwas unverschämt Anzügliches. Ich brannte vor Stolz.

Eine Technik hatte ich nicht, doch das Glück des Augenblicks half mir. Ich zielte die Münze, indem ich die zu mir zeigende Seite mit dem Finger kippte. Als ich den Rand mit Schwung auf die klebrige Marmoroberfläche drückte, flog die Münze hoch, drehte sich wirbelnd durch die Luft und landete in einem Becher, sodass das Bier schäumte und spritzte.

Die Jungs grölten, und Dean ließ sich erneut die Hand abklatschen, wobei er diesmal seine fleischigen Finger zwischen meine wand, mich an sich zog und so fest drückte, dass ich sein scharfes Deo roch, das er nach dem Fußballtraining großzügig anwendete, statt zu duschen.

»Hammergeil«, brüllte Dean dem gegnerischen Team zu.

Peyton richtete seine blauen Augen auf mich, und sein anerkennender Blick wärmte mich durch und durch. »Das war richtig super, Tif.«

»Danke.« Mein Lächeln reichte mir bis zu den Ohren. Dean gab mir ein Bier, ich nahm einen Schluck und genoss, wie die bittere Flüssigkeit in meinem leeren Magen prickelte. Ich hatte mir noch nicht angewöhnt, Mahlzeiten zu überspringen, doch an diesem Abend war ich so aufgedreht, so erhitzt vor Aufregung, dass es mich keinerlei Mühe kostete, nicht zu essen.

Ich spürte zwei Hände auf meinem Rücken, die mich einen Augenblick zu lang drückten. Liam legte mir lächelnd einen Arm um die Schultern. Ich war barfuß und passte perfekt in seine Achselhöhle, die zum Glück ganz anders roch als die von Dean. »Du bist ein richtiger Zwerg«, sagte er.

»Bin ich nicht!«, protestierte ich voller Erregung.

Liam trank von seinem Bier und fixierte einen Punkt oberhalb meines Kopfes, als dächte er über etwas nach. Dann sah er zu mir herunter. »Draußen auf der Veranda steht ein Tisch, der wäre perfekt für Bier-Pong.«

»Ich bin richtig gut in Bier-Pong«, erklärte ich und lehnte mich an ihn. Sein Körper war fest und geschmeidig vor lauter Teenagermuskeln.

Liam setzte zu einem weiteren Schluck an, mit dem er seine Dose leerte. Als er absetzte, machte er *Aaaah*. »Mädchen sind nie gut in Bier-Pong«, verkündete er und führte mich zur Terrassentür. Der Boden draußen fühlte sich feucht und schmierig an unter meinen nackten Sohlen, doch ich wollte nicht zurück ins Haus gehen, um Schuhe zu holen, und riskieren, dass Liam derweil einen der anderen als Teampartner nahm.

Dean und die anderen folgten uns nach draußen. Teams wurden gebildet und die Regeln festgelegt. Liam und ich gegen Dean und Peyton. Das Jungsteam durfte anfangen, einmal Aufprallen galt zwei Becher. Nach fünf Minuten lagen Liam und ich vorn.

Es dauerte nicht lange, da hatten Dean und Peyton aufgeholt. Jedes Mal wenn ich den roten Plastikbecher ansetzte, litt meine Feinmotorik etwas mehr. Als Peyton und Dean uns beide schließlich schlugen, dachte ich, das Spiel wäre zu Ende, doch Liam erklärte, wo er herkäme, galt es als sportliche Geste, wenn man auch den letzten Becher austrank. Da ich an der Reihe war, schluckte ich gehorsam den Rest in kleinen, Übelkeit erregenden Schlucken.

»Heilige Scheiße!« Dean klatschte in die Hände. In der rauen Oktoberluft gingen ein paar Worte verloren – »… nie ein Mädchen so schlucken sehen« –, doch ihre Wirkung war ebenso gut wie eine Eins in Englisch oder der Stolz, den ich empfand, als ich einen Schreibtisch in einem glitzernden Wolkenkratzer erobert hatte. *Was sind das für lasche Weiber, mit denen ihr euch abgebt?* Ich grinste überheblich, weil ich wusste, dass es Hilary und Olivia waren. Ich schmiegte mich bereitwillig wieder in Liams geruchslose Achselhöhle und lehnte mich dabei so schwer gegen ihn, dass er stolperte.

»Immer langsam«, sagte er lachend.

Dann saßen wir drinnen mit überkreuzten Beinen am Wohnzimmertisch und spielten Münzeschnippen. Nur diesmal brannte Whiskey in meinem Hals, wenn ich mit Trinken dran war. Dean sagte etwas so Witziges, dass ich vor Lachen umkippte. Liam – nein, Peyton, der neben mir saß, hob mich wieder auf und meinte, ich solle vielleicht eine Runde aussetzen. Ich sah an ihm vorbei zu Liam. Ich wollte Liam.

»Sie ist völlig okay.« Dean kippte erneut die Flasche über den Gläsern.

Jemand nannte Peyton ein Weichei, und er sagte: »Schaut sie doch an. In dem Zustand will ich nichts von ihr.«

Das war wohl der Moment, in dem ich einschlief, denn das Nächste, woran ich mich erinnere, ist, dass ich im Gästezimmer auf dem Boden lag, meine Sporttasche neben mir. Ich hob stöhnend den Kopf, ebenso wie der Junge zwischen meinen Beinen. Peyton. Er streichelte meinen Schenkel und fuhr mit dem fort, was er tat, was mir wohl guttun sollte. Ich spürte nichts.

Dann rührte sich etwas an der Tür, jemand streckte den Kopf herein und drängte Peyton, etwas zu tun, irgendwohin zu gehen. Ich war zu müde, um mich zu bedecken.

»Ich komme«, fauchte Peyton. Lachen, dann schloss sich die Tür.

»Ich muss gehen.« Ich betrachtete dieses wunderschöne Gesicht zwischen meinen Beinen, wo ich mich sorgfältig rasiert hatte, nur für den unwahrscheinlichen Fall, dass so etwas mit

Liam passieren könnte. »Wollen wir mal was zusammen machen?«

Ich schlief wieder ein.

»Au, au.« Ich stöhnte, noch ehe ich die Augen öffnete und die Quelle der Schmerzen verorten konnte. Liam. Da war er. Sein Gesicht schwebte über mir, schmerzverzerrt, sein Oberkörper war starr, doch sein Becken drückte sich eng an meines und presste sich in quälendem Rhythmus noch fester an mich.

Dann kauerte ich über der Toilette im Gästezimmer, meine Knie auf den kühlen Fliesen. Erbrach ich Blut? Warum war Blut in der Kloschüssel?

Ein paar Monate später, als ich mir endlich eingestand, dass ich das abschreckende Beispiel war, mit dem Mütter ihre Töchter warnten, stellte ich mich einmal schlafend, als der Zug an der Bryn-Mawr-Station hielt. Ich fuhr mit dem R5 bis nach Philadelphia hinein und rief dann in der Schule an. »Ach du meine Güte! Ich bin im Zug eingeschlafen und erst in der Innenstadt wieder aufgewacht.«

»Oh je«, krächzte Mrs Dern, die langjährige Sekretärin von Rektor Mah und leidenschaftliche Raucherin. »Alles in Ordnung?«

»Ja, aber ich werde wohl die ersten beiden Stunden verpassen.«

Mrs Dern beging den Fehler, besorgt statt misstrauisch zu klingen, und so stieg ich nicht sofort in den nächsten R5 zurück in die Main Line, sondern spazierte um die Bahnstation herum. An einem chinesischen Imbiss blieb ich stehen. Es war zwar noch nicht einmal zehn Uhr morgens, doch die unberührten Auslagen von glänzendem Fleisch und Gemüse sahen einfach zu verführerisch aus. Ich füllte mir einen Teller, und schon bei der ersten Plastikgabel biss ich auf eine rätselhafte Kapsel, die explodierte und eine salzige, sandige Chemikalie freisetzte, die mir Würgereiz verursachte.

Genau das Gleiche schmeckte ich auch bei meinem dritten und letzten Erwachen in jener Nacht. Einen faulen, bitteren Klumpen auf meiner Zunge, der vom ekstatischen Stöhnen eines Jungen begleitet war.

Als ich aufwachte, war es Morgen. Ich lag in einem mir unbekannten Zimmer in einem Bett, während sich die Sonne in Fluchtlinien zerfaserte, ihr Licht freundlich und warm, von der nächtlichen Tragödie zunächst ebenso unbeleckt wie ich in diesem Moment noch.

Etwas rührte sich in meinem Rücken, doch ehe ich mich danach umdrehte, fand ich mich damit ab, dass ich mir wünschte, es wäre Liam, und zwar mehr, als ich sagen konnte. Doch dann war es Dean. Ausgerechnet. Er trug kein Hemd, und einen Augenblick lang meinte ich, mich auf seinen schlanken nackten Oberkörper übergeben zu müssen.

Stöhnend rieb er sich das Gesicht. »Wie geht's, Finny?« Er stützte sich auf die Ellbogen und sah neugierig auf mich herunter. »Weil, mir geht's richtig scheiße.«

Mir fiel auf, dass ich noch mein Victoria's-Secret-Oberteil trug, aber nur das. Ich setzte mich auf, zog die Bettdecke an meine Brust und sah mich im Raum um. »Hast du eine Ahnung, wo meine Hose geblieben ist?«

Dean lachte, als hätte er noch nie so etwas Lustiges gehört. »Niemand weiß, wo die ist! Du bist die halbe Nacht ohne herumgelaufen.«

Dean ließ es klingen, als wäre es nur eine harmlose Anekdote von unserer wilden Party. So wie die von dem Zwölftklässler, der verkündete, dass er jetzt nach Hause fahren würde, und dann fanden ihn die anderen am nächsten Morgen in der Auffahrt in seinem Auto, tief schlafend, weil er nicht mal mehr den Schlüssel ins Zündschloss stecken konnte. Oder die von dem Typ aus dem Fußballteam, der vergessen hatte, Putenfleisch auf die Sandwiches zu legen, die sich die Jungs spät in der Nacht gemacht hatten, und so musste er Mayo-Sandwich pur essen. Die Story war so witzig, dass man sie immer wieder erzählen musste: Tifani war so voll, dass sie stundenlang unten ohne rumgelaufen ist!

Das Leben hatte sich drastisch verändert, während ich schlief, doch Dean sah mich an, als wären wir Leidensgenossen in dieser Post-Party-Apokalypse. Die Verlockung, diese Realität anstelle der anderen zu akzeptieren, war einfach zu groß, und so lächelte ich nur schwach.

Dean gab mir ein Handtuch und brachte mich ins Gästezimmer. Neben der Kommode auf dem Boden lagen meine Riesenunterhosen, zusammengeknüllt zu einem kleinen Leopardenball. Ich stopfte sie in meine Sporttasche, ohne die Blutflecken zu beachten.

5

»Ach, kommen Sie schon. Wirklich niemand?« Die Chefredakteurin des *Women's Magazine* rotierte in ihrem Büro wie ein von Phillip Lim designtes Drehtablett, in den Händen einen Teller mit Makronen, den sie dem Kreis ihrer mühevoll schmalgehungerten Mitarbeiterinnen anbot, in dem vergeblichen Versuch, eine davon zum Essen zu bewegen.

»Ich esse keinen Zucker«, rechtfertigte ich mich.

Penelope »LoLo« Vincent stellte den Teller auf ihren Schreibtisch, ließ sich auf ihren Stuhl sinken und wedelte mit ihren wundbrandbraunen Nägeln in meine Richtung. »Natürlich. Sie heiraten ja auch bald, Ani.«

»Also gut. Ich gebe mich geschlagen!« Arielle Ferguson war unsere Mitherausgeberin, sehr süß und naiv in ihrem Größe-40-Kleid. Sie beugte sich vor und wählte einen Keks, dessen rosa Farbe auf mich geradezu verstörend wirkte. *Igitt, Arielle*, wollte ich ihr lautlos zu verstehen geben, *LoLo will nur die Magersüchtigen unter uns essen sehen.*

Entgeistert sah LoLo zu, wie Arielle die zweihundert leeren Kalorien zermalmte. Alle hielten den Atem an, förmlich erstarrt vor Fremdangst für sie. Arielle schluckte und sagte strahlend: »So lecker!«

»*Gu-t.*« LoLo dehnte das Wort und ließ das *t* explodieren. Das Gackern einer verwirrten Glucke. »Also! Was habt ihr für mich?« Sie bohrte den Absatz ihrer Yves-Saint-Laurent-Tribut-an-die-Siebziger-Sandale in den Boden und drehte sich leicht in ihrem Stuhl, um ihren Laserblick auf Eleanor zu richten. »Tuckerman, schießen Sie mal los.«

Mit einer raschen Bewegung ihres Handgelenks beförderte Eleanor einen Schwung blonden Haares auf ihren Rücken.

»Ich habe kürzlich mit Ani gesprochen, und sie hat mir von einer Freundin erzählt, die in der Finanzbranche gearbeitet hat, und dass sexuelle Belästigung dort nach wie vor erschreckend verbreitet ist.« Sie nickte mir zu. »Nicht wahr, Ani?«

Ich ließ mir Zeit mit meinem Lächeln. Erst dann fuhr sie fort.

»Ani und ich sprachen darüber, dass wir inzwischen doch schon recht weit gediehen sind, wenn es darum geht, sexuelle Belästigung als Problem zu sehen und die Leute darüber aufzuklären. Das ist super. Doch während wir solche Themen ganz ernsthaft in unserem Blatt diskutieren, kommt in der Popkultur – vor allem von Frauen – ein neuer, anzüglicher Humor auf, und der beeinflusst die Art, wie Frauen reden und Witze machen. Damit verwischen sich auch die Grenzen, welches Verhalten für Frauen noch akzeptabel ist und was nicht. Woher weiß man im beruflichen Umfeld noch, was geht und was nicht, was vielleicht sogar *strafbar* ist? Ich würde gern mal untersuchen, was sexuelle Belästigung im Jahr 2014 überhaupt noch bedeutet, wenn sowieso nichts mehr heilig ist.«

»Faszinierend.« LoLo gähnte. »Überschrift?«

»Ich dachte: ›Was ist sexuelle Belästigung im Jahr 2014?‹«

»Nein.« LoLo betrachtete einen abgestoßenen Fingernagel.

»Der Witz an sexueller Belästigung«, warf ich ein.

Mit einem erfreuten kleinen Lachen schnellte LoLo in meine Richtung. »Clever, Ani.«

Ich blickte auf den Block in meinem Schoß, auf dem die Worte »DER WITZ AN SEXUELLER BELÄSTIGUNG« in Großbuchstaben standen, sowie alle meine Recherchenotizen, die ich bislang zum Thema gesammelt hatte. »Da kommt außerdem ein tolles Buch heraus, auf das wir in der Story Bezug nehmen könnten. Von zwei Soziologieprofessorinnen aus Harvard. Speziell zu dem Thema, dass die Popkultur den Arbeitsplatz weit mehr beeinflusst, als wir denken.«

Das Rezensionsexemplar, das ich beim Verlag angefordert hatte, lag auf meinem Schreibtisch, weil ich es lesen wollte, bevor ich LoLo die Idee präsentierte.

»Hervorragend.« LoLo nickte. »Sehen Sie zu, dass Eleanor das Buch bekommt, und bitte unterstützen Sie sie *nach Kräften.*« Bei dem letzten Wort pochte die Ader auf ihrer Stirn wie ein erbostes Herz. Ich fragte mich immer, ob LoLo mehr wusste, als sie erkennen ließ. Ob sie genau wusste, dass Eleanor kein Talent hatte und sich nur einschleimte. Eleanor stammte aus irgendeinem abgelegenen Kaff in West Virginia. Aber wo sie schon überall war, bevor sie nach New York kam. Sie erwies sich als verdammt zäh, das musste man ihr lassen. Wir hatten so viel gemeinsam, dass ich eine Weile brauchte, um zu begreifen, warum wir nicht miteinander auskamen. Es war ein Machtkampf. Wir hatten es beide gegen alle Wahrscheinlichkeit geschafft, dorthin zu kommen, wo wir heute stehen, und wir hatten Höllenangst, dass es dort nicht genug Platz für uns beide gab.

»Und was« – LoLo trommelte auf den Armlehnen ihres Stuhls – »haben Sie für mich, Mrs Harrison?«

Ich verlagerte mein Gewicht im Sitzen und präsentierte ihr meine Ersatzoption, die ich ihr als nettes kleines Extra verkaufen wollte, als tollen Titeltext, aber erst nachdem ich sie mit einer wirklich bedeutungsvollen Geschichte beeindruckt hatte. Eleanor wollte sich immer mit mir treffen, bevor wir in diese Meetings gingen, damit wir die Ausgabe im Ganzen besprechen konnten, um sicherzugehen, dass der Inhalt die Balance zwischen Anspruch und Schmuddel hielt. Sie klaute mit Vorliebe meine besten Einfälle und verkaufte sie als halbgare Idee, aus der ich nichts Rechtes zustande gebracht hatte, bis sie sich einmischte und das Ganze in preiswürdiges Material verwandelte. »Die Organisation für Fitness und Gesundheit hat kürzlich die Brennwerte verschiedener körperlicher Aktivitäten neu bewertet«, fing ich an. »Unter anderem Sex. Der Wert ist fast doppelt so hoch wie der von vor zwölf Jahren. Ich könnte mir vorstellen, dass eine Kollegin ein ›Sex-Workout‹ oder so was macht. Sie könnte einen Fitness-Tracker und einen Herzfrequenzmesser tragen und tatsächlich in Zahlen belegen, wie viel Kalorien sie verbraucht.«

»Brillant.« LoLo wandte sich unserer CvD zu. »Können wir ›Mehr Spaß mit Dirty Talk‹ vom Oktober-Titelblatt durch ›Schlank durch Sex-Workout‹ ersetzen?« Ohne auf die Antwort zu warten, bellte sie die Redakteurin des Zeitschriftenblogs an: »Die Zeile geht sofort online zum Testen!« Dann neigte sie den Kopf zu mir. »Gute Arbeit.«

Eleanor folgte mir zurück zu meinem Schreibtisch wie eine zerknirschte Mücke. Obwohl, für eine ordinäre Mücke war sie zu langbeinig. Eher wie ein Moskito, der Geschmack an meinem Blut gefunden hatte und mehr wollte. »Ich hoffe, du nimmst mir nicht übel, dass ich deine Freundin ins Spiel gebracht habe. Ich weiß, das ist was Persönliches.«

Mein Telefon blinkte rot mit einer Nachricht. Ehe ich mich setzte, zog ich meine Hose hoch – ich lebte seit sieben Tagen nach der Dukan-Diät, und meine Hosen und Röcke standen allmählich von meiner Taille ab, wenn ich saß. Ich fand das Gefühl so herrlich, dass ich, wenn ich nachts nicht schlafen konnte, weil mein Magen knurrte oder ich die Bilder einer schlaflosen Tour de France nicht loswurde, aufstand und einen Stapel Hosen aus dem Schrank holte, die ich anzog, um mich im Spiegel zu bewundern. Größe 34, und ich konnte sie anziehen, ohne sie aufzuknöpfen. Dieser kleine, private Triumph entschädigte mich beinahe dafür, dass Luke mir, sobald ich wieder ins Bett kroch, seinen schlafschweren Arm um meine 66-Zentimeter-Taille legte und seinen Nachtatem ins Gesicht hauchte. Hatte sein Atem schon immer so übel gerochen? Ich konnte mich doch unmöglich in jemanden verliebt haben, der so schlimm aus dem Mund roch. Irgendetwas musste seither passiert sein. Vielleicht lag es an seinen Mandeln. Ich würde am Morgen mit ihm darüber reden. Das konnte man reparieren. Man konnte alles reparieren.

»Natürlich nicht, Eleanor«, gurrte ich.

Eleanor lehnte sich an meine Schreibtischkante. Sie trug eine weiße Hose mit weiten Beinen. »Tolle Hose«, hatte LoLo gesagt, als Eleanor zum Meeting in ihr Büro kam, und jetzt bin ich in der misslichen Lage zu wissen, wie sie dreinblickt, wenn sie kommt.

»Vielleicht würde sie für die Story gern von ihrer Erfahrung berichten.«

»Schon möglich«, sagte ich.

Mein grüner Kugelschreiber lag offen auf meinem Schreibtisch. Unauffällig schob ich ihn mit dem Ellbogen Stück für Stück auf Eleanor zu, bis die Tintenspitze ihre Hose berührte. Ohne den Blickkontakt zu ihr zu unterbrechen, versprach ich ihr pflichtschuldigst, noch am selben Nachmittag nachzufragen.

Eleanor klopfte mit den Knöcheln auf die Tischplatte, und ihre Mundwinkel hoben sich. Ein Lächeln war das nicht, eher ein verschwörerisches Zwinkern. »Vielleicht können wir arrangieren, dass dein Name gesondert erwähnt wird. Das wäre so toll für dich.« »Gesondert erwähnt« wurden Praktikantinnen. Mein Artikel über Verhütung und Blutgerinnsel war für einen Preis der American Society of Magazine Editors nominiert worden, und das würde mir Eleanor nie verzeihen. Als sie ihren Hintern von meinem Schreibtisch hob, bewunderte ich mein Werk. Die öligen grünen Schlieren sahen auf ihrem Schenkel aus wie Krampfadern.

»Ganz toll«, stimmte ich zu und lächelte zum ersten Mal aufrichtig. Eleanor formte ihren Mund zu einem tonlosen »Danke« und ehe sie sich zum Gehen wandte, legte sie wie zum Gebet die Handflächen aneinander. *Du bist einfach wunderbar.*

Triumphierend griff ich zum Telefon und rief meinen Anrufbeantworter an. Nachdem ich Lukes Nachricht abgehört hatte, legte ich auf und rief ihn zurück.

»Hey du.«

Ich liebte Lukes Stimme am Telefon. Er klang immer, als hätte er gerade viel Spaß und stehle sich nur davon, um mir heimlich etwas mitzuteilen. Ich war diejenige gewesen, die die Verlobung gewollt, ja erzwungen hatte. Es war jetzt fast ein Jahr her, dass die Filmemacher von HBO per E-Mail bei mir angefragt hatten, ob ich bei einer Doku mitmachen wollte, die den Arbeitstitel *Freunde der Opfer* trug. Ich gehörte nicht zu den »Freunden der Opfer«, doch die Aussicht auf die Chance, mich reinzuwaschen und meine Version der Geschichte zu erzählen, war allzu verlockend. Doch wenn ich das tun wollte, musste ich es richtig tun. Ich konnte unmöglich vor die Kamera treten, ohne alle Trümpfe gesammelt zu haben: meinen Job, meine Adresse, meinen darbenden Körper, vor allem aber meinen reichen Traumprinzen. Meine Verlobung mit Luke würde meinen Aufstieg unangreifbar machen. Niemand könnte mir mehr etwas anhaben, sobald Luke Harrison IV. mir die Hochzeit versprochen hatte. Wie oft hatte ich mir vorgestellt, meine Geschichte vor der Kamera zu erzählen. Wie ich meine Hand zum Gesicht führte, die Hand mit dem Smaragd, der bald mir gehören würde, und mich klammheimlich freute, während ich mir eine zarte Träne abwischte.

Luke und ich waren vor der Verlobung schon drei Jahre zusammen gewesen, ich liebte ihn, und es war Zeit. Es sei einfach Zeit. So hatte ich es ihm gegenüber formuliert, feierlich, eines Abends beim Essen. »Ich wollte noch warten, bis ich nächstes

Jahr meinen Bonus bekomme«, hatte er eingewandt. Doch er hatte klein beigegeben, Mamas Ring auf meinen winzigen Finger anpassen lassen, und ich hatte freudig die Einladung des Senders angenommen. Ich weiß, ich sollte nicht in die alte Falle tappen zu glauben, ich sei niemand oder hätte es nicht wirklich »zu etwas gebracht«, solange ich keinen Ring am Finger trug. Von wegen *Trau dich, Frauen und der Wille zum Erfolg* und so. Ich sollte besser sein als das, selbstbewusster, unabhängiger. Aber ich bin es nicht. Okay? Ich bin es einfach nicht.

»Wie wär's, wenn wir heute Abend mit meinem Kunden essen gehen?«, fragte Luke. Er versuchte schon seit einer Woche, einen Termin zu finden. Ich hatte bei meiner Dukan-Diät noch zwei Tage »Angriffsphase« vor mir. Danach würde ich wieder ein paar ausgewählte Gemüsesorten essen dürfen. Bis dahin konnte mein fetter Hintern von Brokkoli nur träumen.

Ich hielt das Telefon fester. »Können wir das in ein paar Tagen machen?«

Statt einer Antwort hörte ich wildes Studentengejohle von Lukes Stockwerk.

Ganz zu Beginn unserer Beziehung hatte ich panische Angst vor dem Moment, wenn Luke meine Mutter kennenlernte. Ihre Nasenflügel würden beben – ja, das hier roch nach ernsten Absichten –, sie würde mich Tif nennen, würde Luke nach seinem Gehalt fragen, und dann wäre alles aus. Luke würde zur Besinnung kommen, erkennen, dass ich die Sorte Mädchen war, die man in einer Bar aufgabelt und ein paarmal bumst, bevor man sich in eine einigermaßen echte Blondine mit androgynem Vornamen und einem bescheidenen Treuhandvermögen verliebt. Zu meinem größten Erstaunen passierte etwas ganz anderes. Als wir nach dem Abendessen mit Dina und Bobby FaNelli zurück in seine Wohnung kamen, nahm er mich in die Arme, kugelte sich mit mir auf dem Bett und erklärte mir unter Küssen: »Ich kann gar nicht fassen, dass ich dich erretten durfte.« Als würde eine

Meute blaublütiger Mülltaucher bei mir Schlange stehen, die mir meinen fauligen Gestank wegheiraten wollten.

»Ach, was soll's«, sagte ich. »Heute geht auch.« Vielleicht wäre ein bisschen Brokkoli sogar ganz hilfreich.

Bevor ich mich zum Essen aufmachte, ging ich in der Moderedaktion vorbei. Mein Outfit war noch nicht entstellend genug. Je entstellter und trendiger ich auftrat, umso eher verkörperte ich eine einschüchternde Zeitschriftenredakteurin.

»Das?« Ich zog ein wallendes Helmut-Lang-Kleid samt Lederjacke von der Stange.

»Ist das hier vielleicht 2009?«, fauchte Evan. Okay, ohne zickigen schwulen Moderedakteur ging es nicht.

»Such du was aus«, brummte ich.

Evan trommelte mit den Fingerspitzen über die Kleidungsstücke, wobei er jeden Kleiderbügel antippte wie eine Klaviertaste. Schließlich hielt er an einem gestreiften Missoni-Top und Shorts mit Tupfen inne. Er sah über seine knochige Schulter und warf einen missgelaunten Blick auf meine Brust. »Vergiss es.«

»Och, du kannst mich mal.« Ich lehnte mich an den Tisch mit den Accessoires und nickte in Richtung eines Hemdblusenkleides mit Blumendruck und tief ausgeschnittenem Rücken. »Das?«

Evan betrachtete das Kleid, legte die Finger auf die Lippen. »Hm. Derek schneidet normalerweise eher für gerade Figuren.«

»Derek?«

Evan verdrehte die Augen. »Lam.«

Ich erwiderte das Augenverdrehen und nahm das Kleid vom Bügel. »Ich habe über drei Kilo abgenommen, das wird schon gehen.«

Das Kleid spannte leicht über meiner Brust, doch Evan knöpfte es etwas weiter auf, zog mir eine lange Kette über den Kopf und musterte mich.

»Nicht schlecht. Was ist das noch mal für eine Diät, die du machst?«

»Dukan.«

»Hat Kate Middleton die nicht auch gemacht?«

Ich blickte in den Spiegel und fing an, Eyeliner aufzutragen. »Ich habe mich für diese Diät entschieden, weil sie die extremste ist. Es funktioniert nur, wenn ich das Gefühl habe, schlimmer geht's nicht.«

»Da bist du ja«, begrüßte mich Luke mit einer Mischung aus Erleichterung und Groll. Rechtzeitig zu kommen war für Luke schon zu spät, und seine militante Pünktlichkeit machte mich so wahnsinnig, dass ich schon aus Prinzip immer ein paar Minuten zu spät kam.

Umständlich sah ich auf die Uhr meines Handys. »Sagtest du nicht acht?«

»Ja.« Lukes Kuss war entweder beiläufig oder sollte mich beschwichtigen. »Hübsch siehst du aus.«

»Es ist schon vier nach.«

»Sie lassen uns erst an den Tisch, wenn wir vollzählig sind.« Luke drückte seine Handfläche auf meinen nackten unteren Rücken und führte mich weiter ins Restaurant hinein. Es war kühl hier drin, oder? Oder lösten wir immer noch Schauer beieinander aus?

»Gott, ich hasse das«, sagte ich.

Luke lächelte. »Ich auch.«

Ich hatte bemerkt, dass ein Paar am Eingang stand und in unsere Richtung blickte, Lukes Kunde und dessen Frau. Sie sahen aus, als warteten sie darauf, vorgestellt zu werden. Die Frau hatte Fitnessstudiomuskeln und eine beschwingte 90-Dollar-Fön-Frisur. Ich sehe mir die Frauen immer zuerst an, damit ich weiß, wogegen ich antrete. Sie trug die typische Kate-Uniform: weiße Jeans, hautfarbene Schuhe mit Keil und ein ärmelloses

Seidentop in leuchtendem Pink. Wahrscheinlich hat sie mehrere Minuten darüber nachgedacht – bin ich braun genug, vielleicht sieht das dunkelblaue ärmellose Seidentop besser aus, Dunkelblau geht immer; von ihrer Schulter baumelte eine Prada-Tasche, cognacfarben, perfekt auf die Schuhe abgestimmt, das Leder nur unwesentlich faltiger als die Haut an ihrem Hals. Sie war mindestens zehn Jahre älter als ich, schätzte ich erleichtert. Keine Ahnung, wie ich mal mit mir klarkommen soll, wenn ich dreißig werde.

»Whitney.« Sie reichte mir die Hand mit den am Nachmittag frisch manikürten Nägeln. Ihr Händedruck war schwach, als wollte sie mir zeigen, wie wunderbar sie es fand, Hausfrau und Mutter zu sein.

»Angenehm«, erwiderte ich, was ich inzwischen für »Schön, Sie kennenzulernen« sagte, seit Mr Harrison sich so vorgestellt hatte. Ich war entsetzt gewesen bei dem Gedanken, wie viele Leute ich über die Jahre irritiert hatte, weil ich stoisch bei meinem besserwisserischen »Kennenlernen« blieb. Das Schöne an einem guten Elternhaus – zumindest für all jene, die mit einer vergoldeten Rippe geboren wurden – ist, dass man es praktisch nicht kopieren kann. Nachmacher verraten sich unweigerlich irgendwann, und meist blamieren sie sich dabei bis aufs Blut. Jedes Mal wenn ich denke, ich habe die Spießerfalle verlassen, merke ich, dass ich die ganze Zeit etwas falsch gemacht habe, und lasse mich wieder hineinziehen. *Du machst niemandem etwas vor.* Zum Beispiel Austern. Ich dachte, es reicht, wenn man so tut, als würde man diese salzigen Rotzklumpen mögen, aber wussten Sie, dass man die Schale mit der Außenseite nach oben ablegt, nachdem man sie ausgeschlürft hat? Schon so etwas Banales kann alles verderben. Der Teufel liegt im Detail.

»Und das ist Andrew«, sagte Luke.

Ich ergriff Andrews Pranke, doch mein Lächeln erstarb, als ich in sein Gesicht sah. »Hallo«, sagte ich mit fragendem Unterton, und auch er neigte den Kopf zur Seite und sah mich merkwürdig an. »Ani, nicht wahr?«

»Wenn Sie mir bitte folgen würden«, sagte die Empfangskellnerin und zog uns hinter sich her wie ein Magnet. Ich ging hinter Andrew, dessen Hinterkopf (inzwischen?) grau meliert war. Noch immer rätselte ich, ob er der war, für den ich ihn hielt, nein, ich hoffte es, inständig, mit groschenromanreifer Sehnsucht.

Es gab einen kleinen Stau, während wir überlegten, welches Paar die Bank nehmen sollte, bis Luke vorschlug, die »Mädels« dorthin zu setzen, weil wir beide schmal seien (Whitney lachend: »Ich denke, das war ein Kompliment, Ani«). Der Tisch hatte, wie so viele Dinge in New York, Puppenhausformat. Das ist auch der Grund, warum alle irgendwann wegziehen. Wenn die Babys kommen und sich im Durchgang Plastiktüten und Schachteln mit billigem Weihnachtsschmuck aus dem Drogeriemarkt türmen, stolpert eines Tages jemand über den Henkel einer Tüte von Bloomingdale's, bekommt einen Nervenzusammenbruch, und damit beginnt die Stadtflucht Richtung Westchester oder Connecticut. Luke pfeift – »immer langsam« –, wenn ich so etwas sage, aber so ist es ja wohl. Die Mrs Monsters lauern im Dorrian's oder Brinkley's Pub ihren zukünftigen Ehemännern auf und verschleppen sie dann sofort hinaus in die Vorstadt, sobald der Mietvertrag ihrer Wohnung abgelaufen ist. Ich war damals auch Stammgast im Dorrian's, doch ich wollte das auch bleiben. Ich liebte die überfüllten, überteuerten Restaurants, die Subway, in der es vor dreisten Spinnern wimmelte, den schimmernden Büroturm, in dem das *Women's Magazine* untergebracht war, die pseudoanspruchsvollen Redakteurinnen mit dem Bedürfnis nach weniger Sex und mehr intellektuellem Gehalt. »Glauben Sie vielleicht, ich will mich mit dem Haargummi erdrosseln, das unsere Leserinnen ihrem Freund um den Schwanz binden sollen?«, ereiferte sich LoLo, als in der Vorbesprechung für die Septemberausgabe nicht eine einzige Redakteurin mit einer Idee für

Oralverkehr kam. »Aber so was verkauft sich.« Vielleicht würde sich New York nicht nach Puppenhaus anfühlen, wenn die ganzen ehegeilen Weiber wegbleiben würden. Andererseits ist es genau das, was ich an New York am meisten liebe – man muss sich seinen Platz erkämpfen. Mir war klar, dass ich kämpfen würde. Und dass ich dabei niemanden schonen würde.

Schließlich saß ich Andrew gegenüber und Luke Whitney. Dem Vorschlag, zu tauschen, hielt Luke seinen abgedroschenen Spruch entgegen, er könne mir jederzeit beim Abendessen gegenübersitzen. Andrews Pampelmusenknie schmatzte immer wieder meines, obwohl ich mit meinem Hintern so weit wie möglich an die Sitzkante gerückt war. Ich wünschte mir eine Unterbrechung von Small Talk und plumpen Kalauern, damit ich einen ruhigen Moment finden konnte, um Andrew mit kritischem Blick zu fragen: »Sind Sie's wirklich?«

»Tut mir leid«, sagte Andrew, und zuerst dachte ich, er entschuldige sich dafür, dass er in meinen Raum unter dem Tisch eindrang. »Aber Sie kommen mir einfach so bekannt vor.« Er musterte mich, und seine Lippen teilten sich leicht, während er meine Tarnung auseinandernahm: die Wangenknochen – spitz! –, die honigblonden Strähnen, die mein dunkles Haar zum Leuchten bringen, ohne mich zu einer falschen Blondine zu machen. »Och, *Süße*«, gluckste Ruben, mein Friseur, als ich zum ersten Mal zu ihm kam. Er nahm eine Handvoll von dem gelben Stroh auf meinem Kopf zwischen seine Finger und betrachtete es voller Ekel, als wäre es eine Kakerlake.

Luke war dabei, seine Serviette aufzufalten, doch er hielt inne und sah Andrew an.

Es war einer dieser seltenen Momente, in denen man schon vorher weiß, dass gleich etwas Bedeutsames passieren wird. Ich hatte so etwas zweimal erlebt, das zweite Mal war, als Luke mir seinen Antrag machte. »Das klingt jetzt verrückt …« – ich räusperte mich –, »… aber sind Sie Mr Larson?«

»Mr Larson?«, murmelte Whitney und stieß ein euphorisches Japsen aus, als der Groschen bei ihr fiel. »Er war Ihr *Lehrer*?«

Offenbar hatte er seine schlaffen Haare abschneiden lassen, nachdem er von Bradley weggegangen war. Doch man musste nur die Bankertolle abnehmen wie einen Legostein, mit dem Photoshop-Curser seine Konturen verwischen und sein Kinn nachzeichnen, und schon war er wieder der alte Mr Larson. Bei den meisten Menschen sah man an den Augen, ob sie lächelten. Mr Larsons Lachfalten schienen nach einem besonders wilden Heiterkeitsausbruch eingefroren zu sein.

»Wie klein ist doch die Welt.« Mr Larsons erstauntes Lachen ließ seinen Adamsapfel hüpfen. »Du lässt dich jetzt Ani nennen?«

Ich sah Luke an. Wir hätten ebenso gut an getrennten Tischen sitzen können. So entzückt Mr Larson dreinblickte, so säuerlich war Lukes Miene. »Ich hatte es satt, dass mich die Leute dauernd fragen, ob TifAni mit einem oder zwei ›f‹ geschrieben wird.«

»Das ist ja verrückt«, sagte Whitney und sah zwischen uns dreien hin und her. Ihr Blick blieb an Luke hängen, als ihr etwas aufzugehen schien. »Das bedeutet wohl, dass Sie in Bradley waren« – für einen kurzen Moment stockte sie entsetzt, als ihr Hirn den Bogen schlug – »oh, jetzt verstehe ich, Sie sind *die* TifAni.«

Niemand wagte es, die anderen anzusehen. Die Bedienung erschien und fragte, ohne zu ahnen, wie willkommen sie kam, ob uns Leitungswasser recht sei. Natürlich.

»Ist das nicht seltsam, dass das New Yorker Wasser so sauber ist wie kaum ein anderes Trinkwasser auf der Welt?«, sagte Whitney als geübte Gastgeberin, die weiß, wie man mit peinlichen Gesprächsthemen umgeht. »So schmutzig, wie es hier ist?«

Wir stimmten alle zu. Ja, seltsam.

»Welches Fach?«, fragte Luke unvermittelt, und als niemand reagierte, fügte er hinzu: »Haben Sie unterrichtet?«

Mr Larson legte einen Ellbogen auf den Tisch und stützte

sich darauf. »Englisch, Leistungskurs. Das habe ich zwei Jahre lang gemacht, gleich im Anschluss an die Uni. Als ich mir noch nicht vorstellen konnte, im Sommer nicht zweieinhalb Monate frei zu haben. Weißt du noch, Whit?«

Sie teilten ein verschwörerisches Lachen, das mir einen Stich versetzte. »Und ob ich mich erinnere«, sagte sie und schüttelte ihre Serviette aus. »Das war das Erste, was ich dir abgewöhnen wollte.« Nun, das konnte ich ihr nicht verdenken. Ich würde auch nie wieder mit einem Lehrer zusammen sein wollen.

Andrew sah mich an. »Ani war meine beste Schülerin.«

Ich zupfte an der Serviette auf meinem Schoß. »Das müssen Sie nicht sagen«, murmelte ich. Wir wussten beide, wie abgrundtief ich ihn enttäuscht hatte.

»Und jetzt ist sie eine der besten Redakteurinnen beim *Women's Magazine*«, sagte Luke mit einem Ausdruck väterlichen Stolzes. Was für ein Schwachsinn. Als wäre für ihn nicht vollkommen klar, dass das nur ein neckischer Pausenfüller war, bis wir Kinder haben würden. Er legte seine Hand auf meine. »Sie hat es weit gebracht.«

Das war ein Warnschuss. Luke mochte es nicht, wenn das Thema Bradley aufkam. Früher dachte ich, er wollte mich beschützen, weil es ihn selbst so betroffen machte. Heute weiß ich, dass er einfach nur einen Schlussstrich ziehen will. Er will auch immer noch nicht, dass ich bei der Doku mitmache. Er kann nicht erklären, warum, oder vielleicht doch, nur will er mich nicht verletzen. Ich weiß genau, was er denkt: *Du machst dich lächerlich.* In der Welt der Harrisons wird am meisten bewundert, wer stoisch aussitzen kann.

»*Hm.*« Whitney tippte sich mit ihrem ballettschläppchenrosa Fingernagel an die Unterlippe. »Das *Women's Magazine*? Ich glaube, davon habe ich auch schon gehört.«

Ehegeile Weiber sagen das immer, wenn sie hören, wo ich arbeite. Es ist kein Kompliment.

»Ich wusste nicht, dass du dort gelandet bist«, sagte Mr Larson. »Das ist fantastisch.« Er schenkte mir ein herzliches Lächeln.

Whitney bemerkte das. »Schon ewig her, dass ich zuletzt eines in der Hand hatte. Bevor ich Andrew kannte, habe ich es verschlungen, als wäre es meine Bibel. Wird es nicht so genannt? Die Frauenbibel?« Sie lachte geziert. »Ich sehe mich schon, wie ich es von meiner Tochter konfisziere, so wie meine Mutter damals von mir!«

Luke lächelte höflich, Mr Larson nicht.

Ich setzte das Lächeln auf, das ich immer benutzte, wenn von Kindern die Rede war. »Wie alt ist sie?«

»Fünf«, sagte Whitney. »Elspeth. Wir haben auch einen Jungen. Er heißt Booth. Knapp ein Jahr alt.« Sie himmelte Andrew mit Glupschaugen an. »Mein kleiner Mann.«

Ach du lieber Gott. »Tolle Namen«, meinte ich.

Der Weinkellner trat an den Tisch, stellte sich vor und erkundigte sich, ob wir Fragen zur Karte hätten. Luke fragte, ob alle mit Weiß einverstanden seien, und Whitney erklärte, in dieser Hitze könne sie gar nichts anderes trinken.

»Dann nehmen wir den Sauvignon Blanc.« Luke deutete auf eine Achtzig-Dollar-Zeile.

»Oh, ich liebe Sauvignon Blanc«, schwärmte Whitney.

Dukan erlaubte keinen Wein, doch in Gegenwart solcher Frauen musste ich trinken. Erst wenn die Endorphine anfingen, in mir zu feuern, war ich in der Lage, glaubhaft Interesse an ihrer Welt zu heucheln. Die Klavierstunden ihres Kindes, die Van-Cleef-Kette, die sie zur Geburt von ihrem Mann bekommen hatte. Ich konnte nicht fassen, dass Mr Larson einer Frau verfallen war, deren größtes Ziel im Leben der wöchentliche Großeinkauf war. Als der Kellner mit dem Wein kam, schob ich ihm dankbar mein Glas entgegen.

»Darauf, dass wir endlich Ihre reizende Frau kennenlernen durften.« Luke hob sein Glas.

Reizend. Was für ein scheußliches Wort. Früher fand ich diese Restaurantbesuche wundervoll und tat alles, um die Anerkennung der Ehefrauen zu gewinnen. Ich empfand es als Triumpf, wenn sich endlich dieser Ausdruck auf ihren Gesichtern einstellte. Heute war ich gelangweilt. Nur noch gelangweilt. Dafür rackere ich mich so ab? Habe ich wirklich einmal geglaubt, das würde mich erfüllen? Brathühnchen für siebenundzwanzig Dollar und ein Verlobter, der mich gutherzig fickt, wenn wir nach Hause kommen?

»Ebenso.« Andrew ließ sein Glas an meinem klingen.

»Na ja, ganz so weit sind wir noch nicht«, widersprach ich lächelnd.

»Ani.« Whitney sagte »Ännie«, was ich hasste. »Luke hat erzählt, die Hochzeit wird in Nantucket stattfinden. Warum dort?«

Weil dieser Ort privilegiert ist, liebe Whitney. Weil ihn jeder kennt, egal wo, egal welche Schicht. Geh nach South Dakota und erzähle irgendeiner ungebildeten, frustrierten Hausfrau, du bist in der Main Line aufgewachsen. Sie wird nicht wissen, dass sie das beeindrucken soll. Erzähl ihr, du verbringst deine Sommerfrische in Nantucket – in genau diesen Worten –, dann weiß sie genau, womit sie es zu tun hat. Deshalb, Whitney.

»Lukes Familie hat dort ein Haus«, sagte ich.

Luke nickte. »Wir fahren schon dorthin, seit ich ein Kind war.«

»Oh, das wird bestimmt wunderschön.« Whitney beugte sich näher zu mir, und ich spürte ihren Atem, gierig, schal, als wäre ihr Mund schon lange nicht mehr gebraucht worden. »Waren wir nicht vor ein paar Jahren mal in Nantucket?«, fragte sie Andrew.

»Das war Martha's Vineyard«, korrigierte er. Sein Knie streifte wieder meines. Der Wein kleidete meine Kehle aus wie Sirup. Wie viel besser er doch jetzt aussah, älter. Es gab eine Million Fragen, die ich ihm stellen wollte, und es machte mich wütend, dass Luke und Whitney hier waren und uns diesen Moment stahlen.

»Stammt Ihre Familie aus Nantucket?«, wollte Andrew von Luke wissen.

Whitney lachte. »Niemand stammt aus Nantucket, Andrew.«

Die zehntausend Einwohner des Ortes würden da sicher nicht zustimmen, doch Whitney meinte etwas anderes: Leute *wie wir* stammten nicht aus Nantucket. Früher fand ich das toll, wenn eine Frau wie sie annahm, dass ich aus dem gleichen Holz geschnitzt war wie sie. Es bedeutete doch, dass meine Maske überzeugte. Wann fing es an, dass mich diese Annahme in Rage brachte? Sobald ich den Ring am Finger hatte, die Adresse in Tribeca, den weißen Ritter zu meinen Füßen, sobald ich nicht mehr damit beschäftigt war, meine ehemals French-manikürten Nägel in all diese Dinge zu krallen, konnte ich einen Schritt zurücktreten und alles neu überdenken. Es gab wirklich nicht viel an mir, das man als edel bezeichnen konnte, und selbst ich mochte kaum glauben, dass man mit so einem Leben wirklich zufrieden sein konnte. Entweder die Mitglieder dieses Eliteclubs liefen einfach hirntot herum und redeten nicht darüber, oder es war ihnen tatsächlich genug. Ich dachte immer, dieser innere Zirkel muss verdammt spektakulär sein, wenn sie so scharf darauf sind, ihn zu schützen. Luke, seine gesamte Familie und deren Freunde hatten 2012 für Mitt Romney gestimmt. Dessen Geschwafel zugunsten der »Lebensschützer« konnte dazu führen, dass Opfer von Vergewaltigungen und Inzest, Frauen in lebensbedrohlichen Situationen, nicht mehr sicher abtreiben könnten. Es konnte dazu führen, dass Einrichtungen wie Planned Parenthood schließen mussten.

»Das wird sicher nicht passieren«, hatte Luke mit einem Grinsen abgewehrt.

»Selbst wenn nicht – wie kannst du jemanden wählen, der so eine Einstellung hat?«

»Weil mir das Thema egal ist, Ani.« Luke seufzte. Anfangs hatte er meinen feministischen Zorn nicht albern, sondern herzerfrischend gefunden. »Es betrifft weder dich noch mich. Dafür betrifft uns beide etwas anderes, nämlich die Steuern, die Obama aus uns herausquetscht, weil wir in der höchsten Klasse sind.«

»Das andere betrifft mich sehr wohl.«

»Du verhütest!«, donnerte Luke. »Wozu brauchst du eine Abtreibung?«

»Luke, wenn es Planned Parenthood nicht gäbe, könnte ich jetzt ein dreizehnjähriges Kind haben.«

»Darauf lasse ich mich jetzt nicht ein«, erklärte er und stürzte sich auf den Wandlichtschalter. Dann marschierte er ins Schlafzimmer und ließ mich weinend in der dunklen Küche zurück.

Ich hatte Luke von *jener Nacht* erzählt, als er noch ganz verrückt nach mir war. Das ist die einzige Phase in einer Beziehung, in der man beschämende Dinge über sich preisgeben sollte – wenn der andere so blind vor Liebe ist, dass er alles liebenswert findet. Lukes Augen waren mit jedem widerlichen Detail größer geworden, aber auch schläfriger, als wäre das alles zu viel auf einmal und er müsste es später verdauen. Wenn ich ihn jetzt fragen würde, was damals passiert sei, könnte er es wahrscheinlich gar nicht sagen. »Mann, Ani, ich weiß nicht mehr, was Schlimmes, okay? Ich weiß, dass dir was Schlimmes passiert ist. Ich hab's kapiert. Du musst mich verdammt noch mal nicht jeden Tag daran erinnern.«

Er weiß, es war so schlimm, dass man nicht darüber reden sollte. Das zumindest war sein größtes Bedenken, als ich darüber nachdachte, bei der Dokumentation mitzumachen. »Du wirst doch nicht über *die Nacht* reden, oder?« *Die Nacht* – ein Trost spendender Euphemismus. Tatsächlich hatte ich sehr wohl mit dem Gedanken gespielt, vor der Kamera kein Blatt vor den Mund zu nehmen und offen alles zu erzählen, was Peyton, Liam und Dean (ja, vor allem Dean) mir angetan hatten, doch es gab ein Problem. Ich hatte den Smaragd noch nicht bekommen. Und ich wollte ihn bei Drehbeginn am Finger haben. Also verzog ich das Gesicht, als hätte ich nach einem Tequila in die Zitrone gebissen, und sagte: »*Natürlich* nicht.«

»Ich bin in Rye aufgewachsen«, erzählte Luke.

Whitney beeilte sich, ihren Wein zu schlucken. »Ich in Bronxville!« Sie tupfte sich den Mund mit der Serviette ab. »Auf welcher Highschool waren Sie?«

Andrew lachte. »Schatz, ich glaube nicht, dass du zur gleichen Zeit auf der Highschool warst wie Luke.«

In gespielter Empörung warf Whitney ihre Serviette auf Andrew. »Man weiß nie.«

Luke lachte. »Ich war auf einem Internat.«

»Oh.« Whitney sank zusammen. »Ja dann.« Sie schlug ihre Speisekarte auf, und reflexartig folgten alle ihrem Beispiel.

»Was ist denn zu empfehlen?«, fragte Andrew. Das Kerzenlicht flackerte in seiner Brille, sodass ich nicht erkennen konnte, ob er Luke ansah oder mich.

»Alles«, erwiderte Luke, während ich gleichzeitig sagte: »Das Brathühnchen ist lecker.«

Whitney kräuselte die Nase. »Ich kann einfach im Restaurant kein Huhn mehr bestellen. Diese Geschichte mit dem Arsen.« Hausfrau und Mutter, die auch noch auf die *Dr. Oz Show* stand. Die hatte ich am liebsten.

»Arsen?« Ich legte mir die Hand aufs Dekolleté und machte ein entsetztes Gesicht, das sie zum Weitersprechen auffordern sollte. Auf Nells Anraten hatte ich den chinesischen Klassiker *Die Kunst des Krieges* von Sunzi gelesen. Meine Lieblingsstrategie war es, Unterlegenheit vorzutäuschen, um die Arroganz des Feindes zu stärken.

»Ja!« Whitney wirkte besorgt darüber, dass ich davon noch nie etwas gehört zu haben schien. »Die Bauern verfüttern es an die Hühner.« Angewidert schürzte sie die Lippen. »Damit sie schneller wachsen.«

»Das ist ja entsetzlich«, japste ich.

Ich kannte die Studie – allerdings die eigentliche Studie, nicht die Panikmacherversion aus dem Fernsehen. Dieses Restaurant verwendete verdammt noch mal keine Tiefkühlhühnchenbrust.

»Tja, dann werde ich ganz sicher diesmal kein Brathühnchen bestellen.«

»Was bin ich doch schrecklich!«, lachte Whitney. »Wir haben uns gerade erst kennengelernt, und schon habe ich Ihnen das Abendessen verdorben.« Sie schlug sich mit der Hand gegen die Stirn. »Ich muss aufhören zu reden. Aber wenn man den ganzen Tag ein Baby um sich hat, plappert man einfach drauflos, sobald man mit Erwachsenen zusammen ist.«

»Ihre Kinder sind sicher glücklich, Sie um sich zu haben.«

Ich lächelte, als könnte ich selbst diesen Tag gar nicht erwarten. Für den Körper, den sie hatte, arbeitete sie mit Sicherheit mindestens drei Stunden am Tag im Fitnessstudio. Unmöglich, dass sie keine Hilfe hatte. Doch bloß nicht nach der dominikanischen Nanny fragen. Diese Frauen konnten sich noch so abfällig über das *Women's Magazine* äußern, doch Kindererziehung war echte Arbeit, und man ging besser in Deckung, wenn sie Verdacht schöpften, dass man sie und ihre *echte Arbeit* nicht ernst nahm.

»Ich bin glücklich, dass ich jeden Tag mit ihnen zusammen sein kann.« Whitneys Lippen schimmerten vom Wein. Sie rieb sie aneinander und stützte ihr Kinn auf die Hand. »Hat Ihre Mutter gearbeitet?«

»Nein.« *Hätte sie aber tun sollen, Whitney.* Sie hätte ihre Hausfrauenfantasie vergessen und stattdessen etwas zum Haushaltsbudget beitragen sollen. Ich weiß nicht, ob sie das glücklicher gemacht hätte, doch wir hatten nicht den Luxus, über Glück nachzudenken. Wir waren chronisch pleite, und Mom beantragte jeden Monat neue Kreditkarten, um ihre Ausflüge zu Bloomingdale's zu finanzieren, während wir uns nicht leisten konnten, die schimmelnden Gipskartonwände in unserem tollen

Reihenhaus sanieren zu lassen. Aber du hast natürlich recht, Whitney, sie war ja so glücklich, jeden Tag mit mir zusammen sein zu können.

»Meine auch nicht«, sagte Whitney. »Es ist einfach etwas anderes.«

Ich lächelte weiter. Wie beim Marathon. Wenn man in der letzten Phase eine Pause macht, findet man nie wieder den Laufrhythmus zurück. »Was ganz anderes.«

Fröhlich warf Whitney ihr Haar zurück. Sie fand mich toll. Ihre Schulter streifte meine, als sie mich mit kokett tiefer Stimme fragte: »Sie müssen uns eins verraten, Ani: Werden Sie bei der Doku mitmachen?«

Luke legte einen Arm über seine Rückenlehne und sortierte sein Besteck. Ich beobachtete, wie weiße Lichtsicheln an der niederen Decke tanzten.

»Darüber soll ich keine Auskunft geben.«

»Das heißt, Sie machen es.« Whitney klatschte meinen Arm ab. »Das haben sie nämlich Andrew auch aufgetragen – stimmt's, Andrew?«

Ich habe diesen wiederkehrenden Traum, dass etwas Schlimmes passiert und ich die Notrufnummer wählen muss, doch meine Finger gehorchen mir nicht. Sie rutschen von den Tasten (es ist immer ein altmodisches Festnetztelefon), und jedes Mal weiß ich: *Du träumst das schon wieder, aber diesmal bist du schlauer. Mach einfach langsam*, denke ich. *Du kannst es nicht vermasseln, wenn du es langsam machst. Finger auf die Neun. Drücken. Finger auf die Eins. Drücken. Noch mal drücken.* Die Qual, etwas sofort zu brauchen, doch geduldig darum bitten zu müssen. Ich musste sofort wissen, warum Mr Larson an der Dokumentation teilnehmen wollte. Wann? Wo? Was würde er sagen? Würde er über mich sprechen? Würde er mich *verteidigen*? »Ich hatte keine Ahnung, dass Sie auch mitmachen«, sagte ich. »Was sollen Sie denn da beitragen? Ihre Meinung als eine Art Zeitzeuge oder so was?«

Mr Larsons Mund bog sich noch mehr. »Nun, Ani, du weißt, dass ich darüber nichts sagen darf.«

Alle lachten, und ich stimmte pflichtschuldig mit ein. Ich öffnete den Mund, doch Mr Larson unterbrach mich: »Wir sollten bei einem Kaffee mal darüber reden.«

»Oh ja!«, flötete Whitney so aufrichtig begeistert, dass meine eigene Freude völlig verpuffte. Wenn eine Frau so scharf darauf ist, dass ihr Mann sich mit einer anderen Frau trifft, die zehn Jahre jünger ist, dann ist ihre Ehe stabil.

»Ja, wirklich«, fügte Luke hinzu, doch mir wäre lieber gewesen, er hätte nichts gesagt. Im Vergleich zu Whitney klang seine Zustimmung wie eine himmelschreiende Lüge.

Auf dem Weg durch die Tür stolperte Whitney, fing sich jedoch und kicherte, dass sie nicht oft ausgehe. Der Wein sei ihr direkt zu Kopf gestiegen. Mr Larson hatte bei Uber einen Wagen bestellt, und so wartete ein schwarzer SUV am Straßenrand, um sie heim nach Scarsdale in ihr Fernsehfamilienidyll zu fahren.

Whitney küsste mich auf die Wange und flötete: »Wie schön, dass wir uns kennengelernt haben. Ist die Welt nicht klein?«

Andrew schüttelte Luke die Hand und klopfte ihm auf die Schulter. Dann trat Luke zur Seite, um für mich Platz zu machen. Ich hob mich auf die Zehenspitzen, drückte meine Wange an Andrews und hauchte einen Kuss darauf. Er presste seine Hand auf meinen Rücken, doch als er die nackte Haut spürte, zog er sie weg, als hätte ich ihm einen Stromschlag versetzt.

Wir sahen ihnen nach, wie ihr Auto sich in den Verkehr einfädelte, und ich wünschte mir inständig, Luke würde seine Arme um mich legen und mich an sein Hemd von Turnbull & Asser drücken. Wenn er das getan hätte, hätte er gespürt, dass ich bebte.

Stattdessen sagte er nur: »Das war seltsam, was?« Ich lächelte zustimmend, als wäre ich nicht gerade nachhaltig aus der Bahn geworfen worden.

6

Am Morgen nach Deans Party kletterte ich zusammen mit Liam und zwei Fußballern aus der Zehnten in seinen Range Rover. Deans Führerschein war eigentlich eingezogen (in seinem Handschuhfach lag ein ganzer Stapel unbezahlter Parkstrafzettel), doch das hinderte ihn nicht daran, mit quietschenden Reifen durch die Stadt zu rasen, während DMX aus dem Boxen dröhnte und Jogger warnte, die ins Gebüsch springen mussten, um nicht überfahren zu werden. Übelkeit regte sich in mir, als Liam einstieg, jedoch den leeren Platz neben mir offen ignorierte und sich stattdessen nach vorn neben Dean setzte. Bevor wir aufbrachen, hatte ich in der Küche versucht, mit ihm zu reden, doch das war nicht gut verlaufen.

»Ich weiß wirklich nicht, wie ich in Deans Zimmer gelandet bin. Ich habe das Gefühl, ich sollte mich entschuldigen, weil ich ehrlich nicht mit ihm rummachen wollte.«

»Finny« – Liam lachte mir ins Gesicht, und dass er meinen Spitznamen verwendete, war nur ein weiterer Versuch, sich an Dean anzupassen –, »komm schon. Du weißt, dass es mir egal ist, ob du auch mit Dean rummachst.«

Dann rief Dean seinen Namen, er schob sich an mir vorbei, und ich war froh über diesen Moment, in dem ich mich sammeln und die sich aufstauenden Tränen umleiten konnte in meine Kehle, wo sie als salziges Rinnsal ein raues und verbranntes

Gefühl auslösten, das ich tagelang nicht loswurde. Doch als das schließlich vorbei war, kam etwas viel Schlimmeres. Etwas, das bis zum heutigen Tag unterschwellig da ist und sich immer dann meldet, wenn Freude oder Selbstvertrauen in mir aufkommt. Die Erinnerung daran, dass ich mich bei meinem Vergewaltiger entschuldigt habe und er mich ausgelacht hat. *Du meinst, du bist glücklich? Du meinst, du hast etwas, worauf du stolz sein kannst?*, so höhnt es, *Ha! Weißt du noch, damals?* Das reicht dann meistens, mich daran zu erinnern, was für ein Stück Scheiße ich bin.

Als wir in Minella's Diner ankamen, legte Liam auch wieder Wert darauf, neben Dean zu sitzen. Fünfundvierzig Minuten lang lachte ich schwach über alles, was die Jungs sagten und taten – ja, die zwei Pfannkuchen, die so zusammenklebten, sahen aus wie Rieseneier –, und schluckte tapfer, um mich nicht auf meinen Teller zu übergeben. Es kam mir vor wie Stunden, bis wir bezahlten und ich in der Lage war, meine Eltern anzurufen und ihnen fröhlich zu erzählen, dass ich mit Olivia und Hilary in Wayne gefrühstückt hätte, und zu fragen, ob sie mich abholen könnten. Dann saß ich am Straßenrand zwischen Minella's und Chili's, den Kopf zwischen den Knien vergraben. Es roch dort unten sauer, und als mir das bewusst wurde, geriet ich richtig in Panik. Hatte ich Aids? War ich schwanger? Ich wollte nur noch Wasser trinken, das Gefühl war beinahe schmerzhaft, nur durstig konnte ich nicht sein, denn ich hatte schon zum Frühstück einen kompletten Krug Wasser gelehrt. Mein Durst konnte nicht körperlich sein. Selbst jetzt noch, so viele Jahre später, kenne ich dieses Gefühl. Ich schütte literweise Wasser in mich hinein, und meine Nervosität steigt in demselben Maß, wie meine Blase schwillt, doch auch am Grund der Fiji-Flasche wartet keine Erlösung. Früher habe ich mich immer freiwillig gemeldet, wenn es darum ging, die Gruselgeschichte des Monats zu schreiben (»Ein Mann auf der Straße hat mir meine Einkäufe heimgetragen, und dann ist er über mich hergefallen!«). Dazu interviewte ich oft Psychiater, denen ich dann unauffällig meine persönlichen Fragen unterschob, als gehörten sie zum Thema. Auf diese Weise kam ich selbst zu Therapiestunden und lernte zum Beispiel, dass Durst ein rudimentärer biologischer Instinkt ist. »Wenn man Durst spürt, obwohl man nicht wirklich durstig sein kann, könnte es bedeuten, dass ein wichtiges Grundbedürfnis nicht befriedigt wird.«

Vierzig Minuten vergingen, bis Moms Auto langsam am Schild des Diners vorbeirollte. Ich wartete, bis sie einmal über den Parkplatz gekreist und neben mir stehen geblieben war. Als ich die Tür öffnete, drangen mir das Jaulen von Celine Dion aus dem CD-Player und ihre süßliche Vanillelotion von Bath & Body Works entgegen, und ich brach beinahe auf dem Beifahrersitz zusammen. Trotz alledem empfand ich die unerschütterliche Vertrautheit ihrer schrecklichen Musik und Körperpflege als irgendwie tröstlich.

»Ist Olivias Mutter auch hier?«, fragte Mom. Als ich sie ansah, wurde mir klar, dass sie sich fein gemacht hatte, um Kontakte zu knüpfen.

»Nein.« Ich schlug die Tür zu.

Mom schob die Unterlippe vor. »Wann ist sie denn gefahren?«

Ich legte meinen Gurt an. »Weiß ich nicht mehr.«

»Was meinst du damit, du weißt nicht …«

»Fahr einfach!« Die rohe Wut in meiner Stimme überraschte mich ebenso wie meine Mutter. Ich legte die Hand auf den Mund, um ein lautloses Schluchzen zu verbergen.

Mom schob den Hebel in den Rückwärtsgang. »Du hast Stubenarrest, Tifani.« Sie fuhr vom Parkplatz und presste ihren Mund zusammen zu dieser dünnen, steifen Linie, die mir immer Angst eingejagt hatte und die ich inzwischen an mir selbst entdeckte, wenn ich mit Luke stritt. Wahrscheinlich sah ich damit auch ziemlich Angst einflößend aus.

»Stubenarrest?« Ich lachte sarkastisch.

»Ich hab dein Scheißbenehmen dermaßen satt! Du bist so was von undankbar. Hast du überhaupt eine *Ahnung*, was mich diese Schule kostet?«

Bei dem Wort »Ahnung« schlug sie mit der offenen Hand auf das Lenkrad. Ich fing an zu würgen. Moms Kopf schnellte in meine Richtung.

»Hast du getrunken?« Sie zog abrupt nach rechts und bog in einen verlassenen Parkplatz ein, wo sie so heftig bremste, dass mir der Gurt meinen Bauch abdrückte und ich mich in meine Hand erbrach. »Nicht in den Wagen!«, kreischte sie, beugte sich zu mir, stieß die Tür auf und mich mit hinaus. Ich leerte den Inhalt meines Magens auf den Parkplatz von Staples. Bier, Whiskey, Deans salziger Samen – ich konnte alles gar nicht schnell genug loswerden.

Am Montagmorgen war nichts mehr in meinem Magen außer Säure, die meine Innereien ebenso verätzte wie der Whiskey bei unserem nächtlichen Münzwerfen. Ich hatte seit drei Uhr morgens wach gelegen, als mich mein eigener Herzschlag geweckt hatte wie die Faust eines wütenden Vaters, der gegen die verschlossene Zimmertür seines Teenagers hämmert. In einem Winkel meines Herzens hoffte ich, dass das, was ich getan hatte, als eine der üblichen Party-Eskapaden gesehen werden würde. Mark hatte ein Sandwich nur mit Mayo gegessen, und Tifani hatte es dem gesamten Fußballteam besorgt! Doch so naiv war ich dann doch nicht.

Es war subtil. Weder teilte sich die Menge, noch steckte mir jemand einen roten Buchstaben an das Revers meiner Bluse. Olivia tat, als würde sie mich nicht sehen, ein paar der älteren Mädchen steckten kichernd die Köpfe zusammen, während sie an mir vorbeihuschten, um dann in lautes Gelächter auszubrechen, als sie sich in sicherem Abstand wähnten. Ja, es war über mich gesprochen worden.

Als ich mein Klassenzimmer betrat, sah ich, wie Haifisch ihre Tischkante griff, um ihren runden Hintern aus dem Stuhl zu schwingen. Ehe ich mich setzen konnte, legte sie ihren Arm um meinen Nacken. Alle übrigen taten so, als würden sie nichts hören, oder setzten unvermindert ihre Unterhaltung fort, als sie fragte: »Tif, geht's dir gut?«

»Klar!« Ich lächelte, und es fühlte sich an, als hätte ich getrockneten Lehm im Gesicht.

Haifisch drückte meine Schulter. »Wenn du reden willst … ich bin da.«

»Okay.« Ich verdrehte die Augen.

Sobald ich an meinem Platz saß und fleißig mitschrieb, was der Lehrer sagte, war alles gut. Erst wenn es klingelte und alle wie Bettwanzen im Licht auseinanderstoben, machte sich die Panik wieder bemerkbar, als streckte sie sich gähnend nach einem erholsamen Schläfchen. Denn dann musste ich in die Flure hinaus, auf feindliches Gebiet, weidwund und langsam wie eine angeschossene Soldatin. Den Ziellaser zwischen den Augen, konnte ich mich nur weiterschleppen und beten, dass sie mich verfehlten.

Mr Larsons Klassenraum war für mich wie ein rettender Schützengraben. Arthur hatte sich in letzter Zeit mir gegenüber ziemlich abweisend verhalten, doch angesichts der Umstände hätte er sicher ein wenig Mitleid mit mir. Bestimmt.

Er nickte mir zu, als ich mich setzte. Sein Nicken sagte: *Wir reden später*. Die Aussicht darauf machte mich nervöser als der Gedanke an die Mittagspause, die nach dieser Stunde anstand. In den letzten Wochen hatte ich immer bei Hilary und Olivia gesessen, und ich konnte mich nicht entscheiden, was ich schlimmer fand – in der Cafeteria zu erscheinen und mich von ihnen wegschicken zu lassen, oder den Schwanz einzuziehen und in die Bücherei zu gehen. Damit würde ich meinen Ausschluss endgültig besiegeln. Wenn ich jedoch Mumm zeigte, gäbe es vielleicht eine leise Chance, dass sie mir verziehen und mich sogar wieder in Gnaden aufnahmen.

Doch wenn selbst Arthur mich schief ansah, dann war es viel, viel schlimmer, als ich zuerst gedacht hatte.

Als die Glocke schrillte, packte ich ganz langsam meine Sachen zusammen. Arthur blieb bei mir stehen, doch ehe er etwas sagen konnte, sprach Mr Larson. »Tif? Kannst du noch einen Moment bleiben?«

»Können wir später reden?«, fragte ich Arthur.

Er nickte wieder. »Komm nach dem Training rüber.« Arthurs Mutter unterrichtete Kunst. Die beiden wohnten in einer baufälligen viktorianischen Villa schräg gegenüber den Squashcourts. In den Fünfzigern hatte hier die Direktorin der Schule gelebt.

Ich erwiderte sein Nicken, obwohl ich wusste, dass ich nicht kommen konnte. Es war keine Zeit zu erklären, dass ich Stubenarrest hatte.

Der Sprachen- und Geisteswissenschaftskomplex versank in sein Vormittagsschläfchen, als die Schüler zum Mittagessen in die Cafeteria stürmten. Mr Larson lehnte sich gegen die Kante seines Schreibtisches und schlug ein Bein über, sodass sich der Saum seiner Baumwollhose hob und einen sonnengebräunten behaarten Knöchel sehen ließ.

»Tifani«, sagte er. »Ich möchte dir nicht zu nahetreten, aber ich habe heute Vormittag über dich reden gehört.«

Ich wartete. Mir war instinktiv klar, dass ich besser nichts sagte, ehe ich nicht wusste, wie viel er wusste.

»Ich stehe voll hinter dir«, versicherte er. »Wenn dir wehgetan wurde, solltest du das jemandem erzählen. Das muss nicht ich sein, überhaupt nicht. Aber irgendjemandem. Einem Erwachsenen.«

Ich rieb meine Handflächen an der Unterseite des Schreibtisches und spürte Erleichterung in mir aufgehen wie eine Blumenknospe in einer Werbung im Discovery Channel, vielfarbige

Blätter im Zeitraffer. Er wollte nicht meine Eltern anrufen und auch nicht die Schulleitung informieren. Er schenkte mir das Wertvollste, was ein Teenager sich wünschen konnte: Eigenständigkeit.

Ich wählte meine Worte sorgfältig. »Darf ich es mir überlegen?«

Im Flur hörte man die Spanischlehrerin, Señora Murtez. »Ja, zuckerfrei! Und wenn es kein Dr. Pepper gibt, dann eben Pepsi!«

Mr Larson wartete, bis sie die Tür zugeschlagen hatte. »Warst du schon bei der Schulkrankenschwester?«

»Brauche ich nicht«, murmelte ich, zu verlegen, um ihm von meinem Plan zu erzählen. Der R5, den ich jeden Morgen bis zur Bryn-Mawr-Station nahm, war an einer Planned-Parenthood-Beratungsstelle vorbeigedonnert. Ich würde einfach auf dem Heimweg dort vorbeigehen, und alles war gut.

»Alles, was du ihr erzählst, ist vertraulich.« Mr Larson tippte sich mit dem Finger auf die Brust. »Das gilt auch für alles, was du mir erzählst.«

»Ich habe nichts zu erzählen.« Ich bemühte mich, meine Worte in Verachtung zu kleiden, in düsteren, qualvollen Teenagerweltschmerz, der für mich Wirklichkeit geworden war.

Mr Larson seufzte. »Tifani, sie kann dafür sorgen, dass du nicht schwanger wirst. Lass sie dir helfen.«

Es war wie damals, als mein Vater ins Zimmer kam und mit den Worten, er wollte Wäsche machen, einen Haufen schmutziger Kleidung aus einer Zimmerecke nahm. Ich lag im Bett und las *Jane* von April Lindner, doch als ich sah, was er tat, schoss ich sofort hoch. »Stopp!«

Es war zu spät. Er hielt eines meiner Unterhöschen mit einem dunkelroten Menstruationsfleck in der Hand. Erstarrt stotterte er: »Ich, äh, gehe deine Mutter holen.« Keine Ahnung, was Mom hier ausrichten sollte. Dad hatte nie eine Tochter gewollt, hatte eigentlich überhaupt keine Kinder gewollt, glaube ich, doch mit einem Jungen hätte er sich gerade noch abgefunden. Er hatte meine Mutter geheiratet, fünf Monate nachdem sie sich kennengelernt hatten, wenige Wochen nachdem sie festgestellt hatte, dass sie schwanger war. »Er tobte vor Wut«, erzählte mir meine Tante einmal, die Lippen von Merlot rot gefärbt, »doch er stammte aus einer traditionellen italienischen Familie, und seine Mutter hätte ihm den Kopf abgerissen, wenn er nicht die Ehre gerettet hätte.« Offenbar freute er sich, als der Arzt ihnen erzählte, sie würden einen Jungen bekommen. Anthony hätten sie mich genannt. Ich mag mir das Gesicht meines Vaters gar nicht vorstellen, als ich schließlich zur Welt kam und der Arzt schmunzelte. »Hoppla!«

»Ich komme schon klar, keine Sorge«, erklärte ich Mr Larson. Ich schob meinen Stuhl zurück und hängte mir meine Büchertasche über die Schulter.

Mr Larson konnte mich gar nicht ansehen. »Tifani, du bist eine meiner begabtesten Schülerinnen. Du hast eine vielversprechende Zukunft. Ich möchte nicht, dass da etwas schiefgeht.«

»Darf ich jetzt gehen?« Ich verlagerte mein Gewicht auf ein Bein, und Mr Larson nickte traurig.

Hilary und Olivia und die Pelzbeine saßen dicht gedrängt an ihrem Tisch, der nie groß genug für alle war. Ein paar Außenborder endeten immer am Nachbartisch, drehten aber ihre Stühle so, dass sie jedes Wort mitbekamen, auch wenn sie nicht mitreden konnten.

»Finny!« Zu meiner größten Erleichterung hielt Dean die Hand hoch, damit ich sie abklatschen konnte. »Wo hast du gesteckt?«

Diese Frage vertrieb alle meine Befürchtungen bis auf eine. Liam saß viel zu dicht neben Olivia. Das Licht der Mittagssonne ließ ihre Nase speckig glänzen und hob den Spliss in ihren bierbraunen Locken hervor. Jahre später hätte ich sie wahrscheinlich schön gefunden. Ein bisschen Puder gegen die fettige Haut, regelmäßige Haarkuren, und ihre windhundartigen Glieder waren wie geschaffen für die locker fallenden, BH-unverträglichen Teile von Helmut Lang. Wenn ich so darüber nachdenke, hätte ich mich neben ihr wahrscheinlich unansehnlich gefunden.

»Hallo, Leute.« Ich stand am Kopfende des Tisches und umklammerte die Gurte meines Rucksacks, als wäre er eine Rettungsweste, ohne die ich davontreiben würde.

Olivia übersah mich, doch Hilary hob träge einen Mundwinkel und sah mich aus ihren wimpernlosen Augen belustigt an. Damit hatte ich gerechnet, sofern ich Deans Spiel mitspielte. Es war zwar nicht besonders klug, sich mit den beiden zu überwerfen, doch Dean war ein mächtiger Faktor. Wenn ich mit ihm und den übrigen Jungs klarkam, war es egal, ob mich die Mädchen insgeheim hassten. Sie würden es nicht zeigen, und darauf kam es an.

Dean rutschte auf seinem Stuhl etwas nach links und klopfte auf den freien Streifen neben sich. Als ich mich setzte, drückte sich mein Schenkel an seinen. Aus meinem Magen stieß es mir sauer auf, und ich wünschte, es wäre Liam, der neben mir saß.

Dean beugte sich näher und blies mir seinen Pommes-Atem ins Ohr. »Wie geht's dir so, Finny?«

»Gut.« Zwischen unseren Beinen bildete sich ein Schweißfilm. Ich wollte nicht, dass Liam das sah, ich wollte nicht, dass er dachte, ich hätte mich für Dean entschieden.

»Was machst du nach dem Training?«, fragte Dean.

»Ich gehe nach Hause«, erwiderte ich. »Ich habe Stubenarrest.«

»Stubenarrest?« Deans Stimme dröhnte. »Bist du zwölf oder was?«

Als alle lachten, lief ich rot an.

»Ich weiß. Ich hasse meine Eltern.«

»Das hat doch nichts zu tun mit …« Dean verstummte.

»Schlechte Noten.«

»Puh.« Dean wischte sich die Stirn. »Weil, ich meine, ich mag dich, aber wenn meine Eltern rauskriegen, dass wir Party gemacht haben, also, so sehr mag ich dich nun wieder nicht.« Er lachte streitlustig.

Die Glocke läutete, woraufhin alle aufstanden und ihre fettigen Pappteller und Bonbonpapierchen liegen ließen, damit sie der Hausmeister wegräumen musste. Olivia strebte schnurstracks auf den Innenhof zu, den sie überqueren musste, um in ihren Algebra-zwei-Kurs zu gelangen. Sie war eine gute Schülerin, aber auch ängstlich; sie konnte in Tränen ausbrechen, wegen einer Zwei in einem Chemietest, den alle anderen total verhauen hatten. Ihr fiel nicht auf, dass ich Liam folgte.

»Hey.«

Mein Kopf reichte genau bis Liams Schulter. Dean war zu groß, zu breit, er war wie ein Zirkusgorilla, der einem Arme und Beine ausriss, wenn man seine Umarmung nicht erwiderte.

Liam sah mich an und lachte. »Was?«

Unsicher lachte ich zurück.

Er legte einen Arm um meine Schulter, und für einen kurzen Moment genoss ich ein Gefühl der Erleichterung. Vielleicht hatte er sich gar nicht abweisend verhalten, sondern ich bildete mir das alles nur ein.

»Du bist verrückt, Mädchen.«

Die Cafeteria hatte sich geleert. Ich blieb vor der Tür stehen, sodass Liam nicht weiterkonnte. »Darf ich dich was fragen?«

Brummend drehte Liam den Kopf zur Seite. So wie er »Waas?« sagte, redete er vermutlich mit seiner Mutter, wenn er ahnte, dass sie ihn fragen würde, wann er nun endlich sein Zimmer aufräumen würde.

Ich senkte meine Stimme zu einem komplizenhaften Flüstern. Wir steckten beide da drin.

»Hast du ein Kondom benutzt?«

»Darüber machst du dir Gedanken?« Seine Augäpfel vollführten einen kompletten Kreis, als wäre er eine Bauchrednerpuppe, die einen heftigen Stoß bekommen hatte. Einen Moment lang, solange seine Lider die Augen verdeckten, sah er längst nicht so gut aus wie sonst.

Das Besondere an ihm waren seine Augen. Man hätte eine Farbe nach ihnen benennen können.

»Sollte ich?«

Liam legte die Hände auf meine Schultern und hielt sein Gesicht dicht an meines, sodass wir uns beinahe an der Stirn berührten. »Tif, die Chance, schwanger zu werden, liegt bei gerade mal dreiundzwanzig Prozent.«

Oh, wie hat mich diese beliebige Zahl über die Jahre verfolgt. Die zähe alte Leiterin unserer Rechercheabteilung beim *Women's Magazine* akzeptierte noch nicht einmal Zahlen aus der *New York Times*. »Sie müssen Originalquellen angeben«, mahnte sie uns mindestens einmal im Monat per E-Mail. Doch damals nahm ich diese Zahl hin, und dazu noch von einem Kerl, der mich, wie ich später erfuhr, auf dem Boden im Gästezimmer gefunden hatte, vom Bauchnabel bis zu den Oberschenkeln entblößt (Peyton hatte halbherzig versucht, meine Hose hochzuschieben). Er hatte mich aufs Bett gehievt, die Hose von meinen schlaffen, schweren Beinen gezogen und sich in mir versenkt, ohne sich die Mühe zu machen, mich komplett auszuziehen. Er meinte, ich sei dabei aufgewacht und hätte gestöhnt, daher habe er gewusst, dass ich einverstanden sei. Ich habe meine Jungfräulichkeit an jemanden verloren, der nicht einmal meine Brüste gesehen hat.

»Tja.« Ich scharrte mit den Füßen. »Ich dachte, vielleicht sollte ich zu Planned Parenthood gehen und mir die Pille danach besorgen.«

»Aber« – Liam grinste mich an, als wäre ich ein kleines Dummerchen – »es ist nicht der Morgen danach.«

»Das funktioniert bis zu zweiundsiebzig Stunden lang.« Ich hatte den Rest des Wochenendes damit verbracht, am Familiencomputer im Keller zu sitzen und über die Pille danach zu recherchieren. Anschließend hatte ich recherchiert, wie man seine Suchgeschichte verbirgt.

Liam sah auf die Uhr an der Wand über meinem Kopf. »Es war um Mitternacht herum.« Er schloss die Augen und bewegte die Lippen, als würde er im Kopf rechnen. »Dann kannst du es noch schaffen.«

»Ich wollte nach der Schule hin. Es gibt eine Beratungsstelle in St. Davids.« Mit angehaltenem Atem wartete ich auf seine Reaktion.

Zu meiner größten Überraschung sagte er: »Ich finde heraus, wie wir dort hinkommen.«

Liam organisierte Dave, den schuleigenen Fahrer, obwohl wir ebenso gut die Bahn hätten nehmen können, damit nicht noch jemand erfuhr, welche demütigende Wendung mein Leben vor vierundsechzig Stunden genommen hatte. Vierundsechzig Stunden – mir blieben noch acht.

Die Bäume fingen gerade an, ihre Blätter abzuwerfen, und durch die nackten Äste konnte ich Arthurs Haus sehen, während der Wagen über Temposchwellen holperte und nach rechts in die Montgomery Avenue einbog. Im Moment fehlte er mir nicht so sehr; schließlich hatte sich Liam schon zweimal von vorne her zu mir umgedreht, um sich zu erkundigen, wie es mir ginge. Und dann war da dieser insgeheime, irre Wunsch, dass wir zu spät kämen, dass meine Periode nächsten Monat ausfallen würde und das Drama, das »Was sollen wir tun?«, das uns in diesem Moment verband, noch etwas länger andauern würde. Ich wusste, dass, wenn das hier vorbei war, auch Liam weg wäre.

Wir erreichten die Lancaster Avenue. Dave bog rechts in den Parkplatz ein, suchte jedoch keine Lücke, sondern fuhr vor dem Eingang vor und entriegelte die Türen.

»Ich werde ein bisschen um den Block fahren«, sagte Dave, als ich von der Rückbank kletterte.

»Nein«, widersprach Liam nervös und trat auf den Gehsteig neben mich. »Warten Sie bitte.«

»Auf keinen Fall.« Dave schob den Hebel in Fahrstellung. »Hier kommen immer wieder Spinner vorbei und werfen Bomben.«

Liam schlug die Autotür fest zu, bestimmt viel fester als beabsichtigt.

Das Wartezimmer war kaum besetzt, bis auf ein paar Frauen, die sich auf die Stühle an der Wand verteilten. Liam nahm den am weitesten von allen anderen Wartenden entfernten Platz, wischte sich die Hände an seinen Baumwollhosen ab und blickte sich streitlustig um.

Ich ging zum Empfang und sprach durch die Öffnung in der Glasscheibe. »Hallo. Ich habe keinen Termin oder so, aber könnte ich vielleicht trotzdem mit jemandem sprechen?«

Die Frau schob ein Klemmbrett durch die Öffnung. »Füllen Sie das aus, und geben Sie an, was der Grund für Ihren Besuch ist.«

Ich nahm einen Kuli aus einem alten Becher mit McDonald's- und 76ers-Basketballteam-Logos und setzte mich neben Liam, der über meine Schulter auf das Blatt spähte.

»Was hat sie gesagt?«

»Ich soll aufschreiben, warum ich hier bin.«

Ich fing an, die Felder auszufüllen. Name, Alter, Geburtsdatum, Geschlecht, Adresse, Unterschrift. In das Feld hinter den Worten »Grund für Ihren Besuch« schrieb ich: »Pille danach«.

Als ich zu der Stelle kam, wo nach meinem Notfallkontakt gefragt wurde, sah ich Liam an.

Er zuckte die Schultern. »Klar.« Er nahm das Klemmbrett von meinem Schoß und schrieb unter »Verhältnis zu Patientin«: »Freund«.

Ich stand auf und reichte der Frau am Empfang das Klemmbrett, während inzwischen alles von einem Tränenschleier verwischt war. Das Wort »Freund« hatte sich wie ein Messer in meinen Magen gebohrt, wie das hauchdünne Shun, mit dem ich in meiner Fantasie eines Tages meinem Verlobten die Nieren aufschlitzen würde.

Fünfzehn Minuten vergingen, bis sich die weiße Tür öffnete und ich meinen Namen hörte. Liam schielte mich an und reckte den Daumen hoch, albern, als wäre ich ein Kind, dem er Mut für die Tetanusimpfung machen wollte. Mir gelang ein tapferes Lächeln.

Ich folgte der Krankenschwester in ein Untersuchungszimmer und zog mich rücklings auf die Liege hoch. Weitere zehn Minuten vergingen, bis sich die Tür öffnete und eine Frau mit dünnem, blondem Haar bis zum Nacken, ein Stethoskop lässig um den Hals, hereintrat. Sie sah mich stirnrunzelnd an.

»TifAni?«

Ich nickte, während sie meine Unterlagen auf den Tisch legte, um sie zu studieren. Ihre Augen wanderten dabei zwischen den verschiedenen Informationen hin und her. »Wann hatten Sie Geschlechtsverkehr?«

»Freitag.«

Sie sah mich an. »Wann am Freitag?«

»So um Mitternacht herum.« Nach allem, was ich weiß.

Sie nickte, zog das Stethoskop von den Schultern und drückte es mir auf die Brust. Während sie mich untersuchte, erklärte sie, was die Pille danach war.

»Es ist keine Abtreibung«, versicherte sie mir zweimal. »Wenn das Sperma bereits in das Ei eingedrungen ist, kann sie nichts ausrichten.«

»Meinen Sie, das ist schon passiert?« Mein Herz dröhnte so laut, dass sie mich nur schwer hören konnte.

»Das kann ich leider nicht sagen«, entschuldigte sie sich. »Eins ist sicher: Die Pille wirkt am besten, wenn sie unmittelbar nach dem Geschlechtsverkehr eingenommen wird.« Sie blickte auf die Uhr über meinem Kopf. »Sie sind knapp, aber gerade noch rechtzeitig gekommen.« Sie ließ das Stethoskop unter meine Bluse gleiten und drückte es auf meinen Rücken. »Tief atmen«, sagte sie und begleitete die Aufforderung mit einem ruhigen Seufzen. In einem anderen Leben hätte sie eine hippe Yogalehrerin in Brooklyn sein können.

Als sie mit ihrer Untersuchung fertig war, bat sie mich, einen Augenblick zu warten. Schon in den vergangenen zehn Minuten hatte mich eine Frage gequält, doch erst als sie die Klinke in die Hand nahm, brachte ich es über mich, sie zu stellen.

»Ist es Vergewaltigung, wenn man sich nicht daran erinnern kann?«

Die Ärztin öffnete den Mund, als wollte sie »Oh je« sagen. Stattdessen sagte sie so leise, dass ich sie kaum hören konnte: »Ich bin nicht qualifiziert, diese Frage zu beantworten.«

Damit schlüpfte sie lautlos aus dem Zimmer.

Nach wenigen Minuten kam die Krankenschwester wieder, die nach ihrer reservierten Chefin umso aufgekratzter wirkte. Unter dem Arm hatte sie eine braune Sandwichtüte mit bunten Kondomen, in einer Hand eine Flasche mit Pillen und in der anderen ein Glas Wasser.

»Nehmen Sie sechs Stück sofort.« Sie zählte die Pillen in meine schwitzende Hand und sah mir zu, wie ich sie mit dem Wasser hinunterspülte. »Und weitere sechs in zwölf Stunden.« Sie schüttelte die Tüte. »Und Verhüten kann Spaß machen! Manche davon leuchten sogar im Dunkeln.«

Ich nahm ihr die Tüte ab, mitsamt dem lustigen Rascheln und Leuchten, das wie Hohn in meinen Ohren klang.

Als ich herauskam, war Liam nicht im Wartezimmer. Die Papiertüte in meiner Hand wurde so feucht, dass sie zu reißen drohte, als mir der Gedanke kam, er könne einfach gegangen sein.

»Ich bin mit jemandem hergekommen«, sagte ich zu der Frau am Empfang. »Haben Sie gesehen, wo er hingegangen ist?«

»Ich glaube, er ist rausgegangen«, erwiderte sie.

Hinter ihr entdeckte ich kurz die Ärztin, deren Haar sich um ihren Nacken krallte wie eine Klaue.

Liam saß draußen am Bordstein.

»Was machst du denn da?« Meine Stimme klang schrill. Ich hörte meine Mutter heraus.

»Ich habe es da drin nicht länger ausgehalten. Es war, als würden die mich alle für schwul halten oder so was.« Er stand auf und klopfte sich den Hintern ab. »Hast du, was du brauchst?«

Ein Spinner mit einer Bombe wäre mir jetzt nicht ungelegen gekommen. Eine letzte Tragödie, die Liam und mich aneinanderschweißen würde. Ich stellte mir vor, wie er sich auf mich stürzte, um mich mit seinem Körper vor herumfliegenden Trümmern zu schützen. Schreien würde zunächst keiner, wir wären viel zu schockiert und würden uns nur aufs nackte Überleben konzentrieren.

Das war übrigens die erstaunlichste Lektion, die ich in Bradley lernte. Man schreit erst, wenn man in Sicherheit ist.

7

»Ich fühle mich, als wäre ich in Südfrankreich!« Meine Mutter hob ihre Champagnerflöte.

Um ein Haar hätte ich geschwiegen. »Es ist Prosecco«, fauchte ich stattdessen.

»Und?« Mom stellte das Glas hin, den Rand so rosa von Lippenstift, dass es schon peinlich war.

»Prosecco ist italienisch.«

»Für mich schmeckt es wie Champagner!«

Luke lachte, und seine Eltern stimmten dankbar mit ein. Wie so oft rettete er damit Mom und mich vor uns selbst.

»Bei diesem Panorama weiß man jedenfalls nicht, ob man in den Staaten oder in Frankreich ist«, fügte Kimberly hinzu, unsere Hochzeitsplanerin, die meine Mutter jedes Mal verbesserte, wenn sie sie mit »Kim« ansprach, und das tat sie jedes Mal. Kimberly schwenkte ihren Arm in einer großzügigen Geste, und wir blickten alle auf den Garten der Harrisons, als hätten wir ihn nicht schon unzählige Male gesehen, auf den golfplatzgrünen Rasen, der wie abgeschnitten am Meer endete. Nach ein paar Dark ›n‹ Stormys hatte man das Gefühl, man könnte einfach aufs Wasser hinaustanzen, obwohl in Wahrheit ein zehn Meter hohes Kliff zum Strand hin abfiel. Es gab eine wackelige Holztreppe mit dreiundzwanzig Stufen, die an der Steilwand hinunter zur leckenden Gischt des Atlantiks führten. Ich weigerte mich, weiter ins Wasser zu gehen als bis zu den Knien, weil ich überzeugt war, dass es vor weißen Haien wimmelte. Luke fand das zum Totlachen. Er schwamm gern, mit gleichmäßigen Zügen, die ihn immer weiter in die eiskalten Fluten hinausführten. Irgendwann kehrte er dann um, sein Kopf hüpfte wie ein gelber Apfel, und winkte mich mit einem sommersprossigen Arm zu sich. »Ani! Ani!« Obwohl ich vor Panik Magenkrämpfe hatte, spielte ich mit und winkte zurück. Ich wusste, beim geringsten Anzeichen von Furcht würde er nur noch weiter hinausschwimmen. Sollte ein Hai ihn packen und ihn unter Wasser halten, bis sich ein Film auf der Oberfläche bildete wie eine magentafarbene Öllache, würde ich mich nicht von der Stelle rühren. Aus Angst um mein eigenes Leben, vor allem aber aus Angst vor seinem zerfleischten Körper, dem vom Knie abgerissenen Unterschenkel, den zerfetzten blutigen Muskeln und Adern, dem süßen Moschusgeruch, den ein frisch verstümmelter Körper absondert. Ich habe diesen Geruch immer noch in der Nase, selbst nach vierzehn Jahren. Es war, als wären ein paar Moleküle davon in meinen Nebenhöhlen hängen geblieben, sodass die Neuronen mein Hirn jedes Mal erinnern, wenn ich zu vergessen beginne.

Noch schlimmer wäre es natürlich, wenn Luke überleben würde. Was wäre ich doch für ein schlechter Mensch, wenn ich meinen beinlosen Verlobten sitzen ließe. Ich könnte mir nichts Schlimmeres vorstellen, als Tag für Tag daran erinnert zu werden, dass das Leben grausam sein kann und man niemals vor Schicksalsschlägen gefeit ist. Auch nicht Luke, mein schöner Luke, und seine Verwandten und Freunde, die alle so gut darin sind, normal zu sein. Wenn es im Restaurant still wurde, wenn wir zu unserem Tisch gingen, seine Hand auf meinem Rücken – zu Beginn unserer Beziehung hat das meine Angst gebändigt. Luke war so makellos, dass er mir die Angst nahm. Was konnte mit ihm wohl Schlimmes passieren?

Luke hatte auf den Knien um meine Hand angehalten, auf der Ziellinie des New-York-Spenden-Marathons für Leukämie, eine Krankheit, die sein Vater zehn Jahre zuvor besiegt hatte. Kurz danach fuhren wir nach Washington, um seine alten Studienkollegen aus Hamilton zu besuchen, die es in die Hauptstadt verschlagen hatte. Die meisten hatte ich zuvor schon auf diversen Hochzeiten kennengelernt. Einen jedoch kannte ich noch nicht: Chris Bailey, der von allen Bailey genannt wurde. Ein drahtiger Typ mit schlechten Zähnen, dünnem Haar und Mittelscheitel. Er sah nicht aus wie die anderen griechischen Götter in Lukes Clique. Wir trafen uns in der Bar, in die wir nach dem Essen gingen – zu dem er nicht eingeladen gewesen war.

»Bailey, hol mir was zu trinken«, sagte Luke in scherzhaftem Kommandoton.

»Was willst du?«, fragte Bailey.

»Wonach sieht das hier wohl aus, verdammt?« Luke deutete auf seine Flasche alkoholfreien Budweisers, deren Etikett feucht und zerknittert war.

»Hoppla.« Ich lachte, zunächst noch ganz arglos. Es war alles sehr lustig. »Gemach, gemach.« Ich legte meine Hand – die mit dem schweren Smaragd – auf Lukes Schulter.

Er schlang seine Arme um meine Taille und zog mich an sich. »Ich hab dich so verdammt lieb«, sagte er in mein Haar.

»Hier.« Bailey reichte Luke ein Bier, der es finster ansah.

»Was ist?«, fragte ich.

»Und was ist mit meiner Verlobten?«, verlangte Luke zu wissen.

»Tut mir leid, Mann!« Bailey lächelte, und sein schiefer Zahn verfing sich in seiner Unterlippe. »Ich wusste nicht, dass sie auch was wollte.« An mich gewandt fragte er: »Was willst du denn?«

Ich wollte schon etwas zu trinken haben, aber nicht so. Luke flachste immer mit seinen Kumpels herum – man kann diese gebräunten Exleistungssportler, die kerngesund und immer zu Scherzen aufgelegt waren, nur so nennen: Kumpels. Doch bei Bailey waren die Scherze anders, einseitig. Bailey wirkte wie ein kleiner Bruder, der unbedingt dazugehören, unbedingt gefallen wollte und dafür jede Demütigung in Kauf nahm. Das kam mir allzu bekannt vor.

»Bailey, bitte entschuldige meinen unmöglichen Verlobten«, bat ich und sah Luke treuselig an. *Komm schon, übertreib es nicht.*

Doch es ging den ganzen Abend so weiter – Luke bellte Befehle und maßregelte Bailey, wenn er sie nicht korrekt ausführte. Je mehr Luke trank, umso gemeiner wurde er, und ich sah mit wachsendem Entsetzen zu. Ich stellte ihn mir zu Collegezeiten vor, wie er die Außenseiter piesackte oder vielleicht sogar eine Mitstudentin missbrauchte, die auf der klumpigen Couch im Verbindungshaus ihrem Rausch erlegen war. Luke wusste doch, dass sie so weit klar im Kopf sein musste, um zustimmen zu können? Oder glaubte er, Vergewaltigung sei nur, wenn der böse schwarze Mann aus dem Gebüsch springt und eine ahnungslose, nüchterne Erstsemesterstudentin auf dem Weg zur Bibliothek überfällt? Oh mein Gott. Wen heiratete ich da?

Luke verlangte von Bailey, uns nach Hause zu fahren, obwohl Bailey betrunken war und wir uns in einer belebten Gegend von Washington befanden, wo es jede Menge Taxis gab. Bailey hatte kein Problem damit, doch ich wollte nicht ins Auto steigen und sorgte auf der Straße für ziemlichen Wirbel, als ich Luke anschrie, er solle sich selbst ficken.

Später im Hotelzimmer waren alle Spuren des Zähne fletschenden Fieslings, der er für einige Stunden gewesen war, wie weggeblasen.

»Weißt du eigentlich«, sagte er, »wie weh es mir tut, wenn du so etwas zu mir sagst? Ich würde mit dir nie so sprechen.«

Ich tobte. »Wenn du jemanden so behandelst wie Bailey, tust du genau das!«

Luke sah mich an wie immer, wenn er fand, dass ich maßlos übertrieb. *Jetzt hör doch endlich mal mit den alten Highschoolgeschichten auf.*

Obwohl dieser Vorfall vollkommen untypisch für Luke zu sein schien und obwohl er am nächsten Morgen mit Bauchgrummeln aufwachte, weil er sich am Vorabend so schlecht benommen habe, war das der Moment, wo er für mich seine makellose Aura verlor und ich wieder anfing, ständig in Angst zu leben.

Ich nahm einen Bissen von den Käsenudeln mit Hummer – meinen dritten Bissen. Irgendwann hatte ich mich für einen Cateringservice entschieden, und zwar den von meiner Mutter vorgeschlagenen, von dem sie gelesen hatte, dass die Kennedys mit ihm arbeiteten. Hin und wieder landete auch sie einen Treffer.

Ich wartete mit der Einladung für meine Eltern bis kurz vor dem Testessen. Auf diese Weise, dachte ich, wäre es zu spät und zu teuer für sie, nach Nantucket zu kommen. Es gab drei Möglichkeiten, dorthin zu reisen – einen Direktflug mit JetBlue vom John-F.-Kennedy-Flughafen aus, der in der Regel fünfhundert Dollar oder mehr kostete, ein Flug mit JetBlue nach Boston, gefolgt von einem Anschlussflug in einem der Flugzeugtypen, mit dem JFK Junior über dem Atlantik abgestürzt war, oder eine sechsstündige Fahrt nach Hyannis Port (von Philadelphia aus acht Stunden), wo man mit einer Fähre oder einem kleinen Flugzeug ans Ziel gelangte. Mir war klar, dass meine Mutter auf jeden Fall versuchen würde zu kommen. Die Vorstellung, wie sie mit ihrem klapprigen alten BMW den weiten Weg nach Hyannis fuhr, dort ergründen musste, welche Fähre sie zu nehmen hatte und wo sie ihr Auto parken konnte, um dann ihre Louis-Vuitton-Fälschungen an Bord zu wuchten, war unerträglich deprimierend.

Mein Vater hatte keine Lust zu kommen, doch das überraschte mich nicht. Seit ich denken konnte, hatte er kein Interesse an meinem Leben gezeigt, oder an irgendeinem Leben, seines eingeschlossen. Eine Zeit lang war ich nicht sicher, ob er Mom nicht betrog, ob er vielleicht eine andere Familie hatte, seine *richtige* Familie, die er wirklich liebte. Einmal, ich war noch in der Highschool, sagte er zu Mom, dass er das Auto waschen lassen würde. Rund eine halbe Stunde nachdem er aufgebrochen war, erklärte ich meiner Mutter, ich müsse zum Drogeriemarkt, stellte dann aber auf halbem Weg fest, dass ich meine Geldbörse vergessen hatte. Ich wendete auf einem Grundstück mit grob eingeebnetem Boden, dessen Baumbestand einem neuen Bauprojekt hatte weichen müssen, da entdeckte ich meinen Vater, der in seinem Wagen saß und mit leerem Blick auf den nackten Erdboden starrte. Damit er mich nicht sah, fuhr ich sofort rückwärts von der Baustelle und raste nach Hause, während ich mit klopfendem Herz zu begreifen versuchte, was ich da gesehen hatte. Irgendwann wurde mir klar, dass es nichts zu begreifen gab. Mein Vater war nicht zu begreifen. Es gab keine zweite Familie, die er mehr liebte als uns. Vielleicht hatte er überhaupt nie jemand geliebt.

Luke bot großzügig an, das JetBlue-Flugticket für Mom zu bezahlen – gar kein Problem, wirklich, zumal sie allein reiste –, und so kam sie am Freitag zu uns, wo sie dank eines Gästeparkausweises ihren BMW in unserer Tiefgarage abstellen konnte.

»Und da kann wirklich nichts passieren?« Sie strich mit den Fingern über ihren Schlüssel und drückte die Zentralverriegelung, woraufhin der Wagen ein zirpendes Geräusch von sich gab.

»Nein, Mom«, stöhnte ich. »Hier stellen wir unser Auto auch ab.«

Zweifelnd fuhr sie sich mit der Zunge über die geglossten Lippen.

Man musste den Harrisons lassen, dass sie viel Geduld mit meiner Mutter hatten und mit ihren albernen Versuchen, sie zu beeindrucken. *So toll bin ich doch nicht*, wollte ich ihnen am liebsten sagen. *Warum geben Sie sich solche Mühe mit mir?*

»Vielen Dank für den Tipp«, hatte Mr Harrison noch am Morgen gesagt, als meine Mutter ihm erklärte, dass er unbedingt auf sein Portfolio aufpassen müsse, weil die Zinsen steigen würden. Mr Harrison war neun Jahre lang Vorsitzender der Bear-Stearns-Investmentbank gewesen, bevor er in Rente ging. Es war mir ein Rätsel, warum er ihr Weltbild nicht geraderückte.

»Gern geschehen.« Mom strahlte. Hinter ihrem Rücken blickte ich mit geweiteten Augen zu Luke, der die universelle Geste für »Nur nicht aufregen« machte.

Wir entschieden uns für Hummer-Nudeln, Mini-Hummer-Sandwiches, Wasabi-Steak-Spitzen, Tunfisch-Tartar-Löffel, Bruschetta mit Greyerzer (»Das ›ch‹ in Bruschetta wird ja in Wirklichkeit wie ›k‹ ausgesprochen«, erläuterte Mom, obwohl ich diejenige gewesen war, die ihr das beigebracht hatte, nachdem ich von meinem Studienaufenthalt in Rom zurückgekehrt war), eine Austern-, eine Sushi- und eine Antipasti-Bar. »Die ist für die Familie meines Mannes!«, scherzte Mom. Italiener, die noch nicht einmal wissen, wie man »Bruschetta« ausspricht. Schlimmer geht's nicht.

Hauptgericht und Torte würden wir am Sonntag probieren. »Das wäre viel zu viel für einen Tag«, erklärte Kimberly atemlos, und ihre Oberschenkel quollen über die Kante ihres Gartenstuhls. Na ja, für sie wäre es sicher kein Problem gewesen.

»Ist das nicht unglaublich, dass die beiden heiraten?«, schwärmte meine Mutter Mrs Harrison vor und klatschte in die Hände wie ein aufgeregter Teenager. Ich hasste es, wenn sie meiner Schwiegermutter in spe mit diesem kindischen Gehabe kam. Mrs Harrison war direkt, ernsthaft und burschikos und konnte mit triefenden Zuneigungsbekundungen nichts anfangen. Das Problem bestand darin, dass sie zu höflich war, um nicht darauf einzugehen. Wenn meine Mutter der Überschwang packte, bemühte sie sich redlich mitzumachen, was mich wiederum noch wütender auf Mom machte.

»Ja, das ist sehr aufregend!«, freute sich Mrs Harrison.

Als die Harrisons um fünfzehn Uhr vom Tisch aufstanden, streckte Luke die Arme zur Decke und schlug vor, laufen zu gehen.

Alle Übrigen wollten sich auf Mr Harrisons Vorschlag hin »aufs Ohr hauen«. Und genau das hätte ich auch am liebsten getan. Wenn ich nicht gerade Diät machte, hielt ich mich an nichts. Kein Fitnesstraining. Wein, bis ich mich für eine schlaflose Nacht ins Bett schleppte. So viel Essen, wie in meinen geschrumpften Magen passte. Bis es wieder Zeit war zu darben.

Meine Mutter und die Harrisons zogen sich auf ihre Zimmer zurück, um sich hinzulegen, während ich widerstrebend neben Luke meine Laufschuhe schnürte. »Nur fünf Kilometer«, sagte er. »Gerade so, dass wir das Gefühl haben, etwas getan zu haben.«

Wir bogen von der Einfahrt aus links ab. Als wir den leichten Anstieg in seiner Straße hinter uns hatten, war ich schon außer Atem. Der holprige Feldweg erstreckte sich vor uns, und die Sonne brannte erbarmungslos auf meinen Scheitel. Ich hätte eine Kappe aufsetzen sollen.

»Bist du zufrieden?«, fragte Luke.

»Von den Krabbenpuffern hätte ich mir mehr erwartet«, keuchte ich.

Luke zuckte die Schultern, ohne seinen Laufrhythmus zu unterbrechen. »Ich fand sie ziemlich gut.«

Wir liefen weiter. Ehe ich anfing, zweimal am Tag zu trainieren – Barreworkout am Morgen, sechs Kilometer Jogging am Abend –, fühlte ich mich beim Rennen stark. Doch jetzt war es so, als würden mich meine Muskeln im Stich lassen, als würden meine Beine schwer werden, dabei waren sie das Einzige an mir, was nie schwer wurde. Ich wusste, dass ich übertrieb und über meine Kräfte ging, doch die Anzeige der Waage bewegte sich, und das war alles, was zählte.

»Alles klar bei dir?«, fragte Luke nach einem knappen Kilometer. Er gab das Tempo vor und ließ auch nicht nach, als ich zu übernehmen versuchte, weil ich Seitenstechen bekam. Aus Protest fiel ich zurück und fragte mich, wie groß der Abstand wohl werden musste, bis er merkte, dass etwas nicht stimmte.

Schließlich blieb ich stehen und streckte meinen Arm in die Luft. »Krampf.«

Luke joggte vor mir auf der Stelle. »Es wird nur schlimmer, wenn du stehen bleibst.«

»Ich habe Crosslauf trainiert. Ich weiß das«, fauchte ich.

Luke hielt seine Hände zu Fäusten geballt – so sollte man nicht laufen, weil man Kraft verschwendet.

»Ich meine ja nur.« Er grinste und schlug mir auf den Hintern. »Komm, du bist doch eine Überlebenskünstlerin.«

Eine Überlebenskünstlerin. So nennt Luke mich mit Vorliebe. Um mich zu erinnern. Was mich an diesem Ausdruck am meisten stört, ist seine Endgültigkeit und die unterschwellige Folgerung, die damit einhergeht. Endlich einen Schlussstrich zu ziehen und weiterzumachen. Im weißen Brautkleid Pfingstrosen zum Altar zu tragen und die Vergangenheit hinter sich lassen, denn sie ist ohnehin nicht zu ändern. Kann ich aber nicht.

»Lauf du weiter.« Ich schwenkte meine Arme über die Straße. »Ich gehe zurück.«

»Baby«, sagte Luke enttäuscht.

»Luke, mir geht's nicht gut!« Ich ballte meine Hände zu Fäusten und legte sie auf meine Augen. »Ich habe ewig nichts gegessen! Und heute habe ich gerade acht Pfund Hummer mit Käse in mich hineingestopft.«

»Weißt du was?« Luke hörte auf, auf der Stelle zu traben, schüttelte den Kopf wie ein enttäuschter Vater und lachte bitter. »Ich verdiene es nicht, so behandelt zu werden.« Er machte ein paar Schritte weg von mir. »Wir sehen uns später.«

Ich sah ihm nach, wie er davonsprintete und an seinen Fersen Staubwolken aufwirbelte. In meinem Magen geronnen Hummer und Käse, während ihn seine Schritte immer weiter von mir wegtrugen. Luke hatte mir gegenüber bislang noch nie seine unangenehme Seite gezeigt, aber das lag ganz offensichtlich daran, dass ich ihn immer umgarnt hatte. Es muss idiotisch klingen, doch in diesem Moment wurde mir zum ersten Mal klar, dass es für den Rest meines Lebens, bis dass der Tod uns schied, an mir sein würde, diese streifenfreie, hochglanzpolierte Fassade aufrechtzuerhalten. Sobald Luke auch nur einen fingernagelgroßen Schmutzfleck fand, würde er mich dafür bestrafen. In der gleißenden Sonne wurde mir auf einmal so schwindelig, dass ich mich in den Staub setzen musste.

Nach dem Essen kam Lukes Cousine Hallsy auf einen Schluck Bourbon vorbei. »*Hallsy?*«, hatte ich ungläubig wiederholt, als Luke das erste Mal von ihr sprach. Er hatte mich angesehen, als wäre ich diejenige, die sich zusammenreißen müsste.

Hallsys Eltern besaßen ein Haus in der Straße, die Luke und ich gerade entlanggelaufen waren, und Mrs Harrisons Eltern hatten ein Haus auf der anderen Seite der Insel, in Sconset. Man konnte hier sonntags keinen harmlosen Fahrradausflug machen, ohne unweigerlich auf ein Mitglied von Lukes Clan zu treffen.

Hallsy hatte eine Tupperschüssel mit Brownies mitgebracht, aus dem Sankaty-Head-Golfclubs wo alle Harrisons Mitglied waren, als kleines Geschenk eines Hilfskellners, der zwanzig Jahre jünger als sie war, was aber nicht hieß, dass sie die Hände von ihm ließ. Manche Menschen, etwa Mrs Harrison, wachsen mit viel Geld auf, und es erscheint ihnen so normal, reich zu sein, dass sie gar nicht merken, etwas zum Angeben zu haben. Andere wiederum, wie Mrs Harrisons Nichte, sind so unsicher, dass sie ihren Reichtum ständig zur Schau stellen müssen, in einer verächtlichen Mimik oder einer geschmacklosen Brillantarmbanduhr. Hallsy ist erst neununddreißig, doch ihr Gesicht ist straffer gespannt als ein Paar Lululemon-Yogaleggings über einem XL-Frauenhintern. Sie war nie verheiratet, und sie wollte auch nie heiraten, wie sie freimütig verkündete, während sie trotzdem nach einem einzigen Drink jedem auch nur halbwegs betttauglichen Kerl am Hals hing, bis der mit höflichem Lächeln ihre Marshmallow-Arme abstreifte. Es war kein Wunder, dass der einzige Ring an ihren Händen der Cartier Trinity war, wenn man bedachte, was sie mit ihrem Gesicht angestellt hatte und sie lieber am Strand in der Sonne schwitzte als im Fitnessstudio. Doch es war nicht nur ihr sommersprossiges Dekolleté und ihre nachlässige, stämmige Figur. Hallsy ist der Typ Mensch, den andere gern als »überspannt« beschreiben, was nur eine höfliche Umschreibung für »unerträgliche Schlampe« ist.

Hallsy liebte mich.

Frauen wie sie waren mein Spezialfach. Der Ausdruck auf ihrem Science-Fiction-Gesicht bei unserer ersten Begegnung, als ich die Kühnheit besaß zu sagen, dass wir Anwesenden zwar nicht alle Obamas Politik unterstützten, ihn aber gewiss alle übereinstimmend für einen äußerst intelligenten Mann hielten. Die Unterhaltung zwischen Mr Harrison, Luke und Garret ging weiter, ohne dass meine Bemerkung zur Kenntnis genommen wurde, doch als ich zufällig zu Hallsy blickte, entdeckte ich, dass sie mich anfunkelte und nur darauf wartete, dass ich es sah.

»*Diese Familie* hält nicht viel von Obama«, presste sie zwischen ihren Zähnen hindurch.

Einen Moment lang zeigte ich Hallsy mehr von mir, als Luke je von mir zu sehen bekommen würde, doch ich hatte mich schnell wieder im Griff und nickte ihr zu, als wäre ich ihr dankbar. Von da an hielt ich den Mund und drehte nur noch den Kopf zwischen Luke, Garret und meinem Schwiegervater in spe hin und her, um zu zeigen, wie fasziniert ich von all den klugen Argumenten war. Als wir später in die Stadt fuhren, um etwas trinken zu gehen, setzte sie sich im Taxi neben mich. In der Bar wollte sie wissen, wo ich meine Haare schneiden ließ, da sie einen neuen Friseur suche. Ich gab ihr den Tipp, zu Sally Hershberger zu gehen und nach Ruben zu fragen, woraufhin sich die Winkel ihres aufgespritzten Mundes mühevoll hoben. Man sollte meinen, dass jemand wie Hallsy Spaß daran haben müsste, jemanden wie mich zu piesacken, doch wenn sie das täte, würde sie zugleich ihre eigenen ästhetischen Unzulänglichkeiten eingestehen. Solange ich mich auf sie einließ, tat sie besser daran, mich zu akzeptieren. Damit sendete sie die klare Botschaft aus, keinen Grund zu haben, eifersüchtig oder eingeschüchtert zu sein, schließlich war sie genauso begehrenswert wie diese aerobicverrückte Endzwanzigerin.

Hallsy hat einen Bruder namens Rand, zwei Jahre jünger als Luke und fünf Jahre jünger als Garret. Ihre Eltern nannten ihn »Junge«, wenn sie über ihn sprachen, und sagten Dinge wie »Es ist ein Wunder, dass der Junge doch noch sein Examen gemacht hat«. Natürlich war es alles andere als ein Wunder, weil es nämlich ein neues Studentenwohnheim in Gettysburg gibt, das nach den Harrisons benannt ist.

Rand war gerade mit seinen Surferfreunden in Tahiti auf der Jagd nach der perfekten Welle. Nell hatte eine kurze Liaison mit ihm gehabt, war aber über Knutschen nicht hinausgekommen, weil er küsste wie ein betrunkener Fünfjähriger. »Er hat so eine dicke Zunge«, hatte sie erklärt und demonstriert, wie eklig sie das fand, indem sie die ihre flach herausstreckte und damit herumzüngelte. Ich dachte immer mit großem Vergnügen an diese Geschichte, wenn Hallsy in gespielter Empörung über das einundzwanzigjährige Schauspieler/Model lästerte, mit der Rand herumzog, wenn er sich für ein paar Monate in New York aufhielt. Ihr Stolz auf diesen Playboy-Bruder war unübersehbar. Er ließ ihren Aktienkurs steigen.

Als Hallsy hereinkam, saß ich auf der hinteren Veranda am Tisch. Hallsy hob mein Haar von der Stuhllehne, verwebte ihre Finger darin und sagte: »Da ist ja die schöne Braut!«

Ich drehte meinen Kopf, und sie küsste mich mit ihren giftgefüllten Lippen auf die Wange. Meine Mutter durfte mich nie küssen, und es hätte sie irritiert, wenn sie gesehen hätte, wie viel Körperkontakt ich bei Hallsy oder Nell zuließ. Zum Glück hatten Luke und ich sie schon zum Flughafen gefahren, kurz nachdem er von dem Lauf zurückkam, den ich so herzlos abgebrochen hatte. Mom wäre sicher gern länger geblieben – sie war Hallsy nur einmal kurz begegnet, und beim nächsten Mal, als ich sie sah, trug sie einen Hufeisenanhänger mit falschen Brillanten um den Hals, die billige Schmuckstandkopie von Hallsys Kette –, doch Luke und ich hatten ihr Ticket bezahlt, und es hätte dreihundert Dollar mehr gekostet, wenn sie am Sonntag geflogen wäre. Die Hand am Geldhahn zu haben war ein machtvolles Gefühl gewesen, allerdings nur bis zu dem Moment, in dem mir einfiel, dass ich das nur Luke zu verdanken hatte.

Mr Harrison trat mit einer Flasche Basil Hayden's Whiskey auf die Veranda und stellte sie auf den Tisch zu den Bourbon-Gläsern und den Brownies. Als Hallsy zum ersten Mal die Brownies ihres Kellners mitgebracht hatte, wusste ich nicht, dass sie mit Dope gebacken waren. Ich aß drei davon und musste ins Bett gebracht werden, weil mir so schwindelig war. Irgendwann trudelte ich in einen unruhigen Schlaf, bis ich um zwei Uhr schließlich hochschreckte und schrie, weil eine Spinne über meinem Kopf baumelte (da war keine Spinne). Der Traum versetzte mich so in Panik, dass ich einen höllischen Wadenkrampf bekam. Jaulend packte ich mein Bein, während Luke nur zusah, als hätte er so etwas noch nie im Leben gesehen.

Am nächsten Morgen hatte Mr Harrison in seinen Kaffee gebrummt.

»Was war das denn für ein Lärm heute Nacht?«

Es war das einzige Mal, dass er je böse auf mich war, und seither hatte ich keinen von Hallsys Brownies mehr angerührt.

Deshalb warf mir Luke auch einen Seitenblick zu, als ich in den Behälter griff. »Nur einen«, sagte ich leise.

Luke seufzte, und seine Nasenlöcher formten sich zu Dreiecken. »Tu, was du nicht lassen kannst.«

Luke hasste Drogen. Er hatte im College ein einziges Mal gekifft und meinte, dass es ihn stumpf machte. Im vorletzten Studienjahr war er mit seiner damaligen Freundin auf einen Ecstasy-Trip gegangen, und sie hatten vier Tage lang jeden Abend eine Pille eingeworfen, doch damit erschöpfte sich Lukes Drogenkarriere. Garret war am Nachmittag angereist und war bereits beim zweiten Brownie. (Bei der Weihnachtsfeier der Harrisons im Vorjahr hatte ich mit ihm auf der Toilette gekokst, und wir hatten uns gegenseitig geschworen, Luke nichts davon zu erzählen.) Mr Harrison und Hallsy knabberten, doch Mrs Harrison blieb beim Wodka. Meinem Gefühl zufolge hatte Mrs Harrison die gleiche Einstellung zu Drogen wie Luke – wenn andere in Maßen welche nahmen, war das in Ordnung, doch für sie kam das nicht infrage.

»Hast du endlich eure Flitterwochen geplant?«, fragte Hallsy.

»Endlich, ja«, brummte Luke und warf mir einen halb scherzhaften, halb vorwurfsvollen Blick zu.

War es denn wirklich schon zu viel verlangt, wenn ich ihn bat, *eine* Sache für die Hochzeit zu planen?

»Danke, dass du mich mit deiner Freundin in Kontakt gebracht hast«, sagte ich zu Hallsy.

»Oh, dann macht ihr also wirklich in Paris Station?« Hallsy schluckte ihren letzten Bissen Brownie und rülpste laut. Sie fand es lustig, so zu tun, als hätte sie keine Manieren, und glaubte, sie wirke dadurch wild und unbekümmert, irgendwie männlich.

»Auf dem Rückweg, ja«, sagte Luke. »Wir fliegen nach Abu Dhabi, bleiben dort eine Nacht, fliegen dann weiter auf die Malediven, wo wir sieben Tage verbringen, dann geht es zurück über

Abu Dhabi für drei Tage nach Paris. Es liegt nicht wirklich auf dem Weg, aber Ani möchte unbedingt nach Paris.«

»Natürlich will sie nach Paris!« Hallsy verdrehte die Augen. »Es sind ihre Flitterwochen.«

»Dubai ist für mich wie Las Vegas«, erklärte ich und versuchte, nicht zu klingen, als wollte ich mich rechtfertigen. »Ich brauche ein bisschen Kultur.«

»Paris ist der beste Kontrast zum Strandurlaub.« Hallsy lehnte sich in ihrem Sessel zurück und stützte ihr Kinn in die Hand. »Ich bin nur froh, dass ihr nicht nach *London* fliegt.« Sie rollte wieder die Augen, diesmal beim Wort »London«. »Zumal ihr ja irgendwann dort leben werdet« – sie schnaubte geräuschvoll – »übrigens herzlichen Glückwunsch.«

Ich wollte einwenden, dass die Entscheidung noch nicht gefallen sei, doch Luke neigte den Kopf und sah seine Cousine irritiert an.

»Hallsy, du hast nach dem Studium selbst in London gelebt.«

»Und das war furchtbar!«, klagte sie. »Überall Kameltreiber. Ich rechnete ständig damit, entführt und als weiße Sklavin verkauft zu werden.« Sie tippte sich mit einem Finger an ihre Haare mit den sechshundert Dollar teuren Strähnchen.

Garett ließ ein gurgelndes Lachen hören, und Mrs Harrison schob ihren Stuhl vom Tisch.

»Oh je. Ich hole mir noch einen Wodka.«

»Du weißt, dass ich recht habe, Tante Betsy!«, rief Hallsy ihr nach. Die Brownies machten aus meinem Hirn warme feuchte Erde, in der jede Saat aufging. Der Satz »Du weißt, dass ich recht habe, Tante Betsy!« schlug Wurzeln und vervielfachte sich darin.

»Deine Mutter denkt genauso wie ich, sie würde es nur nie sagen«, sagte sie überheblich zu Luke, der sie angrinste. »Apropos Dinge, die sie nie sagen würde.«

Sie drehte sich in ihrem Stuhl, bis sie mich ansah. Ein einsamer Browniekrümel klebte an ihrer Lippe und bebte wie ein haariges Muttermal. »Ani, du musst mir was versprechen.«

Um nicht antworten zu müssen, tat ich, als wäre mein Mund voll. Dieses Ausweichmanöver war der erbärmliche Versuch, ihr mitzuteilen, dass sie mich beleidigte. Sie begriff es nicht.

»Setz mich bei deiner Hochzeit nicht zu den Yates'. *Bitte.*«

»Was hast du denn diesmal angestellt?«, witzelte Mr Harrison.

Die Yates' waren mit den Harrisons befreundet, wenn auch nicht so eng wie mit Hallsys Eltern, die einen Sohn in ihrem Alter hatten. Dem Sohn war Hallsy wohl schon häufiger betrunken zu nahe getreten.

Hallsy legte eine Hand aufs Herz und setzte eine Schmollmiene auf, die sie vermutlich für putzig hielt. »Wie kommst du darauf, dass *ich* etwas angestellt habe?«

Mr Harrison warf ihr einen vielsagenden Blick zu, und Hallsy lachte.

»Okay. Ich habe irgendwie was angestellt.«

Luke und Garret stöhnten, und Hallsy beeilte sich hinzuzufügen: »Aber ich hab's gut gemeint!«

»Und was hast du angestellt?« Mein Ton war grober als beabsichtigt.

Hallsy blickte zu mir, und ihre Augen glommen provozierend. »Kennst du ihren Sohn James?«

Ich nickte. Wir waren uns einmal in einer Kneipe begegnet. Ich fragte ihn, was er mache, woraufhin der Blödmann erwiderte, so was zu fragen sei unhöflich. Mir war völlig egal, was er trieb, ich wollte ihm nur einen Aufhänger geben, mich zu fragen, was ich tat, damit ich damit angeben konnte.

Hallsy klemmte ihr Kinn an ihren Hals und dämpfte ihre Stimme.

»Ich meine, ich hatte immer den Verdacht« – sie ließ ihre Hand schlaff hängen und sah sich am Tisch um, ob auch alle ihre Anspielung begriffen hatten – »und letztlich hat mir dann jemand gesagt, es sei wahr. Er habe sich geoutet.« Sie zuckte mit den Schultern. »Da habe ich Mrs Yates Blumen und eine Beileidskarte geschickt.« Sie fuhr aus dem Mundwinkel fort. »Später hat sich dann natürlich herausgestellt, dass er gar nicht schwul ist.«

Luke lachte bellend los und fuhr sich mit den Händen über das Gesicht. Zwischen den gespreizten Fingern waren nur seine Augen zu sehen.

»Wem sonst sollte so was wohl passieren?«, stöhnte er, woraufhin alle außer mir loslachten. Der Brownie hatte mich abgelenkt und sensibel gemacht für alles Sonderbare und Schaurige. Im Moment faszinierte mich der dicke graue Nebelteppich, der sich bei Sonnenuntergang über Nantucket schiebt und der hier Gray Lady genannt wird. Die Gray Lady war omnipräsent.

Hallsy schlug Luke auf die Schulter. »Jedenfalls spricht sie jetzt nicht mehr mit mir, auch nicht mehr mit meiner Mutter, ein Mordsdrama. Dabei wollte ich nur mein Mitgefühl ausdrücken!«

Luke lachte. Alle anderen lachten. Ich dachte auch, ich würde lachen, doch mein Gesicht war ganz taub durch all den Nebel. Vielleicht war es auch gar kein Nebel, sondern Giftgas, wir wurden angegriffen, und ich war die Einzige, die es bemerkte. Ich sammelte meine Beine unter mir, stand auf und nahm mein Weinglas, als wollte ich in die Küche gehen, um mir nachzuschenken. Genau das hätte ich tun sollen, statt zu sagen, was ich nie hätte sagen sollen: »Keine Sorge, Hallsy.« Das Gelächter erstarb, und alle wandten sich mir zu, weil ich stand und demnach etwas Wichtiges zu sagen hatte. »Wir stecken dich an den Langweilertisch mit den anderen Einsamen.« Statt die Hintertür vorsichtig zu schließen, wie ich es sonst tat, ließ ich sie einfach zuschnappen. Wie eine Venusfliegenfalle.

Luke wartete mehrere Stunden, bis er mich suchte und im Bett fand. Ich las in einem der John-Grisham-Taschenbücher, die überall im Haus der Harrisons zu finden waren. »Ähm, hallo?«

Wie ein goldener Geist schwebte Luke über dem Bett. »Hallo.«

Ich hatte dieselbe Seite immer wieder gelesen, zwanzig Minuten lang. Der Nebel hatte sich gelichtet, und jetzt überlegte ich, wie schlimm es wohl war. Das, was ich getan hatte.

»Was war denn das vorhin?«, fragte Luke.

Ich zuckte die Achseln und tat, als würde ich weiterlesen. »Sie sagte: ›Kameltreiber‹. Und sie hat eine der dümmsten Geschichten erzählt, die ich je gehört habe. Macht dir so was nichts aus?«

Luke nahm mir das Buch aus der Hand und setzte sich, sodass die rostigen Sprungfedern quietschten. »Hallsy hat nicht alle Tassen im Schrank, deshalb macht mir das nichts aus, was sie von sich gibt. Du solltest dir das auch nicht zu Herzen nehmen.«

»Dann bist du wahrscheinlich einfach abgebrühter als ich. Denn ich habe mir das zu Herzen genommen.«

Luke stöhnte. »Ani, komm schon. Hallsy hat einen Fehler gemacht. Es ist, wie wenn …« – er hielt inne und überlegte einen Moment – »es ist, wie wenn du hörst, jemand hat Krebs, und du schickst demjenigen Blumen, und dann stellt sich raus, es stimmt gar nicht. Wie sie sagte, sie hat es gut gemeint.«

Ich starrte Luke mit offenem Mund an. »Das Problem ist nicht, dass sie falsch informiert war. Das Problem ist, dass sie glaubt, schwul zu sein ist eine so schlimme *Diagnose*« – ich betonte das Wort, um das Ungeheuerliche an Lukes Vergleich hervorzuheben – »dass man Blumen und Beileidskarten schicken muss!«

Luke verschränkte die Arme vor der Brust. »Weißt du, das ist genau das, was ich meine, wenn ich sage, ich hab die Schnauze voll davon.«

Ich stützte mich auf die Ellbogen und hob das weiße Laken an, sodass es eine Zugbrücke zwischen meinen Schultern und Knien spannte.

»Die Schnauze voll von was?«

Luke deutete mit beiden Händen auf mich. »Davon. Von deinem … Gemotze.«

»Du nennst das Gemotze, wenn ich Anstoß nehme an offenem Rassismus und Homophobie?«

Luke legte die Hände an den Kopf, als wollte er seine Ohren schützen. Er schloss die Augen und öffnete sie wieder. »Ich übernachte im Gästehaus.« Damit nahm er ein Kopfkissen vom Bett und ging.

Ich rechnete nicht damit, schlafen zu können, und so nahm ich mir *Die Liste* vor. Bei Sonnenaufgang war ich damit fertig. Als die Sonne in milden gelben Streifen durch die Schlagläden fiel, machte ich mich an *Das Urteil.* Ich hatte fast hundert Seiten gelesen, da hörte ich nebenan die Dusche und Lukes Stimme, der seiner Mutter zurief, er hätte gern Spiegeleier zum Frühstück. Mir war klar, dass das für meine Ohren bestimmt war. Ich sollte wissen, dass er schon im Haus war, aber beschlossen hatte, seinen Tag ohne mich zu beginnen. Ein bisschen hasste ich mich, als ich ein Eselsohr in meine Seite knickte und mit dem Fingernagel über die Faltkante fuhr. Noch ein bisschen mehr hasste ich mich, als das feuchte Rauschen der Dusche näher kam. Ich schob den Vorhang ganz zur Seite und stieg hinein, fühlte seine Hände versöhnlich auf meinen Hüften, die rauen, nassen Haare um seine Erektion.

»Es tut mir leid.« Wassertropfen sammelten sich auf meinen Lippen. Es fiel mir nicht leicht, mich zu entschuldigen, aber ich hatte schon schwierigere Dinge getan. Ich presste mein Gesicht in die Beuge seines Nackens, heiß und dampfend wie ein New Yorker Gehsteig, der gleißenden Sommersonne unbarmherzig ausgesetzt.

8

Meine Mutter ließ mich nach Deans Party zwei Wochen lang nicht aus dem Haus. Sie liebte die Fernsehserie *Friends* und kommentierte die Pointen am liebsten mit: »Zum Schießen.« Genau das war mein Hausarrest auch. Zum Schießen. Mit Deans Party hatte ich mich selbst genug bestraft.

Trotzdem war ich in der Cafeteria am Tisch geduldet, was vor allem an Hilary und Dean lag. Alle anderen schienen einfach nur erleichtert, als ich erklärte, ich hätte für den Rest des Monats Hausarrest. Denn solange ich unter Quarantäne stand, hatten sie Zeit herauszufinden, ob mein Fehlverhalten möglicherweise ansteckend war. Aus welchem Grund auch immer hatte Hilary mich ins Herz geschlossen. Vielleicht weil ich ins Konzept ihrer kitschigen kleinen Teenagerrevolte passte, vielleicht auch weil sie mir ihren Essay über *In eisige Höhen* zum Lesen gegeben hatte und ich ihn so umgeschrieben hatte, dass sie eine Eins plus dafür bekam. Sie konnte von mir haben, was immer sie wollte.

Als Olivia von Deans Party erfuhr, versuchte sie, so zu tun, als ginge sie das alles nichts an. Als wäre es ihr egal, dass ich meine Einladung verschwiegen und dann mit Liam rumgemacht hatte, obwohl ich wusste, dass sie Absichten hatte.

»War es schön?«, fragte sie gut gelaunt. Dabei zwinkerte sie hektisch, als müsse sie das falsche Lächeln in ihrem Gesicht ankurbeln.

»Glaube schon …« Ich drehte meine Handflächen nach oben und erntete damit zumindest ein echtes Gelächter.

Im Kino und im Fernsehen sind die beliebtesten Mädchen der Schule immer bildschön und haben absurd kurvige Barbie-Figuren, doch Bradley und andere Schulen auf ähnlichem Niveau widersprachen diesem Klischee. Olivia war in einer Weise hübsch, wie es einer Großmutter auffallen würde: »Ach, was für eine reizende junge Dame.« Ihr Haar war kraus und luftig und wurde noch wilder und kringeliger, wenn sie es fönte. Sobald sie trank, nahmen ihre Wangen eine leuchtend pinke Färbung an, und auf ihrer Nase sprießten Mitesser, die im Lauf des Tages zunehmend öliger glänzten. Liam würde sicher nicht von allein auf sie fliegen, da musste schon sorgfältig nachgeholfen werden.

Erst Nell brachte mir später bei, mein Bierwerbungspotenzial nicht zu sehr in den Vordergrund zu rücken. Die traditionellen Merkmale von Schönheit und Status zur Schau zu stellen – perfekt gestyltes blondes Haar, gleichmäßig gebräunte Haut, das Markenlogo unübersehbar überall auf der Tasche – nun, das ist das Peinlichste, was man tun kann. Es dauerte Jahre, bis ich das wirklich begriff, denn meine Mutter hatte mir schon mit elf »ein bisschen Farbe« auf den Lippen verteilt. In Mount St. Theresa wurde es zelebriert, sich aufzuputzen.

Ebenso wie ich lernte Liam mit der Zeit, Olivias Krauskopf charmant statt schrullig zu finden. Und vielleicht war ihre flache Brust gar nicht so flach? Ich hielt mich raus. Es ist mir schon immer schwergefallen, mich für mich selbst einzusetzen, um etwas für mich selbst zu erbitten. Ich habe furchtbare Angst davor, anderen zur Last zu fallen. Obwohl ich diesen Zug an mir gern den Ereignissen jener Nacht und den darauffolgenden Wochen zuschreibe, glaube ich doch eher, dass er schon immer Teil von mir war. Liam zu bitten, mich zu Planned Parenthood zu begleiten, war das Mutigste, was ich je getan hatte, doch als er mit der konzentrierten Sorgfalt eines Viertklässlers das Wort »Freund«

in das Formblatt eintrug, wusste ich, dass ich diesen Mut nicht öfter fassen würde.

Olivia brauchte eine gewisse Zeit, um sicher zu sein, dass mein Rückzug ernst gemeint war. Knapp drei Wochen nach Deans Party sah ich sie am anderen Ende des Matheflurs. Als ich näher kam, blieb sie stehen und sagte: »Du siehst ganz dünn aus.« Es klang mehr wie ein Vorwurf als wie ein Kompliment. Selbst Vierzehnjährige beherrschen diese Nuancen schon. Wie hast *du* das geschafft?

Erfreut flötete ich: »Crosslauf!« Die Wahrheit war, dass ich seit jener Nacht nichts anderes mehr vertrug als Cantaloupe-Melonen. Ich schleppte mich durch das Training, meine Zeiten wurden immer schlechter statt besser, und Mr Larson rief mir ständig zu: »Auf, komm, TifAni!« Doch es klang nicht aufmunternd, sondern verzweifelt.

Als Hilary mich einlud, am Samstag bei Olivia zu übernachten, am letzten Tag meines Hausarrests, sagte Mom Ja. Ich hatte gewusst, dass sie das tun würde. Sie sagte, ich sei so fleißig gewesen und habe mich so gut benommen, dass sie mir den einen Tag schenken würde. Auch das war zum Schießen. Sie war ganz versessen auf Hilarys und Olivias Eltern, besonders auf Olivias Mutter, eine geborene Coyne, die von der Macy-Kaufhaus-Dynastie abstammte und einen Jaguar-Oldtimer fuhr. Mom war so klug, sich nicht in diese aufblühende Freundschaft einzumischen, ebenso wie ich darüber hinwegsah, wenn Liam seinen Arm um Olivias Ballerinaschultern legte, auch wenn es mir dabei sauer aufstieß.

Meine Mutter setzte mich am Samstag um siebzehn Uhr vor der Einfahrt zu Olivias Grundstück ab. Von der Straße aus sah das Anwesen regelrecht bescheiden aus, der Enkelin eines Kaufhausmagnaten kaum angemessen. Allerdings verdeckten Bäume, Hecken und Efeu den größten Teil des Gebäudes. Man musste erst das Tor passieren, ehe man sah, dass das Haus sich weit nach hinten erstreckte und der Garten in einen halben Hektar Land überging, mit Swimmingpool und einem Gästehaus, in dem Louisa, das Hausmädchen der Kaplans, wohnte.

Ich klopfte an die Hintertür. Mehrere Sekunden vergingen, ehe ich Hilarys gebleichten Beerenschopf auf mich zukommen sah. Die Kaplans traf ich nie, wenn ich bei Olivia war. Ihr Vater war ein Choleriker, dessen blaue Male Olivia an den Handgelenken trug, ihre Mutter musste sich regelmäßig von irgendwelchen Schönheits-OPs erholen. Diese Elternkombination aus Übergriffigkeit und Vernachlässigung trug nur noch mehr dazu bei, dass Olivia in meinen Augen genau das ebenso glamouröse wie arme reiche Mädchen war, das ich immer sein wollte. Nicht einmal was sie mir später antat, nicht einmal was mit ihr später geschah, konnte dieses Verlangen in mir abtöten.

Hilary stieß die Tür auf. »Jo, Girl.« Hilary und Olivia sagten immer Girl. Ich brauchte Jahre, um diese lästige Angewohnheit abzulegen.

Mein Blick blieb an dem Streifen Haut unter ihrem abgeschnittenen T-Shirt hängen, das ihren flachen Bauch sehen ließ. Hinter ihrem Rücken nannten die Jungs sie »HiMANNy«, weil sie breite Schultern und eine athletische Figur wie ein Mann hatte. Ich fand ihre Muskeln faszinierend. Sie war nicht so dünn wie Olivia, doch es gab kein Gramm Fett an ihr, obwohl sie nicht einmal Sport trieb. Ihre Mutter hatte sogar einen »Squashtrainer« erfunden, damit sie nicht am Sportunterricht teilnehmen musste. Sie hatte eine Pilatesfigur, bevor Pilates überhaupt bekannt wurde.

Ich war nervös, denn nicht Olivia hatte mich eingeladen, sondern Hilary. In den letzten zwei Wochen hatte sich Olivia verstärkt auf Liam konzentriert. Ich ließ ihn kampflos ziehen. Langfristig gesehen war es sowieso klüger, auf die Freundschaft mit Hilary und Olivia zu setzen. Uns war aufgefallen, dass wir zusammen mit meinem Namen »H-O-T« waren. Ein heißes Trio.

»Komm!«

Hilary stürmte die Treppe hoch, immer zwei Stufen auf einmal nehmend, und ihre Oberschenkelmuskeln spannten sich jedes Mal an, wenn sie sich gegen die Schwerkraft abstieß. Sie musste alles ein bisschen anders machen als andere, das gehörte zu ihrer Masche.

Olivia bewohnte einen gesamten Flügel des Hauses – einen großen loftartigen Raum mit einem Badezimmer, das ihren Bereich von dem ihrer Schwester trennte, die ein Internat besuchte. Hilary hatte mir einmal erzählt, Olivias Schwester sei die hübschere der beiden, die bevorzugte. Deshalb äße Olivia auch so wenig.

Olivia saß im Schneidersitz auf dem Boden, lässig an ihren Bettpfosten gelehnt. Tüten mit Swedish Fish und Starburst-Fruchtgummis, eine Flasche Wodka und eine umgefallene Literflasche Diätcola lagen um sie herum wie zuckrige Gefallene auf einem Schlachtfeld.

»Hey, Girl.« Olivia zog an einem Swedish Fish, der zwischen ihren Zähnen klemmte, bis er abriss. Dann griff sie nach der Wodkaflasche. »Trink.«

Wir spülten den Wodka mit Cola hinunter und trieben unsere Zähne in die zähe Zuckermasse, deren Säure uns die Kehle zusammenzog. Während sich die Sonne allmählich vom Fenster wegstahl, weiteten sich unsere Pupillen, doch wir schalteten das Licht nicht an.

»Dean soll rüberkommen«, erklärte Olivia, als wir den Wodka weit genug dezimiert hatten. Wenn man aufs Kreuz gelegt werden wollte, kam man um den dauergeilen Dean nicht herum.

Ich war ganz benommen vor Hunger und dem vielen Zucker. Olivia grinste mich an, und die Stoßkanten ihrer Zähne leuchteten weihnachtskugelrot. »Wenn er erfährt, dass du hier bist, kommt er.«

Wenn ich Dean nur hätte mögen können, wenn ich nicht schon in seiner Gegenwart und bei der Erinnerung an sein Sperma auf meiner Zunge hätte brechen müssen, wäre vielleicht alles ganz anders ausgegangen.

»Dann wird er sicher kommen!« Hilary rollte vor Lachen auf ihren Rücken, zog die Knie an die Brust und schaukelte hin und her. Ich konnte ihre Unterwäsche sehen. Heute war sie radioaktivgrün.

»Hör auf.« Ich stülpte meine Lippen über den Hals der Wodkaflasche und schauderte, als die Flüssigkeit wie heiße Lava in meinen Magen rann.

Olivia telefonierte. »Aber wartet, bis es dunkel ist, damit Louisa nichts mitbekommt«, sagte sie in den Hörer.

Mit den Mädchen von Mount St. Theresa hätten wir jetzt alle kreischend vor dem Spiegel gezappelt, um uns fieberhaft Rouge auf die Wangen zu reiben und Mascara aufzutragen, bis unsere Wimpern aussahen wie haarige Spinnenbeine. Doch Olivia zog nur den schlampigen Knoten fester, den sie auf dem Kopf hatte. »Sie bringen Alkohol mit.«

»Wer kommt noch mit?« Ich hoffte auf Liam.

»Dean, Liam, Miles.« Ihre Kiefer zermalmten ein Fruchtgummi. »Und Dave. Bäh.«

»Dave ist Scheiße«, stimmte Hilary zu.

Ich sagte, ich müsse zur Toilette, stolperte den Flur entlang und schloss die Tür hinter mir ab, um etwas zu tun, das noch peinlicher war als das Klo zu verstopfen: mich zu schminken. Meine Wangen waren ganz rot, als ich in den Spiegel blickte. Ich spritzte mir Wasser ins Gesicht, um mich abzukühlen und meine Leinwand für die Bemalung vorzubereiten. Dann wühlte ich in Schubladen nach Eyeliner, Lipgloss, was auch immer. Ich fand schließlich einen verkrusteten alten Mascara und stach wie wild die Bürste in die Flasche, um so viel herauszubekommen wie möglich.

Als ich hörte, wie die Jungs die Treppe heraufkamen, blickte ich meinem Spiegelbild fest in die Augen. »Alles ist gut. Du bist okay.« Ich hatte nicht einmal das Licht angemacht. Die letzten Sonnenstrahlen fielen auf mein Gesicht und verwischten auch die letzte Spur von Selbstvertrauen, das ich dort zu finden gehofft hatte.

Als ich in Olivias Zimmer zurückkam, saßen alle im Kreis und tranken dieses Colt 45, die großen Flaschen in verschwitzte braune Papiertüten gehüllt. Zwischen Liam und Dean war ein freier Platz. Ich setzte mich dorthin, rückte aber so nahe wie möglich an Liam heran. Dean reichte mir eine Flasche. Ich hatte keine Ahnung, was der Unterschied zwischen Colt 45 und normalem Bier war, und so schob ich die Tüte herunter, um das Etikett zu lesen: Colt 45, Malt Liquor Beer. Ich trank, ohne zu ahnen, dass es Starkbier war.

Nach einer Stunde hirntoten Gelabers, in der die Worte in meinem Kopf zunehmend verschwammen, verkündete Olivia, dass wir jetzt gefahrlos nach draußen gehen könnten, um zu kiffen.

Einer hinter dem anderen schlichen wir die Treppe hinunter, durch die Küche und zur Tür hinaus, wie bei einer Feuerwehrübung. In einem kleinen Garten, der das Küchenfenster abschirmte, drängten wir uns zusammen; ein kleiner dichter Ahornbaum reckte uns seine Äste entgegen, als wollte er uns umarmen. Ich hörte zu meiner Überraschung, dass das hier nur die Zweitküche war. »Die Küche des Hausmädchens«, erläuterte Olivia. Sie war größer als die in unserem Reihenhaus. Ihre Eltern nutzten diesen Teil des Hauses selten, führte Olivia aus. Solange wir keinen Lärm machten, würde uns hier niemand finden.

Dean zog einen Joint aus einem Päckchen Zigaretten und fuhr mit einem Feuerzeug darunter hin und her, ehe er ihn an die Lippen setzte und anzündete.

Wir ließen ihn im Gegenuhrzeigersinn kreisen, sodass Olivia und Hilary vor mir dran waren, die beide den Rauch nicht halten konnten, sondern in krampfartige Hustenanfälle ausbrachen, während die Jungs die Augen verdrehten und ihnen zuflüsterten, sie sollten sich beeilen, damit nicht alles ausbrenne.

Seit damals in der achten Klasse bei Leah hatte ich nichts mehr geraucht. Ich hatte panische Angst davor, wie sich das High-Gefühl von hinten anschlich und mich ohne Vorwarnung umhüllte. Die Blutbahnen in meinem Körper hatten gepocht, und ich war felsenfest überzeugt gewesen, dass das nie wieder weggehen würde. Doch das Bedürfnis, es besser zu machen als Hilary und Olivia, war stärker als die Angst. Ich zog am Joint, und die Spitze flammte auf wie ein Glühwürmchen am ersten Sommertag. Um Liam zu beeindrucken, hielt ich den Rauch lange in meiner Lunge und blies ihn dann langsam aus, sodass sich ein anmutiges Band um sein Gesicht rankte.

»Ich muss mehr katholische Mädchen kennenlernen«, sagte Liam mit schläfrigem Blick.

»Ich habe gehört, sie benutzen ihre Zähne«, murmelte Olivia ganz leise, als wollte sie vorsichtig abtasten, wie der Scherz ankam. Er löste heftiges Gelächter aus, das Olivia hektisch abwinkte. Für einen kurzen Moment war die Furcht vor ihrem Vater doch größer als ihr Stolz auf einen gelungenen Gag.

Dean klopfte mir auf den Rücken. »Keine Sorge, Finny, du hast dich schwer zurückgehalten.«

Es war einer dieser furchtbaren Momente, in denen man keine Kontrolle über seine Körperreaktionen hat, weil der Schmerz zu groß ist, um ihn zu überspielen. Ich lachte, doch der scharfe Kontrast zwischen dem Laut aus meiner Kehle und meinem Gesichtsausdruck machte alles nur noch schlimmer.

Als der Joint zu einem Stummel heruntergeraucht war, sagte Liam, dass er zur Toilette müsse, und ging ins Haus. Während die anderen weiterplauderten, überlegte ich, ob ich ihm folgen sollte. Ich spürte allmählich die Folgen meines angeberischen Inhalierens. Mein Herz pumpte in meinen Ohren, als mir auffiel, dass Olivia auch verschwunden war. Sie hatte sich weggestohlen, ohne dass ich es bemerkt hatte. Ich spähte durch die roten Blätter des Ahorns über die flachen grünen Hecken vor den Fenstern, doch die Küche war leer.

»Mir ist kalt«, sagte ich und geriet in Panik, als mir klar wurde, *wie* kalt mir war. Ich zitterte vor Kälte. »Kommt, wir gehen rein.« Ich musste mich bewegen, mich darauf konzentrieren, einen Fuß vor den anderen zu setzen, meine Hand auf den Türknauf zu legen und zu drehen, alles um mich davon abzulenken, wie sich mein Körper schüttelte, wie eines dieser Plastikspielzeuge zum Aufziehen, ein leuchtend weißes Gebiss mit bonbonrotem Zahnfleisch auf zwei Beinen, das über den Tisch wackelt – die Art von Geschenk, die Onkels in Strickjacken witzig finden.

»Lass uns doch noch ein bisschen hierbleiben.«

Das war Dean. Sein Arm legte sich um mich und zog mich an ihn. Dean war als Einziger noch da. Wo waren die anderen alle hin?

»Moment.« Ich senkte meinen Kopf, sodass meine Stirn gegen seine Brust stieß. Sein Mund kam immer näher, und ich wollte ihm auf keinen Fall begegnen.

Dean bohrte seine Finger in den Spalt zwischen meinem Kinn und meinem Hals und drückte nach oben.

»Mir ist wirklich kalt«, protestierte ich, gab dem Druck aber nach. Ich schluckte, als ich Deans nasse Lippen auf meinen spürte. Nur kurz, dachte ich. Du musst das nur ganz kurz machen. Sei nett.

Ich spielte mit Deans dicker Zunge, bis ich feststellte, dass ich meine Hände immer noch abwehrend gegen seine Brust stemmte. Gehorsam schlang ich sie ihm um seinen behaarten Nacken.

Deans Finger fummelten am Knopf meiner Hose. Es war noch zu früh, um aufzuhören. Dean würde mir nicht glauben, wenn ich jetzt etwas sagte. So ruhig ich konnte, unterbrach ich den Kuss.

»Lass uns reingehen.« Ich versuchte, hauchig und verführerisch zu klingen, doch wir wussten beide, dass es im Haus praktisch unmöglich sein würde, mein Versprechen einzulösen. Zu spät erkannte ich, dass meine Taktik viel zu durchsichtig war und ich Dean verhängnisvoll unterschätzt hatte. Er riss mit solchem Schwung an meinem Hosenknopf, dass mein Becken vorwärtsschnellte und meine Füße den Halt verloren. Ich stürzte rücklings und landete auf meinem verdrehten Handgelenk. Ein Laut wie von einem verletzten Welpen entfuhr mir und hallte durch den Garten.

»Ruhig!«, zischte Dean. Er fiel auf die Knie und schlug mich ins Gesicht.

Selbst bevor ich nach Bradley kam und bewies, dass ich nicht war wie die anderen, war ich kein Mädchen, das man schlug. Die heiße Hand auf meiner Wange ernüchterte mich schlagartig, und ich fing an zu schreien. Es war ein gutturaler, archaischer Schrei, ein Laut, den ich noch nie zuvor gehört hatte. Es gibt in unserem modernen Leben so selten Gelegenheiten, in denen der Körper das Kommando übernimmt und man erfährt, was er tut, wie er riecht und klingt, wenn es ums nackte Überleben geht. Für mich war es diese Situation mit Dean, auf dem Boden liegend, kratzend und kreischend, ein bitterer Schweißgeruch in meinen Achseln, in der ich das zum ersten Mal erlebte. Und nicht zum letzten Mal.

Dean hatte meine Hose aufgeknöpft und mir auf die Hüften heruntergezogen, als im vorderen Teil des Hauses die Lichter angingen und wir Olivias Vater brüllen hörten. Olivia schoss aus der Hintertür und schrie mich an, ich sollte gefälligst verschwinden und nie wiederkommen. Ich hörte Dean hinter mir keuchen, als ich Richtung Tor rannte und mit zitternden Händen versuchte, den Riegel zu öffnen.

»Weg da!« Er schob mich zur Seite und legte den Riegel um, sodass das Tor aufschwang. Dean stürmte hindurch, hielt dann jedoch rätselhafterweise inne, um das Tor für mich aufzuhalten, damit ich ebenfalls entkommen konnte. Die im Dunkeln liegende Einfahrt näherte sich schon ihrem Ende, als ich hinter mir weitere Schritte hörte, die anderen Jungs, die zur Straße eilten, wo Daves SUV parkte.

Am Ende der Einfahrt bog ich rechts ab. Ich hatte keine Ahnung, wohin ich ging, nur weg von Daves Wagen, nicht in die Richtung, in die dessen Kühler zeigte. Ich lief weiter, bis die Lichter von Olivias Haus nicht mehr zu sehen waren und es so dunkel war, dass ich am Straßenrand zusammensinken konnte. Meine Lungen brannten in der kühlen Nachtluft, mein Herz raste wild, als wäre ich in meinem Leben noch keine Meile gerannt, als hätte ich nicht freiwillig Crosslauf als meinen Sport gewählt.

Ich befand mich inmitten der Main Line. Die Villen standen weit ab von der Straße und leuchteten protzig zwischen den Bäumen hindurch. Beim leisesten Anzeichen eines näher kommenden Fahrzeuges floh ich ins Gebüsch, um durch das spärliche gelb-rote Laub zu spähen. Wenn ich sah, dass es nicht Daves Wagen war, atmete ich erleichtert aus. Das Adrenalin hatte die Wirkung des Dopes längst aus meinem Körper gewaschen, doch als ich auf die Straße taumelte, wurde mir bewusst, dass es noch Stunden dauern würde, bis Wodka und Cola abgebaut waren und ich merken würde, dass mein Handgelenk auf das Doppelte angeschwollen war und im Rhythmus meines Herzens pulsierte.

Ein Plan hatte sich in meinem Hirn formiert: irgendwie zur Montgomery Avenue gelangen, dann zu Fuß in die Arbor Road, von dort aus rechts abbiegen zu Arthur. Ich würde Steinchen an sein Fenster werfen, so wie Jungs es in Kinofilmen immer machen, wenn sie ein Mädchen mögen. Er würde mich reinlassen. Er musste einfach.

Ich bog immer wieder ab, in der Gewissheit, endlich den Weg gefunden zu haben, der mich zur Hauptstraße bringen würde. Irgendwann war ich so verzweifelt, dass ich nicht mehr wegrannte, als ich Scheinwerfer von einem Hügel herunterkommen sah. Das Auto, zu dem sie gehörten, sah flach und stromlinienförmig aus, es konnte also nicht Daves Wagen sein.

Als es unten anhielt, joggte ich hin, um zu fragen, wie ich zur Montgomery Avenue käme. Das Gesicht der Mom hinter dem Fenster zeigte Panik, sie riss entsetzt den Mund auf und trat auf das Gas, sodass der Mercedes quietschend losschoss, in die Nacht hinein, zur nächsten Dinnerparty, wo sie mit Sicherheit ihre schlaffen Freundinnen mit der Geschichte ergötzen würde, wie sie mit knapper Not der halbstarken Autodiebin entkommen war, die wie der schwarze Mann plötzlich auf der Glenn Road aufgetaucht war.

Nach einer halben Ewigkeit, die sich gleichzeitig wie eine Sekunde anfühlte, gelangte ich zu einer Biegung, die in eine lange Reihe Straßenlaternen überging. Einen Kilometer weiter leuchtete an einer Ecke eine große Tankstelle. Ich war so ungeduldig, dass ich loslief, die Hände locker an meinen Seiten, so wie Mr Larson es uns beigebracht hatte. »Es braucht Energie, um eine Faust zu ballen«, hatte er erläutert und uns seine eigene, fest geballte Hand hingehalten. »Und die will man ja so gut wie möglich einteilen.«

Als ich im Laufschritt in die Tankstelle einbog, musste ich die Augen gegen die unvermittelte, gleißende Helligkeit abschirmen, als wäre gerade die Sonne hinter Wolken hervorgetreten. Ich stieß die Tür mit der Schulter auf. Drinnen war es warm. Erst hier, in einem geschlossenen Raum, fiel mir auf, wie sehr ich stank. Ich blieb so weit von der Kassentheke entfernt stehen, dass der Kassierer nichts in die Nase bekam.

»Die Montgomery Avenue ist doch die Straße herunter und dann rechts, oder?« Mit Entsetzen stellte ich fest, dass ich lallte.

Der Kassierer sah gereizt von seinem Kreuzworträtsel auf und zwinkerte, was seinen Gesichtsausdruck völlig veränderte. »Miss.« Er legte die Hand aufs Herz. »Geht's Ihnen gut?«

Ich fasste mir mit der Hand ins Haar und spürte Erde. »Ich bin hingefallen.«

Der Kassierer griff zum Telefon. »Ich rufe die Polizei.«

»Nein!« Ich machte einen Satz nach vorn, und er wich zurück, ohne das Telefon wegzulegen.

»Tun Sie so was nicht!«, schrie er.

In diesem Moment erst wurde mir klar, dass er auch Angst hatte.

»Bitte«, sagte ich. Sein Finger hatte die erste Taste schon gedrückt. »Ich brauche keine Polizei. Ich möchte nur wissen, wie ich zur Montgomery Avenue komme.«

Der Mann hielt inne, beide Hände so fest um den Apparat geklammert, dass seine Knöchel weiß wurden.

»Sie sind ziemlich weit davon entfernt«, sagte er schließlich.

Als ich hörte, wie sich die Tür hinter mir öffnete, erstarrte ich. Ich wollte keine Szene machen, wenn noch ein anderer Kunde im Laden war.

»Können Sie mir bitte einfach sagen, wie ich da hinkomme?«, flüsterte ich.

Der Kassierer legte langsam das Telefon weg und holte mit unsicherem Blick einen Stadtplan heraus.

Dann hörte ich meinen Namen.

Hinter mir stand Mr Larson, der die Hand auf meine Schulter legte und mich zu seinem Auto führte. Er räumte den Beifahrersitz für mich ab und forderte mich auf, einzusteigen.

Gefunden zu werden kam einer Kapitulation gleich, und so gab ich alle meine Geheimnisse preis, alle meine Lügen – auch die, die ich mir selbst erzählt hatte. Mit tränennassen, bebenden Wangen, eine davon mit einer Schnittwunde, die so fein und im Dunkel der Nacht auch ein Strich von einem Stift hätte sein können, erzählte ich, was passiert war. Von Anfang bis Ende.

Mr Larson gab mir eine Decke, Wasser und ein Coolpack für mein Gesicht. Er wollte mich ins Krankenhaus fahren, doch ich wehrte mich so hysterisch, dass er mich in seine Wohnung mitnahm. Er wusste genau, was zu tun war – mich an einen sicheren Ort bringen, mich beruhigen, dafür sorgen, dass ich nüchtern werde – das erschien mir damals völlig logisch, erst heute überrascht es mich. Er war schließlich ein Erwachsener, also wusste er, was er tun musste. Mir war damals überhaupt nicht klar, wie neu das alles für ihn war, wie jung man mit vierundzwanzig immer noch ist, auch wenn man schon viel älter als vierzehn ist. Noch zwei Jahre zuvor hatte Mr Larson in Cornell nackt mit seinen Verbindungsbrüdern im Deebe Lake gebadet und als Einziger bei der Erstsemesterstudentin landen können, die alle nur »Hölle Hölle« nannten, weil sie so schön war, dass man automatisch »Hölle Hölle« sagte, wenn man sie sah. Wir wirkten nicht einmal, als trennten uns zehn Jahre. Wenn ich ein Kleid getragen hätte und geschminkt gewesen wäre, wären wir leicht als Pärchen durchgegangen, das nach einem gelungenen ersten Date zu ihm nach Hause fuhr.

Ich hatte es bis Narberth geschafft. Von Olivias Haus aus waren das mindestens zwölf Kilometer. Es war kurz vor ein Uhr nachts, und Mr Larson befand sich auf dem Heimweg von den Bars in Manayunk. Die meisten seiner Freunde wohnten dort, und auch er würde dort leben, wenn er nicht jeden Morgen den weiten Weg nach Bradley fahren müsste. Er hätte an der Tankstelle gehalten, um sich einen kleinen Imbiss für zwischendurch zu besorgen, erzählte er. Dann klopfte er sich auf den Bauch und sagte: »In letzter Zeit esse ich viel zu viel zwischendurch.« Damit wollte er mich aufheitern, also lächelte ich höflich.

Mr Larson war in meinen Augen nicht dick, doch als wir in

seine Wohnung kamen und ich irgendwann in der Lage war, die Wohnzimmerwände entlangzuwandern und die Fotos zu betrachten, eine Decke von ihm lose über den Schultern, sah ich, dass er einmal den gleichen schlanken, muskulösen Körper gehabt haben musste wie Liam und Dean. Die breiten Schultern waren im Studio hart erarbeitet worden, doch die schlanke Taille verriet, wie er ohne die Drückbank aussehen würde. Seit er mein Trainer war und sich darüberhinaus in meinen Fall eingemischt hatte, war Mr Larson für mich nicht mehr der attraktivste Mann, der mir je im echten Leben begegnet war. Doch diese Fotos brachten mir ins Gedächtnis zurück, was ich an meinem ersten Tag in Bradley gesehen hatte. Ich zog die Decke enger um mich, weil ich plötzlich das Gefühl hatte, mein V-Ausschnitt sei zu groß.

»Bitte schön.« Mr Larson erschien in der Tür, einen Teller mit einer aufgeweichten Pizza für mich in der Hand.

Ich aß folgsam. Zuerst hatte ich alles abgelehnt, weil ich keinen Appetit hätte, doch nach dem ersten Bissen Pizza, deren Mitte noch teigig und kalt war, überfiel mich ein Bärenhunger. Ich aß das erste Stück und dann drei weitere, ehe ich mich ermattet auf der Couch zurücklehnte.

»Geht's jetzt besser?«, fragte Mr Larson, und ich nickte grimmig.

»TifAni«, setzte er an und beugte sich in seinem Ohrensessel vor, der neben der Couch stand. Die Wahl der Sitzgelegenheit war kein Zufall gewesen. »Wir müssen darüber reden, was jetzt passieren soll.«

Ich drückte mein Gesicht in die Decke. Die Pizza hatte mir zumindest so viel Kraft zurückgebracht, dass ich wieder weinen konnte.

»Bitte«, wimmerte ich. *Bitte erzählen Sie nichts meinen Eltern. Bitte sagen Sie nichts in der Schule. Bitte seien Sie einfach ein Freund und machen es nicht schlimmer, als es ohnehin schon ist.*

»Ich sollte dir das wahrscheinlich gar nicht sagen.« Mr Larson seufzte und fuhr fort: »Wir hatten solche, nun, Probleme mit Dean schon öfter.«

Ich wischte mir mit der Decke über das Gesicht und hob den Kopf. »Was meinen Sie?«

»Es ist nicht das erste Mal, dass er sich an einer Mitschülerin vergreift.«

»Dass er *versucht* hat«, korrigierte ich ihn.

»Nein«, widersprach Mr Larson streng. »Was er vor drei Wochen bei sich zu Hause getan hat, war nicht nur ein Versuch. Und das heute Abend auch nicht.«

Selbst nachdem alles vorbei war, nachdem längst Asche das Gras düngte, das über der Geschichte gewachsen war, nachdem ich studiert hatte, nach New York gezogen war und alles erreicht hatte, was ich je zu begehren glaubte, war Mr Larson immer noch der einzige Mensch, der mir jemals gesagt hat, dass das alles nicht meine Schuld war. Selbst in den Augen meiner Mutter sah ich Momente des Zweifels. Dass du einem Typ einen bläst, *passiert* dir doch nicht einfach. Wie kann es so gewesen sein, wie du sagst? Wie konntest du nur zu dieser Party gehen, als einziges Mädchen, dich volllaufen lassen, und nicht damit rechnen, dass so etwas passiert?

»Meine Eltern werden mir nie verzeihen, dass ich das alles ruiniert habe.«

»Doch«, versprach Mr Larson. »Bestimmt.«

Ich lehnte mich zurück, legte den Kopf an die Rückenlehne und schloss die Augen. Meine Beine schmerzten von den vielen Kilometern, die ich durch die Main Line geirrt war. Ich hätte auf der Stelle einschlafen können, doch Mr Larson bestand darauf, dass ich mich in sein Bett legte. Es machte ihm gar nichts aus, auf der Couch zu schlafen, wirklich nicht.

Er schloss die Tür mit leisem Klicken, und ich schlüpfte unter seine Decke, die dunkelrot und rau vom vielen Waschen war. Mr

Larson roch wie ein Erwachsener, wie ein Dad. Ich überlegte, wie oft wohl schon ein Mädchen in diesem Bett geschlafen hatten, ob Mr Larson ihren Nacken geküsst hatte, ehe er sich über sie schob, langsam und kontrolliert, so wie ich mir Sex immer vorgestellt hatte.

Mitten in der Nacht wachte ich schreiend auf. Gehört hatte ich selbst nichts, doch es muss ziemlich schlimm gewesen sein, denn Mr Larson kam ins Zimmer gekeucht. Er schaltete das Licht an und stand dann über mir, um mich mit lauter Stimme aus meinem Albtraum zu wecken.

»Alles ist gut«, flüsterte er, als er sah, dass sich mein Blick auf ihn richtete. »Alles ist gut.«

Ich zog die Decke ans Kinn, sodass nur noch mein Kopf herausschaute, so wie Mom das früher am Strand mit Sand gemacht hatte.

»Tut mir leid«, flüsterte ich verlegen.

»Du musst dich nicht entschuldigen«, sagte Mr Larson. »Aber es hat sich ziemlich übel angehört. Ich dachte, du wachst vielleicht lieber auf, als weiterzuträumen.«

Mein körperloser Kopf nickte. »Danke.«

Mr Larson trug ein T-Shirt, das sich eng um seine eindrucksvollen Schultern schmiegte. Er lächelte mich beruhigend an und wandte sich zum Gehen.

»Moment!«

Ich packte die Decke fester. Ich konnte nicht allein in diesem Zimmer bleiben. Mein Herz fing an auszusetzen, das erste Anzeichen einer Schwindelattacke. Es würde bald ganz aufhören, und wenn es so weit war, musste jemand in der Nähe sein, der mir helfen konnte.

»Ich kann nicht … Ich werde bestimmt nicht schlafen können. Würden Sie bei mir bleiben?«

Mr Larson sah über seine breite Schulter zu mir. Es lag ein

Ausdruck von Traurigkeit in seinem Gesicht, den ich nicht verstand.

»Ich könnte auf dem Boden schlafen.«

Ich nickte zustimmend, während Mr Larson ins Wohnzimmer ging, um mit Kissen und Decke wiederzukommen. Er breitete die Sachen neben dem Bett auf dem Boden aus, bevor er das Licht ausmachte und sich darin zurechtlegte.

»Versuch zu schlafen, Tifani«, sagte er schläfrig.

Doch ich versuchte es erst gar nicht. Stattdessen lag ich die ganze Nacht wach und horchte auf seinen beruhigenden Atem, der mir versicherte, dass alles gut werden würde. Damals wusste ich das noch nicht, doch von da an würde ich mein Leben lang solche schlaflosen Nächte haben.

Am nächsten Morgen taute Mr Larson in der Mikrowelle einen Bagel für mich auf. Frischkäse hatte er nicht, nur ein angelaufenes Stück Butter mit Brotkrümeln an den Schnittkanten.

Die Schwellung in meinem Gesicht war zwar zurückgegangen, doch ich hatte immer noch einen roten Strich auf meiner Wange. Mehr Sorgen bereitete mir allerdings mein Handgelenk, und so bot Mr Larson an, für mich in den Drogeriemarkt zu gehen und einen Verband und eine Zahnbürste zu besorgen. Danach würde er mich nach Hause fahren. Er versprach, er würde mir helfen, meinen Eltern beizubringen, was passiert war. Widerstrebend erklärte ich mich einverstanden.

Als er draußen war, nahm ich sein Telefon und rief zu Hause an.

»Hallo, Schatz!«, sagte Mom.

»Hi, Mom.«

»Oh!«, sagte sie. »Ehe ich es vergesse, Dean Barton hat vor ein paar Minuten für dich angerufen.«

Ich musste mich an der Küchentheke festhalten.

»Ja?«

»Er meinte, es sei wichtig, ähm, warte einen Moment, ich hab's mir aufgeschrieben.« Ich hörte, wie sie herumkramte, und ich musste alles aufbieten, um sie nicht anzuschreien, sie solle sich beeilen.

»Was denn, Liebling?«

»Ich habe nichts gesagt«, fauchte ich, ehe ich merkte, dass sie mit Dad sprach.

»Ja, im Kühlschrank in der Garage.« Pause. »*Doch*, es ist da drin.«

»Mom!«, bellte ich.

»Tifani, ganz ruhig bleiben«, sagte meine Mutter. »Du weißt doch, wie dein Vater ist.«

»Was hat Dean gesagt?«

»Ich hab's hier stehen: So bald wie möglich anrufen, wegen eines Chemieprojekts. Er hat auch seine Nummer hinterlassen. Er klang ziemlich nervös.« Ich hörte das Glöckchenklingeln ihres gezierten Lachens. »Er scheint dich zu mögen.«

»Kannst du mir die Nummer durchgeben?« Ich fand einen Klebezettel und einen Stift in Mr Larsons Schublade und schrieb sie auf.

»Ich ruf dich gleich wieder an«, sagte ich.

»Moment, Tifani, wann soll ich dich denn abholen?«

»Ich rufe gleich wieder an!«

Ich legte auf und wählte hektisch Deans Nummer. Ich musste wissen, was er wollte, ehe Mr Larson vom Drogeriemarkt zurückkam.

Beim dritten Läuten hob Dean ab. Sein Hallo klang feindselig.

»Finny!« Als er hörte, dass ich es war, veränderte sich sein Ton schlagartig. »Wo warst du letzte Nacht? Wir haben versucht, dich zu finden.«

Ich erzählte ihm, ich sei zu einer meiner Laufpartnerinnen gegangen, die nicht weit von Olivia weg wohnte.

»Gut, gut«, sagte Dean. »Hör zu, wegen gestern. Es tut mir leid.« Er lachte verlegen. »Ich war total voll.«

»Du hast mich geschlagen«, sagte ich so leise, dass ich nicht sicher war, ob ich es ausgesprochen hatte, bis Dean reagierte.

»Es tut mir wirklich leid, Finny.« Seine Stimme blieb ihm in seinem gedrungenen Hals stecken. »Mir ist ganz schlecht deswegen. Kannst du mir jemals verzeihen? Ich könnte es nicht ertragen, wenn du mir nicht verzeihst.«

Die Verzweiflung, die ich in Deans Stimme hörte, empfand ich genauso. Es wäre so viel einfacher, wenn das Ganze nicht passiert wäre, und nur wir beide konnten es ungeschehen machen.

Ich schluckte. »Okay.«

Dean atmete schwer an meinem Ohr. »Danke, Finny. Danke.«

Als ich aufgelegt hatte, rief ich meine Mutter wieder an und sagte ihr, dass ich mit der Bahn nach Hause kommen würde.

»Ach, und außerdem«, fuhr ich fort, »hast du Heilsalbe da? Olivias Hund hat mich im Schlaf im Gesicht gekratzt.« Olivia hatte keinen Hund.

Als Mr Larson zurückkam, war ich fertig angezogen und hatte mir meine Lügen zurechtgelegt. Ich bestand darauf, mit der Bahn zu fahren; er wisse nicht, wie meine Eltern seien, es sei besser, wenn ich es ihnen allein erzählte.

»Bist du sicher?«, fragte Mr Larson. Sein Tonfall verriet deutlich, dass er keine Silbe von alledem glaubte.

Ich nickte um Verzeihung heischend. »Um elf Uhr siebenundfünfzig fährt ein Zug an der Bryn-Mawr-Station ab. Wenn wir gleich starten, können wir es schaffen.« Ich wandte mich von seiner enttäuschten Miene ab, damit er meine nicht sah. Manchmal frage ich mich, ob es dieser Moment, jene Entscheidung gewesen war, die alles andere nach sich zog. Oder ob es so oder so geschehen wäre – ob, wie die Nonnen in Mount St. Theresa sagten, Gott einen Plan für jeden von uns hat und schon vor unserer Geburt alles feststeht.

9

Ich log Luke nicht an, sondern erzählte ihm offen, dass ich Mr Larson ein paar Tage nach unserer Rückkehr aus Nantucket gemailt hatte. Er war mir nicht aus dem Kopf gegangen, ständig hatte ich das Bild vor Augen, wie wir zwei Schulter an Schulter in einer schummrigen Bar sitzen, eine Mischung aus Besorgnis und Begierde auf seinem Gesicht, während ich ihm mein zweites dunkles Geheimnis eröffne: Ich bin nicht sicher, ob ich das durchziehen kann. Wie er mich anschließend küssen würde – mit Hemmungen, wegen seiner Frau, zumindest anfangs. Auch wegen Booth und Elspeth. Doch dann würde er sich daran erinnern, dass ich es war, die er vor sich hatte.

Dann beginnt diese kleine Fantasie zu bröckeln. Mr Larson würde *es* nie mit mir tun. Ich wollte das nicht einmal wirklich. Meine Hochzeit stand kurz bevor. Ich bekam nur kalte Füße wie jede andere Braut auch. Und kalte Füße zu bekommen war völlig normal, ermahnte mich meine Mutter, als ich ganz behutsam erwähnte, dass ich möglicherweise nicht ganz so bereit zum Heiraten war, wie ich dachte.

»Männer wie Luke laufen einem nicht jeden Tag über den Weg«, warnte sie mich. »Versau das nicht, Tif. Du wirst nie wieder einen so guten Mann finden.«

Was Mr Larson so anziehend machte, war, dass er trotz allem für mich da gewesen war. Er hatte mich an meinem schlimmsten Straßenkötertiefpunkt gesehen und trotzdem hinter mir gestanden und alles in seiner Macht Stehende getan, um mir zu helfen. Er hatte an meine Zukunft gedacht, ehe ich selbst überhaupt eine leise Vorstellung davon hatte, und er war derjenige, der mich in die richtige Richtung gestoßen hatte. Das war wahrer Glaube. Als Kind dachte ich, Glaube sei, wenn man davon überzeugt ist, dass Jesus für uns gestorben ist und man, wenn man nur daran festhält, nach dem Tod zu ihm kommt. Heute bedeutet Glaube etwas anderes für mich. Glaube ist, wenn jemand etwas in dir sieht, das du selbst nicht siehst, und alles dafür tut, damit du es in dir erkennst. Das wünsche ich mir. Das fehlt mir.

»Warum brauchst du sie?«, wollte Luke wissen, als ich ihn um Mr Larsons E-Mail-Adresse bat. Ohne Argwohn, aber auch nicht gerade begeistert.

»Was meinst du damit, warum?«, fauchte ich ihn an wie eine Praktikantin, die die Aufgabe hinterfragt, die ich ihr gerade gegeben habe. Was genau verstehst du daran nicht? »Es ist unglaublich, dass wir uns so zufällig über den Weg laufen. Er macht auch bei der Doku mit. Ich möchte wissen, ob wir zur gleichen Zeit interviewt werden. Worüber er reden will.« Lukes Mine blieb undurchdringlich, und so wurde ich melodramatisch. »Alles, Luke. Ich möchte über alles mit ihm sprechen.«

Luke hieb seinen Arm gegen die Armlehne und stöhnte. »Er ist mein Kunde, Ani. Ich möchte einfach nicht, dass alles … so … durcheinandergeht.«

»Du kapierst es nicht«, seufzte ich, trottete unverstanden ins Schlafzimmer und schloss leise die Tür. Als ich am nächsten Tag noch einmal nach der E-Mail-Adresse fragte, bekam ich sie in einer Antwort-Mail ohne weiteren Kommentar.

Ich tippte Mr Larsons E-Mail ins Adressfeld, aktivierte meine innere Ballkönigin und schrieb ihm einen süßen und lebhaften Dreizeiler. »Nicht zu fassen, dass wir uns auf diese Weise wiedergetroffen haben! Die Welt ist ein Dorf, stimmt's? Ich fänd's wahnsinnig schön, wenn wir uns treffen könnten. Wir haben so viel zu besprechen.«

Ich klickte dreimal auf »E-Mail abholen«, bis Mr Larsons Antwort kam, die ich mit vor Hoffnung heißen Wangen öffnete.

»Wie wär's mit einem Kaffee?«, schrieb er. »Wäre dir das recht?« Ich verdrehte so heftig die Augen, dass ich bestimmt sämtliche Kalorien der Trauben verbrannte, die ich mittags gegessen hatte. Kaffee? Er behandelte mich immer noch wie seine Schülerin.

»Ich finde, ein paar Drinks wären angebrachter«, schrieb ich zurück.

»Du warst schon als Kind so kratzbürstig«, kam seine Antwort, und beim Wort »Kind« sträubten sich mir die Haare. Doch er war einverstanden.

An dem Tag, als wir uns treffen wollten, trug ich ein Maxi-T-Shirt-Kleid aus Leder und Zehen-Booties zur Arbeit. *So was trägt man im Hochsommer, wenn man »kratzbürstig« ist.*

»Sie sehen toll aus«, sagte LoLo, als wir uns im Flur begegneten. »Haben Sie sich Botox in die Stirn spritzen lassen?«

»Das ist das Netteste, was Sie je zu mir gesagt haben«, erwiderte ich und erntete erwartungsgemäß LoLos keckerndes Lachen. Ich hielt das kurze Geplänkel für Small Talk, doch dann blieb LoLo stehen und drängte mich mit ein paar Schritten rückwärts in eine Ecke. »Also, diese Racheporno-Story von Ihnen ist einfach brillant.«

Ich hatte mich vehement für die Geschichte eingesetzt: sechs Seiten im Feature-Teil über Frauen, die Opfer rachsüchtiger Exfreunde geworden waren und denen die Polizei nicht helfen kann, weil die Gesetze zu sexueller Belästigung längst von der Technologie überholt worden sind.

»Danke.« Ich strahlte.

»Es ist unglaublich, Sie können wirklich alles«, fuhr LoLo fort. »Aber ich denke, das wird sich an anderer Stelle noch besser auszahlen als hier.« Ihre Augenbrauen versuchten, sich mühevoll zu heben, gaben aber bald auf.

Ich spielte mit. »Der Artikel kommt jetzt genau zur rechten Zeit. Ich würde nicht lange damit warten.«

»Oh, ich glaube, das müssen wir gar nicht.« Ihr Lächeln offenbarte eine Reihe Kaffeetrinkerzähne zwischen einer dicken Schicht Chanel-Lippenstift.

Ich spiegelte ihren Gesichtsausdruck. »Das sind fantastische Neuigkeiten.«

LoLo wackelte mit ihren dunklen Fingernägeln. »Ciao.«

Es schien ein gutes Omen zu sein.

Im schummrigen Dunst der Bar wirkte Mr Larsons Schlachtrossrücken wie eine Fata Morgana. Ich bahnte mir einen Weg durch den vorabendlichen Schwung von Theory-Bleistiftröcken und Bankern mit Eheringen in den Taschen, und meine Absätze klapperten im Takt: »Bitte sei echt, bitte sei echt.«

Ich tippte ihm auf die Schulter. Entweder er hatte seine Krawatte ausgezogen oder den ganzen Tag keine getragen. Sein Hemd öffnete sich zu einem kleinen V an seinem Hals, und der schmale Streifen Haut elektrisierte mich ebenso wie sein Anblick damals, als ich ihn zum ersten Mal in Jeans gesehen hatte. Nur eine Andeutung von alledem, was ich immer noch nicht von ihm wusste.

»Tut mir so leid!« Ich hob einen Mundwinkel zu einem zerknirschten Lächeln. »Ich wurde bei der Arbeit aufgehalten.« Damit blies ich mir eine Haarsträhne aus dem Gesicht, um zu zeigen, wie abgehetzt ich war. Ich habe ja so viel Arbeit, doch für *dich* habe ich mich frei gemacht.

Das stimmte natürlich nicht. Ich hatte um etwa 19.20 Uhr auf der Toilette des *Women's Magazine* angefangen, mich fertig zu machen; erst Deo auftragen, Zähne putzen, so lange Mundspülung in den Wangen halten, bis mir Tränen in die Augen traten;

dann schminken, mit viel Sorgfalt, sodass es aussah, als trüge ich kaum Make-up. Um 19.41 Uhr verließ ich die Redaktion. Eine Minute hinter dem Zeitplan, den ich so ausgetüftelt hatte, dass ich um 20.07 Uhr in der Bar im Flatiron District war. »So weiß er gleich, dass er sich nichts einzubilden braucht«, fand Nell.

Mr Larsons Lippen schwebten über dem Rand seines Whiskey-Glases. »Ich sollte dich ein paar Runden rennen lassen.« Als er einen kleinen Schluck nahm, fiel mir auf, dass der Scotch schon zur Neige ging. Er war also schon aufgewärmt.

Bei der Vorstellung, dass mir Mr Larson sagte, was ich tun sollte, und mich anbrüllte, schneller zu rennen, *quäl dich, TifAni*, begann die Haut in meinem Nacken zu kribbeln. Ich lenkte mich ab, indem ich umständlich auf den Hocker neben ihm Platz nahm. Er sollte nicht sehen, dass er Gefühle in mir auslöste. Noch nicht.

Ich strich mir einen Schwung Haare hinter das Ohr. »Wissen Sie, dass ich immer noch mindestens einmal die Woche Ihr Bergauftraining mache?«

Mr Larson schnaubte ein leises Lachen. Die Haut um seine Augen kräuselte sich, doch sein Gesicht war trotz der grauen Schläfen immer noch jungenhaft. »Wo denn? Diese Stadt ist vor allem eines – flach.«

»Ich weiß, mit den steilen Straßen in Mill Creek kann es so schnell nichts aufnehmen. Ich wohne in Tribeca, deshalb muss ich mit der Brooklyn-Bridge vorliebnehmen.« Ich seufzte drehbuchgemäß. Wir wussten beide, dass es mehr wert war, in einem simplen Studio an der Brooklyn-Bridge zu wohnen als in einer heruntergekommenen Villa in Bryn Mawr.

Der Barmann bemerkte mich und nickte mir fragend zu. »Wodka Martini«, bestellte ich. »Ohne Eis.« Das war mein bevorzugtes Dienstgetränk. Martini reizte mich längst nicht so wie etwa eine Sparpackung Schokobretzeln, doch wenn ich auf die Schnelle ein wenig wärmende Vernebelung brauche, ist er das Elixier meiner Wahl. Manchmal vermittelt er mir sogar ein trügerisches Gefühl von Müdigkeit, die tatsächlich zu Schlaf führen könnte.

»Schau, schau.«

Mr Larson lehnte sich zurück, um sich alles anzusehen, was ich für ihn zusammengestellt hatte. Das abgefahrene Lederkleid, die schwarzen Diamanten im Ohr, die ich extra für ihn freigelegt hatte. Ich bemerkte ein kurzes Aufblitzen in seinen Augen, eine Mischung aus Belustigung und Anerkennung. Nur ein winziger Moment und doch stark und heftig, wie wenn man versehentlich eine heiße Herdplatte berührt. Wenn die körperliche Reaktion alles andere überlagert.

»Ich wusste immer, dass du so werden würdest.«

Ich hätte platzen können, verzog aber keine Miene. »Eine Barfly?«

»Nein, das.« Er schob mir seine Hände offen entgegen. »Du bist eine dieser Frauen, denen die Leute auf der Straße nachsehen und überlegen, wer das ist. Und was sie macht.«

Mein Drink glitt mir auf der Theke entgegen, und ich nahm einen scharfen Schluck. Den brauchte ich, falls ich vermasselte, was ich als Nächstes sagen wollte. »Was ich mache? Nun ja, ich gebe Tipps zu Blowjobs.«

Mr Larson wandte den Blick ab. »Ach, komm, Tif.«

Der Klang meines alten Namens, die Enttäuschung in seinem Gesicht – es war, als hätte mich Deans Hand erneut ins Gesicht geschlagen. Ich nahm noch einen großen Schluck und versuchte, mich mit vom Wodka feuchten Lippen zu erholen.

»Zu viel von der ehemaligen Schülerin?«

Mr Larson rollte sein Glas zwischen den Handflächen.

»Ich hasse es, wenn du dich selbst so fertigmachst.«

Ich bohrte meinen Ellbogen in die Theke und drehte mich auf dem Barhocker, damit er besser sehen konnte, wie belustigend ich das Ganze hier fand.

»Oh, das tue ich gar nicht. Mein Job ist vielleicht kein journalistisches Ruhmesblatt, aber ich sehe das durchaus mit Humor. Glauben Sie mir, mir geht's gut.«

Mr Larson sah mich an, und ich konnte seinen wissenden Blick kaum ertragen.

»Du siehst zumindest so aus. Ich denke, ich versuche einfach herauszufinden, ob es auch stimmt.«

Der Martini wirkte noch nicht recht, ich war noch nicht bereit. Ich dachte, wir würden langsam anfangen, mit ein paar anzüglichen, selbstzerfleischenden Scherzen von mir über meine Arbeit, Mr Larson würde durch meine nonchalante Fassade meinen Ehrgeiz erkennen, den Durchblick, den ich im Gegensatz zu seiner Frau hatte. Ob ich das Gefühl hatte, dass Luke dieser Durchblick auch fehle? *Oh ja, oh ja*, würde ich traurig sagen und vielleicht ein paar Tränchen verdrücken. *Er begreift einfach nicht. Die wenigsten Leute begreifen.* Dann ein vielsagender Blick auf Mr Larson, der ihm versicherte, dass er nicht zu dieser Kategorie gehörte.

»Okay, okay«, lachte ich. »Diese Doku macht mich schwer nervös.«

Als Mr Larson in mein Lachen einstimmte, war ich erleichtert.

»Ich weiß, was du meinst.«

»Ich bin skeptisch, aber ich will es trotzdem unbedingt machen.«

Mr Larson schien nicht zu verstehen.

»Warum skeptisch?«

»Weil ich nicht weiß, welche Tendenz das Ganze hat. Ich weiß, wie man Informationen manipulieren kann.«

Ich senkte meine Stimme und beugte mich näher zu ihm, als würde ich das, was ich nun sagen wollte, nicht jedem erzählen, aber für Mr Larson eine Ausnahme machen.

»Ich meine, ich drehe das, was ich schreibe, wie es mir in den Kram passt. Ich weiß genau, welche Aussage mein Text haben soll, schon bevor ich mit der Recherche anfange und den Fernsehexperten von der *Today*-Show anrufe. Wenn das, was er mir erzählt, nicht dazu passt, stelle ich meine Fragen eben anders. Oder« – ich neigte den Kopf, als mir die zweite Variante einfiel – »ich rufe den Fernsehexperten von *Good Morning America* an und bringe ihn dazu, mir etwas zu erzählen, das passt.«

»Aha, so funktioniert das also.« Mr Larsons Augen verengten sich ganz leicht, als habe er ein Guckloch gefunden, das ihm einen Blick hinter meine Fassade gewährte, einen Riss, der am Ende zum Einsturz führen würde.

Ich verzog spöttisch das Gesicht.

»Ich meine ja nur. Ich kann nicht all meine Hoffnung darauf setzen.«

Mr Larsons Schulter neben mir sackte tiefer. Sein Atem brannte vom Lagavulin-Scotch.

»Nein, das nicht. Aber ich glaube auch nicht, dass du dir Sorgen machen musst. Ich denke, sie wollen die Geschichte hören, die noch niemand kennt, nämlich deine. Andererseits« – er neigte sich zurück und nahm seine erdige Wärme mit, sodass ich mich plötzlich fühlte, als wäre ich im Meer in eine Kaltwasserblase getreten – »gibt es keine Garantie. Ganz gleich was sie über dich sagen werden, wichtig ist nur, was du selbst weißt, hier drin.«

Er legte die Hand auf seine Brust. Es klang so nach gut gemeintem Kinderfernsehen, dass ich mich darüber lustig gemacht hätte, wäre es aus einem anderen Mund gekommen. Doch es kam von Mr Larson, und ich würde noch viele Jahre lang mit zärtlichen Gefühlen daran zurückdenken, immer dann, wenn ich mir nicht sicher war, ob ich eine richtige Entscheidung getroffen hatte.

Ich fummelte an der Ecke einer feuchten Cocktailserviette.

»Mr Larson, da ist für mich nicht viel Tröstliches zu finden.«

Er seufzte, als hätte er gerade wirklich schlechte Nachrichten bekommen.

»Tif, meine Güte. Das macht mich fertig.«

Ich hasste mich dafür, wie mein Gesicht sich in hässliche Falten legte. Um das Desaster zu verdecken, schlug ich mir die Hand auf die Stirn.

Mr Larson krümmte sich, um unter meiner Hand hindurchzusehen.

»Hey«, sagte er, »komm schon. Ich wollte dich nicht aus der Fassung bringen.«

Und dann spürte ich den wundervollen Druck seiner Hand auf meinem Rücken, ein wenig tiefer als nötig, und das Gefühl zwischen meinen Beinen, so stark, dass ich es nicht lange aushalten würde, so köstlich, dass ich es vermissen würde, sobald es verflog. Ich schenkte ihm ein schwaches Lächeln.

»Ich schwör's, ich bin okay.«

Mr Larson lachte, und seine Hand wanderte nach oben, um mir väterlich ermutigend den Rücken zu reiben. Ich verfluchte mich, dass ich erneut auf die falsche Karte gesetzt hatte, machte mir aber im Stillen eine Gedankennotiz. *Er mag mich geknickt.*

»Also wie willst du es machen?«, fragte Mr Larson, nahm seine Hand weg und setzte sich auf. »Fährst du im September hin, um zu drehen?«

Eine ganz pragmatische Frage. Keine große Chance, sich hier schwach zu zeigen.

»Ja, und Sie?«

Mr Larson rutschte auf seinem Hocker und verzog das Gesicht. Die Sitzfläche war zu klein für jemanden wie ihn.

»Ich auch.«

Der Barmann kam vorbei, um zu fragen, ob wir noch etwas trinken wollten. Ich nickte eifrig, doch Mr Larson lehnte dankend ab. Ich sank ein wenig zusammen, versuchte aber, meine Enttäuschung nicht zu zeigen.

»Wird Whitney mitkommen?« Ich atmete gereizt aus. »Luke nämlich nicht.«

»Luke will nicht, dass du das machst?«

Ich sah den besorgten Mr Larson und freute mich.

»Er ist der Meinung, es würde mich an den dunkelsten Punkt meiner Vergangenheit zurückbringen, und das auch noch mitten in den Vorbereitungen für unsere Hochzeit.«

»Nun ja, er macht sich Sorgen um dich. Das verstehe ich.«

Ich schüttelte den Kopf. Das war die Gelegenheit, den tollen Luke bloßzustellen.

»Er hat nur keine Lust auf meine alberne Hysterie. Ihm wäre am liebsten, wenn ich Bradley nie wieder erwähnen würde.«

Mr Larson fuhr mit dem Finger zart über den Rand seines Glases. Ich spürte förmlich wieder, wie er mir damals in seiner Wohnung ein Pflaster auf meine Wange gestrichen hatte. »So«, hatte er gesagt, als es fest an der Haut klebte. Er sprach in sein leeres Glas. »Einen Schlussstrich zu ziehen heißt nicht, dass man gar nicht mehr darüber spricht. Oder dass es nicht mehr wehtut. Es wird wahrscheinlich immer wehtun, denke ich.«

Er sah mich beinahe schüchtern an, um zu sehen, ob ich auch so dachte. So viel Aufmerksamkeit zollte Luke mir nie. Er hielt mir nur mit erhobenem Finger Vorträge, wie ich diesen schrecklichen Abschnitt meines Lebens zu bewältigen hätte. Wozu ich überhaupt den Dokumentarfilm brauchte? Ich sollte mich nicht darum scheren, was andere über mich dächten. So etwas sagte sich natürlich verdammt leicht, wenn man von allen geliebt wurde.

»Das sollte keine Bevormundung sein«, sagte Mr Larson. »Tut mir leid.« Erst als er sich entschuldigte, merkte ich, dass ich ihn mit böser Miene angeblickt hatte.

»Nein.« Ich zwinkerte Luke aus meinen Gedanken. »Sie haben vollkommen recht. Danke, dass Sie das gesagt haben. Niemand sonst sagt so etwas zu mir.«

»Ich bin sicher, er gibt sich alle Mühe.«

Mr Larson griff nach meiner Hand. Das traf mich so unvorbereitet, dass ich für einen Moment ganz steif wurde und er sich fast anstrengen musste, meine Hand zu heben, als wären wir im viktorianischen Zeitalter und er wollte mich auf die Tanzfläche führen.

»Ganz offensichtlich liebt er dich.«

Er legte den Daumen auf den Beweis dafür an meinem Finger, drehte ein wenig am Stein und sah mich mit erhobenen Brauen an.

Es war der ideale Moment, um kühn zu werden.

»Aber ich möchte, dass mich jemand dort abholt, wo ich stehe.«

Mr Larson legte meine Hand behutsam auf die Bar. Ich überlegte, ob ihm bewusst war, dass er gerade alle meine Nervenbahnen in Hochspannung versetzt hatte.

»Da gehören immer zwei dazu, Tif. Du musst dich auch abholen lassen.«

Ich stützte meinen Kopf auf die Hand und sprach die Zeile, die ich mir für unsere erste Liebesszene ausgedacht hatte.

»Mr Larson«, sagte ich, »Sie wollen mich wirklich nicht Ani nennen, oder?«

»Ist das deine Art, mich zu fragen, ob du mich Andrew nennen darfst?«

Sein Mund bildete den Bogen, den er immer hatte, wenn ich ihn mir im Unterricht vorstellte. Dieser Mann würde sich nicht abschleppen lassen, doch ich brannte vor Verlangen nach ihm, ein Gefühl so archaisch und roh wie Durst.

»Denn das darfst du.«

In diesem Moment leuchtete Andrews Hemdtasche auf wie das Herz des Iron Man. Als er sein Handy herausnahm, sah ich kurz den Schriftzug »Whit« auf dem Display. Die vertrauliche Kurzform des Namens fühlte sich an wie Verrat.

»Tut mir leid«, sagte er. »Ich bin gleich mit meiner Frau zum Essen verabredet. Ich habe gar nicht gemerkt, wie rasch die Zeit vergeht.«

Ja, klar war er mit seiner Frau gleich zum Essen verabredet, Ani. Was denkst du dir eigentlich? Dass ihr beide euch in dieser seelenlosen, nüchternen Weinbar in Flatiron eure wahre Liebe erklärt und euch anschließend ein Hotelzimmer sucht? Du bist ja widerlich.

»Ich wollte dir noch schnell etwas sagen«, sagte ich, und Andrew nahm endlich die Augen vom Handy. »Das wollte ich schon lange. Es tut mir wirklich leid. Was damals im Büro von Rektor Mah passiert ist. Dass ich dich im Regen stehen gelassen habe.«

»Du musst dich nicht entschuldigen, Tif.«

»Ani« würde nicht bei ihm hängen bleiben, aber das war auch in Ordnung.

»Möchte ich aber. Und ich habe dir das nie erzählt, aber« – ich ließ den Kopf hängen – »ich habe an dem Morgen in deiner Wohnung mit Dean telefoniert. Während du im Drogeriemarkt warst.«

Andrew dachte einen Moment lang darüber nach. »Aber woher wusste er, dass du bei mir bist?«

»Er wusste es nicht.« Ich erklärte, wie ich bei meinen Eltern angerufen hatte, um zu sagen, ich käme nach Hause, und dabei erfahren hatte, dass Dean mich suchte.

»Ich habe tatsächlich geglaubt, ich könnte am Montag zur Schule gehen, und alles wäre gut.« Ich schnaubte verächtlich. »Gott, was war ich dumm.«

»Dean war dumm.« Andrew legte sein Handy auf die Bar und blickte mich fest an. »Es war alles Deans Verschulden. Nie deines.«

»Und ich habe ihn gewähren lassen.« Angewidert atmete ich aus. »Weil ich Angst hatte, nicht mehr beliebt zu sein, wenn ich es nicht täte. Ich könnte mich dafür selbst erwürgen.«

Als später im College das Gerücht umging, eine Erstsemesterstudentin wäre von einem Kerl aus dem Lacrosseteam vergewaltigt worden, war ich stinksauer auf Olivia, weil sie ihn nicht anzeigte. *Lass die Kerle nicht damit durchkommen!*, wollte ich ihr zurufen, während ich neben ihr an der Salatbar stand. Doch dann sah ich, wie sie Blumenkohlröschen auf ihren Salat häufte – kein Mensch aß Blumenkohl im Salat –, und etwas riss mir fast das Herz heraus. Ich fragte mich, ob das das Lieblingsgemüse ihrer Kindheit war, ob ihre Mutter es eigens für sie gekocht hatte, obwohl ihre Geschwister sich darüber beschwert hatten. Und dann wollte ich sie am liebsten von hinten umarmen, mein Gesicht in ihr nach Seife riechendes blondes Haar drücken und sagen: »Ich verstehe dich.«

Weil ich es auch nicht tun konnte. Wie geplant hatte Mr Larson gleich am Montag seinen Kopf in Rektor Mahs Büro gestreckt und ihm berichtet, dass es erneut einen Vorfall mit Dean Barton und außerdem mit dem neuen Schüler Liam Ross gegeben habe. Ich schaffte es nicht einmal bis in mein Klassenzimmer. Mrs Dern kam mir im Flur entgegen und verkündete, ich würde bereits im Büro des Rektors erwartet. Ich trottete an den Räumen für die Oberstufenschüler vorbei, durch die Cafeteria, in der gähnend die paar wenigen Schüler saßen, die dort frühstücken mussten, und die Treppe hoch in den Verwaltungstrakt. Mr Larson stand in einer Ecke des Raumes und hatte mir höflich die einzige Sitzgelegenheit überlassen. Ich spürte sein erwartungsvoll aufmunterndes Lächeln. Während ich alles abstritt, konnte ich nur auf meine Steve-Madden-Clogs blicken, deren Sohlen einen weißen Rand vom Regen hatten. Ich überlegte, ob meine Mutter wusste, wie man das herausbekam.

»Du hast also nichts zu berichten?«

Rektor Mah keuchte beinahe und machte sich keine Mühe, seine Erleichterung zu verbergen. Die Bartons hatten schließlich den Anbau an die Cafeteria finanziert.

Lächelnd bestätigte ich. Die Wunde auf meiner Wange war dürftig mit Concealer übermalt. Rektor Mah sah es, tat aber so, als würde er nichts bemerken.

»Was ist los?«, wollte Mr Larson danach im Flur wissen.

»Können wir einfach gehen?«, bat ich und marschierte weiter. Er hätte mich gern am Arm genommen, um mich aufzuhalten, doch wir wussten beide, dass er das nicht durfte. Ich ging schneller, um seiner Enttäuschung zu entrinnen, die den Flur erfüllte wie der Geruch von billigem Rasierwasser.

Heute, nach all den Jahren, musterte mich Andrew, als wäre ich ein neues Muttermal auf seiner Brust. Wann ist das wohl aufgetaucht? Könnte es gefährlich sein?

»Du darfst nicht so hart zu dir selbst sein, Tif«, sagte er. »Du hast einfach nur versucht, da durchzukommen.«

Im weichen Licht der Bar konnte ich keinen einzigen Makel in seinem großen gut aussenden Gesicht finden.

»Du hast etwas aus dir gemacht, und du hast es auf ehrliche Weise erreicht. Anders als manch andere Leute, die wir kennen.«

»Dean«, schäumte ich, wobei ich manchmal denke, dass wir uns ähnlicher sind, als ich zugeben möchte.

Ein paar Augenblicke lang saßen wir in stiller Versunkenheit da, während das Licht unsere Konturen verwischte und das Vakuum zwischen uns füllte. Im Augenwinkel sah ich, wie der Barmann wieder zu uns kam, und versuchte vergebens, ihn kraft schieren Willens wegzuscheuchen.

»Darf ich Ihnen noch was bringen?«, erkundigte er sich.

Andrew griff in seine Hosentasche. »Nur die Rechnung.«

Mein frischer Martini schimmerte höhnisch.

»Vielleicht können wir ja mal zusammen Mittagessen gehen?«, bot ich an. »Wenn wir an dem Wochenende beide dort sind.«

Andrew fand die Kreditkarte, die er gesucht hatte, und reichte sie über die Bar.

»Das wäre schön«, antwortete er lächelnd.

Ich erwiderte das Lächeln.

»Danke, dass du die Drinks übernimmst.«

»Tut mir leid, dass ich nicht länger bleiben kann.« Andrew

schüttelte seine Armbanduhr aus seinem Ärmel hervor und blickte mit erhobenen Augenbrauen darauf. »Ich bin jetzt schon ziemlich knapp.«

»Ist schon okay, ich werde hier sitzen und allein meinen Martini trinken« – ich seufzte theatralisch – »und mich freuen, wenn mich die Leute anstarren und überlegen, wer ich bin und was ich tue.«

Mr Larson lachte. »Na, das ist ja zuckersüß. Ich bin stolz auf dich, Tif.«

Die Fassade riss ein Stückchen weiter ein.

Die Schlafzimmertür war zu, der Spalt darunter dunkel. Luke musste früh zu Bett gegangen sein. Ich streifte mein Lederkleid ab und stellte mich ein paar Momente lang über den Rost der Klimaanlage.

Ich wusch mir das Gesicht und putzte meine Zähne. Dann schloss ich die Tür und löschte das Licht. Ich ließ meine Kleidung auf der Couch und schlich in BH und Höschen ins Schlafzimmer – ich hatte die schöne Unterwäsche angezogen. Für alle Fälle.

Luke regte sich, als ich eine Schublade aufzog.

»Hallo«, flüsterte er.

»Hallo.«

Ich öffnete meinen BH und ließ ihn zu Boden fallen. Früher hatte Luke mich immer aufgefordert, nackt ins Bett zu kommen, doch das tat er nicht mehr. Ich zog ein Paar Boxershorts und ein Tanktop an.

Dann schlüpfte ich unter die Decke. Die Luft im Raum war arktisch kalt und künstlich, die Klimaanlage am Fenster brummte aggressiv. Die Lampen waren aus, und dennoch konnte man alles sehen, dank der taghellen Beleuchtung im One World Trade Center, wo im Hauptquartier von Goldman Sachs die American Psychos noch immer an ihren Computern fluchten. Lukes

Augen standen weit offen. Es gibt in ganz New York keinen Raum, der nachts dunkel ist – noch ein Grund, warum ich so gern hier lebe. Die Lichter der Außenwelt, die zu jeder Tages- und Nachtzeit hereinströmen, garantieren mir, dass da immer jemand wach ist, der mir zu Hilfe kommen könnte, wenn etwas Schlimmes passiert.

»Hast du bekommen, was du wolltest?«, fragte Luke mit ausdrucksloser Stimme.

Ich wählte meine Worte sorgfältig. »Es war gut, mit ihm zu reden.«

Luke drehte mir abweisend den Rücken zu. »Ich bin so froh, wenn diese ganze Sache vorbei und alles wieder normal ist.«

Ich wusste, welche Normalität Luke vermisste, welche Ani er sich im Bett wünschte. Es war die Ani nach dem Abend im Chicken Box, der Musikbar auf Nantucket, die berühmt war für ihre lange Warteschlange mit vor Kälte zitternden Mädchen in ostereierbunten Calypso-Hängerchen. Es gab hier eine Barfrau namens Lezzie. Eigentlich hieß sie Liz, doch da sie aussah wie eine etwas schlankere Version von Delta Burke, Camouflage-Klamotten trug und einen Nasenring, fanden es die blaublütigen Blödmänner superwitzig, sie Lezzie zu nennen.

Die Frauen von Lukes Freunden wurden alle ziemlich nervös in Lezzies Gegenwart, ganz im Gegensatz zu mir. Es war schon zu einem Dauergag in unserer Clique geworden – Ani soll die Getränke holen, sie kommt mit mindestens einem Life Is Good (einer ekelhafte Mischung aus Himbeer-Wodka, Sprite, Cranberry-Saft und Red Bull) aufs Haus zurück, weil Lezzie auf sie steht. Luke fand sie auch gut, und zwar weil sie die Kluft aufzeigte, die zwischen mir und den anderen Frauen klaffte, mit ihren dicken Perlohrringen und Patagonia-Fleecejacken, hübsch, aber geschlechtslos. Luke hatte die Frau, die in der Gegenwart einer toughen Lesbe keine Miene verzog, sondern es im Gegenteil sogar als Kitzel empfand, mit ihr zu flirten.

»Da ist ja meine kleine Ani Lennox«, begrüßte Lezzie mich jedes Mal. »Wie viele zuckerfreie?«

Dann hielt ich meine Finger hoch, um anzuzeigen, wie viele der Frauen ihren Life Is Good mit Diätsprite und Red Bull Light wollten. Lezzie lachte vielsagend und sagte dann: »Kommen sofort.«

Während Lezzie die Drinks machte, strich Luke mit der Nase durch mein feuchtes Haar und fragte ganz nahe an meinem Ohr: »Warum nennt sie dich noch mal Ani Lennox?«

Dann neigte ich immer den Kopf zur Seite, um ihm mehr von meinem Hals darzubieten, und antwortete: »Weil Annie Lennox lesbisch ist. Und wenn ich lesbisch bin, darf sie mich ficken.«

Wenn Lezzie die Cocktails zusammenstellte, wurde Luke in seinen roten Nantucket-Shorts steif, und ich musste vor ihm hergehen, während wir die Drinks zum Tisch brachten, wo die Booths und die Griers und die Kinseys saßen.

»Die mit Zitrone sind zuckerfrei«, sagte ich zu den Frauen und konnte mir ein sadistisches Grinsen nicht verkneifen. Lezzie servierte den anspruchsvollen Zicken in ihren weißen Jeans, Größe 26, ihre Diätdrinks am liebsten als echte Kalorienbomben.

Wir tranken mehrere davon, um die kühle Außenluft abzumildern. Auf Nantucket sanken die Temperaturen auf zehn Grad Celsius herab, manchmal sogar auf vier Grad, selbst in der größten Sommerhitze. Dann riefen wir ein Taxi und fuhren zum Harrison-Anwesen zurück, wo es genug Schlafzimmer gab, um Lukes gesamten Abschlussjahrgang unterzubringen. Manche blieben noch auf, um Dope zu rauchen, Bier-Pong zu spielen oder sich in der Mikrowelle sonderbare Mahlzeiten aufzuwärmen, die nur Betrunkene essen können. Luke und ich dagegen gingen immer sofort zu Bett, und mein Kleid knüllte sich in einem Ring um meine Taille, noch ehe wir die Laken aufschlugen. Wir hatten lange zuvor beschlossen, dass ich immer ein Kleid tragen sollte, wenn wir zu Chicken Box gingen, ganz gleich wie kalt es draußen war. So ging alles schneller, wenn wir nach Hause kamen.

Ich war immer fasziniert von Lukes Gesicht, wenn er über mir stöhnte, von den hervortretenden Adern, wie ihm das Blut in die Wangen strömte und die Farbe zwischen seinen Sommersprossen abdunkelte, sodass es aussah, als hätte er gar keine. In diesen Nächten bemühte er sich nie darum, dass ich auch komme – als hätte er sie zu seinem persönlichen Ritual erklärt –, doch ich kam auch so. Und das lag daran, dass ich an den Abend vor knapp zwei Jahren dachte, als Lezzie mir zur Toilette nachgegangen war und mich an die Wand gedrängt hatte, um ihre überraschend zarten und ängstlichen Lippen auf meinen Mund zu legen. An ihren prallen Schenkel, den sie mir zwischen die Beine schob, damit ich etwas hatte, gegen das ich drücken konnte, das mein Verlangen dämpfte.

Ich überlegte lange, ob ich Luke davon erzählen sollte. Nicht weil sich das so gehört hätte oder aus sonst einem selbstgerechten Scheißgrund, sondern weil ich nicht wusste, ob er angeturnt oder angewidert reagieren würde. Die perverse Schwachstelle zu finden, das war bei Luke noch nie leicht gewesen.

Am Ende entschied ich mich dagegen. Vielleicht hätte ich es ihm erzählt, wenn Lezzie mehr wie Kate Upton ausgesehen hätte, vielleicht wenn sie nicht ausgerechnet zu der Zeit beschlossen hätte, mich zu küssen, als ich allmählich ranzig wurde wie eine vergessene Packung Milch im Kühlschrank.

Trotzdem ging ich genau dann ab, wenn Luke die Augen zupresste und sein abschließendes Heulen ausstieß. Ich mochte es, wenn ein Mann danach noch in mir blieb, doch Luke schrumpfte immer sofort zusammen, rollte sich auf den Rücken und brachte keuchend heraus, wie verdammt heftig er mich liebte.

Ich würde es vielleicht nie ganz aus der Spießerfalle schaffen, doch das hieß noch lange nicht, dass ich kein Trophy-Wife war. Ich war nur eine andere Art von Trophy-Wife.

10

Ich fühlte mich ruhig und entschlossen, als Rektor Mah mich gehen ließ. Zwar hatte ich Mr Larson mehr enttäuscht, als er mich je enttäuschen konnte, doch das durfte mich jetzt nicht aufhalten. Der nächste Schritt war klar: Ich musste zu Olivia und mich dafür entschuldigen, dass ich eine Szene gemacht und sie zu Hause in Schwierigkeiten gebracht hatte. Alles tun, um von ihr in Gnaden wieder aufgenommen zu werden. Mein Gefühl sagte mir, dass das möglich war, weil es in Deans Interesse lag, mich bei Laune zu halten. Und dass Olivia Dean folgen würde, stand für mich außer Frage.

Ich versuchte sie vor der Mittagspause zu erwischen und sah unter der Tür ihrer bevorzugten Toilettenkabine nach, hatte jedoch kein Glück. Die nächste Chance, sie zu sehen, war in der Cafeteria. Das hieß, dass ich dort sein musste, ehe die anderen ihre Plätze einnahmen. Da Olivia sich nie etwas zu essen holte, hielt sie meist als Erste am Tisch Hof, sodass das kein Problem sein sollte. Ich fand sie an ihrem üblichen Platz bei ihrem üblichen kranken Ritual: ein Swedish-Fish-Fruchtgummi am Schwanz teilen, die Teile zu Bällchen rollen und in den Mund stecken. An ihrem Mundwinkel sah ich einen halbmondförmigen blauen Fleck, und mir war auf einmal ganz schlecht. Ich wünschte, ich könnte sagen, der Gedanke, was ihr Vater ihr angetan hatte, hat mir den Magen umgedreht, doch ich war vierzehn und egoistisch. Dieser Bluterguss bedeutete meinen Untergang.

»Liv«, sagte ich in der Hoffnung, der Klang ihres Kosenamens würde sie milde stimmen.

»Hm?«, machte sie, als meinte sie, ihren Namen gehört zu haben, sei sich aber nicht sicher.

Ich setzte mich neben sie.

»Ich wollte mich wegen Samstag entschuldigen.« Mir fiel ein, was Dean zu mir gesagt hatte, und fügte hinzu: »Ich sollte auf Alkohol nie was rauchen. Das schießt mich total ins All.«

Olivia wandte sich zu mir und zeigte mir ein Lächeln, so schaurig und entmenschlicht, dass ich noch heute manchmal bei der Erinnerung daran mitten in der Nacht aus dem Schlaf hochschrecke.

»Mir geht's gut.« Sie deutete auf meine Wange mit der ungeschickt überschminkten Wunde. »Wir sind Zwillinge.«

»Scheiße, da bist du ja, Finny.«

Dean stand neben mir, ein übervolles Tablett mit Sandwiches, Chips und einem Getränk in der Hand. Er stellte es unsanft auf den Tisch.

»Was soll die Scheiße? Ich dachte, wir hätten eine Abmachung?«

»Ich verstehe nicht«, erwiderte ich.

»Ich komme gerade aus Mahs Büro«, fuhr er fort und verkündete dann laut, an die Gruppe gerichtet, die sich um den Tisch versammelte, dass er wegen eines »Vorfalls« am Wochenende verwarnt worden sei und dass er wohl diese Woche nicht bei dem großen Spiel gegen Haverford dabei sein werde. Die anderen stießen einen Laut des Entsetzens aus.

»Das ist ja wohl die letzte Scheiße«, fauchte Peyton, und Liam nickte heftig, obwohl er gar nicht Fußball spielte.

»Na ja«, murmelte Dean. »Ich darf spielen, wenn bis dahin nichts mehr passiert.«

(Ich wünsche mir immer, ich hätte gesagt: *Na dann vergewaltige halt niemanden in den nächsten zwei Tagen.*)

Dean blickte mich vernichtend an. »Ich dachte, wir hätten das geklärt.«

»Ich war das nicht«, jammerte ich.

»Du warst also nicht beim Rektor heute Morgen?«

»Doch, aber ich war nicht allein dort«, erklärte ich. »Mr Larson und er haben mich einbestellt. Ich konnte nicht anders!«

Dean verengte seine verschlagenen Augen.

»Aber wieso haben sie dich einbestellt, wenn du nichts gesagt hast?«

»Ich weiß nicht«, sagte ich lahm. »Ich denke, sie haben sich was gedacht.«

»Was gedacht?« Dean ließ ein fiesen Lachen ertönen. »Die sind doch nicht David Copperfield und können Gedanken lesen.«

Während die anderen in gemeinschaftliches Gelächter ausbrachen, kreuzte er die Arme vor der Brust. Wäre die Bemerkung nicht auf meine Kosten gegangen, hätte ich sicherlich mit eingestimmt, denn ich fand es auf eine bizarre Art reizend, dass Dean wusste, wer David Copperfield war.

»Mach einfach, dass du hier wegkommst, TifAni. Geh doch Mr Larsons Schwanz beißen oder sonst was.«

Ich blickte mich am Tisch um und sah in die feixenden Gesichter von Olivia, Liam und Peyton. Hilary hielt sich zurück, sah mich aber nicht an.

Ich wandte mich ab und verließ den modernen Teil der Cafeteria. Eine Tafel am Ausgang verkündete stolz: Familie Barton, 1998.

Ich dachte, Mr Larson würde mich nach allem, was ich durchgemacht hatte, später beim Training in Ruhe lassen, doch stattdessen war er so brutal wie nie. Ich war an dem Tag die Einzige, die die Meile nicht in unter siebeneinhalb Minuten schaffte, woraufhin er alle anderen Strafrunden laufen ließ. Ich hasste ihn dafür und ging einfach, ohne die Dehnungsübungen mitzumachen – obwohl Mr Larson uns das Märchen aufgetischt hatte, dass man dicke Muskeln bekäme, wenn man sich nach dem Laufen nicht ordentlich dehnte. Er rief mir nach, ich solle zurückkommen, doch ich sagte, meine Mutter würde mich vorzeitig abholen, und ich müsse jetzt gehen.

Normalerweise nahm ich den Zug nach Hause, doch an diesem Tag holte Mom mich ab, weil wir zum Vorschlussverkauf bei Bloomingdale's im King-of-Prussia-Center wollten.

Normalerweise benutzte ich die Duschen in der Umkleide nicht. Niemand tat das. Sie waren eklig. Doch an jenem Tag musste ich eine Ausnahme machen, weil ich nicht die nächsten paar Stunden in meinen verschwitzten Klamotten zittern wollte, während ich Wollcabans probierte. Ich wusch mich in aller Eile mit dem Wasser, das roch, als würde es schon in der Leitung stehen, seit die Schule noch ein Internat war. In ein Handtuch gewickelt eierte ich auf den Außenseiten meiner Sohlen zurück zu meinem Spind, um möglichst wenig Hautkontakt mit dem Gummiboden zu haben. Als ich um die Ecke bog, kamen mir Hilary und Olivia entgegen. Sie trieben beide keinen Sport und waren außerdem vom Schulsport befreit. Ich hatte sie noch nie in der Umkleide gesehen.

»Was macht ihr denn hier?«, fragte ich.

»Hey!«, sagte Hilary, und ihre sonderbar kehlige Stimme klang heute peppiger als sonst. Seit ich sie zum ersten Mal in Chemie gesehen hatte, trug sie ihre Haare zu einer hohen Schlinge gebunden. Eine gebleichte beerenblonde Strähne war entwischt; spröde und überbeansprucht stand sie nach oben ab wie der scharfe Zacken einer Krone. »Wir haben dich gesucht.«

»Ja?« Meine Stimme hob sich.

»Ja«, meldete sich Olivia zu Wort.

Im fahlen Laborlicht des Umkleidetrakts sah ihre Nase aus, als wäre sie mit lauter kleinen schwarzen Erdbeerkernen bestreut.

»Was, ähm, was machst du denn heute Nachmittag?«

Alles, was ihr wollt. »Ich soll mit meiner Mutter shoppen gehen. Aber das kann ich auch verschieben, wenn ihr etwas anderes vorhabt.«

»Kein Problem, Tif.«

Hilary drehte sich um. Ihr Profil war unbeweglich wie das eines Samurai. In ihren Alienaugen schien ein Ausdruck von Reue zu liegen.

»Dann ein andermal.«

Sie eilten davon. Verdammt. Mit meiner Willfährigkeit hatte ich sie verschreckt. Wütend zog ich meine Sachen an und zerrte meine Bürste durch mein nasses Haar.

Als ich am Straßenrand vor der Turnhalle saß und auf meine Mutter wartete, kam Arthur vorbei, ließ seine Tasche neben mir auf den Boden fallen und setzte sich. »Hey.«

»Hallo«, erwiderte ich beinahe schüchtern. Es war eine Weile her, dass wir zuletzt gesprochen hatten.

»Alles klar bei dir?«

Ich nickte und meinte es auch. Die kurze Begegnung mit Olivia und Hilary hatte mich wiederbelebt. Es gab noch eine Chance.

»Wirklich?«

Arthur blickte in die Sonne, und seine Augen verengten sich zu Schlitzen hinter seinen Brillengläsern, die aussahen, als wären sie bewusst verschmiert worden, wie ein Graffiti an einem verlassenen Gebäude.

»Weil ich gehört habe, was passiert ist.«

Ich verdrehte meinen Kopf, um ihn anzusehen.

»Was hast du denn gehört?«

»Na ja.« Er zuckte mit den Schultern. »Ich meine, jeder weiß von der Party bei Dean. Was mit Liam passiert ist. Und mit Peyton. Und Dean.«

»Danke, dass du sie alle noch mal aufzählst«, murmelte ich düster.

»Und von der Pille danach«, fügte er hinzu.

»Himmel noch mal«, stöhnte ich.

»Die glauben alle, du hättest Olivias Party platzen lassen, weil du eifersüchtig auf sie und Liam warst.«

»Das glauben die Leute?« Ich versteckte meinen Kopf zwischen den Knien, und meine nassen Haare fielen wie Schlangen über meine Arme.

»Stimmt es denn?«

»Fragen sich die Leute nicht, wie ich das hier bekommen habe?«

Ich deutete auf meine Wange, die ich nach dem Duschen einfach ungeschminkt gelassen hatte.

Arthur zuckte mit den Schultern.

»Bist du hingefallen?«

»Ja.« Ich schnaubte. »Und Dean hat mich aufgefangen.«

Der rote BMW meiner Mutter erschien in der Auffahrt. Zwischen all den schwarzen und grauen Limousinen und SUVs fiel er auf wie ein entzündeter Daumen. Natürlich fuhr Tifani Fanellis Mutter ein nuttenrotes Auto. Das Schlampengen lag in der Familie.

»Ich muss gehen«, sagte ich zu Arthur.

Der nächste Morgen begann frisch und strahlend, als erster richtiger Herbsttag. Freudig hüllte ich mich in den neuen schwarzen Caban, den Mom mir am Vortag gekauft hatte. Ich hatte ihn bei Banana Republic entdeckt, und er war nicht reduziert gewesen wie die Sachen bei Bloomingdale's. Doch Mom fand, ich sähe so scharf darin aus, dass sie ihn mir trotzdem kaufen würde. Sie musste die Summe auf Kreditkarte und Bargeld verteilen und schärfte mir ein, Daddy nichts davon zu sagen. Ich hasste es, wenn sie ihn »Daddy« nannte.

In der Bahn auf dem Weg zur Schule spürte ich noch Hoffnung, ein großer schimmernder Luftballon in meiner Brust. Hilary und Olivia waren noch nicht fertig mit mir. Die Luft war neu und frisch, und ich sah »scharf« aus.

Als ich die Schule betrat, spürte ich etwas anderes. Ein Pochen. Die Flure waren erfüllt davon. Ein Grüppchen Neunt- und Zehntklässler und ein paar verstoßene höhere Jahrgänge standen zusammen am Eingang und begafften etwas offensichtlich wahnsinnig Aufregendes. Ich näherte mich dem Raum für die Oberstufenschüler, in dem ausschließlich Elft- und Zwölftklässler zugelassen waren, eine unumstößliche Regel, die sogar Eltern und Lehrer respektierten. Statt hineinzugehen blieben sie grundsätzlich in der Tür stehen und riefen den Namen des Schülers, den sie suchten.

Diesmal teilte sich die Menge, als ich kam, ganz langsam, wie in Zeitlupe.

»Oh mein Gott«, sagte Allison Calhoun aus meinem Jahrgang, die mir an meinem ersten Tag die kalte Schulter gezeigt hatte, doch dann anfing, sich bei mir einzuschleimen, als sie merkte, dass Hilary und Olivia mich aufgenommen hatten. Sie kicherte schadenfroh in ihre Hand.

Auf dem Weg zur Demarkationslinie des Raumes entdeckte ich, was den Auflauf verursacht hatte. Meine Laufshorts – die ich gestern im Training getragen hatte – waren an das schwarze Brett gepinnt. Darüber prangte ein handgeschriebenes Schild: Schlampenriechprobe (auf eigenes Risiko ... STINKT!). Die Worte waren in leuchtenden Seifenblasenbuchstaben geschrieben, als handelte es sich um einen Spendenaufruf für krebskranke Kinder. Nur ein Mädchen konnte das geschrieben haben. Ich dachte an die Szene in der Umkleide am Vortag, als Hilary und Olivia so merkwürdig nett zu mir gewesen waren, und mir schwante etwas.

Ich trat den Rückzug auf jenem Weg an, den ich gekommen war. Auf dem Flur gegenüber befand sich eine Toilette, wo ich mich in eine Kabine einschloss. Mir fiel ein, wie ich gestern meine Regel bekommen hatte, ganz erleichtert, weil es bedeutete, dass die Pille danach gewirkt hatte. Durch das Laufen war sie wohl in Gang gekommen. Als ich die Shorts ausgezogen hatte, waren sie bräunlich rot verschmiert gewesen. Ich wollte mir gar nicht ausmalen, wie eklig sie aussahen und wie scheußlich die Mischung aus Schweiß und Menstruationsblut roch. Hilarys und Olivias Freundlichkeit hatte mich so aus der Fassung gebracht, dass ich gar nicht bemerkt hatte, dass die Shorts nicht da waren, als ich meine Tasche packte.

Die Tür ging auf, und ich hörte das Ende einer lebhaften Debatte: »… hat's aber verdient.«

»Komm, das war schon ganz schön gemein, oder?«

Lautlos kletterte ich auf den Toilettendeckel und hockte mich auf meine Fersen.

»Dean treibt es zu weit«, sagte eine andere Stimme. »Es ist alles nett und lustig, bis sie dann versucht, sich umzubringen, wie Ben.«

»Ben kann nichts dafür, dass er schwul ist«, sagte das erste Mädchen. »Sie kann nichts dafür, dass sie eine Nutte ist.«

Ihre Freundin lachte, und ich unterdrückte ein heftiges Schluchzen. Ich hörte Wasser plätschern, dann raschelten Papiertücher. Schließlich fiel die Tür hinter ihnen zu.

Ich hatte in meinem ganzen Leben noch nie die Schule geschwänzt. Noch heute bin ich nicht imstande, mich krankzumelden, so sehr habe ich mein katholisches Schulmädchen-pflichtbewusstsein verinnerlicht. Doch dieser Tag war mehr, als ich ertragen konnte, stärker als die Furcht vor möglichen Konsequenzen. Ich konnte mich nur noch dieser Demütigung hingeben, die so drastisch war, dass sie mir den Atem raubte. Ich blieb, wo ich war, knetete unaufhörlich eine Haarsträhne (»selbstberuhigendes Verhalten« nennt das unsere Expertin für Körpersprache beim *Women's Magazine*), und wartete, bis das Klingeln zur ersten Stunde verhallt war. Um sicherzugehen, dass ich nicht einem Trödler über den Weg lief, harrte ich weitere fünf Minuten aus, ehe ich von der Kloschüssel stieg, lautlos wie Spiderman, die Tür aufstieß und entschlossen über den Flur auf den Hinterausgang zumarschierte. Ich würde die Bahn bis zur Thirtieth-Street-Station nehmen und den Rest des Tages in der Stadt herumstreunen. Auf halbem Weg zum Ausgang hörte ich, wie jemand über den Parkplatz hinweg meinen Namen rief. Arthur.

»Ich glaube, wir haben hier noch einen Rest Lasagne.«

Arthur spähte in den laut brummenden Kühlschrank.

Ich blickte auf das Display des Ofens: 10:15.

»Nein, danke.«

Arthur stieß die Tür mit der Hüfte zu. In der Hand hielt er einen Auflauf, der dick mit Käse überbacken war. Er schnitt ein großzügiges Stück ab und schob seinen Teller in die Mikrowelle.

»Oh.« Er schleckte sich Tomatensauce vom Finger und ging in die Hocke, um in seinem Schulrucksack zu kramen. »Hier.« Er warf mir meine Shorts zu.

Sie waren federleicht, doch als sie in meinem Schoß landeten, stieß ich ein tiefes »Uff« aus, als hätte mich jemand in den Magen getreten.

»Wie bist du da drangekommen?« Ich strich sie auf meinen Oberschenkeln glatt wie eine Serviette.

»Die sind ja nicht die *Mona Lisa*«, sagte er.

»Was soll das heißen?«

Arthur schloss den Reißverschluss des Rucksacks und verdrehte die Augen.

»Hast du noch nie vom Louvre gehört?«

»Was ist das, Louvre?«

Arthur lachte. »Oh je.«

Die Mikrowelle piepste, und Arthur stand auf, um sein Essen zu probieren. Während er mir den Rücken zudrehte, roch ich rasch an meinen Shorts. Ich musste wissen, was alle anderen in die Nase bekommen hatten.

Es war schlimm. Ein scharfer, animalischer Geruch, der sich in der Lunge festsetzte wie eine Krankheit. Ich stopfte den klammen Stoffball in meinen Rucksack und stützte meinen Kopf auf eine Hand, sodass meine stillen Tränen schräg über meine Nase liefen.

Arthur setzte sich mir gegenüber und ließ mich weinen, während er Berge dampfenden Fleisches mit roter Sauce in sich hineinschaufelte. Zwischen zwei Bissen sagte er: »Wenn ich hiermit fertig bin, zeig ich dir was, und ich verspreche dir, danach wird es dir besser gehen.«

Arthur verputzte die Lasagne binnen Minuten. Er brachte den Teller zur Spüle und legte ihn einfach hinein, ohne ihn abzuspülen. Mit einem Wink seiner Hand ging er auf eine Tür in einer Ecke der Küche zu. Ich nahm an, das wäre eine Speisekammer oder ein Einbauschrank, doch als Arthur sie öffnete, wurde ein kühles schwarzes Rechteck sichtbar. Später würde ich entdecken, dass Arthurs Haus eine erstaunliche Anzahl Türen hatte – zu Treppenhäusern, Wandschränken, Räumen voller Bücher und Zeitungen und klumpigen alten Sofas mit Blumenmuster in den Ecken. Die Familie seiner Mutter hatte früher einmal viel Geld gehabt, doch das war fest in Treuhandfonds gebunden und durch alte Verträge so sehr blockiert, dass niemand es je würde ausgeben können. Mr Finnerman hatte Arthur und dessen Mutter acht Jahre zuvor verlassen. Mrs Finnerman litt sehr darunter, was sie jedoch nicht zugab. »Ein Esser weniger am Tisch!«, sagte sie gern, wenn sie sich bemitleidet fühlte. Mrs Finnerman hatte kurz nach Arthurs Geburt eine Stelle an der Bradley-Highschool bekommen. Ihr Mann war nie vor zwölf aufgestanden und hatte sein eigenes Gewicht kaum tragen können – sie wusste, dass sich das nie ändern würde, und so war sie froh, dass ihrem Sohn durch ihre Anstellung ein Platz an der Schule garantiert war und sie finanziell entlasten würde. Nicht alle, die in Main Line wohnten, waren wohlhabend, doch die Prioritäten waren auf jeden Fall andere als die, mit denen ich aufgewachsen war. Bildung, Reisen, Kultur – dafür sollte jeder Cent ausgegeben werden, nicht für blitzende Autos, protzige Logos oder Körperpflege.

Trotz allem wurde in Main Line eher akzeptiert, wer aus verarmten, ehemals wohlhabenden Verhältnissen stammte, als eine Familie von Neureichen. Das war ein Grund, warum Arthur Dean nicht ausstehen konnte. Arthurs Besitz würde sich am Ende wesentlich mehr lohnen als die neueste Mercedes S-Klasse: Er war gebildet. Er wusste rätselhafte Dinge, wie zum Beispiel, dass man Salz und Pfeffer immer zusammen reichte und dass ein Steak immer à point gebraten sein musste. Er wusste, dass der New Yorker Times Square der schlimmste Ort der Welt und Paris in zwanzig Arrondissements unterteilt war. Bald würde er dank seiner Verbindungen und Zeugnisse an der Columbia University angenommen werden, wo mehrere Generationen der Familie seiner Mutter studiert hatten.

Die Hand am Türknauf, sah er sich zu mir um. »Kommst du?«

Aus der Nähe erkannte ich ein paar abgetretene Stufen, die weiter abwärts vom Dunkel geschluckt wurden. Ich hatte die Dunkelheit immer gehasst. Ich ließ immer noch das Licht im Flur an, wenn ich zu Bett ging.

Arthur tastete sich an der Wand entlang, bis er den Lichtschalter fand. Eine einsame Glühbirne leuchtete zitternd auf. Beim ersten Schritt erhob sich eine Staubwolke unter seinem Fuß. Er hatte die Schuhe sofort von sich gekickt, als er das Haus betreten hatte, und seine Füße waren geschwollen, die Haut rosig und glänzend wie die eines Babys.

»So sieht es bei uns im Keller nicht aus«, sagte ich und folgte ihm in kurzem Abstand. Der Boden bestand aus nacktem grauen Beton, die Wände waren aufgerissen und offenbarten orangefarbenes wolliges Füllmaterial. Ein Berg aus Kram schmiegte sich an eine Seite – alte Möbel, Kisten voller zerkratzter Schallplatten, verstaubte Taschenbücher, alte Ausgaben des *New Yorkers* voller Schimmel.

»Lass mich raten.« Arthur grinste mir über die Schulter zu. Im gelblichen Licht der Glühlampe sah seine Akne lila aus. »Er ist mit Teppich ausgelegt.«

»Ja. Und?«

Arthur setzte seinen Weg in Richtung des Gerümpels an der gegenüberliegenden Wand fort, ohne zu antworten. Ich ließ meine Stimme durch den Raum hallen. »Was spricht gegen Teppich?«

»Teppich ist piefig«, erklärte er und stakste zwischen den Kisten herum. Für den Rest meines Lebens würde ich nur noch auf Parkett leben.

Arthur hockte sich auf den Boden, sodass ich kurzzeitig nur seinen fettigen Haarschopf sehen konnte.

»Ach du liebe Zeit« – er lachte –, »schau dir das an.«

Als er aufstand, hielt er einen Hirschschädel in der Hand wie eine Opfergabe.

Ich kräuselte meine Nase.

»Bitte sag, dass das nicht echt ist.«

Arthur blickte einen Moment lang in die sanften Augen des Tieres, als wollte er sich eine Meinung bilden.

»Natürlich ist das echt«, entschied er. »Mein Vater ist Jäger.«

»Ich halte nichts vom Jagen«, verkündete ich säuerlich.

»Von Hamburgern aber schon, oder?«

Arthur warf den Schädel in eine offene Schachtel. Ein Geweihende wand sich ornamental in die Luft, eine knochige Bohnenstange, die ins Nichts führte. »Du lässt nur andere die Drecksarbeit für dich erledigen.«

Ich kreuzte die Arme vor der Brust. Ich hatte sagen wollen, dass ich nichts vom *Jagdsport* hielt, aber ich wollte nicht mit ihm streiten und diesen kleinen Ausflug weiter ausdehnen. Wir waren erst seit ein paar Minuten hier unten, und doch war mir schon kalt, und ich fühlte mich aufgeweicht wie Haut in einem nassen Badeanzug.

»Was willst du mir denn zeigen?«, drängte ich.

Arthur bückte sich, um in einer anderen Kiste zu wühlen, betrachtete, was er gefunden hatte, entschied dann, dass es nicht das war, was er suchte, und warf es zur Seite.

»Aha!«

Er hielt etwas hoch, das wie ein Lexikon aussah, und winkte mich zu sich. Seufzend folgte ich dem Pfad, den er durch die Müllhalde gebahnt hatte. Als ich ihn erreicht hatte, sah ich, dass er ein altes Jahrbuch in der Hand hielt.

Arthur schlug den hinteren Buchdeckel auf und kippte die Seite, sodass ich lesen konnte, was neben seiner rosa Fingerspitze geschrieben stand.

Art-man,

ich mach jetzt nicht einen auf schwul und erzähl dir, was du für ein guter Freund bist, also verpiss dich!

Bart-man

Ich las die Zeilen dreimal, bis ich kapierte. Bart-man war Dean, Dean Bart-on.

»In welchem Jahr war das?«

»1999.« Arthur feuchtete seine Fingerspitze an und begann zu blättern. »Sechste Klasse.«

»Du warst mit Dean befreundet?«

»Er war mein allerbester Freund.« Arthur kicherte böse.

»Schau.«

Er deutete auf eine Collage aus Schnappschüssen: Schüler in der Mittagspause, beim Grimassenschneiden am Supersamstag, mit einem riesigen grünen Alligator, dem Maskottchen von

Bradley. Ein Foto in der linken unteren Ecke – es war ebenso unscharf wie alle Fotos nach ein paar Jahren, auf denen das eigene vergangene Ich altmodisch und angestaubt wirkt, und wir mit spöttischer Überlegenheit erkennen, was wir heute im Gegensatz zu damals alles wissen – zeigte Arthur und Dean mit winterblassen Gesichtern, deren lächelnde Lippen dringend einen Fettstift gebraucht hätten. Arthur war pummelig, wenn auch längst nicht so dick wie jetzt. Dean dagegen war ein Hänfling, und sein Arm, den er um Arthurs Stiernacken gelegt hatte, so schmächtig und zart, dass er jemandes kleiner Bruder hätte sein können.

»Das war vor den Sommerferien, in denen er seinen Wachstumsschub hatte«, erklärte Arthur. »Als er groß wurde, verwandelte er sich in ein Arschloch.«

»Nicht zu fassen, dass ihr mal Freunde wart.«

Ich brachte mein Gesicht näher an die Seite und zwinkerte. Ob die Mädchen in Mount St. Theresa das jetzt auch zu Leah sagten? Nicht zu fassen, dass du mal mit Tifani befreundet warst. Sie würden ungläubig lachen. *Das ist ein Kompliment, Leah.* Und selbst wenn sie es jetzt noch nicht sagten, es würde nicht lange dauern.

Arthur klappte das Buch zu und erwischte dabei fast meine Nase. Erschrocken stieß ich einen leisen Schrei aus.

»Also tu nicht so, als wärst du die Erste, die Dean Bartons Rache erfährt.«

Er strich nachdenklich mit dem Daumen über den schweren goldfarbenen Einband.

»Er würde alles tun, damit die Leute vergessen, dass er früher bei der Schwuchtel übernachtet hat.«

Damit klemmte er sich das Jahrbuch unter den Arm, und ich dachte, wir würden jetzt gehen. Doch dann sah er in der Ecke etwas. Er stapfte tiefer in den Haufen Kisten hinein und bückte sich, um das Jahrbuch gegen eine neue Entdeckung zu ersetzen.

Da er mit dem Rücken zu mir stand, konnte ich zunächst nicht sehen, was er in der Hand hielt, sondern hörte nur ein leichtes Lachen. Als er sich umdrehte, richtete sich der lange schlanke Lauf eines Gewehrs auf mich. Er brachte die Waffe näher an sein Gesicht, drückte seine pralle Wange gegen den Griff und legte den Finger um den Abzug.

»Arthur!«, kreischte ich und machte ein paar Schritte rückwärts. Dabei verlor ich das Gleichgewicht und landete mit der Hand auf einem alten Schwimmpokal. Es war die Hand, auf der ich auch gelandet war, als Dean mich geschlagen hatte, und ich schrie irgendwas Unzusammenhängendes.

»Oh mein Gott!«

Arthur krümmte sich in einem ebenso heftigen wie lautlosen Lachanfall und stützte sich auf das Gewehr, als wäre es ein Stock.

»Entspann dich«, keuchte er mit leuchtend rotem Gesicht, »es ist nicht geladen.«

»Du bist wirklich nicht witzig.«

Ich rappelte mich auf und drückte mein Handgelenk, um den Schmerz zu betäuben.

Arthur rieb sich die Augen und brachte mit einem Seufzen seinen Lachanfall zu Ende. Ich starrte ihn an, doch er kullerte nur spöttisch die Augen. »Ernsthaft« – er nahm das Gewehr am Lauf, drehte es, sodass der Griff zu mir zeigte, und hielt es mir entgegen – »es ist nicht geladen.«

Widerstrebend ließ ich mein Handgelenk los und nahm den Griff, der von Arthurs Hand leicht feucht war. Einen Moment lang hielten wir ihn beide fest, zwei Staffelläufer in der Sekunde der Stabübergabe. Dann ließ Arthur los, und das ganze Gewicht der Waffe lag in meiner Hand. Sie war schwerer, als ich dachte. Der Lauf sank nach unten und schrammte über den Beton. Ich legte die andere Hand an das kühle Metall und hob ihn wieder an.

»Warum hat dein Vater das hiergelassen?«

Arthur starrte in die Öffnung des Laufes. Im flackernden Licht war seine Brille beschlagen und fleckig. Ich war kurz davor, mit den Fingern zu schnippen und zu jodeln: »Jemand zu Hause?«, doch dann schob er plötzlich eine Hüfte zur Seite und ließ seine Hand vom Unterarm baumeln.

»Warum?«, sagte er mit singender Stimme. »Um einen Mann aus mir zu machen, Dummerchen.«

Das letzte Wort kam genäselt, mit noch weiter ausgefahrener Hüfte. Ich war nicht sicher, wie ich reagieren sollte, also lachte ich, denn das erwartete er von mir.

Es war schon beinahe November, als die Temperaturen fielen und die letzten Reste des Sommers vertrieben. Trotzdem rann mir der Schweiß unter meinem Sport-BH heraus, als ich bei Arthur klingelte. Die Assistenztrainerin des Mädchen-Hockeyteams, die seit Wochen Mr Larson vertrat, Bethany, hatte keine Ahnung von dem, was sie tat, und ließ uns einfach jeden Tag acht Kilometer laufen – Hauptsache, wir waren eine Stunde lang weg, damit sie mit dem sportlichen Leiter der Schule flirten konnte, der verheiratet war und dessen zwei Kinder die Mittelschule besuchten. Ich hatte mir angewöhnt, bei Kilometer zwei quer durch den Wald abzukürzen und bei Arthur vorbeizuschauen, um etwas zu rauchen. Entweder Bethany merkte nicht, dass ich nicht mit den anderen zurückkam, oder es war ihr egal. Ich vermute Letzteres.

Arthur öffnete die Tür einen Spaltbreit, sodass nur ein Streifen seines Gesichts zu sehen war, wie Jack Nickelson in *Shining*, nur mit Pickeln.

»Ach, du«, sagte er.

»Wer sollte es wohl sonst sein?«

Seit dem Tag vor mehreren Wochen, als ich die Schule geschwänzt hatte, war ich jeden Tag hier gewesen. Natürlich war ich beim Schwänzen erwischt worden, und natürlich hatten mir meine Eltern Stubenarrest erteilt. Als sie mich fragten, warum ich das getan hätte, was denn »so wichtig« gewesen sei, dass ich mitten am Tag das Schulgelände verlassen musste, erzählte ich ihnen, ich hätte Heißhunger auf die Pizza mit Penne alla Wodka von Peace A Pizza gehabt. »Heißhunger?«, hatte Mom sich ereifert. »Bist du vielleicht schwanger oder was?« Ihre Mundwinkel waren in dem Moment abgestürzt, als ihr aufging, dass immer wieder Highschoolschülerinnen schwanger wurden, und wie demütigend es für sie wäre, wenn sie mit ihrer vierzehnjährigen Tochter Umstandskleidung kaufen müsste.

»Mom!«, gab ich empört zurück, obwohl sie in Wahrheit gar nicht so danebengelegen hatte.

Ich denke, Bradley hatte durchaus einen Verdacht, dass im Oberstufenraum irgendetwas vorgefallen war, das die Tugendregeln der Schule verletzt hatte, doch Arthur hatte meine Shorts entfernt, ehe sie herausfanden, was genau passiert war, und ich würde es ihnen garantiert nicht erzählen.

Schlimmer als alles andere aber war, dass Mr Larson ohne jede Erklärung verschwunden war. »Er hat uns verlassen, um sich neuen Aufgaben zu widmen«, lautete der lapidare Kommentar der Schulverwaltung. Ich vertraute Arthur – und nur ihm – an, dass ich bei Mr Larson übernachtet hatte. Seine Augen weiteten sich hinter seiner schmutzigen Brille, als ich ihm erzählte, dass wir im selben Raum geschlafen hätten.

»Heilige Scheiße!«, keuchte Arthur. »Hattest du Sex mit ihm?«

Ich warf ihm einen angewiderten Blick zu, den er mit einem Lachen quittierte.

»War nur ein Scherz. Er hat eine Freundin. Und was für eine. Ich habe gehört, sie hat für Abercrombie & Fitch gemodelt.«

»Wer hat dir das erzählt?«, fragte ich spitz, weil ich mich sofort klein und pummelig fühlte, eine fette kleine Loserin, die Mr Larsons Mitleid erweckt hatte.

Arthur zuckte die Schultern.

»Das sagen alle.«

Obwohl ich Stubenarrest hatte, wussten meine Eltern nicht genau, wann mein Crosslauftraining endete, und so konnte ich fast jeden Tag problemlos bei Arthur vorbeischauen. Zum ersten Mal war ich dankbar, dass ich so weit weg wohnte und den Zug nehmen musste. »Manchmal dauert es anderthalb Stunden, manchmal zwei«, erzählte ich meiner Mutter. »Je nachdem, was das Streckenziel ist.« Sie nahm mich beim Wort, also musste ich sie nur von dem bazillenverseuchten öffentlichen Telefon an der Bryn-Mawr-Station aus anrufen und sagen: »Ich komme mit dem Zug um 18.37 Uhr.« Bis dahin war das Training schon lange vorbei und mein Dope-Rausch einem warmen, weichen Dämmern gewichen. Dann legte ich den Hörer auf und sah zu, wie der 18.37er-Zug mit einem erschöpften Zischen langsam zum Stehen kam. Entweder ich bewegte mich in Zeitlupe oder die Welt um mich herum.

Arthurs Augen spähten über meine Schulter hinweg über den Squashcourt und den daran angrenzenden Parkplatz, wo Nannys in ramponierten Hondas saßen und Radio hörten, während sie darauf warteten, dass ihre Kinder vom Training kamen.

»Hier sind schon Leute vorbeigekommen, haben geklingelt und sind einfach weggerannt.«

»Wer?«, fragte ich mit einem flauen Gefühl im Magen.

»Was meinst du denn?«

Er sah mich vorwurfsvoll an, als könnte ich etwas dafür.

»Würdest du mich vielleicht mal reinlassen?«

Ein zitternder Schweißtropfen löste sich von meinem BH und ließ sich ganz langsam von meiner Unterwäsche aufsaugen.

Arthur zog die Tür weiter auf, und ich schlüpfte unter seinem Arm hindurch.

Ich folgte ihm drei Stockwerke nach oben, und die Treppen

knarrten geräuschvoll unter unserem Gewicht. Er war im Sommer aus seinem Zimmer auf den Speicher gezogen und hatte mir das bei meinem ersten Besuch dort erläutert.

»Warum?«

Unbehaglich sah ich mich in dem nüchternen Raum um und rieb mir die Gänsehaut von den Armen. Die Wände waren nicht isoliert, es fühlte sich unwohnlich und ungeschützt an, alles andere als heimelig. Arthur streckte seine Hand aus dem Fenster und drückte die verkrustete Regenrinne gegen die Dachkante, sodass schwarze Asche aufstob wie schwarzer Schnee.

»Wegen der Privatsphäre«, sagte er.

Er hatte nicht viel mitgenommen, selbst seine Kleidung war in seinem alten Zimmer geblieben. Jeden Morgen vor der Schule nutzte er es als Kleiderkammer. Ein wichtiges Objekt jedoch hatte ihn auf der Reise in den Norden begleitet und thronte nun auf dem Stapel Schulbücher, der ihm als Nachtkästchen diente: ein Foto von ihm als Kind mit seinem Vater. Es war Sommer, sie standen am Strand und schauten auf das schmutzigbraune Meer hinaus. Jemand hatte pastellfarbene Muscheln auf den Rahmen geklebt. Ich hatte es einmal in die Hand genommen und gewitzelt: »Das sieht aus wie im Kindergarten gebastelt.« Arthur hatte es mir aus der Hand gerissen. »Meine Mom hat es für mich gemacht. Fass das nicht an.«

Unter dem kostbaren Foto lag das Jahrbuch von der Bradley-Mittelschule, das eine wichtige Rolle bei unserer neuen Lieblingsbeschäftigung spielte: die Klassenfotos von Hilary und Olivia und den Pelzbeinen zu verunstalten. Es machte mehr Spaß, sie in ihrer jüngeren Form zu zerstören – mit Zahnspange, Zottelhaaren, viel zu langen Gliedmaßen, kurzum: hässlich.

Wir taten das nach dem Rauchen und nachdem wir auf wackeligen Beinen kichernd die Treppe hinuntergestolpert waren, um die Küche zu plündern. Mrs Finnerman hatte bis fünf Uhr in der Schule Sprechstunde und blieb dann meistens noch eine

Stunde, um zu korrigieren, bis dahin gehörte das Haus uns. Das Beste daran war, dass sie davon keine Ahnung hatte.

Manche Menschen nehmen ab, wenn sie unter Stress stehen. Ich dachte, ich gehörte auch zu dieser Gruppe, doch nachdem die essigsaure Angst vor dem, was aus mir werden sollte, gewichen war und mir voll bewusst wurde, was ich geworden war – nämlich die dauergeile Neue, nach den ersten sieben Wochen des Halbjahres schon abgewrackt –, schmeckte es mir so gut wie nie zuvor.

Arthur hatte das schon vor Jahren für sich entdeckt und war ein leidenschaftlicher Komplize. Gemeinsam entwickelten wir alle möglichen absonderlichen Rezepte, um unser emotionales Vakuum zu füllen. So machten wir zum Beispiel Nutella in der Mikrowelle heiß, bis es sich in einen Schokokeks verwandelte. Das war noch bevor man Nutella überall kannte, und so wusste ich erst einmal nichts damit anzufangen, als ich in der Speisekammer zum ersten Mal darauf stieß. »Was ist das denn?«, hatte ich gefragt. »So ein komisches Zeug aus Europa«, hatte Arthur achselzuckend erwidert, und ich war schwer beeindruckt gewesen. Oder wir legten eine Rolle Plätzchenteig auf ein Backblech, die wir im Ganzen in den Ofen schoben und backten, bis die Enden golden waren und das Innere noch rohe Eimasse, die wir mit dem Löffel aßen. Sämtliche Klamotten, die meine Mutter mir zu Beginn des Halbjahres gekauft hatte, sträubten sich gegen mich; der Reißverschluss meiner Hosen klaffte auf wie meine Beine mit Peytons Kopf dazwischen und weigerte sich zu schließen, auch wenn ich noch so fest daran zog.

Nachdem wir heute die Treppe hinunter in die Küche gepoltert waren – Arthur hielt das Jahrbuch unter dem Arm wie meine zukünftige Schwiegermutter ihre Retro-Chanel-Clutch –, verkündete er, dass er Nachos wolle. Er hielt die Türen des Küchenschranks weit auf, sodass er aussah wie ein Dirigent vor seinem Orchester.

»Du bist ein Genie«, sagte ich, und meine Mundwinkel zuckten gierig.

»Du meinst ein Genachos.«

Arthur warf mir über die Schulter einen koketten Blick zu, und ich lachte so heftig, dass meine Knie weich wurden. Dann lag ich auf den Fliesen der alten Küche, die meine Mutter »zopfig« gefunden hätte, und bei dem Wort »zopfig« bekam ich dann auch noch Seitenstechen vor lauter Lachen.

»Tifani«, schimpfte Arthur. »Du hast nicht mehr viel Zeit.« Er deutete auf das Display am Ofen. Es war 17.50 Uhr.

Die Vorstellung, nichts abzubekommen, ernüchtert mich. Ich rappelte mich wieder auf die Beine und fing an, Zutaten aus dem Kühlschrank zu holen – einen orangefarben schimmernden Käsequader, blutrote Salsa, einen wässrigen Becher saurer Sahne.

Schweigend richteten wir die Nachos an, achtlos, mit vernebeltem Hirn. Dann trugen wir den Teller zum Linoleumtisch und setzten uns, um uns über die Chips herzumachen, immer noch schweigend vor lauter Gier, die mit dem dicksten Käsebelag zu erwischen. Als kein Krümel mehr übrig war, stand Arthur auf und nahm eine Literpackung Minz-Schokochip-Eis aus dem Gefrierschrank. Er holte zwei Löffel, steckte sie in die pastellfarbene Oberfläche und stellte die Packung auf den Tisch zwischen uns.

»Ich bin so fett«, stöhnte ich und grub ein großes Stück Schokolade aus.

»Na und.« Arthur steckte sich den Löffel in den Mund und zog ihn langsam heraus, wobei er alles Fleisch vom Knochen saugte. »Ich bin heute auf dem Flur Dean begegnet. Er meinte: ›Du bist ganz schön breit, weißt du das?‹«

Ich mochte das Eis in den Ecken am liebsten. Es schmolz zuerst und ließ sich ganz leicht um die Kante des Kartons herumschieben.

»Reiches weißes Scheißgesindel.« Arthur stach mit dem Löffel in die Packung. »Du kennst ja nicht mal die halbe Geschichte.«

Ich rieb mit der Zunge eine dünne Schokoschicht von einem Backenzahn. »Wovon weiß ich nichts?«

Arthur blickte mit gerunzelter Stirn auf das Eis. »Ach nichts. Vergiss es.«

»Okay« – ich hielt einen Moment im Essen inne – »jetzt musst du es mir erzählen.«

»Glaub mir.« Arthur senkte das Kinn, um mich über seinen Brillenrand hinweg anzusehen. Eine extra Speckschicht bildete sich an seinem Hals. »Das willst du nicht wissen.«

»Arthur!«

Er seufzte schwer, als täte ihm leid, dass er das Thema aufgebracht hatte, doch ich konnte sehen, dass das nicht stimmte. Je mehr sich die Geheimnisträgerin ziert, umso mehr muss man sich bemühen, ihr die Last abzunehmen. Auf diese Weise hat sie nicht so ein schlechtes Gewissen – was hätte sie denn tun sollen? Man hatte sie unter Druck gesetzt! Ich sage »sie«, weil das ein typisch weibliches Muster ist. Wenn ich heute zurückblicke, wie geschickt Arthur dieses Spiel beherrschte, ist mir klar, dass das viel mehr über seine Sexualität aussagte als seine theatralischen Posen, die so übertrieben waren, dass ich nie wusste, ob er alle an der Nase herumführte. Ob er einfach die Rolle spielte, die ihm die anderen zugewiesen hatten, und zwar auf brillante Weise.

»Ich finde, ich verdiene, es zu wissen«, sagte ich mit bedeutungsschwerer Stimme. »Mehr als alle anderen.«

Arthur hielt die Hände zum universell gültigen Zeichen für »Stopp« hoch. *Genug!*

»Also gut.«

Er steckte seinen Löffel in das Eis und legte die Hände flach auf den Tisch, als überlegt er, wie er mir die Geschichte erzählen solle.

»Da war dieser Junge. Ben Hunter.«

Ich kannte den Namen von jenem Freitagabend, als ich mich mit Hilary und Olivia und den Pelzbeinen vom Herbsttanz weggestohlen hatte, um ihnen an der »Lichtung« beim Saufen zuzusehen. Olivias verzückter Ekel bei der Vorstellung, wie Arthur Ben einen blies, Peytons Bemerkung, dass Ben versucht hatte, sich umzubringen, und der widerliche Zusatz, dass er es nicht geschafft hatte. Den ersten Teil der Geschichte hatte ich nie wirklich geglaubt; er roch zu sehr nach einer Lüge, mit der Olivia sich ins Zentrum der Aufmerksamkeit bringen wollte. Dennoch hielt mich irgendetwas davon ab, Arthur zu erzählen, was ich wusste. Es war immerhin doch möglich, dass es stimmte, und das wollte ich lieber nicht wissen. Ich konnte den Gedanken nicht ertragen, dass Arthur an der »Lichtung« gekniet hatte, ein Sonderling, der einem anderen Sonderling den Schwanz lutscht. Arthur war mein intellektueller Kompass und keine lustgesteuerte Bestie wie ich.

Ich tat so, als hätte ich den Namen Ben Hunter noch nie gehört.

»Wer ist das?«

»Dean hat ihn in den Selbstmord getrieben. Na ja« – Arthur schob seine Brille hoch und setzte dabei einen weiteren Fettfleck auf das linke Glas –, »der Versuch ist misslungen.«

Ich vergaß meinen Löffel im Eis, das inzwischen so warm und zähflüssig geworden war, dass der Griff im grünen Treibsand versank. »Wie treibt man denn jemanden in den Selbstmord?«

Arthurs Augen blickten leer. »Man quält jemanden jahrelang und am Ende demütigt man ihn, indem man …« Er verzog das Gesicht. »Ekelhaft. Bist du sicher, dass du es wissen willst?«

Eiskrem gurgelte in meiner Kehle, als ich stöhnte.

»Jetzt erzähl's mir schon.«

Arthur seufzte, und seine ausladenden Schultern sanken ein Stück tiefer.

»Kennst du Kelsey Kingsley?«

Ich nickte. Wir hatten zusammen Geschichte.

»Sie hat zum Ende der Mittelschule eine große Abschlussparty gemacht. Sie wohnt auf einem Riesengrundstück mit Pool, Tennisplätzen und so weiter, aber auch jeder Menge Land. Jedenfalls, Dean und Peyton und ein paar andere Idioten aus dem Fußballteam kamen. Die waren damals schon in der Highschool, deshalb war das ein bisschen unheimlich, aber Peyton stand auf Kelsey. Er mag Frischfleisch.« Arthur deutete mit dem Kinn auf mich, als wäre ich dafür das beste Beispiel. »Sie überredeten Ben, mit ihnen in den Wald zu gehen, indem sie ihm sagten, sie hätten Dope.« Arthur verschlang eine golfballgroße Portion Eis. Als er den Mund wieder öffnete, waren Lippen und Zunge grün belegt. »Ich habe keine Ahnung, wieso Ben ihnen glaubte. Mir wäre das nicht passiert. Und dann? Peyton und die anderen hielten Ben fest, zogen sein T-Shirt hoch, und dann hat Dean …« Arthur schluckte und schüttelte einen Anfall von Kältekopfschmerz ab.

»Dean hat was?«

Arthur presste die Finger an die Schläfen und atmete aus. Dann sah er mich unter gehobenen Augenbrauen heraus an. »Dean hat ihm auf die Brust geschissen.«

Ich lehnte mich zurück und legte mir beide Hände auf den Mund. »Das ist ekelhaft.«

Arthur türmte noch mehr Eis auf seinen Löffel. »Sag ich ja. Jedenfalls« – er zuckte mit den Schultern – »als sie ihn losließen, ist er weggerannt und war für fast vierundzwanzig Stunden vermisst, bis ihn jemand im Klo eines Rite-Aid-Drogeriemarktes am Suburban Square fand. Er hatte sich Rasierklingen gekauft und …«

Arthur machte eine Geste, als schnitte er sein Handgelenk auf, und knirschte dazu mit den Zähnen wie in echtem Schmerz.

»Aber er war nicht tot?«

Mir fiel auf, dass ich mein Handgelenk drückte, um eine eingebildete Schnittwunde zu halten.

Arthur schüttelte den Kopf.

»Die Leute schlitzen meist nicht tief genug, um die Schlagader zu treffen.«

Er wirkte stolz darauf, dass er das wusste.

»Wo ist er denn jetzt?«

»In irgendeiner Einrichtung.« Arthur zuckte mit den Schultern. »Kaum zu glauben, dass das erst sechs Monate her ist.«

»Hast du Kontakt zu ihm?«, wollte ich wissen und beobachtete genau, wie er reagierte.

Arthur legte sein Gesicht in Runzeln und schüttelte den Kopf. »Ich mag ihn, aber er hat Probleme.« Damit schob er das Jahrbuch in die Tischmitte und die Eispackung aus dem Weg. Mein Löffel kippte und versank. »Spielen wir zu Ehren von Ben ein bisschen mit Dean«, schlug er vor und öffnete unsere Lieblingsseite.

Wir hatten Dean Ohren angemalt, und ich hatte »Affe mit Ohren« über sein lächelndes Gesicht geschrieben – Arthur hatte anschließend »Affe« durchgestrichen und durch »Arsch« ersetzt.

Es gab auch andere Seiten, die wir regelmäßig bearbeiteten. Olivia bekam viel Aufmerksamkeit. Ich hatte ihre Nase mit schwarzen Punkten verziert. »Brauche dringend Peel-off-Maske«, hatte ich dazugeschrieben, und Arthur hatte hinzugefügt: »Und ein Paar neue Brüste.«

Arthur mochte Peyton lieber als Olivia. Das Jahrbuch war drei Jahre alt, aus der Zeit der Mittelschule. Wir waren damals in der sechsten Klasse gewesen, Peyton in der achten. Kaum zu glauben, aber er war damals sogar noch hübscher gewesen als jetzt. Wir hatten ihm Zöpfchen an seine Schläfen gemalt, und obwohl ich das getan hatte, blinzelte ich jedes Mal, wenn wir das Buch öffneten, um mich zu vergewissern, dass er kein Mädchen war. »Fick mich in meinen hübschen Arsch«, hatte Arthur geschrieben. »Würg mich dabei«, hatte er ergänzt. Peyton hatte ihn, erzählte er mir zur Erläuterung, im Bus seinen Schal um den Hals gewickelt und so lange zugezogen, bis sich ein lila Streifen bildete. »Ich musste vier Wochen lang einen Scheiß-Rolli tragen«, hatte er geknurrt. »Und du weißt, wie schnell mir zu warm wird.«

Arthur malte eine Denkblase an Deans Mund: »Was geht heute in Mister Dean Bartons Hirn vor?« Ehe er sich selbst antworten konnte, öffnete sich die Tür, und wir hörten Mrs Finnerman Hallo rufen. Arthur ließ die Pfeife in seiner Tasche verschwinden.

»In der Küche, Mom!«, rief er. »Tifani ist hier.«

Ich drehte mich im Sitzen um und sah Mrs Finnerman hereinkommen und einen schmalen Schal vom Hals nehmen.

»Hallo, Tifani«, sagte sie zu mir.

»Hallo, Mrs Finnerman.«

Ich lächelte sie an und hoffte, nicht träge und high zu wirken.

Mrs Finnerman nahm ihre Brille ab, die sich beim Eintreten aus der Kälte in das warme Haus beschlagen hatte, und rieb sie mit ihrem Blusensaum klar.

»Bleibst du zum Abendessen?«

»Oh nein, das geht nicht«, sagte ich. »Aber vielen Dank.«

»Du weißt, du bist immer willkommen, Tifani.« Sie setzte die Brille wieder auf, und ihre Augen leuchteten hinter den frisch geputzten Gläsern. »Jederzeit.«

Mr Larson hatte uns gewarnt, was kommen würde. Wenn wir mit der Besprechung von *In eisige Höhen* fertig wären, würden zwei Wochen Grammatik folgen. Die Ankündigung löste bei der Klasse ein dramatisches Stöhnen aus und bei Mr Larson ein verschmitztes Lächeln. Ich stellte mir vor, wie er mit diesem Lächeln seine Freundin in den Arm nahm, ehe er seine Hand unter ihr schweres blondes Haar schob und sich zu einem sanften Kuss vorbeugte.

In Anbetracht der quälenden Grammatikstunden, die ich in Mount St. Theresa durchgestanden hatte, war das auch für mich keine unbedingt erhebende Nachricht. Trotzdem spürte ich zu meiner eigenen Überraschung so etwas wie Überlegenheit. *Sollen sie nur kommen*, dachte ich damals Anfang des Schuljahres. Gerundien, Partizip Präsens, Attribute – ich werde diesen Anfängern mal zeigen, wo es langgeht. Jetzt, nachdem Mr Larson weg und mein Ehrgeiz erlahmt war, sah ich das Ganze nur noch als willkommene Gelegenheit, mich einmal nicht abstrampeln zu müssen.

Mrs Hurst, Mr Larsons Vertretung, hatte die Figur eines zehnjährigen Jungen und kaufte ihre Kleidung – Baumwollhosen und pastellfarbene Hemdblusen – bei GapKids. Von hinten hätte man sie leicht für den lästigen kleinen Bruder eines älteren Schülers halten können. Ihre Tochter besuchte die zwölfte Klasse in Bradley. Da sie vorzeitig am Dartmouth College aufgenommen worden war und eine lange, spitze Nase und Augen hatte, die mit lila Kommas gerändert waren, hielt ich sie für eine harmlose Büchernärrin. Doch dass sie jahrelang von hübschen Jungs und Mädchen abgewiesen worden war, die nie notgeil genug waren, um sich auf sie einzulassen, hatte sie zu einer verbitterten Klatschbase gemacht. Ihre Mutter, die im Klassenzimmer vor uns saß, einen knöchernen Fuß über dem anderen, konnte mich von Beginn nicht leiden.

Es fing an dem Tag an, als jemand Donuts mitgebracht hatte, die am Morgen bei der Besprechung des Jahrbuches übrig geblieben waren. Mrs Hurst schnitt die Kringel in der Hälfte durch, obwohl es elf Stück waren und wir nur neun Schüler, also mehr als einer pro Person. Ich nahm an, dass sie das tat, damit wir mehrere Sorten probieren konnten, und entschied mich für einen halben Boston-Creme- und einen halben Puderzucker-Donut.

»TifAni.« Mrs Hurst gluckste missbilligend. »Also wirklich. Lass den anderen auch noch etwas übrig.«

Sie setzte ihre Beleidigungen subtil ein, aber doch so deutlich, dass auch jene Schüler hinter vorgehaltener Hand lachten, die sich eigentlich aus sozialen Konflikten heraushalten wollten. Der Englisch-Leistungskurs, der hauptsächlich aus Kindern des gehobenen Bildungsbürgertums bestand, war nicht das ideale Publikum für sie (die verwahrlosten Fieslinge in Chemie hätten ihr mehr Angriffsfläche geboten), doch sie nahm, was sie kriegen konnte.

Meine Freundschaft mit Arthur entging ihr nicht. Zusammen mit der Tatsache, dass Arthur die klügste Person im Raum war – einschließlich der am Lehrerschreibtisch – und sein Licht auch nicht unter den Scheffel stellte, führte dazu, dass sie ihn vielleicht sogar noch mehr auf dem Kieker hatte als mich.

Einmal veranlasste eine besonders verschachtelte Erklärung von Appositionen Arthur, ein ganz spezielles Beispiel auf den Zettel zu kritzeln, den wir ständig hin und her gehen ließen, sogar in der Cafeteria, wenn wir eigentlich hätten offen reden können. »Mrs Hurst, die hohle Nuss …« Ich schlug mir die Hand vor den Mund, um mein Lachen zu verbergen, doch ein hoher Laut entkam mir trotzdem. Die Klasse erstarrte ebenso wie Mrs Hurst, die langsam den Kopf wandte und über ihren Skistock von einem Arm blickte, während ihr roter Filzer auf dem Whiteboard schmierte wie eine triefende Schusswunde.

»Weißt du was?« Sie richtete den Marker auf mich. »Du kannst mir hier vorne helfen.«

Jede andere Schülerin hätte gespürt, dass da eine Demütigung bevorstand, hätte die Arme vor ihrer verwöhnten, privilegierten Brust verschränkt und sich geweigert. Es war immer noch besser, zum Dekan geschickt und dort gemaßregelt zu werden, als sich vor den Mitschülern zu blamieren. Doch die Furcht des katholischen Schulmädchens saß immer noch tief in mir. Wenn ein Lehrer etwas sagte, hatte man Folge zu leisten. Ich spürte Arthurs Seitenblick, als ich nach vorne ging, eine Verurteilte auf dem Weg zum Schafott.

Mrs Hurst drückte mir den Stift in die Hand und trat einen Schritt zur Seite, damit ich mich an die Tafel stellen konnte.

»Vielleicht hilft ja ein Beispiel«, flötete sie zuckersüß. »Schreib: TifAni.«

Ich sah unter meinem Arm auf sie und wartete auf den Rest des Satzes.

»Schreib«, gurrte sie. »TifAni.«

Ich schrieb meinen Namen, während mir Panik den Magen zusammenzog.

Als ich beim i-Punkt war, fuhr Mrs Hurst fort.

»Komma.«

Ich setzte das Komma und wartete auf die nächste Anweisung.

»Eine billige Straßen…göre. Komma.«

Ob das entsetzte Keuchen der Klasse eine Reaktion auf Mrs Hursts Worte oder auf Arthurs wütendes »Scheiße« war, kann ich nicht sagen. Jedenfalls stand er im nächsten Moment, bog um die Tischecke herum und kam auf Mrs Hurst zu, die Mühe hatte, ihre fiese Grimasse zu bewahren, während ein ein Meter neunzig großer, hundertfünfzig Kilo schwerer Bulle auf sie zustürmte.

»Arthur Finnerman, du setzt dich sofort wieder auf deinen Platz.«

Mrs Hursts Worte kamen wie aus der Pistole geschossen, doch als Arthur vor mich trat wie ein Hund, der seinen Herrn vor einem Angreifer beschützt, sank sie förmlich in sich zusammen.

Arthur stach mit dem Finger in Mrs Hursts Gesicht, und sie schnappte nach Luft.

»Was glauben Sie eigentlich, wer Sie sind, Sie blöde Kuh?«

»Arthur.«

Ich legte meine Hand auf seinen Arm und spürte, dass seine Haut unter dem Poloshirt ganz heiß war.

»Bob!«, schrie Mrs Hurst plötzlich und wiederholte den Ruf rhythmisch wie eine Geisteskranke. »Bobb! Bobbb! Bobb!«

Bob Friedman, ebenfalls Englischlehrer, der sein Zimmer gegenüber hatte, kam mit verwirrter Miene hereingestürmt, einen Apfelrest zwischen Daumen und Zeigefinger.

»Was ist passiert?«, keuchte er, den Mund voll mit Fuji.

»Bob.« Mrs Hurst machte einen abgehackten Atemzug, straffte sich dann aber, ermutigt durch seine magere Präsenz. »Sie müssen mir helfen, Mr Finnerman zu Mr Wright zu bringen. Er hat mich *körperlich* bedroht.«

Arthur lachte. »Sie sind ja total durchgeknallt.«

»Hey!« Mr Friedman deutete mit seinem Kerngehäuse auf Arthur und machte sich auf in seine Richtung. Dabei fiel er beinahe über einen Ranzen und stolperte den Rest des Weges, sodass er fast auch noch seine Brille verlor. Er schob sie sich zurück auf die Nase, ehe er seine Hand über Arthurs Rücken schweben ließ. Wir kannten alle die Gerüchte, dass die Lehrer jedes Jahr ein Seminar zum Thema sexuelle Belästigung machen mussten. Sie hatten viel zu viel Angst, uns anzufassen. »Wir gehen. Mr Wrights Büro. Sofort.«

Arthur stieß einen abfälligen Laut aus und schüttelte Mr Friedmans Phantomhand ab. Dann stampfte er aus dem Raum, bevor Mr Friedman überhaupt einen Schritt machte.

»Besten Dank, Bob«, sagte Mrs Hurst geziert. Sie zupfte am Saum ihrer Bluse und pumpte ihre flache Brust mit einem Atemzug auf. Mr Friedman nickte und eilte Arthur hinterher.

Mehrere Schüler hielten sich die Hand vor den Mund, zwei Streber kämpften mit den Tränen.

»Bitte entschuldigt die Störung«, sagte Mrs Hurst und versuchte, streng zu klingen. Doch ich sah, wie ihre Hand zitterte, als sie meinen Namen wegwischte und mir sagte, ich solle mich setzen. Immerhin ließ sie mich von da an in Ruhe.

Für den Rest des Tages sah ich Arthur nicht mehr in der Schule. Nach dem Training nahm ich den gewohnten Pfad zu seinem Haus. Die Blätter auf dem Boden waren so dünn und trocken, dass sie unter meinen Füßen zerfielen.

Arthur kam nicht zur Tür, als ich klopfte. Ich hämmerte so fest, dass die Schlagläden an den Fenstern klapperten, doch er reagierte nicht.

Auch am nächsten Tag war Arthur nicht in der Schule. Ich nahm an, dass er bis Ende der Woche suspendiert war, doch als ich mich in der Mittagspause an meinen Tisch – meinen alten Tisch, der jetzt meine neue Heimat war – setzte, füllten sich Haifischs Augen mit Tränen, während sie mir zuflüsterte, dass Arthur von der Schule verwiesen worden sei.

Die Worte »von der Schule verwiesen« erfüllten mich mit dem gleichen Gefühl der Panik wie »Krebs« oder »Terrorattacke«. »Wie können die ihn verweisen? Er hat doch überhaupt nichts getan. Jedenfalls nicht wirklich.«

»Ich denke, das war nur der Tropfen, der das Fass zum Überlaufen gebracht hat.«

Haifisch zwinkerte, und eine Träne bildete sich. Fasziniert sah ich zu, wie sie statt über ihre Wange an der Schläfe entlang nach unten lief. Sie wischte sie weg, wie man eine Ameise vom Bein wischen würde. »Nach der Sache mit dem Fisch.«

Wenn sie Spanisch gesprochen hätte, hätte ich nicht weniger verstanden. Ich hielt in dem Fach mühsam eine Drei.

»Fisch?«

»Oh.« Haifisch verlagerte im Sitzen ihr Gewicht. »Ich dachte, er hat dir davon erzählt.«

»Ich habe keinen Schimmer, wovon du redest.«

Vor Ungeduld war ich laut geworden. Sie legte den Finger an die Lippen.

Mit gedämpfter Stimme fuhr sie fort.

»Ich weiß nicht genau, ich war nicht dabei. Aber er war letztes Jahr eine Zeit lang vom Unterricht ausgeschlossen, nachdem er in Bio auf einem Fisch herumgetrampelt ist.«

Das konnte ich mir sogar vorstellen. Ich hatte förmlich vor Augen, wie Arthur die Zähne zeigte und Mrs Hurst mit aufgerissenen Augen ansah, sein Gesicht und einen seiner großen Füße, wie er auf das glitschige blaue Tier trat, das sich keuchend auf dem Boden wand, so fest wie möglich, weil er wusste, dass es sonst wegflutschen würde. »Warum sollte er so was tun?«

»Diese Typen.« Haifisch schüttelte den Kopf; eine Mutter, die sich über die Gewalt in diesen Musikvideos heutzutage ereifert. »Dean. Es war eine Mutprobe.« Sie legte die Finger an die Schläfen und zog die Haut zurück, sodass sie wie ein asiatischer Haifisch aussah. »Der arme Arthur. Jetzt wird er nie an der Columbia angenommen. Auch wenn seine sämtlichen Vorfahren schon dort waren.«

Beim Training am selben Tag tat ich nach einem Fünftel der Strecke, als hätte ich einen Krampf, und bedeutete den anderen, ohne mich weiterzumachen. Dann drehte ich um und rannte die Strecke in der Hälfte der Zeit zurück.

Diesmal hielt ich die Klingel gedrückt und ließ nicht los, bis ich spürte, wie das Haus unter Arthurs Schritten bebte. Er öffnete die Tür und sah mich ausdruckslos an.

»Arthur!«, fauchte ich ihn an.

»Jetzt beruhige dich erst mal.« Er drehte sich um und ging die Treppe hoch. »Komm.«

Wir setzten uns auf sein Bett, und er reichte mir die Pfeife.

»Ist das wirklich endgültig?«, fragte ich.

Arthur öffnete den Mund und blies eine dicke Rauchwolke aus. »Das ist wirklich endgültig.«

»Scheiß-Dean ist derjenige, der verwiesen werden sollte«, murmelte ich.

»Die Cafeteria ist nicht ohne Grund nach seiner Familie benannt.« Arthur klopfte mit der Pfeife an den Bettrand, um den Inhalt zu lösen. Als er sie mir erneut anbot, lehnte ich ab.

»Na ja, vielleicht wäre er verwiesen worden, wenn ich mich getraut hätte, etwas zu sagen«, meinte ich.

Mit einem Stöhnen wuchtete sich Arthur vom Bett. Als die Matratze nachgab, kämpfte ich mit dem Gleichgewicht. »Was ist?«

»Du hast aber nichts gesagt«, erwiderte er. »Nichts! Also hör auf mit dieser Selbstzerfleischungsscheiße.«

»Bist du jetzt deswegen sauer auf mich?« Ich hielt mir den Bauch, der schmerzte, weil schon wieder jemand stinkig auf mich war.

»*Du* solltest sauer auf dich sein!«, brüllte Arthur. »Du hattest die Chance, ihn fertigzumachen, hast es aber nicht gemacht, weil du« – er ließ ein herzhaftes Gelächter aus seinem Bauch aufsteigen – »in Wahrheit dachtest, du könntest dich beliebt machen.« Er lachte lauter. »Oh mein Gott, oh mein Gott«, wiederholte er mehrmals, als wäre das das Witzigste, was er je gehört hatte.

Ich spürte, wie alles in mir reglos und still wurde.

»Oh mein Gott, was?«

Arthur seufzte mitleidig.

»Kapierst du es denn nicht? Du warst von Anfang an ein Opfer. Aber du bist …« Er fasste sich in die Haare, und als er wieder losließ, standen sie nach allen Richtungen ab. »Du bist so eine dumme Fotze, dass du es nicht gerafft hast.«

Es wäre mir Millionen Mal lieber gewesen, von Dean ins Gesicht geschlagen zu werden. Zumindest war das, was er von mir gewollt und zu seinem größten Frust nicht bekommen hatte, etwas Urmenschliches und zutiefst Archaisches und hatte mit mir als Person überhaupt nichts zu tun. Die Erkenntnis, dass Arthur mich ganz anders sah, als ich dachte, war niederschmetternd. Wir waren gar nicht Freunde, ebenbürtig vereint in unserer Verachtung für die HOs und die Pelzbeine. Ich war eine Ausgestoßene, deren sich Arthur in seiner Gnade angenommen hatte. Nicht andersherum. Ich wehrte mich auf die einzige Art und Weise, die ich beherrschte.

»Immerhin wollte Dean mich«, stieß ich hervor, »ich hatte eine Chance. Anders als du. Du rennst ja seit drei Jahren seinetwegen mit einem Steifen herum.«

Arthurs Gesichtszüge drohten zu entgleisen, und für einen kurzen Moment war auch mir nach Weinen zumute. Er hatte mich verteidigt, als Einziger neben Mr Larson. Doch ehe ich das Unglück aufhalten konnte, versteinerte sich seine Miene zu eiskalter Niedertracht. Es war zu spät.

»Wovon redest du überhaupt?«

»Du weißt genau, wovon ich rede.«

Ich wischte meinen blonden Pferdeschwanz von der Schulter. Mein Haar, mein Busen, alles das, was mir so viel Ärger eingebracht hatte, war jetzt meine einzige Waffe. »Mach dir doch nichts vor.« Meine Augen wanderten im Raum herum, bis ich auf dem Schreibtisch das Jahrbuch entdeckte. Ich sprang vom Bett auf, griff danach und schlug unsere Lieblingsseite auf.

»Okay, lass mal sehen.« Ich fand Deans Foto. »›Fick mich in den Arsch, bis ich blute.‹« Das Bild war so vollgekritzelt, dass Arthur einen Pfeil zum Ende der Seite gemalt hatte, um dort weiterzuschreiben. »Oh! Und dann dieses Kleinod hier: ›Schneid mir den Schwanz ab.‹« Ich sah Arthur an. »Du würdest ihn wahrscheinlich ausstopfen und jede Nacht damit kuscheln, als wäre es ein Plüschtier, du Scheißschwuchtel.«

Arthur stürzte sich auf mich und entriss mir das Buch. Ich versuchte erfolgreich, es ihm wieder zu entwinden, verlor dabei jedoch die Balance. Beim Rückwärtsstolpern stieß ich mir den Kopf an der Wand und heulte wütend los wie ein Kleinkind, während ich mir die schmerzende Stelle hielt.

»Ist dir je der Gedanke gekommen«, keuchte Arthur, dessen Herz unter all den dicken Fettschichten bei unserem Handgemenge ins Rasen geraten war, »dass ich dich nicht deshalb nicht ficke, weil ich schwul bin, sondern weil du abstoßend bist?«

Ich öffnete den Mund, um mich zu verteidigen, doch Arthur ließ mich nicht zu Wort kommen. »Du solltest die hier abschneiden – niemand, der jemals irgendwas Bedeutendes gemacht hat, hat so einen Vorbau.« Er nahm seine eigenen Männerbrüste und schüttelte sie wild.

Hätte ich den Trainingslauf mitgemacht, wäre ich jetzt auf dem Anstieg der New Gulph Road gewesen, doch hätte ich längst nicht so schwer geatmet. Im nächsten Moment ich hatte das Foto von Arthurs Nachttisch in der Hand, das mit ihm und seinem Vater, wie sie lachend am Wasser stehen, und ehe Arthur mich packen konnte, war ich weg. Ich hörte ihn hinter mir auf den Stufen, doch anders als in Horrorfilmen war der Verfolger fettleibig, langsam und bekifft. Bevor Arthur den ersten Stock erreicht hatte, war ich längst am Ausgang und schwang mir meinen Rucksack über die Schulter. Draußen lief ich so lange weiter, bis ich mir sicher war, dass Arthur sich keuchend und schäumend vor Wut auf seine Knie stützte. Ich rannte noch fast einen Kilometer weiter, Richtung Rosemont-Station, die zwar weiter weg lag, wo mich Arthur aber nicht suchen würde. Als ich schließlich zum Schritttempo verlangsamte, fiel mir das Bild in meiner Hand wieder ein, und ich betrachtete das Glück, das Arthur darin sehen wollte. Für einen kurzen Moment überlegte ich, ob ich es zurückbringen sollte. Doch dann musste ich daran denken, was sein Vater für ein Arschloch war. Und dass ich ihm wahrscheinlich einen Gefallen tat, wenn ich es mitnahm. Vielleicht würde er sich dadurch weiterentwickeln können und aufhören, so ein fettes Schwein zu sein. Ich blieb am Straßenrand stehen und schob es in meinem Rucksack in einen Ordner, damit die alberne Muscheldeko am Rahmen heil blieb.

Ein paar Tage später erfuhr ich, dass Arthur sich in der Thompson High School angemeldet hatte, einer staatlichen Schule in Radnor. Im Jahr 2003 waren von der Thompson High nur zwei von 307 Schulabgängern auf Eliteuniversitäten gegangen. Arthur sollte nicht dazugehören.

II

Mit zweiundzwanzig, gerade fertig mit dem College, auf verzweifelter Suche nach einem Job, hätte ich sofort Nell angerufen, um ihr diese E-Mail vorzulesen. »Oh mein Gott, hör dir das an!«

Liebe Ms FaNelli,
mein Name ist Erin Baker, ich bin Personalverantwortliche für den Bereich Printmedien. Wir haben beim Glow-*Magazin die Stelle der Ressortleiterin vakant und möchten Sie gern zum Bewerbungsgespräch einladen. Wie wäre es mit einem Kaffee diese Woche? Gehalt kann sich sehen lassen.*

Mit freundlichen Grüßen
Erin

Ich schloss die E-Mail. Die Antwort hatte keine Eile, da mich die Stelle nicht im Mindesten interessierte. Ja, die Ressortleitung wäre ein großer Sprung für mich, und ich würde mehr verdienen als in meinem jetzigen Job als leitende Redakteurin, aber um Geld musste ich mir wirklich keine Sorgen machen. Sie konnten mir gar nicht so viel bieten, dass es sich für mich lohnen würde, zu einer Zeitschrift zu wechseln, die sich vom *Women's Magazine* allein darin unterschied, dass sie bei Weitem nicht so kultig war, und das auch noch kurz nachdem LoLo mir das *New York Times Magazine* auf dem Silbertablett serviert hatte.

Auch wenn ich schon viel zu oft die Worte »sein Glied« geschrieben hatte, gewährte mir der Name doch einen gewissen Schutz, ganz ähnlich wie die Verlobung mit Luke. Wenn ich Leuten erzähle, dass ich Zeitschriftenredakteurin sei, und sie mich fragen, wo, werde ich nie müde, in aller Bescheidenheit mit schräg gelegtem Kopf und fragendem Singsang zu antworten: »*Women's Magazine?*« Als wollte ich sagen: Kennen Sie das? So wie diese Harvard-Idioten – »Oh, ich war in Cambridge auf der Uni.« – »Auf welcher denn?« – »Harvard?« Ja, wir wissen alle, was Harvard ist. Der hohe Wiedererkennungswert gab mir den Kick. Ich musste in der Highschool lange genug erklären, was ich als bäuerliches Subjekt unter den Blaublütigen verloren hatte: »Ich wohne in Chester Spring. Das ist gar nicht so weit weg. Ich bin gar nicht soo arm.«

Ich meldete mich aus meinem E-Mail-Programm ab. Dieser Erin Baker würde ich später zurückschreiben, irgendein Blabla von wegen, »vielen Dank, dass Sie an mich gedacht haben, aber ich bin gerade sehr zufrieden mit meiner jetzigen Stellung«.

Ich trommelte mit meinen moosgrünen Fingernägeln auf die Tischplatte und überlegte, wo Nell blieb. Es verstrichen weitere Minuten, bis ich wusste, dass sie gekommen war. Dass sich alle Köpfe Richtung Restauranteingang drehten, bedeutete den ersten Hinweis. Der zweite war Nells fast verstörend blonder Kopf, der sich auf mich zubewegte.

»Entschuldige bitte!« Sie duckte sich auf ihren Stuhl; Nell ist so groß, dass ihre Beine grundsätzlich unter keinen Tisch passen. Sie überschlug sie im Durchgang, sodass ein Bootie über dem anderen wippte. Ihre Absätze waren lang und spitz wie Raubvogelkrallen. »Ich habe kein Taxi bekommen.«

»Von dir aus kannst du direkt mit der U-Bahn hierherfahren«, wandte ich ein.

»Die U-Bahn ist etwas für die werktätige Bevölkerung.« Sie grinste mich an.

»Du bist doof.«

Der Kellner kam, und Nell bestellte ein Glas Wein. Ich hatte mein erstes bereits halb ausgetrunken, obwohl ich mir Zeit gelassen hatte; es sollten nicht mehr als zwei am Tag sein, und wenn, dann zum Abendessen.

»Dein Gesicht«, sagte Nell und sog ihre Wangen ein.

Endlich.

»Ich komme um vor Hunger.«

»Ich weiß. Ganz schön übel.« Nell schlug ihre Speisekarte auf. »Was nimmst du?«

»Das Tunfisch-Tartar.«

Nell blickte verwirrt auf die Karte, die wie ein Gebetsbuch in ihren Händen lag. »Wo ist das?«

»Bei den Vorspeisen.«

Nell lachte. »Bin ich froh, dass ich nie heiraten werde.«

Der Kellner kam mit Nells Wein zurück und erkundigte sich nach unseren Wünschen. Nell bestellte einen Burger, weil sie eine Soziopathin ist. Dabei würde sie das Ding sowieso nicht ganz essen, sondern dank Amphetamin nach wenigen Bissen das Interesse verlieren. Ich wünschte, das würde bei mir auch funktionieren. Doch bei mir kam der Hunger immer wieder durch, selbst in Nächten, die dank Koks wie im Flug vergingen. Nells blaue Pillen brachten da nichts. Bei mir half nur strenge Selbstdisziplin.

Als ich dem Kellner meine Bestellung nannte, sagte er: »Das ist ein sehr kleines Gericht, nur zu Ihrer Information.« Er machte eine Faust, zur Demonstration.

»Sie heiratet.« Nell blickte ihn unter flatternden Wimpern heraus an.

Der Kellner machte »Ah«. Er war schwul, zierlich und hübsch. Bestimmt hatte er einen massigen Bären, mit dem er sich nach Schichtende treffen würde. Als er meine Karte nahm, sagte er: »Herzlichen Glückwunsch.« Die Worte wirkten auf mich wie ein Eiswürfel an einem offen liegenden Zahnnerv.

»*Was ist los?*«, stieß Nell entsetzt aus. Meine Stirn hatte sich in V-Falten gelegt, wie immer, kurz bevor ich zu weinen anfange.

Ich legte mir die Hände auf die Augen. »Ich weiß nicht, ob ich es tun will.«

Es war raus. Ich hatte es laut ausgesprochen. Ein dürrer Satz, unscheinbar wie ein Kieselstein, der sich an einem Berghang löst. Unvorstellbar, dass er eine verheerende Lawine auslösen könnte.

»Okay«, sagte Nell nüchtern und schürzte ihre blassen Lippen. »Ist das was Neues? Oder wie lange geht dir das schon im Kopf herum?«

Ich atmete durch zusammengebissene Zähne aus.

»Schon lange.«

Nell nickte. Sie ließ ihre Hände zu beiden Seiten ihres Weinglases schweben und blickte in die rote Tiefe. Im schummerigen Licht des Restaurants waren ihre Augen nicht als blau zu erkennen. Manche Frauen mussten ihre zwei blauen Pools im Licht strahlen lassen, damit man sah, dass sie hübsch waren. Nell nicht.

»Wie wäre das für dich«, sagte sie, und ihre Nasenflügel bebten kurz, »wenn du alles absagen würdest? Wenn Luke eines Tages einfach nur jemand wäre, den du mal gekannt hast? Somebody that you used to know.«

»Gotye? Ist das alles, was dir dazu einfällt? Ein Songtitel?«, fauchte ich sie an.

Nell kippte ihren Kopf zur Seite. Ihre blonden Haare glitten ihr von der Schulter und schwangen frei, schimmernd wie Eiszapfen, die von einer Dachkante hängen.

Ich seufzte und dachte einen Moment lang nach. Kürzlich hatte mich so ein aggressiver Typ in einer Bar eine hässliche Hure genannt, weil er meinte, ich hätte mich vorgedrängt.

»Fick dich!«, hatte ich ihn angezischt.

»Das hättest du wohl gern.«

Die Kette um seinen Hals blitzte silbern im Licht, und seine Reptilienhaut bildete Runzeln, für die er gar nicht alt genug war.

Hätte er doch nur auf die billigen Sonnenstudios verzichtet, so wie ich.

Ich hielt ihm meinen wichtigsten Finger entgegen. »Du bist zu süß, aber ich bin verlobt.«

Sein Gesichtsausdruck. Die beinahe magische Wirkung des Rings, der mir Macht verlieh und mich vor der Kränkung schützte.

Zu Nell sagte ich: »Ich wäre sehr traurig.«

»Warum genau wärst du traurig?«

Weil, wenn man mit achtundzwanzig in Tribeca in einem Apartmenthaus mit Concierge wohnt, seine Guiseppe Zanottis aus dem Taxi schwingt und eine Hochzeit in Nantucket plant, mit einem Mann mit Stammbaum wie Luke Harrison – dann hat man es geschafft. Wenn man mit achtundzwanzig Single ist, nicht aussieht wie Nell und die Zanottis auf eBay versteigern muss, um die Stromrechnung zu bezahlen, dann ist man Stoff für rührselige Hollywoodstreifen.

»Weil ich ihn liebe.« Ihre Antwort klang naiv, doch ich kannte Nell und wusste, dass sie ihre Worte bewusst wählte, um maximale Wirkung zu erzielen.

»Wie süß.«

Ich nickte reumütig.

Die Stille, die folgte, schien zu summen, wie der Highway hinter meinem Elternhaus in Pennsylvania. Ich war seit frühester Kindheit so daran gewöhnt gewesen, dass ich das Geräusch gar nicht wahrgenommen hatte. Erst als zum ersten Mal meine Freundinnen aus Mount St. Theresa bei mir übernachteten, fiel es mir auf. »Was ist das für ein *Lärm*?«, wollte Leah wissen und sah mich mit vorwurfsvoll gerümpfter Nase an. Leah war inzwischen verheiratet und hatte ein Baby, das sie für ihre Facebook-Alben von Kopf bis Fuß in Pink hüllte.

Nell legte die Handflächen aneinander, als wollte sie mich noch einmal inständig um etwas bitten. »Weißt du, du bist den

Leuten längst nicht so wichtig, wie du denkst.« Sie lachte. »Das klingt schlimm. Ich meine, vielleicht bildest du dir nur ein, dass du etwas zu beweisen hast.«

Wenn das stimmte, bedeutete es, dass ich mein Pfand zurückgeben musste, mein Carolina-Herrera-Brautkleid, das in meinem Schrank versauerte. Dass ich diese Doku ohne meinen Vier-Karat-Tumor machen musste, ohne den Beweis, dass ich mehr wert war als ursprünglich angenommen.

»Nein.«

Nell durchdrang mich mit ihrem tintenblauen Blick.

»Doch. Und du solltest darüber nachdenken. Gründlich. Ehe du einen schweren Fehler machst.«

»Das ist krass.« Ich lachte streitlustig. »So was ausgerechnet von der Person zu hören, die mir beigebracht hat, *jeden meiner Mitmenschen zu manipulieren.*«

Nells Lippen teilten sich und bildeten lautlos Worte. Irgendwann wurde mir klar, dass sie für sich wiederholte, was ich gerade gesagt hatte, um es zu verstehen. Binnen einer Sekunde verwandelte sich ihre Miene von Verärgerung in Erstaunen. »Weil ich dachte, dass das« – sie beschrieb wilde Kreise mit ihren Händen, um all »das« zu verdeutlichen, was ich mir ausgemalt hatte – »alles ist, was du wolltest. Ich dachte, du wolltest Luke. Ich dachte, dieses kleine Versteckspiel macht dich glücklich.« Sie schlug eine Hand auf ihre Wange und sprudelte heraus: »Um Himmels willen, Ani, tu es nicht, wenn es dich nicht glücklich macht!«

»Weißt du …« Ich verschränkte beide Arme vor der Brust, wie eine sorgfältig errichtete Schutzmauer, damit sie nicht dorthin vordrang, wo ich sie am dringendsten brauchte. »Ich wollte mich mit dir treffen, weil ich gehofft habe, dass es mir dann besser geht. Nicht schlechter.«

Nell richtete sich auf und setzte ein Cheerleader-Strahlen auf. »Also gut, Ani. Luke ist ein toller Typ. Er nimmt dich als das, was du bist, und akzeptiert dich genau so. Er erwartet nicht, dass du etwas bist, das du nicht sein kannst. Meine Güte, du solltest deinem Glücksstern für ihn dankbar sein.«

Sie funkelte mich an.

Unser reizender Kellner erschien mit einem Körbchen in der Hand. »Verzeihung«, murmelte er. »Das möchten Sie bestimmt eher nicht. Brot?«

Nell schenkte ihm ein umwerfendes Lächeln, das mich sofort auf die Palme brachte. »Aber sicher doch, mit dem größten Vergnügen.«

Unter ihrem strahlenden Blick blühte er sichtbar auf, Blut schoss ihm in die Wangen, seine Augen leuchteten – wie bei jedem, den Nells Feenstaub trifft. Ich überlegte, ob er es spürte, als er den Arm zwischen uns hindurchstreckte, um den Brotkorb in die Tischmitte zu stellen. Dass die Luft vor Anspannung knisterte.

Wochen zogen ins Land und trieben New York weiter weg vom Sommer, ohne dass der September der Hitze wirklich etwas entgegenzusetzen hatte. Die Filmaufnahmen würden beginnen, ob ich so weit war oder nicht. Ich hatte eine Kleideranprobe, und die Schneiderin bewunderte, wie weit meine Taillenweite mit der des Größe-sechs-Mieders auseinanderklaffte. Bei der Größenauswahl hatte ich erst einmal gewaltig gestutzt. Größe sechs? »Brautkleidergrößen haben nichts mit den regulären Oberbekleidungsgrößen zu tun«, hatte mir die Verkäuferin versichert. »Bei Banana Republic haben Sie vielleicht Größe zwei oder sogar null, doch das heißt, dass Ihr Brautkleid Größe sechs oder acht ist.«

»Bestellen Sie auf keinen Fall Größe acht.« Ich hoffte sehr, dass mein entsetzter Gesichtsausdruck auch erklärte, dass ich nie im Leben bei Banana Republic einkaufen würde.

Am Donnerstagabend fuhr ich »heim« in die Main Line. Erster Drehtag war der Freitag. Das Filmteam hatte keine Dreherlaubnis für die Innenräume der Schule bekommen, was ich als Erleichterung empfand – wenn auch nicht unbedingt aus offensichtlichen Gründen. Bradley wollte keine negative Presse, doch meine Geschichte würde genau das für die Schule bedeuten; das konnte ich nur so interpretieren, dass die Doku eher meine Sicht der Dinge zum Ausdruck bringen würde. Ich überlegte, wen sie wohl außer Andrew noch an Bord genommen hatten. Gefragt hatte ich, doch sie wollten es mir nicht verraten.

Am Tag vor meiner Abreise hatte ich den Kleiderschrank der Redaktion durchwühlt und meine Wahl getroffen: dunkle gewachste Jeans, Seidentops von Theory, Wildleder-Booties, die weder zu hoch noch zu flach waren. Die Moderedakteurin hatte mir ein dezentes Kettchen geliehen: zartes Rotgold, als Anhänger ein kleines Diamantstäbchen. Das würde sich vor der Kamera hübsch und geschmackvoll ausnehmen. Am Nachmittag hatte ich mir von einer Friseurin meine trendigen Wuschellocken glätten lassen. Ziel war es, schlicht und teuer auszusehen.

Ich faltete gerade eine anthrazitgraue Bluse in meine Reisetasche, als ich Lukes Schlüssel in der Tür hörte.

»Hallo, Baby«, rief er.

»Hallo«, erwiderte ich, allerdings nicht laut genug.

»Bist du da drin?«

Seine Ferragamo-Schuhe klapperten immer lauter, bis er schließlich im Türrahmen erschien. Luke trug einen spektakulären dunkelblauen Anzug mit schmaler Hose, aus einem Stoff, der vor lauter Pracht schimmerte. Er legte die Hände an die Innenseite des Türrahmens und lehnte sich vor, sodass seine Brust sich weitete.

»Hübsche Beute«, sagte er und nickte in Richtung des Kleiderstapels auf dem Bett.

»Keine Sorge, ich musste nichts dafür zahlen.«

»Das habe ich nicht gemeint.« Luke sah mir zu, wie ich die

Kleider in das klaffende schwarze Loch der Tasche versenkte. »Wie fühlst du dich bei der ganzen Sache?«

»Gut«, sagte ich. »Ich fühle mich, als würde ich gut aussehen. Also fühle ich mich gut.«

»Du siehst immer gut aus, Baby.« Luke lächelte.

Mir war nicht nach Scherzen zumute. »Ich wünschte, du könntest mitkommen«, sagte ich seufzend.

Luke nickte mitfühlend. »Ich weiß. Ich auch. Aber ich habe einfach ein schlechtes Gewissen, weil ich nicht weiß, wann sich das nächste Mal die Gelegenheit bietet, John zu sehen.«

Luke hatte fest vorgehabt, mich zu begleiten, doch dann hatte er wenige Wochen zuvor erfahren, dass sein Freund John nach New York kommen würde – John kümmerte sich in Indien um Waisenkinder oder so etwas in der Art, jedenfalls etwas, bei dem ich mich im Vergleich richtig mies in meiner Haut fühlte. Er würde nur zwei Tage da sein und dann für ein weiteres Jahr zurück nach Indien gehen. Er konnte nicht einmal zu unserer Hochzeit kommen. Seine Verlobte würde auch dabei sein; sie war ebenfalls ehrenamtlich tätig, hieß Emma und war fünfundzwanzig. Ihr wunderschöner Name und ihr ideales Alter versetzten mir sofort einen Stich. Ich kam immer noch nicht damit klar, dass ich in zwei Jahren dreißig wurde. »Fünfundzwanzig?«, hatte ich Luke angeschnaubt. »Was ist sie – eine Kindsbraut aus dem Versandhaus?«

»Fünfundzwanzig ist doch nicht so jung«, hatte er zurückgegeben und rasch hinzugefügt: »Ich meine, zum Heiraten.«

Ich verstand, wie wichtig John für Luke war. Zwischen Nell und mir standen die Dinge gerade nicht zum Besten, doch wenn sie ans andere Ende der Welt ziehen würde und dann für zwei Tage in New York wäre, würde ich auch alles stehen und liegen lassen, um sie zu sehen. Das war nicht das Problem. Das Problem war Lukes unverhohlene Erleichterung darüber, nicht mitkommen zu müssen. Ich konnte nicht leugnen, dass mir das wehtat.

Ich mailte Mr Larson mit dem Gedanken: *Selber schuld, Luke.* »Wie wär's mit Lunch in Main Line?«

»Aber ich liebe dich doch«, sagte Luke. Er betonte es, als wäre es eine Frage. »Du wirst das bravourös meistern, Baby. Sag einfach die Wahrheit.« Unvermittelt lachte er. »Und die Wahrheit wird dich frei machen! Mann, den Film habe ich ewig nicht gesehen. Was macht Jim Carrey eigentlich?«

Ich wollte ihm sagen, dass das Zitat aus der Bibel stammte und nicht aus *Der Dummschwätzer*. Nur damit er die ganze Sache endlich einmal ernst nahm. Ich musste in die Löwengrube, und meine einzige Verteidigungswaffe waren die paar alten grünen Karat an meinem Finger. Wie sollte das genügen? Stattdessen sagte ich: »Er hat zuletzt diesen Burt-Wonderstone-Film gemacht. War sogar ziemlich witzig.«

Als ich Aaron, den Regisseur, gefragt hatte, welches Hotel sie für mich gebucht hätten, waren seine Brauen fast bis zum Haaransatz hochgeschossen vor Überraschung. »Wir sind davon ausgegangen, dass Sie bei Ihrer Familie unterkommen.«

»Die wohnt ziemlich weit draußen«, hatte ich erwidert. »Es wäre sicherlich praktischer, wenn Sie mich in einem Hotel in der Nähe unterbringen. Das Radnor dürfte genau das Richtige sein.«

»Da muss ich erst nachfragen, ob das im Budget liegt«, hatte er gesagt, doch mir war klar, dass es kein Problem geben würde. Es hatte zwar niemand etwas in diesem Sinne zu mir gesagt, doch ich nahm fest an, dass mein Interview der rote Faden der Geschichte sein würde. Ohne meine Sicht der Dinge gab es nichts Neues zu den Ereignissen zu berichten. Außerdem hilfreich war mein Busen, zu dem Aarons Blick immer wieder unwillkürlich zurückzukehren schien.

Ich hatte seit Studententagen nicht mehr in meinem alten Kinderzimmer geschlafen, und selbst damals war das nur sporadisch vorgekommen. In den Sommerferien hatte ich Praktika gemacht, im ersten Jahr in Boston, später in New York. Feiertage hatte ich, sooft es ging, bei Nells Familie verbracht, wo ich immer himmlisch schlief.

Bei meinen Eltern war das ganz anders. Dort lag ich oft fast die ganze Nacht wach und las dann in meiner Verzweiflung alberne Boulevardzeitschriften. Es gab keinen Fernseher in meinem Zimmer, und damals gaben die Universitäten noch nicht Laptops aus, so wie Gesundheitszentren kostenlose Kondome. Die einzige Möglichkeit, mich von der aufkommenden Angst abzulenken, von der Abscheu, die dieser Raum, dieses Haus, mein früheres Ich in mir auslösten, war, über Jennifer Aniston, Brad Pitt und Angelina Jolie und ihre Ménage à trois zu lesen. Das Einzige, was bei mir gegen düstere, dumpfe Erinnerungen hilft, war belangloses Boulevardgeplätscher.

Als ich älter wurde und mehr Geld verdiente, kam ich schließlich an den Punkt, an dem mir klar wurde, dass ich mir ein Hotelzimmer leisten konnte. Wenn ich Luke mitbrachte, ließ sich das leicht rechtfertigen, denn meine Eltern ließen uns nicht in einem Zimmer schlafen. Nicht einmal jetzt, wo wir verlobt waren. »Mir ist das nicht recht, wenn ihr zwei unter meinem Dach in einem Bett schlaft, solange ihr nicht verheiratet seid«, sagte Mom verschämt und verengte die Augen, als ich lachte.

Dass Luke sich abgeseilt hatte, erzählte ich meinen Eltern erst im allerletzten Moment. Als meine Mutter halbherzig darauf bestand, ich solle nach Hause kommen, erklärte ich ruhig, die Produktionsfirma habe bereits ein Deluxe-Zimmer im Radnor Hotel gebucht, und für mich sei es bequemer, dort zu wohnen, weil ich in fünf Minuten in Bradley sei.

»Eher in zehn«, hatte Mom korrigiert.

»Immer noch besser als vierzig«, fauchte ich und hatte sofort ein schlechtes Gewissen. »Lass uns doch Samstagabend zusammen essen gehen. Die Rechnung geht auf Luke. Es tut ihm leid, dass er absagen musste.«

»Ach, wie nett von ihm«, schwärmte meine Mutter. »Such du doch ein Restaurant aus.« Dann fügte sie hinzu: »Wobei ich ja am liebsten ins Yangming gehe.«

Also verfrachtete ich am Donnerstagabend meinen verblühenden Körper in Lukes Jeep (*unseren* Jeep, wie er mich regelmäßig verbesserte) – stolz auf das New Yorker Kennzeichen, stolz auf meinen New Yorker Führerschein. Immer wenn ich am Lenkrad drehte, fing sich der Schein der Straßenbeleuchtung in dem Tand an meinem Finger, der Lichtstrahlen aussandte, so gleißend, dass sie mich beinahe blendeten. »Philadelphia – ein Katzensprung. Nur ein paar Schritte, ein Taxi, einen Metroliner und noch mal ein Taxi von New York entfernt«, hatte Carrie Bradshaw in *Sex and the City* einmal gesagt. Die Entfernung fühlte sich viel größer an. Wie ein Sprung in eine andere Dimension, in das Leben einer anderen Person, für die ich heute nur noch Mitleid empfand. Sie war so unbedarft gewesen, so unvorbereitet auf das, was auf sie zukam. Und das war nicht einfach nur bedauerlich gewesen, sondern hochgefährlich.

»Als Erstes sagen Sie Ihren Namen, Ihr Alter und wie alt Sie zum Zeitpunkt des« – Aaron rang um Worte – »des, ähm, Vorfalls waren. Vielleicht nennen wir es einfach den Tag, an dem es passierte. Wie alt waren Sie am 12. November 2001?«

»Brauche ich noch ein bisschen Puder?«, fragte ich besorgt. »Meine Nase glänzt leicht.«

Die Maskenbildnerin kam zu mir und inspizierte mein Bühnen-Make-up. »Alles okay.«

Ich saß auf einem schwarzen Hocker. Die Wand hinter mir war ebenfalls schwarz. Heute wurden die Studioaufnahmen gemacht, in einem düsteren Raum über einem Starbucks-Café in Media, Pennsylvania. In der Luft hing der verbrannte Geruch des völlig überteuerten Sprits aller zuckerkranken Amerikaner.

Hier sollte ich meine Geschichte erzählen. Samstagvormittag dann, wenn die Schüler ihre Eskapaden vom Vorabend ausschliefen, würden wir nach Bradley fahren und am Rande des Campus ein paar Aufnahmen mit mir machen. Aaron wollte, dass ich ein paar »interessante Orte« zeigte. Das waren wohl die Orte, an denen mein Leben von einem durchschnittlichen zu einem, nun ja, speziellen wurde.

»Stellen Sie sich einfach vor, wir beide würden ein Gespräch führen«, sagte Aaron. Er wollte alles in einem Take machen. Ich sollte einfach ohne Pause reden. »Es ist wichtig, dass es keine emotionalen Brüche gibt. Wenn Ihnen die Tränen kommen, kein Problem. Machen Sie einfach weiter. Ich werde mich vielleicht hier und da einschalten, falls ich das Gefühl habe, Sie schweifen ab. Das Wichtigste ist, dass Sie sich nicht unterbrechen lassen.«

Am liebsten hätte ich ihm gesagt, dass ich mit Sicherheit nicht weinen, mir aber möglicherweise schlecht würde. Schleimige Galle in die Toilette, in meine Hand oder aus dem Autofenster zu erbrechen war lange Zeit ein Bewältigungsmechanismus für mich gewesen. (»Das ist ganz normal und kein Grund zur Sorge«, hatte die Trauerbegleiterin meinen Eltern versichert.)

Ich atmete tief durch. Die Knöpfe an meiner Seidenbluse spannten, als sich meine Brust hob und senkte.

»Dann fangen wir, wie gesagt, mit den Basics an.« Aaron drückte den Stöpsel in seinem Ohr und sagte leise: »Kann ich bitte Ruhe am Set haben?« Er sah mich an. »Wir machen nur einen kurzen Soundcheck. Sagen Sie nichts.«

Die Crew – etwa zwölf Leute – schwieg, während Aaron auf seiner Uhr bis dreißig zählte. Erst jetzt fiel mir auf, dass er einen Ehering trug. Gold und viel zu breit. Ob seine Frau flachbrüstig war und er mir deshalb dauernd auf den Busen starrte?

»Haben wir's?«, fragte Aaron, und einer der Tonleute nickte.

»Super.« Aaron klatschte in die Hände und zog sich neben die Kamera zurück. »Okay, Ani, wenn Sie ›Take!‹ hören, sagen Sie diese drei Dinge – Ihren Namen, Ihr Alter – oh! Ganz wichtig: Der Film wird in acht Monaten gesendet. Sagen Sie, wie alt Sie dann sein werden …«

»Bei Zeitschriften machen wir das auch«, plapperte ich nervös. »Dass wir das Alter nehmen, wenn das Blatt erscheint.«

»Genau!«, sagte Aaron. »Und vergessen Sie nicht, zu erwähnen, wie alt Sie am 12. November 2001 waren.« Er reckte den Daumen hoch.

In acht Monaten würde ich neunundzwanzig sein. Unfassbar. Dann fiel mir etwas ein, das meine Laune hob. »In acht Monaten werde ich einen anderen Namen tragen«, sagte ich. »Soll ich den angeben?«

»Ja, absolut«, bestätigte Aaron. »Guter Punkt. Wir müssten alles noch mal aufnehmen, wenn wir da Fehler machen.« Er trat zurück und zeigte mir wieder den hochgereckten Daumen. »Sie werden das super machen. Und Sie sehen *toll* aus.«

Als würden wir hier eine Vormittagstalkshow aufzeichnen.

Im Raum herrschte feierliche Stille, als Aaron einem Mann aus der Crew auffordernd zunickte. Er sagte: »Take eins«, schlug die Klappe, und Aaron deutete mit dem Finger auf mich und formte mit den Lippen das Wort »Los«.

»Hallo, mein Name ist Ani Harrison. Ich bin neunundzwanzig. Am 12. November 2001 war ich vierzehn.«

»Schnitt!«, rief Aaron. Leiser fügte er hinzu: »Sie müssen nicht ›Hallo‹ sagen. Nur ›Ich bin Ani Harrison.‹«

»Ja, klar.« Ich verdrehte die Augen. »Ja, das klingt doof. Tut mir leid.«

»Sie müssen sich nicht entschuldigen!«, meinte Aaron viel zu beschwichtigend. »Sie machen das super.«

Ich hätte schwören können, dass eine der Frauen aus der Crew mit den Augen rollte. Ein Wust krauser Locken umrahmte ihr schmales Gesicht, und sie hatte ausgeprägte Wangenknochen, wie Olivia sie als Erwachsene wahrscheinlich entwickelt hätte.

Beim nächsten lauten »Schnitt!« machte ich es richtig.

»Ich bin Ani Harrison. Ich bin neunundzwanzig. Am 12. November 2001 war ich vierzehn.«

Schnitt. Aaron überschlug sich förmlich vor Begeisterung, wie toll ich das gemacht hätte. Jetzt rollte sie ganz sicher mit den Augen.

»Jetzt machen wir ein paar Aufnahmen, in denen Sie nur Ihren Namen sagen, okay?«

Ich nickte. Stille. Aarons stummes »Und los«.

»Ich bin Ani Harrison.«

Aaron zählte an den Fingern bis fünf. »Und los.«

»Ich bin Ani Harrison.«

Schnitt.

»Alles okay?«, erkundigte sich Aaron, und ich nickte. »Bestens. *Bestens.*« Er war Feuer und Flamme. »Und jetzt fangen Sie einfach an zu erzählen. Erzählen Sie uns einfach, was passiert ist. Nein, erzählen Sie *mir*, was passiert ist. Sie müssen auch nicht in die Kamera schauen. Stellen Sie sich einfach vor, ich wäre Ihr Freund, und Sie würden mir etwas aus Ihrer Vergangenheit erzählen.«

»Verstanden.« Es kostete mich große Mühe, ihm ein Lächeln zu schenken.

Stille am Set. Die Klappe schlug zu wie eine Guillotine. Jetzt blieb mir nichts mehr anderes übrig, als zu erzählen.

12

Wären die Swedish-Fish-Fruchtgummis nicht gewesen, wäre ich gar nicht dabei gewesen, mittendrin im rotblauen, pochenden Herzen der Ereignisse. Bevor ich nach Bradley kam, mochte ich Swedish Fish nicht besonders. Doch sie gehörten zu den wenigen Dingen, die Olivia aß, und sie war dünn. Mein Verstand sagte mir natürlich, dass sie nicht deshalb dünn war, weil sie Swedish Fish aß, sondern weil sie nur Swedish Fish *und sonst nichts* aß. Doch das spielte keine Rolle. Die Gier nach der klebrigen Masse und dem säuerlichen Prickeln in meinen Mundwinkeln war so stark, dass ich in der Cafeteria oft zwei- oder gar dreimal losging. Nichts konnte mich davon abbringen. Nicht der Tisch mit meinen ehemaligen Freunden, gefährlich nah an der Kasse, nicht meine Hose, die inzwischen so eng war, dass ich sie mit einer Sicherheitsnadel schließen musste. (Dadurch gewann ich am Bund etwa drei bis fünf Zentimeter.)

Ich kam an der Essensausgabe mit den kalten und warmen Gerichten, Salatbar und Getränkezapfanlage vorbei – Teddy stand da und schimpfte, weil der Eisautomat schon wieder kaputt war – und stellte mich an der Kasse an. Wie im Supermarkt gab es dort Kaugummi, Schokolade und sonstige Süßigkeiten. Es hatten sich zwei Warteschlangen gebildet, und es entstand ein peinlicher Moment, als ich fast mit Dean zusammenstieß, weil wir gleichzeitig versuchten, in die kürzere der beiden Reihen zu gelangen. Ich gab sofort kampflos auf – die kürzere Reihe war näher an seinem Tisch, um den ich ohnehin lieber einen großen Bogen machte. Ich sah zu, wie Dean nach vorne schlurfte und dabei die Füße nachzog, als nervte ihn das Warten. Jemanden von hinten zu beobachten, wenn er sich entfernt, fand ich schon immer irgendwie verstörend intim. Vielleicht weil man seine Rückseite nicht so unter Kontrolle hat wie die Vorderseite. Hängende Schultern, ein Zucken der Pomuskeln – das ist die ungeschminkte Seite eines Menschen.

Von links drang aus dem Innenhof die Mittagssonne herein und umspann Deans haarigen Nacken. Komisch, dass die Haare dort ganz blond und fein sind, während sie überall sonst an ihm dunkel und rau sind, dachte ich in dem Moment, als Dean seitwärts nach oben abhob.

Wieso springt Dean in die Luft?, war das Erste, was mir durch den Kopf schoss und auch dann noch im Kopf herumging, als eine dichte Rauchwolke den neuen Teil der Cafeteria erfüllte, den Teil, in dem ich nicht mehr gern gesehen war. Wobei das in Wahrheit meine Rettung bedeutete.

Dann lag ich auf dem Boden, mein verletztes Handgelenk tobte. Als mir jemand im Vorbeirennen auf den Finger trat, heulte ich auf. Ich spürte körperlich, dass ich schrie. Ich spürte die rauen Wände meiner Kehle, doch ich hörte nichts. Jemand packte mich an meinem kaputten Handgelenk und zog mich auf die Beine. Erneut spürte ich, wie sich ein Schrei in meiner Brust bildete, doch als ich ihn herauslassen wollte, traf mich der Rauch, und ich hustete und hustete, als würde ich nie wieder frei atmen können.

Teddy war derjenige, der mich an der Hand genommen hatte. Ich folgte ihm auf dem Weg, den ich gerade gekommen war, zurück in die alte Cafeteria, wo die Essenstheke für die Schüler der ersten Mittagspause um 11.51 Uhr öffnete. Etwas fühlte sich warm und feucht in meiner Hand an, und ich blickte nach unten, in der Erwartung, Blut zu sehen. Doch es war nur die Tüte Swedish Fish, die ich immer noch fest umklammert hielt.

Die Cafeteria war von schwarzem Rauch erfüllt. Durch den Eingang kamen wir nicht hinaus, und so tänzelten wir synchron hin und her, als würden wir für die Talentshow proben. Schließlich stolperten wir die Treppe zum Brenner-Baulkin-Saal hoch, wo ich bislang erst einmal gewesen war, als ich meinen Eingangstest gemacht hatte.

Selbst wenn ich jetzt diese Erinnerungen wachrufe, sind sie lautlos. Bestimmt hat die Alarmanlage ein unerträgliches Heulen angeschlagen, und es muss Schreien und Stöhnen zu hören gewesen sein. Später erzählte mir jemand, dass Hilarys rauchige Stimme, an der sie so hart arbeitete, plötzlich ganz nach kleinem Mädchen klang, als sie zitternd auf dem Boden saß, das gebleichte, trockene Haar voller Glasscherben, die wie Diamanten funkelten, und nach ihrer Mom rief. Ihr linker Fuß, mitsamt dem Steve-Madden-Clog, war von ihrem Bein abgetrennt.

Olivia, die neben ihr lag, rief nach niemandem mehr. Olivia war tot.

Teddy stieß die Tür auf. Unter dem massiven Eichentisch, auf dem Rektor Mah Steaks für die Gruppe der spendenfreudigsten Eltern auftragen ließ, kauerten Haifisch, Peyton, Liam und Ansilee Chase aus der zwölften Klasse, die Schultheater spielte und dabei vor allem durch übertriebene Gesten auffiel. Eine vollkommen beliebige Mischung aus Jahrgängen und sozialem Status, die uns für immer aneinanderbinden sollte.

Meine erste akustische Erinnerung ist Ansilees Keuchen, wie sie »Oh mein Gott, oh mein Gott« ausstieß, als er kaum dreißig Sekunden nach uns in den Raum trat, die Waffe lässig an seiner Seite baumelnd, genau in Höhe unserer Augen. Damals wusste ich das nicht, aber er hatte eine halbautomatische Faustfeuerwaffe namens TEC-9, die aussah wie eine verkleinerte Maschinenpistole. Wir flehten Ansilee stumm an, still zu sein, und hielten uns die zitternden Hände auf den Mund. Doch er hätte uns auch so gefunden. Unser Versteck war alles andere als sicher.

»Buh!« Sein Gesicht erschien zwischen den elegant geschwungenen Stuhlbeinen. Ein kleines, blasses Gesicht, eingerahmt von luftigem schwarzen Haar, das so zart und fein aussah wie das eines Babys.

Ansilee brach in lautes Heulen aus, während sie von ihm wegkroch. Als sie sich unter dem Tisch herauswand, um auf die Beine zu kommen, stieß sie einen Stuhl um. Sein Gesicht verschwand, und wir sahen nur noch seine Beine von den Knien abwärts. Obwohl es November war, trug er Shorts, und seine Waden waren weiß und verstörend glatt. Ich würde gern sagen, dass einer von uns versuchte, ihr zu Hilfe zu kommen – sie war vorzeitig in Harvard angenommen worden, sie durfte nicht sterben –, leider kann ich nur sagen, was ich an dieser Stelle immer sage: »Wir standen unter Schock! Alles ging so schnell!«

Das Krachen der Waffe war nichts im Vergleich zu dem Geräusch, als Ansilee auf dem Boden aufschlug. »Verdammte Scheiße«, keuchte Liam neben mir, packte meine Hand und sah mich an, als *liebte* er mich. Auf dem Parkettboden lag ein Orientteppich, doch nach dem schaurigen Geräusch von Ansilees Schädel, der auf dem Boden auftraf, zu urteilen, war er längst nicht so dick und luxuriös, wie er aussah.

Haifisch zog mich an sich. Ich spürte ihren großen Busen beben, als wären wir auf dem Deckel eines Liebesromans. Dann erschien sein Gesicht wieder zwischen den Stuhlbeinen.

»Hallo.« Er lächelte. Doch sein Lächeln war keine Reaktion auf etwas, das gemeinhin Freude macht: ein spektakulärer Frühlingstag nach einem langen, öden Winter; der Moment, wenn der Bräutigam zum ersten Mal seine Braut sieht, ihr freudiges Gesicht in der leuchtenden Aura ihres weißen Schleiers. Er richtete die Waffe auf uns und schwenkte den Arm, sodass sie nacheinander auf jeden Einzelnen von uns zeigte. Ein tiefes Stöhnen erhob sich aus der Gruppe. Als ich an der Reihe war, starrte ich zu Boden und bemühte mich, nicht zu zittern. Ich wollte nicht diejenige sein, die ihre Angst am offensichtlichsten zeigte, denn damit, das war mir irgendwie klar, wäre ich für ihn das interessanteste Ziel.

»Ben«, flüsterte Haifisch. »Bitte.«

Ich spürte, wie sich ihre Finger in meine Haut bohrten, ihre feuchte Achsel an meiner Schulter. Der Name Ben sagte mir etwas.

»Fick dich.«

Das war nicht an uns gerichtet. Eine ganze Weile lang ließ er uns zappeln. Dann mit einem Mal schmolz sein Blick wie Kerzenwachs unter einer Flamme.

»Hach, nein. Ist das nicht Peyton.«

»Ben« – Peytons Zittern war so heftig, dass es sich über den Fußboden übertrug –, »Mann, hör doch auf zu …« Nach »zu« sagte er nichts mehr. Was für ein dummes kleines Wort, für ein letztes Wort. Dann platzte sein schönes Gesicht. Einer seiner Zähne rollte mir entgegen, makellos weiß und glatt wie ein Tic-Tac.

Diesmal war der Schuss auf unserer Höhe gefallen. Liam floh hinter Haifisch und mich, so weit weg wie möglich von Peyton, ohne den Schutz der Tischplatte aufgeben zu müssen. Teddy kauerte am anderen Ende und umklammerte ein Tischbein, als wäre es seine Mutter und er flehe sie an, doch bitte am Samstagabend nicht auszugehen. Ich hatte das Gefühl, als hätten sich meine Ohren in meinen Schädel gebohrt. Als ich hinfasste, spürte ich etwas Feuchtes. Ein Tropfen Blut fiel auf den Teppich und breitete sich aus wie Schockwellen bei einem Überschallknall. Es war der einzige Blutstropfen, der von mir stammte.

Ben blieb noch ein wenig in der Hocke sitzen, um sein Werk zu bewundern. Peytons Fall war von den Stühlen aufgefangen worden, sodass er aufrecht saß, die Arme ausgebreitet wie eine

Vogelscheuche. Von seiner Nase abwärts war sein Gesicht verschwunden. Um ihn herum waberte eine Dampfwolke wie von Gelächter an einem frostkalten Abend.

Liam duckte sich hinter meinem Rücken, sein Mund wie ein feuchter Kuss auf meiner Schulter, sodass er nicht mitbekam, was als Nächstes geschah. Wir Übrigen sahen ungläubig zu, wie Ben sich aufrichtete. Dann waren nur noch seine glatten weißen Waden zu sehen, die sich immer weiter von uns wegbewegten, um sich schließlich nach links zu wenden, in Richtung der Hintertreppe, die ins Parterre führte, wo der Sprachen-Trakt der Schule lag. Darüber befanden sich die leer stehenden Schlafräume aus jener Zeit, als Bradley noch ein Internat war. Hier mussten sich inzwischen Schüler aufhalten, wenn sie vom Unterricht ausgeschlossen waren, aber nicht zu Hause bleiben durften.

Ich hatte nicht gemerkt, dass ich die ganze Zeit den Atem angehalten hatte, bis ich keuchend nach Luft schnappte, als hätte ich einen Crosslaufwettkampf hinter mir. »Wer ist das?«, keuchte ich in Haifischs Brust. »Wer war das?«, fragte ich erneut, obwohl ich es längst wusste.

»Was ist mit Ansilee?«, wimmerte Liam mit erbärmlich hoher, fremd klingender Stimme. Durch die unvermittelte Machtverschiebung war er nicht mehr der coole, wagemutige Neue. Er hätte nur hinter sich blicken müssen, um seine eigene Frage zu beantworten. Ich tat genau das. Ansilees Kopf sah aus wie eine Urne mit geöffnetem Deckel.

»Das ist wie in Columbine«, murmelte Teddy vom anderen Ende des Tisches her. Das war ein paar Jahre her gewesen. Ich weiß nicht, was damals in Bradley los war, doch in Mount St. Theresa hatten wir in der Bücherei um den einzigen, knisternden Fernseher herumgestanden und die Berichterstattung zu dem Schulmassaker verfolgt, bis Schwester Dennis den Stecker zog und uns alle mit Punktabzug drohte, falls wir nicht auf der Stelle in unsere Klasse zurückgingen.

Von der Cafeteria her drang Rauch herein. Mir war klar, dass wir verschwinden mussten, doch ich wusste auch, dass es nur einen Weg gab und wir zwangsläufig *ihm* folgen mussten, wenn wir das tun wollten.

»Hat jemand sein Handy dabei?« Nicht jeder Teenager hatte damals schon ein Mobiltelefon, doch alle in diesem Raum besaßen eines. Allerdings hatte niemand von uns Zeit gehabt, vor der Flucht seinen Ranzen zu schnappen.

»Was machen wir jetzt?« Ich sah Haifisch an, weil ich damit rechnete, dass sie eine Antwort hatte. Als sie nicht antwortete, sagte ich: »Wir müssen hier raus.«

Keiner von uns wollte unter dem Tisch hervorkriechen. Doch der Rauch wurde dichter, er roch jetzt nach verbranntem menschlichen Haar und geschmolzenen Chemiefasern: Rucksäcke aus Polyester, Tabletts aus Kunststoff und allerlei Viskosefasern von Abercrombie & Fitch. Ich schob den Stuhl zu unserer Rechten nach außen, Teddy tat das Gleiche an seinem Ende. Dann rappelten wir uns alle vier auf die Beine. In der Ecke stand ein eindrucksvolles Sideboard, hinter dem wir uns zusammenfanden. Von der Taille abwärts abgeschirmt zu sein, schien zumindest einen gewissen Schutz zu bieten.

Wir stritten. Liam wollte hierbleiben und auf die Polizei warten, die sicherlich schon unterwegs sei. Teddy wollte weg. Das Feuer breite sich zu rasch aus. Durch ein großes Fenster hoch an der Wand fiel Tageslicht auf den Tisch, unter dem Peyton und Ansilee lagen. Ein Kompromiss. Teddy schob einen Stuhl unter unseren potenziellen Fluchtweg, wobei er gegen Ansilees Schulter stieß, und kletterte darauf. Stöhnend ruckelte und drückte er, doch er bekam das Fenster nicht auf, obwohl er der Stärkste von uns war.

»Wir müssen hier raus!«, beharrte Teddy.

»Aber vielleicht steht er draußen und wartet auf uns!«, wandte Liam ein. »Die Kids in Columbine haben das auch gemacht!« Er schlug mit der Hand auf das Sideboard. »Schwuchtel! Scheißschwuchtel!«

»Halt den Mund!«, schrie ich. Man musste schreien, um den Feueralarm zu übertönen, der in unseren Ohren schrillte. »Das ist genau der Grund, warum er das tut!«

Liam sah mich an, als hätte er Angst vor mir. Ich ahnte damals nicht, wie bedeutsam meine Bemerkung war.

»Solange sie bei uns ist, wird er uns nichts tun.« Teddy deutete auf Haifisch.

Liam lachte böse. »Dir wird er sowieso nichts tun! Deshalb willst du ja auch raus.«

»Nein« – Teddy schüttelte den Kopf –, »Ben und ich waren nie befreundet. Aber er war mal mit Beth zusammen.«

Es war so lange her, dass ich Haifischs richtigen Namen zuletzt gehört hatte. Daher wusste ich zuerst gar nicht, wen Teddy meinte.

»Ich habe Ben schon lange nicht mehr gesehen.« Haifisch schniefte und wischte sich mit dem Unterarm über die Nase. »Aber das eben … das war nicht Ben.«

Ein Stuhl kippte um, und wir vier schreckten mit einem gemeinsamen Schrei auf. Ein Stöhnen ließ uns auseinanderfahren.

»Oh mein Gott«, sagte Haifisch. »Peyton.«

Es machte ein glucksendes Geräusch, wenn er versuchte einzuatmen. Haifisch und ich schoben uns hinter dem Sideboard hervor und kauerten uns neben ihn. Er hatte sich mühsam unter dem Tisch hervorgehievt und reckte seine gekrümmten Finger in die Luft, die so steif aussahen, als hätte er sie in Beton getaucht. Er versuchte zu sprechen, doch wo seine Lippen gewesen waren, blubberte es nur noch rot vor Blut.

»Holt ein Handtuch oder irgendwas!«, kreischte Haifisch Teddy und Liam entgegen, die reglos wie Statuen in der Ecke standen.

Sie setzten sich in Bewegung. Besteck klapperte, als sie das Sideboard durchwühlten und schließlich Stoffservietten fanden, in die in frühlingsgrünen Lettern THE BRADLEY SCHOOL gestickt war. Sie warfen sie uns zu.

Haifisch und ich pressten je eine davon an Peytons wunderschönes, zerfetztes Gesicht. Blut und klebrige Muskelmasse hielten den Stoff dort fest, wo einmal sein Kinn gewesen war, und färbten ihn im Nu durch und durch rot, als wäre es ein Zaubertrick. Sein gehäutetes, entstelltes Gesicht anzuschauen war entsetzlich, doch es war, wie wenn man das Wort »was« so oft wiederholt, dass man es irgendwann nicht mehr wiedererkennt. Die Macht der Wiederholung verwandelt das Gewöhnliche in etwas Exotisches. Man nennt das semantische Sättigung. Bei Peyton verhielt es sich umgekehrt: Man musste ihn nur lange genug ansehen, dann erschien es weniger grotesk, als wenn man es nie wirklich gesehen und sich nur das Schlimmste vorgestellt hätte.

Peyton brachte wieder ein Stöhnen hervor. Ich nahm seine Hand, die immer noch wild fuchtelte, und führte sie zum Boden, wo ich sanft seine Finger drückte.

»Alles wird gut«, sagte Haifisch. »Du hast nächste Woche das große Spiel.« Sie weinte heftiger. »Du wirst das große Spiel nächste Woche gewinnen.«

Alle wussten, dass Bradley keine Chance hatte. Peyton schluchzte auf und erwiderte den Druck meiner Hand.

Ich weiß nicht, wie lange wir dasaßen und zu Peyton sprachen. Ihm sagten, dass seine Eltern ihn liebten und ihn wiederhaben wollten und er deshalb durchhalten müsse. Halte durch, du machst das toll, du bist so stark, sagten wir ihm, auch als seine Hand in meiner kalt wurde, auch als das Luftholen nicht mehr so mühsam für ihn war, weil er fast gar nicht mehr atmete.

Die ganze Zeit über schlugen die Flammen aus der Cafeteria die Treppe hoch, bis wir ihre scharfen Zungen sehen konnten, die sich bald durch den Flur fressen und uns für immer im Brenner-Baulkin-Saal einschließen würden.

»Wo bleibt bloß die Polizei?«, jammerte Liam. Wir hatten alle vor Erleichterung geweint, als wir zehn Minuten zuvor Sirenen gehört hatten.

»Wir müssen raus hier«, sagte Teddy. Er sah auf Peyton herunter und sofort wieder weg, um sich mit den Handballen die geschwollenen Augen zu wischen. »Es tut mir leid, aber wir müssen wirklich raus hier.«

»Aber er atmet noch.«

Ich sah zu Peyton hinunter. Nachdem er begonnen hatte, an seinem eigenen Blut zu würgen, hatte ich seinen Kopf in meinen Schoß gelegt. Mein Schritt war feucht und klebrig, und für einen kurzen, irren Moment dachte ich daran, wie er schon einmal zwischen meinen Beinen gelegen hatte, wie ich mitten in der Nacht wie durch ein gleißendes Licht aus dem Tiefschlaf gerissen wurde. Damals waren Peytons Augen geöffnet gewesen, sein klarer Blick voll argloser Freundlichkeit, weil er dachte, er täte mir etwas Gutes.

»TifAni, wir werden hier drin sterben, wenn wir jetzt nicht gehen«, sagte Teddy.

»Kannst du ihn nicht tragen oder irgendwas?«, flehte Haifisch ihn an.

Teddy versuchte es. Wir bemühten uns alle, ihm zu helfen, doch Peyton war starr und schwer wie ein Sack Zement.

Es war heiß und stank. Teddy drängte uns noch einmal.

Ehe wir in den Flur hinausschlichen, hintereinander und Hand in Hand wie Kindergartenkinder, die über die Straße gehen, durchwühlte Liam das Sideboard, auf der Suche nach irgendetwas, mit dem wir uns verteidigen konnten. Das Beste, was ihm in die Hände fiel, waren Steakmesser.

»Meine Mom sagt, man soll nie versuchen, einen Vergewaltiger mit einem Messer abzuwehren.« Mit meinem von der Hitze benebelten Kopf entging mir vollkommen die makabre Komik, das ausgerechnet zu Liam zu sagen. »Weil er einen überwältigen kann und es dann selbst einsetzt.«

»Er ist kein Vergewaltiger«, widersprach Haifisch leise.

»Oh, tut mir leid«, sagte Liam. »Hätte sie lieber ›geistesgestörter Schwuchtelmörder‹ sagen sollen?«

Wir nahmen ein paar von den edlen Servietten, die wir nicht in Peytons Gesicht gedrückt hatten, und banden sie uns vor den Mund wie Banditen.

Bevor wir den Raum verließen, sah ich noch einmal Peyton an. Seine Brust hob sich in einem letzten Lebewohl, als wollte er sagen: Ich lebe noch. Ihn so zurückzulassen war ein verheerendes Gefühl für mich, ganz ähnlich dem Wissen schwanger zu sein, so allumfassend und alles durchdringend, dass es mein Leben für immer verändern würde.

Im Flur kamen wir recht schnell voran, bis wir das Treppenhaus erreichten. Wir stürmten durch die Tür, als Knäuel aus Armen und Beinen, so fest klammerten wir uns aneinander. Wir hatten keine Ahnung, was uns hinter der Tür erwartete, und keiner wollte der Erste sein.

Zu unserer großen Erleichterung schien die Treppe menschenleer zu sein. Dankbar streiften wir unsere Gesichtsmasken ab.

»Was meint ihr?«, fragte Haifisch. »Hoch oder runter?«

»Ich sage, hoch«, meinte Teddy. »Er ist sicher nicht nach oben gegangen.« Hinter den alten Internatszimmern gab es ein weiteres Treppenhaus, das uns in den Mathematiktrakt führen würde. Dort führte ein Ausgang ins Freie.

»Gute Idee«, sagte Liam, und Teddy lächelte. Er lächelte immer noch, als die Kugel in sein Schlüsselbein einschlug und Blut hinter ihm an die Wand spritzte und ein Gemälde von Jackson Pollock daraus machte, den wir gerade in Kunst besprachen.

Ich wusste nur, dass die Kugel von oben gekommen war, und

rannte die Treppe abwärts, um die Kurven schlitternd, immer wieder mit Haifisch und Liam zusammenstoßend, während um uns herum Kugeln am Geländer abprallten, mit dem scharfen Klang von Metall auf Metall, ein Geräusch, das ich noch nie so gehört hatte.

Die Tür im Erdgeschoss führte zum Sprachentrakt. Die Zeit schien sich endlos auszudehnen, bis Haifisch den Knauf gedreht und die Tür aufgestoßen hatte, Sekunden, in denen Ben zu uns aufschließen konnte. Es war eine alte Tür, die sich quälend langsam schloss, und so blieb sie, nachdem wir hindurchgeprescht waren, lange genug offen, um Ben auch noch durchzulassen. Er war dünn und schnell und wäre ein großartiger Crossläufer geworden.

Liam schlug einen Haken nach rechts in ein leeres Klassenzimmer, in dem er sich Schutz versprach. Es war eine rein egoistische Entscheidung (nicht dass ich ihm das übelnehme), die sich als ungewollt noble Geste erwies und mir das Leben rettete.

»Warum bist du ihm nicht gefolgt?«, werde ich normalerweise an dieser Stelle der Geschichte gefragt.

»Weil«, sage ich dann, ärgerlich über die Unterbrechung und weil der dumme Fragesteller ganz offensichtlich nicht begriffen hat, dass Ben so nah war, dass wir seinen Atem im Nacken spürten, und sein Atem ganz anders ging als unserer. Er war scharf und abgehackt, wie bei einem Tier, dessen Lunge an Verfolgungsjagden gewöhnt ist. »Weil er sich unmittelbar hinter uns befand. Ich wusste, dass er uns sofort gefolgt wäre, und dann hätten wir in der Falle gesessen. Genau das ist nämlich passiert.«

»Mit Liam?«, fragte Aaron.

»Ja, mit Liam.«

»Erzählen Sie, was weiter geschah.«

Haifisch und ich rannten durch den Sprachentrakt. Wir polterten die Treppe hoch. Oben angekommen sahen wir die

Tür zur Cafeteria. Sie war geschlossen und hätte eigentlich die Brandgefahr erzeugen sollen, vor der uns Mr Harold immer gewarnt hatte. Tatsächlich hatte sie dafür gesorgt, dass das Feuer im alten Teil der Cafeteria blieb und sich in die andere Richtung ausbreitete, auf den Brenner-Baulkin-Saal zu, in dem wir Peyton und Ansilee zurückgelassen hatten. Von der Tür ab war der Weg frei bis zum neuen Anbau, wo die Deckensprenkler alles gaben, um das Feuer einzudämmen. Dort gab es einen Ausgang zum Innenhof. Haifisch und ich rannten einfach los, ohne je zu verzögern.

Erst an jener Stelle, an der die Pelzbeine und die Tussis immer gesessen hatten, blieben wir stehen, mit den Füßen bis zu den Knöcheln im Wasser, das immer noch von oben kam und uns das Haar an die Schläfen klebte. Als ich Arthur entdeckte, glaubte ich, mich übergeben zu müssen.

Er stand mitten vor dem Ausgang in einem Schlachtfeld aus Trümmern und Leichen, das Gesicht voller Wassertropfen, die Jagdwaffe seines Vater vor sich wie ein Seiltänzer seine Balancierstange. Dean lehnte an einer umgekippten Kasse, und sein rechter Arm, der der Explosion am nächsten gewesen war, schien nur noch aus weißen Muskelfasern und pechschwarzem Blut zu bestehen.

»Da bist du ja«, sagte Arthur zu mir.

Sein Lächeln machte mir am meisten Angst.

Haifisch sagte nur »Arthur« und begann zu weinen.

Arthur sah sie missbilligend an. »Raus hier, Beth.« Er richtete die Waffe auf sie und schwenkte dann den Lauf hinter sich, in Richtung des Innenhofs. Ihrer Freiheit.

Als Haifisch sich nicht rührte, beugte sich Arthur vor, um auf die Höhe ihrer sonderbaren Augen zu kommen.

»Ich mein's ernst, Beth. Ich mag dich.«

Haifisch wandte sich schluchzend zu mir.

»Tut mir so leid.«

Dann trippelte sie vorsichtig um Arthur herum und rannte erst los, als er ihr hinterherschrie: »Hör auf, dich auch noch bei ihr zu entschuldigen!«

Ich beobachtete, wie sie das trockene Gras unter ihren Füßen spürte. Sie wandte sich nach links, wo sie mit einem letzten Spurt den Parkplatz erreichte. Dann sah ich sie nicht mehr, doch ich hörte ihren wilden Schrei, als ihr bewusst wurde, dass sie überlebt hatte.

»Komm her.« Wie mit einem langen Hexenfinger winkte mich Arthur mit der Waffe zu sich.

»Warum?« Ich weinte und schämte mich dafür. Ich hasse es zu wissen, wie ich reagieren werde, wenn alles vorbei ist. Dass ich nicht tapfer sein werde.

Arthur zielte mit der Waffe an die Decke und feuerte einen Schuss ab, woraufhin Dean und ich in den Feueralarm hinein, der immer noch schrillte, losschrien, vor lauter Wut, dass sich niemand um ihn kümmerte.

»Komm her!«, knurrte Arthur.

Ich gehorchte.

Als er den Lauf auf mich richtete, fing ich an zu flehen. Es täte mir so leid, dass ich das Bild von seinem Dad genommen habe. Ich würde es zurückgeben. Ich hätte es in meinem Spind. (Was nicht stimmte.) Wir könnten sofort hingehen.

Ich wollte nur Zeit gewinnen, weil ich wusste, was er vorhatte.

Arthur starrte mich an, das nasse Haar hing ihm in die Augen, doch er machte sich nicht einmal die Mühe, es wegzuwischen. »Nimm«, sagte er.

Zuerst dachte ich, er meine »Nimm« im Sinne von akzeptiere, was gleich mit dir passieren wird, als Aufforderung, mich zusammenzureißen. Doch dann merkte ich, dass er die Waffe nicht auf mich richtete, sondern sie mir entgegenhielt.

»Willst du es nicht selbst tun?«

Er blickte Dean an. Die Furcht hatte dessen gorillahafte Züge zu einem neuen Gesicht modelliert. Er sah nicht mehr aus wie der Fiesling, der mir wehgetan hatte. Er sah aus wie ein Fremder.

»Hast du keine Lust, diesem Schwanzlutscher den Schwanz wegzublasen?«

Aus der Nähe konnte ich sehen, dass sich in Arthurs Mundwinkel eine Schaumkruste gebildet hatte.

Ich beging den Fehler, den Köder zu schlucken und tatsächlich nach der Waffe zu greifen.

»Nein, nein.« Arthur zog sie zurück. »Ich hab's mir anders überlegt.«

Dann schwenkte er überraschend behände herum und schoss Dean zwischen die Beine. Der stieß einen unmenschlichen Laut aus, als Blut und Wasser vor seinem Gesicht hochschossen wie ein Springbrunnen in Disney World.

Das Steakmesser rutschte an Arthurs Schulterblättern ab und hinterließ nichts weiter als einen flachen Schnitt quer über den Rücken, als hätte ich einen Brieföffner durch einen Umschlag gezogen. Mühelos hinein und wieder heraus. Arthur drehte sich zu mir um und wölbte seine Lippen zu einem »Hä?«. Ich verlagerte mein Gewicht nach hinten, so wie es mir mein Vater gezeigt hatte, als er mir Ballwerfen beigebracht hatte – das einzig Nützliche, was mir mein Vater je beigebracht hat. Ich rammte Arthur das Messer seitlich in den Nacken, woraufhin er zur Seite taumelte und ein Geräusch machte, als wollte er Schleim aus seiner Lunge räuspern. Ich folgte ihm, zog das Messer heraus und stach noch einmal zu. Diesmal traf ich sein Brustbein. Ich hörte es knirschen, als ich die Klinge in seine Brust trieb, und diesmal konnte ich sie auch nicht wieder herausziehen. Aber das machte nichts, ich brauchte sie nicht mehr. Arthur brachte unter Gurgeln etwas heraus wie »Ich wollte doch nur helfen«, woraufhin helles Blut über seine Lippen sprudelte.

An dieser Stelle beendete ich die Geschichte immer, auch diesmal für Aaron.

Eines erzählte ich jedoch nie. Nämlich dass ich dachte, *Jetzt müssen sie mir aber wirklich verzeihen*, als Arthur auf die Knie sank und vom Gewicht seines Oberkörper vornübergezogen wurde. In einem letzten Überlebensimpuls, als irgendeine flackernde Synapse in seinem Hirn ihm signalisierte, dass er das Messer noch weiter hineintreiben würde, wenn er auf die Brust fiele, warf er sich auf den Rücken. Doch seine Oberschenkel waren nicht flexibel genug, und so landete er seitwärts mit einem lauten Platschen, einen Arm ausgestreckt unter dem Kopf, ein Bein auf dem anderen, in den Knien leicht gebeugt. Immer wenn im Fitnesskurs das Po-Workout kommt, muss ich an Arthur denken. Dann nehme ich genau diese Position ein, um meine Satteltaschen zu festigen. »Noch zehn!«, verlangt die Trainerin dann fröhlich, während mich beim Heben des Beins die Muskeln langsam im Stich lassen und ich so gern aufgeben möchte. »Du schaffst das! Nur noch zehn Sekunden!«

13

»Unglaublich.« Aaron klatschte in die Hände und brach damit das Schweigen im Raum. Die Crewmitglieder streckten sich und standen auf. Ich hörte jemanden sagen, »… was trinken gehen«, und wischte mir über das Gesicht.

Die Handflächen aneinandergepresst, kam Aaron zu mir.

»Vielen Dank, dass Sie sich so offen und verwundbar gezeigt haben.«

Ich beeilte mich, die Spuren der Geschichte aus meinem Gesicht zu tilgen.

»Klar«, murmelte ich.

»Sie brauchen jetzt sicher was zu trinken.«

Aaron beugte sich vor und drückte behutsam meinen Arm. Bewusst verspannte ich unter seiner Berührung, und er ließ los.

Aaron erinnerte mich an einen schmierigen Anwalt, mit dem ich als Studentin zusammen war. Dieser Scheiß-Emo-Breakdancer hatte mich über die Sehnen in Peytons Hals ausgefragt und wie sich der Vorhang über seine blauen Augen gesenkt habe – ob der Funke langsam erloschen sei, ob er es bewusst erlebt, akzeptiert hätte? Ich hielt auch das einmal für Liebe, damals, dieses eigennützige Interesse an all den schmutzigen Details meines Lebens. Mit Luke erlebe ich das andere Extrem.

Aaron räusperte sich. »Na, dann geht was trinken!« Er lachte unbeholfen. »Aber vergesst nicht, morgen früh um sieben werdet ihr im Hotel abgeholt.« Das galt den Maskenbildnerinnen. Dann würden sie ihre Rundbürsten und Wimpernzangen einpacken, und wir würden alle zusammen nach Bradley fahren, um am »Schauplatz« zu drehen.

»Okay.« Ich stand auf und klopfte mich ab. Als ich die Tür schon fast erreicht hatte, hielt Aaron mich auf.

»Ähm, okay«, sagte er. »Ich habe den ganzen Nachmittag mit mir gerungen, ob ich Sie fragen soll.«

Ich warf ihm einen Blick zu, der ihn davon abbringen sollte, doch er beugte sich vor und sagte etwas, mit dem ich nicht im Mindesten gerechnet hätte. Etwas, das sofort den vertrauten ätzenden Geschmack auf meiner Zunge hervorrief. Als er mit seinem Vorschlag fertig war, hielt er die Hände hoch – *nicht schießen!* – und sagte: »Aber natürlich nur, wenn es Ihnen recht ist.«

Ich ließ ihn einen Augenblick zappeln. »Ist das ein Trick?« Ich verschränkte die Arme vor der Brust. »Damit Sie noch ein paar richtig coole Aufnahmen kriegen?«

Aaron wirkte erschrocken, ja gekränkt. »Ani, um Gottes willen, nein.« Seine Stimme senkte sich. »Sie wissen, dass ich auf Ihrer Seite stehe, oder? Wir alle hier« – er schwenkte den Arm durch den Raum – »sind auf Ihrer Seite. Ich kann verstehen, warum Sie das nicht für möglich halten, nach allem, was Sie durchgemacht haben. Mannomann, ich würde auch jeden verdächtigen.« Das Wort »Mannomann« wärmte meine Ohren, wie etwas, das ein Großvater sagen würde. »Aber ich hoffe, dass Sie Vertrauen zu mir finden. Das ist kein Trick. Ich würde Sie nie hereinlegen.« Er trat zurück und verbeugte sich leicht. »Wollen Sie nicht darüber nachdenken? Wir haben das ganze Wochenende Zeit.«

Ich presste die Lippen zusammen, betrachtete erneut seinen Ehering und überlegte, ob er vielleicht doch nett war, ob das vielleicht schon die ganze Zeit über so gewesen war und wenn ja, was ich sonst noch alles missinterpretiert hatte.

Ich öffnete die Tür des Studios und trat in die Kühle des Septembers hinaus. Ich war so froh, dass der Sommer vorbei war, denn ich hatte ihn schon immer gehasst. Das mag seltsam erscheinen, angesichts der Erinnerungen, die ich mit dem Herbst verbinde, doch immer wenn ich die erste Frische in der Luft verspüre und sehe, dass die Blätter fallen, bebe ich vor Freude. Der Herbst wird für mich immer gleichbedeutend sein mit der Chance, mich neu zu erfinden.

Ich winkte einigen der Crewmitglieder die schwere Kameras und Ausrüstungsgegenstände in einen schlichten schwarzen Transporter wuchteten. Einen Moment lang überlegte ich, ob ich nicht ein Foto machen und Nell schicken sollte mit der Unterschrift: »Bester Vergewaltigerbus ever?« Doch dann fiel mir wieder ein, wie sie mich im Restaurant angesehen hatte, mit dieser Mischung aus Enttäuschung und Widerwillen, die ihre makellosen Züge entstellt hatte, und ich entschied mich dagegen. Ich tippte die Adresse des Radnor Hotels in das GPS des Jeeps. Zu Highschoolzeiten war ich nicht oft in diese Gegend gekommen, und seither war ich so selten »zu Hause« gewesen, dass mir die ehemals so vertrauten Straßen jetzt nur noch vage bekannt vorkamen, wie aus einem Déjà-vu. *Ich war schon einmal hier, aber wann?* Das Gefühl der Verwirrung verwandelte sich in Stolz. Ich war hier nicht mehr zu Hause. Mein Zuhause war New York. *Nicht du hast mich verstoßen. Ich habe dich verlassen.*

Langsam rollte ich rückwärts aus der Parklücke. Seit ich nicht mehr oft fuhr, war ich eine zögerliche Autofahrerin geworden. Die Hände um das Lenkrad gekrallt wie eine blauhaarige alte Dame, bog ich in die Monroe Street ein. Mein Telefon meldete sich aus meiner Handtasche, doch ich würde erst nachsehen, sobald ich rechts ranfahren konnte. LoLo hatte uns alle vor einigen Jahren eine Erklärung unterschreiben lassen – Oprah Winfrey hatte wohl eine Kampagne lanciert –, dass wir am Steuer die Hände vom Telefon ließen. Doch was mich abhielt, war nicht das gegebene Versprechen, sondern die Zahl in dem Text, unter den ich meinen Namen gesetzt hatte: Am Steuer SMS zu schreiben erhöhte das Risiko eines tödlichen Unfalls um 2000 Prozent. »Das kann nicht stimmen«, hatte ich zu Martin, einem unserer Fakten-Checker, gesagt. Martin ist so pingelig, dass wir uns einmal in die Haare bekamen, weil ich geschrieben hatte: »Dieses Lipgloss ist *lebensnotwendig*.«

»Können wir das nicht irgendwie anders ausdrücken?«, fragte er. »Es ist ja nicht Nahrung oder Wasser, also kann man streng genommen sehr wohl ohne leben.«

»Das ist nicht Ihr Ernst, oder?«

»Na ja, dann lassen Sie wenigstens die Kursivierung weg.«

Als ich jedoch die 2000 Prozent infrage stellte, nickte er nur bedächtig. »Doch, das stimmt.«

Ein lautes Krachen ertönte, und ich erschrak so heftig, dass ich den Wagen zum Schlingern brachte. Ich fuhr mir rasch mit der Hand über den Hinterkopf, ob ich verletzt war. Unter heftigem Herzklopfen wurde mir bewusst, dass das Geräusch von einer Baustelle linker Hand kam, wo eine neue Reihenhaussiedlung entstand. Manchmal, wenn ich auf die U-Bahn warte oder über die Straße gehe, spüre ich einen Phantomschmerz in meinem Kopf oder an meiner Schulter, dann fasse ich mit der Hand hin und rechne damit, Blut zu spüren. Derjenige, den die Kugel getroffen hat, ist meist derjenige, der es als Letzter begreift. Rechts erschien eine Tankstelle, und ich drehte am Lenkrad. Die GPS-Stimme ließ sich von meinem Abbiegemanöver verwirren. »Jetzt links abbiegen«, korrigierte sie mich unermüdlich, bis ich den Knopf fand, der sie zum Verstummen brachte.

Ich griff in meine Handtasche und holte mein Telefon heraus. Keine SMS von Luke. Ich öffnete die E-Mail-App und fand eine Mail von Mr Larson – Andrew – über unser Mittagessen am Sonntag. »Es war schwieriger heute, als ich gedacht hätte«, schrieb ich. »Wie wär's, wenn wir uns …« Ich hielt inne, weil ich wusste, dass ich mit dem Feuer spielte. »Einen Bissen bei Peace A Pizza genehmigen?« Für Andrew würde ich Kohlenhydrate essen.

Zu Highschoolzeiten war Peace A Pizza unser Lieblingsitaliener gewesen. Rektor Mah ging so oft dorthin, dass er regelmäßig »Gast des Monats« war. Sein Konterfei mit verlegenem Lächeln und hochgestelltem Daumen prangte neben der Getränkezapfanlage. Dean hatte einmal quer über sein Gesicht geschrieben: »Ich lieben Pizza schon immer«. Und obwohl jeder wusste, dass er es gewesen war, wurde er nie dafür zur Rechenschaft gezogen.

Ich drückte »Senden« und wartete fünf Minuten, obwohl ich nicht damit rechnete, so rasch eine Antwort zu bekommen. Dann beschloss ich, ins Hotel zurückzukehren. Vielleicht würde er später noch anrufen.

Das Radnor rühmt sich selbst als individuelles und gastfreundliches Traumhotel im Herzen der Main Line – »Trauen Sie sich hier!« In Wahrheit ist es nichts weiter als ein überbeanspruchtes Marriott mit riesigen Parkplätzen in unmittelbarer Nähe eines rauschenden Highways.

Der Gast, der vor mir in meinem Zimmer gewohnt hatte, hatte geraucht, und zwar nicht zu knapp. Unsere Beauty-Redakteurin hatte sich in der *Today*-Show über indirektes Passivrauchen ereifert – über den Rauch, der in hässlichen Couchpolstern hängt und für die Haut am schädlichsten ist. Normalerweise hätte ich sofort bei der Rezeption angerufen und wie eine anspruchsvolle kleine Bitch ein anderes Zimmer verlangt. Doch irgendwie fand ich den abgestandenen Geruch beruhigend. Ich stellte mir eine junge Frau vor, eine Ausreißerin wie ich, die sich in den Blümchensessel am Fenster geschmiegt hatte. Wie sie mit verengten Augen an ihrer Zigarette zog, deren Spitze dabei aufglomm. Sie war zu einer Beerdigung gekommen, entschied ich. Auch sie kam mit ihren Eltern nicht klar, deshalb übernachtete sie im Hotel statt zu Hause. Ich empfand ein köstliches Gefühl von Zusammengehörigkeit, das meine Einsamkeit linderte. Denn ich war in der Tat einsam an diesem Freitagabend um achtzehn Uhr. Im Fernsehen lief der Showdown von *Ungeküsst* mit Drew Barrymore. Ich hielt einen Kaffeebecher mit warmem Wodka zwischen meinen Handflächen und versuchte, die M&M-Tüte in der Minibar zu ignorieren, die mich lockte wie eine Hure in jenem Teil von Philadelphia, wo Hilary sich ein Schmetterlingstattoo auf den Po hatte stechen lassen.

Es war eine Stunde her, seit ich Andrew geschrieben hatte, doch die einzigen E-Mails, die ich bekam, waren von Groupon, die mir Angebote für Fettabsaugung, Haarglättung mit Keratin, Schwedische Massage, Hauterneuerung mit CO_2 Fractional Laser und Online-Dating vorschlugen. Saks schrieb mir, sie hätten extra für mich ein Paar Schlangenleder-Booties von Jimmy Choo für 1195 Dollar reserviert. So dick hatte ich die Kohle jetzt auch wieder nicht.

Ich studierte den Drehplan für den nächsten Tag, um zu sehen, ob ich noch eine Runde laufen gehen konnte, ehe die Maskenbildnerinnen anrückten. Mit Schlaf rechnete ich generell nicht, aber hier schon gar nicht. Plötzlich kam mir ein Gedanke, und ich stellte meinen Becher ab. Ich öffnete das Nachtkästchen und, siehe da, darin lag tatsächlich ein Telefonbuch, gelb, alt und abgegriffen.

Larsons, Larsons, Larsons, dachte ich und blätterte zu L, um mit meinem ochsenblutroten Fingernagel über die Namen zu fahren, bis ich bei »Lar« angekommen war.

Es gab drei Larsons, doch nur einer davon wohnte in der Grays Lane in Haverford. Andrew hatte beim Laufen einmal erwähnt, dass seine Leute ein Haus dort hätten, »meine Leute«, wieder so ein typisches, wundervolles Andrew-Wort. Das mussten sie sein.

Ich beäugte das Festnetztelefon. Wenn ich vom Hotel aus

anrief, könnte ich einfach auflegen, wenn jemand anders als Andrew ranging. Whitney war vermutlich dort, und mit Sicherheit seine Eltern. Aber was, wenn sie einen dieser modernen Anschlüsse hatten, die den Anrufer auf dem Fernsehbildschirm anzeigten? Ich hatte Andrew erzählt, dass ich im Radnor absteigen wollte. Was, wenn ich anrief und die Anruferkennung des Hotels die gerade laufende Sendung unterbrach und für die ganze Familie sichtbar erschien? Er würde wissen, dass ich es war, die auflegte, als seine Mutter ans Telefon ging, falls er es nicht rechtzeitig schaffte. Ich wusste nichts über Andrews Eltern, doch ich stellte sie mir als ehemalige Hochschullehrer vor, beide weißhaarig, die beim Rotwein in gedämpftem, gemessenem Ton die Energiekrise aus dem Blickwinkel der Obama-Regierung diskutierten. Als freundliche Intellektuelle, die einen Menschen wie Andrew Larson hervorbracht hatten, mit all seiner emotionalen Intelligenz, die mich zu seinem größten Fan machte.

Der Wodka schärfte mein Erinnerungsvermögen, denn plötzlich fiel mir ein Trick ein, den wir als Teenager bei Übernachtungspartys angewandt hatten. *67 vor der Nummer blockiert die Anruferkennung. Ich beschloss, das erst einmal an meinem Handy zu testen und tippte den Geheimcode und meine Ortskennzahl ein. Ich liebte meine Ortskennzahl, denn sie bewies einmal mehr, dass ich nicht mehr in Philadelphia zu Hause war, sondern in New York.

Mein Display sagte »Unbekannter Anrufer« und ich musste unwillkürlich lachen. Unfassbar, dass das tatsächlich immer noch funktionierte.

Ich tankte noch ein wenig Mut aus meinem Kaffeebecher. Eigentlich musste ich ja gar nicht auflegen, wenn seine Eltern abnahmen. Ich hatte ja nur eine ganz harmlose Frage. Die Produktion hatte meine Drehzeiten am Sonntag geändert, sodass ich nicht zum Mittagessen gehen könnte, aber ich wollte trotzdem versuchen, mich mit ihm zu treffen, solange wir beide hier waren. Noch stellte das keine Lüge dar. Meine Drehzeiten würden sich tatsächlich ändern, falls ich das tat, worum Aaron mich gebeten hatte.

Ich wählte *67. Es entstand eine Pause, dann erklang leise der Wählton, der mehrere Kilometer entfernt im Haus der Larsons als lautes Klingeln zu hören war.

»Larson.« Die Stimme hatte Schädelspalterqualität.

»Hallo.« Ich stand auf und wollte auf und ab gehen, doch ich dachte nicht daran, dass ich ein Kabeltelefon hielt. Der Empfänger hinter mir fiel krachend zu Boden und riss mir den Hörer aus der Hand. »Scheiße!«, zischte ich und bückte mich, um alles wieder aufzuheben.

»Hallo?«, hörte ich die Stimme am Boden. »Hallo?«

»Hallo?«, wiederholte ich. »Entschuldigen Sie bitte. Ist Mr Larson da?«

»Am Apparat.«

»Verzeihung, ich meine Andrew Larson.«

»Höchstpersönlich. Mit wem spreche ich?«

Ich wollte auflegen. Das wäre das Einfachste gewesen. Stattdessen übernahm mein motorisches Gedächtnis das Kommando, und meine Fingerknöchel wurden weiß, so fest umklammerte ich den Hörer. »Hier ist Ani Fanelli. Ich versuche, Ihren Sohn zu erreichen.« Und damit dieses Ansinnen nicht allzu anzüglich klang, fügte ich hinzu: »Ich bin eine ehemalige Schülerin von ihm.«

Mr Larson senior schnaubte mehrmals unwillig. »Meine Güte, Mädchen, ich dachte, ich hätte wieder einen dieser Telefonbetrüger am Apparat.« Sein Gelächter ließ die Verbindung krachen. »Eine Sekunde.«

Er legte den Apparat weg, und ich hörte gedämpfte Stimmen im Hintergrund. Quälende Momente der Stille vergingen, bis Andrew Larson junior sich meldete.

»TifAni?«

Ich vergaß alles, was ich mir zurechtgelegt hatte, und erzählte ihm einfach die Wahrheit. Dass es heute schwer gewesen war und ich mich einsam fühlte.

Andrew hatte Whitney nicht mitgebracht. Als ich das hörte, hielt ich den Atem an und hoffte, er würde statt Peace A Pizza, meine Idee, eine Bar vorschlagen, doch er sagte nur: »Also dann, bei Peace A Pizza. Ich war seit Jahren nicht mehr da. In vierzig Minuten?«

Es klickte vorwurfsvoll, als ich den Hörer auf den Empfänger steckte. Pizza. Und das zu einer Tageszeit, wo die Sonne noch am Himmel stand und mich auslachte. Das war wirklich mehr als harmlos. Ich wusste nicht, ob ich erleichtert oder enttäuscht sein sollte. In jedem Fall spürte ich grimmige Entschlossenheit.

Das Kamera-Make-up hatte ich sofort entfernt, nachdem ich ins Hotelzimmer zurückgekehrt war, ohne auf die Stellen zu schauen, die im fluoreszierenden Licht besonders auffielen – die Fältchen um Augen und Mund, in denen sich Puder und Foundation gesammelt hatten. Mit meinen achtundzwanzig Jahren wurde ich dank meiner glatten olivfarbenen Haut oft für eine frischgebackene Uniabsolventin gehalten, aber es war unmöglich zu sagen, wie lange das noch andauern würde. Alter überfiel manche Menschen wie aggressiver Krebs. Es gab gar nicht genug Antioxidantien in der Welt, um sich dagegen zu schützen.

Ich machte mich wieder an die Arbeit – getönte Feuchtigkeitscreme, Selbstbräuner, Mascara, Lip Stain. Luke ist immer fasziniert, wie schwer mein Make-up-Beutel ist. »Benutzt du den ganzen Kram eigentlich?«, hat er mich einmal gefragt. Ich habe das als Kompliment genommen, denn ja, ich benutze tatsächlich alles davon.

Um zehn vor sieben stieg ich in Lukes Jeep. Mein GPS informierte mich, dass ich für die dreieinhalb Kilometer nach Bryn Mawr vierzehn Minuten brauchen würde. So lang! Nicht nur dass ich jetzt mehr als nur angemessen zu spät kommen würde. Nein, inzwischen hatte ich richtig Angst, mein Schicksal herauszufordern. Dass das Universum nicht mehr anders konnte, als einzugreifen, als den Finger auf einen finster dreinschauenden Luxus-SUV zu richten und ihn in meine Spur zu lenken, sodass er mich an die Leitplanke quetschte, wo das Lenkrad meinen Brustkasten in Knochensplitter zertrümmerte, die mir das Herz oder einen Lungenflügel durchbohrten. Um den Irrtum zu korrigieren, dass ich damals aus dieser Cafeteria entkommen bin, weil große Erfolge auf mich warteten, die die fünf Opfer ohnehin nie erreicht hätten. Solche Gedanken gehen mir durch den Kopf, wenn ich in ein tiefes schwarzes Loch falle und nur noch Ansilees wie eine Nuss aufgeschlagenen Schädel vor mir sehe und der Tag einfach nicht vorbeigehen will.

Ich hatte keine Ahnung, was Andrew für ein Auto fuhr, also musste ich auch den vollen Parkplatz nicht danach absuchen. Der eine Drink auf nüchternen Magen hatte mir einen gewissen tumben Mut eingeflößt, doch die Furcht dominierte immer noch. Das Lokal war voller Halbwüchsiger mit schlaksigen Gliedmaßen, die Beine viel zu lang und zu zappelig, um sie unter dem Tisch zu halten, sodass sie, wie bei Nell, in die Gänge dazwischen ragten wie eine Sammlung auf dem Kopf stehender Pogosticks. Kein Andrew weit und breit. Ich zog mich in eine Ecke zurück und wartete.

Ich war noch mit der Frage beschäftigt, was ich mit meinen Armen machen sollte – verschränken oder einen Ellbogen auf eine Hand stützen? –, da öffnete sich die Tür, und mit einem Schwall frischer Luft kam Andrew herein. Er trug einen Feinstrickpullover und coole Jeans, die ihm zweifellos eine fantastisch dünne Modeberaterin bei Barney's ausgesucht hatte.

Ich winkte ihm leicht, und er kam auf mich zu.

Andrew pfiff durch die Zähne. »Ganz schön voll hier.«

Ich stimmte zu und hoffte erneut, er würde vorschlagen, anderswo hinzugehen, doch er sagte: »Ich denke, wir sollten uns anstellen.«

Als ich noch zur Highschool ging, waren Spezial-Pizzas noch der absolute Hit. Makkaroni-mit-Käse-Pizza, Cheeseburger-mit-Speck-Pizza, Penne-Alla-Wodka-Pizza – für mich gab es nichts Tolleres. Heute sehe ich da nur noch Kohlehydrate, belegt mit Kohlehydraten, und denke, kein Wunder, dass ich so fett war.

Als ich das zu Andrew sagte, lachte er. »Du warst nie fett.« Er klopfte auf seinen Waschbrettbauch. »Der hier dagegen …«

Es stimmte. Er hatte damals noch neckischen Babyspeck an sich gehabt. Ich kann immer noch nicht glauben, dass Andrew erst vierundzwanzig war, als er mich unterrichtet hatte. Vierundzwanzig damals in seinem Schlafzimmer, als er mich aus meinem Albtraum weckte und ich ihn bat, bei mir zu bleiben. In seinem Gesicht hatte so viel Trauer gestanden, bis er schließlich Ja sagte. Lange Zeit dachte ich, er hätte Mitleid mit mir empfunden, doch inzwischen bin ich mir nicht mehr so sicher. Vielleicht war er auch traurig gewesen wegen der Distanz zwischen uns. Was wäre alles möglich gewesen, wenn unser Altersunterschied nur fünf und nicht zehn Jahre betragen hätte.

Hinter der Glastheke thronten Kuchen, turmhoch belegt, allein der Belag war mehr als eine ganze Mahlzeit für mich. Mein Magen stöhnte.

Ich bestellte ein Stück Pizza Margarita, weil ich das für eine kluge Wahl hielt. Keine Deko im Essen hieß auch keine Deko zwischen meinen Zähnen. Andrew nahm ein Stück Pizza mit mediterranem Salat.

Es gab keinen freien Tisch, nur ein paar freie Stühle. Wenn das alle Zeit war, die mir mit Andrew vergönnt war, dann würde ich sie nicht verschwenden, indem ich mich neben ein paar magere kichernde Teenager setzte, die sich die Serviette nur vorsorglich auf den Schoß legten, falls sie eine Erektion bekamen.

Ich nickte zur Tür. »Wollen wir rausgehen?«

Draußen standen zwei Bänke, die jedoch besetzt waren, und so beschlossen wir, um die Ecke zu gehen und uns an den Straßenrand zu setzen, die Pappteller in den Händen balancierend, während sich Kiesel durch die Jeans in unsere Hintern bohrten.

Ich nahm einen Bissen. »Oh mein Gott«, stöhnte ich.

»Nicht besser als in New York«, sagte Andrew.

»Besser als alles andere.« Ich hielt einen Finger hoch. »Hochzeitsdiät.«

Andrew nickte. »Whitney hat sich damit auch ganz verrückt gemacht.«

Eine dicke Artischocke kullerte von seiner Pizza und fiel mit einem feuchten Platschen zu Boden. Ich dachte an Ansilees Kopf und musste den Teller auf meinem Schoß abstellen. Ganz plötzlich sah die Tomatensauce aus wie Blut. Das Gleiche passierte mir manchmal auch mit Ketchup, meist wenn mir die Erinnerung an Peyton im Hirn herumspukt. Es gibt Zeiten, da sehe ich ununterbrochen sein verstümmeltes Gesicht, und kein rotes Lebensmittel ist sicher. Genauso wie Fleisch. Allein der Gedanke daran. Ich hielt mir eine Serviette an den Mund und zwang mich, den Bissen zu schlucken.

»Es war schwer heute, hm?«

Andrew saß dicht neben mir, aber nicht so dicht, dass sich unsere Oberschenkel auf unverfängliche Weise berühren konnten. Er hatte sich am Morgen nicht rasiert, und seine Stoppeln leuchteten golden auf seiner verbliebenen Sonnenbräune. Er sah umwerfend aus.

»Nicht weil ich darüber reden musste«, sagte ich. »Das macht mir nichts aus. Aber ich weiß nie, ob die Leute mir auch glauben.« Ich stützte mich rücklings auf meine Hände, etwas, das ich an einer New Yorker Straßenecke nie tun würde. »Als wir fertig waren, habe ich den Crew-Leuten ins Gesicht gesehen und mich gefragt: *Glauben die mir eigentlich?* Ich weiß nicht, was ich tun soll, damit die Leute mir glauben.« Ich sah zu, wie die Autos vor uns auf der Straße aneinander vorbeifuhren. »Ich würde alles tun.«

Ich atmete tief ein, und die alte Verzweiflung flammte in mir auf wie die Glut einer Zigarette. Die Verzweiflung lässt mich Dinge tun, zu denen ich normalerweise nicht in der Lage wäre, und wenn ich nicht höllisch aufpasse, könnte es passieren, dass mir meine Klinge ausrutscht und Luke so tief trifft, dass ich das Leben, für das ich so hart gearbeitet habe, abschreiben kann. Wenn ich jedoch neben Andrew stehe und sehe, wie mein Kopf genau in die Beuge seiner Schulter passt, wenn ich daran denke, wie groß er ist und wie schwer es für ihn sein muss, sich zu beherrschen, dann frage ich mich, ob er nicht der Einzige wäre, für den es sich lohnen würde, dieses Leben aufzugeben.

»Was du tust, ist richtig«, sagte Andrew. »Deine Seite der Geschichte zu erzählen. Wenn die Leute dir hinterher immer noch nicht glauben, okay. Aber du hast getan, was du konntest.«

Ich nickte folgsam, aber nicht überzeugt. »Weißt du, was mich am meisten verrückt macht?«

Andrew biss in seine Pizza, und ein Rinnsal Öl fand schimmernd einen Weg bis zu seinem Handgelenk. Er fing es mit dem Mund auf, ehe es in seinen Ärmel lief, und senkte dazu seine Zähne in die Haut. Ich beobachtete, wie die weißen Bissspuren allmählich verschwanden.

»Die Dean-Fans«, sagte ich. »Ich glaube, ich hasse sie mehr als Dean. Vor allem die Frauen. Du kannst dir nicht vorstellen, was ich von denen zu hören bekomme. *Immer noch.*« Mit strenger Stimme, wie eine der frommen Kirchenfrauen aus dem mittleren Westen, mit Mehrfachkinn und haarigen Knien, sagte ich: »Der Herr weiß, was du getan hast, und du wirst dich im Jenseits dafür verantworten.« Ich riss die Kruste von meinem Pizzastück ab. »Scheiß bigotte Inzuchtbrut.« Beim Klang meiner eigenen Worte zuckte ich zusammen und bereute sie sofort. Luke hätte wahrscheinlich gelacht, doch Andrew wollte das nicht von mir. *Geknickt*, dachte ich, *das funktioniert bei ihm.* »Tut mir leid. Es ist nur … wenn sie nur wüssten, was Dean mir angetan hat.«

Andrew trank einen Schluck. »Warum erzählst du's ihnen nicht?«

»Das ist die eine Sache …« Ich seufzte. »Meine Mutter möchte nicht, dass ich darüber rede. Und Luke auch nicht. Er weiß natürlich, was mit diesen Typen passiert ist, aber ich will auch nicht, dass seine Eltern von der Nacht erfahren. Es ist einfach beschämend.« Ich fand ein Stück Kruste ohne rote Spuren und knabberte daran. »Aber es ist nicht nur wegen meiner Mutter und Luke. Ich kann mich einfach nicht überwinden, damit an die Öffentlichkeit zu gehen, vor allem wegen Liam. Es ist eine schwere Anschuldigung gegen jemand, der für immer fünfzehn bleiben wird.« Ich beobachtete ein Grüppchen Teenager auf dem Gehsteig, die einander neckten, Starbucks-Becher in der Hand. Als ich in ihrem Alter war, schmeckte Kaffee nach Benzin, heute ersetzte er ein Mittagessen. »Ein Fünfzehnjähriger, der in ein Klassenzimmer gejagt und in die Brust geschossen wurde. Irgendetwas daran passt nicht recht zusammen. Auch für mich nicht. Ich weiß nicht. Haben seine Eltern nicht schon genug durchgemacht?«

Andrew seufzte. »Schwierig, Tif.«

Ich schlang meine Arme um meine Schienbeine. »Was würdest du tun, wenn du an meiner Stelle wärst?«

»An deiner Stelle?« Andrew wischte sich Krümel vom Schoß und drehte sich, sodass seine Knie auf mich zeigten. »Ich denke, es gibt eine Chance, aufrichtig zu sein und trotzdem nicht schlecht über die Toten zu reden. Außerdem würde ich auf jeden Fall die Gelegenheit nutzen, um Dean als das darzustellen, was er wirklich ist.« Sein Knie streifte versehentlich meinen Schenkel, und er zog es sofort zurück. »Niemand auf der Welt verdient diese Ehre mehr als du.«

Ich ließ die Tränen kommen und wandte mich zu ihm, damit er es sehen konnte. Schwer war es nicht. Meine Brust fühlte sich an wie ein Waschlappen, den ich nur ausdrücken musste.

Andrew lächelte mich an. Er hatte Rucola zwischen den Zähnen, und ich liebte ihn nur umso inniger.

Ich versuchte es. »Hast du Lust, in Bradley vorbeizufahren, um zu sehen, ob heute Abend was los ist?« Ich hatte mir natürlich vorgestellt, dass wir das tun würden, ich hatte nur nicht damit gerechnet, dass ich ihn tatsächlich fragen würde. Doch der Himmel verlor allmählich den Kampf gegen die Dunkelheit. Von Andrews Pizza war nur noch der Rand übrig, und ich konnte ihn nicht gehen lassen. Andrew sagte Ja, und es klang, als habe er auf meine Frage gewartet. Ich spürte meinen Herzschlag im ganzen Körper.

Andrew bot an zu fahren. Er hatte einen leicht angegrauten BMW, der genau die wohlhabende Lässigkeit zur Schau stellte, die ich nie auf natürliche Weise ausstrahlen würde. Auf dem Rücksitz lagen Golfschläger, und in der Mittelkonsole stand ein leerer Starbucks-Becher. Andrew streckte die Hand danach aus. »Würdest du mir das mal reichen?«, fragte er. Als ich ihm den Becher entgegenhielt, entdeckte ich, dass an der Seite in Kritzelschrift »Whitney« stand. Die Kästchen für »Latte« und »fettfreie Milch« waren angekreuzt. Eine bessere Beschreibung für Andrews Burger-ohne-alles-Frau wäre mir nie eingefallen. Whitney ist exakt der Typ Frau, der bei Starbucks Latte Macchiato mit fettfreier Milch trinkt.

Andrew warf den Becher in einen Müllcontainer und setzte sich ans Steuer. Als er den Wagen anließ, offenbarte sich, dass er Neunzigerjahreradio auf Pandora gehört hatte. Third Eye Blind lief, schaurig. Wie oft war ich diese Straßen entlanggefahren und hatte genau diese Songs gehört? Es war so lange her, dass diese Situation, Andrew und ich zusammen in einem Auto, bedenklich gewesen war. Sie war es auch jetzt, wenn auch aus ganz anderen Gründen.

Bradley lag nicht weit entfernt. Links in die Lancaster Avenue, noch einmal links in die North Roberts Road, dann rechts in die Montgomery Avenue. Bradley-Schüler, die noch nicht Auto fahren durften, waren oft zu Fuß zu Peace A Pizza gegangen. Ich hatte das mit Arthur ständig getan.

Linker Hand erstreckte sich der Fußballplatz, menschenleer und trotzig sommergrün. Andrews große Hand betätigte den Blinker, und wir warteten geduldig, bis sich eine Chance bot einzubiegen. Dann kamen wir an den Fußballtribünen vorbei und der Lücke, die ich immer genommen hatte, wenn ich zu Arthur gelaufen war. Mrs Finnerman war nie weggezogen. Alle kannten sie als die Mutter des Jungen, der den Tod seiner Klassenkameraden an der renommierten Bradley-Schule geplant hatte. Die Presse hatte geklagt: »Wie konnte das hier passieren?«, und es sogar ausnahmsweise ernst gemeint. Schießereien an Schulen gehörten in Kleinstädte im mittleren Westen, wo es außer Einkaufszentren nichts gab, schon gar keine Eliteuni-Absolventen, und wo der Weihnachtsmann Waffen in den Stiefel steckte.

Der BMW hielt am Straßenrand, und Andrew wandte sich zu mir. »Sollen wir einbrechen?«

Ich sah durch das Autofenster auf die dunklen Fenster der Schule. Wie oft war ich hier mit dem sauren Geschmack von Erbrochenem in der Kehle angekommen. Fast rechnete ich auch jetzt mit einer Art pawlowschem Reflex, doch Andrews Gegenwart hielt wie ein Schutzschild, der mich vor der Angst abschirmte. Luke hatte das zu Beginn unserer Beziehung auch getan – mich daran erinnert, dass es auch in mir Hoffnung und Wärme gab und Nächte voller Schlaf möglich waren –, und während ich noch dieser Erinnerung nachhing, fasste Andrew herüber, und ich zuckte zusammen.

»Entschuldige.« Er fummelte lächelnd an meinem Gurtverschluss. »Das bleibt manchmal hängen.«

»Nein, kein Problem, ich bin nur erschrocken«, stammelte ich. Dann hörte ich ein Klicken, und der Druck auf meiner Brust ließ nach.

Der Sporttrakt war unverschlossen. »Es bleibt viel zu tun, Bradley«, murmelte ich, und Andrew nickte zustimmend, während er mir die Tür aufhielt. Nach dem Vorfall hätte Bradley die Sicherheitsstandards erhöhen müssen, doch die Schule behauptete sich gegen den Druck von Behörden und Medien, Metalldetektoren anzubringen und bewaffnete Sicherheitskräfte einzustellen. Die Schulleitung betrachtete das Ganze als einmaliges Ereignis und argumentierte, es gebe keinen Grund, die Schüler noch mehr zu terrorisieren, indem man in ihre Privatsphäre eindringe und sie der Willkür schießwütiger Mietpolizisten ausliefere. Von den Eltern wurde das begrüßt, denn viele von ihnen waren selbst hier Schüler gewesen und wollten nicht, dass die Lehranstalt, die *J. D. Salingers erste Frau* besucht hatte, mit Sicherheitsstandards aufwartete wie eine staatliche Schule in einem sozialen Brennpunkt in der Innenstadt.

Wir stiegen die Treppe zu den Basketballfeldern hinunter.

»Solche Schuhe sind hier bestimmt nicht erlaubt.« Andrew nickte in Richtung meiner Wildlederballerinas, die mit den klobigen Silberabsätzen, und trat auf den Teppichstreifen, der das Feld umgab.

Von Andrews Bemerkung ungerührt, betrat ich den polierten Walnussboden. Meine Sohlen klackten ein paarmal laut, bis Andrew innehielt, um mir zuzusehen, wie ich mit einem Absatz über die Oberfläche schrammte und dabei eine verwischte weiße Linie malte, was ein ohrenbetäubendes Quietschen erzeugte. Er trat neben mich und bohrte den Absatz seines Slippers ebenfalls in das Holz, so wie ich es getan hatte.

Durch die Turnhalle erreichten wir den Trakt für die Naturwissenschaften. Ich entdeckte ein in Messing gerahmtes Poster mit dem Periodensystem der Elemente und musste lächeln. »Kanntest du eigentlich Mr Hardon?« Das war der Lehrer für den Chemieleistungskurs und hatte einen Schnurrbart, der unkontrolliert zuckte. Sein Name und sein sonderbares Verhalten machten ihn zum Gespött der Schülerschaft, die ihn für pervers hielt und ihn hinter seinem Rücken Mr Hard-On, »Mr Steifschwanz«, nannte.

»Du meinst Mr Hard-On?« Andrews Grinsen wischte vierzehn Jahre aus seinem Gesicht.

Ich blieb stehen. »Du weißt, dass wir ihn so genannt haben?«

»Tif, der gesamte Lehrkörper hat ihn so genannt. Er *hieß* Mr Hard-On.« Er reckte mir sein Kinn entgegen, um seine Worte zu unterstreichen. »Vollkommen logisch.«

Mein Lachen tanzte durch den leeren Flur bis zu den sieben Stufen, die zur alten Villa führten. Wenn man diese Treppe nahm, kam man rechter Hand in die Cafeteria, linker Hand in den Englisch-Trakt. Ich dachte daran, wie ich mit Haifisch hier entlanggekommen war, an das Geräusch, das durch den Raum gedonnert war, nachdem Liam sich von uns getrennt hatte, und wünschte mir sofort, ich könnte die Zeit zurückdrehen.

Rechts kam das Computerlabor, zu unserer Zeit reine Platzverschwendung, heute ausgestattet mit iPads auf futuristisch aussehenden Pulten. Im Fenster zu dem dunklen Raum spiegelten sich unsere Gesichter.

Andrew drückte seine Fingerknöchel an das Glas. »Ich mag mir gar nicht vorstellen, was über mich geredet wurde.«

»Niemand hat was geredet. Alle haben dich geliebt. Wir waren am Boden zerstört, als du gingst.«

Andrew ließ den Kopf gegen die Scheibe sinken. »Die Bartons hatten ihre Finger im Spiel.« Er sah mich im Spiegel des Fensters an. »Es wäre ohnehin mein letztes Jahr gewesen. Unterrichten war für mich immer nur ein Übergangsjob. Nach der Uni war ich einfach noch nicht reif genug, mir einen richtigen Beruf zu suchen. Allerdings« – er schnitt eine nachdenkliche Grimasse – »wäre ich wahrscheinlich nach dem Drama länger geblieben. Zumindest noch ein Jahr, um für euch da zu sein.«

Es war mir nie in den Sinn gekommen, dass ich vielleicht mehr Zeit mit ihm hätte haben können. Wut schnürte mir die Brust zusammen, als mir klar wurde, dass Dean mir neben vielen anderen Dingen auch Mr Larson geraubt hatte.

Wir setzten unseren Weg durch den Flur fort und kamen zum Eingang des Oberstufenraums, der auf mich noch immer fremd und einschüchternd wirkte. Ich hatte mich dort selten aufgehalten, nicht einmal in der Abschlussklasse. Selbst wenn man alt genug war, gab es klare Zugangsrichtlinien. Es war kein Ort, wo man als Außenseiter seine Pausen verbrachte. Nicht dass ich in meinen letzten Jahren in Bradley keine Freunde gehabt hätte. Ich hatte Haifisch. Wir waren sehr eng befreundet gewesen, verloren aber den Kontakt, als wir mit dem Studium begannen. Das tut mir heute noch leid. Außerdem hatte ich ein paar Mädchen aus dem Crosslaufteam, für das ich mich jedes Jahr aufs Neue anmeldete. Laufen hat mir immer richtig Spaß gemacht, bis ich anfing, mich damit zu quälen, und es nur noch tat, um Luke zu beeindrucken. Es wirkte tröstlich auf mich, Kilometer um Kilometer abzureißen und dabei Momente ohne jeglichen Selbstzweifel zu erleben.

Andrew blieb in der offenen Tür stehen. Er war so groß, dass er die Hände bequem an den Türsturz legen konnte. Als er sich vorlehnte, wurde seine ohnehin breite Brust noch breiter, und sein Körper füllte den ganzen Rahmen aus. Ich spielte dieses Spiel, als ich die Grenze zur Pubertät erreichte. Meine Brüste begannen zu schwellen, und ich konnte es gar nicht erwarten, dass die Jungs meines Alters endlich nachzogen. Dann stand ich in der Tür und suchte in dem feuchten Untergeschossraum nach der Siebtklässlerclique, zu der ich gerade gehörte, und überlegte, welcher Junge wohl stark genug wäre, mich zu überwältigen. Es war mir ganz egal, um wen es sich handelte oder ob er pickelig oder eine Nervensäge war; wenn er stark genug war, mir wehzutun, wollte ich ihn. Das ist etwas, das mir inzwischen klar geworden ist. Ich brauche jemanden, der mir wehtun kann, es aber nicht tut. Luke hatte mich in dieser Hinsicht enttäuscht. Bei Andrew wäre das anders.

»Denkst du manchmal an Arthur?«, fragte ich ihn.

Andrew schob seine Hände – bis auf die Daumen – in seine Jeanstaschen. Die Expertin für Körpersprache beim *Women's Magazine* erzählte mir einmal, wenn jemand die Hände in die Taschen schiebt, ist das ein Zeichen von Schüchternheit – es sei denn, er lässt die Daumen draußen. Dann ist es ein Zeichen für Selbstvertrauen.

»Sehr oft sogar.«

Ich nickte. »Ich auch.«

Andrew machte ein paar Schritte in den Raum und kam mir dabei so nah, dass alle meine Alarmsignale auf Rot standen. Wenn er diese Grenze überschreiten wollte, hatte ich ihm nichts entgegenzusetzen, denn dieser Ort hatte die letzten Reste meiner Widerstandskraft zu Staub zermahlen. Im letzten Tageslicht war um uns herum alles grau in grau. Mit dem Hintergrund aus weißen Wänden hätten wir uns in einem Schwarzweißfilm befinden können. »Was kommt dir in den Sinn, wenn du an ihn denkst?«

Ich fuhr mit dem Blick den Bogen seines Brustkastens nach, während ich über die Frage nachdachte. »Wie klug er war. Ich meine, wie clever. Arthur hat die Menschen auf eine Weise verstanden, wie es mir nie gelingen wird. Er konnte sie regelrecht lesen. Ich wünschte, das könnte ich auch.«

Andrew trat noch ein paar Schritte näher, bis er direkt vor mir stand, und legte seinen Ellbogen auf der hohen Fensterbank ab. Seine Mundwinkel waren kaum merklich gehoben.

»Du glaubst nicht, dass du Menschen lesen kannst?«

»Ich gebe mir Mühe.« Ich lächelte erfreut. Flirtete er etwa mit mir?

»Du bist sehr bodenständig, Tif.« Er zeigte mit dem Finger auf mich. »Daran solltest du nie zweifeln.«

Ich sah auf seinen Finger, der nur Zentimeter von mir entfernt war.

»Weißt du, was noch?«, fragte ich. Andrew wartete, dass ich fortfuhr. »Er war witzig.« Ich sah aus dem Fenster in den Innenhof hinaus. »Arthur war witzig.« Als ich das einmal zu Luke gesagt hatte, war er von mir abgerückt.

Andrews Augen kräuselten sich bei einer alten Erinnerung an Arthur. »Ja, er konnte in der Tat sehr witzig sein.«

»Aber ich fühle mich nicht schuldig«, sagte ich ruhig. »Ist das schlimm? Ich fühle mich nicht schuldig für das, was ich ihm angetan habe. Ich fühle gar nichts.« Ich führte meine Hand quer durch die Luft, um zu zeigen, wie flach meine Empfindung war. »Ich empfinde nichts, wenn ich daran denke, wie ich ihn getötet habe.« Ich hielt die Luft an und blies sie dann aus, als wollte ich einen Bissen zu heißes Essen kühlen. »Meine beste Freundin glaubt, dass ich immer noch unter Schock stehe. Dass ich Gefühle verdränge, um mir ein Trauma zu ersparen.« Ich schüttelte den Kopf. »Ich wünschte, das wäre so, aber ich glaube nicht, dass es so ist.«

Andrew schob die Augenbrauen zusammen und wartete. Als ich nichts sagte, fragte er: »Was denkst du denn, wie es ist?«

»Vielleicht« – ich nahm meine Unterlippe zwischen die Vorderzähne – »bin ich gefühllos.« Ohne Pause fuhr ich fort. »Vielleicht bin ich so egoistisch, dass ich nur etwas empfinde, wenn es für mich positiv ist.«

»Tif«, sagte Andrew, »du bist nicht egoistisch. Du bist der tapferste Mensch, den ich kenne. All das durchzumachen, in dem Alter, in dem du damals warst – und es nicht nur zu überstehen, sondern daran zu wachsen. Das ist bemerkenswert.«

Jetzt musste ich die Tränen zurückhalten, weil ich panische Angst hatte, ich würde ihn mit dem, was ich als Nächstes sagen wollte, in die Flucht schlagen. »Ich kann einen Freund erstechen, aber ich kann mir nicht eingestehen, dass ich den falschen Mann heiraten werde.«

Andrew machte ein Gesicht, als wäre ihm schlecht. »Ist das wahr?«

Ich überlegte, denn noch war Zeit, die Bemerkung zurückzunehmen und über alle Zweifel hinwegzugehen, wie ich es mir selbst gegenüber immer tat, doch dann nickte ich zur Bekräftigung.

»Warum tust du es dann? Warum nimmst du nicht einfach deine Koffer und gehst?«

Andrew klang so irritiert, dass ich mich nur noch schlechter fühlte. Ich dachte immer, jeder hätte seinem Partner gegenüber gewisse Vorbehalte.

Ich zuckte mit den Schultern. »Ist das nicht offensichtlich? Weil ich Angst habe.«

»Wovor?«

Ich fixierte einen Punkt hinter Andrews Schulter und überlegte, wie ich es erklären sollte. »Mit Luke fühle ich mich manchmal erdrückend einsam. Und er kann gar nichts dafür« – ich fuhr mir mit dem Finger unter dem Auge entlang – »er ist kein schlechter Mensch, aber er versteht es einfach nicht. Und dann denke ich wieder, na ja, wer versteht das schon? Dieses üble Kapitel meines Lebens? Ich bin nicht einfach, und manchmal denke ich, etwas Besseres finde ich auch nicht. Denn es hat auch eine gute Seite. Mit ihm zusammen zu sein ist wie eine Versicherung.«

Andrews Gesicht zuckte. »Eine Versicherung?«

»Ich habe diesen Gedanken hier drin« – ich tippte mir mit den Fingern an die Schläfen – »dass mir niemand etwas tun kann, solange ich Ani Harrison bin. Tifani Fanelli ist der Typ Frau, den man kleinkriegt, aber nicht Ani Harrison.«

Andrew beugte die Knie, bis er auf Augenhöhe mit mir war. »Ich kann mich nicht erinnern, dass irgendjemand je Tifani Fanelli kleingekriegt hat.«

Ich hielt meinen Daumen und Zeigefinger drei Zentimeter weit auseinander. »War aber so. So klein mit Hut war ich.«

Andrew seufzte, und dann kratzte sein Pulli in meinem Gesicht, und seine Finger legten sich um meinen Hinterkopf. Wir hatten uns kaum je berührt, und es traf mich wie ein Schlag, dass ich nicht wusste, wie er roch und wie er sich anfühlte. Eine unerklärliche Trauer für Luke, Whitney und deren Kinder mit ihren wundervollen Namen stieg in mir auf, für all die Herzen, die zwischen uns schlugen und uns trennten, eine Trauer, die sie alle verschlang und in ihrem dunklen Schlund verschwinden ließ.

Die Einrichtung in Andrews altem Klassenzimmer hatte sich nicht verändert. Noch immer standen drei lange Pulte zu einem U zusammengeschoben, dessen Öffnung sich zum Platz des Lehrers hin öffnete. Allerdings waren die alten Linoleumpulte und das Sammelsurium aus klapprigen Stühlen durch schicke Metalltische und Hocker ersetzt worden. Es sah nach urbanem Wohnen à la BoConcept aus; die Sachen hätten durchaus auch in meine Wohnung gepasst, zu meinem Stil, den ich selbst entwickelt hatte und den Mrs Harrison als »eklektisch« bezeichnete. Ich blickte auf einen der Tische, um mein verzerrtes Spiegelbild zu betrachten: das lange, spitze Kinn, ein Auge hier, das andere dort. Wenn ich zu Highschoolzeiten einen Pickel hatte, musste ich ihn in jeder nur erdenklichen spiegelnden Fläche in all seiner Dramatik begutachten – im Fenster des Klassenzimmers, an der Scheibe der Sandwichtheke in der Cafeteria. Angesichts dieser Möglichkeiten hätte ich mich im Unterricht nie konzentrieren können.

Andrew ging zu seinem alten Pult und musterte die Habseligkeiten seines Nachfolgers.

»Weißt du, dass Bob Friedmann immer noch hier arbeitet?«, sagte Andrew.

»Wirklich?« Ich dachte daran, wie er Arthur aus dem Klassenzimmer abgeführt hatte, während Mrs Hurst so tat, als hätte sie überhaupt keine Angst, obwohl die durchaus berechtigt gewesen wäre. »Er war immer irgendwie bekloppt.«

»Im Grunde genommen« – Andrew wandte sich um und lehnte sich an die Tischkante, einen Knöchel über den anderen gelegt, genau wie damals, als er hier noch unterrichtete – »ist Bob sehr intelligent. Zu intelligent für einen Lehrer. Deshalb findet er keinen Zugang zu den Schülern.« Andrew legte die Hand auf seine Stirn. »Er bewegt sich auf einer anderen Ebene.«

Ich nickte. Draußen war es inzwischen fast dunkel, doch die Räume des Sprachentraktes lagen zur Straße hin, die von Straßenlaternen und dem Gebäude für bildende Kunst des Bryn Mawr Colleges hell erleuchtet war.

»Deshalb mochten alle deinen Unterricht so gern«, sagte ich. »Du warst auf unserer Ebene. Mehr wie ein Gleichaltriger.«

Andrew lachte. »Ich bin nicht sicher, ob das ein Kompliment ist.«

Ich lachte ebenfalls. »Und ob.« Ich sah wieder auf mein Gesicht im Zerrspiegel hinunter. »Es war gut, jemanden Junges zu haben. Jemanden, den nur wenige Jahre von allem dem trennten.«

»Ich weiß nicht, ob ich eine große Hilfe war«, sagte Andrew. »Ich hatte bis dahin noch nie so ein Ausmaß an Bösartigkeit erlebt. Ich weiß nicht, vielleicht gab es das zu meiner Zeit auch, und ich hab's nur nicht bemerkt.« Er dachte einen Moment lang nach. »Doch, ich denke, ich hätte es bemerkt. Bradley hatte etwas Mörderisches, das mir sofort aufgefallen ist. Und du« – er deutete auf mich – »du hattest nicht den Hauch einer Chance.«

Das gefiel mir nicht. Man hatte immer eine Chance. Ich hatte meine nur gleich grandios versaut.

»Ich habe mich damals nicht sonderlich klug verhalten«, wandte ich ein. »Aber wenn ich etwas Positives darin sehen will, dann ist es, dass ich gelernt habe, mich durchzuschlagen.« Ich strich mit den Knöcheln über die Metallschuppen der Tischplatte. »Von Arthur hab ich viel gelernt, ob du es glaubst oder nicht.«

»Man kann auf bessere Weise lernen«, erwiderte Andrew.

Ich lächelte traurig. »Hätte ich mit Vergnügen getan. Aber ich musste aus dem, was ich hatte, das Beste machen.«

Andrew legte das Kinn auf die Brust, als wollte er ansetzen, auf einen wichtigen Bezug zwischen dem Naturkundemuseum und Holden Caulfields Furcht vor Veränderung hinzuweisen.

»Du bist ehrlich zu mir gewesen, und so« – er räusperte sich – »will ich auch ehrlich zu dir sein.«

Der Raum hinter ihm war so ausgeleuchtet, dass Andrew nur eine gesichtslose Silhouette zu sein schien. Mein Herz trommelte in meiner Brust, denn ich war sicher, dass er etwas Bedeutsames verkünden würde. Unsere Verbindung, die ganz besondere Chemie zwischen uns existierte nicht nur in meiner Einbildung.

»Inwiefern?«

»Das Treffen im Restaurant. Das war kein Zufall.« Er atmete geräuschvoll durch die Nase ein. »Ich wusste, dass du mit Luke verlobt bist. Ich habe ihn zu dem Abendessen gedrängt, um dich zu sehen.«

Hoffnung stieg in mir auf wie Quecksilber in einem Thermometer.

»Von wem hast du es erfahren?«

»Ich kann mich gar nicht erinnern, von wem, sicherlich von einem der Kollegen, die wussten, dass ich mal hier unterrichtet habe. Er hat mir erzählt, dass Luke mit einem Mädchen aus Bradley verlobt ist. Luke hatte deinen Namen zwar zuvor schon erwähnt, aber bei Ani klingelte es noch nicht bei mir. Ich bin dann auf Facebook gegangen.« Andrew tippte in der Luft und hielt sich dann lachend die Hände vor das Gesicht, eine herrlich mädchenhafte Geste. »Gott, ist das peinlich, aber ich habe Luke auf Facebook gesucht. Und dich auf Fotos entdeckt. Ich konnte nicht fassen, dass du es bist.«

Der Himmel hatte seine Verwandlung jetzt abgeschlossen, im Raum regte sich nichts mehr, einschließlich der Schatten, die ihre Position für die Nacht gefunden hatten. Doch dann durchschnitt etwas das Licht der Straßenbeleuchtung, und für die Sekunde, in der der blendende gelbe Schein hinter ihm erlosch, konnte ich Andrews Miene erkennen. Sein Gesicht sah erschrocken aus.

Wir spähten beide aus dem Fenster und beobachteten, wie eine kleine silberne Kugel von einem Auto vor dem Eingang zur alten Villa parkte. Die Aufschrift »Security« teilte sich in der Mitte, als der Fahrer seine Tür öffnete und ausstieg. Mit gewichtigen Schritten bewegte er sich auf die Schule zu.

Mein Herz schien rückwärts nach unten zu fallen, was es immer tut, kurz bevor der Schwindel bei mir einsetzt. Ich weigere mich, es als Panikattacke zu bezeichnen. Panikattacken sind etwas für Leute mit Flugangst und neurotische Hipster. Wie auch immer ihre Dämonen aussehen, sie sind nicht zu vergleichen mit dem panischen Wissen, dass es passieren wird, das Schlimme, auf das ich warte, seit ich damals aus der Cafeteria entkommen bin. Dass ich an der Reihe bin.

»Kommt er wegen uns?«

Andrew schüttelte den Kopf. »Ich weiß nicht.«

»Was macht er hier?«

»Ich weiß nicht«, wiederholte Andrew.

Der Wachmann verschwand in dem Gebäude, und wir hörten in der Ferne, wie eine Tür zuschlug und jemand »Hallo!« rief.

Andrew legte den Finger auf die Lippen und winkte mich zu sich. Er schob den Stuhl vom Pult weg und dann, ich konnte es kaum glauben, krochen wir zusammen darunter, und Andrew verknotete seine langen Gliedmaßen, um Platz für mich zu machen.

Als wir Knie an Knie auf dem Boden kauerten, zog Andrew den Stuhl wieder heran, sodass wir ganz eingequetscht waren, und sah mich grinsend an.

Ich spürte meinen Herzschlag nicht mehr. Auch das ist ein typisches Merkmal, das mein Schwindelgefühl von einer Panikattacke unterscheidet – es kam ohne Herzrasen, nur mit einer traurigen weißen Flagge. Minuten vergingen, dann spürte ich, dass sich jemand im Raum aufhielt. War das wirklich das Auto eines Wachdienstes gewesen, das wir gesehen hatten? Das *Women's Magazine* hatte über die Jahre ihre Leserinnen immer wieder vor Sextätern gewarnt, die sich als Polizist, Installateur oder Postzusteller verkleideten, um sich Zugang zu ihrem Auto oder Heim zu verschaffen. Sie wollen immer vergewaltigen, quälen, töten. Mein Blickfeld schrumpfte auf einen Punkt zusammen, wie der Punkt bei einem alten Röhrenfernseher, der so lange stehen blieb, bis der Bildschirm gänzlich grau wurde. Mein Atem stand jedenfalls still. Mein Herz hatte aufgehört zu schlagen, und ich erlebte noch ein paar bewusste Momente, während mein Hirn die letzten Funken versprühte, ehe ich ins Dunkel abglitt.

Ein Lichtstrahl schwenkte über den Raum, und jemand räusperte sich. »Ist jemand hier?«

Die Stimme klang tief und monoton, genau wie Bens damals. »Buh.« So monoton, dass es ganz gleich war, was er sagte. »Hallo.« »Nein.« »Sicher.« Mr Larson presste die Hand auf den Mund, und an den zusätzlichen Fältchen in seinen Augenwinkeln konnte ich erkennen, dass er ein Lachen unterdrückte. In meinem Hintern setzte ein Zittern ein – warum dort? Vielleicht deshalb, weil ich nicht stand. Sonst wären es meine Beine gewesen, die zu zittern anfingen.

Das Licht verschwand, und wir hörten, wie sich Schritte entfernten. Doch ich wusste, dass er noch da war. Ich konnte ihn spüren. Er hatte seinen Abgang übertrieben und war dann zurückgeschlichen, um zu warten, bis wir herauskrochen, zwei ahnungslose Idioten, die sich in Sicherheit wiegten. Ein Nachmachertäter. Bradley hatte versucht, so zu tun, als brauchten wir uns keine Sorgen zu machen. Aber wir würden uns Sorgen machen. Immer.

»Ich glaube, er ist weg«, flüsterte Mr Larson.

Ich schüttelte den Kopf und sah ihn aus geweiteten Augen flehend an.

»Was?« Mr Larson flüsterte wieder und schob den Stuhl zurück.

Ich packte sein breites Handgelenk und schüttelte wieder den Kopf, damit er nicht ging.

»TifAni.« Mr Larson sah auf meine Hand herab, und das Entsetzen in seinem Gesicht verriet mir, dass wir verloren waren. »Du bist ja eiskalt.«

»Er ist noch hier«, flüsterte ich tonlos.

»TifAni!« Mr Larson schüttelte mich ab und kroch unter dem Tisch heraus, ohne meine verzweifelten Gesten zu beachten. Er zog sich am Stuhl hoch, während ich mich so weit wie möglich unter den Tisch zurückzog und mich gegen das Knallen eines Schusses und den Anblick von Mr Larsons triefendem Gehirn wappnete. Stattdessen hörte ich nur: »Er ist weg.«

Mr Larson ging auf die Knie und lugte unter das Pult, wo ich kauerte wie eine Wildkatze im Käfig. Seine Stirn zerfiel in zerknirschte Rillen. »Er ist weg. Alles ist gut. Er hätte uns nichts tun können.« Als ich mich nicht rührte, ließ er den Kopf hängen und seufzte. »Tif, es tut mir leid. Verdammt, ich habe nicht nachgedacht … der Tisch … es tut mir so leid.« Er streckte mir eine Hand entgegen und bat mich mit flehendem Blick, sie zu nehmen.

Die ganze Zeit über hatte ich für Andrew meine Opferrolle gespielt, weil ich dachte, dass er mich so am liebsten mochte.

Doch als ich jetzt seine Hand ergriff, spielte ich nicht, meine Arme waren nichts als glibberige Gallertmasse, so unbrauchbar, dass er mich an den Ellbogen nehmen musste, weil sie das einzig Stabile an mir waren, die einzige Möglichkeit, mich auf die Beine zu ziehen. Meiner unteren Hälfte ging es nicht viel besser, und so lehnte er mich an seine Brust. Wir blieben lange so stehen, dicht aneinandergedrängt, auch als meine Beine wieder funktionierten, viel länger als nötig, reglos und gefährlich lange. Irgendwann stellte seine Hand die Frage auf meinem Rücken, dann küssten wir uns, und nach all der Panik, die vorangegangen war, fühlte sich die Erlösung umso größer an.

14

In meiner Erinnerung ist das Krankenhaus grün. Die Böden, die Wände, die Augenringe der Polizisten. Sogar mein Würgen brachte eine Chartreuse-grüne Substanz hervor, die zum Boden der Toilette sank. Als ich die Spülung drückte, dachte ich daran, wie oft Mom mich ermahnt hatte, frische Unterwäsche zu tragen. »Stell dir vor, du hast einen Autounfall, Tifani.« Die Unterwäsche, die ich gerade auszog, war zwar nicht schmutzig, aber alt und hatte ein Loch, durch das sich immer ein paar Schamhaare stahlen. Es würde noch Jahre dauern, bis ich regelmäßig meine Beine für die Inderin bei Shobha spreizte. »Komplett?« »Komplett.«

Ich stopfte die abgerissene Unterhose in das Bein meiner Hose, ehe ich beides in die durchsichtige Asservatentüte steckte. Die Polizistin, der ich die Tüte reichte, sah aus wie ein Mann. Die Tüte enthielt bereits meine Strickjacke von J. Crew und ein Spaghetti-Top von Victoria's Secret, beides mit noch nicht ganz getrocknetem Blut patiniert. Der Geruch kam mir wehmütig vertraut vor. Wo hatte ich das schon einmal gerochen? Vielleicht bei Reinigungsmitteln. Oder beim CVJM in Malvern, Pennsylvania, wo ich Schwimmunterricht genommen hatte.

Derjenige, der diese Tüte bekam, die Kleidung mit der DNA mehrerer toter Teenager enthielt, würde mit Sicherheit den Slip im Hosenbein entdecken. Es war kein Superversteck. Doch irgendwie fand ich die Vorstellung deprimierend, dass meine Unterwäsche offen in dieser Plastiktüte herumfiel, wo jeder sie sehen konnte. Ich war es so leid, dass alles, was peinlich an mir war, zur Schau gestellt wurde.

Ich hüllte mich in den dünnen Krankenhauskittel und trippelte auf Zehenspitzen durch das Zimmer, um mich auf das Bett zu setzen, die Arme vor der Brust verschränkt, um meinen Busen im Zaum zu halten. Ohne BH schien er mir enorm und unkontrollierbar. Auf dem Stuhl neben dem Bett saß meine Mutter, der ich eingebläut hatte, mir auf keinen Fall nahe zu kommen oder mich anzufassen. Sie weinte. Es war zum Aus-der-Haut-fahren.

»Danke«, sagte Officer Mannweib, wobei sie nicht klang, als wäre sie für irgendwas dankbar.

Ich zog meine Unterschenkel unter mich. Seit Wochen hatte ich mich nicht rasiert, und ich wollte nicht, dass man die schwarzen Stoppeln an meinen Knöcheln sah. Die Ärztin – auch eine Frau, vor der jeder Mann kuschte (selbst Dad war draußen auf dem Flur geblieben) – kam auf mich zu, um mich zu untersuchen. Ich erklärte beharrlich, dass mir nichts fehlte, doch Dr. Levitt erklärte, wenn wir unter Schock stünden, wüssten wir gar nicht, wenn wir verletzt wären, und sie wollte nur sichergehen, dass das bei mir nicht der Fall war. Ob sie das tun dürfe. Ich wollte sie anschreien, dass sie nicht mit mir reden solle wie mit einer Fünfjährigen, die eine Tetatusspritze bekommen soll. Ich hatte gerade jemandem ein Messer in die Brust gerammt.

»Verzeihung« – Officer Mannweib trat Dr. Levitt in den Weg – »aber ich muss zuerst einen Abstrich machen. Sie könnten bei der Untersuchung Beweise vernichten.«

Dr. Levitt wich zurück. »Selbstverständlich.«

Als Officer Mannweib sich mit ihrem kleinen Beweisaufnahmeset näherte, wurde mir auf einmal bewusst, wie gut ich dran gewesen war, als nur die hübsche Dr. Levitt mich untersuchen wollte. Noch immer hatte ich nicht geweint. Ich hatte oft genug

Law & Order gesehen, um zu wissen, dass das vermutlich nur daher kam, weil ich traumatisiert war, doch das half mir in diesem Moment auch nicht. Ich hätte weinen sollen statt über das Abendessen nachzudenken und dass Mom mich nach einem Tag wie diesem sicher aussuchen lassen würde, wo ich essen gehen wollte. Wo wollte ich denn essen gehen? Beim Überlegen lief mir das Wasser im Mund zusammen.

Officer Mannweib kratzte über die Haut unter meinen Fingernägeln. Das war kein Problem. Als sie sich jedoch an die Öffnung in meinem Kittel machte, lösten sich bei mir doch die Tränen, und ich packte sie an ihrem wurstigen Handgelenk. »*Nein!*« Ich hörte das Wort viele Male, und zuerst dachte ich, Officer Mannweib würde es zu mir sagen, doch dann erkannte ich, dass es aus meinem Mund kam und ich sie abwehrte, als wäre sie Dean, mit Tritten, Klauen und Zähnen. Mein Kittel öffnete sich, meine Brüste quollen heraus, und als ich merkte, dass meine Mutter jetzt auch über mir war und mich nackt sah, rollte ich mich auf die Seite und übergab mich wieder. Mannweibs lesbenschwarze Hose bekam auch etwas ab, und das freute mich geradezu.

Als ich wieder zu mir kam, hatte ich das Gefühl, in der Zeit zurückgereist zu sein. Ich wähnte mich im Krankenhaus, weil ich das Dope, das wir bei Leah geraucht hatten, nicht vertragen hatte. Ich dachte, *bestimmt sind jetzt ganz viele Leute gar nicht gut auf mich zu sprechen.*

Ehe ich die Augen öffnete, tastete ich mich ab und stellte erleichtert fest, dass jemand meinen Kittel zurechtgezogen und mich in eine dicke weiße Decke gepackt hatte.

Es herrschte Stille im Zimmer, außer mir war niemand hier. Von draußen drang das schwache Licht der Dämmerung herein. Zeit fürs Abendessen. Ich beschloss, dass ich zu Bertucci's gehen wollte. Deren Foccaccia mit Käse war genau das, wonach mir jetzt der Sinn stand.

Als ich mich auf die Ellbogen stützte, zitterte mein Trizeps heftig. Mir war nie bewusst gewesen, wie sehr man diese Muskeln für ganz alltägliche Bewegungen brauchte. Auf meinen Lippen war ein Film, den ich mit der Zunge nicht wegbekam. Er klebte so fest an der Haut, dass ich ihn mit der Faust abreiben musste.

Plötzlich schwang die Tür auf, und meine Mutter kam herein.

»Oh!« Überrascht wich sie einen Schritt zurück. In den Händen hatte sie einen Kaffeebecher und ein alt aussehendes Gebäckstück. »Du bist wach.«

»Wie spät ist es?« Meine Stimme klang rau, als wäre ich erkältet. Probehalber schluckte ich, doch mein Hals tat nicht weh.

Mom schüttelte ihre Diamant-Rolex-Kopie aus ihrem Ärmel. »Halb sieben.«

»Lass uns zu Bertucci's essen gehen«, sagte ich.

»Schatz.« Mom wollte sich auf meinen Bettrand setzen, erinnerte sich dann aber an meine Warnung und richtete sich abrupt wieder auf. »Es ist halb sieben Uhr am Morgen.«

Ich blickte wieder aus dem Fenster. Jetzt erschien es mir auch eher so, als würde das Licht draußen nicht nachlassen, sondern vielmehr zunehmen.

»Am Morgen?«, wiederholte ich. Erneut fühlte ich mich wirr und weinerlich. Wütend, weil ich nicht begriff, was los war. »Warum hast du mich hiergelassen?«

»Dr. Levitt hat dir eine Pille gegeben, weißt du noch?«, sagte Mom. »Damit du dich entspannen kannst.«

Zwinkernd versuchte ich, in meinem Gedächtnis zu kramen, doch ich fand nichts. »Ich kann mich nicht erinnern«, heulte ich und verbarg mein Gesicht in den Händen, um leise zu weinen, obwohl ich nicht einmal wusste, warum.

»Schsch, TifAni«, flüsterte Mom.

Ich konnte sie nicht sehen, doch ich stellte mir vor, dass sie mich berühren wollte, ehe ihr mein Verbot wieder einfiel. Ihr Seufzen klang resigniert. »Ich hole die Ärztin.«

Ihre Schritte entfernten sich, und ich dachte daran, wie Bens Waden im Rauch verschwanden, so käseweiß, dass mir beim Anblick schlecht wurde.

Mom kam zurück, jedoch nicht mit Dr. Levitt. Diese Ärztin trug gebleichte Jeans statt Krankenhauskluft, hochgekrempelt, sodass ihre schlanken Knöchel und nagelneue weiße Segeltuchschuhe sichtbar waren. Ihr Haar war zu einem silbernen Bob getrimmt. Sie sah aus wie eine Frau mit Garten, die mit einem großkrempigen weichen Sonnenhut auf dem Kopf ihre Tomaten pflegte, um sich danach auf ihrer Terrasse ein Glas Limonade zu gönnen.

»TifAni«, sagte sie. »Ich bin Dr. Perkins. Aber ich möchte, dass du mich Anita nennst.« Die Bitte klang ruhig und bestimmt.

Ich presste mir die Hände auf die Wangen, um Hautfett und Tränen abzureiben. »Okay.«

»Kann ich dir irgendetwas bringen?«

Ich schniefte. »Ich würde mir gern die Zähne putzen und das Gesicht waschen.«

Anita nickte feierlich, als wären das ganz wichtige Handlungen für mich. »Eine Sekunde. Ich kümmere mich darum.«

Fünf Minuten später kam Anita mit einer Reisezahnbürste, einer Tube Kinderzahnpasta mit Fruchtgeschmack und einem Stück Dove-Seife wieder. Sie half mir aus dem Bett. Dass Anita mich anfasste, machte mir nichts aus, denn sie würde sicher nicht im nächsten Moment einen hysterischen Anfall bekommen, sodass ich sie trösten musste.

Ich ließ das Wasser laufen, damit ich nicht hörte, was Anita und meine Mutter über mich redeten, während ich mich im Bad aufhielt. Ich pinkelte und schrubbte mein Gesicht, dann putzte ich mir die Zähne und spuckte einen langen klebrigen Faden süßer Zahnpasta in das Waschbecken, der sich nicht von meinen Lippen lösen wollte, sodass ich ihn mit den Fingern abziehen musste.

Als ich wieder herauskam, erkundigte sich Anita, ob ich hungrig sei, und das war ich, wie ein Bär. Ich fragte Mom, was aus dem Kaffee und dem Gebäck geworden war, und sie sagte, Dad habe es gegessen. Ich fauchte sie an, während ich wieder ins Bett kroch.

»Ich kann dir alles Mögliche besorgen, mein Schatz. In der Cafeteria gibt es Bagels, Orangensaft, Obst, Eier und Müsli.«

»Einen Bagel«, sagte ich. »Mit Frischkäse. Und Orangensaft.«

»Ich bin nicht sicher, ob sie Frischkäse haben«, wandte Mom ein. »Vielleicht gibt es nur Butter.«

»Wo es Bagels gibt, gibt es auch Frischkäse«, fauchte ich.

Normalerweise hätte meine Mutter mich auf diese ungezogene Reaktion hin ein undankbares Balg genannt, doch vor Anita traute sie sich nicht. Stattdessen setzte sie ein falsches Lächeln auf und wandte sich auf dem Absatz um, wobei sie eine platt gedrückte Stelle an ihrem Hinterkopf offenbarte, die von einer Nacht auf einem harten Krankenhausstuhl herrührte.

»Darf ich mich hierher setzen?« Anita deutete auf den Stuhl neben dem Bett.

Ich zuckte die Schultern, als wäre es mir egal. »Sicher.«

Anita versuchte, die Beine unter sich zu ziehen, doch der Stuhl war zu klein und zu unbequem dafür. Stattdessen schlug sie ein Bein lässig über das andere und umfasste ihre Knie mit den Händen. Ihre Fingernägel waren helllila.

»Du hast in den letzten vierundzwanzig Stunden ganz schön viel mitgemacht«, fing sie an.

Das stimmte nicht ganz. Vor vierundzwanzig Stunden war ich gerade aus dem Bett aufgestanden. Vor vierundzwanzig Stunden war ich noch ein patziger Teenager gewesen, der nicht zur Schule gehen wollte. Erst vor achtzehn Stunden hatte ich entdeckt, wie das schleimige Innere eines Schädels und ein Gesicht ohne Haut, Mund und den einen oder anderen Pickel aussah.

Obwohl ihre Berechnung falsch war, nickte ich.

»Möchtest du mit mir darüber reden?«

Ich fand es gut, dass Anita neben mir saß statt mir gegenüber und mich nicht fixieren konnte wie einen in Essig eingelegten Kadaver, den sie zu sezieren gedachte. Jahre später erfuhr ich, dass das ein psychologischer Trick ist, um Menschen zum Reden zu bringen. Ich schrieb für das *Women's Magazine* eine Kolumne, in der ich den Rat gab: Wenn Sie ein schwieriges Thema mit »Ihrem Kerl« – ein furchtbarer Ausdruck – zu besprechen haben, tun Sie es im Auto. Er wird eher bereit sein, sich auf das Gespräch einzulassen, wenn Sie nebeneinandersitzen, als wenn Sie ihm Auge in Auge erklären, dass Sie mit ihm zusammenziehen wollen.

»Ist Arthur tot?«, fragte ich.

»Arthur ist tot«, bestätigte Anita nüchtern.

Ich hatte mit der Antwort gerechnet, doch es war verstörend, die Worte aus dem Mund einer Person zu hören, die ihn gar nicht gekannt hatte. Die bis vor wenigen Stunden nicht einmal geahnt hatte, dass es ihn überhaupt gab.

»Wer noch?«

»Ansilee, Olivia, Theodore, Liam und Peyton.« Ich hatte keine Ahnung gehabt, dass Teddys richtiger Name Theodore war. »Ach, und Ben«, fügte sie hinzu.

Ich wartete ab, ob ihr noch mehr Namen einfielen, doch sie schwieg. »Was ist mit Dean?«

»Dean lebt«, sagte Anita.

Ich starrte sie mit offenem Mund an, denn ich war sicher gewesen, dass er tot war, als ich ihn zurückließ.

»Er ist allerdings schwer verletzt. Vielleicht kann er nie wieder gehen.«

Ich zog die Decke bis an meinen Mund hoch. »Nie wieder gehen?«

»Die Kugel ist in seine Leiste eingedrungen und hat einen Wirbel zerstört. Er bekommt die beste medizinische Versorgung.« Nach einer kurzen Pause fügte sie hinzu: »Er kann froh sein, dass er noch lebt.«

Ich schluckte genau in dem Moment, als mir ein Schluckauf in die Kehle stieg, und ich spürte einen schmerzhaften Druck im Brustkasten.

»Wie ist Ben gestorben?«

»Er hat sich selbst getötet«, sagte Anita. »Das hatten beide von Anfang an vorgehabt. Du musst dich also nicht schuldig fühlen für das, was du getan hast.«

Ich wagte nicht, Anita zu sagen, dass ich mich nicht schuldig fühlte. Weil ich gar nichts fühlte.

Meine Mutter erschien in der Tür, in der einen Hand einen dicken Bagel, in der anderen einen Tetrapak Orangensaft. »Sie hatten Frischkäse!«

Mom hatte den Bagel schon geschmiert – mit viel zu wenig Frischkäse, doch ich war so hungrig, dass ich mich nicht beschwerte. Solchen Hunger zu haben ist seltsam. Es ist nicht wie um die Mittagszeit, wenn man vor wenigen Stunden erst gefrühstückt hat und der Magen im Geschichtsunterricht anfängt zu grollen. Dieser Hunger breitet sich über den ganzen Körper aus. Der Magen tut gar nicht weh, doch die Glieder fühlen sich schwach und leicht an, während die Kiefer sofort wissen, was zu tun ist, und mahlen, was das Zeug hält.

Ich schüttete den Orangensaft in mich hinein, schien jedoch mit jedem Schluck durstiger zu werden, und zerdrückte am Ende die Packung, um auch den letzten Tropfen zu erwischen.

Mom erkundigte sich, ob ich noch etwas anderes haben wollte, doch mehr brauchte ich im Augenblick nicht. Nahrung und Saft hatten mich wiederhergestellt und mir die Kraft gegeben, der Realität der letzten achtzehn Stunden ins Auge zu blicken. Wie eine unsichtbare Welle übernahm sie den Raum und trug mich mit sich, durch ein Meer aus Elend.

»Wäre es wohl möglich« – Anita lehnte sich vor und presste

die Hände auf die Knie, während sie meine Mutter mit fragender Miene ansah – »mit TifAni allein zu sprechen?«

Mom kniff die Schulterblätter zusammen und stand kerzengerade. »Ich denke, es kommt darauf an, ob TifAni das möchte.«

Es war genau das, was ich wollte, und dank Anitas Unterstützung konnte ich dem Verlangen nachgeben. Ganz leise, um ihre Gefühle nicht zu verletzen, sagte ich: »Ist schon okay, Mom.«

Ich weiß nicht, was sie von mir erwartet hatte, denn sie sah äußerst überrascht aus. Sie sammelte den leeren Orangensaftkarton und die Servietten von meinem Schoß und sagte förmlich: »Bestens. Ich werde draußen warten, falls du mich brauchst.«

Anita rief ihr nach: »Würden Sie bitte die Tür hinter sich schließen?«

Bis Mom den Türstopper gelöst hatte, vergingen mehrere quälend lange Sekunden, in denen sie mir so leidtat. Dann stand sie schließlich draußen, doch die Tür schloss sich so langsam hinter ihr, dass ich sie noch ein paar Augenblicke lang sehen konnte, ohne dass sie es ahnte. Sie sah zur Decke hoch, dann schlang sie ihre Arme um ihren dürren Körper, so weit es nur ging, und wiegte sich hin und her, den Mund zu einem stummen Schluchzen verzerrt. Ich wollte Dad anschreien, er solle sie gefälligst in die Arme nehmen, verdammt noch mal.

»Ich habe das Gefühl, es ist nicht einfach für dich, mit deiner Mutter zusammen zu sein«, sagte Anita.

Ich erwiderte nichts. Jetzt wollte ich meine Mom beschützen.

»TifAni«, fuhr Anita fort. »Ich weiß, du hast viel durchgemacht, mehr als man im Alter von vierzehn bewältigen kann. Aber ich muss dir noch ein paar Fragen zu Arthur und Ben stellen.«

»Ich habe Officer Pensacole gestern schon alles gesagt«, protestierte ich.

Nachdem ich aus der Cafeteria geflohen war, überzeugt, dass Dean tot war, rannte ich in die gleiche Richtung, die Beth genommen hatte, nur dass ich dabei nicht schrie. Ich wusste nicht, wo Ben war, und wollte ihn nicht auf mich aufmerksam machen. Dass er sich zu diesem Zeitpunkt bereits die Waffe in den Mund gesteckt hatte, konnte ich nicht wissen. Als ich die Männer des Sondereinsatzkommandos sah, in einer Reihe, tief geduckt, die Läufe ihrer Waffen auf mich gerichtet, dachte ich zuerst, sie zielten auf mich. Ich *machte sogar kehrt und wollte ins Schulgebäude zurück*. Doch einer der Männer lief mir nach und geleitete mich durch die Menge großäugiger Gaffer und Mütter in peinlichen Trainingshosen, in denen sie ihre Hunde Gassi führten. Sie schrien mir hysterisch Namen entgegen und bestürmten mich flehentlich, ob ich wisse, wie es ihren Babys ginge. »Ich glaube, ich habe ihn umgebracht!«, sagte ich, und die Sanitäter versuchten, mir eine Sauerstoffmaske überzuziehen. Doch dann schalteten sich die Polizisten ein und wollten Einzelheiten von mir wissen, und ich berichtete ihnen, dass es Ben und Arthur waren. »Arthur Finnerman!«, kreischte ich, als sie immer wieder fragten: Ben *und wie noch*? Arthur *und wie noch*? Ich konnte mich nicht einmal an Bens Nachnamen erinnern.

»Das weiß ich«, sagte Anita. »Die Polizei ist sehr dankbar für diese Informationen. Aber ich bin nicht hier, um dich über die Ereignisse von gestern zu befragen. Ich versuche, mir ein Bild von Arthur und Ben zu machen. Um zu verstehen, warum sie getan haben, was sie getan haben.«

Anita war mir auf einmal suspekt. »Gehören Sie zur Polizei? Ich dachte, Sie wären Psychiaterin.«

»Ich bin forensische Psychologin«, berichtigte Anita. »Ich berate hin und wieder die Polizei von Philadelphia.«

Das klang noch einschüchternder als Polizei. »Gehören Sie jetzt zur Polizei oder nicht?«

Anita lächelte, und die Haut um ihre Augen faltete sich zu drei deutlichen Furchen. »Ich gehöre nicht zur Polizei. Aber ich will ganz ehrlich zu dir sein: Ich werde alles, was du sagst, an die Polizei weiterleiten.« Sie verlagerte ihr Gewicht auf dem kleinen

Stuhl. »Ich weiß, dass du bereits äußerst wichtige Hinweise gegeben hast, doch ich dachte, wir könnten ein wenig über Arthur sprechen. Dein Verhältnis zu Arthur. Wie ich gehört habe, wart ihr Freunde.«

Ihre Augen wanderten hin und her, während sie mich ansah, als würde sie auf mir Zeitung lesen. Als ich nicht reagierte, versuchte sie es erneut. »Wart ihr Freunde, Arthur und du?«

In einer hilflosen Geste ließ ich meine Hände auf das Bett sinken. »Er war stinksauer auf mich.«

»Na ja, Freunde streiten sich mal.«

»Okay, wir waren Freunde«, gab ich widerstrebend zu.

»Und warum war er so sauer auf dich?«

Ich zupfte an einem losen Faden an der Krankenhausdecke. Es war unmöglich, die ganze Geschichte zu erzählen, ohne die Nacht bei Dean zu erwähnen. Und darüber konnte ich nicht reden. Niemals. »Ich hab ihm ein Foto geklaut … mit ihm und seinem Dad.«

»Warum hast du das getan?«

Ich streckte und dehnte die Füße, um meiner Verärgerung ein Ventil zu geben. Es war, wie wenn meine Mutter mir zu viele Fragen über meine Freunde stellte. Je tiefer sie bohrte, umso entschlossener hielt ich die Auskünfte zurück, die sie so dringend wollte.

»Weil er ein paar wirklich fiese Sachen zu mir gesagt hat und ich mich rächen wollte.«

»Was hat er gesagt?«

Ich zog fester an dem Faden, bis eine ganze kleine Fadenfamilie aufsprang. Es war unmöglich, Anita zu erzählen, was Arthur zu mir gesagt hatte, denn dann musste ich ihr auch von Dean erzählen. Und von Liam und Peyton. Mom würde mich umbringen, wenn sie je herausfand, was in der Nacht passiert war.

»Er war sauer, weil ich angefangen hatte, mehr mit Dean und Olivia und diesen Leuten zusammen zu sein.«

Anita nickte einmal mit dem Kopf, als hätte sie verstanden. »Er hat sich also von dir verraten gefühlt?«

Ich zuckte die Schultern. »Wahrscheinlich. Er mochte Dean nicht.«

»Warum nicht?«

»Weil Dean fies zu ihm war. Er war auch zu Ben fies.«

Plötzlich hatte ich das Ticket in der Hand, das ich brauchte, um aus diesem Schlamassel unbeschadet herauszukommen. Ich musste alle mit List und Tücke steuern, sonst würden sie nicht aufhören zu bohren, bis sie irgendwann bei der Nacht im Oktober ankamen. »Wissen Sie, was Dean und Peyton mit Ben gemacht haben?«

In Anitas dunklen Augen glomm Neugier auf, und ich lieferte ihr die ganze Geschichte.

Anita wirkte sehr zufrieden mit den Auskünften, die ich ihr gegeben hatte, und bedankte sich bei mir, dass ich so »aufrichtig und tapfer« gewesen sei. Ich dürfte jetzt nach Hause gehen, wenn ich wollte.

»Ist Dean auch hier im Krankenhaus?«, fragte ich.

Anita war dabei, ihre Sachen einzusammeln, hielt jedoch bei meiner Frage inne. »Könnte sein. Möchtest du ihn sehen?«

»Nein«, erwiderte ich. »Vielleicht. Ich weiß nicht. Sieht er schlimm aus?«

»Willst du meinen Rat?«, fragte Anita. »Ich würde an deiner Stelle nach Hause gehen und Zeit mit der Familie verbringen.«

»Muss ich heute zur Schule gehen?«

Anita sah mich merkwürdig an. Auch das war ein bedeutender Blick, was mir aber erst viel später klar wurde. »Die Schule wird für einige Zeit geschlossen bleiben. Ich weiß nicht, wie sie das Halbjahr zu Ende bringen.«

Anitas neue Schuhe waren noch so glatt, dass sie beim Weggehen auf dem polierten Krankenhausboden quietschten. Dann war Mom wieder da, diesmal zusammen mit Dad, der aussah, als wäre er am liebsten woanders, egal wo, Hauptsache nicht hier, bei uns zwei durchgeknallten Weibern.

Ich war ganz deprimiert, als ich aus dem Krankenhaus kam und sah, wie die Leute zur Arbeit eilten, Männer in chemisch gereinigten Anzügen, Frauen mit ihren Kindern unterwegs zur nächsten staatlichen Schule, fluchend, weil sie an der Ampelkreuzung Montgomery und Morris Avenue die Grünphase verpasst hatten und deshalb zu spät kommen würden. Es deprimierte mich zu sehen, dass sich das Hamsterrad ohne mich einfach weitergedreht hatte. Dass es niemals anhielt, für niemanden.

Dad fuhr, weil Mom zu sehr zitterte. »Schau!« Zum Beweis hielt sie ihre bebenden, knochigen Hände hoch.

Ich stieg ins Auto, und das Leder fühlte sich kalt an unter meiner dünnen Drillichhose. Diese Hose würde mich bis zum College begleiten. Sie war mein Lieblingskleidungsstück, wenn ich verkatert war. Ich warf sie erst weg, als Nell mich darauf hinwies, wie abartig es sei, dass ich sie immer noch aufhob.

Wir kurvten auf dem Krankenhausparkplatz herum, bis wir die Ausfahrt fanden. Dad war selten in dieser Gegend unterwegs, und Mom nervte ihn den gesamten Heimweg über.

»Nein, Bob, links. *Links!*«

»*Himmel*, Dina. Entspann dich.«

Als in meinem Wagenfenster die hübschen Städtchen verschwanden und süße, kleine Lädchen von McDonald's und schmucklosen Einkaufszentren abgelöst wurden, schwappte Panik in das kunstvolle Labyrinth meiner Gefühle. Was, wenn Bradley für immer geschlossen blieb? Es würde nichts mehr geben, was mich an die Main Line band. Ich brauchte Bradley. Es war zu viel geschehen, als dass ich nach Mount St. Theresa in mein altes, grandios mittelmäßiges Leben zurückkehren konnte.

»Gehe ich denn zurück nach Bradley?« Die Frage schien

schwer auf Moms Schulter zu liegen, denn sie sanken noch tiefer, als sie ohnehin schon waren.

»Das wissen wir nicht«, sagte Mom, während Dad gleichzeitig erklärte: »Natürlich nicht.«

Mom zeigte mir ein strenges Profil und zischte: »Bob.« Sie konnte gut zischen, ein Talent, das sie mir vererbt hat. »Denk an dein Versprechen.«

Als ich mich aufrichtete, hinterließ meine Stirn einen rautenförmigen Fleck auf der Scheibe. Die Dove-Seife hatte meiner glänzenden T-Zone nichts entgegenzusetzen gehabt. »Moment. Was hast du denn versprochen?«

Beide schwiegen und blickten geradeaus, und das machte mich noch nervöser.

»Hallo?«, sagte ich lauter. »Was hast du versprochen?«

»TifAni.« Meine Mutter presste die Fingerspitzen an ihre Nasenwurzel, um aufkommende Kopfschmerzen zu unterdrücken. »Wir wissen noch nicht einmal, was die Schule jetzt tun will. Dein Vater hat versprochen, dass wir erst einmal abwarten, was die Schulverwaltung sagt, ehe wir eine Entscheidung treffen.«

»Habe ich in dieser Entscheidung auch etwas zu melden?«

Ich gebe zu, ich sagte das in richtig aufsässigem Ton. Dad schwenkte nach links und drückte das Bremspedal durch. Mom wurde nach vorne geschleudert, und der Sicherheitsgurt presste ein männlich klingendes Grunzen aus ihr heraus.

Mein Vater drehte sich zu mir um und hielt den Finger auf mich. In seinem Gesicht quollen alle möglichen ekligen lilafarbenen Adern auf.

»Nein, hast du nicht!«, schrie er mich an.

»Bob«, keuchte Mom.

Ich sank in meine Ecke des Wagens. »Schon gut«, flüsterte ich. »Schon gut, bitte.«

Die Haut unter meinen Augen war ganz rau, und als ich anfing zu weinen, fühlte es sich an, als würde mir jemand Desinfektionsalkohol ins Gesicht reiben. Dad merkte, dass er immer noch mit dem Finger auf mich zielte, senkte langsam die Hand und schob sie zwischen seine Schenkel.

»TifAni!« Meine Mutter wand sich in ihrem Sitz, um ihre Hand auf mein Knie zu legen. »Oh mein Gott, du bist ganz weiß im Gesicht. Ist alles in Ordnung, mein Schatz? Daddy wollte dir keine Angst einjagen. Aber er ist einfach so durcheinander.«

Ich fand meine Mutter immer schön, doch wenn sie litt, war sie hässlich und kaum wiederzuerkennen. Sie schluchzte ein paarmal, ihre Lippen schienen nach Worten zu suchen. Irgendwann brachte sie heraus: »Wir sind alle so durcheinander!« Eine Zeit lang saßen wir da und warteten, bis Mom aufhörte zu weinen. Im vorbeidonnernden Verkehr schaukelte das Auto wie eine Wiege.

Zu Hause erwartete mich eine weitere Pattsituation. Mom wollte, dass ich mich in meinem Zimmer ausruhe. Anita hatte ihr Pillen mitgegeben, falls ich einen Zusammenbruch hätte, und sie würde mir bringen, was immer ich wollte – Essen, Taschentücher, Zeitschriften, Nagellack, falls ich mir die Nägel machen wollte. Doch ich wollte fernsehen. Ich wollte sehen, dass sich die Welt noch drehte, in ihrer ganz normalen Idiotie, mit Talkshows und albernen Seifenopern. Zeitschriften konnten das auch, mich in eine andere, närrische Welt versetzen, doch sobald ich das Quiz auf der letzten Seite gemacht und entschlüsselt hatte, dass ich ein Kontrollfreak war und damit Männer in die Flucht trieb, war der Bann gebrochen. Was ich jetzt brauchte, war eine Dauerkarte für Seifenblasen-City.

Dad marschierte sofort ins Schlafzimmer. Zwanzig Minuten später tauchte er wieder auf, rasiert, in Baumwollhose und dem gelben Hemd, das ich in den seltenen Fällen, wenn er mich von der Schule abholte, am meisten fürchtete.

»Was machst du?«, fragte Mom.

»Ich gehe ins Büro, Dina.« Dad öffnete den Kühlschrank und

nahm einen Apfel heraus. Als er hineinbiss, dachte ich daran, wie das Messer das Fleisch in Arthurs Rücken geteilt hatte, und sah weg. »Was denkst du denn?«

»Ich dachte, du könntest heute hierbleiben«, sagte Mom ein wenig zu fröhlich.

Ganz plötzlich wünschte ich mir, wir wären einer dieser großen, alten Main-Line-Clans mit einem klingenden Namen und hätten Brüder, Schwestern, Onkels und Tanten in der Nähe wohnen, die alle vorbeikämen und das Haus mit Leben erfüllten.

»Würde ich, wenn ich könnte.« Dad klemmte den Apfel zwischen die Zähne, während er seine Jacke aus dem Dielenschrank nahm und überstreifte. »Ich versuche, früh Feierabend zu machen.«

Bevor er ging, wünschte er mir gute Besserung. Danke, Dad.

Unser dünnwandiges Haus wackelte in den Grundfesten, als er die Tür zuschlug. Mom wartete, bis es sich beruhigt hatte.

»Okay«, sagte sie dann, »wenn du lieber hier unten auf der Couch liegst, kannst du das gern machen. Aber mir wäre es recht, wenn du keine Nachrichten schaust.«

Die Nachrichten. Auf die Idee war ich gar nicht gekommen, bevor Mom davon anfing, doch jetzt wollte ich nichts anderes mehr. Ich sah sie mit herausforderndem Blick an. »Warum nicht?«

»Weil sie verstörend auf dich wirken würden«, sagte meine Mutter. »Sie zeigen Bilder von …« Sie unterbrach sich und presste die Lippen aufeinander. »Du brauchst das nicht zu sehen.«

»Bilder von was?«, drängte ich.

»Bitte, TifAni«, flehte sie. »Respektiere einfach meinen Wunsch.«

Ich erklärte, ich sei einverstanden, obwohl das nicht stimmte, und ging nach oben, um zu duschen und ein paar saubere Sachen anzuziehen. Als ich wieder herunterkam, um die Nachrichten einzuschalten, war meine Mutter in der Küche dabei, den Kühlschrank zu durchstöbern. Es gab eine große Öffnung in einer Küchenwand, sodass man vom Esstisch aus den Fernseher im Wohnzimmer sehen konnte. Ich hatte keine Lust, mir anzuhören, dass ich ihren Wunsch nicht respektierte, und so schaltete ich auf MTV um.

Einige Minuten später hörte ich, wie sie in der Küche herumwanderte und murmelte, es sei nichts zu essen im Haus.

»TifAni«, sagte sie, »ich muss rasch etwas einkaufen gehen. Soll ich dir irgendwas Spezielles mitbringen?«

»Diese Tomatensuppe«, sagte ich. »Und Käsecracker.«

»Irgendwas zu trinken? Limonade?«

Sie wusste genau, dass ich nur noch Wasser trank, seit ich mit dem Laufen angefangen hatte. Mr Larson sagte, alles außer Wasser würde den Körper dehydrieren. Ich verdrehte die Augen und antwortete kaum hörbar: »Nein.«

Mom trat um die Couch herum und sah auf mich herab, als wäre ich eine Leiche in einem Sarg. Sie nahm eine Decke und schüttelte sie auf, um sie auf mich herabsinken zu lassen. Die perfekte Falle.

»Es gefällt mir gar nicht, dich allein zu lassen.«

»Ist doch kein Problem«, brummte ich.

»Bitte, schau dir nicht die Nachrichten an, wenn ich weg bin«, bat sie.

»Werde ich nicht.«

»Ich weiß, dass du's tun wirst.«

»Warum verbietest du es mir dann?«

Mit einem Seufzen setzte sich Mom gegenüber auf die kleinere Couch, deren Kissen unter ihrem Gewicht einsanken. Sie griff nach der Fernbedienung.

»Wenn du es schon unbedingt sehen willst, dann möchte ich dabei sein.« Als würde ich meine erste Zigarette rauchen oder so was. »Falls du Fragen hast«, setzte sie hinzu.

Meine Mutter schaltete auf NBC um. Eigentlich sollte um diese Zeit die *Today*-Show die neuesten Staubsauger testen, doch natürlich lief stattdessen eine Sondersendung mit dem Titel: »Erneute Schießerei in Schule«. Matt Lauer stand auf dem Gehsteig vor der alten Villa, dem Gebäudeteil, der durch den Brand in der Cafeteria zerstört worden war.

»Die Main Line ist eine der wohlhabendsten Wohngegenden des Landes«, sagte Matt. »Ich habe heute Morgen schon mehrfach gehört, dass niemand fassen kann, wie so etwas hier möglich ist, doch es ist leider wahr.«

Dann war anstelle von Matt eine Luftaufnahme der Schule zu sehen, während Matts Stimme die düstere Opferstatistik wiedergab. »Sieben Tote, darunter die beiden Schützen. Eines der Opfer starb bei der Explosion in der Cafeteria; eine selbst gebastelte Rohrbombe war in einem Rucksack neben einem der Tische platziert worden, dem Tisch, wie uns die Schulverwaltung mitgeteilt hat, der von den beliebtesten Schülern der Schule bevorzugt wurde. Die Polizei geht von mindestens fünf Bomben aus, von denen aber nur eine detonierte. Wären alle hochgegangen, hätte das Blutbad noch viel schlimmere Ausmaße angenommen. Neun Schüler befinden sich mit schweren, wenn auch nicht lebensbedrohlichen Verletzungen im Krankenhaus. Einige davon sollen Gliedmaßen verloren haben.«

Ich schnappte nach Luft. »Gliedmaßen verloren?«

Moms Augen wirkten größer, als sie voller Tränen standen. »Das ist das, was ich gemeint habe.«

»Wer? Wem ist das passiert?«

Mom legte sich die zitternde Hand auf die Stirn. »Die meisten Namen haben mir nichts gesagt, deshalb konnte ich sie mir nicht merken. Einen weiß ich aber noch. Deine Freundin Hilary.«

Ich trat gegen die Decke, die sich in meinen Beinen verfing. Am liebsten hätte ich sie in winzige Fetzen gerissen. Der Orangensaft fühlte sich in meinem Magen an wie ein Geschwür. »Was ist mit ihr?«

»Ich weiß nicht genau«, wimmerte Mom. »Aber ich glaube, es ist ihr Fuß.«

Ich wollte es wirklich bis ins Badezimmer schaffen, statt die widerliche grüne Galle überallhin zu speien. Doch Mom meinte, es sei nicht schlimm, sie bekomme das Zeug mit Fleckentferner wieder weg. Wichtig sei jetzt vor allem, dass ich mich ausruhte. Sie gab mir eine Pille von Anita. Ruhe sei jetzt das Wichtigste.

Ich kam ein paarmal zu mir und hörte, wie Mom telefonierte. »Das ist sehr lieb«, hörte ich sie sagen, »aber sie ruht sich im Moment aus.«

Dann sank ich wieder zurück in meine schwarze Melasse, gegen die ich mich nur unter größter Kraftanstrengung wehren konnte. Ich versuchte es mehrmals, bis ich schließlich aufgab und mich verschlucken ließ. Erst gegen Abend war ich in der Lage, den trüben Film vor meinen Augen zu durchdringen und meine Mutter zu fragen, mit wem sie telefoniert habe.

»Das waren mehrere«, sagte sie. »Dein Englischlehrer hat angerufen, um zu hören, wie es dir geht …«

»Mr Larson?«

»Ja, außerdem eine Mutter. Sie haben diese Telefonkette aktiviert.«

Die Schule blieb bis auf Weiteres geschlossen. Mom sagte, ich könne von Glück reden, dass ich nicht in der Abschlussklasse sei. »Stell dir nur mal vor, du müsstest in diesem Chaos deine Collegebewerbungen fertig machen.« Sie schnalzte mitfühlend mit der Zunge.

»Hat Mr Larson eine Nummer hinterlassen?«

»Nein«, antwortete Mom. »Aber er hat gesagt, er würde es später noch einmal probieren.«

An diesem Abend klingelte das Telefon nicht mehr.

Ich verbrachte die erste Nacht auf der Couch, starrte mit leerer Miene auf den Fernseher und lauschte den Lobeshymnen von Beverly, der vierfachen Mutter, die *alles* versucht habe, doch erst die DVD von ABtastic habe ihr geholfen, ihre Figur zurückzubekommen. Ich ließ auch das Licht an. Unser Haus war so gebaut, dass der Flur der ersten Etage eine offene Galerie zum Wohnzimmer hin bildete. Wenn man also aus einem der Zimmer oben trat, konnte man über das Geländer sehen, wie ich da unten lag, ein Häuflein Elend unter einer pastellfarbenen Acryldecke. Mein Vater stürmte mehrmals aus dem Schlafzimmer und schimpfte, dass er nicht schlafen könnte, solange Licht unter der Tür durchdrang. Irgendwann sagte ich, das würde ich liebend gern in Kauf nehmen, wenn ich dafür die endlos ablaufenden grausigen Bilder aus meinem Kopf verbannen könnte. Daraufhin kam er nicht mehr.

Als der Morgen dämmerte, döste ich schließlich ein, und als ich wieder wach wurde, war der Fernseher aus und die Fernbedienung verschwunden.

»Daddy hat sie mitgenommen«, rief meine Mutter aus der Küche, als sie mich rumoren hörte. »Aber bevor er zur Arbeit gegangen ist, ist er losgezogen und hat dir einen Stapel Zeitschriften besorgt.«

Normalerweise überwachte meine Mutter alles, was ich las. Diesmal jedoch hatte sie Dad eine lange Liste mit Zeitschriftentiteln geschrieben und ihm aufgetragen, alle mitzubringen, auch solche, aus denen ich lernen würde, wie ich »seine Lenden zum Glühen« bringe. Es war ein Friedensangebot dafür, dass sie mir das Fernsehen verboten. Ich habe diese Zeitschriften immer in Ehren gehalten und bewahre sie bis heute unter dem Bett in meinem alten Kinderzimmer auf. Sie haben in mir den Wunsch geweckt, in die Großstadt zu ziehen – egal welche –, hohe Absätze zu tragen und ein märchenhaftes Leben zu führen. In ihrer Welt war alles märchenhaft.

Es war Nachmittag, meine Mutter lag auf der kleinen Couch und hielt Mittagsschlaf, ich lag auf der großen und studierte Schminktipps zum Thema »Smoky Eyes«, als es an der Tür läutete.

Mom schoss hoch und sah mich vorwurfsvoll an, als hätte ich sie geweckt. Wir blickten uns stumm an, bis wir erneut die Türglocke hörten.

Meine Mutter fuhr sich mit den Händen durch das Haar, um es an den dunkel nachgewachsenen Wurzeln aufzuplustern, klopfte dann mit den Fingerspitzen die Partie unter ihren Augen und rieb Mascaraspuren ab. »Verdammt.« Beim Aufstehen schüttelte sie vergeblich ihren Fuß, der taub geworden war, und humpelte zur Tür.

Ich hörte leises Stimmengemurmel. Dann sagte Mom: »Aber selbstverständlich.« Als sie ins Wohnzimmer zurückkam, wurde sie von zwei Männern in Anzügen in Kellercouchbraun flankiert.

»TifAni.« Mom benutzte ihre Gastgeberinnenstimme. »Das hier ist Detective …« Sie presste die Finger an die Schläfen. »Verzeihen Sie mir, meine Herren. Ich habe Ihre Namen schon wieder vergessen.« Ihre Stimme verlor das flirrende Timbre, und Mom sah aus, als würde sie gleich wieder anfangen zu weinen. »Es ist eine schreckliche Zeit.«

»Natürlich«, sagte der Jüngere, Dünnere der beiden. »Ich bin Detective Dixon.« Er nickte seinem Partner zu. »Und das ist Detective Vencino.«

Detective Vencino hatte die gleiche Gesichtsfarbe wie viele meiner Verwandten, wenn nicht gerade Sommer war. Ohne Bräune nahmen wir leicht einen kränklich grünen Ton an.

Mom wandte sich an mich. »Tifani, würdest du bitte aufstehen?«

Ich schlug die Seite mit dem Smoky-Eye-Fotokurs zu und folgte der Aufforderung. »Ist noch jemand gestorben?«

Detective Dixons weißblonde Brauen schoben sich zusammen. Wenn sie nicht wie Borsten von seiner Stirn abgestanden hätten, wären sie praktisch gar nicht zu sehen gewesen. »Nein, nein.«

»Oh.« Ich musterte meine Fingernägel. In dem Artikel, den ich vor dem Smoky-Eye-Kurs studiert hatte, stand, dass weiße Flecken auf den Nägeln Zeichen für Eisenmangel seien. Eisen sorge auch für dichtes, glänzendes Haar, man solle also darauf achten, sich immer gut mit Eisen zu versorgen. Dann bekomme man auch keine weißen Flecken. »Meine Eltern lassen mich keine Nachrichten sehen, deshalb habe ich keine Ahnung, was los ist.« Ich warf den Beamten einen entnervt-vielsagenden Blick zu.

»Das ist sicherlich zu deinem Besten«, sagte Detective Dixon, und Mom sah mich mit einem herablassenden kleinen Lächeln an. Am liebsten hätte ich ihr die Zeitschrift an den Kopf geworfen.

»Können wir uns irgendwo zusammensetzen und uns unterhalten?«, fragte Detective Dixon.

»Alles in Ordnung?« In einer verlegenen Geste presste Mom die Hand auf den Mund. »Ich meine, ist sonst noch etwas passiert?«

»Nichts weiter, Mrs FaNelli.« Detective Vencino räusperte sich, und die grünen Fettfalten an seinem Hals wabbelten. »Wir möchten Tifani nur ein paar Fragen stellen.«

»Ich habe im Krankenhaus schon mit der Polizei gesprochen«, sagte ich. »Und mit dieser Psychiaterin.«

»Psychologin«, korrigierte Detective Dixon. »Das wissen wir. Wir möchten nur ein paar Dinge klären und hoffen, dass du uns dabei helfen kannst.« Flehentlich kippten seine borstigen Brauen zu einem Dach. All diese Menschen, die meine Hilfe brauchten.

Ich sah meine Mutter an. Sie nickte. »Okay.«

Mom erkundigte sich, ob die Herren etwas wollten – Kaffee, Tee, einen Imbiss? Detective Dixon bat um Kaffee, sein Partner schüttelte den Kopf. »Nein, danke, Mrs FaNelli.«

»Nennen Sie mich Dina«, sagte Mom, doch anders als die meisten Männer lächelte Detective Vencino nicht.

Während Mom Kaffeebohnen in die Kaffeemaschine füllte, setzte ich mich mit den Detectives zusammen. Wir mussten unsere Stimmen heben, um das Mahlgeräusch zu übertönen.

»Also, Tifani«, begann Detective Dixon. »Wir wissen von deiner Beziehung zu Arthur. Dass ihr gestritten habt. Als … es passierte.«

Ich ließ meinen Kopf auf und ab wippen. *Ja, ja, ja.* »Er war sauer auf mich. Ich hatte das Foto aus seinem Zimmer mitgenommen. Ich habe es immer noch, wenn Sie …«

Detective Dixon hielt die Hand hoch. »Wir sind nicht hier, um über Arthur zu reden.«

Ich zwinkerte stumm. »Worüber denn dann?«

»Dean.« Detective Dixon beobachtete, wie ich auf den Namen reagierte. »Wart ihr befreundet, Dean und du?«

Ich fuhr mit meinem nackten Zeh über den hölzernen Küchenboden. Früher bin ich in Socken mit ausgebreiteten Armen über das Holz geschlittert und habe Surfen gespielt. Eines Tages dann bohrte sich ein acht Zentimeter langer Splitter durch die Socke in meine Fußsohle. Damit war dieser Zeitvertreib tabu. »Nicht direkt.«

»Ihr wart doch Freunde«, meldete sich Detective Vencino zu Wort. Erstmals sprach er mich an. Aus der Nähe fiel mir seine schiefe Nase auf, die nach links gekrümmt war, als wäre sie aus Ton getöpfert, und jemand hätte versehentlich vor dem Brennen eine Delle hineingedrückt. »Zumindest eine Zeit lang?«

»So könnte man vielleicht sagen«, gab ich nach.

Detective Dixon sah Detective Vencino an. »Warst du in letzter Zeit wütend auf Dean?«

Ich blickte zu meiner Mutter, die ihre Ohren spitzte, um über den Lärm der Kaffeemaschine meine Antwort zu hören.

»Ich glaube schon, ja.«

»Kannst du uns erzählen, warum?«

Ich betrachtete meine Fingernägel, meine gesunden Fingernägel. Olivia würde sich nie wieder Gedanken über Eisenmangel machen müssen. Plötzlich fiel mir ein, dass sie grünen Nagellack getragen hatte, als ich sie zuletzt sah, in Chemie, über ihr Pult gebeugt, eifrig mitschreibend. Hilary hatte den gleichen Lack getragen. Wahrscheinlich hatte sie Olivia dazu überredet, denn die experimentierte normalerweise nicht mit Kosmetik. Vielleicht wollten die beiden aber auch nur demonstrieren, dass sie Fans des Fußballteams waren. Ich schweifte ab. Wenn man mit grünen Fingernägeln starb, hielt dann der Lack für alle Ewigkeit? Schließlich stieß man nirgendwo mehr an oder wusch sich die Haare – alles Dinge, die Nagellack zusetzten. So wie Zähne und Knochen übrig bleiben, nachdem alles andere schon zerfallen war? Hier liegt Olivia, ihre grünen Fingernägel sind alles, was von ihr geblieben ist.

Detective Dixon wiederholte seine Frage.

»TifAni«, rief Mom. In dem Moment schaltete sich die Maschine mit einem Klick ab, und der nächste Satz klang unbeabsichtigt laut und streng. »Beantworte bitte die Frage.«

Wie eines dieser Badewannenspielzeuge, die im Wasser um ein Vielfaches aufquellen, schwoll ich unter dem Druck meiner Tränen. Ich würde unmöglich verschweigen können, was damals passiert war. Wie hatte ich das jemals glauben können? Ich rammte mir eine Faust ins Auge und rieb.

»Da gab es viele Gründe«, seufzte ich.

»Vielleicht fällt es dir leichter, darüber zu reden, wenn deine Mutter nicht dabei ist?«, fragte Detective Dixon freundlich.

»Wie bitte?« Mom stellte Detective Dixons Kaffee neben seinen Ellbogen. »Reden worüber? Was geht hier vor?«

Als der Anwalt endlich erschien und sich im fahlen Flurlicht mit »Dan« vorstellte, waren die Fenster der Polizeistation von Ardmore blinde, tintenschwarze Vierecke. Detective Dixon hatte uns versichert, dass wir keinen Anwalt brauchten. Er war so nett, dass Mom ihm beinahe glaubte, doch nachdem sie Dad im Büro angerufen hatte, überlegte sie es sich anders. Den Anwalt hatte ein Kollege meines Vaters empfohlen, dessen Tochter im Sommer wegen Alkohols am Steuer festgenommen worden war. Mom und ich waren beide alles andere als begeistert von ihm. Ein ungepflegter Typ, dessen Anzughose um seine Knöchel knitterte wie der Hals einer Bulldogge.

Dan (»Ein kompetenter Anwalt würde nie Dan heißen«, zischte Mom) wollte zuerst die ganze Geschichte von mir hören, ehe sich die Detectives zu uns in den eiskalten Raum gesellten. Die Temperatur in Vernehmungsräumen wird tatsächlich absichtlich niedrig gehalten, damit man sich so unwohl wie möglich fühlt und schneller gesteht, sodass die Beamten pünktlich zum Abendessen zu Hause sind.

»Jedes Detail ist wichtig.« Dan krempelte die Ärmel seines Hemdes hoch, einer königsblauen Beleidigung für das Auge, die von einem Grabbeltisch zu stammen schien. Er hatte sein Jackett ausgezogen und über die Stuhllehne gehängt, ohne zu bemerken, dass eine Schulter abgeglitten war. »Ich will alles hören. Vom Beginn des Schuljahres an. Jede Verbindung mit allen Personen, die hier beteiligt sind. Alles.«

Es fiel mir selbst schwer zu glauben, wie gut alles für mich begonnen hatte, dass sich Leute wie Dean oder Olivia um mich bemüht hatten, und wie rasch und unvermutet sich das Blatt gewendet hatte. Im Eiltempo handelte ich die Einzelheiten der Nacht bei Dean ab und lief rot glühend an, als ich bei Peyton anlangte, wie ich zu mir kam und bemerkte, was er, nun ja, mit mir machte.

»Oralsex?«, fragte Dan, und im unbarmherzigen Licht der

Neonlampen muss ich ausgesehen haben, als hätte ich Sonnenbrand.

»Ja«, murmelte ich.

Ich hakte alle Punkte ab; wie ich mehrmals in der Nacht zu mir kam, zuerst mit Peyton, dann mit den anderen. Ich erzählte ihm, was danach passierte, von dem Abend bei Olivia, dem Kratzer in meinem Gesicht, der nicht von ihrem Hund stammte. Ich zögerte, Mr Larson in die ganze Geschichte hineinzuziehen, doch Dan hatte gesagt, jedes Detail sei wichtig.

»Hat Mr Larson …« Dan räusperte sich. Er wirkte ebenso verlegen wie ich. »Als du in seiner Wohnung übernachtet hast …?«

Ein paar Sekunden starrte ich ihn nur ausdruckslos an, ehe ich verstand, was er meinte. »Nein«, wehrte ich dann ab. »Mr Larson würde so etwas nie tun.« Ich schüttelte mich angewidert.

»Doch er wusste von den Vergewaltigungen und könnte diese Geschichte bestätigen, ja?«

Zum ersten Mal hatte jemand für das, was passiert war, mir gegenüber den Plural verwendet. Die Vergewaltigung(en). Ich hatte gar nicht gewusst, dass man das andere auch als Vergewaltigung bezeichnen konnte.

»Ja.«

Dan schrieb etwas in sein Notizbüchlein, dann hielt er den Stift still. »Jetzt zu Arthur.«

Sei er depressiv gewesen, habe er Drogen genommen? (»Nein«, antwortete ich. »Ich meine, ja, aber nur Haschisch.« – »Haschisch ist eine Droge, TifAni.«) Habe er jemals etwas geäußert, das im Rückblick ein Hinweis auf seine Pläne gewesen sein könnte?

»Ich meine« – ich zuckte die Schultern – »ich wusste, dass er eine Waffe hatte. Das war die, die er auch in der Cafeteria dabeihatte.«

Dans Lider zwinkerten so lange nicht, dass ich fast mit der Hand vor seinem Gesicht wedeln wollte und »Huhu« jodeln wollte wie in einer Fernsehwerbung. »Woher wusstest du das?«

»Weil er sie mir gezeigt hat. In seinem Keller. Sie hat seinem Vater gehört.«

Dan hatte immer noch nicht gezwinkert.

»Sie war nicht geladen«, setzte ich hinzu.

»Woher weißt du das?«

»Er hat auf mich gezielt. Aus Spaß.«

»Auf dich *gezielt*?«

»Er hat sie mich auch halten lassen«, gab ich zurück. »Er wäre doch nicht so dumm gewesen, sie mir in die Hand zu drücken, ohne mir zu sagen, dass sie geladen ist. Was, wenn ich …« Ich unterbrach mich, weil Dan der Kopf auf die Brust gesunken war, als säße er in einem Flugzeug und wäre eingenickt. *»Was ist denn?«*

Dan dämpfte die Stimme. »Du hast die Waffe angefasst?«

»Vielleicht zwei Sekunden lang«, sagte ich rasch, als könnte ich wiedergutmachen, was auch immer ich verbrochen hatte. »Dann habe ich sie ihm zurückgegeben.«

Dan sah mich immer noch nicht an.

»Warum? Ist das schlimm?«

Dan stemmte die Hände gegen seine Nasenwände, um seinen Kopf zu stützen. »Möglicherweise.«

»Warum?«

»Wenn deine Fingerabdrücke auf der Waffe gefunden werden, könnte das sehr, sehr schlimm sein.«

Die Deckenleuchte flackerte und zischte, als hätte sich ein Insekt an einem schwülen Sommerabend darin selbst gerichtet, und mir ging auf, was Dan meinte. Hatte meine Mutter davon gewusst? Mein Vater?

»Glauben die etwa, ich hätte was damit zu tun?«

»TifAni.« Dans Stimme klang hoch, als wäre er überrascht. »Was genau denkst du, warum du hier bist?«

Nachdem Dan und ich »Kriegsrat gehalten« hatten (O-Ton Detective Dixon, als wäre Dan mein Football-Coach und ich der Quarterback, der die Erwartungen der ganzen Stadt auf seinen breiten Schultern trägt), durfte ich zur Toilette gehen und dann zu meinen Eltern. Sie saßen vor dem Vernehmungsraum auf einer Bank. Mein Vater hatte den Kopf auf die Hände gestützt, als könnte er nicht fassen, was ihm da widerfuhr. Als würde er am liebsten einschlafen und woanders wieder aufwachen. Meine Mutter hatte die Beine übergeschlagen, ihre bestrumpfte Ferse hing aus ihrem sexy Highheel. Ich hatte nicht gewollt, dass sie diese Schuhe anzog, doch sie hatte sich nicht abbringen lassen. Sie hatte mich sogar überreden wollen, mich zu schminken (»Vielleicht ein bisschen Wimperntusche?«), doch ich hatte nur das Licht in der Küche ausgemacht und war hinausgegangen, um im Auto zu warten, und sie im Dunkeln stehen lassen.

Dad stand auf, um Dans Hand zu schütteln.

Ich sagte zu meiner Mutter: »Weißt du, dass die denken, ich hätte was damit zu tun?«

»Natürlich denken sie das nicht, TifAni«, sagte sie schrill und wenig überzeugend. »Sie wollen sich nur umfassend absichern.«

»Dan meinte, sie haben meine Fingerabdrücke auf der Waffe gefunden.«

»Möglicherweise«, schränkte Dan ein und zuckte leicht zusammen, als meine Mutter kreischte.

»Was?!«

»Dina«, bellte Dad. »Beherrsch dich.«

Mom richtete ihren Finger auf Dad, und ihr Acrylfingernagel zitterte vor Wut. »Sag du mir nicht, was ich tun soll, Bobby.« Sie zog die Hand zurück, ballte sie zu einer Faust und versenkte die Zähne in ihre Knöchel. »Es ist alles deine Schuld«, wimmerte sie mit zugepressten Augen, während sich Tränenrinnsale durch die dicke Make-up-Schicht auf ihren Wangen schlängelten. »Ich hab's dir gleich gesagt! TifAni brauchte diese

Klamotten. Damit sie sie nicht ausschließen. Und jetzt? Genau das ist jetzt passiert!«

»Es ist meine Schuld, weil ich die Klamotten nicht bezahlen wollte?« Dads Mund stand offen, sodass man seine schwärzlichen Backenzähne sehen konnte. Er hasste es, zum Zahnarzt zu gehen.

»Bitte!«, flüsterte Dan gut hörbar. »Das hier ist nicht der richtige Ort, um eine Szene zu machen.«

»Du bist unglaublich«, murmelte Dad. Meine Mutter warf ihr steif gesprühtes Haar zurück und fasste sich wieder.

»Ich weiß nicht, ob sie die Fingerabdrücke haben«, sagte Dan. »Aber Tifani hat mir erzählt, dass Arthur ihr eine der Waffen gezeigt hat, die wir für die *mutmaßliche*« – er hielt die Hand hoch wie ein Verkehrspolizist, der den Verkehr Richtung Süden zum Halten bringt – »Tatwaffe halten. Und dass er sie ihr in die Hand gegeben hat.«

Der Blick, mit dem mich meine Mutter ansah, war erbarmungswürdig. Manchmal können einem Eltern wirklich leidtun. Sie glauben ihr Kind zu kennen und fühlen sich bis auf die Knochen blamiert, wenn sie erfahren, dass sie ein ganz falsches Bild haben. Ehe ich Dan von der Nacht bei Dean erzählte, fragte ich ihn, ob er meinen Eltern davon berichten würde. »Nicht, wenn du das nicht willst«, hatte er geantwortet. »Als meine Mandantin kannst du auf meine Schweigepflicht zählen. Allerdings, so wie die Dinge stehen, Tifani, wird es so oder so herauskommen. Dann ist es besser, sie hören es von dir.«

Ich schüttelte den Kopf. »Das kann ich ihnen nie erzählen.«

»Wenn du möchtest, kann ich das übernehmen.«

Klackende Absätze auf dem fleckigen Linoleumboden kündigten Detective Dixon an. Alle warteten darauf, dass er sprach.

»Wie geht's denn so?« Er sah auf sein Handgelenk, obwohl er gar keine Uhr trug. »Dann wollen wir mal loslegen, oder?«

Ich wusste nicht, wie spät es war, doch als ich am Tisch Platz nahm, gegenüber von Dan und Detective Dixon, während Detective Vencino sich in eine Ecke zurückzog, fing mein Magen hörbar an zu knurren.

Der Tisch, ebenso verschmiert wie Arthurs Brille, war leer bis auf einen Becher Wasser (für mich) und ein Aufnahmegerät, das in der Mitte thronte.

Detective Dixon drückte einen Knopf und sagte: »14. November 2001.«

»Tatsächlich haben wir heute den 15.« Detective Vencino tippte auf sein Handgelenk, um das eine Armbanduhr gebunden war. »Zwölf Uhr sechs.«

Detective Dixon korrigierte die Aufnahme und fuhr dann fort: »Anwesend sind Detective Dixon, Detective Vencino sowie TifAni FaNelli und ihr Anwalt Daniel Rosenberg.«

Dans voller Name flößte mir wesentlich mehr Vertrauen ein.

Nachdem die Formalitäten erledigt waren, erzählte ich meine Geschichte noch einmal, in sämtlichen schmutzigen Details. Es ist eine besondere Art von Hölle, in einem Raum voller haariger Männer mittleren Alters von erniedrigenden Sexerfahrungen zu berichten.

Anders als Dan unterbrachen mich die beiden Detectives nicht mit Fragen, und so dachte ich, ich könnte mir die eine oder andere Einzelheit ersparen, doch immer wenn ich etwas ausließ, stieß mich Dan sanft an. »Das war doch Mr Larson, dem du an der Tankstelle begegnet bist, nicht wahr?«

Als ich fertig war, streckte sich Detective Dean auf seinem Stuhl und gähnte laut. Eine ganze Zeit lang verharrte er so, die Beine lang von sich gespreizt, die Arme hinter dem Kopf verschränkt, und sah mich stumm an. »So«, sagte er irgendwann, »du willst also behaupten, dass Dean, Liam und Peyton in der Nacht bei Dean dir gegenüber tätlich geworden sind? Dean sogar ein zweites Mal, nämlich an dem Abend bei Olivia?«

Ich sah Dan an, ehe ich antwortete. Er nickte.

»Ja«, sagte ich.

»Schau, TifAni, ich kann nicht ganz folgen.« Detective Valentino saß so eingesunken in seiner Ecke, dass seine Brust über seinen kleinen Schmerbauch hing. Es gab keine Stelle an ihm, die nicht mit kratzig aussehendem schwarzen Pelz bedeckt war. »Was ich nicht verstehe, ist, wenn Dean *tätlich* geworden ist« – er ließ ein derbes Lachen hören – »warum wolltest du ihn dann vor Arthur retten?«

»Ich habe versucht, mich selbst zu schützen.«

»Aber Arthur war dein Freund«, sagte Detective Vencino besserwisserisch, als müsste er mich daran erinnern. »Er hätte dir doch nicht wehgetan.«

»Er *war* mein Freund, ja.« Ich fixierte den Tisch so intensiv, dass er vor meinen Augen verschwamm. »Aber ich hatte Angst vor ihm. Er war sauer auf mich. Ich hatte das Foto von seinem Dad … Ich glaube, Sie verstehen nicht, wie wütend er auf mich war. Ich habe es Ihnen erzählt. Er hat mich aus dem Haus gejagt.«

»Gehen wir kurz noch mal zurück.« Detective Dixon warf seinem Partner einen warnenden Blick über die Schulter zu. »Erzähl uns, was du über das Verhältnis von Dean und Arthur weißt.«

Ich dachte an das Jahrbuch in Arthurs Zimmer. Ihre beiden offenen, lächelnden Gesichter. Nichts in der Welt deutete darauf hin, was kommen würde. »Sie waren früher Freunde«, sagte ich. »Das hat mir Arthur erzählt.«

»Und ab wann waren sie keine Freunde mehr?«, wollte Dixon wissen.

»Arthur sagte, das war, als Dean anfing, zu den beliebten Schülern zu gehören.« Ich zuckte die Schultern. So war das schon immer gewesen.

»Hat Arthur je davon gesprochen, dass er Dean etwas antun will?«

»Nein«, sagte ich. »Nicht wirklich.«

Vencino stürzte sich sofort darauf. »Was heißt: ›nicht wirklich‹?«

»Nein. Okay? Er hat nie davon gesprochen.«

»Nie?«, bohrte Dixon vorsichtig weiter. »Überleg noch mal.«

»Ich meine, ja, er hat übel über ihn gesprochen. Aber nie gesagt: ›Ich schnapp mir jetzt die Knarre von meinem Dad und ballere Dean in die Eier.‹« Beim Wort »Eier« musste ich kichern. Ich verschluckte mich und bekam einen stummen, schmerzvollen Lachanfall, von der hochansteckenden Art, wie wenn bei einer Beerdigung jemand die feierliche Stille unterbricht, indem er laut und feucht seine Diätcola aufstößt.

»Meine Mandantin ist erschöpft«, sagte Dan. »Vielleicht sollten Sie sie nach Hause gehen lassen, damit sie sich etwas ausruhen kann. Sie ist erst vierzehn, vergessen Sie das nicht.«

»Genau wie Olivia Kaplan«, sagte Detective Vencino.

Olivias Name ernüchterte mich. Ich rieb meine Arme, die ganz rau vor Gänsehaut waren. »Wie geht es Hilary?«

»Sie ist amputiert«, sagte Vencino. Sonst nichts.

Zitternd trank ich einen Schluck Wasser. Die Kälte im Raum hatte es noch weiter abkühlen lassen, und ich zuckte zusammen, als es an meiner Lunge vorbeirann. »Aber wird sie wieder gesund? Kommt sie zurück nach Bradley?« Ich sah Dixon an, um die Frage zu stellen, die ich schon mit mir herumtrug, seit ich das Krankenhaus verlassen hatte. »Bradley, ich meine, die Schule, wird doch jetzt nicht schließen, oder?«

»Möchtest du das denn?«, fragte Vencino im Rücken von Dixon zurück.

Ich wusste nicht, wie ich Detective Vencino klarmachen sollte, dass das absolut das Letzte war, was ich wollte. Ich konnte nicht in mein altes Leben außerhalb der Main Line zurückkehren. Die wenigen Kilometer entschieden zwischen Yale und der Universität von West Chester, ob man später nach New York zog oder das Fundament für ein Reihenhäuschen legte, die Hand auf dem Bauch, der schon rund und aufgequollen war wie eine satte Zecke, während das Baby darin trat und kickte. Ich legte meine Handrücken auf den Tisch.

»Ich will einfach nur, dass alles wieder normal ist.«

»Aha«, sagte Vencino und hielt den Zeigefinger hoch, als hätte er verstanden. »Dem steht jetzt ja nichts mehr im Weg, oder? Nachdem du alle aus dem Weg geräumt hast, die dir Ungemach bereitet haben.« Ein blausäuregiftiges Lächeln breitete sich auf seinem Gesicht aus, und mit schwungvoller Geste streckte er den Arm nach mir aus, wie Vanna White, wenn sie beim Glücksrad den brandneuen schicken Kleinwagen präsentierte, den die Gewinnerin mit nach Haus nehmen durfte. »Schaut sie euch an! Hier ist sie! Die glückliche Gewinnerin!«

Dan funkelte Vencino an. »Das geht jetzt doch ein bisschen zu weit, Detective.«

Vencino verschränkte die Arme vor der Brust. »Tut mir leid«, fauchte er. »Aber ich hab Wichtigeres zu tun, als mir über TifAni FaNellis Gefühlsleben Gedanken zu machen.«

Dan schnaubte ihn an und sagte dann zu Dixon: »Haben Sie alles, was Sie brauchen?« Er tätschelte mir den Rücken. »Denn ich denke, es ist jetzt das Beste für meine Mandantin, nach Hause zu gehen und etwas zur Ruhe zu kommen.«

Zur Ruhe kommen. Das würde mir nie wieder leichtfallen, selbst in Situationen, wo es das Natürlichste der Welt sein sollte.

Draußen auf dem Flur bat Dan um einen kurzen Moment unter vier Augen. Er erklärte mir, dass er morgen früh vorbeikommen wolle, um mit meinen Eltern »das Gespräch« zu führen, zu dem ich nicht imstande war. Der nächste Tag war ein Freitag. Es wäre mir lieber gewesen, bis Montag zu warten, damit ich nicht das ganze Wochenende meinen mit Sicherheit von mir angewiderten Eltern ausgeliefert wäre. Doch Dan meinte, wenn wir bis

Montag warteten, könne es passieren, dass etwas bekannt würde. Und ich wolle doch nicht, dass meine Eltern im *Philadelphia Inquirer* davon lasen, oder? »Bringen wir es lieber hinter uns.« Dan legte die Hand auf meine Schulter, und ich blickte zu Boden, auf das hässliche Lederimitat seiner Schuhe, das aussah wie Gummi.

»Du hast dich da drin wacker geschlagen«, sagte Dan. »Vencino ist ein Mistkerl. Er versucht nur, dich aus der Reserve zu locken. Aber du bist ihm nicht auf den Leim gegangen. Das war gut.«

»Aber die denken, ich hätte das mit Arthur geplant oder so was«, sagte ich. »Wie können die das glauben?«

»Das glauben die gar nicht«, widersprach er. »Wie deine Mutter gesagt hat, die wollen sich nur absichern.«

»Muss ich noch mal hierherkommen?«

»Schon möglich.« Dan zeigte mir das aufmunternde Lächeln, das man Menschen zeigt, die die Wahrheit lieber nicht hören wollen, aber tapfer sein müssen.

Mom verpasste mir eine von Anitas Pillen, damit ich schlafen konnte. Ich hätte mir das lieber für später aufgehoben, nachdem meine Eltern zu Bett gegangen waren, denn dann hätte ich durch die Nachrichtenkanäle zappen können, auf stumm geschaltet, nur mit Texteinblendungen. Doch meine Mutter bestand darauf, dass ich sie gleich vor ihren Augen nahm, als wäre es ein Vitamindragee und nicht eine Schlaftablette, die, wie sich noch herausstellen würde, ebenso abhängig machte wie Heroin.

Binnen fünfzehn Minuten kam der Schlaf, und mit ihm stellten sich diese bizarren Träume ein, aus denen man irgendwann hochschreckt mit dem Gedanken, *na, das war aber mal seltsam*. Aus meinem Kopf wuchs eine Art Himbeere, eine wunderschöne, dicke, reife Himbeere. Ich versuchte, sie mit meinen Haaren zu verdecken, doch immer wenn ich mich in einem Spiegel sah, konnte ich die große Kugel in meinem Profil sehen. Bald sprossen weitere an anderen Stellen – eine an meinem Haaransatz, eine am Ohr. *Ich muss mir die wegmachen lassen, und das wird ganz schön wehtun*, dachte ich. An dieser Stelle wäre ich normalerweise aufgewacht, doch Anitas Pille hatte diesen Instinkt ausgeschaltet, und so zuckte ich nur einmal, ehe ich in ein tiefes dunkles Loch voll absurder Schrecknisse stürzte.

Ich befand mich inmitten einer Menschenmenge. Es waren meine Schulkameraden, das wusste ich, doch ich kannte keinen von ihnen. Wir standen am Rande eines Hafenbeckens, alles war in dumpfes Braungelb getaucht, wie auf einer Illustration von New York aus der Zeit der Jahrhundertwende. Es begann als Flüstern, »Arthur ist am Leben«, und schwoll zu einem erregten Rauschen an, das bis zu mir drang.

»Arthur ist am Leben?«, fragte ich niemand Bestimmten.

Ein Ruck ging durch die Menge, als alle sich aufmachten, um Arthur zu suchen. Ich versuchte, mir mit den Ellbogen einen Weg nach draußen zu bahnen, doch ich gehörte fest zu dieser gigantischen Einheit. Ich wusste, nur wenn ich mich befreien könnte, würde ich ihn finden.

Und dann war ich draußen, und Arthur stand lachend vor mir. Es war ein schönes Lachen, als würde er *Friends* schauen und Chandler hätte etwas Lustiges gesagt. Chandler war immer seine Lieblingsfigur gewesen.

»Du lebst?«, keuchte ich, während Arthur nicht aufhörte zu lachen.

»Hey!« Ich trommelte mit den Fäusten auf seine Brust. »Du lebst? Wieso hast du mir das nicht erzählt?« Ich trommelte fester, weil ich wollte, dass dieses irre Lachen aufhörte. Das war nicht witzig. »Wie konntest du mir das verschweigen?«

»Sei nicht böse.« Arthur hielt meine Fäuste fest und lächelte mich an. »Ich bin hier. Sei nicht böse.«

Ich erwachte mit einem unguten Gefühl, gefolgt von Verwirrung – ich bin doch gerade erst wach geworden, wie kann denn schon etwas Schlimmes passiert sein? Für einen Sekundenbruchteil empfand ich ausgelassene Freude, wie an einem Samstagmorgen, wenn man denkt, man muss zur Schule, um dann festzustellen, dass, *aaahh*, Wochenende ist. Die Wochenenden verloren ihren Zauber für eine ganze Weile. So wie alles andere auch.

Von unten drang das zischende Geräusch einer heißen Pfanne herauf, und der Fernseher zeigte 12.49 Uhr an. Dan hatte gesagt, er wolle heute Morgen vorbeikommen. War er schon da gewesen? Hatte er vor meinen Eltern sämtliche schmutzigen Details ausgebreitet, während ich mich nur ein paar Meter entfernt schwitzend in meinem Bett wälzte?

Die Decke hatte sich um meinen Oberkörper gewickelt, sodass meine Beine im Freien lagen. Als ich mich auf die Seite rollte, stieg von meinem überhitzten, dampfenden Körper ein warmer, mehliger Geruch auf.

»Mom?«, rief ich und wartete nervös auf ihre Antwort, die mir verraten würde, wie wütend sie war.

Ich hörte meine Mutter barfuß durch die Küche tapsen und dann nichts weiter, als sie über den Teppich im Wohnzimmer ging.

»Du bist wach!« Sie klatschte in die Hände. »Die Pille hat dich ganz schön umgehauen, was?«

Sie hatte keine Ahnung. »War Dan hier?«

»Er hat angerufen, aber ich habe ihm gesagt, dass es wahrscheinlich besser wäre, heute Nachmittag vorbeizukommen, weil du noch schläfst.«

Ich schluckte, und meine Zunge blieb am Gaumen kleben. Ich schluckte erneut und versuchte panisch, sie zu lösen. »Wo ist Dad?«

»Ach, Schatz«, sagte Mom. »Er ist ins Büro gegangen. Irgendwas Wichtiges ist da los. Vielleicht muss er sogar am Wochenende arbeiten.«

»Wirklich?« Mein Vater hatte noch nie am Wochenende gearbeitet. Nicht ein einziges Mal.

Meine Mutter missdeutete meine Erleichterung als Enttäuschung. »Bestimmt kommt er früh heim.«

»Wann kommt denn Dan?«

»Bald«, sagte Mom. »Vielleicht solltest du duschen.« Sie hielt sich die Nase zu und wedelte im Scherz mit der Hand. »Du riechst ein bisschen streng.«

Ich könnte jetzt auch wie Olivia riechen, hätte ich beinahe gesagt. *Nach Verwesung*. Es war verdammt knapp gewesen.

Ich war noch nie schnell beim Duschen. »Was treibst du bloß da drin?«, fragte Dad regelmäßig an Wochentagen und trommelte gegen die Tür. Ich hatte keine Ahnung, was ich da »trieb«, wahrscheinlich dasselbe wie jeder andere, nur brauchte ich eben länger.

Seit Dienstag hatte ich zweimal geduscht und für beide Male zusammengenommen nicht länger gebraucht als normalerweise für eine einzige Dusche. Immer hörte ich etwas und schob dann den Vorhang zur Seite, weil ich fest damit rechnete, Arthurs Geist draußen stehen zu sehen, eine feiste, wutschnaubende Wolke.

Noch ehe ich den Schaum von meinem Rücken gespült hatte, stellte ich das Wasser ab.

»Mom?«, rief ich laut.

Gegen böse Geister, das hatte ich inzwischen herausgefunden, half am besten die verärgerte Stimme meiner Mutter. »Hör doch auf zu schreien, TifAni.«

Ich rief erneut nach ihr, diesmal richtig laut. Immer noch keine Antwort. In ein Handtuch gewickelt, tapste ich triefend über den Badezimmerboden, zog die Tür auf und schrie: *»Moooom!«*

»Himmel noch mal, ich telefoniere!« Ihre Stimme verriet mir alles.

Ich schlich in mein Zimmer und hinterließ bei jedem Schritt einen dunklen, feuchten Fußabdruck auf dem Teppich. Dann nahm ich meinen Hörer von der Station und drückte ihn ans Ohr. Ich hatte unbedingt einen eigenen Apparat gewollt, und als ich ihn bekam, verzierte ich ihn mit rosa Glitzerstickern, wie Rayanne in der Serie *Willkommen im Leben.*

Als ich abhob, war Dan gerade mitten in einem Satz: »… Hinweise, dass sie in der Schule Streit hatte?«

»Nein.« Mom schniefte. »Sie war sogar letztens bei Olivia zum Übernachten eingeladen.«

»Das muss wohl die Nacht gewesen sein, in der Dean tätlich geworden ist«, sagte Dan. »Anschließend hat sie bei Andrew Larson übernachtet.«

»Bei ihrem Crosslauftrainer?«, heulte Mom auf. Dan und ich hörten, wie sie sich die Nase schnäuzte. »Ich weiß überhaupt nicht mehr, was ich von diesem Kind denken soll.« Ich fasste mein Handtuch fester. *Dieses Kind.* »Wie konnte sie nur so etwas tun?«

»Teenager treffen nicht immer die klügsten Entscheidungen, Dina. Seien Sie nicht zu streng mit ihr.«

»Oh bitte«, fauchte Mom. »Ich war selbst auch einmal in der Highschool. Wenn man eine Figur wie Tifani hat, geht man nicht auf eine Party mit nur Jungs und säuft sich voll, ohne zu wissen, was das heißt. Tifani wusste genau, was sie tat. Sie weiß, welche Werte in unserer Familie hochgehalten werden.«

»Trotzdem«, widersprach Dan. »Kinder machen Fehler. Tifani hat für ihre Fehler einen unglaublich hohen Preis bezahlt.«

»Weiß die Polizei das alles?« Mom war außer sich, wahrscheinlich fand sie es absurd, wie entwürdigend das alles war, für eine Familie wie uns, mit unseren *Werten.*

»Tifani hat gestern Abend alles erzählt.«

»Und was denken die? Dass Tifani das Massaker geplant hat, um sich zusammen mit den anderen Außenseitern zu rächen?«

Sie fügte ein »Ha!« hinzu, als gäbe es nichts Groteskeres als das.

»Das ist eine Möglichkeit«, sagte Dan, und ich konnte mir lebhaft vorstellen, wie Mom jetzt dreinblickte. Weil Dan das alles andere als grotesk fand. »Das Problem ist, dass sie kein einziges Beweisstück haben, das diese Theorie bestätigt.«

»Was ist mit der Waffe? Die Tifani angefasst hat?«

»Davon habe ich noch nichts gehört«, sagte Dan. »Hoffen wir, dass das nie zur Sprache kommt.«

»Und wenn doch?«

»Selbst wenn, ist das noch nicht Beweis genug, um Tifani eines Verbrechens anzuklagen. Und wenn Arthur die Waffe herumgezeigt hat, könnten auch noch Fingerabdrücke von anderen Schülern darauf sein, die dann wiederum Tifanis Aussage stützen würden.«

Meine Mutter atmete laut in den Hörer. »Nun, besten Dank, dass Sie angerufen haben«, sagte sie. »Hoffentlich ist bald Schluss mit diesen lächerlichen Verdächtigungen.«

»Bestimmt«, erwiderte Dan. »Die Polizei versucht nur, besonders gründlich zu sein.«

Mom bedankte sich erneut und verabschiedete sich. Ich legte erst auf, als ich sicher war, als Einzige noch in der Leitung zu sein. Der Hörer machte ein schmatzendes Geräusch, als ich ihn vom Ohr zog. Ich wischte ihn an meinem Handtuch ab, ehe ich ihn sorgsam zurück auf die Empfangsstation stellte.

»TifAniiii!« Mein Name schrillte durch das Haus, und Moms Stimme wurde ganz rau dabei. Statt zu reagieren, ließ ich das Wasser auf meinen Zimmerteppich tropfen – auf die türkisblaue Auslegeware, die ich selbst hatte aussuchen dürfen. Es würde sich Schimmel bilden – Mom nervte mich ständig, weil ich feuchte Handtücher am Boden liegen ließ –, und sie hätte noch einen Grund mehr, mich zu hassen.

Meine Mutter sagte mir, ich sei nicht die Tochter, die sie großgezogen hätte. Ich weinte, doch ihr Mund blieb zu einer starren Linie gepresst. Danach verschanzten wir uns in aufgeladenem Schweigen. Noch immer war nicht die Rede davon, wann die Schule wieder anfangen sollte, und so verbrachte ich meine Tage auf der Couch, vom Fernsehen benebelt, und stand nur auf, um zu essen, zu duschen oder zur Toilette zu gehen. Da man mich mit Nichtbeachtung strafte, konnte mir auch niemand verbieten, Nachrichten zu sehen.

Sieben Tage nach der Tragödie beherrschte Bradley nicht mehr die Schlagzeilen. In den wenigen Beiträgen, die es noch gab, war von neuen Erkenntnissen nicht die Rede, sondern man sah lediglich tränenreiche Interviews mit Eltern und Mitschülern, die die Bombenexplosion in der Cafeteria miterlebt hatten – wenn auch so weit entfernt, dass sie jetzt vor der Kamera stehen und lebhaft mit ihren intakten Gliedmaßen gestikulieren konnten. Hin und wieder erwähnte ein Reporter, dass die Polizei prüfe, ob es noch weitere Tatbeteiligte gebe, doch Namen oder weitere Details wurden nicht genannt.

Als am Montagmorgen Detective Dixon anrief und meiner Mutter sagte, dass wir sofort zur Polizeistation kommen und unseren Anwalt mitbringen sollten, war ich sauer auf Katie Couric, weil sie mich nicht auf das vorbereitet hatte, was jetzt auf mich zukam.

Dan stieß in der Polizeistation zu uns. Er trug denselben schlecht sitzenden Anzug wie beim ersten Mal. Wenn Mom und ich miteinander gesprochen hätten, hätte ich sie gefragt, warum Dan sich so schlecht anzog, wo er doch Rechtsanwalt war und wahrscheinlich viel Geld verdiente. Das Wenige, was ich über Anwälte wusste, stammte aus dem Film *Hook*, in dem Robin Williams einen überarbeiteten, gut verdienenden Anwalt spielt, der nie Zeit für seine Kinder hat.

Mein Vater war noch auf dem Weg zur Polizei, als Dan und

ich bereits von Detective Dixon und Detective Vencino in den Vernehmungsraum geschoben wurden. Diesmal hielt Vencino eine dicke Aktenmappe in der Hand, und ein arrogant-wissendes Grinsen umspielte seinen Mund.

»TifAni«, sagte Detective Dixon, als wir einander gegenüber Platz nahmen. »Wie geht es dir?«

»Ganz okay.«

»Nun, das ist schön zu hören«, sagte Vencino schneidend. Niemand achtete auf ihn.

»Uns ist klar, dass die letzten Tage für dich sehr schwer gewesen sein müssen«, fing Dixon an, die Verbindlichkeit in Person, inklusive seiner bizarren Augenbrauen. »Wir möchten dir noch einmal die Chance geben, uns wichtige Auskünfte zu geben, die dir vielleicht beim letzten Mal, sagen wir, entfallen waren.« Er hob die Hände zum Kopf und demonstrierte, wie einem wichtige Auskünfte manchmal einfach so, puff, entfallen konnten.

Ich sah Dan an. In der Neonbeleuchtung des Raumes wirkten wir besonders verwundbar. Was auch immer sich in dem braunen Umschlag befand, spielte Vencino in die Hände.

»Reden wir nicht um den heißen Brei herum, meine Herren«, sagte Dan. »Tifani war ehrlich zu Ihnen. Ich würde sagen, es ist nur recht und billig, wenn Sie sich ebenso verhalten.«

Mit gerunzelter Stirn blickte ich auf meinen Schoß, während ich fieberhaft überlegte, ob das stimmte.

Dixon schob die Unterlippe vor und nickte, als wäre das eine Option, doch müsste er sich erst überzeugen lassen.

»Lassen wir TifAni sich dazu äußern«, sagte er, und alle drei sahen mich erwartungsvoll an.

»Ich weiß nicht«, sagte ich. »Ich habe Ihnen alles gesagt, was ich wichtig fand.«

»Bist du da sicher?«, fragte Vencino. Er schwenkte den Umschlag, als müsste ich wissen, was er enthielt.

»Ja. Ganz ehrlich, wenn ich wirklich etwas ausgelassen habe, war das keine Absicht.«

Dan tätschelte mir beruhigend die Hand. »Wie wär's, wenn Sie uns sagen, was wir hier sollen?«

Vencino ließ den Umschlag mit einem lauten Klatschen auf den Tisch fallen. Durch den Aufschlag öffnete sich die Lasche, und ein Stapel Farbkopien brachte mir die Erinnerung zurück. Langsam, mit Bedacht, breitete Dixon die Kopien aus dem Bradley-Jahrbuch vor Dan und mir aus.

Vencino drückte jedes einzelne Blatt mit einem gelben, ausgefransten Fingernagel auf die Tischplatte und las laut vor, was Arthur und ich geschrieben hatten. »Schneid mir den Schwanz ab.« »Knebel mich damit.« »RIP Tussis.« Das letzte stammte von mir. Mr Larson hatte uns aufgegeben, ein Haiku-Gedicht für Halloween zu verfassen, und zwar auf dem Bild eines Grabsteins, unter den Worten »RIP Bauer Ted«. Die Aufgabe war mir zuerst ziemlich kindisch vorgekommen, doch irgendwie war sie mir im Gedächtnis geblieben. Später hatte ich Olivias Foto damit beschriftet, und Arthur hatte fies gekichert, als er es sah.

»Das ist doch deine Handschrift, nicht wahr?«, wollte Dixon wissen.

Dan sah mich scharf an. »Das musst du nicht beantworten.«

»Das muss sie tatsächlich nicht.« Vencino nickte Dixon zu und förderte einen weiteren Umschlag zutage.

Briefchen. Die Briefchen, die Arthur und ich uns ständig hin und her geschickt hatten, auch wenn wir gar nicht im Unterricht saßen und uns einfach hätten unterhalten können. Manche waren vollkommen belanglos ... was für ein Lemming doch Rektor Mah sei und was für eine Schlampe Elisa White. Ich hatte die gleiche Tinte benutzt wie im Jahrbuch, absichtlich, das gleiche Grasgrün, um meine Treue zu Bradley zu demonstrieren. Aus heutiger Sicht lächerlich. Doch sie hätten auch ohne die Farbe gewusst, dass ich das geschrieben hatte. Ich war von einer katholischen Schule gekommen, deren Nonnen nicht wussten, wie sie die sexuellen Zwischentöne in literarischen Werken erklären sollten, und so wurde das ein Jahr ums andere verschoben, um stattdessen Grammatik und Schönschreiben zu üben. Meine persönliche Kalligrafie mäanderte anmutig über die Seiten des Jahrbuches wie in Tinte gegossene DNA-Spuren.

Hast du Hilarys Haare heute schon gesehen?

So schlimm. Sollte mal wieder duschen, die Gute. Ihre Muschi stinkt bestimmt total ranzig. Wenn sie überhaupt eine hat. In der Mittelstufe ging immer das Gerücht um, dass sie eigentlich ein Mann ist. Zumindest ein Hermaphrodit. Ich kann nicht fassen, dass Dean sie gebumst hat.

Dean und Hilary? Wann? Ich bin ziemlich sicher, dass sie noch Jungfrau ist.

Ach, komm schon. Alle wissen das. Dean steckt seinen überall rein (ist nicht persönlich gemeint). Der wird mal eine Ex-Miss-America heiraten und dann nebenher die fetten Bedienungen bei T. G. I. Friday's ficken. Die Menschheit wäre besser dran ohne ihn. Melde dich und frage, ob du zur Toilette gehen darfst, wenn du mir zustimmst.

Du wirst nicht glauben, was gerade auf der Toilette los war.

Schieß los, in drei Minuten klingelt's.

Paige Patrick hat einen Schwangerschaftstest gemacht.

Ein weiteres Briefchen von einem anderen Tag. Dieses war sogar datiert, denn ich hatte es begonnen, und ich hatte gelernt, dass man jedes Schriftstück rechts oben mit einem Datum versieht. Auch wenn es nur ein dummes, rasch hingekritzeltes Briefchen war.

29. Oktober 2001
Heute bin ich auf dem Flur mit Dean zusammengestoßen, und er hat mich eine fette Kuh genannt. Also, ich denke ernsthaft daran, die Schule zu wechseln.

(Nicht im Ernst! Ich sagte das nur gern, damit Arthur mich daran erinnerte, was in Bradley alles besser war als in Mount St. Theresa, und das tat er auch mit großem Vergnügen: »Ach, du vermisst das Fußballmüttertraining?«)

Das erzählst du mindestens einmal die Woche. Du wechselst nicht die Schule. Das weißt du so gut wie ich. Ich bring sie alle für dich um. Wie klingt das?

Super. Wie machen wir's?

Ich hab die Waffe von meinem Dad.

Was, wenn du erwischt wirst?

Ich lass mich nicht erwischen. Ich bin viel zu ausgebufft.

Ich wusste nicht, wie ich den Beamten erklären sollte, dass das unser normaler Umgangston war. Wir waren jung und grausam gewesen. Einmal hatte sich auf der Busfahrt zu einem Fußballturnier ein Schüler an einem Orangenschnitz verschluckt; statt ihm zu helfen oder zumindest Mitgefühl zu zeigen, hatten Dean und Peyton und alle anderen sich kaputtgelacht, als dem Jungen das Blut ins Gesicht stieg und die Augen aus den Höhlen traten (irgendwann merkte der Co-Trainer, was los war, und half ihm mit dem Heimlich-Manöver). Wochenlang unterhielten uns die Jungs mit dieser Geschichte und platzten dabei fast vor Lachen, während der arme Kerl, dem die Orange zum Verhängnis geworden war, stumm auf den Esstisch starrte und die Tränen zurückhielt.

»Ich könnte wetten, wenn wir deine Schulhefte durchsehen, werden wir feststellen, dass es deine Handschrift ist und dass du einen grünen Füller benutzt.« Detective Vencino tätschelte zufrieden seinen Wanst, als hätte er gerade gut gegessen.

»Tja, wenn Sie TifAnis Sachen durchsuchen wollen, brauchen Sie einen Durchsuchungsbeschluss. Den Sie wohl nicht haben, denn wenn Sie ihn hätten, hätten Sie ihn längst benutzt.« Dan lehnte sich zurück und grinste Vencino an.

»Es war ein Witz«, sagte ich leise.

»TifAni«, warnte Dan.

»Wirklich«, meinte Detective Dixon. »Es ist besser, wenn sie es uns erzählt. Der Durchsuchungsbeschluss wird nämlich gerade ausgestellt.«

Dan sah mich an und überlegte zwinkernd. Schließlich nickte er und sagte mit einem Seufzen: »Okay, sag's ihnen.«

»Es war ein Witz«, wiederholte ich. »Ich dachte, er macht einen Witz.«

»Und du?«, fragte Detective Vencino.

»Ich natürlich auch«, sagte ich. »Ich hätte nie gedacht, dass so was wirklich passieren könnte. Nie im Leben.«

»Ich weiß, es ist schon ein paar Jahre her, dass ich in der Highschool war« – Vencino stand auf und fing an, auf und ab zu gehen – »aber, meine Liebe, bei uns damals hat es solche Witze nicht gegeben.«

»Habt ihr jemals über diesen … Plan … gesprochen?«, schaltete sich Detective Dixon ein.

»Nein«, sagte ich. »Ich meine, ich glaube nicht.«

»Was soll das heißen, ›ich glaube nicht‹?«, hakte Vencino nach. »Habt ihr oder habt ihr nicht?«

»Ich … habe einfach nicht darauf geachtet«, erklärte ich. »Ja, vielleicht hat er Witze darüber gemacht, vielleicht habe ich auch Witze darüber gemacht, aber ich habe mir das nicht gemerkt, weil ich es nicht erst genommen habe.«

»Aber du wusstest von der Waffe, die er benutzt hat«, sagte Dixon.

Ich nickte.

»Woher?«

Ich sah Dan an, und er gab mir grünes Licht.

»Er hat sie mir gezeigt.«

Dixon und Vencino tauschten einen Blick. Sie wirkten so überrascht, dass sie ihren Groll auf mich ganz vergessen zu haben schienen.

»Wann war das?«, fragte Dixon, und ich erzählte von dem Nachmittag in Arthurs Keller. Vom Hirschkopf, vom Jahrbuch, wie er die Waffe auf mich gerichtet hatte und ich auf mein angeknackstes Handgelenk gefallen war.

Detective Vencino schüttelte den Kopf, und ein Schatten verfärbte sein Gesicht wie ein Bluterguss.

»Kleiner Scheißer«, murmelte er.

»Hat Arthur jemals *Witze* gemacht« – Dixon malte Anführungszeichen in die Luft –, »dass er jemandem etwas antun will?«

»*Nein.* Ich dachte, er will mir was antun.«

»Tja« – Vencino tippte sich mit seinem schmutzigen Fingernagel ans Kinn –, »das ist komisch. Dean sagt genau das Gegenteil.«

Ich machte den Mund auf, doch Dan kam mir zuvor. »Was sagt Dean denn?«

»Dass Arthur Tifani die Waffe angeboten hat. Mit den Worten, das sei doch die Chance, diesem – entschuldigen Sie bitte meine Ausdrucksweise, aber das ist das Volk, mit dem wir es hier zu tun haben – Schwanzlutscher den Schwanz wegzublasen.« Vencino kratzte sich unter dem Auge und zog eine Grimasse. »Er sagt, Tifani hat nach der Waffe gegriffen.«

»Ich habe nie das Gegenteil behauptet!«, fuhr ich hoch. »Ich wollte sie gegen ihn benutzen, nicht gegen Dean.«

Dan sagte warnend »Tifani …«, als Dixon mit der Faust auf den Tisch schlug, so fest, dass ein paar Jahrbuchkopien in die Luft abhoben, wo sie kurz verharrten, ehe sie schaukelnd herabsanken, um erst auf dem Boden aufzukommen, nachdem Dixon »Du lügst!« gebrüllt hatte. Sein Gesicht war herzinfarktrot, so rot wie nur das Gesicht von echt Blonden werden kann. »Du hast uns von Anfang an belogen.«

Er hatte auch gelogen und mich mit seiner freundlichen Maske getäuscht.

Irgendwann kam ich zu dem Schluss, dass niemand je die Wahrheit sagt. Das war der Moment, in dem ich auch anfing zu lügen.

Aus den Nachrichten erfuhr ich, dass Liams Beerdigung als erste stattfinden würde, zehn Tage nach dem Ereignis. Wenige Stunden später ging eine E-Mail an die »Bradley-Familie«. So würde man uns von da an nennen: die »Bradley-Familie«. Und sogar ich als das schwarze Schaf war im Verteiler.

Ebenso wie meine Mutter, die mich fragte, ob ich für die Beerdigung ein schwarzes Kleid kaufen gehen wollte. Mein Lachen verriet, für wie bescheuert ich sie hielt. »Ich gehe da nicht hin.«

»Oh doch.« Ihre Lippen wurden schmal wie ein Grashalm.

»Ich gehe nicht«, wiederholte ich nachdrücklich. Ich saß auf der Couch, Füße auf dem Tisch, die Socken voller Haare und Fusseln. Seit der Vernehmung waren drei Tage vergangen, und ich hatte noch nicht geduscht, und noch nicht einmal einen BH angezogen. Die kleine Schlampe stank zum Himmel.

»Tifani!«, schrie Mom. Sie atmete tief durch und legte die

Hände auf das Gesicht. In ruhigerem Ton sagte sie: »So haben wir dich nicht erzogen. Du weißt, was sich gehört.«

»Ich weiß nur, dass ich nicht zu der Beerdigung von dem Typ gehe, der mich vergewaltigt hat.«

Mom schnappte nach Luft. »Dass du es wagst, so zu reden.«

»Wie denn?« Ich lachte.

»Er ist tot, TifAni. Er ist einen grausamen Tod gestorben. Ja, er mag Fehler begangen haben, aber er war doch noch ein Kind.« Sie kniff sich in die Nase und zog die Rotze hoch. »Das hat er nicht verdient.« Beim letzten Wort wurde ihre Stimme weinerlich hoch.

»Du hast ihn ja nicht einmal gekannt.«

Ich hielt die Fernbedienung auf den Fernseher und drückte den Aus-Knopf. Deutlicher konnte ich nicht werden. Dann warf ich die Decke zurück, die meine haarigen Beine verborgen hatte, stand auf und warf Mom im Vorbeigehen einen starren Blick zu, ehe ich die Treppe hinauf in mein Zimmer ging, das ich seit zwei Tagen nicht mehr betreten hatte.

»Du gehst da hin, oder ich zahl keinen Cent Schulgebühren mehr für Bradley!«, rief Mom mir hinterher.

Am Morgen von Liams Beerdigung klingelte das Telefon. Ich griff sofort nach dem Hörer. »Hallo?«

»TifAni!« Die Stimme klang überrascht.

Ich drehte meinen Finger um das Telefonkabel. »Mr Larson?«

»Ich habe schon mehrmals versucht, dich zu erreichen«, sagte er hastig. »Wie geht's dir? Alles in Ordnung?«

Es klickte in der Leitung, und meine Mutter sagte: »Hallo?«

»Mom«, fauchte ich. »Ich bin schon dran.«

Alle drei schwiegen einen Augenblick lang. »Wer ist da?«, fragte Mom.

Es folgte das unmissverständliche Geräusch eines Mannes, der sich räusperte. »Hier ist Andrew Larson, Mrs FaNelli.«

»TifAni«, zischte Mom. »Leg auf.«

Ich verwand meinen Finger enger in das Kabel. »Warum?«

»Ich sagte, leg auf.«

»Ist schon okay«, sagte Mr Larson. »Ich wollte nur hören, ob es TifAni gut geht. Ich wünsch dir alles Gute, TifAni.«

»Mr Larson!«, kreischte ich, doch da war nur noch Mom, die über das Freizeichen schimpfte. »Ich habe Ihnen gesagt, Sie sollen nicht mehr anrufen! Das Kind ist vierzehn Jahren alt!«

Ich schrie zurück. »Es ist überhaupt nichts passiert! Ich habe dir gesagt, es ist überhaupt nichts passiert!«

Es war krank, doch obwohl ich Liams Beerdigung fürchtete und sauer auf Mom war, dass sie mich zwang hinzugehen, wollte ich trotzdem hübsch aussehen.

Eine Stunde verbrachte ich damit, mich fertig zu machen. Vierzig Sekunden lang tuschte ich meine Wimpern, bis sie weit abstanden und meinen Augen einen Ausdruck wacher Überraschung gaben. Dad musste arbeiten (manchmal denke ich, er saß einfach nur in seinem leeren Büro und starrte finster auf seinen toten Bildschirm), also waren Mom und ich allein in ihrem leuchtend kirschroten BMW unterwegs, ohne ein Wort zu reden. Die Heizung sprang nur an, solange sie aufs Gaspedal trat, sodass wir an jeder roten Ampel synchron vor Kälte zitterten.

»Ich möchte, dass du eines weißt«, sagte Mom, während sie die Bremse löste und damit einen Schwall köstlich warmer Luft freiließ. »Ich billige nicht, was Liam getan hat. Natürlich nicht. Aber du musst akzeptieren, dass du auch deinen Teil dazu beigetragen hast.«

»Hör bitte auf«, flehte ich.

»Ich meine nur. Wenn du trinkst und dich in Situationen begibst, wo …«

»Ich weiß!«

Als wir auf den Highway einfädelten, wurde es im Auto allmählich warm.

Die Kirche von Mount St. Theresa, die ich früher besucht hatte, war wunderschön (wenn man für so was einen Sinn hat). Doch Liams Trauerfeier (alle hatten Trauerfeiern und keine Beerdigungen) fand nicht in einer Kirche statt, sondern in einem »Nachbarschaftsheim«, denn Liam war Quäker gewesen.

Meine Verwirrung war so groß, dass ich für einen Moment völlig vergaß, wie wütend ich auf meine Mutter war.

»Ich dachte, Quäker bleiben unter sich und glauben nicht an solche Sachen wie moderne Medizin und so?«

Mom musste sich ein Lächeln verkneifen. »Das sind die Amish.«

Das Nachbarschaftsheim war ein einstöckiges mit Holz verkleidetes Haus, verblasst schmutzigweiß verbarg es sich hinter den Ästen einer Eiche, an der noch hier und da orange und rot verfärbte Blätter hingen. Obwohl wir eine Dreiviertelstunde zu früh waren, parkte bereits eine lange Reihe schwarzer Limousinen im aufgeweichten Gras, und Mom musste ganz oben auf der Anhöhe parken. Auf dem Weg nach unten versuchte sie, sich bei mir einzuhaken, doch ich entzog mich, indem ich voranstürmte. Der unsichere Rhythmus ihrer Highheels hinter mir bereitete mir Schadenfreude.

Doch als wir uns dem Eingang näherten, sah ich die Menschenmenge, die Fernsehkameras und meine Mitschüler, die in Grüppchen eng zusammenstanden und sich gegenseitig Mut zusprachen. Der Anblick machte mich so nervös, dass ich meine Schritte verzögerte und Mom aufholen konnte.

»Was für ein Bild«, brachte sie atemlos heraus. Angesichts der Frauen in schicken schwarzen Hosenanzügen und kaugummikugelgroßen Perlen um den Hals fasste sie verunsichert an ihren großen Kruzifixanhänger. Trotz der gleißenden Vormittagssonne waren die falschen Diamanten stumpf.

»Komm«, sagte Mom und ging voran. Doch dann blieb einer ihrer Absätze im Boden stecken, und sie schnellte zurück. Ein paar mit Reif bedeckte Haare fingen sich in ihrem rosa Lipgloss, und sie spuckte sie weg. »Verdammt noch mal«, murmelte sie, während sie den Schuh aus dem Schlamm löste.

Als wir uns den Wartenden näherten, unterbrachen sich einige der Mitschüler und sahen mich mit tränenfeuchten, aufgerissenen Augen an. Manche traten sogar zurück. Was mich am meisten traf, war, dass sie das gar nicht böse meinten. Sie waren auch nur nervös.

Das Nachbarschaftsheim war erst halb gefüllt. Am Ende würde es bis zum letzten Platz besetzt sein, doch im Moment fand die große Show noch draußen vor den Kameras statt. Mom und ich eilten hinein und nahmen zwei Plätze ganz hinten. Meine Mutter beugte sich sofort vor und suchte nach einer Kniebank. Als sie keine fand, rutschte sie auf der Bank bis zur Sitzkante vor, machte ein flüchtiges Kreuzzeichen und presste die Handflächen aneinander. Sie schloss so fest die Augen, dass sich ihre unnatürlich langen Wimpern in ihre Wangen drückten.

Eine vierköpfige Familie – Tochter Riley besuchte die elfte Klasse in Bradley – trat von links in die Bank, und ich musste meine Mutter anstoßen, damit sie die Augen öffnete. Sie blockierte ihnen den Weg.

Als sie sich eingerichtet hatten, nickte ich Riley, die direkt neben mir saß, feierlich zu. Sie war Mitglied im Schülerrat und stand jeden Montagmorgen bei der Versammlung am Rednerpult, um zu berichten, wie viel Geld zum Beispiel am Wochenende beim Autowaschen zusammengekommen war. Ihr Mund beherrschte ihr Gesicht, und wenn sie lachte, schienen ihre Augen zu schrumpfen, als wollten sie sich hinter dem enormen Gebiss verstecken.

Riley nickte zurück, und die Winkel ihres Riesenmundes bohrten Grübchen in ihre Wangen. Aus dem Augenwinkel sah ich, wie sie sich zu ihrem Vater lehnte und ihm etwas ins Ohr flüsterte. Die Bewegung setzte sich wie ein Dominoeffekt fort: Vater zu Mutter und Mutter zur kleinen Schwester, die jammernd fragte: »Warum?« Die Mutter fügte flüsternd etwas hinzu, eine Warnung oder auch ein Versprechen, je nachdem wie in ihrer Familie kommuniziert wurde, jedenfalls verdrehte das Mädchen die Augen und stand auf, um mit gebeugten Knien wieder aus der Bank zu rutschen, gefolgt vom Rest der Familie.

Das Gleiche wiederholte sich mehrere Male. Mitschüler entdeckten entweder rechtzeitig die Verräterin in der letzten Bank und gingen gleich weiter oder standen wieder auf, nachdem sie ihren Irrtum bemerkt hatten. Die Bankreihen füllten sich rasch, und allmählich mussten wie in einem überfüllten Kino Familien und Freunde getrennt sitzen, um überhaupt Plätze zu bekommen. Ich musterte jeden, der hereinkam, immer in der Angst, es könnte Hilary oder Dean sein. Ich wusste, dass die beiden noch im Krankenhaus waren und dort auch noch eine ganze Weile bleiben würden. Dennoch hielt ich nach ihnen Ausschau.

»Ich habe dir gesagt, wir hätten nicht kommen sollen«, flüsterte ich Mom triumphierend zu. Sie hatte ja keine Ahnung.

Mom antwortete nicht, und ich wandte den Kopf zu ihr. Selbst durch die dicke Make-up-Schicht hatten sich ihre Wangen rot gefärbt.

Irgendwann kamen dann ein paar ältere Leute und erkundigten sich freundlich, ob die Plätze reserviert seien. »Bitte setzen Sie sich«, sagte meine Mutter zuvorkommend, als hätte sie die Bank eigens freigehalten.

Binnen Minuten war der Raum so voll, dass die übrigen Gäste draußen bleiben mussten, die Ohren an die Schlitze der Klimaanlage gepresst. Ich kann mit Fug und Recht behaupten, dass die Hälfte der Schüler, die an dieser Feier teilnahmen, praktisch kein Wort mit Liam gewechselt hatten, seit er im September nach Bradley gekommen war.

Ich dagegen fühlte mich auf sonderbare Weise mit ihm verbunden, obwohl ich natürlich der Meinung war, dass er falsch gehandelt hatte. Ein paar Jahre später am College, in einem Seminar zum Thema sexuelle Gewalt, das alle Erstsemester absolvieren mussten, keimte schließlich sogar so etwas wie ein Gefühl der Vergebung für ihn in mir auf.

Nachdem die Polizeibeamtin ihre einführende Rede beendet hatte, meldete sich ein Mädchen. »Das heißt, es ist trotzdem Vergewaltigung, auch wenn man betrunken ist?«

»Wenn das stimmte, wäre ich in meinem Leben Hunderte Male vergewaltigt worden«, meldete sich die hübsche Studentin aus dem Abschlussjahr, die das Seminar leitete, ganz stolz, als alle kicherten. »Es ist nur Vergewaltigung, wenn du zu betrunken bist, um zuzustimmen.«

Sie sah die Polizistin an. Dies sei ein kniffeliger Fall. »Eine gute Daumenregel ist«, erklärte die Beamtin, »und das sagen wir den Männern genauso – man weiß, wie jemand aussieht, wenn er betrunken ist. Man weiß, wenn jemand zu viel hat. Davon sollte sich der andere mehr leiten lassen als von einem Ja oder Nein.«

Ich betete im Stillen, dass das Mädchen auch die nächstliegende Frage stellte.

»Aber was ist, wenn der andere auch sturzvoll ist?«

»Nicht einfach«, gab die Polizistin zu. Sie lächelte uns aufmunternd zu. »Gebt einfach euer Bestes.« Als wären wir im Sportunterricht und sollten eine gute Sprintzeit erzielen.

Ich denke manchmal darüber nach. Ob Liam wirklich so schlimm war. Vielleicht wusste er einfach nicht, dass das, was er tat, falsch war. Irgendwann kommt die Zeit im Leben, wo man nicht mehr wütend auf alle sein kann.

Weder meine Mutter noch ich waren je bei einem Quäker-Gottesdienst gewesen, und so hatten wir zuvor im Internet nachgelesen und herausgefunden, dass es keine Liturgie gibt, sondern dass die Leute einfach aufstehen und etwas sagen, wenn ihnen danach ist.

Viele standen auf und sagten nette Dinge über Liam, während seine Eltern und sein kleiner Bruder, der die gleichen verstörend blauen Augen hatte wie Liam, sich in einer Ecke aneinander festhielten. Hin und wieder setzte Dr. Ross zu einem tiefen Grollen an, das anschwoll, bis es alle Wände des Raumes erreichte und dann durch Rohre und Lüftungen nach draußen drang, wo die Menschen zurücktraten vor diesem Laut, der durch das Metall wie durch ein Mikrofon verstärkt wurde. Schon lange bevor es die Kardashians im Fernsehen für alle Welt sichtbar machten, wusste ich, wie es aussieht, wenn jemand weint, der es mit dem Aufspritzen übertrieben hatte. Ganz eindeutig ging es Dr. Ross, dem wohlhabenden, hoch geschätzten Schönheitschirurgen, nicht anders als den gehässigen Hausfrauen, die zu allem bereit waren, um die Schäden zu beheben, die sie zuvor angerichtet hatten, bei dem Versuch, sich einen Ehemann zu angeln.

Er konnte sich kaum beherrschen, wenn Menschen aufstanden und davon sprachen, wie einzigartig Liam gewesen sei, wie gut aussehend und wie intelligent. Intelligent ist so ein Wort, das Eltern gern für Kinder benutzen, die nicht gut in der Schule sind, entweder weil sie nichts dafür tun oder weil sie in Wirklichkeit gar nicht so schlau sind. In diesem Moment beschloss ich, dass ich alles geben würde, um klarzustellen, in welche Kategorie ich gehörte. Ich würde schuften bis zum Umfallen. Ich würde alles tun, um von hier wegzukommen.

Nach der Feier verließen alle in einer Reihe den Saal, in Pulks von drei bis vier weinenden Mädchen, in deren Blondhaar sich ungerührt die Sonne spiegelte.

Der Friedhof befand sich gleich links von dem Gebäude, und alle waren eingeladen, an der Beisetzung teilzunehmen. Da Mom und ich so nahe am Eingang gesessen hatten, standen wir nun im inneren Kreis der Menschentraube, die sich um Liams Grab bildete. Ich spürte förmlich, wie in meinem Rücken der Rest der Gästeschar zusammenkam. Dann fühlte ich Haifischs klebrige Hand in meiner und drückte sie dankbar.

Liams Vater hielt ein silbernes Gefäß in der Hand. Zuerst hielt ich es für eine Blumenvase, die Liams Grab dekorieren sollte, doch dann wurde mir klar, dass es Liams Asche enthielt. Ich hatte noch nicht viele Beerdigungen besucht, doch bei denen, die ich erlebt hatte, hatte es einen Sarg gegeben. Vor drei Wochen noch hatte Liam sich über die Zwiebeln auf seinem Sandwich beschwert. Ich fand es unbegreiflich, wie jemand, der gerade noch über Zwiebeln gemeckert hatte, im nächsten Moment in einem Verbrennungsofen zu Asche pulverisiert werden konnte.

Auf der anderen Seite des Grabes entdeckte ich Mr Larson. Mit einem kurzen Blick auf Mom stellte ich sicher, dass sie nichts bemerkte, und winkte ihm dann unauffällig zu. Er winkte ebenso vorsichtig zurück. Neben ihm stand eine schöne Blondine.

Als sich alle schwarzen Anzugschuhe auf dem nassen Rasen versammelt hatten, reichte Dr. Ross das Gefäß seiner Frau. Man sollte meinen, dass die Frau eines plastischen Chirurgen entsprechend aussah, doch Mrs Ross war der Prototyp einer Mom, die ihre speckigen Rundungen unter wallenden Gewändern verbarg. Was hätte sie wohl getan, wenn sie erfahren hätte, was Liam in der Nacht bei Dean getan hatte und dass er mich zu Planned Parenthood begleitet hatte, damit ich die Pille danach bekam? Ich konnte mir durchaus vorstellen, wie sie tief seufzte. »Oh Liam.« Und genauso enttäuscht von ihm wäre wie meine Mutter von mir.

Mit klarer Stimme sagte Mrs Ross: »Hier an dieser Stelle wollen wir Liams Zeit mit uns begehen, doch ich möchte nicht, dass ihr denkt, ihr müsst hierherkommen, um an Liam zu denken.«

Sie drückte das Gefäß an die Brust. »Denkt immer an ihn.« Ihr Mund kräuselte sich. »Wo auch immer ihr seid.«

Dr. Ross nahm Liams plärrenden kleinen Bruder hoch und drückte ihn gegen die Brust.

Mrs Ross trat einen Schritt zurück, während ihr Mann sich mit einer gepflegten Hand über das Gesicht fuhr. »Es war eine Ehre, sein Vater zu sein«, krächzte er und nahm seiner Frau das Gefäß wieder ab. Sein Gesicht verzog sich zu einer unmenschlichen Fratze, als er die Überreste seines Ältesten auf dem Rasen verteilte.

Mom ließ mich in Ruhe, als ich das Radio anstellte. Am Ende war sie froh, noch eine Tochter zu haben, auch wenn sie ihr das Leben schwer machte.

Es dauerte eine Weile, bis wir den Parkplatz verlassen hatten. Ich hatte zufällig gehört, wie sich ein paar Mitschüler zum Essen bei Minella's verabredeten, und empfand Bedauern. Ich würde nie wieder zu einer dieser Rabaukentruppen gehören, die sich über zwei Tische breitmachte, während die Inhaber die Augen verdrehten und zugleich insgeheim geschmeichelt waren, dass die Highschoolschüler bei ihnen Grilltoasts essen und nicht woanders.

Schließlich fuhren wir auf die Straße hinaus, die sich einspurig durch grüne Pferdeweiden schlängelte, vorbei an bescheidenen Häusern. Wir waren etwas weiter entfernt vom Herzen der Main Line, von den weitläufigen alten Anwesen, in deren Auffahrt neben dem Honda Civic des Dienstmädchens ein blitzender Audi parkte. Grauer Nebel hing über dem Land und verwischte den Blick durch die Fenster.

Die Augen im Rückspiegel, sagte meine Mutter: »Das Auto hinter uns fährt schrecklich nah auf.«

Ich stellte meine Sicht zwinkernd auf den Außenspiegel ein. Da ich selbst noch nicht Auto fuhr, konnte ich schlecht abschätzen, wann ein Abstand in Ordnung war. Ich erkannte das Auto, ein schwarzer Jeep Cherokee. Er gehörte Jaime Sheriden aus dem Fußballteam, einem Freund von Peyton.

»Ziemlich nah«, stimmte ich zu.

Mom zog die Schultern hoch. »Ich halte mich ans Tempolimit.«

Ich presste meine Wange an die kühle Scheibe und sah noch einmal in den Spiegel. »Er will nur schnell fahren, um seine Freunde zu beeindrucken.«

»Vollidiot«, sagte Mom. »Nach allem, was passiert ist, braucht die Schule jetzt nicht auch noch ein Auto voller toter Teenager.«

Sie blieb weiterhin im Tempolimit, doch ihre Augen wanderten alle paar Sekunden zum Spiegel.

»Tifani, die sind wirklich zu nah.« Sie sah noch einmal zurück. »Kennst du die denn? Kannst du denen nicht ein Zeichen machen?«

»Mom, ich werde denen kein Zeichen machen.« Ich drückte mich fester an die Tür. »*Gott.*«

»Das ist wirklich gefährlich.« Moms Fingerknöchel auf dem Lenkrad waren weiß. »Ich würde ja rausfahren, aber ich habe Angst abzubremsen … oh!«

Jaimes Wagen stieß uns von hinten an, und Mom und ich wurden nach vorn geschleudert. Das Lenkrad drehte sich unkontrolliert in Moms Händen und steuerte uns geradewegs von der Straße hinaus in das sumpfige, blatternarbige Feld. Als Mom das Lenkrad schließlich wieder im Griff hatte und bremste, waren wir zehn Meter von der Fahrbahn entfernt und die Reifen hatten sich tief in den weichen Boden gegraben.

»Verdammte Arschlöscher!«, keuchte Mom und legte sich ihre zitternde Hand auf die Brust, ehe sie zu mir sah. »Alles okay bei dir?«

Ehe ich die Frage verneinen konnte, schlug sie mit der Handfläche auf die Mittelkonsole. »Arschlöcher!«

Es wurde darüber gesprochen, dass ich an eine andere Highschool wechseln sollte. Doch die Vorstellung, noch einmal neu anzufangen, meinen Platz in der Hackordnung zu finden, machte mich einfach nur unendlich müde. So unerwünscht ich in Bradley auch war, fand ich es doch beruhigend, genau zu wissen, wo ich dort stand, dass ich in den Unterricht gehen und mit Haifisch zu Mittag essen konnte, dass ich zu Hause büffeln und an meinem Aufstieg arbeiten konnte. Einmal sprach meine Mutter auch davon, mich zu Hause zu unterrichten, zog das Angebot aber gleich wieder zurück, weil sie in einer Phase ihres Lebens angelangt sei, wo ihr Körper Veränderungen durchmache (»*Mom*«, stöhnte ich), und dass ich bei ihr aus welchen Gründen auch immer stets den Nerv treffe, mehr als jeder andere. Beruht auf Gegenseitigkeit, wollte ich schon erwidern, entschied mich dann aber dagegen, von wegen Nerv treffen und so weiter.

Die Schule reagierte reserviert, als Mom eröffnete, dass ich zurückkommen würde.

»Es erstaunt mich doch sehr«, wunderte sich Rektor Mah, »dass TifAni überhaupt wieder hier lernen möchte. Ich bin nicht sicher, ob es das Beste für sie ist.« Er hielt inne. »Ob es das Beste für uns ist.«

Es gab nicht genügend Beweise, um mir ein Verbrechen anlasten zu können, doch das hinderte die öffentliche Meinung nicht daran, mich trotzdem zu verurteilen. Da waren die Briefchen und das Jahrbuch und meine Fingerabdrücke auf der Waffe zusammen mit denen des Mörders. Anita, der ich vertraut hatte, fand, ich hätte zu wenig Mitgefühl für meine getöteten Mitschüler gezeigt und freute mich zu sehr auf die Schule, nachdem meine »problematischen Freunde« aus dem Weg geräumt waren.

Die schlimmste Anklage aber kam von Dean, der steif und fest behauptete, Arthur hätte mir die Waffe gegeben und mir gesagt, ich solle ihn umbringen, »wie geplant«. Natürlich hatte Arthur das nie gesagt, doch wer würde schon den beliebten, durchtrainierten Fußballstar in Zweifel ziehen, der von der Mitte ab gelähmt und seiner vielversprechenden Zukunft beraubt worden war? Die Presse schnüffelte noch ein wenig herum und stänkerte ein paar Wochen lang, wie unfair es sei, dass nicht alle an dem Drama Beteiligten zur Verantwortung gezogen werden würden. Aus dem ganzen Land reisten dicke Hausfrauen mit vergoldeten Kruzifixen zwischen ihren schweren Brüsten an, um billige Supermarktblumen in Deans Vorgarten zu legen und mir anschließend Hassbriefe voller Rechtschreibfehler zu schicken: »Du wirst im jenseits geriechtet für dass, was du getan hast.«

Dan nahm Rektor Mah ins Gebet und erklärte ihm, dass die Schule einen weit größeren Prozess am Hals haben würde, als sie ihn jetzt schon hatte, wenn ich nicht zurückkommen dürfte. Unter Führung von Peytons Familie hatten mehrere Eltern Klage eingereicht. Die Sprenkler im alten Teil der Cafeteria waren nicht angesprungen. Wenn sie funktioniert hätten, wäre das Feuer wahrscheinlich nie bis in den Brenner-Baulkin-Saal vorgedrungen. Als Todesursache war bei Peyton Rauchvergiftung und nicht die Schussverletzung angegeben worden. Mithilfe plastischer Chirurgie und ärztlicher Behandlung hätte Peyton ein relativ normales Leben führen können. Er war noch bei Bewusstsein gewesen, als das Feuer in den Raum drang, und sein zerfleischtes Gesicht hatte den Rauch aufgesogen wie ein Stück Brot, das man in Suppe taucht. Ich werde nie aufhören, mich dafür zu hassen, dass ich ihn dort liegen ließ.

Dean kam in ein Schweizer Internat, wenige Kilometer entfernt von einem Therapiezentrum, das sich auf Rückgratverletzungen spezialisiert hatte. Das Ziel war, ihn wieder auf die Beine zu bringen, doch dazu kam es nicht. Dean fand dennoch einen Weg, das Schicksal zu seinen Gunsten zu wenden. Er schrieb ein Buch, *Fliegen lernen*, das ein internationaler Bestseller wurde. Ein Vortrag führte zum nächsten, bis Dean sich irgendwann als Motivationstrainer einen Namen gemacht hatte. Ich besuche manchmal seine Website. Auf der Homepage ist ein Foto von Dean zu sehen, wie er sich im Rollstuhl vorbeugt, um ein blasses Kind in einem Krankenhausbett zu umarmen. Der aufgesetzte Ausdruck von Mitleid auf seinem Gesicht lässt mich immer daran denken, was ich hätte tun können, wenn Arthur mir die Waffe tatsächlich gegeben hätte.

Auch Hilary kehrte nicht nach Bradley zurück. Ihre Eltern brachten sie nach Illinois, wo ihr Vater herstammte. Ich schrieb ihr einmal einen Brief, doch ich bekam ihn postwendend zurück, unberührt und ungeöffnet.

Als die Schule zum zweiten Halbjahr wieder öffnete, waren tatsächlich alle verschwunden, die mir das Leben so schwer gemacht hatten, da hatte Anita recht behalten. Die Cafeteria würde erst in einem Jahr wieder begehbar sein. In der Zwischenzeit aßen wir in unseren Klassenzimmern. Es gab ziemlich oft Pizza vom Lieferservice, doch niemand beschwerte sich.

Einen Monat nach Schulbeginn übergab ich mich immer noch jeden Morgen. Doch ich musste daran arbeiten, meine Isolation zu ertragen, und ich büffelte hart, genau wie ich es mir bei Liams Trauerfeier vorgenommen hatte. In der elften Klasse machten wir einen Ausflug nach New York, um all die Sehenswürdigkeiten zu besichtigen, die ich später verachten würde, etwa das Empire State Building und die Freiheitsstatue. Einmal stieß ich beim Aussteigen aus dem Bus gegen eine Frau in einem schicken schwarzen Blazer und spitzen Hexenschuhen. Sie hielt ein dickes Handy an ihr Ohr, und an ihrem Handgelenk baumelte eine schwarze Tasche, auf der in goldenen Lettern PRADA stand. Ich war damals noch weit entfernt davon, am Altar von Céline, Chloé und Goyard zu beten, aber Prada kannte ich schon.

»Entschuldigung«, sagte ich und trat einen Schritt zurück.

Sie nickte einmal scharf, unterbrach jedoch keine Sekunde ihr Telefonat. »Die Muster müssen am *Freitag* da sein.« Während ihre Absätze auf dem Pflaster davonklapperten, dachte ich: *Diese Frau ist unverwundbar*. Sie hatte Wichtigeres zu tun, als sich darüber Gedanken zu machen, ob sie vielleicht allein beim Mittagessen sitzen muss. Die Muster hatten am Freitag da zu sein. Ich überlegte, mit welchen wichtigen Dingen ihr Leben wohl sonst noch angefüllt war – die Cocktailpartys, die Stunden mit ihrem persönlichen Fitnesstrainer, das Shoppen nach frischen Laken aus ägyptischer Baumwolle –, und das war der Moment, in dem mein Fernweh nach der Großstadt geboren wurde. Ich sah, dass Erfolg Schutz bedeutete, und Erfolg hieß, den Sklaven am anderen Ende der Leitung zur Schnecke zu machen, in teuren Pumps durch die Stadt zu rauschen, sodass Passanten zur Seite sprangen, einfach weil man aussah, als hätte man Wichtigeres zu tun als sie. Irgendwo am Rande kam in dieser Jobbeschreibung auch ein Ehemann vor.

Ich musste nur dorthin gelangen, entschied ich, dann könnte mir nie wieder jemand etwas anhaben.

15

Früher ließ ich den Finger auf der Türklingel, um Arthur auf die Palme zu bringen. Durch das *Ding-dong-ding-dong-ding-dong-ding-dong* hörte ich irgendwann, wie er brummend näher kam. »Himmel noch mal, Tif«, stöhnte er, wenn er die Tür öffnete.

Heute klopfte ich. Den Klang der Glocke würde ich mit Sicherheit nicht ertragen.

Die Überwachungskamera war in meinem Rücken und hielt direkt auf meinen BH-Speck. Da nahm ich kaum siebenhundert Kalorien am Tag zu mir, und trotzdem quoll immer noch Haut unter dem Band hervor. Wie war das nur möglich?

Mrs Finnerman öffnete. Alter und Einsamkeit hatten sie unter sich aufgeteilt, als wären sie die Allianz der Sieger in einem Krieg. Du bekommst diesen Teil, ich den anderen. Ihr ergrautes Haar war ungepflegt, ihre Mundwinkel wurden von schlaffer Haut nach unten gezogen. Mrs Finnerman war immer klein und formlos gewesen (Arthur hatte seine Tendenz zu Übergewicht von seinem Vater). Dass ein Mensch, der so viel ertragen musste wie sie, mit einer so schwachen und verwundbaren Konstitution geschlagen war, erschien mir über alle Maßen grausam. Schlaffe Muskeln, schlechte Augen, Neigung zu nagenden Kopfschmerzen und Nebenhöhleninfektionen.

Irgendwann im Frühling meines zweiten Jahres in Bradley, nachdem sich der Rauch gelegt hatte und man klar absehen konnte, wie es sich mit einer dicken, fetten Zäsur lebte – vor dem Massaker, nach dem Massaker –, erhielt ich einen Brief von Mrs Finnerman. Ihre Schrift war ungleichmäßig, als hätte sie den Brief im Auto verfasst, auf rasender Fahrt über eine Straße voller Schlaglöcher. Es tue ihr so leid, was ich hätte tun müssen, schrieb sie, sie habe keine Ahnung gehabt, wie viel Hass und Wut in ihrem Kind schwelten. Sie mache sich solche Vorwürfe, dass sie nichts gewusst habe.

Mom verbot mir zu antworten, doch ich tat es trotzdem (»Danke. Sie können überhaupt nichts für das, was er getan hat. Ich hasse ihn nicht. Manchmal vermisse ich ihn sogar«).

Ich faltete das Blatt Papier einmal und schob es eines Nachmittags unter ihrer Tür durch, als ihr Auto nicht in der Einfahrt stand. Für eine persönliche Begegnung war ich nicht stark genug, und ich hatte das Gefühl, dass es Mrs Finnerman ebenso ging.

Jahre später, nachdem ich mit dem Studium fertig war, bekam ich hin und wieder eine Grußkarte von ihr. Allmählich entwickelte sich eine ganz eigenartige Beziehung zwischen uns. Sie meldete sich, als zu ihr durchdrang, dass ich verlobt war, oder immer wenn sie im *Women's Magazine* einen Artikel von mir gut fand. Einmal schickte sie mir einen Ausschnitt meines eigenen Artikels mit dem Titel: »Macht Facebook traurig?« in einem Umschlag mit einem Artikel aus der *New York Times*: »Die depressive Wirkung von Facebook.« Bei beiden waren die Daten umkringelt – meiner stammte von Mai 2011, der aus der *Times* vom 7. Februar 2012. »Schneller als die *Times*«, schrieb sie dazu. »Bravo, Tifani!« Unsere Korrespondenz klang, als wären wir alte Freunde, doch das war ein Trugschluss, denn Mrs Finnerman und ich waren nicht befreundet.

Heute sahen wir uns zum ersten Mal seit damals persönlich.

Ich lächelte schüchtern. »Hallo, Mrs Finnerman.«

Mrs Finnermans Gesicht fiel in sich zusammen wie ein feuchtes Papiertuch. Verunsichert trat ich auf sie zu, doch sie wedelte hektisch mit den Händen, damit ich sie nicht umarmte.

»Alles gut«, versicherte sie, »alles gut.«

Der Wohnzimmertisch bog sich förmlich unter Fotoalben und alten Zeitungen. Ein Kaffeebecher stand auf der Titelseite des *Philadelphia Inquirer*, mitten auf der Schlagzeile. Zu lesen war: *Polizei glaubt an Einzeltäterschaft*. Als Mrs Finnerman den Becher wegnahm, erschien darunter das Wort »nicht«, das mein Schicksal besiegelt hatte.

»Darf ich Ihnen etwas zu trinken anbieten?«, fragte Mrs Finnerman.

Ich wusste, dass sie nur grünen Tee trank, weil ich auf der Suche nach einem Glas Nutella einmal auf ihren Vorrat gestoßen war.

»Jaa«, hatte Arthur gedehnt kommentiert, während ich staunend darauf blickte. Grüner Tee erschien mir damals äußerst exotisch. Meine Mutter trank nur Kaffee. Folgers-Kaffee. »Meine Mutter ist total gegen Kaffee.«

»Tee ist prima«, sagte ich. Ich hasste Tee.

»Sicher?« Mrs Finnermans Brille glitt auf ihrer Nase ab, und sie schob sie mit dem Zeigefinger zurück, genau wie Arthur. »Ich habe auch Kaffee.«

»Dann vielleicht lieber Kaffee.« Ich lachte kurz auf, und zu meiner Erleichterung stimmte Mrs Finnerman mit ein.

»Die Herren?«, wandte sich Mrs Finnerman an das Filmteam.

»Bitte, Kathleen«, sagte Aaron. »Wie gesagt, tun Sie einfach so, als wären wir gar nicht da.«

Eine Sekunde lang dachte ich, sie würde noch einmal die Fassung verlieren. Ich hielt schon den Atem an, doch dann überraschte sie alle, indem sie die Hände hochwarf.

»Als könnte ich das«, sagte sie und lachte sarkastisch.

Mrs Finnerman verschwand in die Küche, und ich hörte, wie Schranktüren auf- und zugingen.

»Milch und Zucker?«

»Nur Milch«, erwiderte ich.

»Wie ist es für Sie, wieder hier zu sein?«, fragte mich Aaron.

Ich sah mich im Raum um, betrachtete die verblichene Lilientapete und die Harfe, die in der Ecke stand. Mrs Finnerman hatte früher Harfe gespielt, doch jetzt standen die Saiten ab wie gesplisste Haarspitzen, die dringend eine Kur brauchten.

»Seltsam.« Im selben Moment fiel mir ein, worum Aaron mich zuvor gebeten hatte. Ich sollte seine Fragen immer in kompletten Sätzen beantworten, da sie später seine Stimme herausschneiden würden. Was ich sagte, musste also im Ganzen einen Sinn ergeben. »Es ist seltsam, wieder hier zu sein.«

»Bitte schön.«

Mrs Finnerman kam mit vorsichtigen Schritten in den Raum zurück und reichte mir eine Tasse, so unförmig, dass sie bestimmt selbst gebastelt war. Ich sah kurz auf die Gravur: »Für Mom, in Liebe, Arthur, 14.2.95«. Sie hatte keinen Henkel, und weil sie kochend heiß war, musste ich sie alle paar Sekunden von einer Hand in die andere wechseln. Ich nippte behutsam daran. »Danke.«

Mrs Finnerman stand wie angewurzelt neben der Couch. Wir blickten beide fragend auf Aaron.

Aaron deutete auf den freien Platz neben mir. »Kathleen, nehmen Sie doch neben Ani auf der Couch Platz.«

Mrs Finnerman nickte und murmelte: »Ja, ja.«

Sie ging um den Wohnzimmertisch herum und setzte sich ans andere Ende der Couch. Ihre Knie deuteten Richtung Eingangstür, weg von der Küche. Ich saß näher an der Küche.

»Für die Aufnahme wäre es besser, wenn Sie ein wenig näher zusammenrutschen könnten.« Aaron führte die Hände zusammen, um zu verdeutlichen, was er meinte.

Ich sah Mrs Finnerman nicht an, während ich näher zu ihr rutschte, doch ich stellte mir vor, dass sie den gleichen Ausdruck milder Panik im Gesicht trug wie ich.

»Viel besser«, sagte Aaron.

Das Team wartete darauf, dass wir etwas sagten, doch zu hören war nur das Rumpeln der Geschirrspülmaschine in der Küche.

»Vielleicht könnten Sie zusammen die Fotoalben ansehen?«, schlug Aaron vor. »Und dabei über Arthur reden?«

»Sehr gern«, sagte ich.

Wie ferngesteuert von Aaron und mir lehnte sich Mrs Finnerman roboterartig vor, nahm ein weißes Album und wischte eine Staubfluse weg. Sie blieb an ihrem kleinen Finger hängen und saugte sich dann wieder am laminierten Einband des Albums fest.

Der Buchdeckel auf ihrem Schoß schwang knirschend auf, und Mrs Finnerman blickte auf den etwa dreijährigen Arthur herab, der sich mit zum Schrei verzerrtem Gesichtchen an einer Eiswaffel festhielt. »Da waren wir in Avalon«, murmelte Mrs Finnerman. »Eine Möwe kam heruntergeschossen« – sie schwenkte eine Hand durch die Luft – »und stieß die ganze Eiskugel zu Boden.«

Ich lächelte. »Wir haben uns hier das Eis aus der Packung reingezogen.«

»Ich weiß, dass er so was gemacht hat.« Energisch blätterte Mrs Finnerman die Seite um. »Aber Sie, Sie zierliches Ding?«

Ihre Stimme hatte einen drohenden Unterton. Da ich nicht wusste, wie ich reagieren sollte, beschloss ich zu tun, als hätte ich es nicht bemerkt.

»Ach ja.« Mrs Finnerman senkte das Kinn auf die Brust und blickte seufzend auf ein Foto von Arthur, der mit einem gelben Labrador kuschelte, das Gesicht in dessen blondem Fell vergraben. Mrs Finnerman tippte auf die Hundeschnauze. »Das war

Cassie.« Ihr Lächeln blieb auf ihren Mund beschränkt. »Arthur hat sie vergöttert. Sie hat jede Nacht in seinem Bett geschlafen.«

Der Kameramann trat hinter uns und zoomte mit seinem langen Objektiv auf das Bild.

Ich wollte die Seite glatt ziehen, weil sich das Licht im Foto spiegelte, doch Mrs Finnerman hob das Album an ihre Brust und legte ihr Kinn auf die Lederkante. Eine Träne rann ihr über die Wange und blieb an ihrem Kinn hängen. »Als sie starb, hat er bitterlich geweint. Bitterlich. Er war nicht das, wofür ihn alle halten. Er *hatte* Gefühle.«

Nicht das, wofür ihn alle halten. Ein Psychopath, der unfähig ist, echte menschliche Gefühle zu empfinden, sondern stattdessen nur die imitiert, die er bei seinen Mitmenschen beobachtet: Reue, Trauer oder Mitleid.

Es wurde viel Zeit und Energie darauf verwendet zu ergründen, was zwischen Arthur und Ben vorgegangen war und wer als Kopf des Ganzen betrachtet werden konnte. Ihre Motive zu verstehen war wichtig, zumal man anhand solcher Erkenntnisse dafür sorgen konnte, dass sich so etwas nicht wiederholte. Die renommiertesten Psychologen des Landes untersuchten die Beweisstücke, die nach dem Anschlag auf Bradley zusammengetragen worden waren – Bens und Arthurs Tagebücher, ihre Zeugnisse, Interviews mit Nachbarn und Freunden der Familie –, und alle kamen zu dem gleichen Ergebnis: Arthur war der Rädelsführer.

Ich modellierte mein Gesicht zu einem Ausdruck von Mitgefühl, so wie Arthur es so oft für mich getan hatte. »Wissen Sie, woran ich mich erinnere?«

Mrs Finnerman zupfte ein Papiertuch aus der Kleenex-Schachtel auf dem Tisch und schnäuzte sich, sodass ihr Gesicht bräunlich rot anlief. Dann faltete sie das Tuch und wischte sich die Nase ab. »Woran denn?«

»Ich erinnere mich daran, dass er nett zu mir war, als ich am ersten Tag zur Schule kam und niemanden kannte. Ich erinnere mich, dass er der Einzige war, der zu mir stand, als sich alle anderen gegen mich wandten.«

»So war Arthur.« Sein Name bebte auf ihren Lippen. »Er war kein Monster.«

»Ich weiß«, sagte ich, wobei ich nicht sicher war, ob ich das ernst meinte.

Auch ich halte Arthur letztlich für einen Psychopathen, auch wenn in dem Bericht, den Dr. Anita Perkins für die Polizei geschrieben hat, steht, selbst Psychopathen könnten gelegentlich echte Gefühle zeigen. Ich möchte gern glauben, dass er für mich aufrichtige Empathie übrig hatte. Allerdings hat Dr. Perkins für ihr Profilgutachten die von Dr. Hare entwickelte Checkliste zur Psychopathie benutzt, einen Katalog mit zwanzig Fragen zu Persönlichkeit und Verhalten, und Arthurs Ergebnis schlug alle Rekorde.

Vieles von dem, was Arthur für mich tat – wie er den großen Bruder gab, der mich beschützte, oder der Unsinn, den er ganz am Ende stammelte, als das Messer in perfektem rechten Winkel aus seiner Brust ragte: »Ich wollte doch nur helfen« –, war entweder Nachahmungsverhalten oder ausgeklügelte, eiskalte Manipulation. Dr. Perkins schrieb, Psychopathen hätten einen besonderen Blick dafür, wo potenzielle Opfer ihre Schwachstellen haben und wie sie diese für sich am besten nutzen können. Wenn es darum ging, die perfekte Maske aufzusetzen, war Nell ein Waisenkind gegen Arthur.

Ben war depressiv und selbstmordgefährdet, neigte zwar nicht unbedingt zu Gewalt wie Arthur, stand der Idee aber auch nicht ablehnend gegenüber. Arthur und er hatten die gesamte Mittelstufe hindurch schon Gewaltfantasien entwickelt, wie sie ihre dummen Mitschüler und Lehrer ausschalten könnten. Für Ben war das immer nur ein Witz gewesen – Arthur hingegen hatte nur darauf gewartet, dass etwas passierte, das ihn dazu bringen würde, ernst zu machen.

Genau das lieferte ihm die Abschlussparty von Kelsey Kingsley. Die Demütigung, die Dean und Peyton Ben im Wald antaten, trieb ihn zu seinem ersten Selbstmordversuch. Arthurs Tagebuch zufolge sprach er die Idee eines Angriffs »à la Columbine« erstmals an, als er Ben knapp zwei Wochen nach dessen missglücktem Selbsttötungsversuch im Krankenhaus besuchte. Er schrieb, er habe erst warten müssen, bis die Schwestern Schichtwechsel hatten, um endlich ein paar Minuten Ruhe zu haben. Das sei so was von lästig gewesen. (»Sind wir vielleicht hilflos wie Scheißbabys?«) Sein Vater habe eine Waffe, das sei schon mal ein Grundstock. Arthur könne sich einen gefälschten Ausweis besorgen und sich für achtzehn ausgeben – schließlich sehe er älter aus. Bauanleitungen für Rohrbomben gebe es im Internet. Sie seien doch intelligent, sie könnten das wirklich in die Tat umsetzen.

Sein Instinkt verriet ihm, dass Ben umgeschwenkt war, er einen Punkt erreicht hatte, wo es kein Zurück mehr gab. Es passte alles. Ben hatte nichts zu verlieren, weil er ohnehin sterben wollte. Er hatte nichts dagegen, bei der Gelegenheit gleich noch mit ein paar Typen abzurechnen.

Für die Presse lag der Fall klar. Arthur und Ben waren gemobbt worden, weil sie anders waren – übergewichtig, schwul. Der Polizeibericht hingegen erzählte eine andere Geschichte, die nichts mit Mobbing zu tun hatte. Dass Arthur schwul war, galt als sicher, doch Ben war nicht schwul. Dass Olivia gesehen haben wollte, wie Arthur Ben auf der Lichtung einen blies? Eine Lüge, einfach nur verzweifelter, achtloser Teenagertratsch, der den Ereignissen eine fatale Wendung gab. Ben war zutiefst verletzt durch das Gerücht und raste vor Wut, und das war der Moment, in dem Arthur zuschlug. »Ich habe ihm Olivia versprochen«, schrieb Arthur in sein Tagebuch und präsentierte damit zum ersten Mal offen den Beginn seiner Abschussliste. Wobei es ihm in Wahrheit gar nicht darum ging, Rache an bestimmten Personen, seinen Peinigern, zu üben. Es war vielmehr Ausdruck seiner Verachtung gegenüber all denen, die ihm intellektuell unterlegen waren, und das waren in seinen Augen ohnehin alle. Die Liste diente nur als Anreiz für Ben. Arthurs Plan war es, die gesamte Cafeteria in die Luft zu jagen, mitsamt Haifisch, Teddy und der netten Küchenhilfe, die ihm seine Sandwiches belegte, so wie er sie am liebsten mochte – mit Käse zwischen Schinken und Roastbeef –, ohne Rücksicht auf Verluste. Er versteckte sich im zweiten Stock in einem der leeren ehemaligen Schlafräume, um die Detonation abzuwarten und anschließend das Blutbad genießen zu können, ehe er sich selbst das Leben nahm. Die Einsatzkräfte würden ihn ohnehin erschießen, und das Schlimmste, was einem Psychopathen passieren kann, ist Kontrollverlust. Wenn er schon sterben sollte, dann nach seinen eigenen Vorstellungen. Als er feststellte, dass nur eine seiner selbst gebastelten Bomben hochgegangen war und nur »geringen Schaden« angerichtet hatte, fing er an, um sich zu schießen.

In dem Teil von Dr. Perkins' Bericht, der veröffentlicht worden war, gab es einen Abschnitt, den ich ein zweites Mal las, nachdem ich begriffen hatte, dass es darin um mich ging. Es war, als hätte ich ein Foto von mir gesehen, in dem ich mich selbst nicht erkannte. Wer ist denn das vergrieselte Mädchen mit dem kritischen Blick im Hintergrund? Ob sie nicht weiß, dass sie ein Doppelkinn hat, wenn sie so dreinschaut? Der gleißende Moment der Erkenntnis, als ich verstand, wie mich der Rest der Welt wahrnahm, denn das vergrieselte Mädchen war ich.

Dr. Perkins definierte die »Partnerschaft« zwischen Arthur und Ben als »Dyadische Beziehung«, ein Begriff, der in der Kriminologie für Täterpaare verwendet wurde, die ihren Blutrausch gegenseitig schürten. Bei einer Kombination aus einem Psychopathen (Arthur) und einem Depressiven (Ben) gebe in aller Regel der Psychopath den Ton an. Da er jedoch die Stimulierung zur Gewalt brauche, spiele der zur Weißglut gereizte Partner eine wichtige Rolle, indem er ihn zu dem Gemetzel anstachele. Arthur und Ben hätten sechs Monate lang an ihrem Plan getüftelt, während Ben fast die ganze Zeit über in einer psychiatrischen Klinik gewesen sei und Ärzten und Pflegern vorgespielt habe, keine Gefahr mehr für sich selbst darzustellen. In der Zwischenzeit habe Arthur eine Ersatzfigur gefunden, deren Wut und Schmerz ihm das Fehlen von Gewalt vorübergehend erträglicher gemacht habe und die seinen Wahn so lange auf kleiner Flamme habe weiterschwelen lassen, bis er zum Ausbruch kommen konnte. Mein Name wurde nicht genannt, doch es gab sonst niemanden, der gemeint sein konnte. Manchmal frage ich mich, was passiert wäre, wenn ich Arthur bei unserer letzten Begegnung in seinem Zimmer nicht gegen mich aufgebracht hätte. Hätte er mich in seinen Plan eingeweiht? Hätte er mich gefragt, ob ich mitmachen wollte?

»Das hier war auch am Meer.« Mrs Finnerman glättete einen Knick in der Folie. Überrascht blickte ich auf Mr Finnerman, der auf einer Bank am Steg saß, dichte schwarze Behaarung auf seiner gebräunten Brust, die Arme über die Rückenlehne drapiert. Neben ihm Arthur, stehend, der zum Himmel zeigt und etwas ruft, während Mrs Finnerman ihre schwachen Arme um seine Beine geschlungen hat, damit er nicht herunterfällt.

»Wie geht es Mr Finnerman?«, erkundigte ich mich höflich.

Ich besitze dieses Foto, das ihn in einem der vertrautesten Momente mit seinem Sohn zeigt, doch persönlich bin ich ihm noch nie begegnet. Er reiste natürlich an, damals, doch kurz nach der Beerdigung war er auch schon wieder verschwunden. Die Beerdigung. Ja, auch Mörder müssen beerdigt werden. Mrs Finnerman tat sich die Demütigung an, einen Rabbi nach dem anderen anzurufen, weil sie unbedingt jemanden finden wollte, der bereit wäre, für Arthur diese Zeremonie abzuhalten. Ich weiß nicht, was Bens Familie tat. Niemand weiß das.

»Ach, wissen Sie«, sagte Mrs Finnerman. »Craig ist wieder verheiratet, deshalb …« Sie trank einen Schluck kalten Tee.

»Ich weiß nichts«, sagte ich. »Tut mir leid.«

»Nun ja.«

An Mrs Finnermans Oberlippe war ein Tropfen Tee hängen geblieben. Sie wischte ihn nicht weg.

»Ich habe übrigens«, setzte ich an, »noch ein Foto von Arthur und Mr Finnerman.«

Als die Sonne durch eine Wolke brach, wurde der Raum unvermittelt von Licht überflutet, und Mrs Finnermans Pupillen verengten sich. Ich hatte ganz vergessen, dass sie blaue Augen hatte. »Wie bitte?«

Ich wagte einen Blick auf Aaron. Er führte das Mikrofon im Raum herum und hatte die gerade von mir ausgelöste Reaktion nicht mitbekommen.

Ich schlang meine Finger um den jetzt nur noch lauwarmen Kaffeebecher. »Ich habe dieses Bild, das Arthur in seinem Zimmer stehen hatte.«

»Das mit den Muscheln?«, wollte Mrs Finnerman wissen.

»Mit Arthur und seinem Vater.« Ich nickte. »Ja, das.«

Alles Weiche verschwand aus Mrs Finnermans Gesicht, selbst ihre Falten sahen nicht mehr aus wie Falten, sondern glichen eher Splittern in Glas. »Woher haben Sie das? Ich habe überall danach gesucht.«

Ich wusste, dass ich jetzt lügen müsste, doch es war, als hätte jemand meinen Verstand mit einem Radiergummi gelöscht. Es fiel mir nichts ein, was sie nicht wütend gemacht hätte.

»Wir haben uns gestritten«, gab ich zu. »Ich habe es mitgenommen. Das war gemein. Ich wollte ihn wütend machen.« Ich starrte auf meinen erkalteten Kaffee. »Ich hatte nie eine Gelegenheit, es ihm zurückzugeben.«

»Ich hätte es gern wieder.«

»Natürlich«, antwortete ich rasch. »Es tut mir so …« Ich brach ab, als Mrs Finnerman einen lauten Schrei ausstieß.

»Au! Au!« Sie warf ihre Tasse auf den Tisch, und die Zeitungen saugten die Überreste ihres gelblich trüben Tees auf. »Oh!« Mrs Finnerman drückte die Finger gegen die Schläfen und presste die Augen zu.

»Kathleen!«, rief Aaron und ich: »Mrs Finnerman!«

»Meine Tabletten«, stöhnte sie. »Am Waschbecken.«

Aaron und ich stürmten in die Küche. Er war als Erster dort und wischte Spülmittelflasche und Schwämme beiseite. »Ich sehe nichts!«

»Im Bad!«, kam erstickt ihre Antwort.

Ich wusste, wo das Bad war, und diesmal gewann ich. Auf dem Waschtisch stand eine dieser orangefarbenen Dosen für verschreibungspflichtige Pillen, und auf dem Etikett las ich: »Bei ersten Anzeichen von Beschwerden sofort einnehmen.«

»Hier, Mrs Finnerman.« Ich schüttelte eine Tablette in meine Handfläche, und eines der Teammitglieder bot ihr seine Wasserflasche an. Sie legte die Tablette auf die Zunge und trank.

»Meine Migräne«, flüsterte sie und wiegte sich hin und her, die Finger so fest an die Schläfen gedrückt, dass ihre Knöchel weiß hervortraten. Sie begann zu weinen. »Wie konnte ich nur glauben, dass ich hierzu imstande wäre.« Sie presste noch fester gegen ihren Kopf. »Ich hätte nie zusagen sollen. Es ist zu viel. Es ist einfach zu viel.«

»Kann ich Sie zum Hotel bringen?«, bot Aaron an, als wir draußen in Mrs Finnermans Einfahrt standen.

Ich deutete auf die Straße. »Ich bin mit meinem Wagen hier, danke.«

Aaron blickte auf das Haus, das im Abenddämmer jegliche Farbe verloren hatte. Früher war es einmal schön und hell gewesen, doch das war lange vor Arthurs Zeit gewesen. Ich versuchte, mir vorzustellen, wie es vor fünfzig Jahren ausgesehen hatte, als Mädchen von überallher nach Bradley kamen, um hier erstklassige Schulbildung zu erhalten, die sie später nie wieder nutzen würden, wenn Ehemann und Kinder ihr Leben bestimmten.

»Nicht dass ich Ihre Situation unterschätzen würde«, sagte Aaron. »Aber ich glaube, sie ist diejenige, die am meisten darunter leidet.«

Ich sah zu, wie der Wind ein Blatt von einem Ast blies. »Oh, kein Problem. Ich habe das immer so gesehen. Irgendwie sind alle anderen einen würdigen Tod gestorben.«

»Würdig«, echote Aaron und nickte, als das Wort für ihn Bedeutung annahm. »Die Leute wissen ein nobles Opfer zu schätzen.«

»Ein Vorrecht, das mir verwehrt bleiben wird.« Ich runzelte die Stirn. »Ich weiß, das klingt nach Selbstmitleid, aber ich fühle mich darum betrogen.«

Aaron gegenüber gab ich das nicht zu, doch zu Andrew hatte ich das gesagt, als wir am Vorabend zusammen in seinem alten Zimmer am Rand seines Jugendbettes gesessen hatten. Seine Eltern waren in ihr Haus am Fluss gefahren. Sie taten das gern am Freitagabend, wegen des Verkehrs. Ob ich nicht auf einen Drink vorbeikommen könnte, ehe ich ins Hotel zurückkehrte. Ich schlug das vor, als wir gerade unter schwerem Keuchen die Treppe zur Sporthalle hinter uns gebracht hatten. Andrew drehte sich zu mir um und runzelte die Stirn.

»Was ist?«, fragte ich.

Er streckte die Hand nach mir aus. »Du hast da was im Haar.« Er nahm eine Strähne zwischen die Finger und zupfte dann in meinen Haaren herum, bis mein Hirn und mein Gewissen ganz betäubt waren. »Holzsplitter oder so was. Von der Unterseite des Tisches.«

Später, nachdem wir in der Küche einen Wodka getrunken und eine Tour durch das Haus gemacht hatten, die in seinem alten Zimmer endete, kamen wir erneut auf Luke zu sprechen. Und wieder versuchte ich zu erklären, was er für mich bedeutete, dass er mich zu einer guten, anständigen Frau machte. »Luke Harrison würde doch keine Mörderschlampe heiraten«, sagte ich. »Er macht mich heil.« Ich blickte auf meine Hände und meinen wundersam glitzernden kleinen Panzer am Finger. »Ich will einfach nur, dass mich jemand heil macht.«

Andrew saß neben mir, und sein Oberschenkel wärmte meinen. Manchmal in der U-Bahn ist es so voll, dass ich den Beinen rechts und links von mir nicht ausweichen kann. Die New Yorker schimpfen über diesen aufgezwungenen physischen Kontakt, doch ich genieße ihn im Stillen und fühle mich so geborgen in der Wärme fremder Körper, dass ich am liebsten an einer anonymen Schulter einschlafen würde.

»Liebst du ihn denn?«, hatte Andrew gefragt, und ich hatte erschöpft mit den Augenlidern geflattert, während ich überlegte, was ich ihm antworten sollte.

Wut und Hass, Frust und Traurigkeit sind für mich wie Stoffe – Seide, Samt, steife Baumwolle. Doch was die Liebe zu Luke für ein Material war, konnte ich inzwischen nicht mehr mit Sicherheit sagen. Ich schob meine Hand in Andrews und beobachtete, wie er meinen Verlobungsring drehte.

»Ich bin zu müde, um darauf zu antworten«, sagte ich.

Andrew legte mich behutsam auf den Rücken. Ein paar Tränen rannen in meinen Haaransatz, und es machte ein lautes Hupgeräusch, als ich vergeblich versuchte, durch die Nase zu atmen. Ich war schrecklich nervös. Ein Fieberthermometer hätte so weit ausgeschlagen, dass ich nicht zur Schule hätte gehen können. Andrew legte mir die Hand auf meine sengende Stirn, die klebrig von Schweiß war, und stand kurz auf, um das Licht zu löschen und mit sanfter Gewalt das Fenster zu öffnen. Ich hörte den Puls des Lebens draußen und schüttelte mich dankbar, als mich Sekunden später kühle Luft erreichte. »Das wird dir guttun«, versprach Andrew. Ich wollte ihn wieder küssen, doch er stopfte die Decke um mich herum fest und legte seinen großen Arm über mich. Ich hatte noch meine Schuhe an, als die Müdigkeit über mir explodierte, einmalig und spektakulär wie ein Meteorschauer.

Yangming war immer das Restaurant für besondere Anlässe gewesen: Neujahr, Geburtstage, solche Gelegenheiten. Mom ging mit mir und Haifisch dorthin, nach der Abschlusszeremonie in der Highschool. Ohne Dad. Er meinte, wir würden uns wahrscheinlich besser amüsieren, wenn wir »unter uns Mädels« blieben.

Andrews BMW klemmte zwischen zwei dicken SUVs auf dem Parkplatz, und ich empfand das Gleiche wie immer, wenn ich hierherkam, die Tür aufzog und all die fein gemachten Elternpaare sah, wenn mir die von Küchendüften, Salz und Fett erfüllte Luft entgegendrang: eine Vorahnung, dass bald etwas passieren würde.

Nachdem ich mich von Mrs Finnerman verabschiedet hatte, rief ich meine Mutter an und sagte ihr, ich sei doch nicht mehr recht in der Stimmung, essen zu gehen.

»Das war bestimmt ein anstrengender Tag«, sagte Mom, und das war mehr, als Luke in den letzten vierundzwanzig Stunden mir gegenüber geäußert hatte. Alles, was ich von ihm bekommen hatte, war eine dürre SMS, in der er fragte, wie es liefe. »Gut«, schrieb ich zurück. Sein Schweigen machte mich mutig.

»Guten Abend.« Erfreut kräuselte der Empfangskellner die Augen, als er mein Outfit registrierte. »Haben Sie reserviert?«

Ich bekam keine Gelegenheit, ihm zu antworten, denn eine Stimme rief überrascht meinen Namen. Als ich mich umwandte, sah ich Mom und meine Tante Lindy, beide in schwarzen

Hosenanzughosen und auffällig gemusterten Schals, dazu Armkettchen, die klimperten, wenn sie an ihrem Wasserglas nippten. Mütterausgehuniform.

Meine Mutter und ich starrten einander stumm an, während ich nach einer Ausrede suchte. Zum Glück stand sie so, dass sie Andrew nicht sehen konnte, der in der gegenüberliegenden Ecke saß und auf mich wartete. Nachdem ich Lukes SMS beantwortet hatte, hatte ich ihm geschrieben, wir sollten doch meine Reservierung im Yangming »nutzen«. Kaum hatte ich die Nachricht abgeschickt, erschienen drei Pünktchen, die wieder verschwanden. Das passierte noch zweimal, bis Andrew endlich seine Antwort gefunden hatte. »Wann?«

»Ich wusste gar nicht, dass man hier auch zum Mitnehmen bestellen kann«, sagte Mom, nachdem wir an einem Tisch Platz genommen hatten. »Gut zu wissen.«

Ich strich die Serviette auf meinem Schoß glatt. »Wieso? Bis zu dir werden sie mit Sicherheit nicht liefern.«

»Ja, es ist wirklich weit«, beschwerte sich Tante Lindy. Sie trommelte mit ihren Acrylnägeln gegen ihr leeres Glas und wies dann den Hilfskellner an, den Nachbartisch abzuräumen.

Tante Lindy war Moms jüngere Schwester. Früher war sie schlanker und hübscher als Mom gewesen und hatte sie das auch immer spüren lassen. Inzwischen hatte meine Mutter die Oberhand, weil Tante Lindys Tochter einen Polizisten heiratete und ihre einen Typen von der Wall Street.

»Lin«, sagte Mom, »glaub mir, die Fahrt lohnt sich.« Als wäre sie Stammgast.

Nach meiner Absage hatte meine Mutter beschlossen, die Reservierung aufrechtzuerhalten – schließlich hatte Luke seine Kreditkartennummer hinterlassen. Ich druckste ein wenig herum, bis ich ihr auftischte, dass ich mir nur etwas zum Mitnehmen holen wollte, um dann im Hotel zu essen.

Als sie mir sagte, Dad würde nicht kommen, murmelte ich:

»Sieht ihm ja gar nicht ähnlich.« Mom seufzte und bat mich, nicht wieder damit anzufangen.

Unvermittelt lachte Tante Lindy auf. »Pikante Kalbsravioli?« Sie verzog das Gesicht. »Klingt für mich nicht besonders chinesisch.«

Mom warf ihr einen mitleidigen Blick zu. »Das nennt man Fusionküche, Lin.«

Über Moms Schulter hinweg sah ich, wie Andrew aufstand und mir ein Zeichen machte. Er ging am äußeren Rand des Lokalraums entlang, Richtung Empfangspult und Toiletten.

»Bestellst du mir bitte die Zitronengras-Shrimps?« Ich nahm meine Serviette hoch und warf sie auf den Tisch. »Ich muss zur Toilette.«

Meine Mutter rutschte mit ihrem Stuhl zurück und zog den Tisch ein Stück mit sich, damit ich besser aufstehen konnte. »Was willst du als Vorspeise?«

»Irgendeinen Salat«, sagte ich über die Schulter.

Zuerst sah ich bei den Toiletten nach. Ich zog sogar die Tür der Herrentoilette auf und tat, als hätte ich mich geirrt. Ein Vatertyp mit Schnurrbart, der sich gerade die Hände trocknete, klärte mich auf. Ich rief Andrews Namen, zog mich dann aber zurück, als der Mann sich wiederholte, diesmal in ärgerlichem Ton.

Mom und Tante Lindy saßen mit dem Rücken zu mir. Ich eilte durch den Eingang nach draußen, wo es so sehr nach nichts roch, dass ich nicht recht wusste, ob ich atmete. Es dauerte eine Sekunde, bis sich die nächtlichen Konturen vor meinen Augen schärften, dann entdeckte ich Andrew, der an seinem verkratzten Kofferraum lehnte, als hätte er die ganze Zeit dort auf mich gewartet.

Ich entschuldigte mich mit den Armen. »Ich hatte keine Ahnung.«

Andrew stieß sich vom Wagen ab und kam mir entgegen. Wir

blieben vor dem Restaurant unter einem Gerüst stehen, wo die Straßenlaternen nicht hinreichten. Er wackelte mit den Fingern wie eine Hexe. »Mütterliche Intuition. Als hätte sie gewusst, dass du Unsinn im Kopf hast.«

Ich schüttelte den Kopf und lachte, um ihm zu zeigen, wie sehr er sich irrte. Es gefiel mir nicht, wenn Andrew uns als »Unsinn« bezeichnete. »Nein. Sie geht nur gern umsonst im Yangming essen.«

Als Andrew noch näher kam, lehnte ich mich rücklings an die Klinkerfassade.

Er legte die Hände an mein Gesicht, und ich schloss die Augen. In diesem Moment hätte ich im Stehen einschlafen können, während seine Daumen meine Wangen streichelten und die geruchlose Brise einzelne Haare über mein Gesicht wehte. Ich legte meine Hände auf seine.

»Warte irgendwo auf mich«, bat ich. »Ich komme, wohin du willst. Nach dem Essen.«

»Tif«, sagte er seufzend. »Vielleicht ist es besser so.«

Ich hielt seine Hände fester und versuchte, sorglos zu klingen. »Ach komm.«

Andrew seufzte und zog seine Hände unter meinen hervor. Dann nahm er in einer brüderlichen Geste meine Schultern, und etwas zerbrach in mir.

»Wir hätten gestern Abend etwas tun können, das nicht rückgängig zu machen wäre«, sagte er. »Doch wir haben es nicht getan. Vielleicht sollten wir es einfach dabei belassen, ehe wir etwas tun, das wir bereuen.«

Ich schüttelte den Kopf und sagte in gemessenem Ton: »Ich werde niemals etwas bereuen, das ich mit dir tue.«

Andrew zog mich an sich, und ich dachte schon, ich hätte ihn überzeugt, doch dann sagte er: »Ich vielleicht schon.«

Die Restauranttür öffnete sich, und schrilles Gelächter drang heraus. Am liebsten hätte ich alle angeschrien, sie sollten verdammt noch mal die Klappe halten. Es ist umso schwieriger, sich zu beherrschen, wenn sich alle anderen bestens amüsieren.

»Wir müssen ja nichts anstellen«, sagte ich und hasste mich für meinen verzweifelten Ton. »Wir können einfach irgendwohin was trinken gehen und uns unterhalten.«

Andrews Herz klopfte in meinem Ohr. Er roch nach Rendezvous, nach Rasierwasser und Nervosität. Ich spürte, wie er über mir traurig seufzte. »Ich kann mich mit dir nicht einfach unterhalten, Tifani.«

Irgendwo tief in mir zersprang etwas in tausend Scherben. Etwas anderes als Angriff kannte ich nicht, und so stemmte ich meine Ellbogen in Andrews Brust und stieß ihn weg. Er hatte nicht damit gerechnet und schnappte nach Luft, entweder weil ich ihm tatsächlich den Atem genommen hatte oder weil er so überrascht war.

»Natürlich kannst du das nicht.« Ich vollführte eine scheuchende Handbewegung. »Ich brauche einen Freund, aber du bist auch nur einer von diesen Typen, die es der Bradley-Schlampe besorgen wollen.«

Im Schein einer Straßenlaterne sah Andrews Gesicht gekränkt aus, und ich hatte sofort ein schlechtes Gewissen.

»TifAni«, setzte er an. »Meine Güte, du weißt genau, dass das nicht stimmt. Ich möchte nur, dass du glücklich bist. Das ist alles, was ich immer für dich wollte. Aber das hier« – er deutete mit dem Finger abwechselnd auf sich und mich – »würde dich nicht glücklich machen.«

»Noch besser!« Ich lachte hämisch. »Jemand, der besser weiß als ich, was mich glücklich macht. Das hat mir gerade noch gefehlt.« *Hör auf damit. Sag es nicht*. Doch ich konnte mich nicht bremsen. »Ich weiß das selbst, okay?« Ich trat in kleinen Schritten auf ihn zu, bis wir in Kussweite standen. »Ich weiß selbst, was für mich am besten ist.«

Andrew nickte nachsichtig. »Ich weiß.« Er wischte eine Träne aus meinem Gesicht, und ich musste noch mehr weinen. Würde es das letzte Mal sein, dass er mich berührte? »Dann handele danach.«

Ich presste seine Hand an meine Wange, die feucht von Tränen und Schnodder war. »Ich kann nicht.«

Die Tür des Restaurants schwang auf, und Andrew und ich stoben auseinander, als ein Pärchen, satt und zufrieden, die Stufen herunterkam. Der Mann blieb auf dem Gehweg stehen, um auf die Frau zu warten, und legte seinen Arm um sie, als sie zu ihm aufgeholt hatte. Sie tat, als hätte sie meinen glasigen Blick nicht bemerkt, doch ihr Gesichtsausdruck sagte mir etwas anderes. Ich wusste, was sie insgeheim dachte: *Uh, Zoff. Zum Glück nicht bei uns heute Abend.* Ich hätte gemordet, um ganz normalen Alltagszoff mit Andrew zu haben, mit ihm darüber zu streiten, dass er zu viel arbeitete, dass ich zu viel bei Barney's ausgäbe – ganz egal, worüber, nur nicht das, was wir hier wirklich taten.

Wir warteten, bis sie in ihre Autos gestiegen waren. Erst schlug ihre Tür zu, dann seine. Er hatte ihr die Tür aufgehalten. Ich hasste die beiden.

»Ich wollte dich nicht aus der Fassung bringen, Tifani«, sagte Andrew. »Es tut mir weh, dich so zu sehen.« Verärgert über sich selbst warf er die Arme hoch. »Ich bin zu weit gegangen. Das hätte ich nie tun dürfen. Das tut mir leid.«

Ich wollte ihm sagen, dass es mir auch leidtat, dass ich das auch nicht gewollt hatte. Doch stattdessen brachte ich nur neue Lügen und Ausreden zustande.

»Ich glaube, ich habe dir einen falschen Eindruck von Luke vermittelt.« Andrew hob die Handflächen, um mich von weiteren Erläuterungen abzuhalten, doch ich fuhr fort. »Es ist für jemand wie mich nicht leicht, glücklich zu sein. Besser als mit Luke werde ich es wohl nicht treffen, und das ist schon ziemlich gut …«

»Das wollte ich damit nicht sagen …«

»Also wage es bloß nicht« – ein tränenreicher Schluckauf schüttelte mich – »für mich« – noch mal Schluckauf – »zu empfinden.«

»Ich bemitleide dich nicht«, sagte Andrew. »Habe ich nie getan. Nein, du haust mich von den Socken. Du hast dich um Peyton gekümmert, du hast seine Hand gehalten, nach allem was er dir angetan hat. Du hast überhaupt keine Ahnung, wie wundervoll du bist. Du solltest mit jemandem zusammen sein, der das weiß.«

Ich nahm den Kragen meiner Bluse und tat, als würde ich mein Gesicht damit trocknen, doch in Wahrheit schluchzte ich geräuschlos in meine Schutzmaske. Andrews schöne Anzugschuhe machten einen klappernden Schritt auf mich zu, doch ich schüttelte den Kopf und brummte warnend.

Eine volle Körperlänge von mir weg wartete er auf mich, während ich meine Bluse ruinierte. Zurückgeben konnte ich sie nicht mehr – ich würde so tun müssen, als hätte ich sie verloren. Mir diese neue Ausrede zu überlegen war das Einzige, was mich in diesem Moment beruhigte, meinen Tränenfluss versiegen ließ und mir die Kraft gab, mich zu räuspern und halbwegs beherrscht zu sagen: »Meine Mutter wundert sich wahrscheinlich schon, wo ich bin.«

Andrew nickte den Pflastersteinen zu, als hätte er sie die ganze Zeit über angesehen, um mich nicht zu bedrängen. »Okay.«

Immerhin brachte ich ein halbwegs normal klingendes »Gute Nacht« zustande, ehe ich mich umwandte und die Treppe hochging. Andrew wartete erneut, diesmal um sich zu vergewissern, dass ich gut nach drinnen gelangte.

Ich verdiente ihn sowieso nicht.

»Da bist du ja!«, sagte Mom, als ich mich zwischen zwei Tischen hindurchzwängte, um meinen Platz wieder einzunehmen. »Ich habe dir den langweiligsten Salat bestellt, den sie haben.« Sie dippte eine knusprige Nudel in Orangensauce und biss hinein. »Ich weiß, dass du diese krasse Diät machst.«

»Danke.« Ich legte die Serviette wieder auf meinen Schoß.

Tante Lindy fiel meine Miene zuerst auf. »Alles klar bei dir, Tif?«

»Nicht wirklich.« Ich nahm eine der Nudeln und steckte sie ohne Dip in den Mund. »Ich meine, ich habe gerade den Nachmittag mit der Mutter des Jungen verbracht, den ich umgebracht habe. Das könnte erklären, warum ich ein bisschen durch den Wind bin.«

»TifAni FaNelli.« Meine Mutter schnappte nach Luft. »So sprichst du nicht mit deiner Tante Lindy.«

»Okay.« Ich steckte noch eine Nudel in den Mund. Am liebsten hätte ich die ganze Schüssel verschlungen, um diesen bohrenden Hunger zu besiegen. »Dann spreche ich eben mit dir so.«

»Wir sind hier, um nett zu Abend zu essen«, zischte Mom. »Wenn du es darauf anlegst, uns das zu versauen, solltest du besser gehen.«

»Wenn ich gehe, geht auch Lukes Kreditkarte.« Ich kaute geräuschvoll und strahlte sie an.

Nur mit Mühe konnte meine Mutter die Panik, Tante Lindy könnte eine Szene mitbekommen, hinter einer ruhigen Fassade verbergen. Meine Cousine würde ihre Mutter sicherlich nie so in Verlegenheit bringen. Sie heiratete schließlich einen Mann des Gesetzes. Obwohl alles in ihr danach lechzte, sich auf mich zu stürzen, sagte sie im süßlichen Ton einer Scheiß-Disney-Prinzessin: »Würde es dir etwas ausmachen, mich einen Augenblick mit TifAni allein zu lassen?«

Tante Lindy sah aus, als wollte sie eigentlich auf keinen Fall etwas verpassen, nahm jedoch ihre Handtasche von ihrer Rückenlehne. »Ich muss sowieso mal zur Toilette.«

Meine Mutter wartete, bis Tante Lindy mitsamt ihrem Schmuck, der wie eine Marschkapelle durch das Restaurant klimperte, außer Hörweite war. Als Vorbereitung auf ihre Strafpredigt strich sie sich ihre Ponyfransen zur Seite, obwohl sie ihr gar nicht in die Augen hingen.

»TifAni, ich weiß, dass du im Moment unter Stress stehst.« Sie streckte die Hände nach mir aus, doch ich entzog mich abrupt. Mom blickte auf die Stelle, an der meine Hände soeben noch gelegen hatten. »Aber du musst dich zusammenreißen. Du bist *so* kurz davor, Luke in die Flucht zu schlagen.« Sie hielt Daumen und Zeigefinger einen Millimeter auseinander, um zu demonstrieren, wie wenig Spielraum mir noch blieb.

Es beeindruckte mich, dass sie das Thema ansprach. Ich wurde misstrauisch. »Und wie kommst du darauf?«

Meine Mutter schaukelte auf ihrem Stuhl zurück und verschränkte die Arme vor der Brust.

»Er hat mich angerufen. Weil er sich Sorgen macht. Er hat mich gebeten, es dir nicht zu sagen, aber« – sie beugte sich vor, und an ihrem Hals traten dicke blaue Venen hervor – »so wie du dich heute Abend hier aufführst, solltest du es doch hören.«

Die Vorstellung, dass ich vielleicht nichts mehr zu entscheiden hatte, ich zwar Andrew nicht bekam, aber auch sonst niemanden, legte sich wie ein Panzer auf meine Brust. Ich verlagerte im Sitzen mein Gewicht und versuchte, meine Beunruhigung nicht zu zeigen.

»Was hat er denn gesagt?«

»Dass du nicht mehr *du* seist, TifAni. Dass du aggressiv und feindselig geworden seist.«

Ich lachte, als hätte ich noch nie so etwas Absurdes gehört. »Ich wollte diese Doku machen, und er hält das für falsch. Ich soll mit ihm nach London gehen und meine Chance bei der *New York Times* einfach sausen lassen.« Meine Mutter funkelte mich an, und ich senkte meine Stimme. »Das heißt, wenn ich ein eigenes Leben führen will, bin ich aggressiv?«

Mom passte ihre Lautstärke meiner an. »Darum geht es nicht.

Es geht viel mehr darum, dass du nicht mehr die Frau bist, in die Luke sich verliebt hat.« Sie trank einen Schluck von dem Wasser, das ihr der Hilfskellner eingeschenkt hatte, während ich draußen mit Andrew haderte. »Wenn du willst, dass diese Hochzeit stattfindet, fängst du besser an, dich wieder so wie früher zu verhalten.«

Wir verschanzten uns in unseren Winkeln, und der fröhliche Trubel um uns herum verstärkte unser erbittertes Schweigen. Tante Lindy kam von der Toilette zurück. Ich hatte Mom und sie zu der schäbigen Hochzeitsfabrik begleitet, in der ihre Tochter heiraten würde. Die Managerin hatte damit geprahlt, wie die Scheinwerfer im »Ballsaal« von Rosa über Grün nach Blau wechselten, im Rhythmus der Musik, die der hauseigene DJ auflegte. Dann hatte sie vom Surf'n'Turf-Menü geschwärmt, das pro Person bestimmt hundert Dollar kosten würde, aber es sei ja ihre einzige Tochter, und da würde sie sicher keine Kosten und Mühen scheuen. Lachhaft. Ich würde vor Freude in die Luft springen, wenn unser Caterer so einen Betrag in Rechnung stellen würde, besser gesagt, *uns*. Bei dem Gedanken bekam ich wieder diesen Durst, der Experten zufolge daher rührte, dass ich ein biologisches Grundbedürfnis nicht befriedigen konnte. Tante Lindy sah mich fragend an, und ich bestätigte ihr mit einem Kopfnicken, sie dürfe zurückkommen, während ich mein Wasserglas leerte. Die Eiswürfel schlugen gegen meine Zähne, und ich zuckte zusammen, so wie immer, wenn das passierte.

Ich unterschrieb die Rechnung, und Mom erinnerte mich daran, mir die Reste einpacken zu lassen.

»Nimm sie für Dad mit«, bot ich großzügig an. Ich hatte mich mit meiner Mutter angelegt und den Kürzeren gezogen. »Ich kann sie im Hotel sowieso nicht unterbringen.«

Draußen auf dem Parkplatz trugen sie mir beide auf, mich bei Luke für das Essen zu bedanken. Ich versprach, es zu tun.

»Wann fährst du nach Manhattan zurück?«, erkundigte sich Mom. Sie denkt, wenn sie Manhattan statt New York sagt, klingt sie, als wüsste sie Bescheid.

»Nicht vor morgen Nachmittag«, erwiderte ich. »Ich habe noch einen Dreh vor mir.«

»Tja dann«, sagte Tante Lindy. »Ruh dich aus, mein Schatz. Es geht nichts über einen guten Schönheitsschlaf.«

Mein Lächeln fühlte sich an, als würde jemand mit einem Messer in meinem Kopf herumstochern. Zum Abschied nickte ich Mom zu, während ich mir vorstellte, wie mein Kopf wie ein sauber geteilter Eichelkürbis aufklappte, eklig, aber glutenfrei. Ich wartete, bis meine Mutter und Tante Lindy in den klapprigen BMW gestiegen waren. Vor sieben Jahren hatten meine Eltern zum letzten Mal das Geld aufgebracht, um den Leasingvertrag zu erneuern und das alte gegen ein neueres Modell einzutauschen. Ich hatte etwas Unauffälliges vorgeschlagen, weniger kostspielig im Unterhalt, doch meine Mutter hatte nur gelacht. »Ich fahre doch keinen Honda Civic, Tifani.« Für sie hieß Erfolg nicht, für die *New York Times* zu arbeiten, sondern einen Mann wie Luke Harrison zu heiraten, der all die Dinge bezahlen konnte, die sie vorgab sich leisten zu können.

Erst als die beiden vom Parkplatz getuckert waren, wagte ich einen Blick auf die noch ältere Ausgabe von Moms BMW, die immer noch an der gleichen Stelle stand wie vor einer Stunde.

Ich ging vorbei und tat, als würde ich das New Yorker Kennzeichen nicht bemerken. Es bewegte sich kurz etwas im Innern, dann blinkten mir die Rücklichter einen Abschiedsgruß zu. Als ich meinen Jeep entriegelte, war Andrew weg.

Vor fünf Jahren hatte das Bryn Mawr College die Bäume fällen lassen, die die Lichtung von der Straße abschirmten. Leere Bierdosen mit jahrzehntealter DNA von Teenagern wurden eingesammelt und entsorgt, und das Gelände wurde in einen hübschen kleinen Park umgewandelt, mit Picknicktischen und Schaukel und einem schlichten Springbrunnen in der Mitte. Am Sonntagmorgen folgte ich den dünnen Rollstuhlspuren, die Dean im Gras hinterließ, Fernsehkameras im Rücken.

Er sah zu mir hoch, was ihm inzwischen wahrscheinlich zur Gewohnheit geworden war. »Finny.«

Ich sog meine Unterlippe zwischen die Zähne und bemühte mich, all das zu verdrängen, was dieser Name an Erinnerungen mit sich brachte. »Ich kann nicht fassen, dass du mich hierherbringst«, sagte ich dann.

Aaron forderte mich auf, auf einer Bank Platz zu nehmen. Es wäre für die Aufnahmen besser, wenn Dean und ich auf gleicher Höhe wären, und nur einer von uns könne sich anpassen. Zuerst scheute ich mich, doch dann gab ich nach, als ich sah, wie Dean zu Boden starrte, die Wangen rot vor Verlegenheit.

Schließlich hatten wir unsere markierten Plätze eingenommen und die Crew auf uns angelegt wie ein Erschießungskommando. Doch dann wussten wir beide nicht, wie wir anfangen sollten. Dean war derjenige gewesen, der das hier gewollt hatte. Er hatte Aaron gebeten, mich zu fragen, ob ich bereit wäre, mich mit ihm zu treffen. Das war es gewesen, worauf Aaron mich am ersten Drehtag angesprochen hatte, als ich das Studio verlassen wollte.

»Was will er?«, hatte ich Aaron gefragt.

»Er sagt, er will um Verzeihung bitten. Fakten korrigieren.« Dabei hatte er mich angesehen, als wollte er sagen: Ist das nicht super?

Ja, ich hatte Luke versprochen, nicht über jene Nacht zu reden. Ja, ich hatte auch gesagt, dass ich gar nicht darüber reden wollte. Doch nachdem Dean sich bereit zeigte zuzugeben, was er und die anderen mir angetan hatten, wurde mir mit einem Mal bewusst, dass ich mir die ganze Zeit über nur selbst in die Tasche gelogen hatte. Natürlich wollte ich darüber reden.

Mit erwartungsvoll gehobenen Brauen sah ich Dean an, jetzt auf Augenhöhe. Ich würde nicht damit anfangen. Er versuchte es mit Nostalgie, was zeigte, wie hirnlos er auch jetzt noch war. »Weißt du noch, wie viel Spaß wir hier immer hatten?« Mit einem Ausdruck von Wehmut, der mich unwillkürlich kränkte, sah er sich um.

»Ich weiß noch, dass du mich hier zu dir nach Hause eingeladen hast, wo ihr mich herumgereicht habt wie einen Präsentkorb.« Hinter einer Wolke brach die Sonne hervor, und ich musste blinzeln. »Das weiß ich noch, als wäre es gestern gewesen.«

Deans Finger zuckten, als hätte er einen Stromschlag bekommen, und verkrampften dann in seinem Schoß. »Es tut mir sehr leid, wie das alles gekommen ist.«

»Wie es alles gekommen ist?« Dafür befand ich mich jetzt hier? Um mir eine schwammige Ausrede anzuhören, in der so etwas wie ein Schuldeingeständnis überhaupt nicht vorkam? Meine Augen verengten sich zu Schlitzen, und dass sich dabei Krähenfüßchen bildeten, war mir herzlich egal. »Wie wär's mit: ›Tut mir leid, dass ich mich an dir vergangen habe, obwohl du erst vierzehn und sturzbetrunken warst‹? ›Tut mir leid, dass ich es bei Olivia zu Hause noch mal versucht habe und dich ins Gesicht geschlagen …‹«

»Stoppen Sie die Aufnahme.« Dean drehte seinen Rollstuhl mit einer Geschicklichkeit zur Kamera, die mich vor Überraschung verstummen ließ.

Der Kameramann sah Aaron fragend an.

»Stoppen Sie die Aufnahme«, wiederholte Dean und rollte langsam auf den Mann zu.

Der Kameramann wartete auf Aarons Entscheidung, doch der stand einfach nur da, bleich und fassungslos. Erst in dem Moment wurde mir klar, dass ihn meine Worte schockiert haben mussten. Entweder hatte Dean die Details jener Nacht ihm gegenüber verharmlost, oder Aaron hörte sie überhaupt zum ersten Mal. *Er möchte sich entschuldigen. Fakten korrigieren.* Aaron hatte keinen Schimmer gehabt, wofür Dean sich wirklich zu entschuldigen hatte.

»Aaron?«, meinte der Kameramann fragend, woraufhin der wieder zu Bewusstsein zu kommen schien. Er räusperte sich und sagte: »Nathan, hör auf zu filmen.«

Ich lachte bitter in Deans Rücken. »Was soll das hier überhaupt, Dean? Wenn wir gar nicht über das reden dürfen, was passiert ist.« Ich stand auf. Allein die Tatsache, dass ich das konnte, machte mich stark.

Dean vollführte ein Wendemanöver. Immerhin war das Kreuz, das ich zu tragen hatte, nicht physischer Natur. Ich war nicht dazu verdammt, für den Rest meines Lebens in einem Stuhl zu sitzen. Auf absurde Art und Weise musste es für ihn fast schlimmer sein, dass ihn das Alter vergleichsweise milde behandelte. Mit seinen Ende zwanzig hatte er immer noch einen dichten Haarschopf und einen schlanken austrainierten Oberkörper. Über seine Stirn zog sich eine Falte wie ein gebogener Knick in einem Briefumschlag, doch das war alles. Auf groteske Weise wäre es für ihn in seiner Situation nicht ganz so schlimm, wenn ihm die Jahre mehr zusetzen würden.

Natürlich war er mit einer Sexbombe verheiratet, mit Highheels und schon beim Frühstück dick geschminkt, eine Art von Make-up, wie meine Mutter es bevorzugte, grell und trashig. Ich hatte sie einmal in der *Today*-Show gesehen; sie stammte aus dem Süden, wo die Bräuche immer noch ganz schön streng sind. Wahrscheinlich glaubte sie nicht an Sex vor der Ehe oder überhaupt an Sex, wenn er nicht der Fortpflanzung diente, was Dean entgegenkam. Sicher konnte er den Lustversprechen, die wir auf dem Cover des *Women's Magazine* machten, nicht viel abgewinnen. Dafür hatte Arthur gesorgt.

Dean blickte über die Schulter auf das Filmteam. »Das wird nicht aufgenommen, oder?«

»Sehen Sie noch eine Kamera, die auf Sie gerichtet ist?«, gab Aaron leicht spitz zurück.

Dean fuhr fort: »Würden Sie TifAni und mich bitte kurz alleinlassen?«

Aaron sah zu mir.

Ich nickte nur und sagte: »Schon in Ordnung.«

Der Kameramann zeigte zum Himmel, wo sich erneut Wolken zusammenbrauten. »Wir sollten das Ding wirklich in den Kasten bringen, bevor es anfängt zu regnen.«

Aaron bedeutete ihm mit einer Kopfbewegung, sich zurückzuziehen. »Das wird schon noch klappen.«

Das Team folgte Aaron, der sich mit langen Schritten von uns entfernte. Dean wartete, bis die Gruppe die Straße erreicht hatte, ehe er sich mir zuwandte. In seiner Wange trat zweimal eine Ader hervor.

»Könntest du dich setzen?«

»Danke, ich bleibe lieber stehen.«

Dean schaukelte auf seinen Rädern. »Als gut.« Dann hoben sich unvermittelt seine Mundwinkel. »Du heiratest?«

Meine Hand, die an meiner Seite baumelte, war auf Höhe seiner Augen. Ausnahmsweise hatte ich einmal nicht an meinen Smaragd gedacht, meinen ganzen Stolz mit seinen magischen, transformatorischen Kräften. Ich hielt die Finger gespreizt von mir und betrachtete sie, so wie Frauen das immer tun, wenn sie auf ihren Ring angesprochen werden. Wenn die Vorfreude ausbricht wie beim allerersten Mal. Für mich hätte das Ding in diesem Moment genauso gut ein toter Käfer sein können.

»In drei Wochen.«

»Herzlichen Glückwunsch.«

Ich schob die Hände in meine Gesäßtaschen. »Könntest du bitte zum Thema kommen?«

»Tif, ehrlich …«

»Ich heiße jetzt übrigens Ani.«

Dean schob die Unterlippe vor und schien über den Namen nachzudenken. »Wie das Ende von …«

»TifAni.«

»Hübsch«, entschied er nach einer Weile.

Ich äußerte mich nicht weiter dazu, damit er sah, wie wenig mich seine Ansicht interessierte. Der Himmel bebte, und ein einsamer Regentropfen landete auf Deans Nase, als wollte er zur Eile mahnen.

»Na ja, als Erstes möchte ich mich bei dir entschuldigen«, sagte Dean. »Das wollte ich schon lange tun.« Er blickte mich unverwandt an, etwas zu intensiv. So wie ihm sein Mediencoach geraten hatte, seine Entschuldigung vorzubringen. »Wie ich dich behandelt habe« – ein Atemstoß ließ seine dicken Lippen vibrieren – »war falsch, und das tut mir leid.«

Ich schloss die Augen und ließ sie geschlossen, bis ich genug Kraft gesammelt hatte, um den Schmerz der Erinnerung zu schlucken. Als ich mich wieder beruhigt hatte, öffnete ich sie. »Aber vor der Kamera willst du das nicht sagen.«

»Ich werde das vor der Kamera sagen«, widersprach Dean. »Ich werde mich dafür entschuldigen, dass ich falsche Anschuldigungen gegen dich vorgebracht habe. Dass ich gesagt habe, du wärst in die Sache mit Arthur und Ben verwickelt, weil du die Waffe genommen hast« – ich öffnete den Mund, doch Dean hob eine Hand, die mit dem Silberring am Ringfinger – »Tif – ich meine, Ani –, ob du es glaubst oder nicht, aber damals dachte ich das wirklich. Stell dir doch mal vor, wie es für mich ausgesehen hat. Du kommst angerannt, ich weiß nur, dass du mit Arthur befreundet und stinksauer auf mich bist, er reicht dir die Waffe und sagt dir im Prinzip, du sollst mich abknallen – und du *greifst danach.*«

»Aber ich hatte Todesangst. Ich habe um mein Leben gebettelt. Das hast du doch auch gesehen.«

»Ich weiß, aber ich habe ja nicht klar gesehen«, sagte Dean. »Ich hatte viel Blut verloren, und ich hatte auch Todesangst. Ich habe nur wahrgenommen, dass er dir die Waffe hingehalten hat und du sie nehmen wolltest. Und die Polizei tat so, als sei schon sicher, dass du es gewesen bist. Ich war einfach durcheinander … und wütend.« Er bewegte sich demonstrativ in seinem Rollstuhl. »Ich war stinkwütend. Arthur und Ben waren tot, aber du lebtest. An dir konnte ich meine Wut auslassen.«

Davor hatte mich Dan, der Anwalt, sogar gewarnt. Da die eigentlichen Täter tot waren, suchten alle nach einem Sündenbock, und da kam ich gerade recht.

»Aber ich bin Ben nie begegnet«, erinnerte ich Dean.

»Ich weiß«, antwortete Dean. »Nach einer Weile, als ich mich etwas erholt hatte, wurde mir auch klar, dass du nichts damit zu tun hattest.«

»Und warum hast du das dann nicht ausgesagt? Hast du eine Ahnung, was ich immer noch für Hassbriefe bekomme? Von deinen *Fans*.« Das letzte Wort bebte vor Zorn.

»Weil ich sauer war«, sagte Dean. »Das ist alles. Aus Wut, und Verbitterung darüber, dass du ungeschoren davongekommen bist.«

Ich lachte. Wenn alle so sicher waren, dass ich nichts abbekommen hatte, musste ich dann ein schlechtes Gewissen haben, weil ich so ein Tamtam machte? »Kann man so nicht sagen.«

Dean musterte mich von oben bis unten. Nicht anzüglich, nur abschätzend. Meine teure, lässige Kleidung. Die für 150 Dollar geföhnte Frisur. »Du siehst ziemlich okay aus.«

Deans Beine lehnten in V-Form aneinander. Ich überlegte, ob er sie jeden Morgen so drapierte, wenn er aus dem Bett, nun ja, aufstand. Ein weiterer Regentropfen, diesmal dicker als der erste, landete auf meiner Stirn. »Und warum kannst du mir das nur unter vier Augen sagen? Aaron meinte, du wolltest die Fakten korrigieren.«

»Will ich auch«, sagte Dean. »Ich werde all das vor der Kamera sagen. Ich werde erklären, dass ich durcheinander war und dann zu wütend, um die Situation zu bereinigen. Ich werde mich entschuldigen, und du wirst mir vergeben.«

Ich bebte innerlich vor Zorn. »Ach ja?«

»Ja. Denn du willst deinen Ruf reinwaschen. Und ich kann dir dabei helfen.«

»Und was hast du davon?«

»Ani« – Dean legte seine Fingerspitzen aneinander –, »ich habe an meinem Schicksal ziemlich viel Geld verdient.«

Ganz in der Nähe stand der schwarze Mercedes mit dem Fahrer in der schicken Livree, der darauf wartete, Dean zu seinem nächsten Termin zu kutschieren.

»Du bist ein großes Vorbild, Dean.«

»Hey« – er grinste – »willst du mir etwa vorwerfen, dass ich das Beste daraus gemacht habe?«

Die Sonne kam wieder durch, entdeckte so etwas wie Verständnis und setzte es gleich ins rechte Licht.

»Kann ich wohl schlecht, nein.«

»In Wahrheit ist das alles ein glücklicher Zufall.« Dean beugte sich vor, als wolle er mich ins Vertrauen ziehen. »Ich arbeite zurzeit an meinem neuen Buch, in dem es um die Kraft der Vergebung geht. Da kommt mir diese Doku gerade recht.«

Ich versteifte. »Wie gerufen.«

Dean lachte in seinen nutzlosen Schoß. »Du bist clever, Ani. Schon immer gewesen. Ich hoffe, dein Mann weiß, was er an dir hat.« Er seufzte. »Meine Frau ist dumm wie Brot.«

»Mein Verlobter«, korrigierte ich.

Dean zuckte mit den Schultern, als spiele das für ihn keine Rolle. »Von mir aus.« Er blickte hinter sich, um sich zu vergewissern, dass ihn außer mir niemand hören konnte. »Es wird äußerst … erhellend sein … für meine *Fans*« – ein kleines Lächeln, das mir galt – »wenn sie sehen, wie wir Frieden schließen. Andererseits werden auch alle verstehen, warum ich so lange gebraucht habe, um so weit zu kommen, und warum ich zuerst so durcheinander war. Es war nicht meine Absicht, deinen Ruf zu ruinieren, sondern ich war *traumatisiert*. Heute bin ich Manns genug, um das einzugestehen. Die andere Sache allerdings … da gibt es eigentlich keine Entschuldigung, nicht wahr?« Er hielt einen Moment inne, als überlege er, ob er mich in das Folgende einweihen solle oder nicht. »Meine Frau erwartet ein Baby, wusstest du das?«

Ich sah ihn nur ausdruckslos an.

»Biologisch meins.« Er sah zu mir auf und blinzelte in den aufgewühlten Himmel. »Schon erstaunlich, was heutzutage so alles machbar ist.« Seine Stimme hob sich bewundernd. »Ein nichtinvasiver Eingriff, ein Labor, eine Petrischale, und schon bin ich Familienvater, genau das, was sich meine Fangemeinde für mich wünscht. Und da sie für meinen Unterhalt aufkommen, bin ich gern bereit mitzuspielen. Auch wenn Kinder …« Er zog eine Grimasse, die ich selbst schon oft gemacht hatte. Für einen kurzen Moment blickte er auf die Straße und schien zu überlegen, wie es sein würde, ein Kind zu haben, dem er nie nachlaufen und dem er nie Fußballspielen beibringen konnte. Er räusperte sich und sah wieder zu mir. »Aber was das andere angeht, kann ich mir nicht vorstellen, dass sie das ungestraft durchgehen lassen würden.«

»Nein«, stimmte ich zu. »Dazu ist es zu mies.«

»Das hier ist eine Entschuldigung, nicht öffentlich, aber ernst gemeint. Es tut mir leid, was passiert ist.«

Ich fixierte ihn. »Eine Frage musst du mir noch beantworten.«

Deans Wange zuckte wieder.

»Hattet ihr es geplant? Die Nacht bei dir zu Hause?«

Dean war dreist genug, um eine beleidigte Miene aufzusetzen. »Wir waren doch keine Unmenschen, Ani. *Nein*. Es war einfach …« Er sah wieder auf die leere Straße und schien nach Worten zu suchen. »Da lief ein kleiner Wettkampf zwischen uns. Wer kriegt die Neue. Doch als wir in mein Zimmer gingen, wusste ich nicht mal, was mit Liam passiert war. Das habe ich erst am nächsten Tag erfahren.«

Voller Entsetzen trat ich auf ihn zu, weil ich am liebsten auch noch alle anderen Geheimnisse aus ihm herausgeschüttelt hätte. »Du wusstest das mit Liam nicht?«

Dean wand sich. »Ich wusste das mit Peyton. Doch ich … mir war nicht klar, dass das etwas Schlimmes war. Ich weiß nicht« – er zuckte mit den Schultern – »für mich war das kein Sex. Ich habe nicht begriffen, wie das mit Peyton und mir etwas Schlimmes sein konnte.« Auf meinen Blick hin fügte er rasch hinzu: »Inzwischen weiß ich es.«

Die Sonne strahlte wieder auf uns herab, ehe sie hinter einer Wolke verschwand. »Was weißt du inzwischen?«

Dean schob seine Augenbrauen zusammen, als sei ich eine Lehrerin, die ihm eine schwierige Frage gestellt hätte, und er wollte korrekt antworten. »Dass es falsch war.«

»Nein« – ich deutete mit dem Finger auf ihn – »ich will, dass du es aussprichst. Was es war. Wenn ich mitspielen soll, musst du endlich mal das Kind beim Namen nennen. Das habe ich verdient. Sag, was ihr mit mir gemacht habt.«

Dean seufzte und schien über meine Aufforderung nachzudenken. Nach einer kurzen Weile sagte er: »Was wir mit dir gemacht haben … das war Vergewaltigung, okay?«

Das Wort fuhr mir in den Magen wie die Angst vor Krebs, vor einem Terrorangriff oder einem Flugzeugabsturz, all das, wovor ich mich fürchtete, weil ich damals vor einer halben Ewigkeit Arthur entkommen war. Trotzdem schüttelte ich den Kopf. »Nein. Nicht unpersönlich. ›Es war Vergewaltigung‹ – ich kenne diese Tricks. Ich will, dass du sagst, was du mir angetan hast. Was ihr mir angetan habt.«

Dean musterte den Boden. Die Falte auf seiner Stirn glättete sich, als er den inneren Kampf aufgab. »Wir haben dich vergewaltigt.«

Ich rieb meine Lippen aneinander und schmeckte etwas köstlich Metallisches. Dieser Moment war viel, viel süßer als Lukes Heiratsantrag.

»Und an dem Abend bei Olivia …«

Dean unterbrach mich mit einem resignierten Nicken. »Ich weiß. Ich habe dich geschlagen. Es gibt keine Entschuldigung dafür. Für nichts davon. Ich weiß nur, dass ich mich betrogen und belogen von dir fühlte. Und das hat mich zur Weißglut getrieben. Ich war völlig außer mir vor Wut. Ich bin immer noch dankbar, dass Olivias Vater dazwischenkam, sonst weiß ich nicht, was …« Er unterbrach sich, weil der einsetzende Regen das Filmteam in Bewegung gesetzt hatte.

»Hey, wie sieht's aus?«, rief Aaron herüber. »Wenn wir es noch schaffen wollen, müssen wir jetzt anfangen.«

Wir bekamen die Aufnahmen in den Kasten, ehe der Himmel sich öffnete. Bin ich mir untreu geworden? Ich sehe es nicht so. Allerdings nur deshalb, weil es da immer noch etwas gibt, das ich all die Jahre für mich behalten habe und das eine gewisse Nachsicht gegenüber Dean rechtfertigt. Ich bin mir nicht sicher, was ich getan hätte, wenn Arthur mich gebeten hätte, bei seinem Plan mitzumachen. Etwas anderes weiß ich jedoch ziemlich gewiss: Wenn Arthur mir die Waffe tatsächlich gegeben hätte, hätte ich dem verdammten Schwanzlutscher den Schwanz weggeblasen. Und anschließend Arthur umgenietet.

16

An meinem Schlüsselbund hängen zwei Schlüssel und eine Clubkarte vom New York Sports Club, obwohl ich schon seit 2009 nicht mehr Mitglied bin. Die Wahrscheinlichkeit, dass ich beim ersten Mal den richtigen Schlüssel erwische, liegt also bei fünfzig Prozent. Ich kann mich nicht erinnern, wann ich zuletzt gleich den richtigen Schlüssel ins Schloss gesteckt habe.

Luke findet das süß. Auf diese Weise wisse er immer, dass ich es sei. »Dann kann ich schnell noch den Porno wegklicken«, neckt er mich. Ich kenne die Pornos, die Luke schaut – Frau mit Riesentitten, die ja, ja, ja, genau da, ruft, während ein muskulöser Doofkopf sie bearbeitet. Ungefähr so spannend wie die Steuererklärung. Luke glaubt, ich mag keine Pornos, dabei mag ich nur seine Pornos nicht. Ich brauche etwas mit Schmerzen. Schmerzen sind gut. Man kann sie nicht vortäuschen.

Ich stieß die Tür mit dem Fuß auf. »Hallo.«

»Hallo«, sagte Luke von der Couch aus und sah mir lächelnd zu, wie ich mich abmühte. »Du hast mir gefehlt.«

Die Tür schlug hinter mir zu, und ich ließ meine Taschen fallen. Luke breitete die Arme aus. »Kommst du in meine Arme?«

Kommst du mir helfen? Die Frage lag mir auf der Zunge, und sie nicht auszusprechen kostete mich einige Mühe.

Ich ging auf ihn zu und ließ mich auf seinem Schoß nieder. »Oh«, sagte er. »Alles klar mit dir?«

Ich vergrub mein Gesicht in seinem Nacken. Er roch, als hätte er eine Dusche nötig, doch ich mochte ihn, wenn er ein bisschen schmutzig war. Manche Menschen hatten einen guten natürlichen Körpergeruch, und Luke gehörte dazu. Natürlich.

»Ich bin völlig fertig«, sagte ich.

»Was kann ich für dich tun?«, fragte Luke. »Wie kann ich helfen?«

»Ich hab Hunger, aber ich will nichts essen.«

»Baby, du siehst umwerfend aus.«

»Nein«, widersprach ich.

»Hey.« Luke schob seine Finger mit sanfter Gewalt unter mein Kinn und hob meinen Kopf, sodass ich ihn ansah. »Du bist die schönste Frau, die ich je gesehen habe, und du wirst die schönste Braut der Welt sein. Ein Cheeseburger wird daran nichts ändern. Eine Million Cheeseburger können daran nichts ändern.«

Jetzt war der richtige Moment, ihn zu fragen. Ich hatte ihn in einem Moment der Ani-Verehrung erwischt, die in letzter Zeit ziemlich selten geworden waren. Doch ehe ich ansetzen konnte, wurde Lukes Miene ernst.

»Ich muss mit dir über etwas reden«, sagte er.

Es war, als säße ich in einer Achterbahn und der Wagen wäre gerade hinter dem höchsten Punkt in die Tiefe gestürzt. Die Beschleunigungskräfte wirbelten alle meine Organe durcheinander, mein Unterbauch pulsierte, als wäre mein Herz hineingerutscht. Hatte Mom am Ende doch recht?

»Das Angebot aus London ist gekommen«, sagte Luke.

Ich wiederholte im Kopf, was er gesagt hatte, versuchte zu verstehen und die Gefühle zu identifizieren, die zwischen Nieren, Leber und Herz im freien Fall hin und her schnellten. Enttäuschung? Erleichterung? Resignation?

»Oh«, sagte ich schließlich. »Oh«, wiederholte ich mit einem Anflug von Neugier. »Wann?«

»Wir sollen über die Feiertage umziehen, damit ich zu Beginn des neuen Jahres anfangen kann.«

Ich lehnte mich zurück und verlagerte mein Gewicht. Luke verzog schmerzhaft das Gesicht und rückte sich so zurecht, dass er wieder bequem saß.

»Hast du schon zugesagt?«

»Nein, natürlich nicht. Ich habe gesagt, ich muss erst mit dir reden.«

»Bis wann musst du Bescheid geben?«

Luke legte die Stirn in Falten. »Spätestens in einer Woche, denke ich.«

Die Bänder in Lukes Oberschenkel spannten sich unter mir, in Erwartung meiner Reaktion. Plötzlich ging mir auf, was für ein Druckmittel ich in der Hand hatte, wenn ich die Nerven behielt. Es würde zwar bedeuten, dass ich eine Entscheidung akzeptieren musste, die mich nicht glücklich machte, doch die Alternative löste Angstgefühle in mir aus, und ich hatte es so satt, Angst zu haben.

»Ich muss mit LoLo reden«, sagte ich und stellte mir vor, wie wir zusammen in ihrem Büro saßen und ihre künstlich ruhig gestellte Mimik nicht in der Lage war auszudrücken, dass sie meine Entscheidung für einen schweren Fehler hielt. »Vielleicht kann sie mir beim Schwesterblatt in London einen Job besorgen.«

Luke lächelte überrascht. »Bestimmt.« Großherzig fügte er hinzu: »Sie mag dich ja.«

Ich nickte, ganz die anschmiegsame Ani, und fummelte an einem seiner Hemdknöpfe. »Ich habe auch etwas, über das ich mit dir reden möchte.«

Lukes goldene Augenbrauen zuckten.

»Die Produktionsfirma möchte unsere Hochzeit filmen.« Ehe Luke Einwände vorbringen konnte, fuhr ich rasch fort. »Sie fanden meine Geschichte richtig bewegend, und das ist ziemlich cool, weil sie uns anbieten, die ganze Feier zu filmen und uns ein Hochzeitsvideo zu schneiden. Umsonst.« Auch die weiße Oberschicht steht hin und wieder auf Schnäppchen.

Aaron hatte mich angesprochen, nachdem Dean sich über eine Rampe in das dunkle Behindertenabteil seines Privatwagens manövriert hatte. Ich sei so tapfer gewesen. So furchtlos. Am liebsten hätte ich mich verkrochen, während er mich so lobte. »Sie sind genau das, was man eine tragische Heldin nennt«, hatte Aaron gesagt. »Es wäre ein starker Schluss für den Film, wenn er mit Ihrer Hochzeit endete. Ihrem Happy End, das Sie seit Langem verdienen.«

Da konnte ich nicht widersprechen. Dieses Ende war der einfache Weg.

Genau zu der Zeit, als ich Aaron sagte, ich müsse mit Luke sprechen, hat Luke seinen Chefs vermutlich gesagt, dass er mit mir über London sprechen müsse. Wir hatten beide etwas, das wir wollten und das nur der andere möglich machen konnte. Ich stellte mir vor, wie Luke mit wippenden Schritten das Meeting verließ, vor dem inneren Auge die schicke Designerwohnung, in der uns die Firma unterbringen würde, ohne an den potenziellen Spielverderber zu denken, nämlich mich. *Es wird kein Problem sein, sie zu überzeugen*, dachte er wahrscheinlich, wie nur jemand denken kann, dessen Leben aus einer Endlosschleife besteht, in der man jedes Mal bei Los zweihundert Dollar einzieht.

Mein Gespräch mit Aaron war ganz anders ausgegangen. Ich hatte meine Reaktion zurückgehalten, bis ich allein in meinem Jeep saß. In *unserem* Jeep. Ich umklammerte das Lenkrad. Dann brach ich mit klappernden Zähnen über der Mittelkonsole zusammen und heulte meinen Frust in das Leder, das leicht nach Stinktier roch, als hätte einer von Lukes Freunden vor langer Zeit Bier verschüttet und nicht aufgewischt.

Luke kratzte ein eingewachsenes Haar an seinem Nacken. »Umsonst?«

Seine Stimme klang beinahe nachgiebig, und einen Augenblick lang verspürte ich so etwas wie Reue. Sollte ich ihn einfach Nein sagen lassen? Und dann unter Tränen kämpfen und sagen: »Ich kann das nicht tun«, und es diesmal wirklich ernst meinen? Mit lauter Stimme übertönte ich diese Idee. »Umsonst. Und sie würden es gut machen. Richtig gut.«

Nachdenklich starrte Luke auf die leere Wand über dem Fernseher. Ich hatte immer zu einem der Brooklyn-Flea-Flohmärkte gehen wollen, um irgendetwas Exzentrisches zu erstehen, das ich an dieser Stelle aufhängen wollte. »Mir gefällt nur die Vorstellung überhaupt nicht, dass unsere Hochzeit in einer Fernsehdoku auftauchen soll.«

»Es werden nur ein paar Minuten am Ende sein«, brachte ich meine vorbereitete Lüge vor. »Und wir haben das letzte Wort beim Schnitt.«

Luke wiegte nachdenklich den Kopf hin und her. »Vertraust du den Leuten?«

Ich nickte und meinte es diesmal ehrlich. Aaron hatte mich wirklich überrascht, nachdem ich beschlossen hatte, ihn nicht mehr zu hassen. »Ja.«

Luke legte den Kopf in den Nacken, und die braune Ledercouch gab unter dem Gewicht nach. Lukes Eltern hatten uns diese Couch gekauft. Bis dahin hatte ich mir mit Nell einen mit Diätcola und Pizzakäse verschmierten Futon geteilt, jetzt hatte ich Leder, weich wie Butter, wie meine Mutter bei ihrem ersten Besuch bemerkt hatte, während sie mit ihren Frenchnails über die weiche Oberfläche fuhr. Manchmal kommt mir dieser Übergang zu drastisch und zu abrupt vor. Es hätte eine Zwischenstufe geben müssen, die ich jedoch unfairerweise übersprungen habe. Etwas, wofür ich irgendwann bestraft werden kann.

»Luke ...« Ich ließ den Tränen freien Lauf, die sich aufgestaut hatten, seit ich den Jeep auf den West Side Highway gelenkt hatte, in einem verstörenden Gefühl von Panik, das mich ganz plötzlich überkommen hatte und das sich immer weiter aufbauschte, je näher ich Tribeca kam. Mein Zuhause war nicht länger dort. »Dieses Wochenende war in vielerlei Hinsicht unheimlich gut. Ich habe zum ersten Mal das Gefühl, dass alle auf meiner Seite stehen. Sogar Dean. Ich habe mich mit ihm getroffen. Ich denke, sie wollen …«

»Du hast dich mit Dean getroffen?« Lukes Kopf schnellte hoch. Ich blickte auf die Rückenlehne, wo der Abdruck seines Hinterkopfes zu sehen war. »Ich dachte, du hattest nicht vor, mit ihm über die Sache zu sprechen.« Luke hob den Daumen an den Mund und fing an, ärgerlich daran zu nagen. »Ich wusste gleich, dass dich diese Filmleute beschwatzen würden.« Er wischte sich Speichel an sein Hemd und trommelte mit der Faust auf seinen Schenkel. »Ich wusste, ich hätte mitkommen sollen.«

Ein heftiges Prickeln jagte über meinen Rücken. Nie im Leben hätte ich für möglich gehalten, dass ich einmal Dean Barton verteidigen würde. »Ich habe mich mit Dean getroffen, weil ich das wollte«, fauchte ich. »Und komm runter. Wir haben nicht über die Vergewaltigung gesprochen.«

Das Wort erwischte Luke kalt. Ich hatte es nie benutzt. Niemandem gegenüber.

»Seine Geschichte sieht inzwischen anders aus«, sagte ich rasch, um das unbehagliche Schweigen zu füllen, das mir bestätigte, was ich schon immer vermutet hatte: Luke hielt es nicht für Vergewaltigung. Für ihn war das Ganze ein unglückseliger Vorfall, wie er eben vorkommt, wenn aufgegeilte junge Leute zusammen sind und zu viel saufen. »Er glaubt nicht mehr, dass ich etwas damit zu tun hatte.«

Mir fiel das Foto ein, das ich Mrs Finnerman zurückgeben wollte, und ich schwang die Beine über die Armlehne der Couch, um aufzustehen und zum Bücherregal in der Ecke zu gehen. Ich hockte mich davor und zog aus dem untersten Fach die Mappe, in der ich alles aufbewahrte, was aus Bradley-Zeiten stammte –

Zeitschriftenartikel, Trauerkarten, das Foto von Arthur und seinem Vater, wie sie lachend am Meeresufer von New Jersey stehen, eingerahmt von pastellfarbenen Muscheln.

»Hat er das gesagt?«, fragte Luke in meinem Rücken.

Ich schüttelte die Mappe, um das Foto zu finden. »Er hat es zu mir gesagt. Und sich dafür entschuldigt, je etwas anderes behauptet zu haben. Vor laufender Kamera.«

Luke spähte über die Kante des Couchtisches, um zu sehen, was ich machte. »Was suchst du denn?«

»Dieses Foto«, sagte ich. »Von Arthur und seinem Vater. Ich habe Mrs Finnerman versprochen, dass sie es zurückbekommt.« Ich kippte den gesamten Inhalt der Mappe auf den Boden. »Es ist nicht hier.« Ich kramte alles noch einmal durch. »So ein Mist …«

»Wahrscheinlich hast du es woanders hingetan und vergessen.« Luke war plötzlich ganz beflissen. »Es wird schon wieder auftauchen.«

»Nein. Ich hätte es nie woanders hingetan.« Ich schlug ein Bein über das andere und setzte mich auf das Parkett.

»Hey.« Luke stand von der Ledercouch auf, und es machte ein Geräusch, als wenn man einen Aufkleber von einem Blatt Papier abzieht. Ich spürte seine Hand in meinem Rücken, dann kniete er neben mir auf dem Boden und sammelte den Inhalt der Mappe auf.

»Es wird schon wieder auftauchen. Am ehesten, wenn du gar nicht mehr daran denkst.«

Ich sah ihm zu, wie er fein säuberlich die Scherben meiner Tragödie aufklaubte. Sein besorgtes Gesicht verlieh mir den Mut, es noch einmal zu versuchen.

»Aaron weiß genau, wie störend Kameras sein können. Er wird auf jeden Fall dafür sorgen, dass man ihn für einen ganz normalen Hochzeitsfilmer hält.«

Luke klappte die Mappe zu. »Ich möchte einfach kein komplettes Kamerateam bei unserer Hochzeit.«

Ich schüttelte den Kopf und hob zwei Finger. »Mehr brauchen die nicht.«

»Zwei Leute?«

»Ich habe ihnen nämlich das Gleiche gesagt.« *Schau, Luke, wir ziehen am selben Strang.* »Und sie haben mir versprochen, dass es nur zwei sein werden. Niemandem wird auffallen, dass sie Profis sind.« Dass alle erst einmal eine Einverständniserklärung unterschreiben mussten, erwähnte ich nicht. Erst einmal musste ich Luke überzeugen.

Luke wog die Beweislast in seinem Schoß. »Es würde dich glücklich machen, oder?«

Jetzt mussten wieder Tränen her, aber nur so, dass meine Augen feucht wurden, keine Spuren auf meinen Wangen, das wäre zu viel. »Das würde mich wirklich glücklich machen«, krächzte ich.

Luke ließ den Kopf auf die Brust sinken und seufzte. »Dann werden wir es wohl machen müssen.«

Ich schlang die Arme um seinen Nacken. »Jetzt will ich einen Cheeseburger.«

Offenbar hatte ich genau das richtige Maß an spleeniger Putzigkeit getroffen, denn Luke lachte.

»Du übertreibst maßlos«, sagte Nell, als ich den Sally-Hershberger-Salon betrat. »Jetzt iss endlich mal was.«

Ich beschloss, die Bemerkung als Scherz aufzufassen, und wollte schon eine kleine Schwindelattacke vorführen, doch Nell schnappte sich ein zerknittertes Magazin von dem Stapel auf dem Beistelltisch und starrte auf das Coverfoto von Blake Lively. Getroffen setzte ich mich neben sie. Das vorpubertäre Model hinter dem Empfangstresen fragte, ob wir Kaffee wollten.

»Latte Macchiato«, sagte ich.

»Mit Magermilch?«, fragte sie.

»Vollmilch.«

»Zählt trotzdem nicht als Mahlzeit«, murmelte Nell.

Mein Friseur baute sich vor uns auf. »Ach du meine Güte.« Ruben legte sich die Hände auf die Wangen wie Macaulay Culkin auf dem Kinoplakat von *Kevin – Allein zu Haus*. »Was haben Sie nur für Wangenknochen.«

»Jetzt loben Sie sie nicht auch noch.« Nell blätterte so heftig um, dass sie die Seite halb herausriss. Nell und ich hatten noch nicht darüber gesprochen. Über nichts.

»Oh, bitte.« Ruben wedelte mit den Armen. »Es ist ihre Hochzeit. Schließlich wird hier nicht Shamu der Killerwal zum Altar geführt.« Er hielt mir seine Hand hin. »Kommen Sie mit, meine Schöne.«

Ruben schlug Volumen à la Brigitte Bardot vor, nachdem mein Gesicht jetzt so schlank sei. »An Pausbäckchen sieht das nicht aus.« Er zwirbelte mein Haar in nasse Knoten. »Da sehen sie nur noch pummeliger aus.«

Damit Ruben Brigitte Bardot vorschlug, hatte ich mich auf 47 Kilo herunterhungern müssen.

Meine Mutter hatte überhaupt nicht verstanden, warum ich mir unbedingt in New York die Haare machen lassen wollte, wo doch die Feuchtigkeit in Nantucket sofort alles wieder zerstören würde. Ich erzählte Ruben das, und er winkte ab. »Ihre Mama hat keine Ahnung.«

Luke war schon Anfang der Woche nach Nantucket aufgebrochen, doch ich hatte nicht freibekommen. Als ich zusätzlich zu den zwei Flitterwochen den Freitag freihaben wollte, hatte sich die Redaktionsleiterin quergestellt. Lulu hatte sich dann für mich eingesetzt. Sie fand unsere Pläne für die Flitterwochen gut – acht Tage auf den Malediven, drei Tage Paris. Über London hatte ich noch immer nicht mit ihr gesprochen, obwohl Luke seiner Chefetage bereits zugesagt hatte.

»Fantastisch«, hatte sie gesagt. »Die Malediven werden bald im Meer versinken. Also nichts wie hin, solange sie noch da sind.«

Ruben hatte eine sonnengebräunte Glatze und trug eine Brille, die ihm bis zur Spitze seiner eleganten Nase rutschte. Er schob sie nie hoch, so wie Arthur es getan hatte, sondern spähte immer nur über ihren Schildpattrand, während er meine Haare Strähne für Strähne durch eine Rundbürste zog und dann drehte und wickelte, bis die Spitzen aussahen wie Geschenkband.

Nell blickte auf ihre Armbanduhr. Zwanzig Minuten zuvor hatte sie mir meine Latte herübergebracht, ein verlegenes Lächeln im Gesicht. Wahrscheinlich dachte sie, ich ließe mich ohnehin nicht davon abbringen, mein Ding durchzuziehen, und es hätte keinen Sinn, mich auch noch zu bestrafen. »Es ist schon kurz vor elf«, sagte sie. Unser Flug ging um vierzehn Uhr ab JKF, und wir mussten vorher noch in der Wohnung vorbei, um mein Gepäck zu holen.

Ruben knetete irgendein Finishingprodukt in mein Haar, zog mir den schwarzen Kittel ab und setzte einen lauten Schmatz auf meinen Oberkopf. »Ich will Fotos sehen«, sagte er. »Sie werden die schönste Braut der Welt sein.« Er legte die Hand auf sein Herz, und im Spiegel sah ich, wie seine Augen feucht wurden. »Oh!«, rief er aus. »Die schönste Braut aller Zeiten.«

Nachdem wir den Regen von Mänteln und Schirmen geschüttelt hatten, stürmten Nell und ich in die Wohnung. Auf dem Weg in die Innenstadt hatte es angefangen zu regnen. Es würde nicht einfach sein, jetzt ein Taxi zu bekommen.

»Ernsthaft«, sagte Nell. »Wir müssen los.«

Ich inspizierte den Kühlschrank und nahm alles heraus, was in den nächsten zwei Wochen verderben würde.

»Ich weiß«, erwiderte ich. »Ich muss das Zeug hier noch wegwerfen. Ich kann es absolut nicht haben, wenn ich nach dem Urlaub in eine stinkende Wohnung zurückkomme.«

»Wo sind die Müllcontainer?« Nell nahm mir die Abfalltüte ab. »Ich mach das. Pack du deine Sachen zusammen.«

Hinter Nell schlug die Tür zu, und ich war allein. Auf Knien durchwühlte ich die Putzsachen, die wir in dem Schrank unter der Spüle aufbewahren, und fand eine Packung frischer Mülltüten. Beim Herausnehmen verschob sich eine Reihe Flaschen, und etwas fiel klappernd um. Etwas, das meerschaumgrün und nur verschwommen zu erkennen war, bis es schließlich ruhig liegen blieb. Ich nahm es zwischen die Finger und betrachtete es, während ich überlegte, wie viel Zeit mir blieb, bis Nell zurückkam und mich auf dem Boden kauernd vorfand, am ganzen Körper zitternd.

»Von Ani erfahren habe ich zum ersten Mal in einer E-Mail von meinem Bruder am 6. November 2011.« Das Blatt in Garrets Hand flatterte, als er es näher an die Augen hielt, um die Schrift entziffern zu können.

»›Ich bringe an Thanksgiving ein Mädchen mit nach Hause‹, schrieb er. ›Sie heißt Ani, und das wird »Aani« ausgesprochen, nicht »Ännie«. Und wenn du mir das vermasselst, bring ich dich um.‹«

Im Raum erhob sich wohlwollendes Gelächter. Ach ja, die Harrison-Brüder.

Garret blickte von seiner Rede auf. »Ich denke, dass zwei Menschen füreinander bestimmt sind, erkennt man daran, dass sie zusammen bessere Menschen sind als jeder für sich.«

Zustimmendes Gemurmel.

»Ani ist eines der süßesten Mädchen, die ich je kennengelernt habe, aber sagen wir's mal so, sie ist auch ein bisschen verdreht.« Das derbe Gelächter, das darauf folgte, hätte mich eigentlich nicht überraschen dürfen. War das nicht genau der Typ Frau, den ich für Luke so sorgfältig entwickelt hatte? Süß und hinreißend schrullig, aber mit messerscharfen Krallen, die sie ab und zu aufblitzen ließ, damit ihm nicht zu wohl wurde? »Und ich weiß, dass mein Bruder genau das an ihr liebt. Was wir alle an ihr lieben.«

Ich sah Nell an. Sie formte lautlos die Worte: »Das süßeste

Mädchen, das er je kennengelernt hat?«, und verdrehte die Augen. Dann blickte ich rasch zu meinem Schwager in spe zurück und hoffte, dass niemand etwas bemerkt hatte.

»Mein Bruder …« Garret lachte, und die Gästeschar stimmte ein. Alle wussten, dass jetzt eine gute Geschichte folgen würde. »Nun, nicht viele Menschen können es mit meinem Bruder aufnehmen. Er ist am Abend der Letzte an der Bar und morgens der Erste auf dem Surfbrett. Man geht zusammen raus, und dann reitet man eine Stunde lang Wellen, aber dann will er noch eine Stunde bleiben, und man kann nur sagen, Mann, wir haben heute morgen um drei noch Jameson in uns reingekippt. Ich *kann* nicht mehr.« Garret legte die Hand auf die Stirn, als hätte er Kopfschmerzen. »Gott segne dich dafür, dass du das ertragen kannst, Ännie, Verzeihung, Aani.« Das Gelächter hatte jetzt Maximallautstärke erreicht, und unter Aufbringung aller Kraft gelang es mir einzustimmen.

Garret wartete geduldig, bis sich der Saal beruhigt hatte. Als er fortfuhr, überzog ein breites Lächeln sein Gesicht. Das lief hervorragend. »Das Tolle an Luke und Ani ist, dass sie nicht einfach einander ertragen. Sie lieben sich uneingeschränkt, trotz Lukes übermenschlicher Energie.«

Luke hatte seine Hand in meine geschoben, und sie war zu einer Klaue verkrampft, als hätte ihn eine Lähmung erfasst. Mein Körper ächzte, als er meine Hand in seinen Schoß zog. In mir brodelte der Gedanke an die Entdeckung, die ich in unserer Küche gemacht hatte. Ich hatte noch kein Wort darüber verloren, seit Nell und ich New York verlassen hatten, weil ich erst herausfinden wollte, was ich mit diesem Wissen anfangen sollte. »Himmel noch mal. Was ist los mit dir?«, hatte sie mich gedrängt. »Du weißt doch, dass ich fliegen hasse«, hatte ich zum Fenster gesagt.

»Mein Bruder braucht jemanden wie Ani. Jemand, der ihm zeigt, worum es wirklich geht in diesem Leben. Familie, Kinder, Stabilität.« Er lächelte mich an. »Sie ist genau die Richtige dafür.«

Ich rieb meine Wange an meiner Schulter, obwohl es mich nirgends juckte.

»Und in gewisser Hinsicht braucht Ani jemanden wie meinen Bruder. Einen Fels in der Brandung, der ihr Halt bietet, wenn ihr *schwindelig* wird.« Er betonte das Wort beinahe affektiert und zwinkerte Luke dabei zu. *Wenn ihr schwindelig wird.* Mir war, als würde ich außerhalb meines Körpers stehen, als ich mit gläserner Klarheit begriff, dass sich Luke, wenn er mit seinem Bruder und seinen Kumpels beim Bier zusammensaß, über mich lustig machte, über meine wahnsinnige Angst, meine albernen, schwer verdienten Phobien. »Sie übertreibt dermaßen«, hörte ich ihn förmlich sagen, und alles in mir schmerzte bei dieser brutalen, schonungslosen Erkenntnis.

»Ich freue mich schon darauf zu sehen, wo das Leben die beiden hinführen wird ...«, sagte Garret, und der freudige Klang seiner Stimme passte so gar nicht zu dem ebenso dramatischen wie unumstößlichen Beschluss, den ich soeben erst gefasst hatte. »... und sie in ihrer tollen Londoner Wohnung heimzusuchen.« Alle lachten. »Ani, wenn dann mal Klein-Harrison unterwegs ist, weißt du ja, dass schon sein Vater immer diesen schrecklichen Durst morgens um drei hatte.« Wieder Gelächter und Galle, die in meiner Kehle aufstieg. Ich schluckte und hob mit Garret und allen anderen mein Glas. »Darauf, dass wir zusammen bessere Menschen sind als jeder für sich.«

»Darauf, dass wir zusammen bessere Menschen sind als jeder für sich.« Meine Stimme war auch Teil dieses Chors. Gläser klangen wie zarte Glöckchen – *Nein! Nein! Nein!* Ich leerte meinen Champagner bis auf den letzten Tropfen, sogar die wütend schäumenden Blasen von der Oberfläche.

Luke neigte sich zu mir, um mich zu küssen. »Du machst mich so glücklich, Baby.« Ich gab alles, um meine lächelnde Maske aufrechtzuerhalten.

Dann wandte sich Luke um, weil ihn jemand an die Schulter

getippt hatte, und begann, über die Hochzeitsreise zu plaudern. Ich legte ihm die Hand auf das Knie – ein seltsames Gefühl zu wissen, dass es das letzte Mal sein würde, dass ich ihn so berührte – und sagte: »Ich gehe nur mal kurz zur Toilette.«

Auf dem Weg durch den Saal fröhlicher Small Talk. »Hallo! Hallo!« – »Du siehst umwerfend aus!« – »Danke!« – »Herzlichen Gluckwunsch!« – »Vielen Dank!« – »Hallo!« – »Wie reizend, euch zu sehen.« Reizend. Seit wann benutzte ich dieses fürchterliche Wort?

Die Hochzeitsplanerin hatte uns auf die Einzeltoilette im hinteren Teil des Topper's hingewiesen, des Restaurants, das uns für das Probedinner dreißigtausend Dollar in Rechnung gestellt hatte. »Ist eigentlich nur fürs Personal«, hatte sie gesagt. »Doch Luke und Sie dürfen es gern benutzen, wenn Sie ein bisschen ungestört sein wollen.« Sie zwinkerte, und ich starrte sie nur entsetzt an.

Ich verriegelte die Tür hinter mir. Es gab kein Fenster, sondern nur eine weiße Porzellanlampe am Waschtisch, die ein goldenverträumtes Licht aussandte, wie in einem alten Film. Behutsam und leise klappte ich den Toilettendeckel herunter wie die Kniebank in einer Kirche. Ich setzte mich und sammelte im Rock meines Größe-32-Kleides von Milly all die DNA der Bräute, die hier vor mir gesessen hatten. Ich würde nie wieder dünn genug sein, um dieses Kleid zu tragen.

Meine Bottega-Veneta-Clutch machte ein schmatzendes Geräusch, als ich sie öffnete. Ich wühlte in ihrem Innern, bis ich die geriffelte, verblichen grüne Muschelschale fand.

Es dauerte eine Weile, bis es an der Tür klopfte. Seufzend stand ich auf – *schon Showtime?* – und öffnete, bis ich Nells Augen, Nase und Mund sah. Draußen herrschte ein vollkommen anderes Licht.

Sie lächelte, und ihre Mundwinkel verschwanden hinter dem schmalen Spalt. »Was treibst du?«

Ich erwiderte nichts. Nell streckte die Hand durch den Spalt und wischte eine schwarze Träne weg.

»Was sollte das überhaupt?«, fragte sie. »Du bist das süßeste Mädchen, das Garret je kennengelernt hat? Wer von denen da draußen hat dich überhaupt schon kennengelernt?«

Ich lachte. Dieses entsetzliche hysterische Weinen-Lachen, das den gesamten Schleim in der Lunge löst.

»Was hast du vor?«, fragte Nell.

Sie hörte sich geduldig an, was ich ihr erzählte, und stieß einen dunklen Pfiff aus. »Das wird ein Desaster.«

Nantucket leidet unter einer Inversionswetterlage, die entsteht, wenn sich Kalt- und Warmluftschichten umkehren. Ergebnis ist der ständige Nebel, genannt Gray Lady, der die Insel einhüllt, selbst an klaren Tagen, wenn sonst kein Wölkchen am Himmel steht.

Natürlich merkt man erst, dass es ein klarer Tag ist, wenn das Fährschiff den Nebel durchbrochen hat. Man blickt voraus und sieht den blauen Himmel über dem Festland, leuchtend hell wie der Bildschirmschoner eines Projektors, und wenn man über die Schulter sieht, ist da eine Wand aus grauem Nebel. Diese Wand lag in meinem Rücken, als Nell neben mich trat und mir ein kühles Bier in die Hand drückte.

»Ich denke, die Autovermietung ist von der Anlegestelle aus zu Fuß zu erreichen.«

Das Bier gurgelte im Flaschenhals. »Ja.« Ich wischte mir den Mund mit dem Handrücken ab. »Gleich um die Ecke.«

»Bist du sicher, dass du nicht fliegen willst?«

»Ich könnte es nicht ertragen, jetzt in einem Flugzeug zu sitzen«, erwiderte ich.

Nell lehnte sich an die Reling. »Nun frag schon endlich.«

Ich schirmte meine Augen mit den Händen ab und sah sie an. »Was meinst du?«

»Ob du bei mir einziehen kannst, bis du wieder auf eigenen Füßen stehst.« Sie lächelte. Vor dem grauen Hintergrund wirkten ihre Zähne so weiß, dass sie beinahe unsichtbar waren. »Es wird sein wie damals 2007. Nur ohne Ratten.«

Ich schmiegte meine Schulter an ihre. »Du weißt gar nicht, wie dankbar ich dir bin.«

Nell hatte das getan, worum ich sie an der Toilettentür gebeten hatte. Wenige Minuten später hatte Luke die Tür mit seinem Prada-Slipper aufgestoßen. »Ani? Alles klar bei dir? Ich kann Kimberley nicht finden, und die Musikspur von der Diashow funktioniert nicht …«

Sein Gesicht wurde finster, als er die Muschel in meiner Hand entdeckte. Ich wartete nicht einmal ab, bis er uns eingeschlossen hatte. »Was hast du mit dem Foto von Arthur und seinem Dad gemacht?«

Luke drehte sich um und schloss ganz langsam die Tür, als wollte er das Unvermeidliche hinauszögern. »Ich wollte nicht, dass du dich noch mehr aufregst.«

»Luke, sag es mir jetzt oder ich werde …«

»Schon gut.« Er hob mir die Hände entgegen. »*Schon gut.* John hat Koks besorgt, als er an dem Wochenende in New York zu Besuch war. Ich fand das dumm und sagte ihm das. Du weißt, was ich von dem Zeug halte.« Luke machte ein vielsagendes Gesicht, als könnte ihn seine strenge Haltung gegenüber Drogen von dem freisprechen, was er getan hatte. »Seine Verlobte war auch Feuer und Flamme. Als wir in die Wohnung zurückkamen, brauchte er ein Bild, um die Line zu machen. Ich habe keine Ahnung, wie das funktioniert, doch er meinte, sie machen das immer auf einem Spiegel oder einem Bilderrahmen.«

»Und da hast du ihm das Bild von Arthur und seinem Dad gegeben?«

»Hätte ich ihm vielleicht ein Bild von uns geben sollen?«, sagte Luke, als hätte er nur die beiden Alternativen gehabt, als hätten wir nicht Millionen Bilder von unseren unverschämt fotogenen Freunden überall in der Wohnung.

»Und dann?«

»Jemand hat es umgestoßen.« Luke machte eine Handbewegung, um das Vergehen zu beschreiben. »Es ist zerbrochen, und ich habe es weggeworfen.«

Ich suchte nach Zeichen von Reue in seinem Gesicht. »Mitsamt dem Foto?«

»Wenn du das Foto ohne diesen albernen Rahmen gesehen hättest, wäre dir sofort klar gewesen, dass irgendwas passiert ist. Du bist so … so empfindlich bei solchen Dingen. Du regst dich so auf.« Luke legte sich die Hände auf die Brust, als brauchte er Schutz vor mir. »Ich hielt es einfach für besser. Auch besser für dich. Einen Schlussstrich zu ziehen. Warum wolltest du das überhaupt aufheben?« Er schüttelte sich. »Ich finde das gruselig, Ani.«

Ich hielt die Muschel zwischen meinen Händen auf dem Schoß wie ein verletztes Vogelkind. »Ich kann das nicht glauben.«

Luke ging auf die Knie vor mir, so wie damals, als er mir den Antrag gemacht und ich gedacht hatte, es wäre der schönste Tag meines Lebens. Als er versuchte, mir die Mascaraspuren von den Wangen zu wischen, wich ich zurück. »Es tut mir leid, Ani« – selbst jetzt klang er, als wäre er das Opfer, der Heilige Luke, der es mit mir aushalten muss, mit meinem Schwindel, meiner Verdrehtheit, meinen morbiden Psychosen – »aber bitte, mach doch diesen Abend nicht kaputt.«

Draußen rief einer von Lukes Freunden einem anderen zu, was er doch für ein Weichei wäre. Ich umklammerte die Muschel wie einen Stressball, fester und fester, bis ich sie zerspringen hörte. »Das wird den Abend nicht kaputt machen.« Ich ließ zu, dass er eine Träne wegwischte. Es war das letzte Mal, dass er mich berührte. Dann sagte ich ihm, was den Abend ruinieren würde.

17

Es wurde ein Desaster. Die Harrisons, meine Eltern, Nell, Luke, alle bildeten wechselnde Koalitionen, um ihre individuellen Interessen zu wahren. Am Ende wurde entschieden, dass Nell ein Taxi rufen und mit mir zum Anwesen der Harrisons fahren würde, wo ich meine Sachen packen sollte, ehe der Rest der Familie heimkehrte. Dann würden wir uns ein Hotel suchen und gleich am nächsten Morgen abreisen. Mrs Harrison zeigte eine Mischung aus Zorn und Mitleid, während sie das Prozedere mit mir besprach, doch sie bemühte sich, sachlich zu bleiben.

Mom konnte mich nicht einmal ansehen.

Von jetzt an würde ich wohl Thanksgiving und Weihnachten wieder bei den Fanellis zu Hause feiern. Mit demselben weißbestäubten Plastikweihnachtsbaum wie jedes Jahr, geschmückt mit kaugummibunten Lichtern und sonst nichts. Mit ein paar Flaschen saurem Yellow Tail Shiraz. Na dann prost.

An die Fahrt zu den Harrisons kann ich mich nicht erinnern. Auch nicht an das Packen und dass wir in der Nähe der Fähranlegestelle ein Zimmer in einem Drei-Sterne-Hotel nahmen. Eine von Nells Pillen hat das alles ausgelöscht.

Als wir unser Doppelzimmer betraten, war es schon weit nach Mitternacht. Mein Magen bildete eine eindrucksvolle Höhlung. Ich griff zum Telefon und wählte mit benebeltem Kopf die Nummer des Zimmerservice. »Guten Abend«, höhnte die Stimme des Anrufbeantworters. »Unser Zimmerservice steht Ihnen von acht Uhr morgens bis 23 Uhr zu Verfügung. Ein kostenloses Frühstück wird im …«

»Kein Zimmerservice.« Ich versuchte, den Hörer auf den Apparat zu feuern, verfehlte ihn aber. Er fiel zu Boden, steif wie eine Leiche. »Ich habe so Hunger!«, heulte ich.

»Schon gut.« Nell bewegte sich wie auf Schienen, lässig, anmutig, voller Entschlossenheit. Sie rief die Rezeption an und stellte höflich eine Frage. Dann bestellte sie überbackene Käsetoasts, Chicken Nuggets, Pommes frites und Eiscreme-Sandwiches. Ich aß alles auf. Als ich schließlich eindöste, kaute ich, glaube ich, immer noch an einer Pommes. Schlaf war nach wie vor wie eine Flüssigkeit, aus der ich gelegentlich den Kopf herausstreckte, um nach Luft zu schnappen, bis Nells Pille mich wieder nach unten drückte. Doch ich schlief. Endlich.

Die Doku würde nun kein Disney-Happy-End bekommen. Vier Wochen nachdem ich mich entschieden hatte, das zu tun, was ich »für den Rest meines Lebens bedauern« würde (O-Ton Mom), traf ich mich mit Aaron und seinem Kameramann in einem kleinen Tonstudio ein paar Straßen östlich vom Rockefeller Center.

Außerdem hatte ich eine neue Stelle als Redaktionsleiterin beim *Glow Magazine*. Der Titel klang zwar glamourös, doch das Blatt hatte längst nicht so einen Einfluss wie das *Women's Magazine*. Es war auch nicht so prestigeträchtig wie das *New York Times Magazine*. LoLo verstand überhaupt nicht, dass ich ausgerechnet jetzt aufgeben wollte, wo ich kurz vor dem Wechsel dorthin stand.

»Das *Glow* bietet mir dreißigtausend Dollar mehr Gehalt.« Ich hielt ihr meinen nackten Ringfinger hin. »Und ich brauche das Geld. Ich schulde einer Menge Leute eine Menge Geld. Das kann nicht warten.«

»Ich finde es schrecklich, Sie zu verlieren«, sagte sie schließlich. »Aber ich verstehe das.« An dem Tag, an dem ich mein Büro ausräumte, erklärte sie mir, dass mein Name eines Tages sicher wieder in ihrem Impressum stehen würde. Als mir die Tränen kamen, sagte sie: »Wissen Sie noch, dass Sie mal geschrieben haben, im Büro zu weinen sei das Schlimmste, was frau ihrer Karriere antun könne?«

Sie zwinkerte mir zu, ehe sie durch den Flur davonstürmte und die Online-Redakteurin anbellte, sie wollte auf der Stelle die neuen Titel sehen.

Ich dachte, ich würde es schrecklich finden, ohne dieses kostbare Gewicht an meinem Ringfinger herumzulaufen, ohne die Botschaft, die jedem sofort sagte, bleib mir vom Hals, weil ich meine Trumpfkarten alle schon auf der Hand habe. Natürlich würde ich lügen, wenn ich behauptete, dass ich den obszönen Glanz des Smaragds nicht ein bisschen vermisste, doch er fehlt mir nicht so sehr, wie ich befürchtet habe. Wenn mich ein Mann zum Essen einlädt, hoffe ich, dass er vielleicht derjenige ist, der mich so liebt, wie ich bin. So wie Garret dachte, dass Luke mich liebt. Dass er derjenige ist, der meine kratzbürstige, verdrehte Art nicht fürchtet, der durch mein stacheliges Äußeres dringt und feststellt, dass sich dahinter ein weicher Kern verbirgt. Der begreift, dass einen Schlussstrich zu ziehen nicht bedeutet, für immer zu schweigen und nie wieder zu weinen.

»Sie wissen noch, was Sie zu tun haben, nicht wahr?«, fragte Aaron.

»Meinen Namen und mein Alter zum Zeitpunkt des Sendetermins nennen, außerdem wie alt ich zur Zeit des Angriffs war.«

Ich hatte mich beim ersten Dreh als Ani Harrison vorgestellt, denn so würde ich mit Gewissheit ganz offiziell und zu meiner großen Erleichterung zum Sendezeitpunkt heißen. Wir mussten nun die Aufnahme wiederholen, um diesen Fehler zu korrigieren, mit mir in denselben Kleidern wie beim ersten Mal, als wir meine Geschichte für die Ewigkeit gebannt hatten. Die neuen Bilder würden so geschnitten, dass es wie ein Take aussah. Nichts würde darauf hindeuten, dass meine Vergangenheit und Gegenwart wie tektonische Platten bei einem Erdbeben ineinandergekracht waren und einen Riss hervorgerufen hatten, der mein ganzes Leben veränderte. Ich konnte die Kleidung nicht mehr vom *Women's Magazine* leihen, und es würde mich eine Stange Geld kosten, sie zu kaufen.

Aaron zeigte mir einen hochgereckten Stummeldaumen und nickte seinem Assistenten zu. Heute sah ich die Geste so, wie sie wirklich gemeint war – nicht schmierig, sondern ganz aufrichtig nett.

Etwa zur selben Zeit, zu der ich eigentlich in Flitterwochen am Strand rösten sollte, hatte ich einen Anruf von Aaron bekommen, der alles veränderte.

»Sie hatten recht«, hatte er gesagt.

Ich stand gerade in einer langen Warteschlange für einen Kaffee an, doch ich gab meinen Platz auf, um nach draußen zu gehen und in Ruhe mit ihm zu telefonieren.

»Ich habe mir das Rohmaterial angesehen. Dean und Sie haben beide Mikrofone getragen. Die Kamera hat Ihr Gespräch aufgenommen.«

Ich drückte das Telefon fester an mein Ohr und stieß einen langen, triumphierenden Atemzug aus. Es hatte mir gutgetan, aus Deans Mund das Wort »Vergewaltigung« zu hören. Es hatte eine geradezu therapeutische Wirkung auf mich gehabt. Doch ich hatte ihn nicht nur deshalb gebeten, es auszusprechen. Ich habe oft genug Aufnahmen für die *Today*-Show gemacht, um zu wissen, dass Kameras praktisch alles aufnehmen, solange das Mikro an ist. Die abfällige Bemerkung über Savannahs albernes rosa Kleid, das nervöse Plätschern im Klo, kurz bevor es losgeht. Dean hätte das auch wissen müssen, als *Promi*, der er inzwischen war. Ich wusste nicht einmal so recht, was ich mit seinem Geständnis anfangen sollte, doch ich wollte es unbedingt haben, nur falls ich mein Versprechen gegenüber Luke brechen und doch über jene Nacht reden wollte. Nun da ich den Namen Harrison nicht länger besudeln konnte, stand meine Entscheidung fest. »Dann können wir es benutzen, ja? Um meine Geschichte zu untermauern?«

»Ich würde lügen, wenn ich behaupten würde, dass mich diese Wendung als Filmemacher nicht begeistert, schließlich ist es eine echte Sensation«, hatte Aaron gesagt. »Aber als Ihr Freund« – sein Mund hatte bei diesen Worten gebebt – »freut es mich umso mehr. Sie verdienen, dass Ihre Wahrheit erzählt wird. Ich möchte nur …« – ein Seufzen unterbrach den Satz – »… sichergehen, dass Sie wissen, welche Konsequenzen auf Sie zukommen. Ich könnte mir vorstellen, dass der Film viele Menschen ziemlich wütend machen wird.«

Die hintere Tür des Coffeeshops schwang auf und ein Kellner erschien mit einer vollen Mülltüte, die er in einen Container warf. Ich wartete, bis er wieder in die Küche verschwunden war.

»Selbstverständlich«, erwiderte ich großmütig. »Schließlich war das schrecklich, was man mir angetan hat.«

»Das meinte ich eigentlich gar nicht …« Aaron unterbrach sich, als ihm aufging, dass meine Bemerkung sarkastisch gewesen war. »Stimmt«, sagte er dann. Und noch einmal, voller Empörung: »Stimmt.«

Die Klappe ertönte, und alle verstummten, damit ich anfangen konnte. Aaron nickte mir zu. Ich straffte den Rücken und sagte: »Ich bin Tifani Fanelli. Ich bin neunundzwanzig, und am 12. November 2001 war ich vierzehn.«

»Noch einmal, bitte«, sagte Aaron. »Nur den Namen.«

Die Klappe ertönte ein letztes Mal.

»Ich bin TifAni FaNelli.«

Danksagung

Ich danke meinen Eltern, die sich nie an meiner sonderbaren Kreativität gestört haben, ganz im Gegenteil, selbst bei meinen merkwürdigsten Einfällen, wenn ich zum Beispiel nur mit Rüschenhöschen und Prinzessinnenschleier auf dem Dreirad in der Nachbarschaft herumkurvte und alle glotzten. Ich danke euch dafür, dass ihr meine Fantasie immer gefördert habt und alles dafür getan habt, dass ich eine gute Ausbildung bekomme, selbst wenn ihr dafür finanzielle Einschnitte hinnehmen musstet. Danke, dass ihr mir gezeigt habt, dass man es mit harter Arbeit und Hingabe zu etwas bringt. Ich bin die glücklichste Tochter der Welt. Ohne euch wäre ich nie dort, wo ich heute stehe.

Ich danke meiner Star-Agentin Alyssa Reuben von der Paradigm Agency, die jahrelang hinter mir her war, ich solle endlich ein Buch schreiben. Als ich schließlich alles beisammenhatte, meinen Plot, meine Hauptfigur, hat sie mir geholfen, ein Buch daraus zu machen. Und sie hat das so grandios gemacht, dass ich manchmal immer noch morgens aufwache und mich frage, ob das alles ein Traum ist. Sie hat an mich geglaubt, bevor ich überhaupt an mich selbst glaubte.

Ich danke Cait Hoyt, die mir ihre Freundschaft aufdrängte, als wir in New York als Grünschnäbel anfingen. Was würde ich ohne dich tun, meine beste Freundin? Du bist die besonderste Schneeflocke von allen.

Meiner Lektorin Sarah Knight, die sich als Erste in das Buch verbissen hat, die meine Gedanken aussprach, ehe ich sie überhaupt selbst dachte, die mich dazu brachte, meine Worte mit »Luchsaugen« zu prüfen, wenn mir mal die Luft ausging, und die mir klargemacht hat, dass ich denen das »nicht durchgehen lassen« darf.

Meiner Filmagentin Michelle Weiner von CAA. Sie hat mir erklärt, dass es nichts anderes als reinste Sisyphusarbeit ist, wenn man sein Buch verfilmt haben will. Danke für die unermüdliche Ausdauer. Und für die großartigen Schmucktipps.

Meiner Presseagentin Kate Gales, die auf die Details geachtet hat, als ginge es um ihre eigene Hochzeit, und mir immer das Gefühl gab, in kompetenten Händen zu sein, und meiner Marketingmanagerin Elina Vaynsbeyn für all ihre harte Arbeit hinter den Kulissen. Allen bei Simon & Schuster für die motivierenden Worte und E-Mails, die gerahmt über dem großen Schreibtisch hängen werden, an dem ich dereinst meine Bücher schreiben werde: Carolyn Reidy, Jonathan Karp, Marysue Rucci und Richard Rhorer.

Meinem Mentor John Searles. Ich weiß, Sie werden sich winden, wenn Sie das lesen, aber ich kann es nicht anders ausdrücken. Sie haben mich beim *Cosmo* als blauäugige Dreiundzwanzigjährige eingestellt, die Sie für Ihre journalistische Karriere bewunderte. Danke für Ihre beständige Unterstützung und Motivation; Sie haben an mich geglaubt, Sie hatten ein Ohr für mich, wenn ich Probleme hatte, und Sie brachten mich zum Lachen, als ich offiziell in das Stadium der großen Entscheidungen eintrat.

Katie White, die mir beibrachte, dass es immer um alles oder nichts geht, dass ich sagen muss, wenn ich etwas will, und wie man die Schwächen anderer erkennt. Ihr Rat wird mich in meinem Berufsleben immer begleiten.

Meinen beiden Chefredakteurinnen Joanna Coles und Joyce Chang, die mich stets inspiriert und motiviert haben.

Außerdem möchte ich meinem Bruder Kyle danken, für seine Unterstützung und Liebe. Er hat mit jedem, der es hören wollte, über das Buch gesprochen. Kyle, du bist ein Segen. Ich wusste von Anfang an, dass du so werden würdest, und ich bin unglaublich stolz auf dich.

Dank auch an meine Schwiegereltern und Verwandten: Barbara, die mein größter Fan und meine schnellste Leserin ist, und Andy und Natalie, die ganz bestimmt irgendeinen Vorbestellungsrekord gebrochen haben. Ich danke euch für eure Liebe und Unterstützung von der anderen Seite des großen Teichs.

Ganz besonderen Dank an Dave Cullen, dem Autor des Buches *Columbine* über das Massaker an der Columbine High School, aus dem ich wertvolle Einblicke in die Täterpsyche gewinnen konnte.

Allen meinen »unverschämt fotogenen« Freunden, die liebevoll und wunderbar sind und ganz anders als die Figuren in diesem Buch. Ihr habt mich immer mit großer Freude unterstützt und mir geduldig zugehört, wenn ich nach einem Glas Wein zu viel loslegte und nicht mehr aufhörte. Dafür danke ich euch.

Und nicht zuletzt Dank an meinen Mann Greg, den besten Manager, den sich eine Frau wünschen kann, dafür, dass ich mich ausprobieren durfte. Danke, dass du immer mitgespielt hast, wenn ich dich ins Schlafzimmer verbannte, um mich im Wohnzimmer zum Arbeiten auszubreiten. Danke, dass du immer wieder von mir geschwärmt hast und als Allerersterster mein Buch vorbestellt hast. Danke für deinen ungezügelten Stolz. Dafür liebe ich dich noch umso mehr.

TRIGGERWARNUNG

Ich. bin. so. glücklich. enthält Elemente, die triggern können. Diese sind: Körperliche Gewalt, sexualisierte Gewalt, Tod